岭海集

LING HAI JI

黎国器 著

中山大学出版社
·广州·

版权所有　翻印必究

图书在版编目（CIP）数据

岭海集/黎国器著. —广州：中山大学出版社，2024.2
ISBN 978 - 7 - 306 - 08023 - 3

Ⅰ.①岭⋯　Ⅱ.①黎⋯　Ⅲ.①中国文学—当代文学—作品综合集
Ⅳ.①I217.2

中国国家版本馆 CIP 数据核字（2024）第 022850 号

出 版 人：王天琪
策划编辑：李　文
责任编辑：叶　枫　李　文
封面设计：林绵华
责任校对：周明恩
责任技编：靳晓虹
出版发行：中山大学出版社
电　　话：编辑部 020 - 84110283，84113349，84111997，84110779，84110776
　　　　　发行部 020 - 84111998，84111981，84111160
地　　址：广州市新港西路 135 号
邮　　编：510275　　传　　真：020 - 84036565
网　　址：http://www.zsup.com.cn　E-mail：zdcbs@ mail.sysu.edu.cn
印 刷 者：广东虎彩云印刷有限公司
规　　格：787mm×1092mm　1/16　35 印张　591 千字
版次印次：2024 年 2 月第 1 版　2024 年 2 月第 1 次印刷
定　　价：120.00 元

如发现本书因印装质量影响阅读，请与出版社发行部联系调换

作者简介

黎国器教授,20世纪30年代初,出生于海南省琼海市万泉河畔。1955年广东海南中学初中毕业,1958年广东海南华侨中学高中毕业,时任学生会主席。1956年加入中国共产党,1957年代表海口市中学生出席广东省中学生代表大会。

1958年考入中山大学中文系新闻专业。1963年大学毕业后到山西省晋南专署文教局工作。1966年调回海南,曾任澄迈县师范学校副校长。1972年调至海南师范专科学校(现海师范大学的前身),先后任教务科负责人、党委秘书、机关党总支委员,1978年任海南大学师范部中文系教工党支部书记、讲师。

1985年初,调至中山大学出版社工作,历任编辑、编辑室主任、党支部委员。1990年获高级职称,1995年在中山大学出版社退休。

在研究、写作、编辑出版方面,1954年在北京《中学生》杂志上发表了《海南的橡胶树》,1955年又在该杂志上发表了《宣传农业合作化》等文章。1980年在广东人民出版社出版的《随笔》中发表了《漫话冼夫人》,这是打倒"四人帮"后,在广东的刊物上,首次出现研究冼夫人的文章,它在广东茂名、海南吹响了研究冼夫人的号角。1982年冬，广东民族研究所分别在茂名和海南召开了全国冼夫人研讨会。1982年，作者编注了《五公诗词选》（与岑婉薇合作），推动了海南的古籍整理出版工作。从上世纪70年代末起，作者着手研究岭南（重点在海南）的历史文化与古代的文学作品。发表了《海南第一楼与南贬的五公》、《苏轼与民俗》、《遗泽在海南》、《胡铨在海南的经历及其诗作》、《邱浚与海瑞幼年的故事》、《海瑞杀死他的女儿吗？》、《家喻户晓苏东坡》、《苏东坡在海南的故事》、《苏轼岭南诗词选注》、《邱浚年谱》、《邱浚故居》、《才子邱浚》（琼剧，与吴坤雄、陈雄合作）、《略论海瑞在海南的政绩》、《海瑞族谱研究》、《鳌山漫话》、《落笔洞》、《冼夫人在海南的古迹》（与陈雄合作）、《冼夫人是万泉河文化开拓的杰出始祖》、《冼夫人》（琼剧，与陈雄合作）、《首屈一指的海南历史文化名人白玉蟾》、《白玉蟾及其在广州写的三首诗》、《白玉蟾在万泉河畔写的一首诗》、《关公在悉尼》、《南海神庙与悉尼的洪圣公庙》、《试论冼夫人文化与妈祖文化》、《在悉尼的妈祖文化》、《悉尼大桥与歌剧院》、《我们都是龙的传人》、《蔡霜飞与椰树牌》、《从许广平说到许地》、《在悉尼新州海南同乡会的见闻》、《三十年后的大聚会》（记中澳建交30周年）、《中医在澳洲》、《王官与元文宗》、《古代海南有虎》、《万泉河的龙虎文化》、《万泉河畔故乡情》、《论王国维的情景交融说》、《飞舟跨海迎亲人》（与岑婉薇、海南军区李田合作）、《海峡交通员》、《香港海南商会史》、《琼崖纵队的光辉历程——马白山将军回忆录》（与黄循球合作）、《万泉河畔中国心》（日寇的台湾兵在海南，与仇江合作，电影文学剧本）、《救乡》（电视连续剧剧本，华侨服务团在海南的故事）等。黎国器共出版了多部著作，发表了200多篇论文。

1985年，黎国器刚到中山大学出版社工作，就编辑了中山大学历史系主任陈胜粦的《林则徐与鸦片战争论稿》（获中南区图书一等奖），此书及时编辑出版之后，陈教授被教育部专家评为博士生导师。

黎国器认为，中山大学出版社地处岭南，应注重挖掘出版岭南的文化遗产，弘扬岭南乃至中华文化。于是，他重点组织编辑了《伟大爱国者孙逸仙》（获广东图书一等奖）、《顺德县志》、《广州市地名古今谈》、《珠玑巷》、《博罗县文物志》、《海陆丰名人录》、《潮州文化述论选》、《宋代的潮州》、《全真北宗思想史》、《文化人类学》、《岭南民族心理学》、《佛山史话》、《吴川县文物志》、《湛江市商业志》、《茂名市财政志》、《茂名华侨志》、《海康县方言志》、《信宜方言志》、《廉江县工业志》、《定安县文物志》、《琼山县文物志》、《琼海县文物志》、《鸡肋集》、《中国黎族大辞典》（获国家图书奖）、《海南名人辞典》、《海南名人传略》、《冼夫人在海南》等，这些书的编辑出版，进一步推动了岭南（含海南）的历史文化研究工作。比如，《冼夫人在海南》于1992年出后，影响很大，被称为"不是工具书，胜似工具书"，它起了对冼夫人文化的普及教育作用。2012年3月，海口市冼夫人研究会，召开大会纪念《冼夫人在海南》出版20周年，并正式出版论文专集，进一步深入研究冼夫人的文化。中山大学出版社于20世纪80年代末与90年代初，在岭南率先编辑出版了岭南的历史文化研究成果与古籍整理书稿，进一步促进了岭南历史文献的出版工作。

　　黎国器在海南大学教学时间，曾参加全国的红楼梦研究会、苏东坡研究会等，现为广东省民间文艺家协会员、悉尼华文作家协会会员，曾任悉尼新州海南同乡会理事。

　　2011年，中共广东省委给入党五十周年以上老党员颁发"南粤七一"纪念奖章，黎国器获得此奖章。

↖ 黎国器的父母亲合照

↖ 黎国器的父母亲合照

 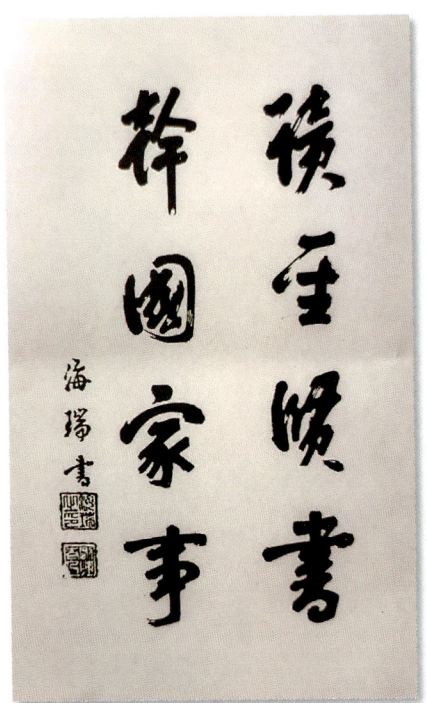

光荣在党50年

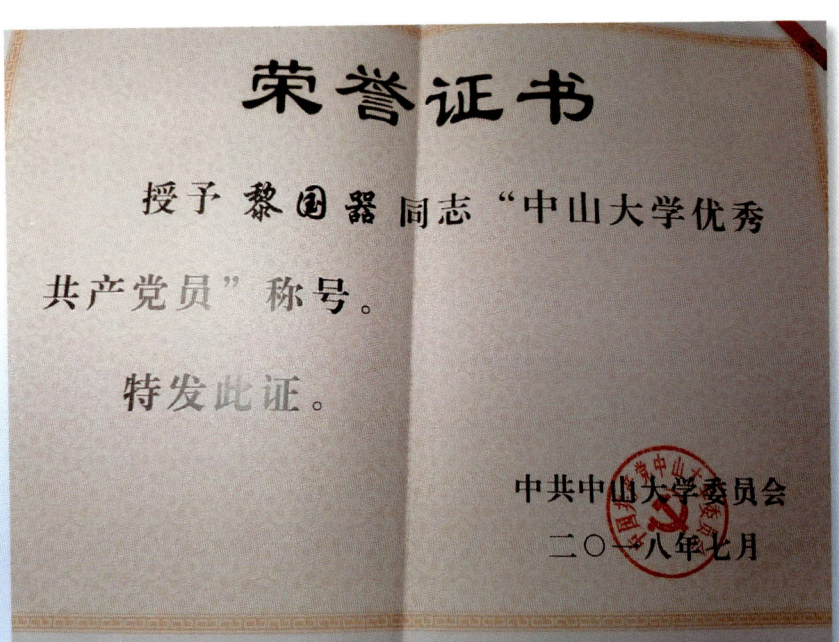

获奖证书

黎国器：

在"全球侨胞中国梦"征文活动评选中荣获 **一等奖**，特颁此证。

中国中央电视台中文国际频道
2013年11月25日

获奖证书

黎国器 先生：

在2012年中央电视台中文国际频道海外忠实观众评选中荣获 **一等奖** 特颁此证。

中国中央电视台中文国际频道
2012年11月2日

▽ 黎国器夫妇与儿子拍照于1968年,在老家。

▽ 黎国器夫妇与儿子、媳妇和孙子拍照于2019年12月,于老家门口。

▻ 2022年,中央电视台中文国际频道著名主持人任志宏等,专程到悉尼黎国器儿子家采访黎国器先生。

▻ 黎国器深入南海渔村博鳌,采访渔民的家属。

2019年在悉尼的游船上

黎国器夫妇与两个孙子合照

↖ 2023年10月,黎国器夫妇拍于广州中山大学

↖ 黎国器夫妇拍照于福建省莆田市湄洲岛

自 序

在我陆续出版了《五公诗词选》《丘濬、海瑞在海南的故事》《香港海南商会史》《万泉河传》《中国南海传》等书之后，我的朋友说：你还有很多已经发表在报刊上的文章，应该把它们收集起来出版一本"文集"。加上中山大学出版社有关领导和编辑也积极支持我出版这本文集，于是一年多来，我为出版这本书而进行了文稿的收集和整理工作。

长期以来，不少学者都关心海南的文明问题。几年前，有一本叫《读一点海南》的书，收录了一位著名学者撰写的一篇题为《天涯故事》的文章。文章中说："在漫长的时期中，不管是海南岛还是南粤基本上都处于荒昧状况。……海南还处于文明的边界之外。……而在海南岛，只听到一个个熟透了的椰子从树上掉下来，'啪哒啪哒'，掉了几千年。"这位作者描绘了海南的椰子树是野生在海南岛海边的，椰子熟了无人摘，自然地掉下来，想以此说明——海南岛荒无人烟，无人类的文明。事实上，这位作者是不了解海南岛的椰子树生长和发展的历史的。椰子树遍布东南亚各地，在汉代前后，开始从菲律宾等地传到了海南岛。在汉代，海南岛的椰子已成为当地居民的生活用品了。据清代李调元《南越笔记》所云："琼州多椰叶，昔赵飞燕立为皇后，其女弟合德献诸珍物，中有椰叶席焉。椰叶之见重也汉时始。"汉成帝的皇后赵飞燕很喜欢海南岛的椰子产品，可见海南的椰子树历史悠久。椰子从海外传入海南岛种植就是一种文明，而且这种文明很快就传遍了海南岛。自古以来，南粤（含海南岛、南海诸岛）各族人民就是中华民族大家庭中的一分子，是中华文明的共同创造者和发展者，共同享受中华文明的丰厚财富。中华民族的优秀传统文化和各地区的优秀地域文化，是相互影响、共同发展的，不能把中原文化和南粤各族的文化割裂开来。因此"南粤和海南岛都处在文明边界之外"，这种表述是不恰当的。我的《岭海集》，就是以大量的南粤历史事实和南粤著名的历史人物，乃至从南粤流传到海外的南粤文明、中华文明来证明,南粤从来不是处于"荒昧状况""文明边界之外"。今天的中国各族人民,乃至海外的爱国华侨华人,都是传承中华文明、认同和坚持中华优秀传统文化的。中华56个民族,从古至今都是文明之民族,不能说某地某个民族是无文明的。

我生长在日本侵华和国民党反动统治的黑暗时代,我和家中的老一辈人乃至家乡在旧社会都遭受了侵华日军和国民党反动派统治、压迫和剥削的苦难。我想把这段苦难的历史写出来,让大家不要忘记过去,要珍惜现在美好的生活。新中国成立后,我有机会上中学和大学,从而有机会接触中华优秀的传统文化,提升了自己的文化素养。党和国家号召我们挖掘、整理、传承和弘扬中华优秀的传统文化,建设文化强国,因此我要在中国共产党的领导下,在习近平新时代中国特色社会主义思想的指引下,为振兴中华文化,活到老,学到老,写到老。海内外流传的中华优秀传统文化,乃至我家乡的乡土文化、村史和家史等,都是我写作的素材。《岭海集》主要就是这方面的内容。

1939年2月春节后,日军侵占了我的家乡,杀人放火。老百姓纷纷逃离家乡,到深山老林里去避难。1941年前后,日军为了长期占据万泉河两岸,强迫万泉河两岸的农民为他们修建兵房及炮楼、开辟汽车路、修架桥梁和挖战壕,还要为他们养猪、养鸡和种菜等,叫逃难的万泉河两岸农民回家当他们的"顺民",实际上是为他们当牛做马、服劳役。大约1942年夏天,我和母亲就从山里回家当"顺民"了。回到家后,只见田园荒芜,屋前屋后杂草丛生,有半人高。为了生活,母亲必须全力投入开荒种田中。可是,日军却天天强迫农民去为他们做工,日伪保甲长每日都来强迫母亲去做劳役。如此下去,我家的田园就没人开荒种植农作物了,我们就没东西吃了。为了让母亲在家开荒种田,我自告奋勇,代替母亲天天去服劳役。因为我年纪小,做不了重活,他们就打我、罚我,甚至把我关进牢房,威胁要杀我。但我"死不悔改",仍天天代替母亲去服劳役,一直坚持到日军投降。日军撤出海南岛后,国民党军队从五指山上来到农村,欺凌、压迫、剥削、毒打农民。因父亲在南洋谋生,母亲是农村中的弱者,常常被农村中地主恶霸欺负。他们勾结驻村的国民党乡丁,经常威胁、绑架、毒打抗缴苛税和公粮的母亲和其他农民。有一天黄昏,村中的恶人就煽动一反动的国民党乡丁,竟把母亲绑起来押到小学里毒打一顿,打完之后还说要押母亲到野外枪毙。就在这时,我的小学老师陈万鹏先生挺身而出,厉声喝止这种恶行，这位蒙养村姓程的反动乡丁才放过母亲。陈万鹏老师救了母亲一命，我永远不会忘记陈万鹏老师之恩。

我青少年时代在农村经历过日军和国民党反动派的残酷统治，有很多亲身的经历。这些是我撰写文章的重要材料。我总觉得，有很多有历史和教育意义的事件和资料，如果不把它们记录或书写出来，这是对党、对国家、对社会、对农民和对万泉河两岸历史的不负责任。和我同时代的人（放牛娃时代的朋友），很多人已去世了，只有少数还活着。如果我不写，这些历史记忆那可能就连一点儿也不会保留下来了。比如，日军在万泉河中、上游两岸，拆毁了数不尽的民房，把民房的建筑材料据为己有，强迫、命令农民搬去修筑日军的炮楼、兵房。这是我亲身经历过的。迄今为止，我没看见有人撰写万泉河两岸农村的这段苦难历史。为什么没人写？我想可能是当时被强迫服劳役的都是穷苦农民，他们普遍没什么文化，而且大多数人都不在人间了。我当时才十几岁，在被迫天天去为日军服劳役的人员中，可能我是唯一一个少年。后来，我有机会上了中学和大学，受到党的教育，觉悟提高了，爱党、爱国、爱乡，对敌人深刻仇恨。我要揭露旧社会的黑暗，必须把万泉河两岸这段苦难的历史和国民党反动派残酷统治人民的罪恶撰写出来，教育后人，让后人认识到今天的幸福生活来之不易。

日本投降前夕，我虽然十几岁了，但还是个文盲。日本投降后，我外婆家邻近的祠堂里就办起了文盲青少年识字班，母亲立即带我去识字班"开蒙胧"（学识字）。我小时候受尽了没文化之苦，因而认识到学习文化知识的重要性，便如饥似渴地学起来。母亲希望我尽快学习文化，提高表达能力，以便给父亲写信。我很快就学会了给父亲写信，母亲很高兴！因为她不用请别人代笔给父亲写信了。经常给爸爸写信，让我锻炼了思维能力，提高了阅读与写作水平。1950年5月海南岛解放后建立了人民政权，村里有报纸阅读，村民就选我在夜校里为村民读报。通过天天读报，我的政治觉悟在不断地提高，对汉字词语的积累不断地增多，思考和分析能力增强了。1951年春天，我去万泉河下游的嘉积镇，在东路中学升中班补习了半年。1952年2月，我去海口市考初中，当时的语文作文题目是《给中国人民志愿军的一封信》。我会写信，同时我在农村又天天读报纸，很关心抗美援朝战争，我热爱志愿军、热爱祖国，志愿军的英雄事迹在教育、鼓舞着我，让我积累了很多有关志愿军英雄人物的素材，因此这道作文题我写得得心应手。

老师对学生的良好教育、指引和启示，能使学生走上正确的人生道路。从我读初中时起，我的语文老师在班上讲评作文时就常常表扬我。在初一年级时，学校举行纪念五四运动的征文比赛，我获得了第一名。我渐渐对语文产生了兴趣。初中三年级时，我写了一篇《海南的橡胶树》的稿件，寄给北京《中学生》杂志社，很快就被发表了。我为什么能写出这篇文章？因为抗日战争时，我逃难到五指山区的橡胶种植园里，橡胶工人对我讲了很多有关海南爱国华侨回国种橡胶的故事。我在这篇文章里赞扬了旅居东南亚的海南华侨，他们爱国爱乡，冲破帝国主义的阻扰，把橡胶树的种子偷运回海南岛的山区种植成功，为国家做出了贡献。北京、西安、安阳、南京、武汉、南昌、广州等地中学生看了我的文章后纷纷写信给我，说这篇文章写得好，让他们知道海南岛有很多橡胶树。《中学生》杂志社还聘我为通讯员。1955年8月，我考上广东海南华侨中学高中班。1956年冬天，广东海南华侨中学的学生响应党的号召到海口郊区向农民宣传农业合作化，我写了一篇长长的通讯《宣传农业合作化》，又被《中学生》杂志社发表了。这就进一步坚定了我今后的发展方向——报考大学文科。经过努力学习，我考上中山大学中文系。1958年秋天，我入读中山大学中文系学习。五年的大学时光，我积极学习中国优秀的传统文化，努力提高文化水平，决心为传承与振兴中华文化而努力！大学毕业后，我在大学里教汉语言文学。在工作之余，我抽空为报社和杂志社写稿，曾被报社聘为通讯员。

1978年，国家实行改革开放政策，文化界也迎来了春天。我开始积极研究中国古代的历史文化与历史人物。大学时老师曾建议我，研究中国历史文化和历史人物，首先从本地开始然后面向全国。唐宋时期，海南是流放官员之地，唐代著名的宰相李德裕被贬海南的琼山府城地区，宋代的赵鼎、李纲、李光和胡铨被贬到海南的海口和崖州等地。后来海南的贤人学士为了纪念李德裕等五位历史人物，在海口建立起一座"五公祠"，让后人瞻仰"五公"。从1978年起，我就开始研究"五公"的历史及其在海南的贡献。1980年，我完成了编辑选注《五公诗词选》的工作。当时海南岛内还没有出版社，得到海南文化馆馆长洪寿祥学友支持，以海南文化馆的名义出版这本书，在全国文化馆系统内发行。《五公诗词选》中的诗词，是"五公"被贬海南期间撰写的，而我是从海南的地方志书上搜集、整理出来的，并对诗词进行了评注，增强了其可读性。

这本书中的诗词在以往从未公开出版，但本书的问世在当时使读者喜闻文化春天刚刚到来的新鲜信息，所以这本书很受读者欢迎。我除了出版《五公诗词选》外，还撰写了《南贬的五公》论文，重新评价"五公"的生平、功绩和地位，以及指出他们被贬海南后对促进海南地方文化的发展功不可没。我的论文很快就被学校的学报发表。

我在搜集、整理和研究海南历史文献时，发现了岭南有一位著名的历史人物叫冼夫人。我读了有关冼夫人的文献记载后发现，冼夫人一生坚决维护民族团结、国家统一，反对分裂国家。冼夫人是一位杰出的历史人物，挖掘、整理、研究这位历史人物的相关材料具有历史和现实意义。于是，我撰写了《漫话冼夫人》一稿，1980年10月投到广东人民出版社出版的《随笔》刊物（月刊），同年11月该刊物发表了拙作。这是"文革"结束后我在广东发表的第一篇有关研究历史人物的文章，也是"文革"结束后我在广东发表的第一篇研究冼夫人的文章。广东省民族研究所所长刘耀荃决定于1982年冬天在广东茂名和海南召开全国冼夫人研究大会，因为这两地是冼夫人事迹影响最大的地方。刘所长看了我的拙作后写信给我，表扬我这篇文章写得及时，并且热情邀请我参加冼夫人研究大会。我接受了他的邀请。

1985年前，我在海南大学从事行政与教学工作。在工作之余，我还挖掘、整理和研究苏东坡、白玉蟾、丘濬、海瑞、王佐和张岳崧等历史文化名人的作品、思想和贡献，并发表、出版了一系列成果。《丘濬、海瑞在海南的故事》由中山大学出版社出版。《海瑞的故事》由海口五公祠印刷、发行，放在五公祠里，供游客参观。《丘濬的故居》一文于1982年冬天由《北京旅游杂志》发表。我撰写了《苏东坡在海南的故事》，并于1980年冬天带着这篇文章赴成都参加苏东坡学术研讨会，后来《成都晚报》发表了这篇文章。《苏东坡与民俗》一文1982年12月被《辽宁社会辑刊》发表。《白玉蟾在广州写的三首诗词》一文由《岭南文史》发表。《冼夫人与万泉河文化》一文，最早在《万泉河文艺》发表，2021年《茂名日报》转发。此外，我写的《从儋州的宁济庙谈起》《丘濬年谱》《冼夫人文化与妈祖文化》等，都分别在有关刊物上发表。中山大学中文系资深教授、中山大学中国古文献研究所所长王起老师看到我的研究成果后，决定把我调回母校中山大学中国古文献研究所从事古文献研究工作。就在这时，海南大学党委书记林施均同志也要调我去负责组建海南大学文史研究室并出任研究室主任（处级待遇）。由于我想回到母校工作，就婉言谢绝了林书记对我的调动和安排。林书记健在时，很重视海南的文史研究工作，他常带我到海南琼山的石山等地进行历史文化调查和考古等活动。林书记是一位南征北战、历经几十年革命斗争的老革命，党的好干部。他十分重视人才，虽然不幸去世了，但我非常怀念他！

1985年年初，我调到中山大学工作，因公务繁忙就没有时间写个人的文章了。1994年暑假，我应香港海南商会的邀请，到该商会采访，撰写了《香港海南商会史》。

退休之后，应儿子的邀请到澳大利亚悉尼帮助他照顾孩子。我在悉尼观光旅游时，发现澳大利亚从建立殖民地至今的历史才200多年，但华侨华人来澳大利亚定居却有100多年的历史了。我发现，凡是有华人居住的地方都有中华文化。中国人来澳大利亚之后，也把中国的传统文化带到这里。居住在悉尼的华侨华人，祖籍多数是中国东南沿海地区，尤其是广东（含香港和海南）和福建一带。他们知道，中华文化是中华民族的灵魂，通过传承和弘扬中华文化，就可以把生活在悉尼的华侨华人团结起来。于是，华侨华人的首领就发动大家筹款，分别建立起了具有深厚中国传统文化内涵的关公庙、洪圣宫和妈祖庙。洪圣宫传承了广州的南海神庙文化，这座庙宇已有100年的历史。在悉尼还有两座妈祖庙：一座规模比较大，主要是由来自南越和柬埔寨等国的难民筹建的，这些难民都是华侨华人；另一座是由中国海南省籍的南越和柬埔寨难民筹建的。20世纪70年代，越南和柬埔寨陷入战乱，大批难民出海寻求安身之所而到了悉尼，他们自认为获得妈祖的庇佑，于是就在新的居住地西悉尼建立了妈祖庙，以永远纪念妈祖救人之恩。我先后对这几座庙宇的负责人进行了采访，写了几篇文章在悉尼的华文报纸上发表，宣传和表扬华侨华人、爱祖国和爱家乡之情，华侨华人虽然远离了祖国与家乡，但是他们没有忘记中华优秀的传统文化。

我在20岁之前都生活在万泉河畔，我了解家乡的过去和现在。我在悉尼时就萌发了撰写《万泉河传》的念头。我要把万泉河的一些苦难历史撰写出来，把解放后万泉河两岸的新面貌写出来，以教育下一代人。我花了几年的时间，撰写出50多万字的《万泉河传》书稿。2012年4月，中山大学出版社出版了《万泉河传》。这本书挖掘、整理了万泉河地区一些优秀的传统文化，揭露了日本侵略者和国民党反动派统治万泉河两岸期间所犯下的罪行，歌颂了中国共产党给万泉河两岸人民带来的幸福生活。

2012年,中国的东海和南海都不平静。在美国的纵容下,日本把中国的钓鱼岛"收归国有",一些国家也在不断侵犯中国南海诸岛的领土和主权。此时虽然我身在悉尼,但一股爱祖国、爱中国南海、维护南海主权的激情激励着我,我要拿起笔杆子参与这场战斗!由于长期以来我十分关心中国文化、岭南文化、中国南海文化和海南文化,积累了很多中华民族数千年来开拓南海的历史和现实的写作素材,于是从2012年5月开始撰写《中国南海传》,到2017年年底基本上定稿。2018年4月,《中国南海传》由中华书局正式出版。我以这本书来支持中国政府捍卫南海主权的正义斗争。中央广播电视总台中文国际频道曾三次采访我,表扬我在耄耋之年还坚持撰写《中国南海传》,以之捍卫中国的南海主权,弘扬中华文化,精神可嘉!除了《中国南海传》,我还撰写了不少有关南海和海南历史文化的文章,都被各刊物发表。2018年7月,中山大学党委授予我"优秀共产党员"的荣誉称号,以表扬我在耄耋之年,还在为捍卫中国南海的主权、传承与弘扬中华优秀传统文化而撰写《中国南海传》与《万泉河传》等著作。在2021年7月1日中国共产党成立100周年之际,我非常荣幸获得"光荣在党50年"纪念章。

爱祖国、爱中国共产党、爱新时代、爱人民、爱家乡、爱中华优秀传统文化、爱先进的历史人物、爱为革命而牺牲的英雄人物,仇恨和反对压迫人民的剥削阶级和帝国主义侵略者,始终是我写作的主题。

是为序。

2019年11月13日于悉尼①

---

① 2022年1月23日星期日修改。

目录 CONTENTS

第一卷　黎氏家族 /001
　　我的人生道路　/003
　　我爱我的家　/019
　　村中先贤及其子孙　/036
　　《儋州黎氏志》序　/043
　　《琼海黎氏志》序　/046
　　《琼海市黎氏中爽支系续修族谱》序　/050

第二卷　万泉河故土 /057
　　我爱我的家乡　/059
　　我家乡的乡土文化　/070
　　万泉河畔故乡情　/083
　　我喜欢家乡的绿色生态　/132
　　家乡的新变化　/135
　　试谈"石虎步瀛洲"　/141
　　我们是"龙虎传人"　/148
　　再说万泉河畔的"石虎"题字　/155
　　《万泉河传》的封面设计耐人寻味　/160

第三卷　艰苦岁月　/163

　　日军侵犯我的家乡　/165

　　战后乡村窃贼横行　/182

　　从万泉河边响起的枪声谈起　/184

　　我向往老苏区　/188

　　飞舟跨海送亲人　/192

　　海峡交通员　/203

第四卷　漫话海南　/211

　　穷人过海的故事　/213

　　海南的橡胶树　/215

　　从海南博鳌港的地域文化谈起　/217

　　从儋州的宁济庙谈起　/223

　　海南的军坡节与印度的大宝森节　/229

　　伏波将军　/238

　　海口古迹撷拾　/240

　　鳌山漫话　/243

　　落笔洞　/255

　　从渔民戴的竹笠看南海的开拓史　/257

　　没有潭门渔民就没有三沙市　/261

第五卷　琼岛先贤　/267

　　"此行所得诚多矣"——胡铨贬海南时的经历和诗作　/269

　　"海南第一楼"与被贬的"五公"　/273

　　海南首屈一指的历史文化名人白玉蟾　/283

　　白玉蟾及其在广州写的三首诗　/312

　　白玉蟾在万泉河畔写的一首诗　/318

　　漫话冼夫人　/321

　　冼夫人是开拓万泉河文化的杰出人物　/325

　　挖掘、整理、弘扬冼夫人文化　/348

试谈冼夫人文化与妈祖文化 /355
家喻户晓苏东坡 /363
苏轼与民俗 /367
苏东坡谪居海南岛的传说故事 /377
关于发表《挽诗》的说明 /390
海瑞家谱简介 /401
海瑞下田村故居 /402
海瑞在海南的故事 /404
海瑞"从来就不懂得什么叫'爱'"？ /425
遗泽在南溟奇甸——为纪念海瑞诞生470周年而作 /429
海瑞陵墓 /436
"海公之墓"碑文注释 /438
粤东正气 /440
"粤东正气"析 /442
一代儒宗王官 /443
丘濬故居漫记 /447
许子伟小传 /454

第六卷　文史杂谈 /457
秦始皇在岭南设置了温水郡吗？ /459
明朝建文帝逃难 /462
试谈原始宗教 /464
王国维《人间词话》初探 /469

第七卷　海外随笔　/479
　　我与央视中文国际频道的故事　/481
　　种花与种菜　/486
　　三十年后的大聚会——澳大利亚纽省省长、中国驻澳大使为庆祝中澳建交30周年活动揭幕侧记　/488
　　南海神庙与洪圣宫　/490
　　关公在悉尼　/493
　　中医真神奇，真了不起——记许环宁中医师治病的事迹　/496
　　悉尼大桥与悉尼歌剧院　/498
　　钓鱼　/500
　　从"单刀赴会"谈起——看《三国演义》有感　/502
　　人的价值在于贡献——喜悉张奥列又一大作出版　/504
　　从许广平说到许地　/506

第八卷　不忘初心　/509
　　我的中国梦——实现海洋强国　/511
　　中国梦，海洋梦　/514
　　为社会主义做件事——宣传农业合作化　/515
　　在北校门的堤岸上　/519
　　不忘党恩，牢记使命——纪念中国共产党成立100周年　/521
　　华侨、华人权益的守护者王海溢　/526
　　王会海书记　/529
　　邹志立志改变三沙市七连屿面貌　/536

后　记　回忆　/544

第一卷
黎氏家族

我的人生道路

小时候，妈妈对我说，我与黎才德叔同年生。但是，生于何年？她不懂，我也不明白。日本侵略者和国民党反动派的黑暗统治，造成了万泉河沿岸农村，尤其是万泉河中游和上游农村的文化落后。农民只懂得自己多少岁、出生在农历哪一个月和哪一天，却不知道自己在哪一年（中国年和公元年）出生。中国历史不断改朝换代，农民没什么文化，就不知道今日是什么朝代的年，更不知道什么是公历年。海南解放后的第二年，我才有机会从极端落后的农村去海口市报考初级中学。这是我第一次从农村到城市。当时是我爸爸在南洋的朋友梁堂勋（侨生）带我去海口考初中一年级的。学校要我填报出生日期，而且是填报公历年、月、日。我当时不知道什么是公历年、月和日，只知道我多少岁，出生于哪个农历月和日。

我出生后，父母亲为我做满月或周岁时，亲戚赠送了一块很大的玻璃镜子，里面镶了一幅很大、很精美的麒麟图画，还有两块玻璃框，至于框内的对联文字，我已经忘记了。这对联和麒麟画都挂在客厅上头的神台上，朝着大门口，一直保留了20多年。我20岁去海口市读中学之后回来过年，麒麟画和对联就不见了。后来，我查阅了有关麒麟的解读。麒麟是传说中的仁兽名。史料中说："雄曰麒，雌曰麟。其状麇身，牛尾，狼蹄，一角。"借喻杰出人物。《晋书·顾和传》："此吾家麒麟，兴吾宗者，必此子也。"我是我们村中解放后第一个到海口市读中学的青年；是我们村第一个在中学时代加入中国共产党的青年；是我们村第一个大学生；是我们村第一个共产党员，而且是我们村第一个优秀共产党员（2018年7月1日，中山大学党委授予我"优秀共产党员"称号）；是我们村第一个大学教授；是我们村出版著作最多的人；是解放后海南第一个在北京《中学生》杂志上发表文章的中学生；是龙江镇博文村黎氏宗祠重建的带头人和主要负责人；是我们村带头为祖先坟墓立碑的人；是打倒"四人帮"后，在广东刊物上发表第一篇研究冼夫人文章（《漫话冼夫人》）的人。这篇文章发表后，掀起了广东学术界研究冼夫人的热潮。在我的影响下，后来我们村一批批青年人都走进大城市读书，上大学，在城市里找到理想的工作、成家立业，为家乡与国家做贡献。

在我三四岁时，父亲就去马来西亚马六甲谋生了。我还记得，父亲离开家时，他来向我告别，然后依依不舍地离开我朝河边走去，先乘船去嘉积、海口，再乘船去新加坡和马六甲。父亲不在家，我和母亲相依为命。当我七岁到了读书的年龄时，日军占领了我的家乡。我只好和妈妈逃难到万泉河畔的深山老林里去。白天，日军的飞机沿着万泉河上游山区在我们头顶的低空飞来飞去，用机枪扫射，使我们不得安宁。我们在山里躲藏了好几年，过着饥寒交迫的生活。后来日军让我们回家做"顺民"，亲人们起初是高兴的。谁离别了家不想回家？谁想在这穷乡僻壤、荒芜的山区里过着艰难困苦的生活？因此，当亲人们听到这消息后，都纷纷回家。但是，回到家以后才知道，这实际上是回来给日军做奴隶。日伪"甲长"要我妈妈每日都去做"日本工"，导致自家的田地长满了几尺长的杂草。田园荒芜没人耕作，没有食物如何充饥？虽然我年纪小，还未到做工的年龄，但是，为了让妈妈留在家里耕地、种庄稼，我便顶替妈妈去做"日本工"，比如挑砖、挑土、砍伐山林、挖战壕和修汽车路等。日军说，我年纪小，不能做工，于是就打我、体罚我，命令我做"四脚牛"，还把我关进牢房里，以此来威吓我：小孩子以后不准再顶替大人来做工了。虽然日军如此威吓我，但是，为了让妈妈留在家里搞生产自救，我还是不怕被日军打，天天顶替妈妈去外地做"日本工"。

日军占领我家乡期间，我不是去做"日本工"，就是在家里做农活。比如，割稻、打稻谷、挑稻谷、除庄稼草、种番薯、挖番薯、种蔬菜、挑水、煮饭、喂养三鸟、喂猪、放牛等，凡是家务活我都干过。在邻村，我有两位放牛的好友，一个姓莫名上能，一个姓陈名长策。他们都比我大一两岁，我叫他们为大哥。我们经常在一起放牛、放风筝、放火灯（也叫天灯）、抓鱼、摸虾等。我们三个人，只要在一起，便是很快乐的。白天和傍晚，我们都一起到河里去游泳，游出一身好水性。我们还经常进行横渡万泉河游戏。到了中元节，海南叫作"七月半"节（农村祭祖先），我们又一起在晚上放火灯。少年时代的我们，就是这样过着文盲的、体力劳动的生活而不能去上学。是日军害得我们失去了读书的机会。

日军滚出海南后，国民党兵从山里进入了城市；共产党也从山上下来进入了农村，进行你死我活的地下斗争。武装的国民党反动乡丁天天都下农村征粮、征税，剥削老百姓，老百姓恨不得共产党的武装队伍把他们打死。在这战乱的年代里，我有时去学校，有时就不去了。这样的农村学校，教学活动难以正常进行，教学质量差。为了提高文化水平，友人约请我和他们一起到离家20公里的嘉积镇私立东路初级中学（升初中班）补习了半年（约于1948—1949年）。吃饭是从家里带米去，同学们合伙一起煮。住宿都在爸爸朋友的店里。当时，从我家到嘉积镇，交通工具主要是万泉河里的木帆船。河沿岸没有汽车，也没有像样的公路，只有人行道。为了节省搭船的钱，这半年，我从家里到嘉积镇上学，都是靠步行。周六中午就动身回家，每一程都要走五个多钟头，从中午走到太阳快下山才到家。我几乎每次都是一个人走路，路上行人很少。单独走路，既锻炼了身体，又锻炼了勇敢、无畏精神。

1949年10月1日是中华人民共和国成立的日子，中国共产党在琼崖的组织和琼崖纵队在我的家乡阳江苏区白水磜地区也举办了几千人的庆祝大会。我获知这一喜讯，便独自走了几十里的山路去参加了这个大会。大会主席台的上方挂着毛泽东主席和朱德总司令的画像，这是我第一次看到毛主席和朱总司令的画像，我很高兴！通过参加这次大会，我对毛主席、共产党和中华人民共和国有了进一步的了解。因此，我积极参加中共琼崖纵队领导的支援前线活动，特别是参加支援解放军解放海南岛的行动，以实际行动为人民解放军解放海南岛做出贡献。大约是在1950年春天的一个上午，我妈妈准备好了100斤优质大米，要我挑去支援解放军渡海解放海南岛。我就和村中的乡亲们一起，挑一担大米，从本村出发，走过大村沟的独木桥，到蒙养村，涉水过万泉河的合口水，走山间小路，涉河滩，爬高坡，穿密林，过山沟，经小山村，去到了琼中县的乌坡，直达琼中县城营根。中途都是走高低不平的山路，行走是很辛苦的，大概走了几十公里。但是，一想起人民解放军从东北打到琼州海峡，抛头颅洒热血，我们就觉得受这点苦不算什么！于是，我们奋力向前走，只为了支援前线，迎接解放军渡海。解放海南岛，这是海南人民和全国人民的共同愿望！1950年5月，海南岛解放了，被压迫的人民群众翻身解放了，我发自内心地感到高兴，也准备好到城市去好好学习科学文化知识。

1952年2月初，春节过后，我决定进城考中学。解放初期，海南的学校是春天招生的。刚好，我父亲的朋友梁堂勋先生是从马六甲回国的侨生。他要去海口报考广东琼台师范学校。他知道我没去过海口，人生地不熟，便答应带我去海口报考初中，并帮助我解决住宿的问题。

我在海口住了两三天就去报考海口市建华中学。在考试中，我觉得题目不难，答得很顺利。我记得作文题目是《给中国人民志愿军的一封信》。写信对我来说是不难的，因我经常给父亲写信。同时，我在乡下也经常参加宣传抗美援朝活动，对中国人民抗美援朝运动的意义和对志愿军抗美援朝的英雄事迹比较了解，因此，写起这篇作文来是得心应手的。大概两周后，学校录取新生的名单公布了，我榜上有名。于是，我立即写信给爸爸，把考上了海口市建华中学这个消息告诉他。爸爸知道我考上中学后无比高兴，立即寄信和汇款给我，鼓励我好好学习。

学校录取新生后，约半个月就开学了。学校规定，每天下午上课前半个钟头读报。同学们就选我为读报员。后来，我又被选为班长。在读初中一年级时的五月四日，学校举办纪念五四运动征文比赛，我获得了一等奖。从此，我就对写作产生了兴趣。第二学期开学后，我当选为学生会副主席。我读完初中一年级后，海南行政公署教育处就根据广东省教育厅的指示，将海口建华中学和琼海中学（原海南师专附中）合并，改名为广东海南中学。我在广东海南中学初中甲班学习了两年。在这两年中，我光荣地加入了共产主义青年团、当选为学生会副主席。

1954年冬天，我的《海南橡胶树》一文在北京的《中学生》杂志上发表。这是我平生第一次发表文章，而且是首次在全国刊物上发表文章。我为什么写这篇文章？因为当时《中学生》杂志开辟了"我爱祖国，我爱家乡"的专栏，很受中学生欢迎。我也很喜欢看这个专栏上中学生的作品。我爱祖国，也爱家乡，我家乡的许多事物是值得让全国中学生乃至全国人民知道的。

在日军占领我家乡期间，我逃难到深山老林里，看到了很多橡胶树。橡胶工人一早就拿着锋利的刀，沿着橡胶树轻快地转来转去割树皮。乳白色的橡胶汁液就不停地沿着橡胶树的小铁槽，滴到地上的小胶碗里。中午，割胶的工人就提胶水桶来收橡胶汁液。工人把地上的胶碗一个个地端起来，将碗里的橡胶汁液倒在大的胶桶里。休息时，割橡胶的工人坐在地板上，跟我讲橡胶树的故事。他们说：自古以来，在海南岛上没人种过橡胶树。几十年前，我们家乡的老华侨何达启和何麟书等，充满了爱祖国、爱家乡的情怀。他们知道，橡胶是重要的工业原料,世界各国都需要橡胶,橡胶树是"摇钱树"。海南岛与马来半岛的气候和土壤等都差不多,马来半岛能种橡胶树,海南岛也可以种橡胶树。为了填补海南岛这个空白,为了发展祖国的橡胶种植业,为了发展海南的农村经济,让海南农民有就业的机会,爱国华侨何达启和何麟书等便克服了帝国主义的层层封锁,把他们收购来的马来西亚的橡胶树种子,通过南海上的渔民,偷运到海南岛山区的"琼安胶园"种植。种植成功了,几十年来,从万泉河两岸的山区到一些农村的山地都是橡胶林,都开割了。但是,日军来了之后,割出来的橡胶汁液、炼出来的橡胶片都没人收购了。我听工人讲了很多有关橡胶树的故事,很感动,很受教育。当工人在讲故事时,正好遇到日军的飞机又飞来了。工人说,不怕它,我们有绿油油的、茂密的橡胶树的叶子遮住我们、保护我们,敌人是看不见我们的。橡胶树与海南人种橡胶树的故事,总是牢记在我的脑海里。我爱橡胶树,我爱海南橡胶树的故事。

我受到《中学生》"我爱祖国,我爱家乡"专栏的启发,于是大约在1954年暑假,就写了《海南的橡胶树》一文,寄到北京《中学生》杂志社。不久,拙文就在《中学生》上发表了,我感到无比高兴,且深受鼓舞!当时,在海南的中学生中,我是第一个在《中学生》上发表文章的。我的文章发表之后,就不断地收到北京、上海、南京、苏州、安阳、开封、武汉、黄冈、杭州、宁波、南昌、九江等中学生来信。他们在信中说,他们看到我的文章之后,才知道海南岛能够种橡胶树,而且种了很多橡胶树,感到非常高兴和自豪!当时《中学生》杂志社的编辑还给我写信,鼓励和期望我在学习之余继续写作。《中学生》杂志社还聘任我为该社通讯员,寄给我聘任书。我下了决心,要当好通讯员,绝不能辜负《中学生》杂志社对我的期望。从这个时候起,我确定了今后努力的方向:把自己培养成为党的新闻工作者。在海口读书期间,我参加了海口的劳动节和国庆节等庆祝活动,看见很多新闻记者都忙忙碌碌地进行采访,把最新的消息报道给广大读者。我认为,这项工作是很有意义的。

1955年1月,我初中毕业了。由于从这一年开始,海南区的高级中学一律改为秋季统一招生,春季没有学校招生,因此,我回家劳动了半年,直到6月才回母校海南中学参加高中统一招生考试。我报考高中的第一志愿是广东海南华侨中学。1955年8月,《海南日报》刊登了海南各中学的高中新生录取名单,我被录取到广东海南华侨中学高中部。1955年9月,广东海南华侨中学开学后，召开全校初、高中学生代表会议，选举学生会领导干部，我被选为学生会主席，高中三年一直担任该职务。

学生会是学生的群众组织机构，它代表着学生的集体利益，为学生服务，并协助学校做好学生德、智、体方面的工作。我在学习之余，积极协助学校搞好学生的政治思想、学习、生活和文娱体育工作，具体抓好学生会各部门的工作。宣传部长黄国雄负责抓好校内的宣传报道工作，定期出版黑板报，宣传报道政治时事动态、表扬师生中的好人好事和分享学习经验；定期召开学习经验交流会，不断提高学生的政治思想学习水平。劳动生活部长柯景蕃同学协助总务处搞好学生的生活，比如，配合总务处抓好饭堂工作，令学生满意，且由于成绩显著，受到学校的表扬。文娱部长钟积波和刘统光都是归国华侨学生，他们思想活跃，能歌善舞，有文艺专长，有独创精神。他们举办学生的文艺活动很出色。当时，海南华侨中学学生会的文工团在著名的音乐老师王可夫和文艺爱好者张志坚等老师的指导下，在海口市是很有名的，曾在校内外进行过无数次的演出，深受广大师生和社会观众的欢迎。在课外活动时间，学生会还协助学校，带领同学到近郊和街道进行社会主义农业合作化和工商业改造宣传。学生会的文艺表演队根据党的方针政策，创作了许多文艺节目来配合政治宣传，受到群众的热烈欢迎，提高了宣传的质量。在宣传中，我注意收集材料，并撰写稿件。1956年冬天，《中学生》用两大版发表了我写的《宣传农业合作化》图文并茂的通讯报道。这篇文章介绍了广东海南华侨中学在宣传农业合作化中的先进事迹，这在当时是有推动作用的。1958年年初，广东高考招生委员会的刊物还发表了我写的有关学习与劳动相结合内容的文章《在树荫底下》，该文报道了我们高中毕业班的同学一边积极准备高考，一边收获他们的劳动果实花生的欢乐情景。在高中的三年里，我还为《中学生》撰写了一些内参的资料。

1956年6月，我在中共海口市委的亲切关怀与培养下，光荣地加入了中国共产党。我的入党介绍人是符史炳和符世省（中共海口市委组织部干部）。

1957年4月，广东省委和省政府在省委党校召开了全省中学生代表会议。共青团海口市委和海口市教育局派我代表海口市中学生参加了这次会议。海口市团委的领导符越华同志代表市团委参加了这次会议，并带领我去开会。广州，是我向往的地方。那次是我平生第一次去广州，感慨万千。我是一位在旧社会受到日军和国民党反动派压迫的穷人家的孩子，只有解放后，才翻身有书读。

如今，从穷困、落后的农村走到了大城市，大开眼界，我从内心感谢共产党对我的培养！当时，和我一起去省会参加会议的还有海南各县中学的学生代表。我们乘船过琼州海峡，然后坐车到湛江过夜，次日早晨乘车到江门。我们到江门时已是黄昏。晚饭后，我们坐珠江的船去广州。在船上睡了一觉，次日早晨到广州南方大厦附近的码头上岸，然后坐车去省委党校报到。当时，从湛江到江门经过了很多座桥，那些桥梁都是用木材搭建的。这是旧社会遗留下来的桥梁，很落后。

在广东省学生代表会议期间，我是大会主席团的成员之一，坐在主席台上。会议结束后，我们回到海口。中共海口市委和市团委在海口中山纪念堂召开海口市中学生代表大会，由符越华同志和我传达广东省学生代表大会的会议精神。

1958年我考上中山大学中文系新闻专业。毕业后分配到山西省教师进修学院晋南专区函授站工作，1966年调到海南澄迈中学工作，1972年调到海南师范专科学校工作。

1978年1月，我调到海南师专中文系从事古典文学教学工作。我到了中文系之后，一边教元明清时期古典文学课程，一边负责中文系教工党支部工作。1979年，国家恢复了在高等学校的职称评定工作。1980年，我被广东省职称评定委员会评为讲师。在教学中，我和婉薇坚持理论联系实际，一边讲中国古代文学作品，一边研究海南的古代文学作品和其他中华优秀文化遗产。"文革"结束后，我就积极投入到研究中华传统文化。从1978年起，我重点从海口五公祠中的"五公"（李德裕、赵鼎、李纲、胡铨、李光）入手展开研究。首先研究"五公"被贬来海南的原因和他们的生平，然后从海南历代的地方志书和其他古籍中，寻找和整理出"五公"和苏东坡、丘濬、海瑞在海南的作品，再进行精选和注解。这是海南历代没人做过的事。我写了一本《五公诗词选》，因为这本书主要是收集"五公"的作品，所以苏东坡、丘濬、海瑞的作品只作为附录。本书于1981年秋季定稿。当时任海南文化艺术馆馆长的洪寿祥（后任中共海南省委宣传部部长等职）同志看了这部书稿之后认为书稿很好，以海南文化艺术馆的名义刊印，首印1万册。本书出版后，全国各地图书馆和文化馆纷纷购买。十年后，应读者的要求，这本书于1992年由中山大学出版社正式出版。这本书的出版，有承前启后的作用。在海南岛解放前，海南的文人整理出版了不少有关海南古代名人的著作，我这本书是海南岛解放后研究海南历史文化成果出版的第一本书。

后来我到中山大学出版社工作后,虽然没时间研究海南的传统文化了,但我希望在海南工作的文化人行动起来,不断研究海南传统文化,因此我每年趁假期回海南探亲的机会,都会邀请老同事和老朋友座谈,向他们介绍全国的出版情况,向他们组稿。比如,建议苏英博教授等人编辑《海南名人辞典》和《海南黎族大辞典》等书稿,由中山大学出版社出版。他们都很高兴地接受了我的约稿。老革命同志朱逸辉也积极主编了《海南名人传略》《琼州诗词选》等书。改革开放以来,海南文人研究和创作的成果像雨后春笋般不断地出现,有文艺作品,有古诗词选编,也有中学和大学的教材等。

"人猿区别之际,即文化产生之时,文化为人类所专有。"(黎澍《中华文化辞典·序言》)中国有上下五千年的文化,是世界四大文明古国之一,是文化最发达的国家之一,是文化大国。中国的四书五经和《孙子兵法》等都对世界的文化产生了巨大的影响。我喜欢中华优秀的传统文化,也喜欢地方的志书。在 20 世纪 60 年代,我从山西回到海南以后,就很关注海南岛的古代文化、历史名人、名胜古迹和非物质文化遗产。我常常在工作之余查看海南岛古代名人的著作,收集有关广东和海南的地方文史资料、民间故事和民间传说,进行整理。我记得有一位历史学家曾说,要研究历史文化,先要从研究地方的历史文化开始。于是,我经常到图书馆阅读有关海南的地方志书,如《琼州府志》《琼山县志》《定安县志》和丘濬、海瑞的著作等。我既努力学习海南的古代史,也注意阅读海南的近代、现代、当代史,特别注意收集琼崖纵队的革命史料。因为只有继往,才能开来。

我除了学习有关海南的书本知识外,还做社会调查,如到海南历代名人所生活过的地方去,请当地的老人讲述历代名人的故事和传说。我认为这些老人已到八九十岁了,如果不抓紧时间,请他们讲述民间故事和传说,进行收集、整理,这些记忆将会失传。于是,我就在工作之余抽时间到丘濬和海瑞的故居琼山县府城镇金花村去,请丘濬的后代丘仁义父子讲述丘濬的生平、丘濬的故事和介绍丘濬故居"十柱室"的情况。"十柱室"是明清时代海南有钱财的人家才能建造的。其房屋是砖木结构,房屋里面使用的全部是精良的木料。其中有十条顶梁柱(民间俗称为"十柱室"),是圆形的,直径四五十厘米。这十根柱子坚固耐用,坚如磐石。"十柱室"能抗震、抗台风,冬暖夏凉,这在海南是理想的民居。这种房屋在海南有些地方有，比如在海口和琼海，但是为数极少，我亲眼见过的只有三间。丘濬故居除了"十柱室"外，还有"藏书石室"。明成祖朱棣很重视收藏图书，除了组织学者编成《永乐大典》，也号召民间也收藏图书。丘濬受明成祖的影响，在自家的后院修建了一间"藏书石室"，在里面收藏了很多图书，以供读者阅读。据记载，当时海南各地都有不少学者到"藏书石室"借阅图书。后因兵荒马乱，"藏书石室"被破坏。我经过调查，写了《丘濬故居漫记》一文，于1980年在北京的《旅游》杂志上发表。本文发表后，有不少记者采访了丘濬故居，也来访问过我，要我介绍丘濬故居的情况。

  我还请金花村80多岁的老人李公公等讲述丘濬和海瑞的故事，并把这些口述材料整理成文章，分别在北京、上海、广州、江西和海南的报纸杂志上发表。1985年初，海口市博物馆梁杰成馆长要我将丘濬和海瑞的故事编辑成一本小书稿，交给他们印刷出版，书名叫《丘濬和海瑞的小故事》。1985年，他们以博物馆的名义内部出版发行了这本小书。1993年，我又将这些故事汇编成书稿，由中山大学出版社出版，书名为《丘濬、海瑞在海南的故事》，并由新华书店发行。为了弘扬丘濬的精神，1982年年初，我和琼山县文化部门的领导陈雄、吴坤雄创作了琼剧剧本《才子丘浚（濬）》。

  苏东坡是宋代的大作家，我们向学生介绍苏东坡的生平和作品时，融入了他被贬来海南的政治背景、生活及作品。为了进一步深入研究苏东坡在海南的生活和他在海南的作品，1978年中秋节期间，我到苏东坡生活过的儋县中和公社去做社会调查。首先到了东坡书院，瞻仰了苏东坡父子和黎子云的塑像。然后，到中和公社拜访了该社的领导，得到该公社党委副书记黎圣三同志的热情接待。黎圣三同志也很喜欢苏东坡的作品，他带领我采访了好几位老人，请他们讲苏东坡的故事。此次调查，我收集到很多苏东坡在中和公社一带的资料、传说和故事。后来，我整理了很多苏东坡在海南的故事、传说，编辑成《苏东坡在海南的故事》，分别在北京、上海、成都、广州和海南的报纸杂志上发表。我撰写的论文《苏轼与民俗》，分别在辽宁的《社会科学辑刊》、广东的《民俗》和《海南大学学报》上发表。1980年年初，我被广东民间文学协会批准为会员。1980年暑期，我应邀去哈尔滨市参加《红楼梦》学术讨论会，结识了许多红学界的名流。

  1980年秋天，我从海口乘坐苏联制造的仅能坐30多人的旧飞机去湛江出差。飞机飞得很低，可以俯视琼州海峡，海面上的船只看得很清楚。飞机从起飞到降落才用了20分钟。我到了湛江，就坐火车到昆明，在昆明住了一晚，游览了滇池等名胜。然后坐火车经西昌去成都，参加四川大学主办的苏东坡学术讨论会。会议期间，我游览了成都的杜甫草堂和武侯祠。参观了四川大学和苏东坡的家乡眉山，并游览了峨眉山和乐山大佛。然后，从成都到重庆，游览了山城重庆。并在重庆过了一晚。接着，从重庆乘船到武汉，游览了长江三峡。在武汉，我游览了黄鹤楼、长江大桥和参观了武汉大学等。

1981年夏天，我去山东大学参加蒲松龄学术讨论会，顺路上了泰山顶，参观了孔庙、孔林。然后乘火车到南京，参观并住在南京师范学院。南京是明代初期的首都，是海瑞做过官的地方，于是，我参观了南京的名胜古迹，寻觅海瑞的踪迹。为了调查海瑞在江南的政绩，我去镇江和扬州等地，参观了博物馆，收集了一些海瑞的资料。然后，到上海古籍出版社，拜访老编辑葛杰同志，并同他商谈出书事宜。

1982年，《社会科学辑刊》发表了我的有关诗词学术论文《王国维的"情景交融"说》。这是我在中山大学读书时写的论文。后来因为"文革"，这篇论文没机会发表。从1983年暑假起，我应广东人民出版社岑桑社长之邀，为"岭南文库"丛书编选和注解《苏东坡在岭南的诗文选注》。后来又应湖南岳麓书社之邀编注《岭外代答》。

1981年秋，我应邀到徽州参加吴敬梓学术研讨会。讨论会之后，游览了黄山。当时游览黄山不用买门票，但是游客也不多。游览黄山之后，我坐车到杭州市，游了西湖和杭州古塔等名胜古迹。1982年秋天，我去江西九江参加苏东坡学术交流会，并且坐车游览了庐山。1983年秋，我到湖北的黄冈参加苏东坡学术讨论会。1984年秋，我们夫妇应邀去惠州参加"苏东坡在惠州"学术讨论会，参观了惠州的苏东坡古迹和罗浮山。在惠州，我们见到了中山大学著名教授王起。他除了担任中文系的教授外，还兼任中山大学古文献研究所所长。他知道我在研究古籍方面有些成绩，提出调我们回中大古文献研究所从事研究古文献的工作，我们极为高兴。

郭沫若先生在标点《崖州志》时撰写了一篇序，说唐代的李德裕被贬到崖州（今三亚市）。我认为他这个说法是不符合海南的历史的。因为李德裕被贬来海南时的崖州，治所是在今天的海口琼山境内，而三亚当时称振州，直到北宋才改振州为崖州。为了调查李德裕、赵鼎和胡铨等人在崖州的活动情况，我于1979年暑假去崖县崖城公社（今三亚市崖州区）调查李德裕是否被贬到了当地，结果是收集不到任何有关李德裕来过当地的资料，这可以说明李德裕被贬到三亚的观点是错误的。又有人说，在乐东县有一个大队，那里大部分人都是李德裕的后代。我又在那里做了调查，但是也收集不到任何资料可以支持这个说法。我到了崖城公社，请主管当地文化工作的一位干部带我参观了水南村，但是，这里看不到赵鼎和胡铨的踪迹。后来，我们去到南山（古称鳌山）海边，那里有很多名胜古迹。唐代鉴真大师六次东渡日本失败后，被海上风浪袭击，风浪把他们送来鳌山海边，这里有他们登陆的地点古迹。此外，还有石船、摩崖石刻、仙人洞、仙人脚印和"还金寮"等古迹。这些古迹让我深受感动，于是我撰写了《鳌山漫话》，于1980年在北京的《旅游》杂志上发表。1980年冬季，海南师专中文系陈贤茂老师主持召开中国现代文学研讨会，他将我的《鳌山漫话》发给了每个到会代表，并带代表们去南山游览参观。我当年去南山时，那里还是一片荒芜的、无人到过的海岸。改革开放后，南山已成为三亚美丽的风景区、重要的旅游点。鉴真和尚的登陆地点，已竖立起亚洲最高的南海观音像，供人观赏，且游人如织。

1979年，我在阅读广东和海南的文史资料时，发现了一位杰出的历史人物。她很早就被周恩来总理称为"巾帼英雄"，她就是冼夫人。于是，我撰写了《漫话冼夫人》，1980年，发表于广东人民出版社出版的《随笔》杂志。1982年冬天，冼夫人学术研讨会首先在冼夫人的故乡茂名市召开。茂名的讨论会结束后，又继续到冼夫人生活过的海南琼山、临高和那大等地召开，会议开得很成功。参加会议的专家、学者、教授来自北京、上海、广东、广西和海南等地。从此以后，冼夫人的学术研讨会几乎每年都召开，相关学术论文和专著不断地发表和出版。我在海南继续搜集冼夫人的有关资料。1996年1月，高州市政府在市政府广场召开了几千人参与的隆重纪念冼夫人诞辰大会。大会邀请了海内外研究冼夫人的专家和学者参加。我们夫妇也被邀请参加，并受邀坐在主席台上。在这次大会期间，高州市政府和广东省电视台还联合邀请我和广州大学的黄君萍教授到广东省电视台去录制节目，向观众介绍冼夫人的功绩和历史地位。

从1981年起，我就将一部分精力投入到对冼夫人的研究中。有一天晚饭后，我在校园里散步，遇到我的学生陈雄。我讲起琼山县新坡的冼夫人庙。他说，他就是新坡冼夫人庙村的人，全家人都信仰冼夫人，他也很想研究冼夫人。于是，我就和他合作，先后撰写了《冼夫人在海南的古迹》（1984年发表于《岭南文史》）和琼剧《冼夫人》等。1982年初冬，我邀请陈雄一起参加茂名冼夫人学术讨论会。后来，陈雄研究冼夫人取得很大的成果。1992年，我帮助他出版了《冼夫人在海南》一书（中山大学出版社出版发行）。2002年年初，广东省社科院、省民族研究所和茂名市政府在茂名召开了专门研究冼夫人文化和妈祖文化的会议，我应邀出席，并撰写了《试论冼夫人文化与妈祖文化》，2003年由广东人民出版社出版。

1979—1984年，我曾和琼山县文化部门的人一起研究丘濬、海瑞和琼山的名胜古迹，开过几次座谈会，出版过《琼山文史》。我在该刊物上发表了《遗泽在海南》《丘浚（濬）年谱》《许子伟小传》等。《遗泽在海南》这篇文章专门论述了海瑞在海南的功绩。过去，人们都评述海瑞在其他省份做官的功绩，而没有人研究过海瑞在海南的功绩。我这篇文章填补了这个空白。除此之外，我还在该刊物上发表了《丘浚（濬）故居》和《许子伟和海瑞》等。1983年冬，海南中旅社举办导游学习班，邀请我去给学员讲解海南的名胜古迹。

1983年，海南师范专科学校、海南医学专科学校和海南农学院合并为海南大学。海南大学党委书记林施均同志很重视海南的文史研究工作，很支持我研究海南文史，肯定我的研究成果。而且，他还亲自和我一起深入琼山的灵山和石山等地，考察、研究琼山的名胜古迹。他对我说，海南大学要成立海南文史研究室，想邀请我去担任主任（处级待遇）。我婉言谢绝了，因为当时中山大学正和海南大学商谈调动我和岑婉薇到中山大学工作的问题，而我们很想回母校工作。

我和婉薇在整理古籍和科研方面取得了一些成绩，在广东省、在国内有一定的影响。全国著名的古典文学、元杂剧研究专家，中山大学中国古文献研究所所长，中文系资深教授王起于1983年年初向学校提出，从海南大学调我们回中山大学工作，我们于1985年2月调到广州中山大学了。

我们到中山大学报到后，校人事处处长就对我们说，中山大学出版社刚成立两年，很需要编辑，希望我到出版社工作。至于婉薇则到图书馆学系（今信息管理学院）教语文，因为那里很需要语文教师。我们都服从分配。我一到出版社，就接受了历史学系主任陈胜粦教授的《鸦片战争论稿》的编辑工作。由于这本书急着要出版，我连暑假都不休息，忙于编辑这本书稿。这本书于1986年出版，是陈教授的代表作。这一年正是改革开放后，中山大学第一次评审博士生导师。陈教授便拿这本书去北京高等教育部，由专家进行评审。结果，他被评为中山大学第一批博士生导师。这本书出版后，获中南地区优秀图书一等奖。

我喜欢中国古代文化艺术。在编辑工作中，我注意组织有关中国古代南方的文学艺术、历史文化、历史人物、文物古迹题材等稿件。鸦片战争是中国，尤其是广东的重要历史事件，有关这方面的书，我编了好几本，如《林则徐与鸦片战争》《陈连昇与他的战马》等。孙中山是中国的一代伟人，有关他的事迹的书，我也编了很多部，如《孙中山与辛亥革命》（获中南地区图书一等奖）、《孙逸仙——壮志未酬的爱国者》等。广东的专家学者编辑了一套"岭南丛书"，收集了岭南有关重要文学、历史文化的重大成果。我负责编辑出版了该丛书的好几本，如《红杏山房集》《独漉堂集》等。广东是重要侨乡之一，我很注意出版这方面的书。比如，我编辑出版了《茂名华侨志》《星马华人》等。岭南的文物、名胜古迹也是很有名的，我编辑出版了《南雄珠玑巷》《广州地名谈》《顺德县志》《海丰文物志》《湛江商业志》《佛山史话》《博罗文物志》《吴川文物志》《电白文物志》和反映汕头地区历史文化的《稽衍集》等。除了编辑出版古籍之外，我也注意组织编辑出版反映当代生活的书，如《大亚湾之声》等。关于文化教育和民间传说等方面的书我也编辑出版了一些，如《动物的传说》等。

我虽然离开了海南，但是，我很关心海南的文化出版事业。海南文化界的同志知道我在出版社工作，也主动来找我商谈出书的事宜。我都主动、积极地支持他们出书。我先后为海南的同志出版了《琼海文物志》《定安文物志》《琼山文物志》《黎族文化》《海南美》《冼夫人在海南》《海南椰子节》《吴冠玉书法集》（三本）、《海南名人传略》《苏英博诗选》，和明代王佐的《鸡肋集》、周昌彪编辑的《中国优秀民歌选》等。还有海南省教育厅小学培训中心王文弘主任主编的几套教材，海南师范学院王辉丰副院长的学术专著、苏英博副书记主编的德育教材、数学系陈教授的《微格教学》等。经我组稿、苏英博主编的《中国黎族大辞典》（中山大学出版社出版）获得国家图书奖。

1987年夏天的一个早晨，我从中央人民广播电台的新闻联播中得知，中国第一个藏族博士生格勒在中山大学人类学系毕业。他的毕业论文《论藏族文化的起源形成与周围民族的关系》，有30多万字，很有学术价值。我得到这消息后，就去采访格勒同志，并将他的书稿带回出版社研究，大家一致认为可以出版。格勒毕业后，被分配到北京工作。1988年1月初，我带着格勒书稿的修改稿坐飞机到北京，请格勒过目。格勒同意了我们的修改意见后，我就带书稿坐飞机回广州。我将书稿再编辑加工之后，即付印出版。这本书出版之后，受到国内外读者好评，也获得了中南地区图书评比一等奖。格勒还被邀请到法国、英国和美国等地做学术报告。

中山大学出版社在我刚来时成立了一个党支部，1986年，我被选为支部组织委员。1988年，我被任命为编辑室主任。在中山大学工作期间，我先后被中山大学职称评定委员会评为编审、教授。2018年7月，我被中山大学党委授予"优秀共产党员"荣誉称号。

中山大学的著名教授很多，著作书稿也很多，而且很有价值。已故的梁钊韬教授是著名的人类学专家，曾任人类学系主任，我编辑出版了他的《梁钊韬选集》等；陈锡祺是历史系著名的老教授，我为他编辑出版了《孙中山与辛亥革命》等；文艺理论家吴文晖教授是中文系教授，我为他编辑出版了《缅甸戏剧》；罗伟豪教授是著名的语言学家，我为他编辑出版了《广韵研究》；等等。

除了注意编辑出版具有岭南特色的图书之外，我还编辑出版了不少具有经济效益的书，如《黄金外汇投资指南》《科学文化知识丛书》《科学育儿》《广州话词典》等。

1994年暑假，我们夫妇与女儿应香港海南商会的邀请到香港访问。在香港期间，我们对海南在香港的商人进行了一个多月的采访。我回到学校才能开始写稿。当时，我既要做好出版社的工作，又要撰写《香港海南商会史》，是很忙碌的，但我还是按时完成了任务。

1995年11月，婉薇的三哥、弟弟和妹妹邀请我和她到吉隆坡探亲。我们在三哥家住了20多天。三哥、国康弟和妹妹带领我们参观了岳父母的故居，以及到岳父母的坟墓前献了鲜花。我们参观了吉隆坡辉煌的天后宫，那是海南籍的华侨为纪念妈祖而建造的。我们还游览了风景秀丽的云顶。特别是，我们到了向往已久的马六甲，那是我父亲的第二故乡，他在那里生活了50多年。那时候中国人出国还是不容易的。中国和马来西亚的门户还没有完全开放。我们办理赴马来西亚签证前,要先由那边的亲人寄来邀请信,我们再把邀请信带去公安部门申请,才能办理出国手续。要是手续简单化的话,我就可以带父亲重返马来西亚游览了。总之,我不能陪伴父亲重返一次马六甲,甚感遗憾!

1996年6月8日,儿子晋峰结婚。我们夫妇远赴澳大利亚参加他的结婚典礼。

这是我们第一次来澳大利亚。6月初,在中国是夏天,可是,在澳大利亚是初冬。我们下飞机后,就觉得太阳很暖和,不冷不热,空气新鲜,环境优美,百花盛开,鸟语花香。这里的城市街道整齐有序,环境卫生好。悉尼是世界有名的大都市,商业繁荣。悉尼有著名的达令港(俗称情人港)、歌剧院、唐人街和悉尼大桥。当地市民有礼貌、友善、讲究卫生、注意公共道德,还很乐于助人。这里的人居环境优美,房子周围种满绿树和鲜花。

2001年7月,我女儿从中山大学信息管理学系毕业。8月她就来澳大利亚定居。我们陪伴她一起来。她到澳大利亚后就打工,以维持生活。一年后,她考上著名的新南威尔士大学信息专业研究生。这样,我全家人都在澳大利亚了。

澳大利亚从建立殖民地以来,至今已有200多年的历史,华人来到这个国家也有100多年的历史。在海外,凡是有华人的地方,就有华人的文化。在悉尼,就有许多华人的文化活动场所和华人的文化古建筑物,比如关公庙和洪圣宫等。这些古建筑物已有100多年的历史。这些庙宇都是旅居悉尼的祖籍在广东珠江三角洲一带的华侨华人建设的,它们是中华文化的一个缩影,是旅居悉尼华侨华人的精神依托,是中华民族团结与凝聚力的象征。我很喜欢这些建筑物,并对这些古建筑物进行了调查研究,又先后撰写了《关公在悉尼》《南海神庙与洪圣宫》《悉尼大桥》《中澳建交30周年》《冼夫人与妈祖文化》等文章,发表于悉尼的《星岛日报》与《澳洲新报》。除此之外,我还写了反映华人生活的《种花与种菜》、《海南椰子汁在悉尼大受欢迎》、《退而不休的奇人》(讲述定居在悉尼的原中山大学中文系教授谭达先的故事)、《海瑞真的杀死他的女儿吗?》(我在文中严厉批驳一些刊登在悉尼报纸上的恶意攻击海瑞的文章)、《神奇的中医》和《调包记》等文章,在悉尼的中文报刊上发表,比如《汉声杂志》《星岛日报》《华人日报》《澳洲新报》《自立快报》和《新快报》等。

2002年后,悉尼开设了公办的免费电脑学习班。我就去报名学习电脑知识。初步学会了发电子邮件、上网、打字等。后来,在女儿秀聪的不断帮助和指导下,我基本上能用电脑打中文了。我用电脑写了很多反映澳大利亚华侨华人生活和文化的文章,写了很多有关中华传统文化和家乡传统文化的文章。在这基础上,我先后撰写了三部著作:《万泉河畔故乡情》(尚未出版)、《万泉河传》、《中国南海传》。

有人问我,你都老了,写那些文字有何意义?我想,我出生于海南岛最底层的农民家庭,日军侵占海南岛,使我经受尽了国难、家穷之苦。我三岁时,父亲为了养家,就离开我去了南洋谋生,我与母亲相依为命,母子俩是弱者,被乡中强者欺侮。特别是,妈妈被恶霸、日军和国民党反动派绑架和殴打过,头破血流,伤痕累累。我不把日本和国民党反动派对我家的迫害写出来是没人知道的。日军和国民党反动派对我家乡文化教育的破坏,使我十几岁才有机会学汉字。我学会了一些汉字,掌握了一些汉文化,我爱汉字、汉文化。于是,我才能用汉字给远在海外的父亲写信。他看到我能用汉字写信,很高兴!在父亲的鼓励下,我决心要用汉字写出我想写的东西。

在旧社会,我受日本帝国主义侵略者和国民党反动派的奴役、压迫。新中国成立后,广大劳动人民翻身做主人,在中国共产党的培养下,我从一个少年文盲成长为一个大学毕业生。没有中国共产党,就没有我的今天。我是教育、文化工作者,因此,我要努力去挖掘、整理和宣传中华优秀传统文化方面做一些工作。

我个人的生活道路是曲折、不平坦的,但在困难面前,我立场坚定,仇恨敌人,敢于斗争,热爱祖国、热爱家乡、热爱人民、热爱中国共产党、热爱中华优秀文化和热爱自己的家庭,任何困难都被我克服了,我相信前途是光明的。我的理念是活到老、学到老、做到老,为弘扬中华优秀文化做贡献,为党、为国争光!

我爱我的家

我的祖父和我的村子

我的祖父叫黎汝明。他生于清光绪四年（1878）八月十一日寅时，卒于民国己未年（1919）六月初八日申时，享年41岁。他去世时，我爸爸才7岁。他是一位穷苦的、老实的、有理想的、有奉献的、靠劳动生产持家的、有智慧的农民。

我的村子所在地是块宜人居住的好地方，可以说，是块"风水"宝地。因为：第一，它近水（万泉河），祖先买下这块地定居时，即取名"溪近村"。有溪，就有水，水是生命之源；有溪（水），就有钱，"绿水青山就是金山银山"。从我懂事起，每年秋天都下暴雨，万泉河的水都暴涨起来，但河水只涨到离我们村子约十多米的地方就停止了。洪水从未淹过我们村子的房子。看来，洪水是不敢侵犯我们村庄的。但是，近河岸、地势低洼一点的村庄，经常被河水淹没。第二，离我们村约三四百米的河渡口，自古以来就是万泉河中游的重要渡口之一。它是万泉河中游两岸群众交往的必经之地，并且从此渡口乘木船，可顺水而下，到石壁、龙江、南正、椰子寨、温泉、文曲、嘉积、乐城和博鳌，乃至出南海，到南洋。第三，这村庄向北，后面是稍高的坡地，自古以来是交通要道；前面是平整的田园，风光秀丽。第四，村庄的房子面向日夜流淌的万泉河，财源滚来，人丁兴旺，人才辈出。这村庄，自古以来，路通财通，的确是块"风水"宝地、民居"福地"。

我的祖母

我的祖母王氏，生于光绪戊子年（1888）十月十八日卯时，卒于民国戊午年（1918）七月二十一日子时，享年30岁。她的娘家在离我家约两公里的山口村。我祖母生了一个女孩、两个男孩。在我的爸爸7岁、姑姑8岁、叔叔4岁时，我的祖母就逝世了。祖母的遗体埋葬在我家的"下园"地里。我见过祖母的大哥（我的大舅公），我想他的样子、脸型可能就像我祖母。如今，祖母的大哥已去世了，但我对他记忆犹新。我爸爸的脸型就和他的大舅有点相似。二舅公去南洋，老了在南洋去世，我没见过他。大舅公在家务农，有时也在龙江做点有关卖猪和卖牛的中介生意。我小时候，妈妈常带我去大舅公家和二舅婆家做客，曾和表哥、表弟、表姐和表妹们玩。大舅公的外孙女嫁给我邻村的莫泽雄。这位莫先生生前是村委会副主任和村党支部副书记。20世纪80年代，我爸爸从南洋回家，已为他的母亲的墓竖立了碑记。

我的继祖母

祖父的元配王氏去世后，他一个人养育三个儿女太辛苦了，于是，他再娶了一位李氏，重建新的家庭。这位李氏的娘家在离我家不远的嘉丁涌村。她原嫁给鸭寮村一位姓王的男人。这姓王的男人病死后，她就嫁给我祖父。夫妻和睦共处，努力生产，共同挑起抚养我爸爸等三个儿女的重担。据说，很不幸，她嫁给我祖父一年多后，我祖父就去世了。听说，她嫁给我祖父时，还带来一个她生的男孩，可见她的家务相当繁重。我姑姑出嫁，我爸爸和我叔叔结婚，她的亲生子去南洋等，都是她一手包办的。据说，我的继祖母亲生的孩子去南洋后就下落不明了。我的继祖母是一位女强人。我爸爸娶了我妈妈之后，家里就多了一个劳动力，我妈妈挑起了一部分的家务劳动。我叔叔订婚时，女方要男方给两亩水田作为礼金，才嫁给我叔叔。这样，我家就少了两亩水田，生产的粮食少了，大家就吃不饱饭了。为了增加生产，我的继祖母只好跟村中的兄弟一起上山开荒种植。一个40多岁的寡妇，为了养家，独自上山开荒生产，其艰难困苦可想而知。

1939年初，日军占领了我们的家乡之后，我妈妈就带我逃到继祖母开荒种地的山区粉车墟（在今会山镇）去避难，同继祖母一起生活、劳动。原先由于叔叔结婚了，要自己住一间房，如果继祖母回家，也没有房子住了，因此，继祖母长期劳动、生活在会山，我很少见到继祖母。后来由于逃难，我到了会山，才真正同继祖母住在一起、认识了继祖母。她关心我，总是把最好吃的东西给我吃。她每天都上山去摘野果给我吃，还到水沟里抓小鱼虾给我吃。日军的飞机几乎天天都在我们的头顶上飞，用重机关枪扫射。一听到飞机声响，继祖母就带我到山沟、石洞里躲藏。

继祖母很勤劳，每天一早，她就到地里劳动。有一天，继祖母在砍柴时，不慎被刀砍伤了左小腿的下部，伤口很大，血流不止。由于当时是逃难，没医生、没药治疗，伤口被感染了，不断红肿、流脓、腐烂，甚至长出蛆虫来，而且蛆虫越来越多。我亲眼看见一条一条很大的蛆虫，在继祖母的左脚腿部腐烂处爬来爬去。眼看被感染的伤口越来越大，几乎左脚腿的肌肉全部化脓，浅红色的血水慢悠悠地往下淌，不时发出一阵难闻的血腥臭味。蛆虫越来越猖獗，继祖母脚腿上的肌肉几乎已被蛀虫吃光或烂掉了，露出了淡红色的骨头。这时的祖母呀，没饭吃，没药医治，只见她坐在一块破旧的木板上，穿着破了又补、补了又补的黑色衣服，低着头，弯曲着脚，眼巴巴地望着她那腐烂了的腿。我看她，又饥饿，又痛苦，脸色苍白。整个身躯，皮包骨头，头发松散、斑白。她手扶着那腐烂的腿，深情地望着8岁的我，对我说了一些话，但我不记得她对我说了些什么了。我看见她那流淌着泪水的眼睛，陷得很深。她望着那些爬来爬去的蛀虫，内心多么痛苦！她多么祈望有人来帮她把这些蛀虫消灭掉，以减轻她的痛苦！以救她的命！可是这时，她叫天天不应，叫地地不灵。我妈妈每天都熬一些草药水帮她洗涤伤口，煮一些番薯汤给她喝，但是，没有米煮饭，光喝番薯汤怎么饱？！腿脚腐烂这么严重，光用草药水洗涤，是杀不了那么多蛀虫的，是医治不了她的烂腿病的。然而，她这种病，难道不能医治吗？可以医治！但是，在罪大恶极的日军统治下的家乡，哪里有医生？哪里有特效的药品医治她的腿呢？她绝望了。她就在这种烂腿病的长期折磨下，痛苦而不幸地去世了。日军是害死她的罪魁祸首。这就是日军给中国人民带来的灾难。她死在一间矮小的茅草房里。她死时，没有一件好的衣服穿，穿的是缝缝补补的衣物。尤其可怜的是，没有一副木棺材装她的遗体，只用一张破烂的草席包裹着她的尸体进行埋葬。一名普通中国人死得如此悲惨，这是日军的侵略造成的。

继祖母生于1887年九月初一日，卒于1940年三月十九日未时，享年53岁。我爸爸对他的继母非常厚爱。抗战胜利后，他于1945年年底（过年前夕），从马来西亚回到老家。过了年，他去看望他继母的墓，不久，便请人把继母的尸骨迁回我们村的"后头岭"何氏家的地里，同何氏的一位老母亲的尸骨一起埋葬、立碑。何氏的老母亲是我继祖母的好邻居，她也是日军统治时期在会山去世的。继祖母尸骨的迁移和埋葬费用，都由我爸爸负担。

黎才德叔叔最近告诉我，我的继祖母去世前，他的父亲曾带他从会山的"嘉脑园"来看望我的继祖母。他说，他亲眼看见我的继祖母的腿部腐烂处长了很多吸人血、吃人肉的害虫。这说明，村中的兄弟对我继祖母的患病是关心的。当年，日本帝国主义侵犯我的家乡，害死了很多乡民；今天，日本的执政者没有反省发动侵略战争的罪行，反而勾结美国，不断干涉中国内政。我们必须提高警惕，防止日本军国主义死灰复燃！

至于我的继祖母的亲生子，他去了南洋后，就没有了音信，可能是被人"卖猪仔"到最艰苦的地方做苦工，最终被坏人害死了。我父亲到了南洋后，常到处打听他的下落，但始终得不到他的消息。

我的父亲

我的父亲名才南，字东唐。辛亥年六月二十日（1911年7月15日）生，1997年5月6日（农历三月三十日）上午8时30分去世，积闰，享年90岁。

我父亲六岁多时，他的母亲就去世了，七岁多时，他的父亲也去世了。这时，正是他读书的年龄。他表兄蔡清其（父亲继母李氏姐姐的大孩子）任教于小学，便免费让他去上学。他在表兄的帮助下，大概读了两三年的书，就不读了。因为家里穷，需要他去做工赚钱来维持生活。他十二岁起，就去"山口"村跟二舅父学做木工。二舅父擅长做椅子、桌子等家具，做好了就出售。我父亲做了几年木工之后便不做了。他到万泉河上游山区去砍伐木材，扎成木排，顺水而下，运到石壁镇等地出卖。全家人就靠他去赚钱，其他人在家耕田。他十七岁和我妈妈结婚，我妈妈比他大一岁。他们结婚后，大概过了四年，我才出生。我出生后，家庭负担更重了，于是，父亲继续上山砍伐木材出售。另外，还和二舅父做家具出售。

20世纪30年代初，我的家乡动荡不安，农民穷困，青年人没有前途，而且国民党军队到处抓壮丁。当时的乡政府规定：家里有两个男丁的，必须有一个去当兵。青年们不愿意去当国民党的兵，于是，他们在中国海上丝绸之路和妈祖海洋文化的影响下，在西方先进文明的吸引下，在老华侨的带领下，纷纷到海外去谋生。在这种情况下我父亲的二舅父也去了马来西亚马六甲做家具生意。后来，我爸爸受了二舅父的影响，也想去马六甲跟随二舅父一起谋生。但是，他没有出洋的路费，怎么办？他和妈妈商量，决定借款筹集路费。于是，我妈妈就回娘家找人借钱。经过一番奔走，终于借够了父亲出洋的路费。

在我三四岁时，父亲便离开我去了马来西亚马六甲，同他的二舅父一起做木工。在我的记忆中，父亲离家时，手提一个小木箱。他走来望我，望了又望，就转头向溪头（河边）走去，搭船走了。

父亲去南洋生活了几年，日军就占领了我的家乡。我们一家人和父亲的音信全断了。一直到日军投降之后，我们家人才收到父亲的信，大家都非常高兴！从此以后，父亲每一两个月都有来信。但是，妈妈是个文盲，连她自己的姓"王"字，都不会写。她不会写信，不能表达自己的感情。她很苦恼！这时，我已十多岁，也是个文盲，是日本鬼子害我没书读。父亲来信了，如果是汇款的信是由嘉积镇的南春庄侨批局的职员专门送到我们家的。当时，可以请派信员将信读给我们听。但是，他不能帮我们写回信，因为他还要赶路给别的华侨家属送信。过几天，他再来拿走我们给爸爸的回信。我妈妈到村里请有文化的人帮她写信。当时，请人写信是不容易的，因为旧社会的农村文盲多，当时我村中只有一个人有文化。但人家也很忙，有时也不在家，村里就找不到人帮忙写信。我妈妈就要到外村去请人写信。这时候我想，若有机会，我一定努力读书，学会写信。

抗日战争胜利后的第一个元旦前夕（1945年12月），我爸爸就回到家看望我们了。日军侵略中国和东南亚，造成我爸爸同家人十多年不见面，如今爸爸回到家，全家人乃至全村人都非常高兴！当时，我们村同城市的交通来往，主要是靠万泉河上的木船。我爸爸是从嘉积镇搭乘木船回到我们村边的溪头（河渡口）的。他回到溪头时，天已黑了。我们村的亲人就打着火把，把路照明，去到河边，帮我爸爸抬行李箱回家。因为我爸爸是去南洋十多年第一次回家，所以，他为家人和村里的人买了很多礼物。我爸爸知道，由于日本的统治，家乡缺少衣物、食品和生活用品等。因此他带来了衣服、煤油、食油、饼干、咖啡、炼奶和可乐等。这些物品装满三个大木箱，都由村中亲人从码头抬回家。行李到家了，我爸爸就把行李箱打开，首先取出牛奶、咖啡、饼干，请亲人们吃。然后，爸爸取出布匹、衣物和煤油等物品，赠送给村里的父老乡亲。这些东西，都是抗日胜利后乡亲们最需要的生活用品。大家拿到这些物品，都非常高兴！

春节后，父亲带我搭乘木船去嘉积探望他的朋友。在他的朋友中，有的是和他一起从国外回来的；有的是早在嘉积当老板的；有的是暂时在嘉积当店员的；有的青年归侨则准备在国内读书。我爸爸和他的朋友谈话时，有时讲海南话，有时讲广州话，有时讲普通话，有时又讲马来话或讲英语。我从这时起，就跟爸爸学会了一些广州话和普通话，我才知道社会很大，还有那么多种语言。我父亲回家之前，我就是一个地地道道的放牛娃，可以说是一个"井底之蛙"，没书读，没文化，不知道天地有多大，竟不知道自己是生长在一个岛上，只听大人说，自己的家是在"定安县雷二图石壁乡大村"。甚至有一个"放牛娃"，指着万泉河北岸的南牛岭，对我说，那是"俄国人"居住的地方。好笑吗？是好笑！这是日军迫害我们这些"放牛娃"，让我们没有机会进中国的学校，读中国的书、学中国的文化，懂得中国地图和世界地图的结果呀！

这次父亲带我去嘉积，让我看到了灯火辉煌的嘉积，繁华的街道，琳琅满目的商场，热闹的茶楼和酒店。这是我平生第一次从农村到城市，大开了眼界。城市里的一切，对我来说都是很新奇的。当时的嘉积是海南的第二大城镇，是万泉河下游两岸的政治、经济、文化中心，白天和夜晚都非常热闹。这次进城，父亲还带我去嘉积黎氏大宗祠祭祖。我看到威风凛凛的黎必文县长（时任乐会县县长）当主祭，黎氏兄弟挤满祠堂，情满满，乐融融。参加了这次祭祖，我才知道，我们姓黎的还有那么多兄弟，从此以后，我对祖宗才有了进一步的认识和敬爱。在嘉积，父亲还介绍我认识了他的朋友和亲戚：一位姓陈的店员和亲戚王锡安先生。他们都对我说，以后我来嘉积镇，有事就找他们。父亲这次带我出城市，使我大开眼界，为我以后单独去城市壮了胆，打好了思想和生活知识基础。后来，我父亲出国了，我有事就自己去嘉积办理。从此之后，我多次到了嘉积，都去拜访父亲的朋友和亲戚，在他们的店铺里休息。我如有困难，他们都乐意帮忙。我多次从农村到城市，看到城乡的差别太大了。我的家乡贫困落后，交通不便，农民的生活十分困难。我暗下决心，将来有机会，一定要好好读书，提高文化水平，改变农村的落后面貌。

我父亲回国后的第二年春季，他的弟弟才猷病重，是急性病，我父亲千方百计地请医生救治他，但是救治不了，是我父亲为他办的后事。抗日胜利后的海南，社会治安不好，强盗横行。因此，他只在家里住了两三个月就去南洋了。

我父亲是一个爱国、爱乡、爱家的人。他的国家观念、民族观念、家乡观念、家庭观念和宗族观念是很强的。日军占领了海南和马六甲之后，有七八年时间，他和我妈妈音讯全无，有人提议他在马六甲重新娶一个老婆。我爸爸年轻时长得很英俊，当时也有不少年轻小姐追求他，但是都被他一一拒绝了。他对我妈妈是非常专一的。他第一次回国，在春节前后，家乡有很多公益事业活动，比如，建学校、乡村举办各种公益事业等，他都积极慷慨解囊赞助。日军侵犯我家乡时，学校等公共福利事业全被破坏，日本投降后，家乡的学校要重建，需要华侨赞助。当时，我父亲在海外，凡有家乡举办的公益事业他都赞助。他的行动，对我的影响很大。

1948年夏季，我父亲重返南洋，到了海口遇到了台风，不能走。这时，很多人都在海口停留等待船期，但是，我父亲还是回家来和妈妈一起生活，等到轮船通行的日期快到了，他才出海口候船。他在马六甲生活了近五十年，他为人仁慈、厚道，讲义气，忠诚老实，所以，他的友人很多，而且很尊重他。有一青年，三十多岁，叫欧诗奇，老家在广东的番禺，父母亲早已去世了。我父亲爱祖国，重乡情，很关心和同情这位青年，空闲时，常带他到马六甲海边散步、谈心。这位青年也很关心我父亲，并且认他为义父。他们感情深厚，经常一起生活，互相帮助，亲如家人。我父亲回国定居之前，欧诗奇先生专门做了很多衣服送给我父亲。我父亲回国时，他亲自送我父亲到新加坡码头。他们依依不舍地分别。我父亲回国后，欧先生写了两封很长的、很有感情的信给我父亲，还写了几首很有感情的诗歌，表达他离别我父亲后的深切怀念之情。

我父亲很关心、敬爱祖先。我们历代的祖先穷，历代祖先的坟墓通通没有碑记。我父亲1980年冬天回国定居之后，就把他父亲、母亲和其他祖先的坟墓进行修理，立了墓碑。在我们村，有些祖先的坟墓在比较远的地方，是有立坟墓碑记的，但是后来被人破坏了；有的坟墓是没有立碑的，时间长了，后人都找不到坟墓了。我父亲带头，凭他记忆，邀请村里的中青年，到遥远的地方去寻找祖先的坟墓。与此同时，他还带头调查我们的村史和家史资料。比如，我们村最早的祖先是从什么地方来的？经过他和黎才德、黎才桂等人的调查，才知道我们村最早的祖先是从万泉河下游的嘉积镇南中村（中爽村）迁移来的。此外，他还和十九路军老连长、八十多岁的老人黎家麟先生到海口、嘉积镇和九曲江等地区，调查黎氏族谱的资料。他的长孙黎晋峰从国外回来探亲，他语重心长地对晋峰说："你不要忘记自己的祖国、家乡、祖先和其他亲人，要永远记住自己的家乡和老家！因为这是你的根。只有根深，才能叶茂！""祖国才是你的坚强靠山！"

  1963年1月我和婉薇结婚，我父亲按广东人的风俗，在马六甲办了彩礼，请朋友帮忙，一起把彩礼送去吉隆坡婉薇的父母家，表示祝贺和感谢。从此以后，我父亲都和亲家常来往，大家感情很好。1992年婉薇的父母先后去世。1995年11月，我和婉薇应她的三哥、弟弟和妹妹的邀请，去吉隆坡探亲，向岳父母的墓献了花。婉薇的妹妹和妹夫带我们去马六甲看了我父亲当年生活过的地方，实现了我去马六甲的梦想。我回国后，父亲问我："那两位老人（指我的岳父母）情况如何？"我没有正面回答。因为"那两位老人"早已去世，这不幸的消息，我不想告诉他，害怕会影响他的健康，但父亲对我的支支吾吾很不满意。后来我想，不把"那两位老人"的情况如实告知父亲是不对的。在那个时候，出国是不容易的，要是容易的话，我都想带父亲一起去马来西亚探亲，那该是多么好啊！我父亲回国后，因为当时出国难，我也没能带他再重返马六甲，探望亲友，这是我一生的遗憾！

  1966年5月底，我父亲回国探望他两岁的长孙晋峰。6月初，父亲到广州。这时，我夫妇正从山西晋南师范专科学校调回海南师范专科学校，在广州和父亲偶然会面。因为当时国内通信工具落后，在路途上也无办法和家里人联系，所以我们不知道父亲已经来到了广州。我父亲也不知道我们已调离了山西，已回到了广州。父子偶然在广州见面，异常高兴！我们在广州游玩了几天，然后一起回海南老家。父亲这次回来在老家大屋前面盖了一间小的砖瓦小屋，既可住人也可煮饭。房子盖好后，父亲来到海口对我说，他的钱用完了，还拖欠工人的工钱。于是，我就将我夫妇几年来所积累的钱全给了他。他将这些钱带回家，还给盖房子的工人。不久，父亲就重返南洋。

  1980年，我向政府申请让父亲回国定居，并且保证：父亲回国后，我负担父亲的一切生活费用，直到送终。事实证明，我兑现了向政府所做的承诺。

  我父亲初次到马六甲是和他的二舅父一起做木工的。后来，父亲和朋友合开了一间咖啡摊位，除了卖咖啡、茶之外，还卖咖喱饭、"海南鸡饭"。到了20世纪70年代，父亲同友人租借了一间店铺，经营茶点，叫"和平茶室"。经营了几年，生意不错。但是，租期未到，屋主就中途变卦，将该铺面另租借给别人，使我父亲的生意破产。这时，我父亲已70多岁了。于是，我请父亲回国定居。他于1980年冬天回国定居。他回国时，身上只有5000马币（约人民币1万元），但在当时对国内人来说这笔钱是不少了。当时，我是高等学校的教师，每月工资只有70多元。父亲回国后，和我们一起在海南师专生活。这时我也把妈妈从乡下接来海口和父亲住在一起，并把弟弟的大儿子也带来海口同我们一起生活。父亲在海口和我们一起生活了五年。1985年年初，我们夫妇调往广州中山大学，这才和父亲分居。我本来也想请父亲和我们一起搬去广州，但是，我们广州的住房暂时还未安排好，我打算等到住房解决了，再接父母亲去广州。1991年春节后，我带父亲到中山大学和我一起生活，我妈妈也很满意。我父亲人生第一次走进大学的校园时，他回忆起自己一生只进了本村的庙宇识字班，学习了两年识字班，就没机会读书了。而今天，他终于进入了宽大、美丽、红墙绿瓦的，世界著名的中山大学的校园，他感到非常高兴！他久久地站在孙中山先生铜像前，瞻仰这位伟人。他参观了华侨捐资建设的教学楼和霍英东体育馆之后说，华侨是非常热爱祖国的，华侨是中国革命和建设的一支重要力量。

父母亲去世后，我经常愧疚：父母亲健在时，我没有很好地照顾他们，让他们在自己的身边一起生活，帮他们治病，使他们欢度晚年。特别是父亲，他和我在一起生活的时间很少，我对他的生活经历了解不多。他健在时，我没有请他多讲一讲他的生活经历和家史。现在，想知道多一些他的经历和家史资料已经晚了。这是我一生中最大的遗憾！

在我的一生中，我和父亲一起生活的时间很短，但是，父亲对我的影响是很大的。他给我读书的费用，指出了我努力前进的方向，那就是努力读书和树立做人的好品德！我没有辜负父亲的期望，顺利地考上了名牌中学广东海南中学（初中）、海南华侨中学（高中）和名牌大学中山大学。父亲对此非常高兴！在我之前，我们家连个小学毕业生都没有。从我这一代起，我全家都是大学生：我夫妇都是中山大学的毕业生，而且是中山大学的教授；我儿子是华南理工大学的毕业生，而且是澳大利亚的留学生；我的媳妇是香港中文大学的毕业生，而且是国际著名的澳大利亚新南威尔士大学的硕士生；我女儿是中山大学的毕业生，而且是国际著名的澳大利亚新南威尔士大学的硕士生。我父亲对此感到非常欣慰！遗憾的是，父亲没有看到我拆卸旧祖屋，建起了漂亮的新屋以及开启我们的新生活。父亲健在时没有机会住在我建的新屋，但是他去世后，他的神灵还是在我的新屋里。这也是我对父亲的回报。父亲永垂不朽！我以这篇简短的回忆录，记载于史册，让父亲的精神品德永远留在人间。

2019年，我的大孙子黎康裕一考上悉尼大学，就回老家拜祖先。二孙子黎康彦正在读高中，学习成绩很好，有创造发明，经常得到学校的嘉奖。他说，等他考上大学之后，就和哥哥一样，回祖国游玩，回老家拜祖先。他们不会忘记祖国和老家。

我的母亲

我的母亲，庚戌年二月十三日（1910年3月23日）出生。她的娘家，在我家乡河（万泉河）对面的东排岭村。她在外婆家女孩子中排列第三位，所以叫阿三。家乡解放后，她才有名字，叫王荣花。她十八岁嫁给我爸爸，大概二十二岁生我。我两三岁时，爸爸便去南洋谋生。从此，妈妈便与我相依为命，担负起教养我和其他家务的重任。

我几岁时，母亲常带我到外婆家。外婆家有外婆、大舅、二舅、三舅（已去南洋）和几位表兄、表弟和表姐。在外婆家，表哥们玩风筝，我也很喜爱风筝，他们就送给我一个四角形的风筝，我非常高兴。但是，在带风筝回家的路上遇上了大风雨，风筝被风雨打坏了。我回到家里就自己学做风筝。但是家里没有纸，我就把祖先遗留下来的几本古籍和一本手写的书都拆开来，用书纸做风筝。这就把先人遗留下来的书（珍贵文物）给破坏了，现在想起来真可惜！非常遗憾！因为我那时年纪小，还不知道书籍的重要性。

母亲很重视我的读书问题。日军刚投降，我村的小学还没复办起来。但是，在我外祖母家房屋旁边的祠堂里已办起了小学识字班。我母亲就和二舅母、三舅母商量，让我回去同表哥、表弟们一起上学，吃、住都在他们家里。他们都同意了，于是，我就回外祖母家读书。这时，我已经十三四岁了。由于日本对中国的侵略与对中国文化市场的破坏，日本投降后，市场上连纸张、笔墨也极少，更谈不上学生的文化课本了。学生用的纸笔，都是自家里保存下来的旧纸张。老师教学生读的汉字，都是由老师写在黑板上，学生抄写在自己的簿子上。

虽然学习条件差，但是学生的学习热情高涨。当时，老师教我练书法，我没纸，老师就帮我找来一些旧报纸，我就在这些报纸上面练字。一连几个月，我都是用那些旧报纸练书法的。旧报纸全被我写湿透了，不能再写了，就拿去太阳下晒干了再写。我下决心，要把耽误的学习时间补回来。我在外婆家连续读了几个月的书，几个月的生活用米和学费用米都由我妈妈负担。

1946年春节后，我村的小学复办，于是，我就回家乡读书了。当时上小学也是没有课本的。老师就将课文抄写在黑板上，学生照着黑板上的文字抄写在自己的本子上。由于国民党政府不关心乡下的小学教育，直到1946年了，乡下的小学还没有教材，学生没有学习课本，甚至学生用的练习本子也没有。因此学生用的写字本子是靠自己买纸来装订的。而且，当时的纸张很少又很贵。我妈妈没钱买纸，而且很难买到纸，所以我就拿家里的旧纸张来练习写字。写来写去都写在一张16开的纸上。纸被写得很潮湿了，就把它晾干了再写。那张纸被写得黑黑的，因为纸上涂了很多墨汁，所以，纸干了就变得硬邦邦的，反而好练字。放学回家时，或放牛时，我就以地板为纸，以木条为笔，在地板上练习写字。当时所交的学费，不是交现款而是交大米。因为社会动荡，货币贬值，而大米保值，所以老师要大米，不要货币。大概每个月要给老师交20斤大米作为学费。我妈妈说："对老师要尊敬，给老师的米，一定给好的！"所以她每次都把最好的大米交给我带给老师。

当时的小学老师要求学生不严格，你去和不去，老师都不管你。我虽然报名上学了，但是家务很繁重，例如放牛、种庄稼、积肥、煮饭、挑水、喂养家禽等，我都要干。因为我妈妈有其他的农活要做，她要我帮忙。的确，有些农活要马上干，比如，插秧是季节性很强的农活，慢点插秧就影响收成。她要是没抓紧插秧，全家人就要饿肚子。所以，农忙时我就不去学校，在家里帮妈妈做家务，农闲时才去学文化。当时的小学，也是没有政府管理的，是民办的。既没有教材，也不考核，不发文凭。上级政府是不管学校的，管理学校的是民间的校董会，学校是无政府状态的。

在日军侵华和国民党反动派统治时期，我母亲的肉体和精神都受到严重的摧残。因为我父亲在南洋，所以我母亲是一位弱者，她到处被恶人欺负。日军侵略时期，我亲眼看见，恶人将我家地里一棵很大的、高高的、直径一米五左右的黑墨树卖给"船湾村"的陈福海。他将树锯成木板，用之造船。我妈妈对这恶人说："这棵树所卖得的钱,你应给我一半。"但是,这恶人不给我母亲一分钱。我母亲对那恶人的行为非常恼火。

当时,我们村里有威望的人是汝舟公。那恶人每天晚上都到汝舟公家聊天。有一天晚上,我妈妈也到汝舟公家,当着那恶人的面,对汝舟公说,他把我家里的大树卖了,得了很多钱,但他不给我母子一分钱,请汝舟公对这样的行为讲句公道的话。那恶人听了我妈妈的话之后,觉得自己理亏,但他不赔礼道歉,还蛮不讲理,气急败坏地将他坐着的板凳朝我妈妈的头颅猛砸过去,我妈妈"哎唷"地叫了一声。在微弱的海棠油灯光下,只见她的头颅被砸破,血流满脸,而且不停地流。我妈妈就用手按着伤口,但血还是不停地涌出。幸好,汝舟公的婆婆快手找来她珍藏的一块光洋(银元),用它堵住了我妈妈的伤口,血才慢慢地止住不流了。而打破我妈妈的头的恶人早就跑掉了。

当夜,我妈妈非常痛苦,不能入睡。次日一早,她就到外祖母家,告诉她的大哥和二哥等亲人她被打伤的事。他们看到我妈妈被打伤的样子,非常气愤!他们亲自送我妈妈回家,并准备找那位恶人论理,但是,他知道打人不对,早已躲避。

还有一次,那恶人又和我妈妈吵架,他抡起一条大木头就往我妈妈身上、屁股上猛打。我妈妈被打得全身红肿。这就是日本帝国主义侵略我家乡时期,在那黑暗的社会里,无法无天,恶人打好人,强者欺负弱者的一个生动的例子!这也是万泉河两岸老百姓沦为亡国奴后,农民被恶人摧残的一个例子。

日军投降后不久,我村中来了一个持枪的姓程的国民党乡丁,他住在我村的小学校里,专门负责收税、剥削、殴打老百姓。我村中的那个恶人便勾结、收买这位姓程的国民党乡丁,企图把我妈妈打死。有一天晚上,我和妈妈还没吃晚饭,村里有一位善良的小妹妹就来告诉我妈妈说,有一个国民党兵要来抓她,叫她赶快跑,躲起来。我就意识到,是那个姓程的乡丁来抓我妈妈了,就立刻叫妈妈赶快逃走。我妈妈立即逃到水田对面的李氏村李成仁亲戚家(李成仁夫妇已80多岁,无儿女,是我继祖母的亲戚)。姓程的国民党兵来到我家厨房(茅草房)见不到我妈妈,就问我村那个恶人(是他叫乡丁来抓我妈妈的)她可能躲在哪里。当时天已黑了,但有灰暗的月光。那个恶人知道我妈妈同李成仁两位老人的关系很好,就告诉姓程的国民党乡丁,我妈妈可能逃到李成仁家了。这个穷凶极恶的反动乡丁,就按那个恶人指示的地点,到李成仁家抓我妈妈。我跟在姓程的后面。我妈妈看见姓程的来抓她，就朝屋外跑。他就猛追我妈妈。我妈妈跌倒在一块秧地的泥淖里，浑身是泥巴。

我妈妈被他抓到了。他用绳子捆绑我妈妈，把她拉到大村小学校里，再用绳子将她捆绑在椅子上，进行无情的、凶狠的鞭打，打得她死去活来。并且一边打，一边大喊大叫："我要拉你出去枪杀！"我就站在妈妈的身边，一边痛哭，一边哀求他不要打、不要枪杀我妈妈。当他真的要拉我妈妈去枪杀时，我的老师陈万鹏先生从他的睡房里走出来，严厉地谴责姓程的乡丁："你凭什么绑架她？打她？她犯什么罪？她老公在南洋，你就欺凌她！？你如果打死她，这孩子谁来照养？你家里也有老婆，也有孩子，你的老婆孩子被人这样绑和打，行吗？如果你的老婆被人打死了，你的孩子谁来照养？你有人性吗？你手中有枪，就欺负、殴打和枪杀老百姓吗？你赶快放她回家，照顾孩子，否则，我就上告你！"在陈万鹏先生义正辞严的斥责下，这个野兽乡丁才放我妈妈回家。陈万鹏先生是我妈妈的救命恩人！我终生难忘！他德高望重，是我的好老师！当我大学毕业工作之后，想回报他时，他已离开人世。

我妈妈在旧社会受尽了恶人的折磨。母亲所受的痛苦，也是我的痛苦！日本帝国主义、国民党反动派、农村的黑恶势力的剥削压迫，深刻地教育了我，我痛恨日本帝国主义和国民党反动派及其走狗！我痛恨那黑暗的弱肉强食的旧社会！我父亲不在家，我母子就是弱者，所以被强者欺凌、压迫！由于我妈妈几次被人打伤，因此，造成严重的后遗症：她长期腰痛和身子骨痛。她的一生是在痛苦中度过的。

勤劳、刻苦和节约是我母亲的好品德。我母亲年轻时，不但很爱劳动，而且很善于劳动，是一位劳动能手。在日军侵略和国民党反动派统治的年代，天灾人祸不断，农村几乎断烟，农民忍饥挨饿。但是，我妈妈凭借自己双手，能开荒种稻谷、种番薯等杂粮、种蔬菜和养鸡鸭，家里有蛋吃。所以，我和妈妈都没有挨饿。每天早晨，公鸡一叫，我妈妈就起床，洗完脸，便到牛栏里把牛拉到牛粪池，叫牛拉尿和拉屎。这叫作积牛粪。牛粪是庄稼的好肥料。农民养牛的目的：一是耕田，二是要牛粪。她积好牛粪之后，便去拾猪屎，猪屎也是庄稼的好肥料。当时，各家的猪不是圈起来养，而是让它们自由走动的，听说这样做猪长得快。所以很多猪都在草地上拉屎，人人都争到草地上拾猪屎。积猪肥之后，我妈妈就喂自家的猪、家禽和挑水。做完了这些家务之后，她就到田园里去劳动了。到了上午十时左右休息，回家做午饭。这就是她每天上午的生活规律。她还根据不同的季节，做不同的活。比如，什么时候种什么菜、种什么杂粮等。犁田、耙田、插秧、施肥、除草、割稻谷子、打稻谷子、挑稻谷子、晒稻谷子、碾稻谷子、舂米和煮饭等，她样样都能干。总之，在白天，她除了在吃饭时稍微休息外，其他时间都在干活。

在那天灾人祸不断的时代，妈妈就靠自己的劳动自救，从未让我饿过肚子。但是，在农村里也有少数妇女和男人好吃懒做，游手好闲，白天侦察别人家的劳动果实，晚上就去偷别人家的劳动果实。我妈妈种的番薯、蔬菜和养的鸡，经常被盗。为了防盗，我和妈妈在番薯地里，用椰子树叶搭建了一间小小的草寮。晚上，我一个人就睡在那低矮简陋的草房里守着一片绿油油的番薯田。但是，我年纪小，只有十二三岁。白天劳动多，很累，晚上一躺下去就睡着了，一直睡到天亮。次日早晨起来，看见地里的番薯大部分已被人盗挖走了。我妈妈养的鸡在夜间也被人偷了。我家的鸡寮就和厨房（草房）连在一起，鸡寮的门连着厨房内门，鸡寮的墙壁是用竹片做的，只要用刀就可割开。为了守住鸡笼里的鸡，我一个人常睡在鸡笼隔壁（竹壁）的厨房里。但是，和守番薯一样，次日早晨起来，鸡已被盗贼全部偷光了。那些盗窃者是不怕小孩的，我熟睡的时候，也就是他们盗窃的好时机。我妈妈的劳动果实就是这样常常被盗。但是她并不灰心，还是继续种养，以自己的劳动果实来养活自己。我妈妈不但耕种自己的水稻田，而且有时还租蔡室村蔡宝泉老船工所耕的蔡氏宗祠的祖田来耕种水稻，多打一些谷物，积蓄起来。妈妈的观念是扩充耕作面积，多打粮食。她常用农村的俗语对我说："养子防老，积谷防饿！"

母亲一贯勤俭持家，从来不随便花钱。她过年过节时才买一两斤猪肉，而日常只是买半斤肥猪肉，作为炒菜用。蔬菜下锅之前，她先将肥猪肉放在热铁锅里，挤一挤，翻一翻，铁锅里有一点点猪油了，就将肥猪肉取出来，将蔬菜倒在铁锅里炒、煮。至于煎鱼、炒蛋时，她也是用肥猪肉来擦拭热铁锅，挤压出一点猪油来油铁锅之后，才在锅里制作食品。这样，也不会让铁锅生锈。至于买其他副食品，比如食盐、豆豉、咸鱼和熟虾等，她也是拿鸡蛋或椰子去和小货郎进行交易、兑换。她把爸爸寄回来的钱都保存起来，准备将来买建材，建砖瓦房子。因为一直以来我们家穷困，祖先留给我们的是一间很小的、旧的、低矮的、漏水的、快要倒塌的砖瓦房。而且，这房子只有一半是我家的，另一半是别人家的。妈妈经过艰苦劳动解决了吃饭问题之后，便慢慢地着手解决住房的问题。

祖先遗留给我们的另一间房子是茅草房，那是做厨房用的。大概在1948年，我和妈妈征得婶婶的同意，请人拆掉了茅草房，买来砖瓦，在原茅草房的地基上建起了一间小的砖瓦房，屋顶是用瓦片盖的，墙壁是用竹子做的。这间厨房，婶婶要了东边的一小间，妈妈要了西边的一小间，都是拿来做厨房。中间的一小间用来摆神台，因为我家以前没有砖瓦房子，部分祖先的香炉只能暂寄放于陈氏祠堂的一间小房子里，建了这砖瓦房后才把香炉抬回来。由于修建这砖瓦房时，用了一条质量不好的椰子树干做西边厨房的横梁，仅过了两年，这房子的横梁便折断了，房子塌了，幸好没伤到人。母亲和我商定，写信给爸爸，请他支持我们拆掉这小砖瓦房子，建两房一厅的大房屋。父亲同意了。但是，婶婶不同意拆毁她的那部分小房子（厨房），经我和妈妈反复地对婶婶做思想工作，并承诺在旧的砖瓦屋后面为她盖一间砖瓦厨房，婶婶才终于同意我们拆掉旧的瓦顶、泥巴墙的小厨房。

我和妈妈约定于1950年年底开始建新的两房一厅的砖瓦房，因钱不多，我买的砖瓦质量是低等的，买的木料也是一般的杂木。我所买的砖瓦大都是靠我和妈妈用箩筐挑回家的，木料也是我和妈妈用肩膀抬回家的。雇用水泥工和木工都是由我负责，日常的走动工作，比如工人需要用的材料，都由我负担。真是穷人的孩子早当家！我妈妈平时主要是负责家务劳动，比如担水、煮饭、做菜给工人吃。经过我们两母子一年多的努力，这间大房屋于1951年年底建成了，共花了1000元。新房子基本建好了之后，我于次年年初（1952年2月）就去海口考初中。我除了寒假和暑假用几天的时间回来探望母亲和弟弟外，其他时间都住在学校里看书或参加校内的社会活动。1951年年底落成的这间老房子，经历了55年的风吹雨打，已变得破旧。我夫妇于2005年年底将之拆掉，独资重建了新的、高质量的、现代化的房屋。这新屋于2006年1月3日（农历十二月初四日）上午10时升梁，1月22日基本落成。这样，我们就有了新的、高质量的房屋居住了。

1994年夏天的一天中午，我母亲躺在沙发椅子上午睡。她醒来后立即站起来，却马上就昏倒在地，导致她的一条大腿骨折，不能走路了。医生说，老人睡觉醒来起床要先坐一下，等头脑清醒了才站起来。这是因为老人睡眠刚醒，脑供血还不足，容易昏倒在地。而且她营养不良，身体缺钙质，骨质疏松，因此骨头很容易折断。我带她到医院做检查，希望医生给她接骨。医生说，她年龄已近九十岁，骨头与骨头之间已没有再生能力，如果动手术进行接骨，其效果不一定很好，而且给她动手术，她肯定很痛苦。医生没有把握接好她的骨。我又请教过好几位大医院的外科医生，他们都是这样说的。既然如此，我只好放弃了为她接骨。这一不治之病，使她过上了十二年不能走路的艰难困苦生活。她不能走路之后，我买了轮椅给她坐。头几年，她还能坐在轮椅上在室内外活动。但是，后几年她的体力下降了，就很少出屋外活动，她主要躺在床上生活。尽管如此，她也活到了100岁，说明她的生命力是很强的。

　　有人说，我母亲的脾气不好。我想，她的脾气不好主要是社会环境造成的。"人之初，性本善。"人出生后，人的心灵是纯洁的。但是，后来受社会人文和自然环境的影响，人的思想、性格、品德就发生变化。妈妈20多岁时我爸爸就去南洋，她一个人就挑起了养孩子、种地生产和繁重的家务劳动等负担。这样，她的压力就加大了，她的思想问题就多了，情绪也就不稳定了，遇到不愉快的事情就会发脾气。尤其是后来，她不断地受到恶人的欺凌、毒打，特别是受到日军和国民党乡兵的拷打，她不断地产生了抗暴的思想情绪。因为哪里有压迫，哪里就有反抗。犹如小孩的思想成长过程：在很小的时候，他心中并没有"鬼"，所以他不怕"鬼"。但是在成长过程中经常听大人说有"鬼"，于是他心中才慢慢有了"鬼"，才怕"鬼"。这说明人的思想、情绪、脾气，是受外界事物影响的。

　　我母亲的去世有点意外。2006年春节后，我离家去广州之前，她的精神状态还是很好的。我问她："妈妈，你想不想住新室（她当时住横廊的小房子里）？"她说："我已看过了。我梦见爸爸已回新室居住了。"我们春节后回广州约一个月，打电话给吴医生，请他去看我妈妈。他说："你妈妈的体质下降，精神不如前。"

　　2006年3月7日下午5时多，我接到妈妈不幸去世的消息。次日一早，我夫妇就到白云机场坐飞机回家吊唁母亲。我们到家已看不到妈妈的遗容了，亲人已把她的遗体装进灵柩里了。我眼泪汪汪，放声痛哭！我妈妈生我，辛辛苦苦地把我养大成人，我没有尽到抚养母亲的责任，母亲逝世之前，我又不在母亲的身边看她最后一眼，深感内疚！非常遗憾！对于她的去世，我无比悲痛！我们按爸爸去世时一样的礼仪、风俗来安葬母亲。妈妈一生贤惠，为我成长遮风挡雨，我永远怀念他。

村中先贤及其子孙

我的村子历史悠久。最早的先祖,我在这里就不写了。我只从黎文勋祖先的子孙谈起。在我的村子里,祖先黎文勋生了两个孩子:长子叫黎德彰,次子叫黎德修。我的祖父是黎德彰的后代。我的祖父乃至他的子孙,我已经简单记述过了。我在这里,主要简单记述我认识的黎德修系的子孙后代。

黎汝昌公,他在家中是长子,我称他为"大公"。我认识他的时候,他大概五十岁了。在他家门前的一棵荔枝树边,经常竖立着几根用石竹做的船竿(划船用的)。原来他自己有一条木船,是他在万泉河上的主要交通工具。他的三弟汝光,有时也帮他划船。他们时而逆水行舟,直达万泉河上游的"粉车"(今琼海市会山镇)、"加脑园"(今属会山镇)等山区,在那里开荒种地,解决粮食问题;有时也在黎、苗山村,采购一些山货,利用木船,运往万泉河下游的石壁市(当地人俗称镇为市)、嘉积市和博鳌海港等地出售。然后,在海边城镇采购一些工业产品和海产品,如布匹、瓷器、铁锅、毛纺品、香烟、石灰石、食盐和鱼干类等,运回石壁和山区等地出售。

由于长期从事驾驶木船和务农劳动,汝昌公的身体结实,皮肤黝黑,身材魁梧。他在青少年时期,还勤练武功,成为村中一强人。他为人正派,敢于同坏人和不良行为作斗争。有一次,一位姓程的国民党反动乡丁,爬到我们村里的荔枝树上偷摘荔枝。汝昌公就批评他:"你不能私自摘我们的荔枝!"那位国民党乡丁认为自己有枪就可以胡作非为,欺负百姓。他对黎汝昌公的批评毫不理睬,继续摘荔枝。黎汝昌公见他如此野蛮,就大声喝令:"姓程的,你必须马上从荔枝树上下来,不准再摘荔枝!不然,我用竹竿钩把你钩下来!"这话可激怒了那个乡丁。他一下子就从低矮的荔枝树枝上跳下来,挥舞着拳头,对着汝昌公猛冲上来。汝昌公并不害怕他,而是立即握紧拳头,站稳脚跟,展开架势,并大声喝道:"你胆敢打我?!我就打死你!"看见汝昌公如此强悍,那个乡丁只好逃之夭夭了。汝昌大公是一位刻苦耐劳、不怕强权的农民。他在我们村中是一位德高望重的人,我很敬重他。

汝昌公曾生一男孩，但儿子早逝，他的妻子不能再生孩子了。为了传宗接代，他想再生一个男孩，便娶了一位姓蔡的妾，但妾也没能生孩子。在战乱的年代（日军占领时期），汝昌公很关心我们村的小孩。我几乎每天晚饭后，都到汝昌公的房间去听他讲故事。他坐在床上讲，有时一边讲，一边用手按着肚子，摇摆着头，看样子他患了肚子痛的病，且很严重。但是，在那日军侵略的艰苦年代里，村里既没有好的医生，也没有好的药品治疗他的病，他最后是被这种肚子痛的病夺去了生命。汝昌公去世前，养有一头黑色的、很肥的大水牛。有一年冬天，天气很冷，这头水牛正在河边吃草，突然间它倒在地上，不久就死了。汝昌公把它宰割成小块，分送给各家各户，让大家都吃上牛肉，大家都很高兴。汝昌公的妾蔡氏大概于20世纪50年代初才去世。汝昌公的元配是吴氏，她是长力村人。这村子在万泉河上游的河畔。日军占领她的村后，便在那里修炮楼，驻军。汝昌公的妻弟家园被日军破坏了，他本人也被日军杀害。于是，他妻弟的妻子就带着一个十多岁的小孩（叫吴海运），还带来一位吴海运的童养媳到我们村子来定居。汝昌公在我们的村边，为他们仨搭建了一间茅草房让他们住在那里。日军投降后，这位叫吴海运的青年就去参加了琼崖纵队，听说他作战很勇敢，后来当了连长。在海南解放前夕，在石壁附近的赤坡村，吴海运连长带领一个连的兵力，同从内陆撤退来的国民党正规军进行了几小时的激战，阻止了国民党兵对石壁镇的进犯和抢掠。国民党兵被击退了，而吴海运却在这次战斗中光荣地牺牲了。

吴海运是在我们村汝昌公的培养下走向革命的青年，他为革命奉献了自己宝贵的生命。吴海运比我大七八岁，他家的房屋被日军摧毁，父亲被日军杀害。日军投降后，他一家又受国民党反动派的压迫。因此他仇视日本侵略者和国民党反动派，立志要在中国共产党的领导下打败国民党反动派，推翻旧社会，建立新中国。所以，他在每次的战斗中，都表现得很坚强、勇敢，不怕牺牲。

汝标公，我和他一起的机会不多，他给我的印象不深。据我妈妈说，他常到"山村"（五指山区）去同黎族、苗族同胞做生意，他收购山区的土特产带回石壁市出售。他同五指山区的黎族、苗族同胞关系很好。每逢我们家乡的军坡节时，我就看见有几位穿黑色红边花衣服、头戴花头巾的妇女和几位穿黑衣服的男人来他家串门，受到他的热情接待。这说明汝标公同少数民族同胞是有友情的。汝标公大约是在抗日战争时期去世的。

汝舟公，给我的印象稍为深一些。据说，他读过广东省第十三中学，即今天的琼海市嘉积中学。他是村中文化水平最高的先辈，同时又是一位龙江、石壁镇的商人。日本侵略石壁镇时，他家和林家在石壁开了一家叫"林茂发"的杂货店，为农民百姓提供商品，使百姓受益。我小时候曾看见汝舟公手里端着一支打鸟枪，瞄准正在天上巡视小鸡的老鹰，他想以这动作吓唬它，以保护在地上寻找食物的小鸡。因为那个年代，天上的老鹰很多，一看见地上有小鸡活动，就从天上或树上突然飞下来，凶猛地抓捕小鸡，抓住小鸡之后，就飞上高高的树上，将小鸡吃掉，所以农民很恨老鹰。日军投降前夕，我和村中的黎才德、黎才花三人，被迫到石壁做"日本工"。日军认为我们三人年纪小（大概十四岁），做不了工，便将我们三人关进牢房里，并不时拿杀人刀从窗口插进来，口里不停地嚎叫："杀死你的！"把我们吓坏了。不知道是哪一位民工帮忙去报告给在石壁镇林茂发杂货店做生意的黎才花的爸爸，"你的女儿等三人被日军关进牢房里了，赶快请人去救他们"。汝舟公便立即去找正在中药店帮人看病的陈万信医生——他既是个医生，又是个日伪保长（他暗地里是帮助地下抗日游击队的）。陈万信医生获悉我们三个小孩被抓后，立即去和伪"维持会"会长一起去找日军头目宫本，谎称这三个小孩的大人病了，不能来为"皇军"做工，就叫自家的小孩来做工，他们年纪小，不违法，不要将他们关进牢房，赶快释放他们。在天黑之前，日军终于将我们三个少年释放了。

汝光公，我称他为"尾公"，因他在家里排行第三，是幼子。他是个文盲，是一位老实的农民。他常剃光头，态度和蔼，平易近人，热爱小孩，关心小孩。他对我很好。我也很喜欢他，常跟着他学做农活，如编结箩筐和做竹笠等。从我认识他起，他大概有一半时间都在粉车山区开荒种田。他好像也有一条小船，他去粉车种田，有时是开小船去的。陪伴他一起生活和劳动的还有徐闻"尾婆"。他是在元配（生才德叔和两位女儿）去世后，才娶这位"尾婆"的。因她是徐闻人，所以村里称她为徐闻"尾婆"。汝光公在会山种田的时间大约是在抗日战争全面爆发前。他们住在一间草寮里。抗日战争全面爆发后，我曾经和汝光公的儿子才德到他那里玩。汝光公不但会种田，而且还会做木工。他常常腰扎砍伐刀、头戴大竹帽，到深山老林里去砍伐木材。他还会做家具和修理家具。他为人善良，乐于帮助村中有困难的人。记得有一次，我家的水桶坏了，我妈妈去请他修补，他很快就修补好了。他生活的年代兵荒马乱，国民党的乡丁到处抓青壮年去当兵。我记得有一次,他在村里,有人告诉他国民党兵来了,要抓他去当兵,他得赶快跑。他跑到我家的下园山里躲藏起来,国民党的乡丁才没抓到他。他到90岁,不能劳动了才从"粉车"回来老家定居。听说他活到100岁时才去世。这位老人,忠厚、老实,一辈子耕田,辛苦了一辈子。今日的会山镇在共产党的领导下,人富、山美、水绿,令人向往,但是不要忘记当年的拓荒牛——我们村子的老人——他们对开发会山镇是有功劳的。

汝霖公,在家中是老二,所以我称他为"二公",我和他相处的时间不多,他留给我的印象不深。我记得他也有一条小船。在抗日战争全面爆发前,他就和太太到今会山地区的加脑园去开荒种田。他上山和回家都是开小木船的,小木船是他的交通工具。他住在加脑园的河岸边的椰树林里。日军即将要占领我家乡的龙江、石壁之时,我们村的汝舟公一家人都逃难到加脑园山区和汝霖公他们住在一起。汝霖公在我家的茅草房东边还搭盖了一间小的、简易的瓦顶房,墙壁是用泥巴砌的。这是他和他的太太从山区回老家来的临时居住地。他们很少居住在那间小屋里,因为他们在加脑园做"百姓"(劳动),基本上都住在加脑园。抗日战争时期,他们也不回来老家做"顺民",一直坚持在山区劳动生产,直至去世。他们夫妇是在抗日战争结束前去世的。黎汝霖公的妻子叫"上滩二婆"(她的老家在老苏区)。她生育了一个男孩,叫黎才裕。她还生育了两个女儿:大女儿嫁给大村的陈其德,二女儿嫁给文奥村的一位吴姓华侨,华侨于日军投降后,带她去马来西亚的马六甲一起生活。我爸爸抗日战争全面爆发前已在马六甲打工,加上她,我们村就有两位华侨了。

才裕叔,比我大20多岁。日军占领家乡后,他就逃难到会山地区,和他的父母亲一起生活,因此他懂得深山老林中的木材的优劣。人到中年,他常到山区去砍伐木材出卖,以换取金钱。在1950年左右,他为了解决家庭经济困难,常到山区去砍伐木料,比如盖房子用的好木材等。他将木材绑成木排,顺河水而下,运到需要者手中。我于1950年建房子时,就曾找他买过建房子的木料。他也擅长捕捉万泉河里的鱼。我有时候陪他去当助手抓鱼,有时会送我一条大鱼,我是何等的高兴!

抗日战争时期,才裕叔家和我家都缺少粮食。才裕叔就想起到万泉河西岸山区去挖山薯(一种野生的山药,根生,俗称山薯,它和黄河一带的淮山味道、营养价值差不多)。这是一种爬藤植物,它的藤爬在高高的大树上,藤叶茂盛;

它的薯,即根,长在深深的泥土底下。一棵大的薯有十几斤重,小的只有几斤重。人们要用很大的力气才能把薯挖出来。这种植物稀少,不是每座山都有,要找到它是不容易的,一天能找到一两株就很不错了。我和才裕叔有几次到万泉河西岸去挖山薯。从家里到挖山薯的山区,要走十多公里的路。早上去,黄昏才能回到家。运气好点,就收获多一点,运气不好,就收获很少。

海南解放初期,才裕叔当了农会主席。他既关心农村的工作,也很关心国内外的政治时事。每当学校放假我从学校回到家,他有空时都来我家同我聊天,我讲一些国内外的政治时事给他听。他特别喜欢听抗美援朝胜利的消息。他知道我考上中学后,十分高兴。他说我是解放后村中第一个中学生,第一个共产党员。他鼓励我努力学习,将来为国家、为家乡多做贡献。由于长期患病,他大约五十岁就去世了。

才桂叔,和我相处的时间比较长。我记得,日军占领我们家乡前,他去了蒙养村读高级小学。有一次,他带我去学校玩,叫我坐在他的身旁,看他抄书。因为当时学生没课本,学生学的课文都是老师事前抄写在黑板上,再由学生将它抄写在自己的本子上。我看他抄写的字很漂亮,并且写得很快。我心里暗暗地想,将来要向他学习。不久,日军来了,他也没书读了。日军投降后,他年纪也大了,就不再上学了。从日军侵略到海南岛解放前夕,我看乡村中的大部分青年,除了务农,就没什么作为。此外,有个别人去了当兵,有个别人则去从商。才桂叔除了跟他爸爸去从商外,空闲时间就去放风筝。他和林树燊是好友,一起做生意,一起放风筝。他们制作的风筝有两米多长,一米多宽,尾部尖,头部平。头上有一把弓,风力大时能发出一种优美的响彻云霄的类似音乐的声音。这种风筝带着一条长长的尾巴,在空中舞动。它能飞驰于几百米到一千米以上的高空。有时,它甚至飞驰入白云中。这种风筝是用什么东西把它拉引上天的呢?我们村子周围生长着一种竹子,俗称"白粉竹"。把它砍伐下来,劈开,削成一条条竹丝,然后把它连接起来,就变成很长的绳子。然后,把这绳子和风筝的绳子连接起来,就可以把风筝拉引上天了。这种风筝在几百米的高空中飞翔,其拉力很大,连七八岁的男孩都很难把它拉住,如不小心,风筝就会把他拖走。如果夜里天气好,风力大,这种风筝能在空中飞驰、通宵达旦。虽然晚上看不见风筝在空中飞翔,但是可以听到风筝在空中飞翔时,它的弦所发出的乐声。如果让风筝在空中飞翔过夜,放风筝的人必须连夜守候着风筝的绳子，观察风筝的动静，如果风小了，就要尽快把它拉下来。

万泉河是我们的母亲河。她为我们提供了用之不竭的水源，提供了丰富的食物。万泉河里的鱼是我们村人的食品之一。在日军侵略的那几年里，住在万泉河两岸的老百姓都逃难到外地的深山老林里去了，万泉河里的鱼没人抓捕，所以河里的鱼儿很多。抗日战争结束后，万泉河两岸的居民都回到家乡来了。大家都喜欢到河边去玩耍、游泳和洗衣物。大家都看见河里有很多大大小小的鱼。后来，捕鱼的人就多起来了，捕鱼的工具也多种多样。才桂叔和他的爸爸是捕鱼能手。他们几乎天天都去河边钓鱼，甚至夜里也去叉鱼、钓鱼。每年三四月常下春雨，下雨时间，鱼类非常活跃，都从深水处游上水面上来寻找食物。我在这时候也常去钓小鱼，一般一次能钓到一斤左右。我喜欢观看慢慢流淌的河水和两岸秀丽的风光，经常到河边去玩。有一年冬天，我在河岸上观看河上的流水。突然，看到河面有一条很大的鱼，翻开白肚皮（死鱼），从河的上游慢慢往下漂。我很高兴地脱掉衣服下河去，两手紧紧地抱住这条大鱼。这条鱼约二十斤，把它倒竖起来，差不多和我一样高。我费了九牛二虎之力，才把它抬回家。汝光公看见我抬回一条大鱼，也很高兴。我就请他帮我把那条大鱼剖开，去掉内脏，砍成一块块，然后给村中每家每户（当时我的村子只有五户人）各赠送一大块鱼肉。穷困的老百姓看到一大块鱼肉，都很高兴！那天晚餐，家家户户都有鱼吃。其实，这条鱼是被人用炸弹炸死的，而且是刚死不久，所以鱼肉很新鲜。日本刚投降时，在日本的军营里还遗留下少量的弹药。不少农民就把这些弹药收拾回家，用玻璃瓶子装着炸药制成土炸弹，然后驾船到河的深水湾里去炸鱼。有的人炸死了很多鱼，获得了丰收。但是，也有个别人被炸死于河中，有个别人被炸断了手或炸断了脚，造成一辈子残废。这是我亲眼看见的。这股"炸鱼风"，一直延续到20世纪八九十年代，造成万泉河里鱼虾几乎都没有了。习近平总书记做出"绿水青山就是金山银山"的重要指示以后，政府才禁止人们在河里炸鱼，现在万泉河里的鱼越来越多了。我去年春节后在家乡，看见万泉河水清又清，河里有很多大大小小的鱼儿自由自在地游来游去，特别高兴！我询问在水边洗衣物的农民："现在河里有很多鱼了？"农民也高兴地说："政府规定不准炸鱼了，鱼变多了！"现在农村的青年人都有自己的职业，经济收入高，市场繁荣，市场上鱼肉很多，想吃什么就买什么，没人来捕鱼了。大家都感谢中国共产党为他们带来了幸福生活！

海南解放后，城市工商业实现公私合营。才桂叔就到城市合作社里任职，退休后才回老家生活。我爸爸1980年回国定居后，就和他一起从事族谱的调查、研究工作。才桂叔大约于2002年去世，享年80多岁。

《儋州黎氏志》序[①]

海南汉族的姓氏都来自中原。海南的《儋州黎氏志》以充分的资料说明海南的黎氏来自中原，这是千真万确的。

唐、宋末年，中原内地战乱频繁。不少汉族人家为躲避战乱和自然灾害，纷纷经江西南安（今大余县）越梅岭南来岭南，乃至南海北岸。在唐宋时期，岭南地区为烟瘴之地，官宦贬谪之所。灾民和官宦在兵荒马乱之中，扶老携幼，历经艰难，来到岭南南雄的珠玑巷，安居下来。这其中就有黎氏家族。后来，难民向南海沿岸迁移，有的人家甚至迁移到海南岛。又据历史记载，一批批汉人或举家南迁，或充军南征，或被贬谪南来，或南来经商。他们的南迁，主要在西晋末、唐末、北宋末、南宋末和明末。正如明代海南著名的丘濬在《南溟奇甸赋》序中说："魏晋以后，中原多故，衣冠之族，或官或商，或迁或戍，纷纷日来，聚庐托处，熏染过化，岁异而月不同。世变风移，久假而客反为主。"丘濬的论述说明了海南汉族人口的来源，以及汉文化在岛上的传播。随着汉人口的南迁，海南的人口增加了，经济、文化的大规模开发也与此时同步了。

据丘濬考证，来海南定居的汉人中，其中就有当官的及其后裔。据历史记载，海南的黎氏，有些人就是官宦的后裔。比如，在唐代，黎中乐被朝廷派来海南做官。他在海南岛生了三个男孩。后因黎中乐得罪了海南的黎族同胞，在海南生活不下去了。于是，他就带着两个孩子回到黎氏家族的聚居地广东新会，而一个孩子留在海南，定居于文昌县。唐以后，新会的黎君用被官府派来海南从事教育。黎君用在海南繁衍生育，其子孙分布于海南各地。据中山大学司徒尚纪教授说，儋县的黎氏家族是黎君用的后裔。又据说，琼海市嘉积镇南中村的黎氏是从儋州迁移来的。但是，据从南中村迁移到原定安县石壁乡大村的黎氏族人家谱记载，他们的祖先来自福建莆田。黎君用在海南逝世，他的墓就在定安县，黎氏后裔子孙每年清明节都会去黎君用墓前进行拜祭。

[①] 1998年11月18日撰写于中山大学康乐园。2022年5月13日星期五于悉尼再次修改。

据史载，今海南文昌、万泉河沿岸一些汉族（含黎氏家族），多属于福佬系。他们迁徙的路线为中原、江浙、闽南、粤东，然后，沿近海平原向西迁徙。今广东茂名、阳江和雷州半岛一带的居民，其中就有不少家族的祖先是来自福建一带的。今天，这一带的居民，所讲的话音近似福佬话，其方言属于闽南语系统的，其中还保留着大量的古吴语成分。根据记载，海南的另一部分汉族（含黎氏），属于广府系统。他们是从南雄珠玑巷迁徙到珠江三角洲一带的。他们在那里生息繁衍之后，又南来海南岛定居。原来的《儋州黎氏志》谈及这一点，我认为是正确的。又据记载，由于秦代大军驻扎广州一带，秦、晋、唐时的南来移民，多经桂北灵渠，顺西江入粤，经高州、化州、雷州、徐闻，跨琼州海峡至岛上。黎氏祖先也可能有人是从这条路线来海南的。

饮水思源，寻根问祖，继往开来，这是中华民族的优良传统。修谱、纂写志书，就是继承这种传统。海南的先辈（包括黎氏的先辈），为了追本溯源，联系来琼血缘关系，在各朝代，各个时期，于不同县、市，不同乡镇、农村和各家各户，都编修自己的族谱、家乘，记载各族、各家的历史事件、变迁等。这种文化活动是不容否定的。它是受到广大群众支持的。《儋州黎氏志》的撰修得到广大群众的支持就是例证。《儋州黎氏志》的历代倡议者、组织者和执笔者不怕艰难，把志书奉献给黎氏家族子孙，奉献给读者，这是一件值得赞颂的事，这是一件有历史与现实意义的大事。家史、村史和氏族史是地区史乃至国史的重要组成部分。

为什么说修撰族谱（也叫志书）有意义？因为族谱是我国历史档案中的一个重要组成部分。它记载了一姓、一族甚至一家的来龙去脉、世代系统、宗族家族制度、著名人物事迹、经济状况等。如海南的《丘氏族谱》和《海氏族谱》等，就记载了丘濬、海瑞家族的概况及其事迹。它是研究丘濬、海瑞的重要资料之一。总之，族谱是研究人口学、社会学、历史学、民俗学和经济学的重要资料之一。儋州黎氏群众是儋州市人口的重要组成部分。他们对儋州市的革命、经济和文化建设起了重要的作用。儋州市的历史是全市人民用血汗来谱写的，这其中也有黎氏群众的血汗，研究儋州市的历史岂能忘记黎氏群众呢？黎子云与苏东坡的故事，家喻户晓，他们在中国历史上永不泯灭，在《儋州黎氏志》上永放光彩。如今，洋浦港的土地大量开发，它成为海南省的重要"自贸港"之一，在这港湾的大地上，不也留着黎氏兄弟的脚印吗？他们的名字与功绩，已载于黎氏志书上，也将永载于洋浦的开发历史上。所有这一切，都是或将是历史的珍贵资料。

儋州市的黎氏群众和海南各族人民一样，勇敢、勤劳、朴实、好客、热情，是岛上的拓荒者，是物质、文化的创造者之一。他们重视精神文明建设，重修《儋州黎氏志》，以丰富的、进步的史志来教育后代。他们不远千里，数次来信来电，邀请我为《儋州黎氏志》作序，盛情难却。

是为序。

《琼海黎氏志》序

春节返家过年，喜悉黎氏宗亲正在积极地编撰《琼海黎氏志》，并热情地邀请我写序，我愧不敢当，但又不敢有违宗亲的热情重托。

编纂族谱（氏志，也是族谱的一种形式）、州志、县志、文物志、人物志、工业志、农业志、林业志、工厂志、农村志等，是中华民族的优良传统，其历史非常悠久。它根植于中华文化的土壤之中，是一株常开不衰的绚丽鲜花。"谱以传信，犹史也。"一部优秀的族谱，也是一部优秀的族史。它记录着一个姓族的发源、生息、繁衍、迁徙、悲欢聚散。

琼海黎氏过去也有族谱，但由于战乱、社会变革、年代久远等原因，已经散乱或者遗失。如今，时代在前进，环境在变异，人口在增加，经济在发展，科学在进步，生活在改善，更为可喜的是黎氏宗枝繁衍、人才辈出。为了紧跟时代的步伐，继往开来，光前裕后，奕叶相承，重新编撰一部能够反映琼海黎氏家族的发展历史，包括他们的物质文明和精神文明史，是时代的需求和黎氏宗亲的需求，也是中华文化发展的需求。《琼海黎氏志》的编撰者，适应了这种需求，编撰了这部志书，且即将问世，值得祝贺！

孙中山先生说："我国系由小的家族，结合而成大的国族。"琼海市的黎氏，是琼海市的八大姓族之一。它是结合了其他姓族而成的琼海市民的重要成员之一。"县之有志，犹国之有史也。"同样，姓族之有志，犹县或市之有史也。《琼海黎氏志》是琼海市志的一项重要内容，它反映了琼海市的一个侧面。它的问世，是对琼海市文化建设的一个促进，使琼海市文化宝库又增添了一份珍品。

历代著名的治学者、为政者，都非常重视地方志书，他们每到一地，都要查阅地方志书，从中吸取治学、为政的精华。记得 20 世纪 60 年代初，周恩来总理到海南儋州去视察时，就请人借来《儋州志》，查阅有关资料。著名历史学家、文学家郭沫若先生于 20 世纪 60 年代初到崖县（今三亚市）时，就认真校点了《崖州志》，并且说："地方志书，旧的应该加以保护，而新的则有待撰述。"《琼海黎氏志》的问世，正好实现了先辈们的愿望。

海南历代名人也非常重视海南地方志书的修纂工作。明代著名学者、临高人王佐（号桐乡）首先带头纂修《琼台志》，但他在世时，未能完成书稿，后由著名的琼山人唐胄继续完成。直到清代探花张岳崧（定安人）再将《琼台志》（也称《琼州府志》）继续增补，将之付梓发行。这部府志是海南文化宝库中的珍宝，后来的为政者、治学者都从中吸取了不少精华。虽然《琼海黎氏志》不能与之相媲美，但滔滔的南渡江与万泉河都是由许多涓涓支流汇合而成的，而《琼海黎氏志》的问世，就像一条涓涓支流。对今后的《琼海市志》与《海南省志》的修纂来说，《琼海黎氏志》那条涓涓支流的贡献是不容抹杀的。

"志者，不忘也。"意思就是要回忆过去，不忘历史。木有本，水有源，人岂能忘祖？琼海黎氏家庭的祖先是从哪里来的呢？要了解这个问题，得先从海南的汉族族源说起。据记载，海南的汉族，都是自秦、汉、唐、宋、元、明、清各代从大陆移民过来的。他们之中，有的是被贬谪而来，有的是从政而来，有的是从教而来，有的是从军而来，有的是从商而来，有的是逃难而来。他们看到海南气候温和，土地肥沃，是块乐土，于是便定居下来。他们均为闽、粤乃至中原各省历代之移民，尤以闽南人居多，其方言以闽南漳、泉、莆田方言为主，后来逐渐形成以漳、泉、莆田语系变音之"琼州音"（即海南话）。他们已先后殖籍于海南各地农村、城镇，世久繁衍，聚族相处，各成一方之巨姓，有千百年之宗支、祖祠和世系分明之家谱和族谱。至于我黎氏各家族，发展的情况大体上也是如此。具体来说，我黎氏移居琼州的始祖是谁呢？据《儋州黎氏志》及琼海市大璞、九曲、加美、中爽（南中）等分支《黎氏族谱》记载：最早来琼州的始祖是黎中乐公，他出生于福建省莆田县，登唐代进士，任兵部主事，帅兵征蕃有功，升任琼州府、琼管督副使。他娶林氏生四男：孝、弟、忠、信。由于黎中乐和海南少数民族有矛盾，全家移居岭南新会。黎中乐三个孩子孝、弟、忠俱籍广东新会，而信公，邑庠生，则移居琼州府文昌县水北图新赐村。居新会的忠公生六男，其中邦宁公生君用公。君用公是岁贡生，举进士，拒道教，崇儒学，宋真宗时渡琼任琼州府文昌县教谕，是定居琼州的始祖之一。他生二男：长男尧衡，次男舜衡。舜衡公与信公之后裔辉公同住水北图新赐村。君用公后升为琼州府教授正堂，与尧衡公同住于琼山府城。君用公逝世后葬于定安县龙门镇鼓风岭。尧衡公的长男，名石，别号伯宣，生六男：汉、建、射、演、迺、添。汉公移居琼邑官隆图香井、龙合二村，后又移居灵山的迈隆、多嘉村。汉公的后裔，叫龄公，生三男：长子俊、次子杰、三子侯。俊、杰两公移居多嘉村，侯公仍居迈隆。后来，俊公又从多嘉村移居会同县（今琼海市）积善都五甲多璞村。俊公是琼海市黎氏始祖之一，其他始祖有廉公、建公、英公、美公和金公。

这里，我提出两个问题，让黎氏宗亲思考。

第一，关于中乐公移居新会的问题。据《儋州黎氏志》及琼海市大璞村等分支《黎氏族谱》记载，中乐公移居岭南新会。也就是说，广东的新会是广东黎氏的祖居地。据记载，在新会也有祖先叫"君则""君瑞"的。据粤西黎氏兄弟说，他们的祖先是黎君瑞。如《黎氏族谱》载："始祖讳鹏，字君则，号待举翁。""始祖有同母弟曰君瑞翁。""始祖葬于新会中乐都二十二图，土名凤凰山之凤凰心穴。"这"中乐都"，是否用黎中乐公的名字命名，有待考证。至于"君则"与"君瑞"是否与"君用"有血缘关系，也有待考证。

第二，关于海南黎氏的族源问题。按照黎家麟宗亲的考证，海南黎氏主要是君用公的宗枝蕃衍起来的。但是，除了君用公的宗枝外，还有没有别的宗支先后来琼定居呢？

从海南的移民史来看，唐宋两代多谪宦名吏，宋、元末多为避乱之逸士，明清多为闽粤商人。据记载，如今的琼海境内，于宋元时期，已有许多福建人来定居。与此同时，也有不少新会与顺德等地的人来海南落籍。到了明朝以后，移居琼海境内的居民，以福建人为主，尤其以商人为主。明、清以后，嘉积便成为海南第二商埠，是闽商人的集散地之一。当时的乐会、会同盛产槟榔、砂糖、红藤、益智、沉香等。而嘉积便成为这些商品的转运中心。当时的嘉积、乐城、博鳌等港口，云集了来自闽粤的商船。明、清时期，尤其是清代，嘉积镇上到处都是闽粤商人。他们开马路、建商铺、筑码头、盖住宅，不断扩大商业经营范围。由于外来经商的人口不断增加，他们为了促进商业发展、敦睦乡谊、团结互助、同舟共济，便成立了各种会馆，如莆田会馆、泉州会馆、漳州会馆、福州会馆，潮嘉（潮州、嘉应）会馆、东新（东莞、新会）会馆、南顺（南海、顺德）会馆、五邑（会同、乐会、万宁、文昌、琼山）会馆等。如此林立众多的会馆说明了什么？说明了当时的嘉积，外来人口相当繁多，商业相当发达，城市相当繁荣，乡情、族情相当浓厚。时移境迁，商业发展的需要，从商的人们便逐渐以嘉积、乐城、博鳌为家，落籍于当地。又由于商业与农业的互补关系，以及嘉积附近农村的土地肥沃、环境优美、交通方便，一部分从商者便向农村发展，生产商业需要的农产品，成为当地的农民。他们和前代的移民后裔混合成为当地的汉族移民之大系。那么，历代入籍嘉积、会同、乐会的商业移民或者其他移民的队伍中，有否我们黎氏的其他宗枝呢？

据记载，明、清时期，除嘉积这商埠外，还有海口、那大、王五、崖州、新吴、临高、文昌、万州等近三百个大小商埠。这些商埠的商人大都来自闽粤。他们大都逐渐成为当地的居民。这里有否黎氏宗枝？

据琼海《陈氏族谱》记载："伯实，字光辉，廪生公坟，牛仔墩，从东向西，妣坟加积岭，坐北向南，其地原名梯牛山，次支五世祖必强公，同王、黎二姓邀市，取嘉靖元年'嘉'字，都名'积'字，合成'嘉积'二字，此市名之由来也。街名槟榔行。"这段文字，有力地说明嘉积这商埠是由陈、王、黎氏家族开辟的，其时间是明嘉靖元年。这里原名叫加积岭，为了纪念嘉靖元年，便将"加"字改为"嘉"字。因此，"嘉积"二字，一直沿用到今天。

饮水不忘掘井人。在民国初期，黎氏宗亲为了纪念先辈们开辟嘉积商埠的功绩，便与黎三丰店主买屋场地基一块，建造了一座黎氏大宗祠。我童年时，曾跟村里的大叔黎才桂，来这座大宗祠拜祭祖先。但这座黎氏大宗祠，竟不幸在"文革"时被毁。近年来，我们曾听到不少海内外黎氏宗亲的提议，希望重建黎氏大宗祠，以让后代人纪念前代人创建嘉积商埠的丰功伟绩。

我还想借此写序的机会，追忆黎家麟宗亲（他是国民革命军十九路军的退役连长，曾在1937年8月保卫上海的战役中同日军浴血奋战，英勇负伤）。他于20世纪80年代初，以70多高龄的虚弱身体，奔走于海南岛上，寻根问祖，查阅家谱、族谱，发动各支系宗亲撰写家谱、族谱甚至全琼族谱。我在海南大学工作时家麟宗亲曾多次来寒舍同我和家父畅谈撰修全琼黎氏族谱的事，但由于当时我公务在身，没时间与精力投入这项工作。我调入中山大学工作之后，他还多次写信给我，谈他辛苦奔走寻根问祖，搜集撰修全琼族谱的资料之事。他在临终前，还把他写好的《全琼总修族谱序》寄给我，至今我还保存着这些资料。但可惜，他已不在人世了。对于他的逝世，我表示深切的悼念。

是为序。

《琼海市黎氏中爽支系续修族谱》序①

　　什么叫族谱？族谱又称家谱、家乘、祖谱、宗谱等。过去，族谱作为宗族、家族的神秘、神圣符号，一直深藏于民间、私人手中，秘不告人。现在，族谱已成为公开的、家喻户晓的读物了。族谱是一个宗族、家族的生命史，它是一种以谱的形式，记载了一个宗族、家族的来源，记载了以血缘关系为主体的宗族、家族世系繁衍生育、人口变化、兄弟举家迁移，经济、文化教育、乡俗、民风、家风、家约、族规、村规和村民的生活发展情况，以及宗族里发生重大事件为内容的特殊图书体裁。姓氏支系族谱，是以最早的支系始祖（父系）为主体，撰写这个主体发展的历史。比如，黎氏琼海中爽支系，就是以中爽支系始祖黎金（父系）为主体，记载他的子孙后代繁衍、生育以及人口迁移、经济、文化教育发展的历史。族谱、家谱具有地方历史、宗族史和地方社会学的价值，可作为正史的补充，此外，通过族谱、家谱，还可以了解地域文化，如海南和琼海市的文化就是地域文化。可见，族谱、家谱是构成地域文化史与中华民族整体历史文化不可缺少的一部分。

　　家谱、族谱把中华民族的优秀文化传统、民间的精华都保存下来。通过族谱、家谱、家乘，可以看见中华民族五千年的光辉灿烂文明史。比如，民以食为天，我们的祖先吃什么？他们在黄土高原时吃小米，到南方来以后主要吃大米。稻谷产于中国南方（含海南岛）已有六千多年的历史了。五百多年来，我们的祖先在万泉河两岸，千方百计开垦土地种稻谷和杂粮，不断深耕细作，改进种植技术，挑选良种，增加产量。另外，我们的祖先生活在万泉河两岸，他们充分利用万泉河的水资源，制造木船，发展水上交通运输业。我们的祖先不论在发展农业生产和水上运输业方面，都有创造发明。这就是中爽黎氏家族的文明史。我们需要认真挖掘、研究和传承。那么，家谱、族谱等起源于何时呢？

---

① 2020年2月21日修改于中山大学家中。2022年5月17日星期二再修改。由于本序文篇幅太长，族谱修订者没有全文采用，只是从中精选、采用少量文字。

一说起源于周代，一说起源于战国秦汉时期，一说起源于宋代，比较可信的说法起源于商周时期，但多数是官方修谱。先秦时期，流传有《周官》《世本》等谱通书。秦汉以后，又出现了《帝王年谱》《风俗通·姓氏篇》等谱学著作。到了魏晋南北朝时期，门阀制度盛行，家谱成了婚姻和仕宦的主要依据。于是，修谱活动迅速流行起来。隋唐五代之后，修谱之风便从官方流行于民间，乃至遍及各个家族，出现了家家有谱牒、户户有家乘（家谱），并且一修再修，成为民间一种制度（有的姓氏规定30年修一次）。因此，每次修谱便成为同姓氏、同族人的一件大事、喜事和盛事。

中国有五千多年的原始宗教。尊重家谱、族谱，认祖归宗，是尊重、敬仰和爱护祖先的一种表现。敬祖先是原始宗教的继续与发展。中国人和海外华人，自古以来就有这种优良的文化传统思想。华人身居海外，不忘祖国和家乡，因为家国就是他们的根，只有根深，才能叶茂。如身居海外的"中爽村黎氏"历代子孙，他们在新加坡、马来西亚和澳大利亚等地繁衍，他们历代的子孙都经常回国，认祖归宗。如著名侨领黎基胤，字政民，于20世纪80年代，常回故乡"中爽"认祖归宗，带头筹建中爽黎氏宗祠。过去的定安县雷二图大村乡近溪村的黎氏子孙，不知道什么缘故，被人划归到黎氏九曲江支系，用那里的"派"字命名。后来，近溪村的黎氏子孙质疑：我们村的始祖、派字，为什么来自九曲江？九曲江距我们这里比较远，而且，古代陆地交通不便，我们村的始祖怎么会来自九曲江？自古以来，在万泉河边，每逢农历二月十二日和十三日，在我家河对面下朗的沙滩上和石壁镇河边的沙滩上，都有闹军坡节的商品买卖活动。我母亲喜欢去买从嘉积市等地用船运来的陶器。我跟在母亲的背后，卖陶器的叔叔说，他们姓黎，来自嘉积镇的风爽（中爽）村。我说，我也姓黎。他们高兴地说："好呀，我们都是兄弟了！"从此以后，每年的军坡节，我母亲都带我到黎氏兄弟的摊档去买陶器等生活用品。自古以来，风爽村的兄弟，为了生活，经常沿着万泉河上游撑船，把博鳌港的海味和生活用品运往石壁一带销卖，又把石壁一带的土特产运回嘉积和博鳌出卖。他们来到万泉河上游，看到这里土地肥沃，风景优美。很可能，我们近溪村的黎氏始祖，是从嘉积风爽村移民来的，而不大可能来自九曲江。我的堂叔黎才桂，在日军投降后，同他的父亲汝舟在龙江和石壁做生意。他们认识了几位来自嘉积中爽村的黎氏兄弟，他们都是小商贩，大家关系良好。大约是1948年正月，堂叔才桂带我去嘉积黎氏大宗祠祭祖。在祭祖的活动中，我们还认识了中爽村的一些黎姓兄弟。这说明，我们同中爽村的黎姓兄弟是有亲缘关系的。但是，从我懂事起，我近溪村的黎姓兄弟和九曲江的黎姓兄弟，从来没有交往过。1980年，我父亲黎才南从马来西亚马六甲回国定居。他非常重视修谱问题。他住在海南师专时，常同琼山县的黎家麟（原十九路军营长）讨论全海南黎氏修谱问题。他在村中时，常同村中的堂弟黎才桂等谈起我们村的始祖来源问题。为了查明这个问题，我父亲和才桂从1981年起，就常到中爽村去，同黎端等兄弟座谈、查阅有关族谱等资料，结果得出结论：我们近溪村的黎氏始祖来自嘉积的中爽村。然而，曾几何时，300多年来，近溪村的黎氏头领不"认祖归宗"，没有以中爽村黎姓的"派"字，给子孙命名，而"拾"（有人这么说）又是九曲江黎姓的"派"字，这是为什么？有人说，这是由于当时的"兄弟不和"造成的。"兄弟不和"就"失联"，就不"认祖归宗"，就"背叛祖先的来龙去脉"？

族谱、家谱中的姓氏源流很重要。它是明辨家族血统的证明文献。堂号是一个姓氏源流的特殊标识，它能显示姓氏发源的地缘关系。在族谱、家谱中，堂号具有联系姓氏与宗族关系的意义，也是后代寻根问祖的重要线索。比如，我们中爽村黎氏的族谱就标明，我们是属于"京兆堂"血缘系统的，即最原始的。"京兆"就是黎国京都的代名词。我们是黎国京都的后裔（黎国虽亡，但"黎国人"的后裔还在，黎国的子孙，为了不忘黎国，便以"黎"为姓，代代传承）。我看见有些姓氏的族谱和祠堂都标明"京兆堂"。我们村附近的莫氏祠堂就标明他们的堂号为"京兆堂"。据《辞源》（合订本）记载，在汉代，所谓"京兆"，是汉代的行政区划名，为三辅之一，即今陕西西安市以东至华县之地。后世因称京都为京兆。《汉书·百官公卿表》注："京，大也；兆者，众数。言大众所在，故云京兆。""京兆堂"是指各姓氏的"根基"、最大的堂号。根深才能枝繁叶茂，因此，各姓氏都繁衍生育，不断发展，建有各种各样的分支祠堂，其祠堂都有自己的堂号。我中爽村的黎氏兄弟为纪念始祖黎金及其历代祖先，修建了一座祠堂，其堂号叫光裕堂，它是海南琼海嘉积中爽村黎氏支系最大的堂号。这就表明，凡是属于中爽村始祖黎金的后裔都是同光裕堂血统的，都是最亲的兄弟。

族谱、家谱的一个重要功能是告诉你，你的祖先是从哪里来的。据琼海市嘉积镇中爽村《黎氏族谱》（1990年版）记载：自古以来，大家都认为，黎氏的原始祖先"乃商朝旧臣有国于黎①，子孙遂以国为姓。自黎侯失国，久居于卫②，其臣相劝，移住沃土，即今福建兴化府莆田县坎头村"（2013 年，笔者夫妇曾到莆田市方志办调查黎氏祖先居住的旧址）。据中爽村《黎氏族谱》记载：海南黎氏"始祖中乐公登唐明宗③辛亥科举人，恩赐进士。奉主帅令亲征西番大得军功，升任广东省琼州府副使。……，生有四男：长，孝；次，弟；三，忠；四，信。乐公因与狄人④有衅，移籍岭南⑤，建立'里户'⑥。……信公，邑，庠生，移居琼州府文昌水北图新赐村。弟公，生一男，分居顺德。忠公生六男：长，邦俊；次，邦宁；三，邦泰；四，邦本；五，邦兴；六，邦瑞。邦宁，府廪生，字良山，生男，名君用。宋真宗时（998—1003），迁琼州，任琼州府文官，教谕。后升为琼州府教授，赦事⑦之后，籍于琼邑、苍驿都，礼居村，置产。生二男：长，尧衡。次，舜衡。舜衡移居文邑，水北图（中乐公移居新会时，他的一子留在海南，就居此地。这是海南黎氏最早的居住地）。尧衡同父居于琼邑。尧衡，生一男，名石，字玉澜。配妣王氏，生六男⑧：长，汉；次，建；三，射；四，演；五，逎⑨；六，添。汉公移居琼邑，官隆一图，后移居灵山；建公，移居定邑，白塘村，后分居多河图，龙楼村⑩；射公，居儋；演公，居崖；逎公，居乐；添公，居万；居住靡定，难于记载。居乐会的逎公，生二男：长，志；次，锌。志，生耀；锌，生祥。耀，生二男：长，祺文；次，赐文。祥，生炫文。炫文，生二男：长，英杰；次，英华。英杰，生如九。如九，生鼎由。鼎由，生达全。达全生男二：长，佛成；次，玄福。"总之，黎金是逎公的后裔，是中爽村黎氏的始祖。笔者认为，黎逎是黎君用的曾孙，是最

---

① 在今山西省晋城市。
② 周代京师以外的行政区之一。王畿范围内的区域，分为九等，称为服，也称九服。王畿以外二千五百地为卫服。黎侯居卫服，其土地贫瘠，不宜人居。
③ 唐朝并无以"明宗"为庙号的皇帝。
④ 指古代海南少数民族。
⑤ 指今珠江三角洲新会和顺德等地。
⑥ 村居。
⑦ 退休。
⑧ 君用的曾孙。
⑨ 君用的第五曾孙，最早定居乐会县者。
⑩ 今定安龙楼镇。

早移居琼海市的黎氏始祖。在琼海市，有旧黎氏族谱说黎金是乐会县黎氏的始祖，但这种说法是错误的，应予以纠正。据说，今琼海市的大璞村是黎氏最早的居住地。据文史记载，大璞村的黎氏为建设嘉积黎氏的大宗祠做了很大的贡献。

从以上史载可见，黎氏定居海南是经过无数次迁移的。首先是在唐朝时，黎中乐在海南任官，繁衍生育，后移居珠江三角洲，子孙繁多，分布于珠江三角洲各地；其次，黎君用又在宋真宗赵恒时，从珠江三角洲被派到海南做官。退休后，定居于青山绿水、土地肥沃的琼山县苍驿都。繁衍生息，子孙兴旺发达。黎君用逝世后，葬于今定安县风水宝地雷鸣区，被称为黎氏定居海南的第二代祖先①。自古以来，每年的清明节，海南各地的黎氏子孙，都备祭品到黎君用公墓前祭拜。黎中乐的后裔迁移珠江三角洲后，是珠江三角洲黎氏的一个支系。珠江三角洲的大多数黎姓是从大庾岭的珠玑巷迁入珠江三角洲的，如今，珠江三角洲的黎氏人口众多，分布在珠江三角洲、香港和澳门等地，他们都分别建有黎氏祠堂，并且，黎氏兄弟建立了广东黎氏宗亲会，会长是黎名准，顾问是广州市原市长黎子流。据说，广东的黎氏宗亲有300多万人。改革开放后，珠江三角洲的黎姓兄弟（含港澳的黎氏兄弟），为了纪念黎氏祖先从中原迁移到岭南珠玑巷，以黎名准家族为首、以黎子流宗长为顾问的黎氏兄弟，在珠玑巷建了一座辉煌的黎氏祠堂（我曾经去参观），且每年都举行春祭。

2019年春天，我和海南黎君用文化促进会的几位领导曾到黎中乐、黎君用定居的广东新会、江门等地调查黎中乐和黎君用的有关史料，得到当地黎氏兄弟热情配合。但是，却没有找到这两位祖先的史实。为什么？一是调查不深入、全面；二是黎中乐是在海南当官，他来到新会时，已是平民百姓，没人了解、认识他的地位和历史。于是，就没人撰写他的历史，在新会当地的史料上就没有记载他了。又据中国落叶归根的传统文化、习俗，黎中乐出生于福建莆田坎头村，当他年纪大了，其子孙便把他送回莆田，最后在莆田去世。关于黎中乐和黎君用在新会生活的相关史料，我们还应该继续调查。

今琼海市嘉积镇中爽村的黎氏始祖是黎金（黎君用公的第十二代孙）。他是一位"府学廪士，博学能文"，"奉府宪札委员来乐邑（乐会县）王例"，了

---

① 第一代始祖应为黎中乐。

解乐会的社会人文，获得王恩"赦事"（退休）后，他认为乐会"中爽"村人文好，土地肥美，风景好，又近万泉河，交通方便；而且，中爽村又靠近明代海南最繁华的城镇嘉积，于是，他就在明正德丙寅元年（1506），于中爽村买地，移居中爽村，迄今已512年了。有人问：黎金移居中爽村之前，居住在哪里？有人说居住在儋州，有人说居住在琼山。他的祖先故居在哪里呢？迄今还没定论。他是黎氏哪个支系的后裔呢？有人写道：黎金来自琼山县沧驿都。沧驿都是海南黎氏的根。但是，从黎君用到黎金，已经过了宋、元和明三个朝代，黎金的父母还住在沧驿吗？值得进一步考证研究。

五百多年来，中爽村的黎氏，根深叶茂，子孙繁多，不断地从中爽村向外地迁移发展。比如，有的移居白石乡、归仁乡、定邑雷一图和雷二图、石壁乡近溪村（今属龙江镇博文村委会）等。族谱就是构成中华优秀传统文化的一个小细胞之一。家是最小的族，最小的国；国是千万家构成的，是最大的家；天下之本在国，国之本在家；国与家与族密不可分。正是一个个微小的家庭细胞，组成伟大的中华民族。这个民族有绵延上下五千年的文明史。

海南万泉河两岸人民，曾经遭受日本帝国主义者的侵略，家破人亡。那时候，国破了，家也没有了，这是我亲身经历过的史实。但无论时代如何变迁，五百多年来，黎金的后裔一直重视家庭、家教和家风的建设。海南解放前，黎金的后裔中，有很多人生活极端艰苦，无田无地无文化，屡遭天灾人祸，挣扎在死亡线上。但是，黎金后裔的兄弟们，为了维护自己的家，不怕苦，不怕累，四处奔走，谋求生路。有的逃去南洋谋生，有的上山开荒种田，有的下海捕捞，有的到街道摆摊卖杂货物。我黎氏子弟，要珍惜今天来之不易的美好生活，紧跟新时代，珍惜时间，认真读书，读好书，用好书！传承我们祖先的优良传统！

1950年年初，海南解放了，我们黎金的后裔也获得了解放。特别是改革开放以来，大家都重视家乡、宗族、家庭、家教和家风的建设，涌现出很多好家庭、好家教和好家风，为国为民做贡献。

族谱要制定一套好的族规、族训、家规、家训和家风。在中国的传统文化中，有很多好的族规、族训和好的家规、家训和家风，应当保护和传承。中华文化是一种道德文化、文明文化、法治文化。人类文明，讲究"德、治、礼、序"。现在，文明的中国人和文明的外国人都非常注重这种文明。我们要将"德、治、礼、序"等中华美德融入族规、族训和家规、家训和家风之中，借助血脉的传承，使中华美德成为子孙后代谨守遵行的道德规范。这里要特别指出，忠孝、家规、家训和家风是一个家庭内部的精神纽带和传家宝，是构建精神家园的基石。

要治其国，先治其家；要治其家，先治其人。"人之初，性本善。"社会是复杂的，人进入社会之后，就会受社会的影响，必须坚持良好的教育，接受先进的思想，防止受坏思想影响。因此，必须先训幼童和教育好青少年。家教以道德、品行为先，要他们"志存高远、勤读书、明礼德、爱国爱家"。从历史上看，子女教育是家教的核心，也是家风建设的核心。教育子女，以"品德"为先。要做到宽严有度立规矩，言传身教立典范。家长是子女的榜样，家长正，子女正；家长歪，子女歪！这是铁的事实。教子成人（成才），是古今家训的共同追求，是好家长的共同期待！家庭教育成效如何，关系着子女的健康和未来的发展，关系着家庭的兴衰荣辱，也关系着社会的和谐和国家的兴衰。现在，中爽村黎氏宗祠建立了奖学金机制，对考上中学和大学的子弟给予奖励，这是一项鼓励子弟努力读书的好措施。

中爽村黎氏宗亲，要努力维护族亲的团结、家庭的和睦，要相互关照，彼此尊重。据了解，在现实生活中，黎氏宗亲不尊敬、赡养父母者有之，夫妻疏离者有之，兄弟反目者有之，妯娌交恶者有之，不尊老爱幼者有之，忘恩负义者有之，争夺家产、宅基者有之……他们被利益蒙蔽了眼睛，忘记了父母祖先的训诫，抛弃了做人的本分，丢掉了良心。这说明族规、族风、家教和家风的缺失。由此可见，重族规、严家教、守家训、树家风，立德树人，已成为黎氏建设文明村、文明家庭的当务之急！

期望中爽村黎氏支系的宗亲，响应党中央的号召，为建设美丽新农村立新功；希望中爽黎氏支系的海内外宗亲，热爱祖国、家乡，多做贡献！祝海内外宗亲身体健康，事业成功！

是为序。

第二卷
万泉河故土

我爱我的家乡

万泉河两岸的椰子林美如画，万泉河水清又清。万泉河中游龙江镇铁铺村北面的河边，有一片绿色的农田，在农田边缘，长着一排排高低不齐的椰子树、荔枝树、槟榔树、橡胶树、海棠树和竹林等。在那绿树围绕的大地上，在那不高不矮的大村岭下，有一个小小的村庄，它在明代叫作近溪村，如今已划归铁铺村。这就是我的村庄。我出生在那里，在那里连续生活了20年后，才于1952年2月离开它到海口上中学。后来到广州上大学，大学毕业后参加工作，就远离了家乡。但我对我的家乡有深厚的乡土感情，这是我一生中最难忘的地方。

在国民党统治时期，我的家乡叫作定安县石壁乡大村。这个大村子包括了很多个小村子，比如，举埇村、加丁埇村、封浩村、下坡村、大村沟村、蔡宅村（今称文客村）、船湾村、李宅村、下坡村（此两村已合并为文霞村）和凤栖园村等。后来，大村改名为博文村委会。它的管辖范围除了上面的大部分小村子外，还包括了博古园村、文奥村等。据我的家史资料记载，我们祖先的原籍在今天的福建省莆田市坎头村。唐朝时，举人黎中乐（后考上进士）被派来琼州做官。后来，由于遭海南少数民族的反对，他举家迁移至珠江三角洲的新会县。他在海南生了三个儿子，其中两个儿子跟他去新会县定居，一个儿子留在海南，定居于文昌县。宋朝时，黎中乐的后裔黎君用从广东新会县被派来海南从事教育事业（据说，他的头衔相当于今天的教授级）。他退休后，定居在琼山县的苍驿都礼居村（今称昌文湖村）。黎君用的第八世孙黎金于明代正德元年（1506）移民到今天的琼海市嘉积镇的中爽村（又名南中村），迄今已有五百多年的历史了。黎金是琼海市中爽村黎氏支系的始祖。最近，我又看了中山大学司徒尚纪教授的《海南岛历史上土地开发研究》一书，他说，海南的黎姓最早定居在儋州，后来发展到文昌、琼山和琼海等地。梁明江的《琼海文化述论》说："黎姓过琼始祖中乐，原籍福建兴化府莆田县。唐代登进士第，曾官任兵部主事。后奉命来琼州任琼管副使，因此落籍琼州。生有四男。长子、次子和第四子迁居广东新会。第三子黎信留在海南，择居乐会，一说移居文昌。

其后，子孙繁衍于琼州各地。"不管我们的祖先是从东南沿海的福建还是从岭南新会等地来海南，大家都认为，最早的祖先是来自福建莆田的坎头村。2013年秋天，我曾和内人到莆田考察我们祖先的居住地。由于时代久远，地名更换，祖先故址已无法找到。

从古迄今，珠江三角洲和莆田的科技文化都很发达。我们的祖先从珠江三角洲和莆田地区带了很多先进的生产技术和文化到海南来，在海南开花结果。在琼海市中爽村繁衍生育的黎金后裔，人口越来越多，土地越来越少，便有人沿着万泉河向上游发展。他们来到了近溪村（古村）买地定居下来，时间大约是在明朝末年。据我爸爸抄录的家史资料记载：我们村最早的祖先有黎民财（黎金的第三代）、黎梦桂、黎向平、黎向明、黎景才、黎鋐、黎锦、黎钊。从第五代祖先黎鋐（学名黎挺英）开始，就有比较具体的记述：黎鋐是清康熙丁巳（1677）科的庠生（明、清时府、州、县级官学的学生）。黎鋐生两男，一叫黎树瀛，一叫黎树淮。我们村后的一块墓碑上有记载黎树瀛和黎树淮的名字。黎树瀛生一男叫黎式祯。他生于乾隆戊子（1768）年十一月十二日卯时，卒于嘉庆庚申（1800）年九月十八日午时，享年32岁。黎式祯生一男叫黎文勋。他生于乾隆辛亥年（1791）七月十九日，卒于道光辛丑年（1841）十月二十七日，享年50岁。黎文勋生两男，大儿子叫黎德彰，小儿子叫黎德修。黎德彰生三男：大儿子叫黎锡照，次儿子叫黎锡瓒，三儿子叫黎锡馀。黎锡瓒生一男叫黎汝贤。黎锡照生两男：长房男子叫黎汝仁，次房男子叫黎汝明。黎汝明生于清光绪戊寅（1878）年八月十一日寅时，卒于民国己未年（1919）六月初八日申时，享年41岁。黎汝明的原配王氏（娘家在今龙江镇山口村），大约生于光绪戊子年（1888）十月十八日卯时，卒于民国戊午（1918）年七月二十一日子时。黎汝明的原配王氏生一女（嫁砍下村蔡伊泽先生）和两男：长房男子叫黎才南（七岁时其父去世），次房男子叫黎才猷。黎汝明的续配李氏享年53岁，葬于会山（当时叫"粉车"）。我爸爸1946年回国后，将他的继母李氏和何家的母亲（她同我继祖母是好邻居，又同时病死在会山）的遗骸一起迁移回老家的后头岭，重新合葬在一个墓里。黎德修生三男：长房男子叫黎锡清，次房男子叫黎锡章，三房男子叫黎锡光。黎锡清生三男：长房男子叫黎汝昌，次房男子叫黎汝霖，三房男子叫黎汝光。黎锡光生两男：长房男子叫黎汝标，次房男子叫黎汝舟。黎汝昌生一男叫黎才礼。黎汝霖生的男孩叫黎才裕。黎汝光生的男孩叫黎才德。自从黎德彰和黎德修这两个人成家立业之后，两房的人口就不断地增加，人才也日益兴旺发达。

黎德彰、黎德修的父亲黎文勋在50岁时，便写下遗书，将田地分成两份：一份分给黎德彰，一份分给黎德修。土地改革之前，我们村子里的田园地界就是按黎文勋的遗书规定划分的。长子黎德彰分得的田地比较好，主要田园都在村边，耕作方便。这份遗书，由我父亲保存。这是清代遗留下来的我们村子的重要文物，也是村史的重要文献资料。

黎文勋遗留下来的田地并不够后人耕作，因为村里的人口不断地增多。村民为了生存与发展，就以祖先为榜样，继续向万泉河上游的山区发展。在我的记忆里，即1939年前后，我的继祖母和黎才德的父母、黎辉荣的祖父母都到万泉河上游的"粉车"和嘉脑园（今属琼海市会山镇）等山区去开荒种田。他们在那里住的是茅草寮，吃的是番薯、玉米和蔬菜。生活和劳动都很艰苦，病了无医生看病、无药物治病。抗日战争时期，"粉车"和嘉脑园是我们村民逃难、居住和劳动生产的地方。

在我们村的西南边缘，有一姓何的人家，有七八口人，家里很穷。他们只有几亩旱地，顺着季节种点旱稻和杂粮。何家的老父亲我就记不清了，但是我对何家的老母亲有印象。我小时常到她家玩，看到她老人家卧病在床。她的床前装着一个抓老鼠的工具，因她家的老鼠很多，白天也出来偷东西吃。我看见她老人家白天躺在床上，还不停地和老鼠"打架"（驱赶老鼠）。她和我的继祖母关系很好。她们都是四五十岁的中年人，为了维持家庭生活，一起到"粉车"山区去开荒种山兰稻和番薯等作物。1940年，她们俩先后病死在会山。这户人家和我们村的人也是好邻居。我们村里有什么红白喜事，他们都来参加。我们村的居住习俗和福建省莆田地区的居住习俗一样，都是同一个姓同居住在一个村庄。一个异姓的单户人家只能居住在这个大姓人家的村边缘，居住在我们村边的何氏就是例子。何姓是后来的，他们搬迁自琼东县（后被并入琼海市）嘉积镇郊区的不偏村。从我懂事起，我们村的砖瓦房子有三间。我家有一间，又小又矮，只有一丈四尺宽，大概四米高。客厅里有一竹制的屏幕（竹壁），把后门挡住，大概是作屏风之用。在旧社会，客厅里如果有男的客人在和主人谈话，女人便只能从屏风后面出入。竹壁上面竖挂着三个玻璃镜框，中间的镜框最大，上面镶着一幅栩栩如生的彩色麒麟画像。这画像镜框两边各挂着一块镜框楹联，对联的内容我记不清了，但是麒麟画像给我留下深刻的印象，终生难忘。什么是麒麟？它是传说中的仁兽。雄曰麒，雌曰麟，其状麇身，牛尾，狼蹄，一角。《晋书·顾和传》："此吾家麒麟，兴吾宗者，必此子也。"这幅画像是我弥月或周岁时亲戚赠送给我们的，也可能是我外祖母家的亲人赠送的。我20岁前，天天都在家里看着这幅精美的、栩栩如生的麒麟画像。感恩毛主席，他于1950年5月，派中国人民解放军强渡琼州海峡，解放了海南岛，让人民翻身做了主人。1952年年初，我已经20岁了，才有机会去海口市考初级中学。这是毛主席给我带来的幸福。然而，在"文革"后我假期回家时，却发现我最喜爱的、挂在客厅的那幅麒麟画和对联都被人毁坏了，我很痛心！后来知道，那是被破"四旧"的人破坏的。他们不懂得那是精美的中华传统绘画、珍贵的历史文物，是再也买不到的。这幅麒麟画有深刻的寓意，代表了对美好理想的追求。

"文革"时期，我村的黎氏祠堂被人拆毁。改革开放后，传统文化有所复苏，各乡村都在重建祠堂。我每年春节回家，都带头发动黎氏兄弟重建黎氏祠堂。但是，祠堂的原址已成为私人宅地，重建祠堂的地址暂时找不到。后来，在我的积极带领下，在村民的共同努力下，经过几十年的努力，终于找到了重建祠堂的好地方，村民们对此非常满意。一座崭新的黎氏祠堂终于重新建立起来，结束了过去40多年村民没祠堂可供拜祭祖先的历史。

自从我外出读书和工作之后，我村的大多数青年人都以我为榜样，先后外出读书和工作。外出的年轻人、中年人都很出色，成为国家的栋梁，有的成为工程师、技术员、医生、处长、军事人员和科长等。在家乡的青年也积极建设新农村，美化新农村，有的还参加村委的领导工作。家乡解放前，我家房子前面有一块很小但又很长的秧苗地，约有0.4亩。每年春秋两季，我妈妈都要在那里培育秧苗。我家房屋的东边有一棵很高大的荔枝树，但是它很少结果。以前我家穷，没有用砖瓦建厨房，而是用茅草盖的。每逢台风到来之前，都要用大木条压在茅屋顶上，以防台风把茅屋顶刮走。这茅屋前面有一棵大的菠萝蜜树，是祖先种的。前人种树，后人吃果。这棵果树每年都结出很多果实，供我们食用，而且吃不完，大都赠送给村中人吃。

黎德修支系三房即黎汝标（才美的父亲）和黎汝舟（黎阳的父亲）住的房子，以及长房即黎汝昌、黎汝霖和黎汝光住的房子，都是用砖瓦盖的，厨房尽管又矮又小，但也是用砖瓦盖的。他们的厨房是在大屋的后面。长房的大屋比三房的大屋小，可能只有一丈多宽，不到一丈高，房间只有一个小门供出入。黎才裕和黎才德就是在这样的房子里结婚的。两人结婚后各住了两间房，于是他们的父母黎汝霖公婆和黎汝光公婆都没房住了。黎汝霖便在我家厨房东边的不远处建了一间简陋的泥瓦房，仅能装下一张床，供他们两老住。他们在老家很难生活下去，就到今天的会山镇山区去住茅草房和开荒种地。黎汝光在家乡也没办法生活下去了，也到会山山区住茅草房，开荒种地。黎汝昌就在大房那间又小又矮的主屋东边盖了一间又小又矮的横屋，有三间房。黎汝昌爱喝咖啡，他在屋子旁边种了几棵咖啡树，已经结果。长房的主屋门口东边，有一棵很高的荔枝树，门庭前边种植香蕉树等。香蕉树旁边有一块很大的秧苗田，约有一亩地。这是三房黎汝昌和黎汝标两家人共有的秧地。他们每年都在那里培育秧苗。长房的主屋客厅里没屏风，因为客厅太小了。而三房的主屋大，客厅也大，则有木板屏风。三房的主屋在长房的主屋后面，他们都种了很多小竹子、吊球花和一棵很高大的荔枝树。还有很多小的荔枝树、椰子树，以及一棵全村最高的大树，有100多米高。这些树木把黎家的水田和房子隔开来。三房的主屋后面有一间砖瓦小屋。在这小屋里，东边有一间小房，可住二人，中间一间是餐厅，西边一间则是厨房。黎汝标、黎汝舟的房屋在当时是我村最大最好的房子。我家和黎汝昌、黎汝标的房子之间，有一块草地，可盖一两间房子。据黎文勋的遗书记载，黎家后代人谁都可在这块地上盖房子。这块草地像地毯一样柔软，是我们村小孩子玩耍的好去处，我小时候曾在这块草地上翻滚。抗日战争时期，我们村的人回来做"顺民"了，黎汝舟的家人就在这草地上盖了一座大草房，像一间大屋那么长。黎汝舟大部分家人都住在那里。但是，我家的茅草房比他们的茅草房小。解放后，村民生活好了，人口多了，各家人都将茅草房拆了，在原地建起了砖瓦房。

  我们村周边有一棵棵大大小小的椰子树和荔枝树。老的椰子树有三四十米高，要连接三条比较长的竹竿才能把椰子摘下来。这些椰子树的树龄起码有一百年以上。在我们房子和院子的周围，也有不少荔枝树、龙眼树、海棠树和菠萝蜜树等。我们村的荔枝树和龙眼树有的很高大，两三个人手拉手才能把它的树干围住。如上园的"龙眼仔"荔枝树、后头岭的龙眼树和西园的"白一"荔枝树等，这些树的年龄，都有一百年以上，大概都是这个村的先人或我们黎家的祖先在开村时种植的。荔枝树都种在村子的四周,估计其目的是防台风,因为荔枝树树形高大,枝叶繁茂,覆盖面积有半亩以上,而且树枝坚韧,不易被台风折断,是人类防台风的好伙伴。每到荔枝果实成熟时,全村的人都吃不完,还请外村的人来吃。有时候甚至将一棵树的果子全卖给小贩。可惜,这些荔枝树后来(在1950年前后)全被砍伐了。为什么被砍掉?其原因大概是:第一,这些大树是祖先的遗产,子孙都在瓜分,或者说是在争夺;第二,农村进行了土地改革、集体化,村里人不把树砍掉,树便要归公了,而且归公后的树也是会被砍掉的;第三,村里管理混乱,村民乱砍树,破坏绿化,但当时的政府不干涉。因此,有人便将大树砍掉,锯成木板,要么卖掉要么留着自己用(盖房子和做棺材)。

村子的周边除了有各种高大的树外,还有茂密低矮的灌木林。灌木林周边长满青草,是放牛、放猪、养鸡、养鹅的好地方。灌木林周围还有大树头,其周边是大人大便的好去处,毕竟旧社会每家每户都没有厕所。人排泄完后,猪和狗就围上来抢吃大便。各家养的猪每天都来到草地上拉屎,而大人和小孩也每天都提着一个小竹筐到草地上去捡拾猪粪,因为猪粪是很好的肥料。在旧社会,没有化肥,农民种地主要用牛粪、猪粪和"三鸟"(鸡、鹅、鸭)的粪作肥料。我的祖屋后面是块草地,可放牛。这草地后面是一座小山,山后又是一块草地。这草地原本是一块可耕的旱地,南边就是我家的祖墓。这祖墓就是人家说的"风水墓"。村子周围的草地是放牛和放猪的好地方。夜间,猪到这些草地上来拉屎。等到早晨公鸡啼叫时,就有村民提着小油灯去拾猪粪。我小时候,有时天没亮,妈妈就叫我起床,提着油灯去草地上拾猪粪。因为拾猪粪的人多,去晚了就拾不到猪粪了。这就是日本占领时期,我的少年生活。

在我们村子的周边,老祖先还种了不少竹子。在才德叔祖屋的东边,有防风的竹林,如白粉竹和石竹等。在我家的下园也有很多竹林,如白粉竹和小竹子等。竹子是村民生活中不可缺少的植物。竹子可以做竹器,竹器是中国传统的工艺品。村民吃饭用的筷子是用竹子制作的;村民头上戴的竹笠是用竹子制作的;农民装稻谷用的篮或箩是用竹子制作的;农民搭盖简易的房子也少不了竹子。所以,农民爱种竹子。

除了竹子,村里还有海棠树、槟榔树等。有的槟榔树在我家房子的后头,是我的祖先种的。在我家门前左侧的水田边有一口老井,终年有水。有两棵很大的海棠树和椰子树长在老井边,因此它的树根和树叶影响了井水的干净,后来村里的人就不饮用这口老井的水了。在老井的水里有大头鱼(土语叫孔节鱼)和青蛙。青蛙生长在井边的石洞和树根洞里。青蛙很多,又肥又大。每当下大雨时,门前的秧苗地里水满了,晚上就有许多青蛙从井里跳进秧苗地里来,哇哇叫和进行交配。我们村的人不喜欢吃青蛙,也不去伤害青蛙。在那老井边,长有两棵很高大的海棠树,树龄有一百年以上,每年都生长很多可榨油的海棠果实。海棠油可点灯,在战乱的年代,这海棠树就是我们村的灯油来源。在那古老的海棠树上有一些树洞,鹩哥就在树洞里做窝、生蛋和孵小鸟。在20世纪40年代,我们村里的树上、灌木林里和田园里,鸟儿很多。可以说,什么鸟儿都有。有成群的白鹭,白天在水田里吃东西,黄昏时就成群结队地飞回我们村子的竹林上头栖息。对那些白鹭等,我们村的人都不伤害它们。但是,村民最厌恶的是老鹰,因为它吃小鸡。它白天在天上飞来飞去,或躲在椰树上,寻找地上的小鸡。它一发现小鸡,便立即俯冲下来抓住,然后飞往高高的椰子树上,将小鸡吃掉。可是,现在在农村的上空几乎看不到老鹰了。此外,村里还有狐狸出没。狐狸也是吃鸡的。它白天在山洞里睡觉,晚上就从山洞里出来在大地上活动。它会偷偷地来到农民家的鸡笼里抓鸡吃,所有农民很恨狐狸。然而,现在在农村的荒野山沟里已看不到狐狸了。我家的田园里,在我小时候,有各种各样的爬行动物活动,如蛇、山蛭(一种吸人血的小爬虫)等。水田里有小蟹、小虾和小鱼。在田边的地里,有像鸡蛋、鸭蛋那么大的螃蟹,每逢下雨天,它们就从地洞里爬出来,当它们一发现周围有人活动,就跑回洞里去了。在过去,人们没有认识到保护空中的鸟类、河里的鱼类的重要性,那些野生动物便被人打死,吃了不少,几乎绝种。我们村周边的灌木林里有各种各样的植物,有不同颜色的奇花异草,如鸡萝、鸡藤(土话)、苏铁树、淮山(村人叫山薯)等。我曾在屋边的山里,挖到一株淮山,有十多斤。还有一种植物,其叶子长得很长,俗语叫菱刺,它的叶子可编草席。村里还有很多小竹子、石榴、咖啡树、茶树(俗称黎茶,是黎汝霖公从山区黎族那里移植过来的)、鸡藤、橘子、加丁、灯笼草和打蚊草、吊球花、野菊花等。但现在这些植物都很少见了。我小时候常拿鸡萝叶来学大人"游灯"(我们那里的蒙养村习俗:每年元宵节晚上,都举办"游灯"活动),因鸡萝叶似元宵节大人制作的纸灯笼。至于苏铁树,在我们村里只有一棵。它开的花很奇异、很好看;它只结一个果实,在树顶，像人头一样大。

我们的村子里还有一口新井，里面的井水是供人饮用的。主要使用者是我村的人和李德忠、李德丰两家人。李德忠的妈妈是我的干妈，我小时的名字叫李秋，这和干妈家姓李有关。李德忠哥哥对我很好。有一次，我和他在河里游泳，他看见我游得很累了，正在急流中挣扎，就把手伸出，抓住我的手，把我拉上岸来。这件事我至今记忆犹新。我们村与姓李的村只有一百米的距离，大家亲如兄弟。2015年李德忠兄90多岁时，我回家过年，为了感恩，曾带着礼物和红包去向他拜年。我在家乡时，每当我路上遇到他去商场，我都从口袋里拿出一点钱给他买东西吃。他拿到我给他的钱非常高兴，真是乐开怀。我看他很高兴，自己也很快乐。我每次回家乡，在路上遇邻村的好兄弟或长辈，比如，蔡宝江、蔡宝汉、蔡宝谦、王谦荣和姚开仪等老人，我都给他们一点小钱，叫他们去买点肉吃或饮茶。他们都是我的好邻里，我小时候，他们也关心我。可是，如今他们都去世了，我常怀念他们。

我的村子虽小，但它是个很古老的村子。村子里有一座很古老的墓，因为年代久远，水土流失，铺盖在墓上面的古砖已经露出地面了。古砖约有40厘米长，其面积比今人烧的砖略小，青色，厚度与今天的中砖差不多。我小时候胆子小，不敢靠近这古墓。不久前，我的堂弟为了选宅基地盖房子，将古墓挖了。我问堂弟墓里有什么东西。他说，没什么了，只有砖头。这说明，这古墓里尸骨已经化成泥土了，只遗留着砖头。我想，这可能是汉唐时代的古墓。小时候，有一次，我在这古墓附近的灌木林里玩，拾到一把石斧。我给大人看，他们说，这是一把"雷公斧（凿）"。听说是"雷公"使用的工具，我就害怕了，把它丢到原来拾到它的地方。当时，我是小孩子，没有文化，不懂得它是一件珍贵的历史文物，应该把它收藏起来。据《琼海文物志》记载，近年来，万泉河沿岸先后发现了多件新石器时代的石斧。我猜想我当时发现的石斧是否是其中之一，因为我的村子历史悠久。

我的村子离万泉河不远，只有四五百米的路程。在这河边有一渡口，叫作"铺仔朗"渡口。这渡口，在过去，是我们村和附近好多个村子的人出去石壁镇等地的重要渡口。每天在这渡口过渡的人不少。我们村和附近几个村子的人都有自己的木船，因此，每天在这里停留的木船也不少。有些人用自己的木船做生意，有的逆水行舟，到山区琼中县的乌石码头，收购山货，运往石壁、龙江、嘉积和博鳌港等地进行交易；有的顺水而下到海边收购海味，运回龙江、石壁和乌石等地进行交易。在当时，这渡口是相当繁忙的。有一位老船工叫彭登第，我认识他的时候，他已是六七十岁的人了，但是他的精神很好。他日夜都在河面上划船，接送人过河。

这渡口周边有几条人行道。在我的村前，有一条从渡口直达南面村（老苏区）等地的人行道。在这人行道旁边有一间店铺，叫"陈世春的铺仔"（离我的村子约300米）。这"铺仔"里有一张床，在床上天天躺着一位七八十岁、瘦得皮包骨头的老人，他身穿黑衣服，叫莫元卿。他的床头有一台桌，桌子上点着一盏小油灯，他手里拿着一条鸦片烟枪，嘴里含着烟枪的嘴，不停地往灯上点燃烟锅上的膏，嘴里不停地叽叽地吸鸦片烟。他是当时大村一带唯一一位吸鸦片烟者。这是日军占领我家乡万泉河两岸的前夕，我亲眼看见这位老人吸鸦片烟的场景。日军占领我家乡之后，我就没有了这位老人的消息。2020年正月初二下午，我到这位老人生前所在村子附近的万泉河岸边散步，路过一家人门口，看见一位中年男子在扫地。他举头望我，我也友好地望他，并且亲切地问他："你爸爸叫什么名字？"他说："我爸爸叫莫魁贤。""啊，我知道了，你的祖父是吸鸦片烟的。"他说："是是！"我问他："你祖父后来怎么样了？"他说："日本占了我们的家乡之后不久，我的祖父就被日军抓去杀头了。并且命令农民工将我祖父的房子拆毁了，将其砖瓦和木料挑、扛去加勒洋修建日本的炮楼了。"海南解放后，进行"土改"时，莫元卿的孩子莫魁贤被评为地主成分。我小时候看见莫魁贤很凶狠，动不动就要打农民。当时，我家的水田跟莫魁贤的水田上下相连的。他的水田在上面，我家的水田在下面。他经常对人说，我妈妈偷放他田里的水，并且威胁要打我妈妈。

在"铺仔朗"渡口，还有一条小道，从渡口经我的村子，直达大山村、石头岭村和百花岭村等地；另外一条小道，是从渡口直达博古园村、封浩园村等地，再往前走就是下朗村和石壁市。这石壁市在过去，是万泉河上游工业品、农产品和木材的交易中心。每天都有人经过我们村边去石壁市做买卖。例如，每天早晨，都有蔡宝江、蔡笃恒和陈继源、陈继辉等人，挑着猪肉去石壁市出售（俗语称他们为"猪客"）。有时我病了，我妈妈一早就到路边等待"猪客"到来，向"猪客"购卖几两瘦肉，然后摘下自己种的苦瓜，熬苦瓜汤给我喝。平常，我是没肉吃的，因为妈妈没钱买。

我们村的对面河边，有一块很大的沙滩，叫"土毛朗"。在那里，每年农历二月十二日，都举行一次军坡节（北方人叫庙会）。在军坡节的前一天，各路商人便从嘉积市、石壁市等地撑船逆水而上，把船停泊在"土毛朗"沙滩的河边。然后，把商品搬运到闹军坡的商品场地摆好，以迎接次日的交易会。在军坡节那天，十多位各村的"峒主"（神祇）都出来"游军坡"。庙神出游时，"峒主""附"在"神童"（通常是青壮年，也有个别中年人充当）的身上，"神童"便跳上该"峒主"坐的轿上。"神童"头上绑着一条红布，手里握着一把烧着的香，时而举向空中，时而举向前方，神采奕奕。那木雕的神像安稳地坐在神轿里，由许多人抬着。周围人山人海，围观"神童"的表演。神轿的前面，有打鼓的、打锣的、吹喇叭的、放鞭炮的，喧闹声响彻云霄，热闹非凡。夜间还有夜市和演戏等活动。

这"铺仔朗"渡口，我们村的人也称为溪口。它是我们村的人经常出入活动的地方。不是过河去石壁市买卖东西，就是走亲戚；不是去洗衣物，就是去游泳；不是去钓鱼，就是去摸虾。河里的鱼虾很多，鱼儿成群结队，在清清的河水里游来游去。夜里，我们村的个别中老年人还到河边放长线钓大鱼，直到天亮他们才回家。每次他们都能钓到鱼。每到夏天，我们村的男人和小孩中午和晚上都到河里去游泳。白天，放牛的人还赶牛到河里去洗身和饮水。天旱时，村边的井水干涸了，我们村的人都到河边去挑水回家饮用。在这渡口，每天都有几条木船开往石壁市和嘉积市。我们要去嘉积市、海口市和博鳌港，都可以从这里搭木船去。每年的端午节，我们村的中青年人和其他村的人都到河里去划龙舟。人们在龙舟上敲锣打鼓、放鞭炮，热闹喧天。民间传说，这是在赶"水鬼"。我们的生活不能没有万泉河，可以说，万泉河是我们的母亲河。在南岸渡口的路边、大树底下，有一姓李的80多岁老公公，他长着长长的胡子，开了一间铺仔，里面卖一些杂货、饼干和糖果等。再往前走，离我们村一百多米的路边，又有一位叫陈继儒的伯伯开了一间铺仔。我小时候，常到铺仔里去玩，看到香甜的花生很想吃，但是没钱买，只好把口水吞到肚里。在铺仔里，还有四位中年男人围坐在一张桌子边打"骨牌"（一种赌博游戏）。当时的农村，路上行人很少，总是冷冷清清的。这是日军侵犯海南岛的前夕。

每到秋天，如果打台风、下大雨，万泉河的水位便暴涨。有时，水涨到我们的村边，但很少淹到我们村的房子里。我们应该感谢祖先为我们选的这块住宅宝地，不能忘记祖先的功绩。我生活在这块宝地时，看见住在低处河边的人家几次遭到河水淹没。河水把他们的粮食和家畜都冲走了，甚至有的房屋也被洪水推倒了。洪水来时，他们爬到屋顶上，然后由船夫划船去把他们救出来。他们有的逃到我们村里，等到河水退了才回家去。我在小时候，既见过水灾，也见过旱灾。在日军占领海南岛后，有一年发生旱灾，我们村边的水田全是干巴巴的，不能种水稻，一片荒芜。爱好打排球的青年，便在农田里设立排球场。本地饥饿的农民，有的外逃乞求食物；外地饥饿的农民，也带着儿女来本地讨饭。有一家从万宁县逃荒来这里的农民，为了挽救全家人的生命，竟开价一斗米将自己两岁的女儿卖给了这里河边一位姓黄的没有女儿的农民。

我家乡的乡土文化

村落习俗

在我家乡周围,有几十个大大小小的村落。自古以来,人们都是以一个姓氏为一个村落。每个村落都有自己的名称,比如,下坡村、大村(沟村)、上岭村、下坡村、文客村、凤栖园村和李室村等。住在同一个村落里的人,都是同姓兄弟。这样的传统生活方式这样的生活习俗,其目的是促进同村人团结互助、防御异姓欺负等。我听说,在旧社会,有些村落之间,曾经因田地或人事问题,发生过纠纷,甚至械斗。在斗争过程中,村落中的兄弟都是团结一致,共同对外的。但是,这种不良现象已成为历史。现在的村落与村落之间、人与人之间,大都是团结互助,和睦相处。有什么喜事,比如结婚和寿辰活动等,只要主人邀请,邻村的人都去祝贺。

有的村落,其边缘也常居住着异姓的独户人家。这独户人家可能是后来才迁来的。他们同同姓大村落里的人还是和睦相处、团结互助和平等相待的。但是,在旧社会,也有个别大一点的村落边缘,住着的个别异姓人家。他们被周围村庄大姓的人称为"奴家",被迫称大村落的人为"官家"。他们的田地少,祖祖辈辈都靠为大村落的人打工为生。比如,"官家"农忙时,"奴家"就去帮忙收割稻谷或种田。又如,"官家"有喜事(结婚、订婚等),"奴家"的人就去帮助"官家"挑担礼物、抬新娘坐的轿子等。总之,"官家"有什么大事,都请"奴家"去帮忙。他们每做一件事,官家都给他们"红包"。比如,我邻村的大村中,就有一户姓唐的人家,他们住在大村的边缘(东边),其房子既低矮又狭小,人口多,田地少,平时就靠打工过日子。海南解放后,这种"官"与"奴"的关系已彻底被消灭,大家都过着平等互助的生活。土地改革时,这户姓唐人家,被评为贫雇农,分得了田地,翻身做了主人。在我邻村的加丁埇村,有一户姓陈的人家,单家独户住在一个贫瘠的小山坡上,周围有树木围绕，也属于"奴家"。他们的田地很少，平时也是为"官家"打工过日子的。这户人家有两兄弟，弟弟叫陈昭德，是国民党的老兵，我认识他时，是在海南岛解放初期，他已经解甲归田了。他回到家时，已见不到他的哥哥了，因为他的哥哥已逝世。只见到他年老的嫂嫂和一位年纪大了但还没结婚的侄子。他说，他家在旧社会是下等人（奴人），他十八岁时，就被抓去当国民党兵，一直当了几十年的兵。他是国民党十九路军的士兵。日本侵略上海时，他参加上海保卫战，受了伤。在浙江一带农村养病期间，他向民间艺人学习雕刻印章的技术，准备退伍后以刻印章谋生。在人民解放战争期间，他知道解放军是解放穷苦人民的军队。有一次，在和解放军打仗时，他便脱离了国民党军队参加了解放军，从江南一直打到海南岛。海南岛解放后，他就退伍回家了。为了改善生活，他还在龙江和石壁镇等地，为人刻私章，很受人欢迎。他还免费为我刻了一颗私章，至今我还保存着。我一看到这枚私章，就会想起他。我认识他时，他已经是快60岁的人了，却还是个单身汉，我对他的处境深表同情。后来我离开家乡到城市里读书，对于他的情况就不了解了，但是我都一直在想念着他。

在我家乡的每个大一点的村落，都建有一间祠堂。比如，陈氏祠堂、莫氏祠堂、蔡氏祠堂、吴氏祠堂、李氏祠堂、彭氏祠堂和黎氏祠堂等。每年的正月初六和十二等日子，都是拜祭祠堂的好日子。拜祭祠堂时，家家户户都把煮熟的肉菜挑去祠堂里，集体拜祭祖先。

据各村落族谱记载，他们的祖先是宋、元、明、清时代，从福建莆田等地移民来的。据大村沟村《莫氏族谱》记载："莫姓从宋代迁琼，祠堂厅堂里挂着'巨鹿郡'三字。在农家的客厅里常挂灯笼。"这几句话便说明了他们是从哪里来的，以及他们的习俗。从移民的历史来看，他们也给当地带来了原居住地的地域文化。据我了解，现在福建省的村落也是同姓的兄弟住在一起，组成一个村落。这说明，现在万泉河沿岸村落的习俗，是传承了福建村落的习俗；万泉河两岸群体的语言，与福建的闽南话有不小的渊源；万泉河两岸的文化，也传承了闽南的地域文化。不过，闽南地域文化传到了万泉河两岸之后，也受到了万泉河两岸原有文化的影响，两者融合产生出新的万泉河地域文化。那么，万泉河地域文化是什么样的呢？这里暂时不谈。

过年过节的习俗

万泉河两岸不同村庄的汉族老百姓，同饮万泉河的水，但是他们过年过节的习俗却不相同，这是因为他们的祖先来自不同的地区。比如我的村子，大年三十、初一和初三都要祭祀祖先，而且都是以猪肉、鸡肉、鱼和用油炒的菜作为供品。但是，有的村子，年初一祭祀祖先是用斋菜；有的村子，只是年三十祭祀祖先，其他时间便不祭祀了；有的村子，年初一祭祀祖先，但是年初三就不祭祀了。在我们村周围有几条村子，他们在元宵节那天都以酒、肉、菜来祭祀祖先。而我的村子在这一天不祭祀祖先，只祭祀"香火公"。

按我们那里的习俗，过年前的两三天，每家每户都要蒸一个竹框的甜粿（用糯米粉和黄糖粉混合一起），等到大年初三，首先拿甜粿来祭祀祖先，仪式结束之后，众人才能吃甜粿。这种甜粿，既是招待客人的食品之一，也是带去亲戚家拜年的一种礼物。

据说，农历二月初二日是土地公的生日。在我们家乡，各村子都以肉菜祭祀"土地公"。各村子的群众，有的一起祭祀土地公一起用餐，有的单独祭祀土地公。

在我们那里，最大的节日是过年，其次是端午节。在端午节这一天，家家户户都以肉菜来祭祀祖先，并用糯米和猪肉包粽子供大家吃。男人和小孩子们吃完端午饭之后，就到河里去洗"龙水"，意在驱"水鬼"。

"七月半"节，按我们那里的习俗，每年农历七月初七到十四是祭祀祖先的时间，这几天的晚上，中青年人都喜欢放"火灯"。它是用细薄的纸制成的，圆桶形，顶头是尖的，下头圆，里面用细小的铁丝围成一个圆圈，好像蜘蛛网。然后，用海棠油涂上棉布、纸之类的易燃物，装在铁丝圆圈上。只要点燃起熊熊大火，所产生的气体就把火灯送到高空去，它随风飘舞，火光明亮，非常好看。火灯周围还系着爆竹，在空中燃放，增加热闹，使夜空呈现出亮丽的景象。

冬至，按我们那里的习俗，冬至前两三天，要进行扫墓。冬至那天，以酒、肉、菜祭祀祖先。但也有的村庄冬至不祭祀祖先，不扫墓，而是在清明时节扫墓和祭祀祖先，比如双举岭村等。为什么我们那里清明时节不拜祭祖先？据说，我们那里过清明时，农作物青黄不接，没有粮食，无米饭拜祭祖先。到了冬至后，农作物丰收，归仓了，有粮食，有饭吃，便可以拜祭祖先了。

村民饮食习惯

关于我家乡村民的饮食习惯，先从我家说起，因我家的习惯是和其他村民一样的。在旧社会，我妈妈每天早上起来就下地做工。她劳动到九点钟左右才回家做饭。她回家之前，先在菜地里摘一捆蔬菜带回家来做饭菜，十点钟左右就吃第一顿饭了。如果是夏天，吃完上午饭之后，天气就很热，不能到外面去做工了。于是，我妈妈就在家里做家务，比如磨红薯粉、磨稻谷等。在旧社会，我们吃的主食是大米和杂粮，如红薯、高粱和小米等。

番薯，亦称红薯。我妈妈种的番薯很多。挖回家的番薯，要刨成番薯片，并将之晒干、榨碎，收藏在大的陶瓷缸里保存，供长期食用。番薯片经过加工磨粉后，做出来的食品是很好吃的。番薯干片既是人的食品，也是猪和"三鸟"的食粮。我妈妈或我每隔三五天都要磨一次番薯粉，每次磨三五斤，装在铁、陶罐里。做饭时，将它取出来加工成一种食品，土语叫"粿仔""粿条"和"粿宫"等。因为主粮少，所以我们每顿饭既吃番薯类食品，也吃大米饭，都是主杂粮配搭，这样就节省主粮。至于绿叶蔬菜，都是自己种的，很多种类，每顿都少不了。但是一般没有肉吃，只有过年过节才能吃到一点肉。

改革开放后，村民的生活改善了，现在基本上没有村民一日三餐吃番薯粉加工食品了，都是吃主粮。我家过去用来磨番薯粉的石磨现在也靠边站了。但是，我还是很想吃番薯粉加工的食品。我希望家乡的食店能供应这种食品，以满足游客的需求，因为这是一种地方风味，也是健康食品。

此外，按农村的生活习俗，下午一二点钟又吃一顿，这是最简单的一顿饭，是吃上午剩下来的饭菜。在旧社会，如果主杂粮够吃，大人、小孩都就前一顿剩余的饭菜吃完。如果粮食不多，中午只是让小孩吃一点剩余的饭菜，其余的都留到晚饭时间，大家一起吃。晚饭时，全家都吃主粮与杂粮。

随着物质条件日益改善，村民的生活水平不断提高，饮食习惯也改变了。大米饭已经成为家常便饭，人们早上吃营养丰富的早餐，中午和晚饭都是吃大米饭，肉菜也少不了。

军坡节

  从古（具体年代无史料可考）至今，在我们家乡一带，每年都有军坡节，节期主要在农历二月。比如，二月初十日是蒙养村军坡节，二月十二日是"土毛朗"军坡节，二月十三日是石壁镇军坡节，二月十四日是博文村（我老家的村委会所在地）军坡节，二月十五日是龙江镇（离我村五公里）军坡节。其中，最热闹、最隆重、规模最大的是石壁镇军坡节。参加石壁镇军坡节的有琼海市、万宁市、琼中县、定安县和屯昌县等地的男男女女数万人。他们在石壁镇一连热闹两三天。

  何谓军坡节？据民间传说，这是海南古代人民大众为了欢送和迎接古代军队出征和胜利归来所举办的一种仪式。因为这些军队为了国家和人民的利益，去征服敌人、维护社会治安和国家统一。在战斗中，涌现了一批英雄人物。人们对这些英雄人物无比敬仰，英雄的事迹也深入人心，一代传一代。长期以来，海南人民对英雄人物的缅怀，一直保存在军坡节这种传统节日中。这种仪式一直沿袭到现在。

  海南的军坡节起源于何时？有人说起源于汉代，是珠崖民众为欢迎伏波将军马援来珠崖和欢送他离开而举行的一种活动。比较普遍的说法是起源于唐代。我认为，万泉河沿岸的军坡节，发展到最鼎盛应是明清以后。据我考证，万泉河沿岸的居民大都是从内陆移民来的，而且大部分人都是在明清时期移民来的。万泉河两岸的庙宇也大都是明清时期兴建起来的，尤其是清代以后，兴建得更多。有人说，明清以后，当地凡有市（当时的市，小的只有几间店铺）和村庄的地方就有庙宇。庙宇里供奉的是中华民族历代受广大民众爱戴的英灵和本地英烈，比如，关公、洪圣公、妈祖、冼太夫人、王官和吴总等。平民百姓供奉这些神，目的是祈求社会安定、风调雨顺、五谷丰登。这些神很受民众崇拜，有许多美好的传说。在我的家乡，每年举行军坡节之前一个月或半个月，各个村庄庙宇里的"神"（精木雕刻的神像），便由老百姓请出庙宇，在庙宇主管的安排下，用轿子抬到指定的百姓家里去，由户主以香火、酒肉类和果蔬等供奉。这些"神"停留在百姓家时，便通过"神童"帮百姓清查家事和驱赶歪风邪气，保护百姓平安。"神"通过"神童"的嘴巴讲出户主家里存在的问题和如何解决问题。到了军坡节期间,这些神像便被抬出庙,巡游军坡(在海南话里也叫"公出坡")。军坡节结束后,神像便被抬回庙宇里安坐。

"公出坡"是一道亮丽的风景线。每一场军坡都有几支(村庄)峒主出坡。比如,石壁镇军坡,就有石壁峒主、加参峒主、下朗峒主和荔枝山峒主等巡游军坡。每支峒主出来,都是浩浩荡荡的游军队伍,穿街过市。他们敲锣打鼓,放鞭炮,举"公旗"(彩旗),抬出几辆古色古香的彩色公(海南话称"神"为"公")轿。公轿里坐着神采奕奕的的神像,神像前燃烧着香。观看游军的民众成千上万。过去的公轿都是由大力士抬出来的,现在的公轿是用几部拖拉机拉出来的。大力士们还抬着或扛着很多条用铁铸造的"锵"(海南话谐音)。这些"锵",一头粗,一头细,有的一米长,有的四五米长,重五六十斤。当峒主游到热闹市街时,便会"附"到"神童"的身上。这"神童"大多由青壮年(也有女青年)充当,也有个别少年。他们都是当地峒主长期专用的人员。用当地的话来说,就是"神"上了"神童"的身体之后,"神"便通过"神童"的头脑、嘴巴和手脚,来表达"神"的思想、语言和动作。"神""附"到"神童"的身体之后,便跳上公轿,手舞香火,头扎红布条,嘴巴不停地喃喃自语。同时,"文官"手握一把剑,不断地向空中和四周挥舞。"武官"则用力地挥舞手臂,使劲地比划,无比激昂,大显当年在战场上的英雄气概。

工农业商品交易也是军坡节的重要内容之一。在我的记忆里,20世纪40年代,每到军坡节的前一天,"土毛朗"和石壁镇搞军坡节活动的(万泉)河边沙滩上,就摆满了很多卖土特产品和工业品的摊点。像铁锅、陶瓷品、水缸、大刀、小刀、布匹、毛织品和衣物等工业品,都是从万泉河下游的博鳌和嘉积镇等地用木船运来的。至于农产品,就更多了。附近农村的农民将自己生产的各种产品挑来军坡节进行交易。

热冷饮食品也是军坡节时群众喜欢的食品之一。食店很多,其中有大的酒楼,也有小的饭店、小的饮食摊贩,日夜营业,顾客满座。万泉河两岸的风味小食,比如,海南鸡饭、椰子粿、凉爽粉、海南粉、白粿、松米糕和油炸煎堆等,都很受游人欢迎。

军坡节也是情人节,很多男女青年都利用军坡节来谈情说爱。尤其是黎族和苗族的男女青年,都抓住这一年一度的军坡节来找对象。他们有的在万泉河边的沙滩上、水柳树下,唱情歌,谈恋爱;有的在戏场,一边看戏剧,一边窃窃私语，表达对彼此的爱慕之情。军坡节按规模有大的军坡节和小的军坡节。大的军坡节，像石壁军坡节，一般都热闹两天。小的军坡节一般只热闹一天。军坡节期间，家在军坡节地点附近的村民都要摆酒席，招待来闹军坡的亲戚朋友。所以，军坡节期间，各个村庄、各家各户都非常热闹。

军坡节是海南岛，尤其是万泉河两岸的地域文化之一。"军坡"这一名词是海南特有的，是海南的土语。我在祖国其他地方都没看过这种闹军坡活动，在其他的资料中，也没看到"军坡"这一名词。军坡的内涵和其他地方庙会的内涵大同小异，都是中华民族的一种传统文化或地域文化。在海南，军坡节活动是和神庙活动紧密地联系在一起的。没有神庙的地方，就没有闹军坡活动。军坡节是为敬神灵而举办的，是海南的地域文化。

"石狗崇拜"文化

我小时候，喜欢走村串户。我看见邻村的陈继辉先生等人家的门口两边坐着两只"石狗"。群众称之为"石狗公"（这里的"公"在海南话即指"神灵"）。它身高约60厘米，身宽约30厘米，闭合嘴巴，睁大眼睛，前腿向前撑直，后腿弯曲呈蹲坐状，昂首挺胸，翘尾巴，神采奕奕，望着过往和出入门口的人。我发现，像这样的守门石狗，在万泉河两岸的村庄和神庙里，都可以零零星星地看到一些，而有些神庙里也把石狗作为重要神灵来拜祭。黎汝清先生告诉我，他的家乡九曲江的村庄里也有石狗，有的石狗是用岩石雕刻的。从古到今，当地老百姓在过年过节时，都拜祭"石狗公"。在旧社会，有的人家的小孩子如果有什么毛病，往往就去拜祭"石狗公"，以求平安。在万泉河北岸的一些墓地也有石狗，比如元代南建知州王官的墓地等。（见《定安县文物志》）这说明，死者在生前就崇拜石狗文化，死后以石狗来守墓。万泉河两岸村庄里的石狗，造型古朴，姿态各异。它们有的坐在门口边，有的坐在窗口下边，有的坐在村口边，有的坐在井边，栩栩如生。

石狗崇拜，在中国原始的宗教中，属于"灵石"崇拜的一种。中国有56个民族，每个民族既传承中华民族的优秀传统文化，也有自己独特的文化、独特的崇拜偶像，对于灵石的崇拜就是其中之一，而且历史悠久。汉代《淮南万毕术》："丸石于宅四隅，则鬼无能殃也。"这就是说，有灵石的房子，妖魔鬼怪是不敢来侵犯的。自古以来，有不少中国人很崇拜灵石。他们认为灵石有"镇煞""驱邪"和保护生命延伸的作用。在不少古代名人的墓前，都竖立了石像，比如在海口市郊的丘濬墓和海瑞墓等前，就有石马、石羊、石龟、石俑、石狗和石狮等。又如，在全国各地有一些寺庙和祠堂的门口两边，也坐着两只威风凛凛的石狮子。如今，城市里一些大的银行和大的建筑物门口两边，也都放着雄风威武的石狮子，有的张牙舞爪，有的虎视眈眈，守卫着大门。所有这些现象都说明，崇拜灵石的风俗习惯从原始社会到今天一直存在。从泰山顶上的"五岳独尊"灵石到万泉河岸白石岭顶峰的大石，从古至今，人们都在崇拜它们。生活在万泉河上游两岸的黎族同胞，向来就有崇拜"石祖"（男子的生殖器）的习俗。他们认为，崇拜石祖（有人把"祖"写成"且"），就能繁衍生殖。万泉河两岸，有老百姓之所以崇拜石狗，是因为他们相信"狗魂驱鬼神"，能保佑主人一家平安。

石狗崇拜是中国一些民族的一种传统文化活动。这种文化活动，是万泉河两岸固有的，还是外来的？我认为以下两种说法都有道理。有人说，雷州半岛是石狗的故乡，因为到目前为止，在全国各地还没有发现像雷州半岛那样有如此多的石狗。在雷州半岛，几乎到处都有石狗。在雷城街道的街头巷尾，随处都可以见到石狗，而农村的石狗则更多。有的一村只有一只石狗，有的一村有很多石狗，甚至多达二十只。石狗多置于村口、树下、巷口、门口、窗口、井边和地头等地。当地人认为石狗是保护神，他们把石狗置于地头，是期望它保佑五谷丰登；置于村口，是为了防盗；置于门口，是保护家人平安。有人统计，今天的雷州半岛有两万多只石狗。按旧习惯，当地人在每个月的初一和十五这两天，必拜祭石狗。平时有什么灾难也要拜祭石狗。雷州半岛多干旱，在旧社会，有人拜祭石狗是为了求雨。雷州半岛人对石狗的崇拜，可能要追根溯源到秦代以前，即原始宗教时代。在那时候，雷州半岛上主要住着黎族、壮族等的祖先。据史料记载，黎族非常敬爱狗、崇拜狗。他们不杀狗、不吃狗肉。他们认为，狗死后，狗的灵魂能驱鬼神。秦汉以后，中原汉人和闽南的莆田人等不断移民来雷州半岛，使这半岛变成多民族的半岛、多元文化的半岛。在那里既有中华民族的传统文化，也有当地的独特文化。石狗可能就是当地的独特文化。当地崇拜石狗的老百姓认为，石狗是狗灵魂的象征，是他们的保护神。有人认为雷州半岛的石狗雕刻始于宋代，清朝至民国时期最多。今天，当地还有人在雕刻石狗。海南的黎族和雷州半岛古代的黎族一样，都有崇拜石狗的习俗。于是有人说，海南黎族的祖先是在秦之前从雷州半岛迁移到海南岛的。这里不讨论海南黎族从何处来，但是据记载，海南黎族也非常爱狗、崇拜狗。他们不杀狗（杀狗祭天地除外）、不吃狗肉。狗是他们的重要崇拜图腾之一。从古以来，黎族崇拜狗的文化在万泉河两岸是有影响的。在我家乡，大多数人也不吃狗肉。如果偶尔有人要杀狗、吃狗肉，他们必须遵循习俗规定：杀狗者，要到离开房子远的地方去杀狗；煮狗肉、熬肉时，不能在自家里的厨房里煮熬，要到离房子远的地方去煮熬；同时，不能把狗肉带回家里吃，要在房子外面吃完狗肉，并将吃狗肉使用的碗筷等用具全部丢掉后才能回家。有的村子还规定：吃完狗肉之后，还要到万泉河里去洗澡，把身上的狗肉味去除干净，才准回家。否则，要受到祖先和神灵的惩罚。据说，我们的祖先、灶神等是反对杀狗、吃狗肉的。

  我记得有一些资料记载，印度人也崇拜石狗。我想，文化是交流的，是传承的，是相互影响的。雷州半岛之所以产生那么多石狗，一方面受中国原始宗教中灵石崇拜的元素的影响，另一方面或许受印度文化的影响。雷州半岛上一些大港口是古代海上丝绸之路的重要港口，那么石狗文化是不是当时海上丝绸之路上中印文化交流而形成的一种文化呢？这个问题，有待专家去研究吧。近日，我读了中山大学原副校长、南开大学校长、著名经济学家和社会学家、海南籍名人陈序经先生的遗作《珠崖篇》（长征出版社2007年版）中关于石狗文化的研究，他说："韩槐准先生，对于这个问题很为注意，他认为，'毗耶神'是一种婆罗门教。他最近还在海南岛找了很多'石狗公'（用石刻成像狗一样，有的比狗小，有的比狗大。我家有两个'石狗'，像活的狗一样大。其一，已送广东博物馆）。韩先生还以为'石狗公'也是从印度来，假如这些看法是对的，那么婆罗门教或印度教，传入海南岛的历史就很久了。"那么，石狗文化是中国固有的原始宗教文化，还是印度传进来的文化？我认为，石狗文化是中国固有的原始宗教文化，属于中国灵石崇拜的文化。因为雷州半岛崇拜石狗文化者接地气，家家有石狗、人人皆爱石狗、户户敬仰石狗，海南岛有的地方群众也非常重视石狗文化。

土地公庙文化

在我的村子西边、水田边、树底下，有一座土地公庙。这座庙，高约1.5米，宽约1米，四方形，用砖建筑，顶尖。里面坐着一尊木雕的偶像，偶像前有一香炉。每年农历十二月三十（除夕），村里人都要为土地公庙"换香炉"（除去旧的香脚），点香、烧蜡烛、放爆竹和贴新春对联。除夕之后，庙里灯火通明。每天都有人去土地公庙里烧香祭拜。这座土地公庙里原来没有偶像，但是我们村有一位青年，在海口市失业后，他回来养鸽子，但收入还是不理想。他苦思冥想，最后想到为土地公庙雕刻一尊土地公座像。于是，他请来雕像家完成了这件作品。他把这偶像再经过荔枝山洞主（大庙之神）的开光，把它安放在我们村的土地公庙里。他期盼土地公给他带来好运，保佑他找到工作。果然，善有善报。不久，这位青年幸运地中了大奖，并且找到了一份待遇很好的工作。这件事被我们村内外传为佳话。

在我家附近，有五个自然村。每个村庄都在村边修建了一座土地公庙。庙的大小、高低和外貌基本一样，但是修建的质量和装饰稍有不同。有的村庄经济条件好，装修的庙就比较美观，并且庙里有土地公的座像。经济条件不大好的村庄，修建的庙就简陋一点，并且庙里没有偶像。每个庙里都有香炉，供人点香。

每年农历二月初二日，是拜祭土地公的日子。海南解放前，由于村民生活困难，拜祭土地公的仪式也很简单，搞得冷冷清清。改革开放后，尤其是近年来，村民的生活越来越好了，拜祭土地公的活动搞得很热闹。二月初二日这一天，在富裕的村庄，村民像过节一样，杀猪宰羊，大摆酒会，大放爆竹，拜祭土地公，全体村民集体用膳。经济条件差一点的村庄，就每家每户凑钱，派出代表去买回鸡、鹅、鸭，并且每家每户拿出一定量的米，集中在一两户人家煮饭和煮肉，拜祭土地公之后，就将饭和肉给每家每户赠送一份，各户人家都拿回家去吃。这也叫作"公道"。小孩子们在这一天很高兴，他们很喜欢吃"公道"的饭菜。

拜祭土地公是万泉河两岸农村的一种乡土传统文化活动。比如，万泉河中游南岸的龙江镇南正村拜祭土地公的时间是在每年正月十五元宵节的晚上。村民很隆重地开展拜祭土地公的活动。这天客人很多，家家户户都做好菜招待客人。每家每户都制作了很多彩色灯具，在晚上举办彩灯游行。人们到土地公庙前点香，放鞭炮，拜祭土地公。这热闹的场面让人、神观看，人、神共乐，祈祷平安。这种活动是一种传统的地域文化。在全国各地区各民族都有自己的地域文化、崇拜的偶像。有人拜灵石，有人拜大树，有人拜大海，有人拜古代英杰人物，有人拜天，有人拜地。我们万泉河沿岸的村民拜祭土地公，就是拜大地。他们认为，他们居住的地方是有土地神的，所以自古以来，每个村庄的村民都建立土地公庙来拜祭土地公。万泉河下游有一座著名的、历史悠久的、古色古香的南堀神庙，在南堀神庙附近，还有一座土地公神庙。村民们都非常重视和崇拜这两座神庙。[①]

  我仔仔细细地观察，在万泉河两岸，几乎每个比较大的村庄，都和我的村庄一样，在村边设立土地公庙，其大小和形状都和我的村子的土地公庙差不多，都是香火不断。据资料记载，在万泉河上游黎族同胞聚居的一些村，村口也有土地庙。但据说，黎族同胞在土地庙里供奉的是"石祖"。我走过大陆不少地方，发现了众多土地庙（也叫土地公庙）。在雷州半岛，几乎每个村子都有土地庙，但庙很小。在广东的客家地区，也有很多"伯公"庙（也叫土地公庙）。传说，过去中国只有一个土地神，主管耕作。后来，隋朝有一位皇帝说，天下这么大，一个神管不了。于是，实行"权力下放"，土地神变成了"地方官"。所以每个地方都有土地神，每个村庄都建土地公庙。大多数土地公庙很小，庙里供奉的是一个慈祥的老人偶像，有的庙里还供奉一位老太婆，这是人们出于人情味设计的"伯婆"。每年农历二月二日是土地公的生日。在惠州等地也有拜祭土地公的活动，这些活动和万泉河两岸的拜祭土地公仪式差不多。这说明，万泉河两岸的乡土文化和广东一些地方的乡土文化是有着密切关系的，都属于地域文化。

  我认为，从古至今，老百姓拜天、拜地和崇拜大自然，是原始宗教思想的延续，是一种传统的心理活动，是通过人们的意识形态表现出来的，是世代蕴藏在人们心灵中的文化现象，是一种文化的传承。这种活动告诉人们，人与自然是共存的，彼此之间的关系是密切的，特别是，要求人们尊重自然，崇尚自

---

① 感谢龙丁铭先生提供资料。

然，处理好人和自然的关系，同自然和谐共处。人类不要伤害自然，如果伤害了自然，就等于伤害了自己。如果人类爱护自然，就必然得到自然的保护和恩赐！

万泉河两岸的酒文化

中国是世界上最早酿酒的国家之一。然而在中国，酒是谁发明的呢？有人说，酒是"猿猴"造的："粤西平乐等府山中多猿，善采百花酿酒。樵子入山，得其巢穴者，其酒多至数百石。饮之，香美异常，名曰猿酒。"（《清稗类钞·金粟香陆武园饮猿酒》）。在我国的史书中也有仪狄造酒和杜康造酒的记载。总之，中国的酒文化历史悠久，酒文化是中华民族的一种传统文化。万泉河两岸的人民群众传承了中华民族的传统酒文化。这种传统的酒文化又与万泉河两岸特有的地域文化交融在一起，形成了万泉河两岸的地域酒文化。

万泉河两岸的地域酒文化有哪些形式与活动内容？自古以来，万泉河两岸的人民群众，凡是过年过节、办喜庆事和送礼等活动，都离不开酒，酒和人们的节庆活动紧紧联结在一起。酒也成为农民彼此交往、增进友谊所不可缺少的东西。酒和米相配合，是农民送礼的重要形式之一。比如，在农村，谁家的亲戚、朋友结婚、建房子、祝寿等，谁家都要给对方送一担酒米（一头是米，一头是酒）。尤其是对于最亲的亲戚，就非送酒米不可。酒是装在圆形的、肚子大大的、嘴巴和底座都小的特制陶瓷酒罐里。酒罐上面贴着红纸，表示吉利。米是装在竹篾编制的竹篮里。如果是给建房子的亲戚送酒米，要等到十二天以后，主人家才能将酒和米做这样的处理：自家只能收一半的酒和米，另一半退回给送礼的人。如果是结婚和寿庆，所送的酒和米，主人最多只能收一半，其余的当天就会退给送礼的人。过年时，如果是亲戚朋友来了，主人家一般都以酒来招待。在农村，凡是办喜庆酒席，都离不开酒。农民赴宴，土话里常称"赴吃酒"，把酒放在首位。

旧社会时，在我家乡的农村，我看见几乎家家户户都有造酒的习俗。他们是用粮食来造酒的：用大米造的酒，就叫米酒；用高粱造的酒，就叫高粱酒；用糯米造的酒，就叫糯米酒；用番薯造的酒，就叫番薯酒（此酒最便宜）。如果是大户人家，粮食已够作为口粮，他们过年时便都会自己造酒。凡是办喜庆酒席的人家，一般都是自己造酒。农民造酒后，所剩下来的酒糟会用来喂猪，猪吃了长得很快。这是农民养猪的一种好经验。有的农民经常造酒，将酒出售，将酒糟喂养猪群。过去，在我的家乡，差不多每个村庄都有造酒的器具，那是经济条件比较好的人家购置的。他们有的愿意免费借给别人使用，有的则将造酒具出租给别人使用。

海南岛解放后，家乡这种造酒的习俗慢慢消失了，这大概是因为社会制度在变革、送礼之风被刹住和粮食短缺等原因。改革开放后，市场经济繁荣昌盛，农民经济收入增加，农民需要的酒类都能在市场上购买到。尽管现在很少有人造酒，过去造酒的器具几乎看不见了，但是万泉河两岸的酒文化依然存在。

万泉河畔故乡情

乡村里的故事

我的家乡在万泉河中游南岸。河两岸长满笔直的、青绿的椰子树，站在高处远望，只见一片"椰海"。万泉河水清又清，各类鱼儿自由自在，游来游去。我家在高高的河岸上，离河水边只有几百米。村前面是一片绿色的农田，在农田边缘，长着一排排高低不齐的椰子树、荔枝树、槟榔树、橡胶树、海棠树和竹林等，村周围被绿树包围，空气清新，是一块宜人居住的风水宝地。

海南解放前，这小小的村子只有三间低矮的，而且很破旧的小房子。我就出生在这小村子里。我在那里居住、生活了20年。那里的水土养育了我。由于我出生在那动荡不安的年代，尤其是日军侵占了我的家乡，我被日军奴役了几年，几乎天天去做"日本工"。日军投降后，又是国民党反动武装乡丁进村来剥削农民，经常同共产党领导的农村武装工作队交战。村中小学，因为战乱时停时办。我只好在家里帮助妈妈做家务、放牛、种田和自学文化。

1950年5月，海南解放了，我特别高兴，因为我终于有书读了。但是，从1950年夏秋起，我家的简易陋屋被台风和暴雨毁坏了，漏水了，很难住人。我和妈妈就在父亲的支持下，筹建一间简易的新屋。这新屋的兴建全由我规划、采购材料和请工人做工等。我到蒙养村人开办的砖瓦灶买了两万多块砖和一万多块瓦片，由木船运到我家河边码头。除了村中亲人帮助挑一些砖瓦回家外，其余的砖瓦全由我母子搬运回家。还有，我向同村的黎才裕叔和邻村的莫泰汉叔分别购买了所需要的建筑木料。这些木料都是由我母子俩从河边用肩膀扛回家。直至1951年12月底，即春节前夕，房子才基本上落成了。

1952年春节后，我离开家乡，在父亲的朋友梁堂勋（归侨青年）先生的引领下，去海口（此前我从未去过海口）读初中和高中。高中毕业后，我参加全国高校统考，以优异的成绩考上了中山大学中文系新闻专业。从此，除了假期回乡探望母亲（我父亲当时侨居海外）和乡亲之外，我大部分时间都在城市里度过，直到退休、养老，我都在外地。但是，每年春节，我都回老家祭拜祖先。我对家乡有深厚的乡土感情，因为这是我一生中最难忘的地方。我的根在那里，我永远挥之不去的乡愁在那里。

在国民党统治时期，我的家乡叫作广东省定安县石壁乡大村。这个"大村"，具有悠久的历史文化，人口众多，农民重视教育，多数男孩都能上小学读书；水陆交通便利，农产品丰富，便于商品流通。由于万泉河连着南海，河面上大小木船很多，水路交通方便，因此，出去东南亚打工的青年人不少。我父亲就是其中之一。又比如，下坡村（今文霞村）的彭家学等，李室村的李德有等，封千园村（今凤栖园村）的王命信、王潘荣、王清荣、王尊荣等，都去南洋谋生了。这封千园村去南洋谋生的人特别多，几乎家家户户都有人在南洋做工，可以说是一个"华侨村"。

我爸爸在小时候，因家穷只读了一年的小学识字班。据我妈妈说，20世纪20年代，大村小学（亦称公庙小学）最早是设立在大村庙里，庙小，学生也少。在那庙堂里，最多能坐20人。当时，蔡清其（宝源）是广东省立十三中的高中毕业生，他任大村小学的老师。他是我爸爸的表兄。我爸六七岁时，父母亲就先后逝世了，他没钱读书，蔡清其先生就免费叫我爸爸去那里读书，但是他最终还是辍学了。由于极端穷困，我爸爸家里连过年买点年货的钱都没有。为了赚钱，十七八岁的他就跟随村中的长辈们到万泉河上游的山区去收拾被山民砍伐的干枯木材，然后，将木材扛到河岸边，堆积在一起，日积月累，木材足够了，便将木材搬到河边水中，绑扎成一条长龙似的木柴排，人站在木柴排头部，手抓住一条长长的木材掌，驾驶着木柴排，利用万泉河顺流而下。这就是俗语所说的放"柴排"。这柴排顺水而下，漂流了几十公里的水路才到石壁市（今石壁镇）南边的河湾里，停泊下来，绑扎好，防止被河水冲走，等待商人来采购。这样，通过自己的劳动，我爸爸就赚到了一笔钱，用来维持家用。在旧社会，在万泉河面上放木柴排的男人不少，其中既有汉族人，也有黎、苗族的同胞。有的男子汉，体力强，为了赚多一些钱，还将柴排顺流而下，放到海南第二大城镇嘉积镇的溪仔湾，停泊在那里待卖，但这种人极少，因为水路漫长，河道弯曲，险滩多，柴排易被急流冲击、打散，往往徒劳无功，甚至性命都难保。上山砍柴和放柴排是一种艰苦而又危险的劳动，有时候，甚至有劳而不收获。据我妈说,在河中放柴排的人,要有大力气,才能驾驶好柴排顺顺利利顺流而下。因为河道多弯曲,有险滩,有巨石挡道,河水湍急,柴排随时都有被急流冲散的可能。由于我爸年轻,家里穷,连饭都吃不饱,营养不良,因此,他的体力很弱,驾驭不了大的柴排。

旧时我家乡的船夫很多,沿河的村庄,几乎村村都有木帆船和小木船,都建有停泊木船的码头,码头里停泊着很多大大小小的木船。除此之外,还有造船和修船的场坊。我村的黎汝昌公和黎汝霖公都有小型木船,是作为交通工具用的。他们在万泉河上游开荒种地,经常是开船去的。当时的船,既可当交通工具、载物和睡觉,又可在河中钓鱼和捕鱼。至于其他大的木帆船,大都用来作为水上交通工具,从事商贸活动。船夫们沿着河流,上溯到船埠(琼中县境内一码头名),采购五指山、黎母山区的山货,比如,中草药、藤条类、山兰稻谷、香米和各种动物等,运到石壁、龙江、文曲、嘉积、乐城、博鳌、青葛等港口,进行交易。然后,又从各港口采购海产品和从海外进口的工业品等,运回嘉积、文曲、椰子寨、龙江、石壁等地销售,所以当时的河海贸易十分发达。这些商船,既载货也载客,以增加经济收入。嘉积镇是明清和民国时期海南的第二大城镇,商业很繁华。而嘉积镇的繁华也促进了万泉河上游龙江、石壁商品的流通。我家乡的船夫,有王命智、唐辉灿、唐南山、唐南斗、莫魁明、李德鸿、李德育和黄运煌等。

陈万鹏先生

旧时农民称老师为先生。前面说过,陈万鹏先生是大村小学的老师,也是我的老师。1945年8月15日,日本宣布投降,日军滚出海南岛好几个月后,大村小学还没复办。而在我外婆所在的下朗排岭村边的小学就在王氏祠堂里复办了。当时的农村,文盲很多,我爸寄书(当时农民称信为书)回家,我和妈都不懂读(看),要走到很远的村庄去请人读(看),有时,还找不到人读呢,极为麻烦。旧社会害我妈没文化,她深深体会到文盲的痛苦,她要把我培养成有文化的人。于是,她就叫我去外婆家附近的小学读书。大概1946年年初,春节后,大村小学才复办,我就在大村小学学习文化。大村小学复办后的第一任老师是陈万鹏先生。他的学历,我就不知道了。他大约在大村小学任了几年老师。

他离开大村小学后是蔡佩喜先生来接任,蔡先生也是我的老师。

陈万鹏先生只有一只眼睛能看见东西。但是,他教学很认真,对学生很严格。凡是好动、不遵守纪律的学生,都挨过他的鞭打(当时的老师是可以体罚学生的)。我也挨过他的鞭打。但他不是重打,而是象征性地轻打。当时的学杂费是拿白花花的大米充当,因为国民党印的纸币不稳定,随时都会作废,没人敢接收纸币。比如,国民党发行的金圆券突然就作废了,不知残害了多少老百姓。我妈妈辛苦了几年才养大一头猪,卖出之后,所得到的都是金圆券,但是过了一夜之后,这金圆券就形同废纸了,我妈妈就白养这头猪了。老百姓为了不让老师吃亏,都主动将最好的白米交给陈老师,作为学费。

陈万鹏先生为人正派,见义勇为。在关键时刻,他挽救过我母亲的生命。1945年8月15日日军投降之后,国民党的残兵败将就从五指山和黎母山上滚下来剥削、勒索、残害老百姓。石壁乡乡公所有一位很凶恶的姓程的国民党乡丁,同陈万鹏先生一起,睡在陈氏祠堂(大村小学)的小房子里。这祠堂有两间房子,陈先生睡一间,程某窝一间。每逢白天或黄昏老百姓都在家时,他就出去征钱征粮,作恶多端,欺负和摧残老百姓。由于甲长蔡某向他告状,说我妈妈不缴交钱粮,应该予以严惩,所以有一天黄昏,正当我妈在家里做番薯饭,姓程的乡丁就持枪来我家,将我妈妈捆绑起来,强拉她去陈氏祠堂(大村小学)里,我就跟在妈妈的后面,哭着求他不要捆绑和毒打我妈妈。那姓程的反动、恶毒的国民党乡丁,根本不同情我,不放过我妈妈,想将我妈妈置于死地。他把我妈妈紧紧地捆绑在一张椅子上,使她动弹不得。然后,他用皮鞭猛打我妈妈的上身和脚腿。我妈妈痛得死去活来。姓程的一边毒打我妈妈,一边叫嚣:"你交不交钱与粮?"我妈妈痛苦地说:"天干旱,稻禾死光了,粮食颗粒无收,我们母子都没饭吃了,是吃番薯过日子的,哪里有稻米交公粮?我养的猪卖了,得到的是金圆券,被你们作废了!你们要的是光银,我去哪里要光银给你呀!"残暴的姓程国民党乡丁听了我妈妈的话,怒火冲天,又是一阵毒打。我妈妈被打得死去活来,叫苦连天。我看见妈妈如此被挨打,无比痛苦,便不停地哭,求姓程的放过我妈妈!可是姓程的根本不理会,而是变本加厉,猖狂地叫嚣:"你不交钱与粮,我立即拉你出去屋外的墓地里枪毙!"我就跪在妈妈的身边,紧紧地抓住妈妈的手,痛苦地、大声地哭!

我的哭声惊动了陈万鹏先生。起初,陈万鹏先生以为姓程的乡丁说要枪毙我妈妈，只是一种吓唬而已。谁知道姓程的乡丁真的将捆绑我妈妈的绳子解开了，喝令我妈妈从椅子上站起来，并大声地说："你交不交钱粮？否则，就拉你去枪毙！"我紧紧地拉着妈妈的手，不让他拉我妈妈出去，并且拼命地、大声地哭！在这危难时刻，陈万鹏先生从房间走出来，愤怒地指着姓程的国民党乡丁说："我以为你只是吓唬一下她。想不到，你真的要枪毙她。你打死人是犯国家法律的，你懂吗？你立即放她母子回家！否则我告你的状！"

陈先生又指着姓程的反动乡丁狠狠地说："她的丈夫在南洋呀！你知道吗？你打死她，她的孩子谁照顾呀！她不缴公粮，你就打死她？乡村里很多老百姓，都交不起公粮，你都去绑架他们？都打死他们？是谁的命令？合法吗？日本鬼杀害百姓，刚刚滚出海南岛，你们又来杀害老百姓，你还有中国人的人性吗？你赶快将她解绑，让她带孩子回家休息！否则，我明天就去石壁乡乡公所上告你！叫人缴你的枪！"

在陈万鹏先生理直气壮、义正辞严的斥责下，凶恶的程姓乡丁终于放开我妈妈，让她带我回家。这时，已是零时以后了。我妈妈获救了，陈万鹏先生是我妈妈的救命恩人！后来，我到城市里读书，再也没见过陈万鹏先生了，直到陈先生不幸去世。但他那高尚的、同情百姓的、见义勇为的品德，永远使我缅怀他。

传奇人物莫魁耀

莫魁耀出生于20世纪20年代。他一生是单身汉，是一个传奇人物，是我的邻村人。他家离我家只有二百多米，我家和他是好邻居。他年纪比我爸爸小，所以，我称他为叔叔。日军占领我家乡之前，他就参加了国民党石壁乡政府的武装队伍。日军在我家乡的海边登陆后，国民党兵一枪不打，就逃到五指山的高山密林里去了。

抗日战争时期，莫魁耀是一个爱国青年，他仇恨侵华日军。他对我说，他不怕日军，只要他遇到日军，一定把他们打死。他机智、灵敏和勇敢。他经常在白天或夜间，带几个神枪手，化装成农民，从山区潜回家乡来，向国民党的保、甲长要钱要粮。他手持手枪，腰插手榴弹，三更半夜，从这个村到那个村，征钱征粮。日伪汉奸早已通报日军抓捕他。据大人说，有一天黄昏，莫魁耀先生正在家中吃晚饭，突然被日军包围。他本来可以和日军拼命，打死日军的。但是，他知道，如果在自己的家、自己的村里向日军开枪，打死日军，必使全家人乃至全村人遭殃。为了保护全村群众的安全，他宁愿牺牲自己，保护群众，于是，他主动向日军举手投降了。

日军抓到他后，将他捆绑起来，押到万泉河中游北岸的加勒洋村日军军部，关在牢房里，准备次日将他砍头。机敏的莫魁耀在牢房里东张西望，寻找逃命的窍门。突然，他发现牢房的地板土质松软。于是他想，只要把牢房门框底的土挖出一个洞，他就可以从洞里爬出去逃命。但是，用手指怎么挖土呢？挖不了，手指痛呀。忽然，他发现自己的裤带头部有一块铁卡片，铁卡片可以挖土、挖洞呀！他暗暗自喜，只要将牢房门框底下的泥土挖出一个大洞来，他就可以从洞里爬出去，逃命了。经过一夜不断地、拼命地挖洞，在天亮之前，他终于在牢房门底下挖出一个大洞来。他就从那大洞里爬出去了。然后，他又穿越敌人的铁丝网，逃到万泉河边（因为敌人的兵房和碉堡就建在万泉河岸上），跳下河里去，游到河对岸。他上岸后，坐在沙滩上，远望对岸的敌军碉堡，敌人还在睡觉呢，于是，他喘了一口气，暗暗地大骂日军："狗日军，我差一点被你们砍头，如今，我逃出来了，我一定要杀死狗日军！"他把身上湿淋淋的衣物拧干，穿好衣服，就向五指山方向走去。莫魁耀是本地人，熟悉自己家乡的山路，便连夜走回五指山抗日游击队根据地。天亮了之后，他把这次大难不死的经过告诉了大家，抗日游击队员都为此而高兴！

日军占领万泉河后，龙江镇是日军的一个重要据点。他们害怕抗日游击队夜间袭击他们，经常在夜间向五指山区乱开炮，炮弹从我们村的上空呼啸而过，使老百姓夜间不得安宁。我的村子离龙江镇五六公里，村子的西边有一条大水沟，终年有水。大水沟西岸有一座比较高的山地，是莫魁耀等游击队阻击日军的阵地。莫魁耀被日军抓到却大难不死，他更加仇恨日军。于是，他经常在白天从五指山区带领抗日游击队出来，埋伏在这座山岭上，阻击日军过沟，保护当地百姓。有一天上午，日军来到大村岭（沟的东岸）上，就遭到莫魁耀等人的队伍阻击，被打死一个和打伤一个。

日军投降后，国民党的地方武装队（保安团）从五指山上滚下来了，就驻扎在石壁镇的国民党乡公所里。莫魁耀作为国民党的武装乡丁，虽然出身于一般的农民家庭，但是由于长期受国民党反动派的洗脑，因此仇视共产党，极力为国民党效劳。海南岛解放前夕，他经常下到农村来收钱收粮，剥削农民。

1950年5月，海南岛解放后了，莫魁耀被人民政府逮捕，但没被枪毙。据说，是将他送去内蒙古自治区某地进行劳动教育改造，由于他表现好，到了晚年，政府就让他归家养老。

我觉得，莫魁耀先生在抗战时期是爱国爱家乡的。他恨日本人，打过日本人，应该肯定他的爱国精神。他打杀过共产党战士，受到人民的处罚，是应该的。经过劳动改造，他晚年回家养老，我应该去探望他。

有一天，我到他家拜访他。他当时已经80多岁了，见到我很高兴。我请他讲一讲抗战时期的斗争故事。他讲了很多故事，其中有一个让我记忆犹新。他说，有一天，他获悉约有一个排的日军，将从他家门口经过，朝船湾村方向走回龙江镇驻地。当时是初夏，稻谷已成熟。莫魁耀带领的抗日游击队正埋伏在大村庙旁边的船湾沟里。沟水不多，有的沟渠已干枯，水沟周围长满低矮的刺竹和诸多的杂木藤蔓，密密麻麻，抗日游击队埋伏在那沟里，是不会被日军发现的。日军路过那里时，抗日游击队便可开枪射击。不久，日军果然来了，游击队一齐开枪，但所有的枪都打不响。这是为什么？他说，这很可能是大村庙里的神"显灵"的缘故，因为大村庙就在这水沟附近的岭上。"神灵"认为，如果在船湾沟打死了日军，附近的村民必遭日军屠杀、烧毁房屋和掠夺财产。"神灵"为了保护广大群众的生命和财产的安全，所以就让所有的枪都打不响。"神灵"能让枪打不响？这显然是不科学的。但我认为，莫魁耀是一位传奇人物，他讲的这个故事，显然也是有一定的传奇色彩的。这故事是真是假，只好让读者自己去思考了。

小企业家陈福海

陈福海先生是20世纪三四十年代农村里一位亦农亦商的小企业家。他是船湾村人。他家的门前是一片绿色的田野，屋后是滚滚向东流的万泉河。他就利用万泉河交通运输便利的自然条件，在自己的家乡发展自己的小型企业，促进农村经济发展。陈福海先生既种田亦经商，既做槟榔生意也做木材生意。

20世纪40年代初，日军还占领万泉河两岸的时候，我就看见陈福海先生经常到乡村里来采购木材和槟榔果子。农民种的槟榔树结了果子，有人买，农民就有收入了。如果没人收购，农民只好让它自然地熟透，掉在地上腐烂了。当时，我们村的园地里，也有祖先遗留下来的很多槟榔树，秋冬时，槟榔果子就变成青黄色，成熟了。陈福海先生就来收购。与此同时，我村里还有一棵巨大的黑墨（俗称）古树。树干垂直，很粗大，两三个少年手拉着手都抱不过。树有40多米高，枝繁叶茂，能遮盖树下一块很大的地面。每年，在树枝上、叶子间，结果累累。这树的名字就是来自它的果子的颜色，秋天来了，黑墨树果子成熟了，被风吹雨打，掉落满地。我经常到树底下拾果子吃，果子味道甜甜的，我很喜欢吃。

据大人说，黑墨树的木板是制造木船的极好材料。陈福海先生早就看中了村中这棵黑墨树，他要购买这棵黑墨树，锯成造船用的船板，转卖给造船厂的老板。这是一笔很好的赚钱生意。有一天，他就来我们村，同村中一位中年男人打交道，商谈收购这棵树。他收购成功了，就请伐木工人来砍倒了这棵百年古树。我和村中人眼看这棵古树被锯倒了，都感到很惋惜，因为我们对这棵巨大的古树是有感情的！有位妇人反对这恶人把这棵大树砍倒卖掉，就斥责这恶人的缺德行为，却被恶人打得头破血流。

次日早上，这位被恶人打伤的妇人就想去告状，但是，在日本统治的黑暗社会里，是无法无天的，去哪里告状呢？可怜的、孤独的、目不识丁的她，只好带着孩子，渡过万泉河彼岸，回到娘家，向自己的哥哥嫂嫂们告状了。她的两位哥哥就带着她和她的孩子回她的家休息。这故事，虽然是发生在日本侵华时期中国的一个小小的村子里，但我为什么要写它呢？因为这反映了日军侵华下的海南岛农村，社会秩序被破坏了，经济破产了，社会黑暗了，不法分子无法无天，草菅人命，动辄打人，弱肉强食，农民在死亡线上挣扎。这就是日本侵华，海南岛给当地社会造成的恶果；这就是日本破坏了世界和平，给世界人民带来的灾难！

陈福海先生还在他的家后面的船湾岸上建造了几个灶，烤熏槟榔。然后把加工好的槟榔，用船运去槟榔收购站出售。陈福海先生是当时农村亦农亦商的领头羊。陈福海先生的墓碑上写道：他是广东省立十三中的高中毕业生（他应该是在日军登陆海南岛之前读高中的）。在当时，广东省立十三中是海南岛的最高学府之一。能从农村去读省立十三中，说明陈福海先生是一位有文化的企业家。从陈福海先生的身上我们体会到，农民要致富，就要有文化，要多种经营，亦农亦商。据说，改革开放后，博文村委会的船湾村，传承了传统的农村文化，走陈福海先生当年亦农亦商的发展道路。该村已出现了不少著名的农民企业家。他们资助农村发展经济和文化，使船湾村正朝着文明生态的美丽乡村前进，吸引了很多文人墨客到那里吟诗作画，书写文章，唱赞歌。海南著名作家马瑞还为船湾村主编出版了一本著名的书《万泉河船湾村》，宣扬改革开放后船湾村欣欣向荣的可喜面貌。

一家人被无辜杀害

我的外祖母家，离日军统治的石壁镇只有两公里左右，离日军的汽车路只有两百米左右。当时，我的外祖母家是在一个小村子里，绿树围绕着的两间房子：外祖母和大伯一家人住在一间破旧、低矮的小砖瓦房子里；二伯父和三舅母住在一间比较新的小砖瓦房子里。这房子的西边是王氏祠堂。绿树外面是田地。过了田地是下朗村，下朗村南边是沙滩和万泉河。

大约是1942年的一天早晨，我妈妈接到外祖母家派来的人通知，我的外祖母等亲人，于昨天夜里被人杀害了。我妈妈立即停止了劳动，前往外祖母家吊唁。

我妈妈回家来对我说，不知道是什么人，何原因，三更半夜窜进外婆家，把外婆、大伯父、大伯母、二表哥、二表妹都杀害了，大表哥和大表姐被杀伤。全家被杀死五人，被杀伤两人，满屋子都是血迹和血腥味，惨不忍睹！我想，我外祖母都九十岁了，她整天在家里养老，没有和外面的人接触，她会有什么罪呢？她是无辜的。至于表哥、表姐和表妹，都是少年儿童，他们有什么罪呢？连无辜的老人和少年儿童都被杀害了。说明日军统治下的社会太黑暗了，太惨无人道了。日本军国主义在摧毁人类！破坏人类社会文明！

1942年前后，是万泉河两岸最黑暗、最悲惨的时期：一方面日军实行"三光"政策，即杀光、抢光和烧光，血腥统治，横行霸道，滥杀无辜；另一方面匪徒三更半夜出没，到处抢夺百姓钱财，杀害良民。在日军统治下的万泉河两岸，我们老百姓的性命都得不到保障。白天，老百姓提心吊胆地在田野里劳动，吃饭时间也是提心吊胆地在房子里匆匆忙忙地做饭和吃饭；晚上，也不敢睡在自己的房子里，主要是害怕有坏人来谋财害命。所以，天一黑，村民就躲到房子外面的山林，睡在早已搭好的茅草房里。但在外面山林里的茅草房睡觉，夏天晚上会被蚊子叮，冬天北风吹来又很寒冷。在日军统治的那兵荒马乱的年代里，老百姓的生命得不到保障，整日都人心惶惶，害怕被杀害。我外婆家全人被无辜杀害就是个例子。

我外祖母生了三个男孩，三个女孩。外祖母我见过，但是，我当时年龄还小，对她的印象不深。外祖父在我没出生时就去世了。大舅父和二舅父都是穷苦农民，我都见过。三舅父和我父亲一样去南洋谋生。我印象最深的是二舅父和三舅父。二舅父养了三个男孩和一个女孩。在日军统治时期，他们被迫到万泉河上游的山区去开荒种地，但是，他们还是没东西吃，经常饿肚子。有一天，二舅父从山区的椰子园（垦荒地）来看我妈妈，说自己肚子很饿！我妈妈就煮了饭和一竹筐番薯给他吃。他狼吞虎咽把番薯全吃完了。他高兴地对我妈妈说："妹妹，我好长时间没吃过像今天这样饱了！"他这话我如今还记忆犹新。在日军统治时期，像我二舅父这样饿肚子的人何止一个？这是日本侵略者给中国人民造成的灾难！

尊敬的梁堂勋先生

在我从农村走向城市的道路上，梁堂勋先生是我的重要引路人，是他带领我去海口市考中学的。当年和我一起去海口考初中的还有石壁谷塘村的崔开琼、蔡笃明和崔修愈等同学。梁先生这次去海口是为了报考广东琼台师范学校的，他考上了，我们是报考初中的，也考上了，大家都彼此祝贺！对于他的热情帮助，我是终生难忘的！

我是如何认识梁堂勋先生的呢？梁先生是我父亲的朋友。他和我父亲都是马来西亚马六甲的华侨。他年纪比我父亲小，所以，称我父亲为"大哥"。抗战胜利后，梁先生和我父亲一起从马六甲回国。我父亲在家时，梁先生曾来我家做客。我父亲去龙江镇拜访他时，也带我一齐去。从此，我就认识了梁先生。从我认识梁先生那天起，他就给我留下了深刻的印象：开朗、热情、诚恳，是一个热心帮人的好人。每当我见到他时，他的脸上总是挂着灿烂的微笑。有一天上午，在龙江镇上，我遇到了梁堂勋先生。他说他最近要到海口报考琼台师范学校，还问我想不想去海口考初中。我说："想去！"于是，我们就约定了去海口的时间与会合地点。

梁堂勋先生是一位爱祖国、爱家乡的华侨青年。海南解放后，他想，为祖国建设事业服务的机会来了，于是，他毅然决然放弃国外的优越条件，回国读书。他在国外受了西方教育的影响，认识到教育和培养人才很重要，于是，他选择了从事教育培养人才这一事业，且非常热爱这一事业。他在琼台师范学校读书期间，学习成绩优秀。他毕业后，被分配去龙江中学教书。由于他教书育人成绩显著，因此被提拔为龙江中学校长。1973年秋季，琼海县遭受了史无前例的特大台风袭击，龙江中学校舍也被破坏。听说，在台风袭击龙江中学时，梁堂勋先生不顾性命危险，冒着狂风暴雨，指挥学生撤离危险的校舍。学生安全了，但是梁堂勋先生却受了重伤。

梁堂勋先生的家在万泉河南岸的龙江镇附近，离我家只有五公里。自从1952年2月和他分别之后，我一直没有再见过他。但是，我经常打听他的消息。2005年下半年，我喜悉梁先生的儿子任龙江镇党委副书记。2005年12月的一天黄昏，我从嘉积镇回家，路过龙江镇，专程到镇党委拜访了梁副书记。梁副书记说，他父亲住在老家，身体安好。于是我也安心了，不过因为天晚了，我当天未能去拜访梁堂勋先生。我日后一定抽出时间去拜访梁堂勋先生。

吴海运连长与国民党兵英勇战斗

吴海运连长是从我的村子里走出去参加共产党领导的琼崖纵队的。我村里大多数人是姓黎的，而吴海运却是异姓，为什么？原来，吴海运的家在万泉河中游北岸的长勒村（蒙养村对岸）。1940年，日军占领了长勒村，拆毁了吴海运的家，把他家的砖瓦和木料搬去修建日军的军营，还杀害了他的父亲。吴海运，同我们村的黎汝昌公是亲戚，黎汝昌公的妻子是从吴海运家娶来的。大约是从1943年起，无家可归的吴海运和他的妈妈就来黎汝昌公家生活。因为吴海运一家没房子住，黎汝昌公就在我村里找了一块地，帮助他们修盖了一间茅草房，他和妈妈，还有一位十几岁的童养媳，睡觉和做饭都在这间茅草房里。

吴海运比我大几岁，他来我村时将近20岁了。他和我们村的青少年相处得很好。我们常到他家去玩，看到他们每天吃的都是用番薯干磨成粉制作的食品，没大米饭吃。他和我们相处的时间并不长，后来他去参加琼崖纵队了。听说，吴海运在部队里很认真练兵,在解放海南岛各个城镇的战役中,他战斗很英勇;他有勇有谋,被部队提拔为连长。

1950年4月中旬,邓华司令员指挥的中国人民解放军第40军和第43军在澄迈和临高等地先后登陆,在澄迈的美亭和白莲包围了国民党军,消灭了国民党的主力部队,紧接着人民解放军解放了海口。国民党的残余部队,仓皇地向海南岛东部、西部和南部逃窜。其中有一支国民党的残兵逃窜到我的家乡,甚至有一个国民党兵闯进我家来。他在厨房里找到我妈妈喂猪的食物往嘴里塞,然后窜到我家的鸡窝里找鸡蛋,甚至把正在鸡窝生蛋的母鸡也抓走了。还窜进我的睡房里,企图抢走我家的东西,但我家里只有几件破烂的衣物,他看了看,觉得太破烂了,没有拿就窜走了。这是我亲眼看见的国民党逃兵的狼狈相。

与此同时,我听见离我家十多公里的石壁镇赤坡村以东的山岭上传来了激烈的枪炮声。我估计是琼崖纵队同国民党的残余部队在激战。次日,有人告诉我,是吴海运连长带领的琼崖纵队一部在赤坡附近的野岭上,英勇阻击国民党残余流窜部队。这支国民党残兵约有一个营的兵力,企图进攻石壁镇,抢夺商店货物,被吴海运一个连的兵力阻挡住了。吴海运连长为保卫石壁镇人民的财产立了新功,他是一位英勇的连长,我们村的村民都怀念和敬爱他。

英勇抗日的连长黎家麟

据说,黎家麟小时候家里很穷。在20世纪30年代,他为了讨碗饭吃,被迫跟着人家去当了国民党兵。他所在的部队叫国民革命军十九路军。

日军占领中国东三省后,又大举进攻上海,十九路军奋起抗战。日军的飞机和军舰猛烈开炮轰炸上海,上海的楼房被摧毁,无数同胞被日军杀害。当时,黎家麟才22岁。他对日军深恶痛绝。在上海保卫战中,他提起机关枪,瞄准敌人,拼命射击,英勇奋战,一个一个地击毙日军。日军后来发现了他的火力点,便集中炮火向他射击。他的手部受伤了,被送到后方治疗。一个月后,他又继续上前线和日军作战。后来,他当了连长,继续带兵和日军作战,立了战功。

黎家麟小时候没钱读书,他深刻体会到没有文化的苦,于是,在部队里,他就向有文化的战友学习。在战友的帮助下,他很快就掌握了一些科学文化历史知识。他喜欢历史和名胜古迹。在江浙一带,名胜古迹很多,黎家麟的部队在江浙一带驻军时，他就利用工作之便，到当地的祠堂、庙宇和名胜古迹参观、游览，并把祠堂、庙宇里的历史文化资料，尤其是把好的对联抄录下来学习、欣赏。通过不断的学习，他的文化水平提高了，思想觉悟也提高了。他爱祖国、爱人民，爱中国优秀的传统文化，认真学习中国优秀的传统文化，书写中国传统文化。

在长期的军队生活中，他认识到国民党是腐败的党，国民党的军队也是腐败的军队。在中国人民的解放战争中，黎家麟看到国民党军队因为腐败无能而节节败退，中国人民解放军势如破竹，横渡长江，解放了南京。这时，他带领一个连的部队，加入了中国人民解放军，参加渡海解放海南岛。海南岛解放后，他转业回老家生活。我第一次见到黎家麟先生时，他已是82岁的老人了，但他人老心不老。他关心海南黎氏的族谱编修工作。他把在江浙一带学到的族谱传统文化知识带回到家乡。他想在有生之年搞清楚黎氏迁来海南的历史。于是，他到处调查黎氏家谱和黎氏宗族史的资料。他知道我在海南大学研究海南历史文化，便主动上门来找我，提出发动黎氏子孙编修《全琼黎氏族谱》的想法。他提出这个想法，我认为很好。我在精神上大力支持他，但是因我公务在身，抽不出空来，我实际上没时间去做这项工作。他来到我家，认识了我父亲。我父亲当时也已70多岁，对编修《全琼黎氏族谱》一事也感兴趣。于是，他们两位老人便去琼山、文昌、琼海、万宁和凌水等地，拜访黎氏兄弟，进行家史、村史和族史调查。但是，由于他们两位年事已高，并且身体不是很好，对于这样的工作，确实是心有余而力不足。后来，我调到中山大学之后，工作更忙，对这项工作就少过问了。我到了中山大学之后，黎家麟先生还常给我来信，谈他收集黎氏族谱资料的情况。他80多岁时便去世了。在他去世之前，曾给我寄来一份有关黎氏族谱的资料，迄今我还保存完好。我在为《琼海黎氏志》写序时，曾经提到这件事。这位老人爱国家、爱家乡和爱宗族的精神是很可贵的，我终生难忘！

怀念陈昭德先生

陈昭德先生是我们同一村委会的人。他的家所在地，俗名叫加丁涌村。他的村子，只有一间房子，就是他的房子，是一间低矮、破旧、两房一厅的房子。

他和他的嫂子、侄子都住在这房子里。房子周围有树木包围。房子的园地里，有几块旱地，可种番薯、小米和高粱等。据说，他家很穷，没水稻田，种不了水稻，只能在旱地里种点旱作物，收点旱粮。煮饭用的大米都是要用钱买的。有时候没钱买米煮饭，就没饭吃，只能吃杂粮了。他的大哥叫陈昭贤，早已去世，我没见过他。我只见过陈昭德的大嫂子和他的侄子。我两三岁时，跟着妈妈去走亲戚，曾走过陈昭德的家门口。我妈妈说，这家人是"奴家"。他们在旧社会，专门去帮其他人家做"奴"，即为别人服务，如有人家要娶亲送礼品等活动，被主人邀请，他就去帮人挑送礼品和迎亲等劳动，主人家会给他们一些酬金，请他们吃饭等。这就是在国民党统治的旧社会里，在农村的一种"低等人"（俗称"奴人"）的生活写照。陈昭德先生就出生在这样的家庭，他的家离我的家约半公里。

1950年5月，海南岛解放了，陈昭德先生从部队退伍回家了，他属于"少小离家老大回"。他离别家乡几十年了，许多村中的人都不认识他了，而他认识的乡亲多数都离世了。他到我的村中来时，我已十多岁了，而他已五十多岁了，我也不认识他。但我妈妈记得他，而且热情地接待了他。他给我们村几位少年讲了他的很多故事。

陈昭德先生来到我的村子时，正好是冬天，但海南的农村在冬天并不冷。只见他身穿一套黑蓝色的衣服，态度和蔼，很善良，满脸笑容，令人喜欢。他手里还提着一个小布包，里面装了十多块破旧的麻将牌（塑料块）、一把很锋利的雕刻刀子和一个装满了红色印泥的铁盒子。他说，他会雕刻私章。他亲切地询问我们几位少年和小孩子们说："你们都多少岁了？叫什么名字呀？我会雕刻私章呀，可以免费帮你刻一枚私章作纪念，好吗？"他知道我的名字之后，就很快帮我刻了一枚私章。我十几岁了，第一次看到自己的私章，很高兴！到现在我还一直保存着。陈昭德先生帮我刻好私章之后，我妈妈就从厨房里端出一筐用农村杂粮制作的、热乎乎的食品招待陈昭德先生。他高兴地说："嫂子，在我离家之前，经常爱吃番薯粉加工制作的点心。但离家之后，就吃不到这种食品了，几十年后回到家乡，今天，很高兴吃到你亲手用番薯粉制作的精美点心，心里热乎乎的，吃得饱饱的，非常感谢您！"吃饱饭之后，陈昭德先生又给我讲了他的很多故事。

在20世纪30年代，反动的国民党政府规定，凡家里有两个兄弟的，必须派一人去当兵。陈昭德先生就代替他哥哥去当兵了。陈昭德被派到广西桂林后,被调到蔡廷锴军长领导的第十九路军部队。后来,他的部队驻守在江苏和浙江一带的农村里。江浙一带的手工艺技术发达,从事手工艺的人很多。陈昭德年轻好学,在部队休息时,他就虚心向雕刻私章的师傅学习,很快,他就学会了雕刻私章这门技术。陈昭德认为,学好一门手艺,将来退伍后,回到家乡可以谋生,为人民服务。

20世纪30年代,日军进犯上海一带,蔡廷锴部队迎头痛击日军。每一场战斗,陈昭德都有参加,而且,他立了多次战功。日军投降后,陈昭德的部队继续驻守江浙一带。解放战争时期,陈昭德的部队被调到长江边,负责保卫南京。然后,他的部队全部向解放军投降,解放军胜利渡江解放了南京。后来,陈昭德参加了中国人民解放军,解放了广州和海南岛。1950年春天,海南岛解放,到了冬天,陈昭德就退伍回家了。他回家后,就在石壁和龙江两镇设刻私章的小摊子,为客户刻私章,以维持生活。当时,在我的故乡,懂刻私章的人很少,而喜欢刻一枚私章留作纪念的人不少,所以,陈昭德的生意还是很好的。

我和陈昭德先生见面的时间不多,但他留给我的印象很深刻,我总是忘不了他。1952年2月,我到海口读书之后,就再也见不到陈昭德先生了。后来,我回家乡,曾打听他的消息,乡亲们告诉我,他已去世了。他大半辈子过军旅生活,也没机会娶妻子,只能孤苦伶仃地生活大半辈子。从陈昭德先生的遭遇,可以看到国民党反动派及其统治的旧社会给中国人民带来的不幸。我们必须推翻旧社会,打倒反动派,建立新中国。我很同情陈昭德一家人作为"奴人"的遭遇。谨以此小文章,悼念陈昭德先生,并揭露旧社会对农民的摧残。

弃教从商的朱传忠

20世纪70年代末,我在海南师专中文系教书的时候,有一天,朱传忠到我家来找我。他自我介绍说,是我的老乡,家在万泉河边的滨滩村。他来海南师专中文系进修之前,是万泉河中游北岸国营南奉农场中学的一位语文老师。我很高兴地接待了这位来自家乡的语文老师。

朱传忠老师进修结业之后,回去农场继续教书。他一边教书,一边继续学习深造。他参加了华南师范大学的哲学专业函授。

改革开放后,朱传忠弃教从事种养业。他们夫妇扎根山区,承包农场的荒山野岭,开发荒地,挖掘水塘,积蓄泉水,引种外地的良种水果,比如橄榄、番石榴和柑橘等。现在,他的橄榄园不断地扩大,果实源源不断地供应市场。他除了向城市供应水果外,还从事水果加工。与此同时,朱传忠还认真学习了老子关于"饮食"学中的"饮"与"食"的关系。他注意到人们既要"饮",又要"食"。他曾经研制过水果饮料,现在还在试验阶段。至于"食",他从老子的"美味"学中,学到"食"要"美味"。琼海人有一道传统的"美味",那就是驰名中外的嘉积鸭。他经过市场调查,发现"嘉积鸭"供不应求,于是,决定养殖嘉积鸭。现在,他养的嘉积鸭已大量销售给省内外各大酒家。此外,他还在嘉积开办了一间鸿泰酒家,聘请著名厨师专门制作精美的嘉积鸭,供应顾客。现在他的生意搞得红红火火。他走这条"道",既为他创造了财富,又为国家增加了税收,为琼海的游客增加了口福,真是一举三得。朱传忠老师告诉我,这是他学习老子"道"学的一点实践与体会。

朱传忠老师不但学习了老子的道家思想,而且还学习了孔子的儒家思想,继承儒家的优良传统文化。他认为,儒家的思想是中国传统文化的主干之一,对中国优秀传统文化的形成和心理的凝聚都有巨大的影响。几千年来,儒家思想一直在影响着每一代中国人。中国人无论走到哪里,都离不开儒家的传统文化,都离不开儒家的"忠义""仁爱"等思想。我在和朱传忠老师的交往中,也看出他很重视儒家的"仁爱""忠孝"和"义气"等思想。比如,他非常爱护和尊敬他的父母亲。他的父亲是行走于万泉河上的一位船夫,几十年来,在万泉河上行船,风里来雨里去,工作和生活都很艰苦。朱传忠老师很体贴他。每当他老人家回到家时,只要朱传忠老师在家,他都会主动上前,问寒问暖,把温水送到他父亲面前,帮他父亲洗手、泡脚,把热茶和热饭菜送到他父亲的面前,请他父亲吃饱喝足。朱传忠老师从来没有对父亲大声地说过一句话。朱传忠老师对他的母亲也像对待父亲一样恭恭敬敬。朱传忠老师不但尊敬他的父母亲,还尊敬别人的父母亲。每当过年过节,他到友人家去,总要探望友人家的父母亲,并按当地的习俗,给友人的父母亲送红包,以表祝贺福寿!我父母亲健在时,朱传忠老师几次来我家拜年,每次都给我父母亲送红包。朱传忠老师对其他师长也是非常尊敬的。朱传忠老师这种对长辈的孝心与尊敬,是儒家的"仁爱"美德。这一种美德在今天的社会值得弘扬!

朱传忠老师非常重视传统文化，重视历史人物。我每次回家去，他都来和我座谈有关万泉河两岸的历史文化、历史人物的话题。万泉河两岸的著名历史人物王官，是值得研究的。朱传忠老师很重视这位历史人物，有一次，他和我一起到定安县，对王官的事迹做社会调查，进行研究。我相信，他的研究成果很快会出来。

有人问朱传忠老师，何时出"山"？他说，仁者爱山，智者乐水。他现在居住的南奉农场，有山，有水，其乐无穷。

一个穷孩子的故事与新事

在20世纪30年代，我家邻近的大村沟村中，有一个名叫莫太汉的穷孩子，家住在万泉河边。由于他的家穷，田地少，他的父母亲长年累月都在万泉河上游的山区开荒生产，以维持生活。莫太汉从小就跟着父母亲在山区生活，没机会读书。后来父母亲去世了，他便在山区过着流浪儿的生活。1939年年初，日军占领了海南，山区来了很多难民，国民党兵也逃到了山区，于是原来安安静静的山区，突然间热闹了起来。这时候的莫太汉已经十来岁了，他喜欢和国民党兵游玩，也喜欢和共产党的战士来往。抗日游击队员也很喜欢这个穷孩子，常派他到日军统治区去执行任务。他很出色地为游击队完成了很多任务，受到了游击队的表扬。

有一次，日军进犯琼中县山区的一个黎村苗寨。莫太汉就偷偷地跑到那里，侦察敌情。敌人看到他，便怀疑他，把他抓起来，捆绑在大树上，拷打他，问他是干什么的，什么地方的人，他不说话。如果他回答说自己不是本村人，又没有本村人来担保他，他就有可能被日军枪杀。在这关键时刻，有一位黎族老太婆从100多米远的一间茅草房里走出来。她不慌不忙地走近那些拷打莫太汉的日军和伪兵面前，微笑着说："皇军，这是我儿子。他不懂事！请你别打他，放开他吧！"那青面獠牙、穷凶极恶的日军，望了望这位黎族老太婆，然后，把头转向翻译官。他和翻译官咕噜了几句，翻译官把老太婆的话告诉了日军，这个杀人不眨眼的日军才放开了莫太汉，黎族老妈妈便拉着莫太汉的手，朝着她的家走去。黎族老妈妈救了莫太汉一命，他永远忘不了这位救命恩人。从此，莫太汉便认那位黎族老妈妈为干妈。后来，他全心全意地照顾干妈，就像关怀他的亲妈妈一样,直到干妈去世,并为她办好了一切后事。

抗战胜利后,莫太汉在山区自由恋爱结婚。在十几年中,他共生了六个男孩子。他长期生活在山区,和黎、苗族同胞和睦相处,共同开发山区。他靠山吃山,靠水吃水。他和少数民族同胞合作,采购木材,扎成木排,顺万泉河而下,运到城市去卖。1950 年,我家建房子,我就向他购买木料。他夫妇共同奋斗不息,把孩子养大。解放后,他把家从山区搬回老家。他老家原来在河沟边,房子低矮、破旧,而且遇到洪水时常被水淹。大约 20 世纪 60 年代,他把旧房子拆毁,搬到他家的另一高地上,重建新屋(离我家 150 米),门口朝万泉河。他六个孩子都成材了。老大任村委会副主任、党支部副书记,在社里搞肥料生意,盖了现代化的新屋。老二在南奉山地开农场,种植了几百亩橡胶树,收入好,并盖了一座现代化的新屋,买了小汽车,出入驾车,像城里人一样。老三办工厂。老四当兵,转业后到海南电信局做财务工作,后来下海去办养猪场,生意搞得红红火火。老五夫妇在博文社,买了一间百货商店,夫妇经营,顾客满门。老六读大专,毕业后先当老师,后离职去和老四一起办养猪场,后来又改行搞工程。自从改革开放后,莫太汉的六个孩子生活都过得很好。他子孙满堂,有上小学的,有上中学的,有上大学的。他看到今天幸福的大家庭,真是乐开怀。

万泉河上的船夫

自从万泉河两岸有人类居住以来,虽然人们在河上的交通工具有多种,但主要是木船。古时候,黎族人渡河最早用的是大葫芦(古籍称"腰船"),因为葫芦在水中有浮力。人借助葫芦的浮力,可以游水渡河。后来,黎族利用大树干制造了木船,叫作单木船。唐宋以后,尤其是明清以后,闽、粤的汉人移民来万泉河两岸,他们带来了先进的造船技术,制造了比单木船更大的、更先进的大帆船,从而代替了单木船。单木船退回到小的河沟里了。

万泉河上行驶木船的历史悠久。在我的家乡,历代都有不少船夫。在我的一生中,有两位船夫是我难忘的。他们是黄运煌叔叔和蔡宝泉叔叔。他们两位都是我邻村的人。黄运煌叔叔家在河边,是喝河水长大的。他比我大二十来岁,我不知道他的祖先是从哪里来的。他家房子周围长满椰子树和槟榔树。房子东边有几块旱地，可种杂粮和蔬菜。靠近房子门口右边，约30米远，有两亩水田，一年种两次水稻，全家食用的稻米就靠这块水田。黄家离我家二三百米，我家和他家，门户差不多相对。我到河边挑水、游泳、搭船和渡河，必经过他房子的西边。他家的人和我们村的人最亲，是好邻居。大家经常来往，关系密切。

黄运煌叔叔家的旱地，主要种植杂粮，如高粱、小米和番薯等。在我家乡，杂粮和主粮（稻米）都是重要食品。农民的生活习惯是：每天的中午饭和晚饭，必须先吃杂粮食品，后吃大米饭。黄运煌叔叔家的经济来源，主要是靠他行船。黄运煌叔叔和蔡宝泉叔叔是好友，他俩合资购买了一条大木船，每天行驶于万泉河上。万泉河上游（定安水）有琼中县的船埠码头（琼中县等五指山山区的土特产主要从这码头运出），中游有石壁和龙江码头，下游有嘉积、乐城和博鳌等码头。黄运煌和蔡宝泉两船主，主要帮助沿岸城镇各商店主人搬运货物。万泉河上游或下游城镇商家的货物，主要靠木船运送，船主把商品运送到店主手中，以赚取运输费。这种木船既运货，也载客。每天上午9时，从石壁开船，下午四五点到嘉积，或再去博鳌。从石壁到嘉积，既载客，也载货，沿岸各码头，都有客人上下船。船在嘉积镇码头过夜，次日上午9时开船，返回石壁。船返回石壁时，仍是既载货，也载人。船顺水而下时，黄运煌和蔡宝泉两人，一个坐在船头，一个坐在船尾，全神贯注地掌舵，确保行船安全。船逆水而上时，他们一个站在船头，一个站在船尾。每人双手紧握用石竹制作的"船戈"。"船戈"一头插下水底，一头朝天。两人一齐用力顶"船戈"，船头破浪逆水而上，水发出哗啦哗啦的响声。白天驾船，船夫们不怕烈日晒，暴雨打，只顾尽快把船驶向前。他们这样一干就是五六个钟头，一直把船行驶到目的地。他们就是这样，成年累月地日夜行驶于万泉河的河面上。他们不怕苦不怕累，起早摸黑，一心一意地为顾客服务。他们的劳动值得敬佩！我每次去海口上学，几乎都坐他们的船。我永远铭记他们。

他们除了为一般顾客服务外，还为革命队伍服务。在抗日战争年代，他们为抗日游击队偷运军用物资；在解放战争年代，他们到嘉积镇，帮助琼崖纵队购买物资，用船运送到琼中县的乌石等革命根据地，为海南的解放事业做贡献，受到了部队的表扬。

每当万泉河水位暴涨，两岸发生水灾时，黄运煌他们便担负起救护灾民的责任。他们划船巡逻，救护被洪水围困的群众。

在万泉河上行驶木船，有时也是危险的，主要是害怕雷击。20世纪60年代，我邻村一位姓莫的船夫，在雷雨天逆水行舟，他使用的"船戈"，一头插在水里，一头顶天，起到了导电的作用，结果姓莫的船夫被雷击毙。但是，这种现象并不多见。

有史以来，在万泉河上，像黄运煌和蔡宝泉这样的船夫是数不清的。万泉河靠人力划船搞运输业的历史，在20世纪50年代初，也就是海南解放初期，基本上结束了，取而代之的是铁板制造的电动船，群众称之为"电船"。它的优点是省人力、体积大、载客和载物多、速度快。但是，每当天旱，万泉河水量减少、河道水浅时，电船就走不动了，搁浅了。万泉河上行驶电船的时代很短，主要是由于20世纪七八十年代万泉河两岸的公路开通了，汽车的运输业逐渐代替了水上的运输业。

农村中的小货郎

从1939年2月至1945年8月15日，是万泉河两岸最黑暗的日子。日军铁蹄下的万泉河两岸农村，尤其是万泉河中游两岸远离城市的农村，生活物资更加奇缺。日军对农村和国民党保安队驻扎的山区实施经济封锁，禁止沿海的海产品，特别是食盐流入农村和山区，导致农民连食盐都很难买到。农民吃不到盐就会生病。我邻村一位30多岁的莫姓中年男人，因为每天煮好的蔬菜中没有盐的成分，不但蔬菜不好吃，而且身体因为长期未能补充盐分，就生病了。他的脖子上生长了一个像柚子那么大的肿瘤，让他无比痛苦难受。日军统治下的农村无医无药，他只好在无比痛苦中死去了。日军统治下的万泉河两岸农村，广大农民群众处于水深火热之中，生活极为困难。农村急需海产品和日用品供应，如农民的衣服破了，需要针线来打补丁，但是，农民买不到针线呀！只好穿破烂的衣服去劳动了。在农村中，有些穷人家的女孩子都五六岁了，还没有裤子穿。

鉴于农村中缺少海产品和日用品供应，我邻村有一位中年吴姓的拐脚男人便自告奋勇，当起农村的小货郎。他虽然拐脚，走路很不方便，很艰难，但他想到的是住在远离城镇的农村的农民进城镇买商品要走一个多钟头的路程，很不方便。特别是日军统治下的城镇，控制得很严密，不安全，农民都不敢进城镇买东西了。为了帮助农民解决购买物资的困难，他不怕走路艰苦，每天一清早，就去城镇上采购农民生活上所需要的小商品。虽然日军禁止海盐流入农村和山区，但这位吴姓拐脚男人从城镇里带回来的东西中就有咸鱼、虾和豆豉等，这些食物中含有盐的成分，农民吃了这些，对身体很有好处。此外，小货郎还给农民带来了农民缝补衣服所需要的针线、钮扣等，这同样是农民生活中非常需要的东西。

日军统治下的农村，是通行日军发行的货币的。日军强迫农民把生产出来的农产品挑去市场进行交易，而日军就用自己发行的货币同农民进行买卖。虽然农民讨厌日军货币，但也没有办法。农民手中持有的日军货币并不多，所以小货郎和农民的交易都是以物换物。比如，农村中产出最多的是鸡蛋，而鸡蛋又最受人欢迎。因此，小货郎最常用的交易方法是以鸡蛋换鱼、虾、豆豉和针线等。有的农民也用米、杂粮和小货郎交换小商品。

小货郎很受农民欢迎。在日军统治下农村小商品最缺乏的时候，小货郎是为农民雪中送炭的。每天中午，农民休息的时候，小货郎就来到村中。他一手摇铃，"铃铃"地响，一边走到农民家门口。村里男女老幼一听到铃声响，就知道是小货郎来了，都兴高采烈地朝小货郎走去，看看小货郎的货篮里有什么好的货物，争先恐后地购买。这时候的小货郎，真是忙得不可开交。小货郎满足了这个村群众的购物需求之后，又走到另外一个村庄去。他天天如此，不怕劳累艰苦，为农民服务！

先辈们为开发会山献出了生命

大家都认为，我们海南岛黎氏最早的祖先来自福建的莆田。2013年秋天，我曾和内人到莆田市考察我们祖先的居住地的具体地址。由于时代久远，地名更换，祖先的故址已无法找到了。从古至今，莆田的传统文化和现当代的科技文化都很发达。在古代，考取举人、进士的人很多，近现当代科学家、名人也很多。我们的祖先从莆田地区带来了很多传统文化和先进的生产技术，比如，航海、捕捞、造船、商贸和农耕技术等，都在海南开花结果。在琼海中爽村繁衍生育的金公后裔，人口越来越多，为了生存与发展，便有人沿着万泉河岸，向上游迁移。他们来到了我们今天的这片村庄，买地定居下来。他们就是我们村庄最早的祖先，他们可能是在明朝末年或清朝初期移民到这里来的。

迄今，我家还保存着清代祖先买田地的田契，是研究村史的重要文献资料。习近平总书记在保护历史文物方面做了重要指示，他说，"文物承载灿烂文明，传承历史文化，维系民族精神，是老祖宗留给我们的宝贵遗产，是加强社会主义精神文明建设的深厚滋养。保护文物，功在当代，利在千秋"，"让历史说话"，"让文物说话"，"以史鉴今，启迪后人"。

由于人口不断增加，祖先遗留下来的田地不够耕作，村民们为了生存，就继续向万泉河上游的会山（早期称粉车）迁移。20世纪二三十年代，我们村的祖先就在那里和当地的黎、苗族一起，开荒种田。他们住的是茅草房，吃的是杂粮、野菜和人工种植的蔬菜。我们村的黎汝霖和黎汝光的一家人，一辈子都在会山开荒种地，他们都把自己的青春献给了会山。

在我村的西南边缘，还有一姓何的人家。他们的祖先是从万泉河下游嘉积镇附近的百扁村迁移来的。他们也是开发会山的开荒牛之一。何氏一家人有七八口，他们家里很穷，只有几块旱地，顺着季节种点旱稻和杂粮，并以之充饥。何家夫妇在会山开荒种地，丈夫病死在会山，老大娘在会山劳动时也患了病，便回到家里养病。我小时候常到她家玩，看到她老人家卧病在床上，在她的床前装着一个抓老鼠的工具，原来白天老鼠也从墙洞里爬出来偷吃食物。我看见她白天辛苦地躺在床上，有时坐起来，手里抓着一支棍子，在驱赶老鼠。她和我的继祖母关系很好。她们一起到会山去开荒，种"山兰"稻、木薯、玉米和番薯等，但是，由于天气干旱，所种的农作物几乎都死光了。大家都是饿着肚子过日子的。在抗日战争时期，这位何氏老母亲也是病死在会山的。抗日战争胜利后，我父亲从马来西亚马六甲回国，请人将他的继母和何氏家人的母亲遗骸挖出来，运回我们村边的"后头岭"（靠近何氏家）同葬一墓。我父亲帮何家子弟迁葬他们的母亲尸骨是免费的，因此何氏家属很感激我父亲。

我知道的何氏兄弟，都是会山的开荒者，过着艰苦的日子。这户人家在农村时是我们的好邻居，在会山生活时也是我们的好邻居。村里有什么红白事情，都是相互帮忙的。抗日战争时期，何氏的几位兄弟都受了日本鬼的欺骗，回家当日本鬼的"顺民"。何家的老三叫君臣，30多岁，被日军强迫去陵水、三亚和石碌等地做苦工，比如，修铁路、挖铁矿等。他做了半年的苦工，当他回到家乡时，只见他头发松散，垂吊到肩膀上；衣服破烂不堪，皮肉都露出来了；身上长满虱子与跳蚤，这也虫子在他的头发和衣物上爬来爬去，跳来跳去，吸吮他的血液。他既饥饿，又生病，皮包骨头，十分可怜。是谁在摧残他？是日军！日军把中国人民摧残得惨不忍睹。他说，在陵水、三亚和石碌等地，劳动很艰苦，既没吃饱饭，也没清洁的水喝，喝的是水沟里的脏水，经常拉肚子。当时，海南流传着这样的俗语："陵水，陵水，有命去，无命回。"他差点就"有命去，无命回"，病死在异乡。他从外地回来之后，又去了会山，继续开发当地，后来在会山患病去世。至于何家的第四位弟弟，叫何君拨，在国民党统治时期，也是经常没饭吃，为了讨碗饭吃，他被国民党的龙江乡公所团丁队长王激光所蒙骗，当了王激光的差使。有一次，王激光带队去蓝山村、南正村征粮、抢钱。琼崖纵队的一支小队获悉王激光的行踪后，潜伏在龙江镇东边的"岭口水沟"附近，当王激光等20多位国民党兵到达"岭口水沟"附近时，琼崖纵队的战士们便一起开枪，将王激光一行全部消灭了。这次何君拨没有跟随王激光，幸运地保住了性命。何君拨便逃回家，重返会山等山区去开荒种田，种橡胶树，成家立业，自力更生。最后，也是在会山生病去世。我们村的村民是为开发建设会山立下过汗马功劳的。

改革开放后，会山镇建设得很美丽，物产丰富，少数民族同胞的物质生活富裕，文化生活也丰富多彩，他们载歌载舞，日子越过越好。会山镇在万泉河上游两岸，青山绿水，景色宜人。河面上修起了钢筋水泥桥，交通方便。会山镇的上游是著名的牛路岭水库旅游点。在那里有旅游宾馆和酒楼。游客可从牛路岭水库的万泉河漂流景区，漂游到会山镇。沿途景色迷人，河道弯曲，急流险滩很多，可让游客尽情跳跃、放歌，饱览享受万泉河的无数胜景。今日的会山镇，是琼海市的一个镇，是琼海市的一个重要旅游景区，是少数民族地区。

我所知道的华侨及其侨眷

在旧社会，我的乡村很穷，有一些青年为了改善生活和逃避国民党抓壮丁，忍痛离乡背井，离开父母亲、妻子和孩子，到海外去谋生。20世纪三四十年代，日军侵犯中国和东南亚，使这些中青年华侨十年八载不能回家和妻子老小团聚。故乡老小的生活担子，全由妻子一人负担。为什么当时下南洋的男人不带上自己的老婆一齐去？中山大学原副校长陈序经教授的《珠崖篇》说："我以为其中一个主要原因是，与40余年前海南人反对海南岛的妇女到东南亚去有很大的关系。"这就是社会的一种观念。海南妇女不能去南洋的原因很多，其中的主要原因是在封建社会中男女不平等，妇女的社会和经济地位低，没机会上学校读书，没文化，不能独立自主，走向社会谋生。

我所知道的华侨，都是在抗日战争前去南洋的。抗日战争胜利后，有的华侨家庭观念强，立即回家探亲；有的由于战乱不能回家，他们就在海外再娶老婆，把在老家守活寡十年八载的妻子休了；有的在家时生了几个儿女，去了南洋之后，只是在经济上支持家庭，几十年来一直不回家，在南洋也不另娶老婆，他的老婆在故乡，望洋兴叹，就是望不见自己的老公归来，真可怜！

我的村庄附近有一位华侨，他在20世纪30年代初就去了海外谋生。他在海外和在家乡一样，都是从事木工为生。在他去南洋之时，已是30岁多的青年了，已生了两男一女。这些儿女，在他去了海外之后，全由他老婆教养。40年代抗日战争胜利后，他不回家，海南解放后，他也不回家。但是，在经济上，他还是寄钱回家，照顾老婆和儿女的生活。他在海外，也不再娶老婆，一直过着单身汉的生活，直到在海外去世。他老婆几十年没见过老公一面，他的儿女也几十年没见过父亲一面。他的大儿子结婚了，他不回来；他的二儿子结婚了，他也不回来；他的女儿结婚了，他依然不回来。他的女儿长得很漂亮，是在解放前由父母包办婚姻的。嫁给我邻村一位发育不健全的青年，并且这位青年已没有父母亲了，是由一堂兄来主办婚姻的。这青年长得很难看。群众说，那位美丽姑娘嫁给那位很丑的青年，是把一朵美丽的花儿插在牛粪上。据说，他们结婚的当晚，新郎不进洞房，而是请他同村的一位同龄的未婚青年代替他进洞房。因洞房里是黑暗的，新娘看不清男方的样子，以为进来的是新郎，便和他同床了。以后，每夜都是如此。时间长了，新娘才发觉和自己同床的不是真新郎，而是假新郎。但是，她明白，这位假新郎是真新郎请来的。就只好顺其自然了。时间长了，这丑闻便传开了。但乡亲们心里也明白，这新郎先天不足，不能满足新娘的要求，对这件丑闻，也就一笑了之。大概这种行为，是伤天害理的，见不得阳光的。不知道为什么，可能是"上天"不允许，这三个人不久便相继去世了。这一悲剧，是对旧社会包办婚姻的痛斥！旧社会的包办婚姻毒害了青年，必须摧毁这样的制度！那位华侨于20世纪60年代便在海外去世了。

几十年不回老家见亲人一面，真可怜！

还有一位青年，1932年带着妻子去东南亚的新加坡打工，1935年在新加坡生了一男孩。1937年他的母亲在故乡病了没人照顾，他就叫妻子带着一岁多的孩子回到万泉河边的老家照顾母亲，他一个人留在新加坡继续打工。日军占领新加坡后，这位华侨青年不幸被日军打死了，他三十岁的妻子便守寡了。这位寡妇就靠自己的双手，在万泉河边艰苦创业，照顾家婆和培养教育几岁大的男孩。这小孩很懂事，爱劳动，爱读书，学习好，后来考上了琼海市嘉积中学和上海交通大学，成为我国的著名科技专家。

解放前，在我的家乡，为什么有那么多的青年到南洋去谋生？甚至有一个村子，绝大多数的青年人都去了南洋。在国民党统治时期，因为这个村子很穷困，所以许多青年都到东南亚去谋生了。后来，他们在国外安居乐业，国内也没有亲人了，所以，他们就很少回国了。抗日战争胜利后，因为老家有老婆孩子，个别华侨便回家探亲，但是绝大部分华侨都不回老家。这个华侨旧村，现在几乎很少人居住了。

南平高级小学

南平小学是抗战胜利后建立起来的一所高级小学。因为学校是建立在万泉河中游南岸的南平村，所以叫南平小学。抗日战争前，在广东省定安县石壁乡蒙养村的程氏祠堂里办了一所高级小学，但这所高级小学的课室只有一间，只能容纳几十个学生，远远满足不了附近十多个村庄学生上学的需求。抗战胜利后，为了方便大村、南平村、蒙养村、深造村、大山村、坎下村、南面村和善上村等村的学生上学，农村有识之士便筹集资金建起了一间南平小学，两层楼，有四间课室，设五年级两个班和六年级两个班，基本上满足了当地农村高年级学生的上学需求。

我是1948年春节后到这所学校读五年级的，但只读完了五年级就不读了。为什么我不去读六年级？我妈妈叫我去学校读书的一个目的就是要我学会写很多字，可以写信。当时，我已学会给在南洋的爸爸写信了，妈妈的目的已达到了。与此同时，家里缺少劳动力，妈妈要我帮她做工和放牛。另外，社会治安不好。国民党的乡丁经常下农村来剥削农民，要钱要粮。共产党的农村武装工作队也在农村,进行革命工作。国共两党的武装队伍一遭遇,就开枪激战。战争频繁,社会动荡不安。妈妈为了我的安全,就不让我去学校了。这样,我只好在家里一边劳动和养牛,一边自学文化。在学校时,我知道有的高年级学生已是地下党员。1950年5月海南解放后,他们便成为区乡县的重要干部。说明当时的南平高级小学,既提高了农村学生的文化,也培养了党的农村干部。如当时在南平小学读书的老苏区南面村的杨庆喜、南平村的陈明森和蒙养村的程儒士等,后来,他们都是县一级的高级干部。他们都是我读书时的高年级同学。

我在南平小学读书时的校长是大山村的王锡仿先生。他的儿子叫王哲,和我同班。教我语文课的是蒙养村的程老师,教我体育课的是石壁镇谷塘村的张昌朝老师。解放后,我大学毕业,参加工作了,张老师还记得我读小学时,他教过我。我在海南师专工作时,他曾带他的儿女到海南师专来找我聊天,可见师生情深。

在南平小学时,教我英语的老师也是王锡仿校长。从那时候起,我就记住了A、B、C、D、E等26个英文字母与"This is a book."等英语词句。上初中后,我才正式学英语。我第一次接受音乐教育,也是从南平小学开始的。当时,教音乐的是一位20多岁的女老师。我不知道她叫什么名字,是什么地方人,只根据她的穿着,就知道,她是从城市里来的。她身着漂亮的花衣与裙子,能歌善舞。这是我第一次看见穿裙子的女老师,因为当时在农村的女青年是不穿裙子的。这就是当时农村与城市女青年穿着打扮的差别。那位女老师曾教过我们唱的一首歌我不记得叫什么名字了,只记得其中有一句"青春小鸟一样不回来",但不会唱。这首歌是流行歌曲,今天,还有歌唱家在央视演唱这首歌。当我听到这首歌时,就会想起当年教我唱这首歌的那位女老师,就会想起南平小学。

当时,同我一起去南平小学的是我家乡下坡村的彭修炳、彭修德等同学。他们每天都路过我家的门口,同我一起上学,一起回家。我和他们从小一起在万泉河里游泳、打水仗,一起钓鱼,一起划船,玩得不亦乐乎,但我们从来没有相骂过。我们上南平小学,要走过大村沟。秋天,雨水多,大村沟的水有时涨得满满的。两岸之间的陆地被水隔开约50米宽,没有木船摆渡,我们上学和回家,都是靠一只手举起衣物和书包,一只手划水,游过沟水的彼岸。我们几个小孩,都是一起学习,一起游玩,一起长大,感情深厚。彭修炳同学很喜欢画画，他的画作曾被老师选贴在宣传栏里作为榜样。后来，家乡解放了，他俩都结婚了，不想读书了，我则到海口市去读中学，就再也没见过他们一面了。据说，他们年纪大了，都已先后去世了，但我还是很怀念他们的。

我还记得彭修炳同学的祖父叫彭登第，他是万泉河中游的一个重要渡口"铺仔朗"的老船工。几十年来，他头顶烈日，风里来雨里去，每天接送渡河的农民不计其数。我认识他时，他已是七八十岁的老人了。由于常年被风雨吹打、太阳暴晒，他的脸、手、脚和大腿的皮肤都是黝黑的，但他的精神是饱满的，身体很健康。他每天吃饭、睡觉都在船上。在白天或黑夜，只要有人喊"阿公呀过河（溪）啦！"，他就开船去接送客人，不计报酬，客人对他很满意。我看见有时候，有的农民（客人）看见船快要靠岸了，就说："阿公呀，我今天没钱给你了，以后再给啦！"我只听见老船工高兴地说："不用给钱了，走吧！"他这一辈子就当渡口的船工，不计报酬，老老实实地为老百姓服务，直到去世。他去世之后，就再也没有人像这位老人那样热心在铺仔朗渡口当船工了，渡口也被封闭了。此后当地人要渡河，就得走到很远的地方去。改革开放后，比较大的农村都办起了农贸市场，公路修到了农家门口，农民基本上都有车了，石龙大桥也修建了。农民就不来铺仔朗渡口过河了，它已成为历史古迹。

海南解放后，教育大发展，各乡村都办起高级小学，小学生都在自己的村子里上学，就不去南平高级小学了。因此，南平高级小学就停办了，完成了它的历史使命。

长坡炮楼

从我家往南面走，一公里多的地方，有一块很平坦、宽广的土地，叫长坡。在这长坡上，有一条弯弯曲曲、高低不平的人行道。往南，它直通南面坡老苏区；往北，它直通万泉河的铺仔朗渡口，过了渡口，就可直达石壁镇国民党的乡公所。长坡炮楼的全貌，我没见过，只见过被拆毁后的炮楼遗址。在遗址上，还遗留下一些残缺不全的砖头和水泥钢筋交结的砖块。其他完整的、好的砖头都被农民搬回家私用了。那时，我只有五六岁。因我的二姑母家在南面坡村，我常和妈妈到二姑母家探亲，必经过长坡炮楼旧址。

这座炮楼为什么被拆毁了呢？听大人说，在1938年年底，即日军占领海南前夕，老百姓害怕日军来了会驻军在这座炮楼里。如果这样，附近的老百姓就遭殃了，于是，有关人员便动员群众把炮楼拆毁了。为什么修建这座炮楼呢？听大人说，那是为了防"共"。20世纪20年代，以王文明为首的中国共产党组织在他的故乡益良、江南、阳江、提榜村和南面坡村等地相继成立。与此同时，海南第一个苏维埃政权也在那些地方成立了。那些地方叫红区。红区人民在中国共产党的领导下，进行土地革命，组织革命武装，打倒土豪、劣绅和地主，闹得热火朝天。但是，在我的家乡大村等地，是国民党的统治区，叫白区。这白区为了防共，便成立了村民武装组织，即民团，与共产党组织为敌。为了防共，国民党石壁镇反动政府就在长坡这地方建立了这座炮楼。反共民团就驻守在炮楼里，企图阻挡红区的人民群众和革命武装向白区人民群众进行革命宣传和开展革命运动。当时国民党的地方武装驻守在石壁，民团是协助国民党地方武装队伍防共的。长坡那地方，是南面坡等红区人民通往石壁镇国民党乡政府及其统治的白区的必经之地。据说，有一次，红区的农民武装攻击我家乡白区的民团武装，把他们驱赶到我家乡万泉河的对岸。他们就躲在沙滩茂密的水柳树下，不敢抬起头来。红色武装退回红区之后，他们才回到长坡炮楼里吃喝玩乐。据说，当年担任国民党民团团长的蔡某人，在海南解放后，被人民政府逮捕，送去劳动改造。

据我妈妈说，生活在南面坡村的二姑丈是共产党员，是土地革命时期农会的领导成员，是一位贫苦的农民。他忠厚、善良，以助人为乐。我爸爸去南洋后，他就上山砍伐木材，制作了许多木材农具送给我妈妈使用。他在解放前就病死了。解放初，他的大儿子姚会增被选为农会主席。正当他大有作为的时候，却不幸病死了。他的二儿子姚会端读海南琼台师范学校毕业后，当了小学校长。退休后，在家种橡胶和槟榔。如今，他的两个儿子都在政府部门就业，儿孙满堂，生活不赖。

古墓与旧铺仔

小时候，大人就告诉我，在离我家房屋很近的那个小山兜里，有一座古墓。这古墓是什么朝代的，迄今没人进行过考证。从我认识这古墓起，它已和地面一样平整了，说明它的年代久远，泥土已经流失，墓上面已露出了一些砖头。砖头是青色的，很坚硬，长方形，面积比今天人烧的砖略小，厚度与今天的中砖差不多。我胆子小，对这古墓总是有点畏惧，不敢接近它。墓的上面和周围，已长满低矮的各种各样的小杂树，掩盖着墓。如果不是本村的老人告知，谁都不会知道那里有一座古墓。好多年前，由于村人建房子要场地，便将古墓挖了。据挖墓人说，墓里没发现人体遗骸和其他的文物，只有砖头，说明人的骨头已腐朽，都变成泥土了。挖墓人又说，将这些砖头盖猪栏，养猪业就兴旺发达。后来我回去看时，用这砖头盖起来的猪栏，已破烂不堪，猪也没有了，但有些砖头还保留着。这座古墓的发现，说明我的村庄历史悠久。

  小时候，我在古墓附近玩，忽然发现在小山兜边缘的地上，有一块奇异的石头。我拿起来看，发现它是经过人工的摩擦，成为一把挖地的凿子。我拿给大人看，他们说，这是一把"雷公凿"，是雷公挖土用的。一听到是雷公的东西，我就有点害怕了，就把它丢到小山兜里了。后来，我有文化了，才懂得这可能是一把新石器时代的人类生产工具。可惜今天已无法找到它了。这石器的出土，说明我的村子在新石器时代已经有人类活动。近几年来的考古发现表明，在万泉河中下游沿岸的石壁镇、万泉镇和温泉镇等地区，都有大量新石器时代人类使用的生产工具石斧。这说明在新石器时代，人类已经开拓万泉河两岸了。

  在20世纪二三十年代，即日军占领我家乡之前，在万泉河中游的铺仔朗渡口南岸的道路两旁，大树底下，就开设有三间"铺仔"。一间是李姓的老公公开设的。我最初见到他时，他已是80多岁的老人了。他的脸上和嘴巴上下长满了胡子，最长的已吊到脖子下面。铺子不大，仅能容纳几个客人。铺子里出售的货物有糖果、饼干、花生、酒类和拜神用的"粗纸、金银、蜡烛和香"等。离李家老太公开办的铺仔约三四百米远的路边，就是中年人陈继儒和陈世春两位小商人各自开办的两间铺仔。两间铺仔距离很近，仅有十多米。陈继儒开办的铺仔，除了卖一些杂货外，主要是制作阴间人的衣物、纸箱之类出售，生意不错。陈世春开办的铺仔是一处赌场，专门为打骨牌和打麻将的赌博人提供方便，每天都有人在那里赌博。与此同时，陈世春的铺仔还设置了一张睡床，专为一位富豪提供吸鸦片烟的方便。这位富豪，估计有七八十岁左右，天天躺在床上，不停地吸鸦片烟。在他的床头台上点燃着一盏微弱的灯。他头高枕，侧身，面对台灯，手不停地把烟筒的嘴往灯火上点燃。他的嘴巴含着烟筒的吸管，不停地叽叽地吸。在那微弱的灯光下，他显现出皮包骨头的身躯，怪可怜的。这人没什么作为了。可见，英国的鸦片烟之毒，从清代一直毒害到民国，从城市一直毒害到农村，不知道毒害了多少中国人。从鸦片烟之毒，害人之广、之多、之深，可见英帝国主义者之毒！林则徐和海南定安县的张岳崧是朋友，他们共同禁烟，功在千秋。这位吸鸦片烟者为我邻村人，姓莫，日本鬼占领我家乡后，他被抓去砍了头。他的房屋也被日军命令老百姓拆毁了，然后木料和砖瓦都被搬运去修建日军的炮楼。

我的家乡有三间铺仔曾经为群众的生活提供了方便，可见，当时万泉河两岸的农村小商品经济是流通的，万泉河上的交通是方便的。万泉河造福于民。

万泉河上的木排

万泉河发源于五指山。河上游山岭很多，比如思河岭、团岭、加芭岭、黎母山、雷公岭、猪母岭和宝贝岭等。这些山岭都是原始森林，优质木材很多，比如油丹、绿南、竹叶松、青皮、母生和黑墨树等。这些木材可用于建房屋、架桥、造船和制作家具等。听老人说，因为海南的木材质量好，所以历代帝皇修建宫殿时，都要征调海南的优质木料运到北京。在旧社会，山林是自由砍伐的。黎、苗族同胞和一些居住在山区的汉族人，在旧社会里，其生产方式主要是刀耕火种，他们砍伐了很多山林，要地耕种"山兰稻"，生产粮食。被砍伐的木材干枯了，可作烧火的燃料。于是，很多穷苦的男青壮年就到山里收拾干枯的木材，然后抬到河边或用牛拖拉到河沟边，推进水中，扎绑成木排，顺水而下，运到城镇里出卖，就能赚到一笔钱了。

我小时候常到河里游泳或到河边游玩，经常看到河中有一条条长长的木排，顺水而下。木排上一般站着两个人：一个人站在木排的前头，一个人站在木排的后头。他们手持木杆，小心翼翼地驾驭着木排，使它朝着正确的方向向前流去。而有的木排只有一个人小心翼翼地操纵。放木排的人，有黎族和苗族人，也有汉族。放木排的时间，一般都在白天，因晚上看不见水路，木排容易撞击到露出水面的大石头上，被石头击破，从而木材就会失散，到处漂流，木排的主人就损失严重了。有时候在白天，我也看见，有长长的木排被急流冲击，撞到露出水面的大石头上，木排被折断，木材在水面上散开，被水冲走了，这可苦了放排人。他们只好下水去把分散了的一些木材拉拢在一起，重新扎绑。有的木材，他们来不及抢收，只好眼睁睁地看着被急流冲走，几个月的劳动就付之东流了。河水是无情的，在河岸上的一些人也是无情的，他们一看见漂流的木材，就跳到河里去捞到岸上，抬回家自用了。

在旧社会，我见过石壁镇和嘉积镇有几间木材商场（商店）。我印象最深刻的，有嘉积镇溪仔（码头）的何禹甸木材商场。这个木材商场很大。大部分从万泉河上游运下来的木材都被其收购了。至于石壁的木材商场我就记不起它们的名字了，只记得有一家的老板是姓吴的。我1950年建房屋时，曾到他那里去买了一条"绿南"木板做神台。但是，我不识货，买了一条质量不好的，结果过了三十多年之后这"绿南"木板就被虫蛀坏了。

在万泉河上漂流的木排，既有优质木材的木排，也有一般木材的木排。这其中也有烧火用的木材。万泉河两岸的村民，家里劳动力多的，每年都派人到河上游山区去收拾干枯的木材（多数是少数民族刀耕火种时被砍伐的木材），运到河边，扎绑成木排，顺水而下，运到自家的码头，然后抬回家，当燃料用。万泉河沿岸的村民，几乎每家每户都备有从山里收拾的烧火木材。

解放前，住在山区的居民，比如黎族和苗族等，他们很少水田，有的是山地、林地。他们在山地主要种植旱地作物，比如高粱、玉米、小米、番薯和旱地稻谷等。他们要种植农作物，改善生活，就要开垦山林，开辟耕地。每年冬季或初春时节，他们就大量砍伐树木，到了春耕时节，就放火烧山，然后清理耕地，进行春耕。到了秋天才收获。

解放后，万泉河里的木排逐渐减少了。因为人民政府对山林进行了管理，封山育林，不准随意砍伐山林，刀耕火种，破坏森林。这是一项利国利民的好措施，受到群众的拥护。

万泉河中游两岸的农贸集市

海南解放前，万泉河中游两岸一带的市镇，只有石壁和新市（龙江）。农民要买点柴米油盐，都要到石壁或龙江去买，很不方便。他们要进市镇买东西，就得花费半天时间。当时在乡村里，有个别中年的农民为了生活，就做挑货郎。他们早上进市镇进货（买一些糖果、盐、豆豉、咸鱼、熟虾和针线之类），中午时间,就挑着货物,走村穿巷,手摇铜铃,嘴巴里不停地叫喊:"卖咸鱼啰!""卖虾啰!""卖盐啰!""用鸡蛋替换食品啰!"因这时农民都在家里吃饭、休息,有空做买卖。农民有的拿现款买东西,有的拿鸡蛋和小货郎兑换盐、豆豉,有的用大米兑换咸鱼和咸虾。农忙时,有的货郎还挑着货物到田边和地头去做买卖,这就方便了农民群众。这样的生活方式,在我的乡下延续了漫长的时间。此外,还有一两间小小的铺仔,出卖一些酱油、香烟、煤油和火柴之类。

改革开放之后,城乡的经济有了很大的发展,工业品和农产品日益繁多,农民的生产与消费水平日益提高,市场上购销两旺。在这种情况下,农村自然形成的集市势不可挡。很多村庄在原有铺仔基础上,小商贩和一些经济条件好的农民在大队(村委会)的规划下,买地建起了很多商铺,逐渐形成了商业街。在街道两旁的商铺里,有卖柴米油盐、五金、日用百货、猪肉、鱼虾、蔬菜、饮料和医药品等的,各种商品,琳琅满目,应有尽有。现在农民购买日用品和农产品,可以做到足不出村。许多村民和大城市里的市民一样,早上起来,便去集市(土语叫"社")饮茶和购买东西。每天在茶店里饮茶的,有老人,也有青年人、中年人。他们利用饮茶的机会,交流思想,谈生产,谈生意,谈恋爱。在这样的农贸市场里,每天都有货车、客车和的士来回于县城之间,交通方便。像这样的农贸市场,几乎在万泉河中游两岸的每个村委会都有。比如,博文村委会就有博文社,蒙养村委会就有蒙养社等。这些"社"都有一条繁华的商业街,街道两边,都有一、二层楼的商店多间。每天从早到晚,都有商人和顾客在做买卖,尤其是上午,市场更为热闹。这是万泉河两岸以往从未出现的农村新景象。

万泉河两岸的居民

据《琼海县文物志》记载:"在新市、排岭出土的文物有石器和陶片两部分。石器有生产、生活用的工具石斧六件,石刀一件,以新市土吉尾发现最多。陶片为砂陶器,有碳砂红陶,也有点砂黑陶,以排岭坡发现最多,散布面积约4000平方米。经专家鉴定,新市、排岭两处为新石器时代晚期的山岗遗址。"又据《定安县文物志》记载,在靠近万泉河岸的中瑞、岭口一带,都发现了新石器。而我小时候在我家房子旁边的大树底下，曾拾到一把类似于新石器时期的石斧。我觉得那石头就像一把工具。当时，我不懂得它的珍贵，就没有把它收藏起来。后来，我有了文化知识之后，才知道它是块宝，但是，已无法找到了。以上地方所发现的新石器，都说明万泉河两岸在新石器时代就有人类在活动。又据一些史料记载，在汉族入住万泉河中下游两岸之前，黎族同胞早已开发了万泉河中下游两岸。那里是黎族同胞居住、劳动和生活的地方。自从秦汉统一岭南以后，汉人便逐渐移民来海南及其万泉河中下游两岸。这其中有当官者及其亲属，有从军者，有贬职者。尤其是秦汉以后，中原多战乱，很多平民百姓为躲避战乱，纷纷逃来海南及其万泉河两岸中下游平原地区定居。唐宋以后，海上丝绸之路更加畅通。海南沿海是海上丝绸之路必经之地，汉人来海南谋生者不断增加，其中有些人就在万泉河两岸定居。元明清期间，福建沿海地区的居民，又受妈祖文化和郑和下西洋的影响，纷纷向海外进行贸易和移民。这其中也有移民来万泉河中下游两岸的。可以说，万泉河中下游两岸的居民，基本上都是从大陆移民来的。

　　据我调查，如今居住在万泉河中下游两岸的村民，他们的祖先有不少是来自福建闽南地区的。但是，也有些村民说，他们的祖先是从广东南雄的珠矶巷迁来的，还有的是从珠江三角洲迁来的。他们之中，有人并不是直接迁移到万泉河两岸的，而是逐步从海南各地迁移来的。比如，我们村委会里的大村沟村莫氏（现有居民十多户），他们的祖先是从定安县县城附近的莫村迁来的。又如文客村的蔡氏（现有居民二十多户），他们的祖先是从琼山的遵谭迁移来的。又如万泉河边的王氏，据说，他们的祖先是从琼山迁移来的。他们是名人王居正的后代。滨滩村的朱氏是从琼山迁来的。从大陆移民到万泉河两岸的人，最早是居住在万泉河下游两岸，后来随着人口多了，土地少了，有些人就向河岸上游迁移。比如，我们村委会的铁铺村陈氏（现有十多户），他们的祖先是从万泉河下游的文曲地区迁移来的。我们村的祖先是从万泉河下游的南中村迁来的。我们村子边缘的何氏，是从嘉积镇不偏村迁移来的。由此看来，万泉河两岸的开发，最早是从下游两岸开始的，后来，逐步向中游和上游发展。至于两岸人民所讲的方言，属于闽南方言范畴。但是，闽南方言和海南方言在语音和语调方面还有很大的差异，这是长期以来，历史、地域和人群交往等原因所造成的。如今海南各地区的口音都有所区别，如海口口音、文昌口音、琼海口音、定安口音和万宁口音。各种方言在称呼方面也有所不同。比如文昌方言中,为了尊敬对方,在年龄差不多的情况下,对男人往往称"哥某",比如"哥福",这男人叫何君福;对女人称"姐某",比如"姐芳",这女人叫符丽芳。至于琼海方言则注重一个"阿"字,比如阿哥、阿妹等。但是,万泉河中下游两岸老百姓的方言口音基本上是相同的,这是由于本地域人民群众长期以来经常来往、交流。

民族的迁移和人口的流动是人类社会生活中的正常现象。这是因为生活条件、环境条件在不断地变化或限制时,人们必须迁移才能继续生存和发展。这是社会发展的规律。万泉河两岸的群众,历代都在迁移。过去是这样,今天是这样,以后还是这样。今天在全国各地,在东南亚各地,甚至在世界各地,都有来自万泉河两岸的人。有人说,凡是有海的地方,就有海南人,就有万泉河两岸的人。

万泉河两岸的种植业

万泉河两岸的种植业,其品种很多:粮食方面,有水稻、山兰稻、小米、玉米、花生、高粱、粟米(土语叫"粟足",过去在河两岸种了很多,现在已不见了)、番薯、甜薯、大薯等;经济作物方面,有椰子、槟榔、橡胶、胡椒、烟草、茶叶、咖啡、可可、黄麻、蚕桑和南药等;蔬菜方面,有白菜、韭菜、芹菜、椰菜、菜心、冬瓜、南瓜、木瓜、水瓜、苦瓜、丝瓜、葫芦瓜和萝卜等;水果方面,有西瓜、菠萝、菠萝蜜、荔枝、人参果、龙眼、柠檬、芒果、榴莲、石榴、杨桃和柑橘等。据记载,番薯、玉米是16世纪初通过海上丝绸之路从美洲引进来的。番茄、西洋菜、生菜、菠菜、番瓜、荷兰豆、椰菜花、洋葱、南瓜、苦瓜、木瓜、菠萝、菠萝蜜、番石榴、马铃薯等,也是在明代通过海上丝绸之路从国外引进,在万泉河两岸开花结果的。过去,我家乡的农民在自己的土地上种得最多的是荔枝、龙眼、菠萝蜜和菠萝等。万泉河两岸土地肥沃,气候温和,雨水充足,很适合农作物生长。比如,汉代初年,汉人第一次踏进骆越人的居住地万泉河岸时,看见"男子耕农,种稻禾、苎麻,女子蚕桑织绩"的一派好风光。这说明,万泉河两岸的农业生产在汉代已相当发达。

万泉河两岸是海南的主粮与杂粮主要产区之一,粮食充足。从古以来,外地人纷至沓来，不断向那里移民。在古代，外来经济作物品种传入万泉河两岸之前，农民主要生产主粮与杂粮，以维持自己的生存。后来，海外的经济作物品种逐步传入万泉河两岸，农民的种植业就多样化了，农民的收入和生活水平也逐步提高了。

据记载，最早传入海南及其万泉河两岸的经济作物是椰子树，始于汉代，由菲律宾传入。清代李调元的《南越笔记》记载了这样的故事：汉代，赵飞燕被汉成帝立为皇后之后，她的妹妹送给赵飞燕一张凉席。这凉席是用椰子叶编织的，赠送者希望赵飞燕能像椰子树那样多生贵子。在汉代，椰子树在海南还是不多见的。到了唐代以后，椰子树树苗便由海南人从南洋群岛大规模引种海南岛及其万泉河两岸。从此，万泉河两岸的椰子树种植业便不断地向前发展。万泉河两岸的气候和土壤很适合椰子树的生长。从古至今，农民都习惯在田边地头、河边、水沟边和村庄周围种植椰子树。农民为什么会在这些地方种植椰子树呢？因为在这些地方种植，既不占用耕地，又起到美化环境、保护环境、保持水土和防台风的作用。农民称之为"绿色长城"。椰子树很受农民的欢迎，因为它全身都是宝。椰子既可当水果吃，又可和别的食品一起加工，提高品位，更加好吃。比如，我家乡农民常吃的椰子加工食品有椰子粿、椰子饭、椰子番薯饭和用椰子丝炒的菜等。所以农民说，椰子的性格、品德很好，它能和各种食物融合在一起，使得别的食品更加美味可口。椰子还能榨取椰子油。农民在困难时期，就拿椰子来榨油，以解决食用油问题。据2006年11月中央电视台中文国际频道报道，澳大利亚有一位医生，卖掉了他的诊所，专门研究用椰子油作为燃料驾驶的轮船，获得成功。椰丝是工业原料，可制成各种椰丝产品。椰壳可榨取油，其油能治皮肤病。枯干了的椰子叶可当柴烧。经过几十年风吹雨打的、坚硬的椰子树树干，可作屋梁和桥梁（日军占领海南时曾用椰子树树干搭桥梁）。在旧社会，穷苦的农民几乎都用坚硬的椰子树树干来盖房子。好的椰子树树干屋梁可耐用百年以上。由于我的祖先穷，没钱买高品质的木料建房子，因此，建房子用的木梁都来自自家种的椰子树。由于旧房子坏了，而且家里穷，1950年，我在父母的帮助下，重建了一间简陋的房屋，其客厅的屋梁全是用祖先种的椰子树的树干。2005年，我将旧屋拆毁，重建新屋，发现拆卸下来的椰子树树干大部分还完好。椰子树是一种很容易种植的植物，只要把椰子树树苗种下，不用施肥和除草，经过十年八年，就可开花结果。椰子树每年春天开花结果,夏天和秋天就可收获椰子。椰子树的寿命很长,能活一百年以上。它能顶天立地、坚强不屈地同台风、暴风雨和旱灾搏斗,生命顽强。

椰子树是一种经济作物,它有很多用途,能为农民创造财富。改革开放后,海南成立了很多椰子加工厂,生产各种各样的椰子产品,不断供应国内外市场。

橡胶树是一种很好的经济作物。它是由生长在万泉河边的华侨何麟书(原名何世阁,1862—1934)先生从马来西亚移植到万泉河岸的。何先生年轻时,到马来西亚当橡胶工人。他看到马来西亚的气候、土壤、阳光和雨量同海南岛差不多,心想:橡胶树能生长在马来西亚,也一定能生长在海南岛。于是,他在1906年,便从马来西亚带回来4000多株橡胶种苗,在万泉河上游(定安水)的落河沟,开辟了一块250亩的农场种下,成活3200株。这农场名叫"琼安橡胶园"(在今东太农场境内),是海南以及全国第一个橡胶园。1915年开始割橡胶,当年收获500斤,1916年收获1100斤,1917年收获1800斤,1918年收获3000斤。这些橡胶产品,都运到新加坡出售。

在何麟书的带领下,从1908年开始,许多华侨纷至沓来,到万泉河两岸组织各种实业开发公司,开辟橡胶园。比如,1910年,华侨黎会通建立了"青湾坡园",何运奇创办了"永华公司",韦泮乡创办了"南兴公司";1915年,蒙辉忠创办了"合盛公司",卢修慈和卢宏耀在加捞头园(今属琼海市会山)创办了"茂林公司";1917年,王以龙创办了"益利公司";1918年,崔登民创办了"南合公司";1927年,王云山等人成立了"新南兴公司";1928年,张永振和王天发创办了"南发公司"和"南盛公司";1929年和1930年,崔登民和余大良先后成立了"南安公司"和"琼南公司";1938年,蔡俊德和梁光南在会山的毛野园开垦橡胶园,等等。这些华侨都以公司的名义,从事橡胶种植业。据1938年统计,华侨在今琼海市境内的万泉河岸创办的橡胶种植公司有12家。在华侨的影响下,海南的商民也成立了石壁市(旧时称小镇为市)之"南兴公司"、加赖园之"茂兴公司"、铁炉港"三农发利公司"等39家企业,都从事橡胶种植业(参考王路生《琼海华侨史》)。由此可见,1938年以前,我们的华侨和本地商民,都热心于在万泉河岸发展橡胶种植业,以繁荣经济。但是,1939年年初,日军占领了万泉河两岸之后,当地橡胶种植业受到了严重破坏。最早成立的琼安橡胶园受日军的破坏最严重,现在这里只剩下一千多棵橡胶树。园中最大的橡胶树,其径围2.4米,高约30米,如今,它还能年产干胶40公斤以上，比一般的橡胶树单株产量高六倍多（见《海南文史资料》）。后来，这个橡胶园为发展海南、广东、广西和云南的橡胶种植业提供种子。1939年年初，日军占领我的家乡时，我们村的人逃到我们家附近一个叫"椰子园"的地方，在那里也有一片橡胶园。我们就在那些橡胶树底下过了一夜。几十年来，万泉河两岸的橡胶树，为国家的工业化做出了很大的贡献，也为当地群众增加了收入。

经济作物槟榔是热带常绿乔木。它像椰子树一样，遍布万泉河两岸。它像椰子树一样，笔直无树枝，亭亭玉立，腰身窈窕，仪态秀丽。槟榔原产于南洋群岛，传入我国海南岛等地已有近两千年的历史。西晋左思的《吴都赋》有"槟榔无柯，椰叶无阴"的描写。《南史》记述了刘宋王朝南北朝末年，宋朝开国元勋刘穆之年轻时到他妻子哥哥家求食槟榔受侮辱的历史故事，说明中国在一千多年前已有槟榔。槟榔不但富有热带情趣的观赏价值，而且有很高的食用价值。宋朝周去非的《岭外代答》记述："自福建下四川与广东、西路，皆食槟榔者。客至不设茶，惟以槟榔为礼。"这说明，中国南方的人很早就有食槟榔的习俗。据历史记载，广东（旧时包含海南）民间有吃槟榔的习俗，有关于吃槟榔的童谣，在珠江三角洲的市场有槟榔专卖店，珠江三角洲和海南（包含万泉河两岸）的群众吃槟榔和以槟榔来作礼物很普遍。但是，现在在珠江三角洲地区已经很少看见吃槟榔的人了。而在海南一些地区，我还是看见有少数人在吃槟榔。至于在湖南以及海南的黎族与苗族聚居地，吃槟榔的人就更多了。槟榔"以'扶留叶'（俗名）合蚌灰同嚼之，可辟瘴疠，去胸中恶气"（《本草纲目》）。槟榔之所以能治病，是因为其果仁含有丰富的槟榔碱、槟榔素。这些物质能散瘴气、驱蛔虫、助消化、防龋齿、消水肿、祛痰，等等。槟榔不仅可作药用，而且它的果实可做牙膏、染料，它的树干可做梁柱、家具、燃料，它的果皮纤维可织地毯。总之，它和椰子树一样，全身都是宝。

目前在中国，槟榔的生产还是以海南为多，尤其是万泉河两岸最著名，因为这里的土地和气候最适合槟榔生长。我的祖先也种槟榔，从我记事起，我家的槟榔树在地头、村边、屋旁，亭亭玉立，已有二三十米高，每年阳春三四月间，槟榔开花季节，到处是槟榔树的花飘香，我闻到这花香，感到心旷神怡。到了秋季，槟榔果青黄了，人们就来摘槟榔了。

自古以来，万泉河两岸的老百姓就有种槟榔的传统。但是，从1950年到

1980年，在万泉河两岸，我很少看见农民种槟榔。那是因为农村的各种政策不稳定。改革开放后，尤其是1980年以后，我发现，万泉河两岸，尤其是中上游两岸，种槟榔的人越来越多，几乎家家户户都种槟榔。在我家乡的田头村边，凡是空旷的地皮都种上了槟榔，连我七八十岁的父母亲都亲自种槟榔。

改革开放之后，槟榔的销路好了，经济效益高，并且槟榔容易种，好管理，种了几年之后，就能坐享其成。2005年秋冬季，我在家乡的各个村庄都转了一遍，看见几乎每个村庄的村边、大树底下，都有槟榔果子加工棚。每当棚里升起浓浓的白烟，便是农民个体户在烤槟榔果子。他们收购回来的槟榔青果经过挑选、烤干等工序之后才能出售。这使我想起童年时，在我们大村范围内，只有船湾村的陈福海一家烤槟榔干，做槟榔生意。七十年后的今天，我们家乡的槟榔生产发展很快。近年来，在我的家乡，出现了一批搞槟榔生意的农民个体户，他们的生意搞得红红火火。有的农民个体户做槟榔生意发了财，因此盖了大洋楼，购买了好汽车，用汽车运输槟榔，还雇用工人。这些农民个体户生活越过越好。2022年，一乡亲来信告诉我，当年槟榔的价格从原来的几块钱一斤升到20多块钱一斤。农民的收入增多了。但是，吃槟榔容易成瘾，损害健康，因此不宜多吃。

据王路生的《琼海华侨史》介绍，胡椒是20世纪40年代由万泉河岸温泉乡的华侨王裕文从海外移植在万泉河两岸的。他是万泉河两岸种植胡椒的第一人。王裕文的胡椒种子后来遍地开花，种遍了海南岛，甚至传到大陆各地。改革开放后，万泉河两岸掀起种植胡椒的热潮。在我的家乡，几乎每家每户都种植胡椒，胡椒给农民带来了经济效益。但是，后来胡椒的价格下降，于是许多农民没有再种胡椒，改种槟榔或橡胶了。

20世纪30年代，在我的村子里，黎汝昌公的横屋后面，有几棵咖啡树，硕果累累，那是昌公种的。据王路生的《琼海华侨史》介绍，咖啡树是何麟书先生于1906年从马来西亚移植在万泉河岸的琼安橡胶园的。这橡胶园离我家不远，黎汝昌公的咖啡树种子可能是从琼安橡胶园移植过来的。后来，我发现万泉河岸的一些村庄都零零星星种了一些咖啡树。而大规模种植咖啡树的地方，还要数解放后成立的一些国有农场，比如，兴隆华侨农场等。

20世纪三四十年代，每到春末夏初，我中午放牛到河里去游水时，常常看到远方河边的高山上，比如黎母山和赤面岭等，燃烧起熊熊大火。原来是黎族和苗族在烧山，因为他们仍然过着刀耕火种的生活。一般每年到了冬季，黎族和苗族同胞就砍伐山林，到了春播时间，就放火烧山。火烧过后，他们就清理场地，点种"山兰"稻。黎族和苗族同胞在解放前吃的主要是"山兰"稻米、番薯、玉米、高粱和山薯（淮山）等。解放后，政府实施封山育林，刀耕火种被逐步禁止和废除了。

抗日战争时期，由于市场上没有香烟卖，万泉河两岸抽烟的人普遍种烟叶，且能做到自给自足。解放后，市场上有香烟卖了，种烟叶的人就少了。在战争年代，万泉河两岸的农民买不到棉纱，他们就种黄麻，用黄麻的丝代替棉纱织布。抗战胜利后，市场上能买到棉纱了，种黄麻的人就几乎没有了。

我小时候，看见六七十岁的老太婆，她们是从清朝过来的，所以裹过足，她们的脚既尖又短。她们在河岸种蚕桑，养蚕，抽蚕丝，织布。但是，那一代老太婆过世之后，就没有人种蚕桑了。

如今，万泉河两岸经济发展比较快，市场繁荣昌盛，农民只要有钱就可以买到粮食。与此同时，大城市人口不断增多，需要大量的蔬菜供应，于是，万泉河两岸的农民就把种水稻的田改种瓜菜，比如种冬瓜、节瓜和苦瓜等，三个月左右就能收成。种瓜菜的经济效益比种水稻好。在我的家乡，有些农民在稻田里，只是早造种瓜菜，而晚造还是种水稻。这种耕作方法，既有经济收入，又不缺粮食。

外国宗教传入万泉河两岸

英国于光绪二十九年（1903），美国于1911年，先后在海口设领事馆，国外的基督教会，便先后在嘉积、文昌、定安等地设立教堂，宣扬基基督教美国教会的基督教堂建于1920年，位于今琼海市嘉积镇北门北帝庙之旁，占地500平方米。

佛教产生于公元前五六世纪的古代印度，至今已有2500多年的历史。佛教在西汉末、东汉初传入中国。东汉末年以后，佛教经典被大量介绍到中国，影响深远。特别是魏晋南北朝时期，社会动荡，战争连绵，人民生活极端痛苦，容易接受佛教"不修今世修来世"的宣传，这为佛教的传播提供了方便。自魏晋南北朝起，历代中原人民也因为战乱，不断地移民来海南。他们既带来中原的汉文化,也带来佛教文化。据专家考证,佛教于唐初已从海外传入海南,但在魏晋南北朝时期,也从中原地区传入海南。佛教对海南的影响最深远时期,是在元、明时代。文化学者、旅居台湾的乐会人陈万福先生说,佛教在海南的影响扩大是在元代。《琼海县文物志》说:"明隆庆年间知县刘淑鳌在这里(指汀洲,笔录者注)设(烟墩),后建文峰塔。塔因年久失修而圮毁。清咸丰二年(1853)乐邑侯庞炳垫重修此塔。塔分为七层,高21米,呈八角形,周长12米。塔身每层都有螺旋式阶梯,直通塔顶。塔每层八面,面面窗户。塔正门上方题有'汀洲塔'三大字。汀洲塔于1958年被拆毁,现仅存旧址。"

这座"塔"拔地而起,意味着佛教传入万泉河两岸。海南的很多县市在明代都建佛塔,如海口、临高、定安、文昌、澄迈、儋州、三亚和万宁等地。因为只有佛教传播的地方才建佛塔,亦称宝塔,是佛教的象征。至于其他宗教,是很少建塔的。在佛教传入中国之前,中国的大地上并没有"塔",在中国的字典里也没有"塔"字。当梵文的 Stupa 与巴利文 Thupo 传入中国时,曾被音译为"塔婆""佛图""浮图""浮屠"等。直到隋唐,人们才创造了"塔"字。佛塔遍布于中国东西南北,它们用料精良,结构巧妙,技术高超,类型丰富,是古代高层建筑的代表。中国有五大塔林,各具特色:一是五台山塔林,位于山西五台县佛光寺东山腰和西北塔坪里。唐代始建,现存古塔七座,其中四座为唐代墓塔,形制特别,古老质朴。二是少林寺塔林,在河南登封嵩山西麓五乳峰下。塔林共有唐、宋、元、明、清各朝代的砖石塔2209座,为中国现存最大的塔林,塔的高度均在15米左右。三是灵岩寺塔林,坐落于山东省长清县方山的山坡上。共有墓塔167座,墓碑300多幢,碑文题记很多。四是青铜峡塔林。在宁夏青铜峡峡口黄河西岸一个陡峭的山坡上,背山临水,共108座。该塔林建筑奇异,是中国独一无二的大型白塔林。五是飞龙山白塔林,在云南景洪市勐龙镇曼飞龙村后的山上,是小乘佛教建筑。该塔林始建于开禧二年565年(1206),塔林由大小九座白塔组成。我列举这么多塔,是为了说明佛教早就传入了中国的东西南北。

在琼海市嘉积镇不偏村溪边有一"联魁塔",始建于明隆庆年间。"当时,不偏村文人多,举人何日丁祖孙三代联魁举贡,因此乡人建塔,冠以'联魁'之名。往后,此塔年久失修而圮毁。清咸丰年间,不偏村有'半榜功名'之美誉,乡人重建'联魁塔',以鼓励后代联魁及第,继往开来。"(《琼海县文物志》）该塔于1958年被拆除。万泉河南岸的白石岭上有一佛寺，建于明崇祯六年（1633）。有老衲海净，编茅建屋于山上，主持佛事，但上山求神拜佛的人极少。后来，和尚走了，寺庙也圮毁了。清康熙元年（1662），乐会知县潘汝奇集资建寺庙于山顶石壁边，和尚明海等主持寺庙事。琼海市塔洋镇也有一座古塔，叫聚奎塔，建于明万历三十三年（1605），由会同知县卢章创建。卢章是因为梦见"奎塔插天连甲第"才建了聚奎塔。塔成之后，相继举乡荐者三人。这座古塔迄今还保留着。以上几个佛教建筑例子说明，明代在万泉河一带，在上层人士中还是有人信佛教的。但后来佛教对万泉河两岸的影响力并不大，信佛教的人不多。

  道教是中国固有的宗教，它的渊源可追溯到古代的巫术和战国时期的神仙方术。万泉河两岸的老百姓主要信仰道教。这里要注意道家学派与道教的区别。道家学派的"道"是指大自然及其变化规律，或是指观念性的本体；而道教的"道"为神仙之道，就是神和神的意志。道又是术，包括道术和法术，道又是权。道家学派是在战国时代"百家争鸣"的条件下产生的一个思想和学术派别，而道教则是在汉初出现的。"道教起自民间，其直接思想原料是神仙方术和其他民间迷信，而非道家学说。道家学和道教性质不同。前者作为思想派别，它以学说争鸣，以学术授徒。道教则是一种布道的宗教组织，它有号召力很强的教主，有严密的组织，有完备的仪式，以神道设教、宣传教义、吸收教徒。"[①] 中国的道教历史悠久。有历史记载，中国的道教是在祭祖先的基础上发展起来的，所以道教与祭祖先是密不可分的。这与前面《中华文化辞典》所讲的"道教起自民间"的观点是一致的。据我了解，万泉河两岸的许多老百姓都是非常重视祭祖先的。比如在过大年、清明节、端午节、中元节（土语叫"七月半"）、冬至等传统节日，万泉河两岸的很多老百姓都拜祭祖先。所以，可以说他们都是信道教的。当然，儒家也主张"崇先报本，尊祖敬宗"。儒、道都是中国本土的信仰，而且，自古以来，两者都是有联系的。

  自从博鳌承办"亚洲论坛"之后，国内外的一些著名企业家为了弘扬中华优秀传统文化和佛教文化，增加博鳌的亮丽风景和提高博鳌的亚洲旅游文化品位，便在博鳌修建了一座博鳌禅寺，并在禅寺中建造了一座佛塔。这说明佛教

---

① 参见丁守和《中华文化辞典》，广东人民出版社1989年版，第88页。

又进一步在万泉河两岸传播。在万泉河两岸，佛教、道教都受到群众欢迎。有一些宗教活动，佛教、道教两者是结合在一起的。

家乡的医疗卫生与人的寿命

在旧社会，在我家乡万泉河两岸是缺医少药的。穷人病了无钱请医生与买药治疗，只好听天由命了。比如，我的祖父31岁就病死了，我的祖母30岁时也病死了。有的人虽然有点钱能请医吃药，但是也请不到良医、吃不到好药，只能躺在床上，叫苦连天，等死。我村里的黎汝昌老公公，患了肚子痛，无医无药治疗，只能整天坐着和躺着忍痛等死。这样的病人，我在小时候都亲眼看见过不少。

从我懂事起，我就看见石壁镇和龙江镇有中药店，店里只有一两位中医生为病人治病。但是这些医生多数都是自学成才，没受过专门的中医学教育的。他们的医术不是很高，不能治好很严重的病人。另外，农村里还有一种迷信，家里的人病了不是请医生看病吃药，而是去求神拜佛。结果是花了钱，丧了命。我从家谱和族谱上看到，在旧社会，我们村子的先人都是短命的。其原因是全村的人都很穷，无钱治病，即使有钱，也请不到良医治病。在村子里，有的婴幼儿早早就夭折了。像我的妹妹刚出生几天，就停止了呼吸。那是村子里的接生婆（据说，旧社会每个村子里都有接生婆）不注意卫生造成的。有的人在童年或青年时就去世了。这都是旧社会缺医少药造成的。抗日战争年代，为了躲避日军偷袭，我天天夜间都睡在山林里，被蚊子叮，得了疟疾，我妈妈多次请乡村的中医生为我治病，吃中药，但是药不对症，病久医不好。当我考上中学后，校医（西医）给我西药吃，只吃一两次，我的疟疾就根治了。这说明对症下药是何等的重要！

解放后，万泉河两岸的医疗卫生事业有了很大的改善，人们的寿命在不断地延长。我的父亲活到89岁，我的母亲活到99岁。如今，这里八九十岁甚至百岁老人很多。居住在万泉河两岸的人为什么长寿呢？这是值得思考的问题。我认为，他们之所以长寿，有以下几个原因。

第一，国泰民安。新中国成立后，我们的国家不断地强大，国际地位日益提高，过去列强侵略中国的时代已一去不复返。如今，国泰民安，社会和谐，宗族、家庭和睦，人民过着安居乐业的日子。人民群众步入小康社会，有吃的，有穿的，有钱花，病了有良医和好药治疗，心里安安乐乐的。

第二，居住环境优美、清静。人民群众注意保护环境、生态平衡，住宅周围绿树环抱，村外绿野平川，清风凉爽，空气新鲜。

第三，食物新鲜、清洁、卫生，不受污染。他们吃的主粮、杂粮、蔬菜和水果等，都是干净、新鲜和卫生的。而且，他们的食物以素菜为主，肉类为副。据我了解，那些长寿的老人，像我近百岁的母亲，都是以素食为主，比如大米、番薯、甜薯、大薯、蔬菜和椰子等，至于肉类，她只是过年过节才吃一点。万泉河两岸人民，同饮来自万泉河的自来水。这种自来水，是经过一口很深的沙井，又通过钢管，把井底下的、经泥沙过滤的水抽出，经过消毒后，才输送到各家各户的，所以这种自来水比较干净。

第四，住宅宽敞、高大（一般高一丈三尺七寸，宽二丈一尺六寸），门窗多，空气流通，采光和卫生条件好。建材用高级木材，比如海南产的"油丹"、竹叶松等，有的是进口的高级红木，如"黑盐"（土语）等；砖是青砖，屋子里地板铺垫陶瓷砖，墙壁贴陶瓷片；家具是红木制造。这些建筑材料和家具对人体健康影响不大。这些房屋具有防台风和防地震的能力。万泉河两岸农民的住宅，居住条件在海南乃至在全国都是一流的。国家有关部门曾在万泉河边龙江镇中洞村委会的双举岭村开过现场推广会，推广双举岭村的住宅建设和生态环保经验。

第五，终年劳动，锻炼出结实的身体。农民通过劳动生产出农产品，也增强了体质。只有好的体质，才能延长生命。

第六，医疗卫生事业发展迅速。如今农村有了合作医疗，城镇有了医院，且中西医结合，医学院培养了不少医生，充实了农村医疗队伍。农民小病不出村，大病去乡镇医院医治，或去大医院医治。

第七，睡眠好。农民吃完晚饭后，稍为休息一下就睡觉了，他们有充足的睡眠时间，这对健康有好处。如今，虽然农民也会看电视，但是，他们看电视的时间并不长，能保证有充足的睡眠时间。

家乡的文化教育

自古以来，万泉河两岸的人民群众都很重视文化教育，尽管老百姓尽管很穷，但都想让自己的孩子上学念书。

在我的记忆中，20世纪三四十年代，国民党政府在农村是不兴办学校教育的，农民只好自己兴办起学校教育。他们请农村德高望重的人组成学校董事会，利用农村中的祠堂来做课室。比如，蒙养村的高级小学，是设在程氏祠堂里的；下朗村的小学，是分别设在王氏祠堂和符氏祠堂里的；山口村的小学，是设在吴氏大宗祠里的；大村的小学，是设在大村岭的陈氏祠堂里；举埇村的小学，也是设在当地的陈氏祠堂里的，等等。农民集资来购置学生的写书台和座椅，聘请乡村中有文化、有道德的人来任教员，学费由家长负担。这样，基本上做到小的自然村能联合创办一间小学低年级班，学生能就近上学，适龄儿童都有书读。比较大的自然村，还创办小学高年级班，叫"高小"，比如，蒙养村和坎下村比较大，就办了一间高级小学。至于教材，则由老师自己编写。上课时，由老师将教材写在黑板上，学生就将黑板上的文字抄写在自己的本子上，当作课本。

离我们村两三公里的蒙养村程氏祠堂里有间"高小"，这学校是万泉河中游农村的"最高学府"了。在这高小里教书的是一位具有很高学历的、80多岁的老教师。他姓蔡，坎下村人，是一位清朝末年的举人。日军占领我家乡后，这学校便解散了。

大概1948年，我家乡的南平村创建了一座两层楼（四间课室）的高级小学，叫作定安县石壁乡南平小学，设五年级和六年级各两个班。这学校建在万泉河中游南岸上，两岸农村的学生都可以来读。在海南解放前夕，国共两党的武装在农村城镇经常激战，炮火连天，因此学校有时停、有时办。在战争的年代里，有的青年人也难以安心读书！在学校里，年纪大一点的青年，受了共产党的教育和影响，就到五指山山区，进入共产党创办的"琼公学校"学习。这学校的学生大都参加了共产党的部队，参加了海南的解放战争。

解放后，万泉河中下游两岸的乡镇都办了高级小学，学生上学就很方便了。党和政府主管教育，重视教育。从农村到城镇，所有的学校都由教育部门主管。

从校舍的建设到校长的任命和教师的分配,都由党政有关部门负责。做到每个大队(村民委员会)都有公办的小学(初小与高小),两岸的城镇都创办了初级中学,大大地便利了农民的子弟上学。

万泉河两岸的学校,先后为海南、为国家培养了大批人才,他们为海南和国家的革命事业和建设事业做出了巨大贡献。比如,革命先烈王文明同志就是从万泉河岸的学校里走出去的。据说,王文明的父亲就是一位小学的老师,王文明去海口市读中学,乃至到上海读大学期间,他都大力支持。王文明在革命的征途上,也受到他父亲的鼓励。王文明从广州回到了万泉河边,创建了中国共产党在琼崖的组织,组建了琼崖工农红军,开展武装斗争,建立了琼崖第一个苏维埃政权。他举起革命的火把,照亮了海南人民革命的道路。在他的领导下,海南的革命从胜利走向胜利。中国人民解放军高级将领周士第将军、外交部原副部长何英,也是从万泉河边的学校里走出的。在中国历代的各行业人才中,来自万泉河岸的学生举不胜举。

虽然万泉河两岸的老百姓很重视教育,但是在旧社会,大部分老百姓很穷,他们的子弟到了上学的年龄,有的虽然上学了,但是上到小学一二年级就休学了,因为交不起学费。不少农民子弟最多也只能读到小学初级班,能够读到小学高级班的不多,能够到县城读中学的就更少了。而能够到县城读中学的学生,其家境是一定很好的了。所以在旧社会,万泉河两岸老百姓的文化水平还是很低的,还是处于文盲或半文盲的程度。比如我妈妈就是个文盲,我爸爸是个半文盲。由于受当时重男轻女思想的影响,女孩子更是没有读书的机会,基本上是文盲。只有在解放后,重男轻女思想破除,女孩子才有机会读书。

万泉河两岸的老百姓很纯朴、诚实和讲文明。他们爱国家,爱家乡,遵纪守法,礼貌待客,勤俭节约,爱护环境生态,讲究卫生。所以,万泉河两岸是青山绿水,万泉河的水是清澈见底的,村庄是漂亮的,环境是优美的,空气是清新的,人是可亲可敬的。两岸有不少村庄被国家、省和市评为文明生态村。

万泉河两岸的庙宇

万泉河两岸,自唐宋以来,尤其是明清时期,经济文化比较发达。随着经济文化的发展,人民群众的宗教意识也在增强。汉族聚居地多数群众信仰道教、儒教、佛教和天主教等，少数民族则有少数民族自己的宗教。在汉族群众的家里主要祭祀祖先，崇拜神灵。大的乡村有神庙，香火不断。这些庙宇大都建于唐宋以后，尤其是明清时期。比如，琼海市万泉镇的多河（万泉河）"中水庙"，始建于明代，扩建于现代。关于修建中水庙的起因，有以下的记载："元朝中叶皇太子图帖睦尔曾被英宗放逐于此地，绅士王官礼遇太子。常陪太子泛舟多河，游览观景。还为之出三百金，以聘青梅，许配太子。太子有感吟诗曰：'自笑当年志气豪，手攀银杏弄金桃。滇南谁说无佳果，问着青梅价也高。'公元1324年，太子被召回京，王官率百姓于此地（指万泉河的中水码头）热情欢送，齐呼'太子万全，一路万全！'王官等人站在码头，望着太子的船远去。船顺水而下，从万泉河口出大海，朝中国大陆驶去。"（无名氏《中水庙记》）

当地老百姓为纪念王官的"忠义"功德，自愿募捐建此庙，供奉王官，并在庙堂的前面修码头，命名"文宗渡口"。老百姓"愿天常生好人，愿人常作好事"，当地人信奉朝拜王官者甚多。每年三月必选吉日举行庙会，"上刀山过火海"，与中水王官侯王欢度平安夜。

"为感怀皇恩浩荡，符德壮先生暨男史光、史照、女儿符娟、女婿梁定法，偕潘力铭先生慷慨解囊"，于2001年，在中水庙前面修建了一座"怀宗亭"。其《怀宗亭序》曰："文宗已去，音容犹存。百姓殷殷，河水悠悠。自文宗帝赐'万泉河'名起，其河名气香远，其民共享其福。"中水庙就在河岸上，庙宇下面就是"文宗渡口"。

我于2005年农历二月初十日到中水庙参观，受到该庙管理人员卢家祥、杜家仲先生等人的接待。他们正为王官侯王的"神车"整装待发，准备去加文村参加庙会。杜先生告诉我们，中水庙的"军坡"节是在农历二月十五日。这个军坡节，包含了万泉镇在内，非常热闹。

南堀庙是万泉河下游两岸最大的和最早建造的庙宇之一，建庙可追溯到明末清初。据《南堀庙十一会文化》记载，"南堀庙地区山水毓秀，人杰地灵，历史文化源远流长。早在元朝皇庆年间，各氏族祖先即在此定居生活，至今已有七百年的历史。先贤为了安居乐业祈平安，成立庙会，建造庙宇，薪火代代相传"，"先贤在此建造庙宇，把历史英雄和杰出人物奉为济世救民的神明，祈祷本埠平安祥和，风调雨顺"。

京坡庙在中原镇排塘区的京坡村。这里的庙宇有两座并列在一起。庙里面供奉文武官神位，包括孔子、关公、冼夫人、妈祖等。在婆祖庙里，有歌颂冼夫人的对联："南北东西服，天涯海角归。"这对联高度评价了冼夫人做出的杰出贡献，受到岭南地区广大群众的拥护与归顺。在天后庙里，有歌颂妈祖的对联："天心嘉雨露，厚德布慈云。"这对联歌颂妈祖真心救人，造福群众，功德无量。孔子与关公庙的门联："文圣君帝阁，武贤臣将庙。"这对联说明，孔子有教无类，开启中国的教育大业，关公见义勇为，弘扬正气，所以民众为他们立庙，传承与弘扬中华优秀文化。庙后面是万泉河，庙门口有几棵大树，庙前面是一片田地。这两座庙建于清代乾隆年间。这里的军坡节期是农历五月十五日。

田埇村冼夫人庙，在博鳌区，建于清代。一年有两次"军坡"：一次在农历五月初四日，一次在农历七月十五日。"军坡"时，除了博鳌、朝阳、上埇、福田等地的群众来参加外，还有万宁、定安和文昌等地的游客。"军坡"期间，除了进行商品交易外，还进行划龙舟比赛和演戏。

青塘冼夫人庙，在九曲江区，建于清光绪元年，岁次乙亥。"军坡"期为农历六月十四日，地点在中原镇。活动的内容和其他地方差不多。但是，这场"军坡"可能是琼海市规模最大的、游客最多的。近年来，青塘庙宇在新加坡等地华侨的资助下，进行了整修与扩建，甚为古色古香与壮观。

南正庙宇，在龙江镇南正村，坐南向北（面对万泉河），建于清代。"军坡"期在农历二月十五日（参加龙江镇军坡节）。据说，蓝山村村民主要供奉土地公，每逢正月十五元宵节，蓝山村家家户户都祭祀土地公，并且举办彩色灯会和"游灯"活动。

龙江庙宇在龙江镇，也叫龙江峒主。"军坡"期是农历二月十五日。"军坡"旧址是在龙江河边的沙滩上，面积很大。现在"军坡"的活动地点是在龙江镇马路上。旧时的龙江"军坡"规模大，游客多，但是现在则比较冷清。其原因是各个大的村庄都有自己的集市与"军坡"，所以群众就很少到龙江镇来发"军坡"了。

石壁镇上有三座庙宇：供奉文武官综合性神位的庙宇、专供奉"婆祖"的庙宇、专供奉冼夫人的庙宇。在石壁附近的荔枝山、"加奏岭"和赤坡等地还有峒主的庙宇。"军坡"期为农历二月十三日。

大村庙宇，在万泉河畔的公庙岭上，坐东向西。它远眺从五指山蜿蜒而下的万泉河。大村庙宇专门供奉大村峒主，其中有南建知州王官等神位。公庙旧址在大村沟的公庙朗。传说，有一年，当地打台风，发大水，洪水摧毁了公庙。公庙的一条大梁漂流到今天的庙址，于是，新庙宇就在那里建起来了。大村庙建于清代，它是大村沟村、凤栖园村、铁铺村、文霞村、文客村、举埇村、船湾村、加丁埇村、封浩村等村民信仰和供奉的庙宇。

滨滩村的庙宇，在石壁镇对面，即现在的石龙大桥南端桥头。日军占领石壁之前，这座庙宇有上下两座：一座供奉吴总司令等神，一座专门供奉冼夫人。日军占领石壁之后，便强令民工拆毁滨滩庙宇，将庙宇的木料运去修架桥梁。改革开放后，当地群众在原地重建滨滩村庙宇。该庙宇的"军坡"期为农历二月十三日或十五日。

蒙养村庙宇和深造村庙宇的"军坡"期为农历二月十日，地点在蒙养村，这里有一个集市。过去，这两座庙宇的峒主是参加石壁"军坡"节的，后来蒙养村的集市发展、繁荣起来了，蒙养和深造两地的村民就很少去石壁镇赶集，所以两地的峒主也不去参加石壁镇的"军坡"节了。

黎伍村侯王庙建于清光绪二十一年（1895），那是黎族群众修建的。这座庙宇在万泉河上游会山镇黎伍村。庙前有一条水沟通过，庙后有黎族的村庄，四周绿树环抱。庙里正殿供奉"黎伍关公"和"黎伍峒王"。据史料记载，黎伍是黎族第五个峒主。黎族以前以峒为舍，故称一峒之主为峒王。黎伍讲仁义，重道德，作战英勇，最后战死在沙场，群众称之为"关云长"，朝廷封其为侯王。

在万泉河两岸，我没有发现孔庙，但是孔孟之道即儒家思想，对人民群众的影响是深远的，是根深蒂固的。孔孟之道有落后的一面。在旧社会，在宗法制度下，统治者和地方的宗族头子勾结一起，利用落后的"三从四德"思想，欺压敢于反抗封建礼教的人。但是，儒家的思想也有它进步的一面。比如，孔子说："恭则不侮，宽则得众，信则任人焉，勉则有功，惠则足以使人。"（《论语》）这就是说，为人要正直刚强，待人要宽容，为人还要讲信用，要给人以优惠，只有这样才能得到别人的支持。同时，儒家还提出"博施于民而济众""穷则独善其身，达则兼善天下""仁者爱人""老吾老以及人之老，幼吾幼以及人之幼""救人于危难""路见不平拔刀相助""民惟邦本""民贵君轻""护国庇民""济世救民""天下为公""国家兴亡，匹夫有责"等，都是进步的思想。长期以来，万泉河两岸的人民群众，都在不同的岗位上，以不同的方式践行儒家的思想，为国家、为家乡、为民族，做出了巨大的贡献。

我喜欢家乡的绿色生态[①]

我村子里的植物

家乡解放前,在我家的厨房(茅草屋)前面有一棵很大的菠萝蜜树,是我的祖先种植的。每年春节前后,这棵树从树头到树中间,都结满果实,而且果实硕大,每个果子都有三四十斤。每年农历四五月,果子就成熟了,一家人吃不完,多数赠送给村中人。这种树是在汉唐时代通过"海上丝绸之路"从印度传入海南岛的。在我的家乡,几乎村村都有菠萝蜜树。

在我的村子周围,有很多椰子树和荔枝树。有的椰子树有 70 多米高,树龄 100 年以上。荔枝树老树也很多,最古老的有五六百年树龄。有的荔枝树树身很粗,要三四个大人手拉着手才能把它包住。有一棵荔枝树很古老了,树身头部中间有一个大树洞,可同时站立两个大人,下雨时可在树洞里避雨。这棵树有一半树身是活着的,树枝不多,树叶茂盛,每年都结果,但是果实不多。

据澳大利亚《星岛日报》2006 年 7 月 6 日报道,广东中山市某村有棵七八百年树龄的荔枝树,这是他们的祖先开村时种植的,其种子来自海南岛的五指山山区。又据杨宝霖的《自力斋文史农史论文选集》(广东高等教育出版社 1993 年版)记载:"有否野生种,是判断植物原产地的标志之一。据新中国成立后多次实地科学调查证明,海南五指山一带,尚存野生荔枝,以霸王岭林区最多,次者为吊罗山林区、尖峰岭林区、琼海县的砍兵岭、琼中县的黎母山亦有少量分布。"根据专家考证,海南五指山和琼海市一带,是荔枝树的原产地,据此可证明我家乡的荔枝树是野生的。

解放前的荔枝树都长在村子的四周围,这是村民们为了防御台风,而将村边野生的荔枝树保留下来。因为荔枝树长势高大,枝叶繁茂,覆盖面积大,

---

[①] 2022 年 4 月 20 日星期三修改于悉尼。

而且树枝坚韧，不容易被台风折断，是防台风的好帮手。村子的周边，除了有各种高大的树木以外，还有茂密的低矮的灌木林。灌木林周边的地上长满青草，是放牛、放猪、放鸡的好地方。

我们村周边还种了不少竹子。如白粉竹和石竹等。我家"下园"。除了竹子，还有海棠树、槟榔树等。槟榔树在我家房子的后头，是我的祖先种的。在我家的门前左侧的水田边有一口老井，终年有水。因井边有两棵很大的海棠树和椰子树，影响了井水的洁净，后来村里的人就不饮用这口水井了。在老井的水里有不少大头鱼（土语叫孔节鱼）和青蛙。青蛙很多，又肥又大。每当下大雨时，门前的秧地里就积满了水，晚上就有许多青蛙从井里跳进秧地的水里来交配、产卵。我们村的人对这些青蛙都加以保护，没捕捉它们。在那老井边，长有两棵很高大的海棠树，它们的树龄有100年以上，每年秋天都有很多果实从树上掉下来。村民们就从地上收拾起果实，到了冬天挑去外村请榨油师傅将其榨成油，用于点灯照明。在战乱的年代，我们村的人就靠海棠油点灯照明。

在那古老的海棠树上，有一些树洞，鹩哥鸟就在洞里做窝、生蛋和孵小鸟。在20世纪40年代，我们村里的树上、灌木林里和田园里，鸟儿很多，什么鸟儿都有。比如，成群结队的白鹭，它们白天在水田里找寻食物，晚上就栖息在我家的竹林顶端和大树上。还有很多鸟儿在旱地里找寻食物，它们都是成群结伴的。我们村的人都不伤害鸟儿，所以它们都不怕人，同人们很亲近。但是，村民最憎恨老鹰，因为它们捕杀小鸡。白天，老鹰在天上飞来飞去，或躲在椰树上，寻找地上的小鸡。它一旦发现小鸡，便立即俯冲下来抓住小鸡，又立即飞往高高的椰子树上，将小鸡吃掉。此外，还有狐狸和各种各样的爬行动物，在水田里还有小蟹、虾和小鱼。在田边的地里，有像鸡蛋、鸭蛋那么大的螃蟹，每逢下雨天，它们就从洞里爬出来，一发现人就跑回洞里去。曾有一段时期鸟类和鱼类等被人大量捕杀。党的十八大之后，农村贯彻执行习近平总书记的"绿水青山就是金山银山"思想，我家乡的鸟类和鱼类又得到了保护。

在我的村子周边的灌木林里，有各种各样的植物，有不同颜色的奇花异草。植物有假菠萝（村人叫鸡萝）、苏铁树和野生薯（村人叫山薯，中医叫淮山）。村子周围，还有很多篓刺（它的叶子可编草席）、小竹子、石榴、咖啡树（黎汝昌公种植的)、茶树（黎茶，是黎汝霖公从山区黎族那里移植的)、鸡矢藤（将它的叶子磨成浆，便有一股香味，可加工成食品，是琼海著名的一种食品），还有野生的橘子、加丁、灯笼草和"打蚊草"等，种类繁多。花草方面，有吊球花（马来西亚称国花）、野菊花等。但现在这些植物都很少了。

据央视中文国际频道《记住乡愁》栏目报道，有一个村子还保留着许多几百年前的古树。为什么？因为村制定了保护村中树木的"村规民约"，规定任何人不经批准，不得砍伐村中任何树木。并将之刻碑，立于村中。我觉得这"村规民约"的传统文化，很值得借鉴与弘扬。回忆起我的村子中，过去保留着很多几百年村龄的荔枝树、龙眼树等，后来却被人全部锯倒、砍伐了，很可惜！期望大家都来保护绿色生态，因为"绿水青山就是金山银山"。

我家乡河滩上的沙子

我家门口对着一片万泉河沙滩，叫"土毛朗"沙滩，很大、很长。它从"沙上村"（俗名）到河下游的石壁镇西边，大概有五六公里长。沙滩上的沙子很细小、干净、疏松，在阳光底下，银光、金光闪烁，很优美。人在沙滩上行走，不能快走，只能一步一步地、慢悠悠地走，一步一个深脚印。人的脚一踏进沙子，沙子立即发出"嚓嚓"的响声。我小的时候，很喜欢在沙滩上游玩、运动，如翻滚等。人漫步在沙滩上，眺望两岸的旖旎风光，感到心旷神怡。有很多的沙滩，还长着一丛丛的绿油油的、低矮的水柳树。每到水柳树开红花的时节，绿叶红花交织在一起，非常美丽。小女孩很喜欢站在水柳花旁边照相。

这沙滩的旁边，就是自古以来万泉河中游著名的"铺仔朗"渡口了。每天经过这渡口的人很多。1952年，我到海口上中学，假期回家，是从嘉积镇坐木船回到石壁镇，然后走路，都要经过这渡口，都要路过这沙滩。我每次走过这沙滩，总要放慢脚步，欣赏那里的美景，而且回家后也总要抽空到沙滩里看一看、玩一玩。大学毕业后，因工作忙，少回家，但我还是经常想起我家乡的沙滩。尤其是，每当我在异国他乡的海边游览海滩时，便想起万泉河边优美的沙滩……

万泉河两岸的沙滩很多，是经过千百万年的冲积形成的，是经过长年累月的浪淘沙形成的。这是大自然恩赐给人类的美景。

家乡的新变化

村民的观念变了、生活改善了

我的村子周边的植物,已更新换代了,以经济作物为主。当你进入村子时,映入你眼帘的,几乎都是槟榔树、橡胶树和椰子树。靠近房屋的田地全种上了槟榔树和橡胶树。这里的农民最喜欢种槟榔树,因为槟榔经济效益高,容易打理,果子成熟了,摘取方便,出售也快,抗台风能力也强。至于橡胶就比不上槟榔了。橡胶树易被台风推倒或折断,收割也比较麻烦,工作人员早晨天没亮就要起床去割橡胶,用胶碗接橡胶液,过几个钟头后,才能接满。橡胶液经过加工后,制成胶片才能出售。过去种水稻的水田,现在按季节性,大部分都种上了瓜菜。例如冬瓜,宜在海南冬季种植,春季收获、上市,供应春、夏季城市居民食用。有的农家种一亩地冬瓜,一次就可以卖两万元以上。农民过去靠天吃饭,天旱了,农作物就失收,现在有了水利灌溉,农作物不会失收。过去那些田地都是种水稻和杂粮的,但是这些作物经济效益不高,所以现在农民都少种了。农民种经济作物有了钱,就可以买粮食。时代进步了,农民的观念也改变了。现在只要有了钱,什么东西都可以买到。过去,到市镇买东西,主要靠走路和坐船;现在,公路(水泥路)通到村边,乃至家门口,交通工具有私家车、公交车、货车和摩托车等。20世纪80年代和90年代,农民多以自行车为交通工具,现在自行车很少见到了,取而代之的是摩托车。由于万泉河上架设起了石龙大桥,我们村的"铺仔朗"渡口便撤销了,没船渡河了。

过去,我们村子只有三间矮小的茅草房屋;现在,已有了十多间大的砖瓦房屋和三层的水泥楼,还有好多间小的砖瓦房屋。近年来,村民们修建的砖瓦房屋,质量越来越好,规模越来越大,装修越来越讲究。所买的砖是最好的青砖;所买的木材是最好的木材,比如从马来西亚和泰国等地进口的红木,土语称黑盐木、菠萝格木等;城市里装修用的材料,已进入我们的村子,比如云石、瓷片和彩色地板砖等。近几年，我们村建了两间现代化的、高质量的、漂亮的房屋。房屋砖木结构。屋顶铺瓦片，涂石灰粉，能抗台风。外墙全部是高质量的青砖。木料全是高质量的、名贵的木材。内墙贴彩色瓷片，屋内外的地板，铺彩色地板砖。房间开了两个大窗和三个小窗，客厅有前后两个大门和四个小窗。整个房屋采光和通风都很好，夏凉冬暖。这和海南的气候很和谐。房屋里的家具，尤其是客厅里的桌椅板凳，全是红木制作的。

过去，农家里食用的水是从井里挑的；现在，家家户户都用上了自来水。过去，农民晚上照明是点海棠树子油灯和煤油灯；现在，每家每户都有了电灯。过去，男男女女方便，是到小山的角落里解决；现在家家户户都有自家的厕所。过去，男儿夏天洗澡是到河里或到井边去洗、淋，女人则用水桶或脸盆打水在房间里用毛巾洗；现在，家家户户都有专门的洗澡房。过去，晚上出门，要点燃火把或打手电筒；现在，村子里的道路边都装上了路灯。而且，村委会有合作医疗站，你有小病，一打电话，医生就会上门来帮你治病。

商品交易市场已建在村边，柴米油盐、鱼肉、蔬菜和日用百货的采购非常方便。早上，村民们还到市场的茶楼里饮茶、聊天。农民的温饱问题早已解决，城乡的差别越来越小，老年人越活越年轻、越长寿。

建新屋

1951 年以前，因我家穷，没钱盖房屋，我家一部分祖先的香火，暂时寄放在陈氏祠堂的一间小房子里。小时候，初一、十五和过年过节，不管刮风下雨，我都得去那里点香，拜祭我的祖先。当年的日子，其辛酸可想而知。

1951 年，我和妈妈拿出爸爸寄回来的钱，建起了一间新的砖瓦房，我们祖先的香火，才从陈氏祠堂的小房间里迁移回自己家里，我心里才感到安乐。1980 年 12 月，我爸爸从马来西亚马六甲回国定居，同我一起居住、一起生活，他的户口进入我家的户口本，成为城市居民。1982 年，我爸爸回老家，在我和妈妈于 1951 年修建的旧屋前面建了一间大屋，其面积比旧屋大，质量更好。此后，我父母亲从城市回老家都住在新屋。

我和妈妈于 1951 年动手建立起来的旧屋已破旧了，我准备拆毁旧屋，重建新屋。

建房屋首先备建筑材料。我夫妇请木工吴旭深和懂木材质量的亲戚吴仕权叔叔，带我们夫妇去文昌市清澜港买木材。两位木材专家在木材场帮我们挑拣了几条质量很好的"黑盐木""绿楠木"，黎才运叔叔帮我在龙江镇买了十三条海南山区产的"竹叶松"。与此同时，在蔡明亲老师的帮助下，我们也买到了最好的青砖，作为砌外墙用。至于铺盖地板用的彩釉砖和贴墙壁用的陶瓷片等建筑材料，都是我和妻子到嘉积镇去买的。

建筑材料准备好了，我们于 2005 年 12 月 5 日，请人拆毁旧祖屋。12 月 20 日，按当地的风俗，用牛拉犁平地场。牛头上扎两朵鲜花，我牵牛，我妻子扶着犁。牛头向东，在地基上走了一圈。12 月 25 日上午 8 时新屋破土动工。2006 年 1 月 3 日（农历十二月初四日）上午十时升梁。这一天是建房最热闹的大喜日子。按农村的习俗，儿孙、媳妇专程从澳大利亚回来入新室。我 90 多岁的妈妈，在新屋落成这一天，第一次看到我四岁的长孙子康裕。这一天，乡亲们也来贺喜！我专门请了十六位贵宾来帮助升起大梁，请了两位贵人来拜梁。上午十时是吉时，贴红对联、挂大红布的大梁缓缓升起，固定在内墙顶端。我给拜梁的贵人和每个抬大梁的人各发一个红包和一包香烟。接着是全家人挑锅炉，担大米、酒、鸡和拿火把入新室。这一天，我设了十五桌酒席宴请乡亲。我的孙子康裕，第一次回来拜祖先，第一次回来入祖屋。亲戚们都带来祝贺建新室的礼物。妈妈的侄子王锡芹等人送了一张八仙桌，亲戚吴仕芹送了四张"沙发椅"和两张茶几。新祖屋前面大门顶端的两副对联是以儿孙生肖"龙"与"马"来开头的："龙腾四海富，马跃万里豪"。后大门上端的对联是"书香传海外，金光耀华堂"。这两副对联是妻子亲自作的，我也很满意。

新屋于 2006 年 1 月 20 日落成。25 日把祖先香火迁回新屋神台。29 日是春节，我们全家高高兴兴地在新屋里度过。建这间新屋，我花了人民币 15 万多元，购买建筑材料都是我和妻子亲力亲为。幸好有乡亲吴仕权、蔡明亲和黎才运等人的大力帮助，才使这间新屋顺利建成。

新一代人的就业道路

过去，我们村的老一代人多是靠山吃山，靠水吃水。家里的田地少，他们就到万泉河上游的山区去开荒种植；没钱用，他们就到山区去砍伐木材出售。

但是，老一辈人走的这条路是越走越穷，越走越辛苦。究其原因，大概是：社会黑暗，人剥削人；日军侵略，造成家破人亡；文化教育和生产技术落后；交通闭塞，物资不能流通；社会经济衰退等。我父亲早期就是走老一辈人的道路，他走了几年，穷了几年。最后，他还是顺着万泉河的水而下，走出海南岛，坐船到了新加坡再去马六甲，艰苦打工，才初步解决了生活问题。20 世纪 30 年代末 40 年代初，我们村个别有文化的人就到石壁镇去经商，其经济收入就比在农村的人好。1950 年年初，海南解放了，新一代的青年人思想也解放了，就业的门路也多了。有的是靠读书找出路；有的是去当兵，转业后在城镇里找工作；有的是中学毕业后，到城市里做工。在城市里就业的青年人，基本上都在城市里成家立业。他们之中，有的在大学里当教授、讲师；有的在企业里当工程技术人员；有的当医生；有的当小学校长；有的当机关干部；有的当工人。当然，也有个别青年人走靠山吃山的道路，他们和山区的少数民族同胞合作，采购山货，比如槟榔果等，进行加工出售，生意搞得红红火火。总之，现在社会进步了，交通便利了，文化提高了，经济繁荣了，各行各业都出状元，大家都走向小康。

喜悉水泥公路通到农家门口

最近，我同家乡亲人通了电话，知道水泥公路已通到了农家门口。这是村民们梦寐以求的极大喜事。

从古以来，村民进城镇，都是靠两条腿走路或坐船。改革开放以后，从龙江镇到我的村庄，才有行驶汽车的公路通到了我的村边。但是这条公路是泥沙路，一遇到天下大雨，便变成泥泞路了，人和车都难行走，这可苦了群众。这样的苦日子，整整经历了二十多年。如今，水泥路通到了村边，即使下雨天，也有公交车或的士到村边了，交通就方便了。

路通，财通，财源滚滚来。路通之后，家乡的土特产就能天天风雨无阻地运往城镇进行交易，城镇的商品也会源源不断地送来农村，游客也天天来回于城乡之间，城乡交流从不间断。水泥路通到农家门口了，交通方便了，城乡经济发展了，人民生活改善了，相信我们的家乡会越来越富裕。这要感谢中国共产党，感谢党的改革开放政策。

大村沟桥的变迁

　　万泉河上下游两岸，都有数不清的、弯弯曲曲的自然沟水，终年不停地汇入万泉河里。我家附近就有两条沟水，其中一条比较宽大的叫"大村沟"。

　　大村沟，在干旱的季节，从沟底的水平面到沟两岸最高处的田地，约有40米高。沟底有水的地方，宽度不大，一般只有两三米；有湾仔的地方，宽度大一点，有四五米。水的深度约两米。沟两岸的坡地是倾斜的。农民在倾斜的土地上开垦出了不少梯田，种上了杂粮和蔬菜，用沟水灌溉，作物长势良好。沟两岸平面高地的空间距离有50米。在秋季，雨水多，沟水就上涨；在冬、春和夏季，雨水少，沟水也不多。在这条沟中，有一个地方，两岸边却凸起两块约有三平方米的平坦石壁。两石壁之间有一丈多宽，两石壁有一米多高。沟水终年不停息地从两块石壁中间流淌过。水底也是石壁。人们为了来往方便，就在这两块凸起的石壁中间，架起了一条独木桥。这条独木桥有一丈多长，四方形，20多厘米宽，每次只能通行一个人。这座桥所用的木材，土语叫青皮格，很重，被水淹没不会浮起来，长期日晒雨淋也不会腐烂。洪水凶猛时，会把这木条冲到深水湾里。等到水退之后，青壮年人便游到深水湾里把木条拉抬出来，重新安装在两岸的石壁上，方便行人通过。每天走过这独木桥的人很多。我从懂事时起，经常走过这条独木桥。我看这条独木桥，长年累月躺在这两块石壁上面，任凭风吹、雨淋、浪打、洪水淹，若是坏了，老百姓又买新的木条，重新安装上。这独木桥，不知它经历了多少个年代，这独木桥的木材，也不知道更换了多少条。

　　自古以来，这条独木桥虽小，但它不仅是大村沟两岸村民来往必经之桥，而且是万泉河南岸上游、中游和下游沿岸地区人民来往的必经之桥。如蒙养村、坎下村、南平村的村民，乃至黎、苗族群众，往下游地区的龙江镇和嘉积镇等地，都要走过这条独木桥。

　　20世纪40年代末我去南平高级小学读书时，几乎每天都走过这条独木桥。天气好时还比较好走，下雨天就很难走，因为桥两头的路是倾斜的、高低不平的黄泥路，雨天路滑，一不小心就会摔倒。

　　多少年来，人们多么期望大村沟上面修建起一座大桥，以代替那条摇摇摆摆的、使人提心吊胆的独木桥啊！直到海南解放，人民当家做主，才建一座水泥大桥。桥道、路道、财道，大村沟大桥造福当地群众，让人们从此开启幸福的生活。

试谈"石虎步瀛洲"①

在龙江镇南正村对面的万泉河岸边，有一巨石，形态似虎，有人在巨石上刻了"石虎"二字，从此以后，人们都叫那巨石为"石虎"。"石虎"高4米，宽6米，身上又刻有"步瀛洲"三个字。据《琼海县文物志》记载，这五个字"为明代无名氏所刻。据考，刻'石虎步瀛洲'者，可能是一位远方游客，游瀛洲，见万泉河畔山水，美不胜收，故在此'石虎'上留下感言。'石虎'嘴部残缺，其他各处完整"②。据王锡钧的《家住万泉河边》，石虎"步瀛洲"三字为清代同治年间南正村的王景朝所题刻。王景朝，邑庠生，同治癸酉年进京，任过贵州同知。又据梁明江的《琼海文化述论》，这石虎石之下端还刻有"文炳"两个大字，署名"琼镇，刘成元题"，时间为同治癸酉吉日。琼镇，即，琼州镇守。查"文炳"二字出自《易·革》："大人虎变，其文炳也。"其意在弘扬虎文化。

凡是经常乘船来往于万泉河面上的人都见过"石虎"。"石虎"躺在水边，日夜雄视着滔滔的东流水，雄视着周围所发生的一切。

"石虎"蜚声海内外。"石虎步瀛洲"中的"步"字用得很妙，很耐人寻味。从"步"字可以看出这只虎在瀛洲中踱方步，意态从容，逍遥自在，无忧无虑，和人类和谐共处。据专家们考证，人不伤虎，虎也不害人。二三百万年前，虎诞生之后，虎和人类就相互依存，和谐相处，共同发展。虎是雄姿英发的山中兽王，它也给人类带来好处，所以人类崇拜它，爱护它。自古以来，爱护虎、崇拜虎是中国人的一种美德。在民间的传说中，也有很多虎爱护人类的美好故事。在人类社会生活的习俗中，在中国历史的长河中，常常会有这样的现象：老虎出现的年代和地方，就会有祥瑞，就会有厚德和仁爱的信息。

---

① 本文参考了汪玢玲《中国虎文化》（中华书局2007年版）。关于虎文化，笔者还写了《我们是"龙虎传人"》一文。本文修改于2022年4月25日星期一。

② 《琼海县文物志》，中山大学出版社1988年版。

在"石虎"对岸的白石岭，有一首美妙的民歌，我小时候常常听到妈妈唱这首民歌："白石岭，岭脚崎；三对娘子，拾'大桠'（谐音，土语，一种很甜的野生水果）；拾的拾，啼的啼。"妈妈每次唱完这首民歌之后，便给我讲这样的美好传说：

有一只老虎，天天都躲在树丛里观看这三对娘子拾（琼海话，即摘）大桠。它看见大的娘子拾大桠给小的娘子吃，小的娘子总是觉得吃不饱，老是哭哭啼啼。老虎知道她们因为没饭吃，所以才天天上山来摘野果充饥。她们衣不蔽体，头发松散，面黄肌瘦，皮包骨头，肯定是营养不良。于是，有一天，老虎就抓获了一只鹿，准备送给三对娘子补充营养。当三对娘子在摘大桠时，老虎就从山里走出来，它的嘴巴里咬着一只半生半死的鹿，它将鹿送到那三对娘子面前。这可把娘子们吓倒了。老虎放下鹿，望了望她们，翘翘尾巴，就走了。这时，三对娘子才从地上爬起来，望着远去的老虎，看着刚死去的鹿，她们明白了：老虎是善良的，是为她们赠送鹿来的。于是，她们非常高兴，六个人一起把鹿抬回家。这天，全村人都吃了鹿肉，大家非常高兴，都说这虎是一只"义虎"。

这首民歌和传说，长期以来流传于民间。"石虎"和白石岭，一水之隔，是万泉河两岸的胜境。如今，"石虎"，这地名家喻户晓。然而，人们不禁要问：明代人为什么要雕刻"石虎步瀛洲"五个字呢？这是值得思考的问题。

虎的历史和人类的历史一样悠久，已有数百万年以上的历史了，或者虎的历史比人类的历史还要长。虎的活动遍及中华大地。我国有虎的三个亚种分布在东北、西北、西南、中原、华南（包括海南）各地。有人问：海南岛有没有虎？据说是有的。那可能是在琼州海峡形成之前，海南岛和大陆连成一片，海南岛也是华南虎活动的地方之一。或许琼州海峡形成之后，海南还有虎。但是，在汉代以前岛上虎就被人类消灭了，所以汉代的人登陆海南岛之后看不到虎了。据历史记载，在古代，雷州半岛有很多虎，有人看见虎在雷州半岛生活的踪迹。后来，出现了琼州海峡，把两地的虎分开了。有人说，在雷州半岛的虎，总盼望有一天能过海去看望海那边的虎，所以它们就一直生活在雷州半岛。也有人说，虎害怕鸟粪便，因为鸟粪一沾在虎皮上，虎就会生病。由于雷州半岛树林少，鸟类不多，因此虎就喜欢生活在那里。据报道，有人发现，在雷州半岛近几年还有老虎活动的踪迹。如果雷州半岛有虎，那么，和雷州半岛一水之隔的海南岛，在几千年前或在一万多年前，也可能有虎。

大凡有虎活动过的地方，都留下虎的地名和虎的传说。比如，苏州有著名的"虎丘"。传说春秋时，吴王阖闾死后三日，在他的墓葬地，人们忽然发现有白虎在守墓。这说明虎是关心人、爱护人的。后来，人们将吴王的墓葬地叫作"虎丘"。这美好的传说在大江南北很快传开，于是，历代帝王死后，人们都在他的墓葬地树立起石虎、石马、石羊、石人等，作为守墓的仪仗队。如今"虎丘"已成为苏州著名的游览风景区。云南省丽江市有一著名的"虎跳峡"，金沙江流经此江峡，两岸高山陡峭，峡谷深3000米以上，是世界上最深的峡谷之一，传说有虎跳过这峡谷，因此得名。福建省武夷山二曲溪南，有岩石形似虎，还有山洞，山风穿过时如虎啸，因此得名"虎啸岩"。浙江省杭州市，有一座大山，在五代吴越时，出没过一只"异虎"，因名之虎林。广东的东莞有一地叫虎门。这些地名的出现，可能和华南虎的活动有关。我国的东北是东北虎最多的地方，因此在东北以虎得名的地方很多。比如，吉林省长白山向来以产东北虎著名，因虎踞山林，以虎名山的地方不少，如卧虎峰、石虎滩、石虎沟等。

在海南的儋州西南约四十公里的地方有一座"老虎山"[1]，在万泉河中游北岸有一"石虎岭"，在文昌有一"抱虎港"，在琼海白石岭有一"卧虎峰"[2]，在离万泉河北岸不远的定安县群山乡有一"蹲虎岭"。20世纪80年代初，青年农民冯所林和张昌汉在"蹲虎岭"附近挖地种橡胶树时，发现新石器时期的大石铲和石斧等。这说明，在六七千年前的新石器时代，人类已在这一带进行生产活动。在这一时期是否也有老虎在那一带活动？据专家考证，在六七千年前，在黑龙江和乌苏里江沿岸就有虎活动，古代的艺术家和雕刻家们就在沿岸的岩石上雕刻了很多古朴雄伟的虎岩画。从黑龙江岸的虎岩画，到万泉河边的"石虎步瀛洲"摩崖石刻书法艺术，使我想起，这"石虎"的出现不是偶然的，它是一种虎文化的传承，它说明中华民族的虎文化在万泉河两岸的传播和弘扬。

中华民族的文化博大精深，历史悠久。虎文化是中华文化的一种。中国是虎的故乡，一百多万年前，虎已在中国的大地上生长、繁衍，所以虎文化在中

---

[1] 参见司徒尚纪《海南岛历史上土地开发研究》，海南人民出版社1987年版。
[2] 参见梁明江《琼海文化述论》，海南人民出版社2007年版。

国的起源较早，始于远古的自然崇拜和图腾崇拜，各民族以虎的形象来象征自己民族的强大。在黄河边有一古国，叫虢国，它的国人就崇拜虎，它的统治者就以虎来象征自己的强大。西北的少数民族最早崇拜虎图腾，后来传到中原，传到东西南北，传遍中华大地。古人从虎图腾崇拜习俗发展到石虎镇墓的习俗。周代的《周礼·方相氏》曰："方相氏殴罔象。罔象好食亡者肝，而畏虎与柏。墓上树柏，路口置石虎，为此也。""罔象"是一种食人的水怪，尤其是爱食死人的肝胆，但是它怕虎和柏树。因此，后人为保护死人尸体不被水怪侵害，就都在墓周围树立石虎和栽种柏树。这种习俗从先秦以来在中国的大地上都很常见。近年来，考古专家在河南省濮阳西水坡原始墓葬中，发现了六七千年前古人用蚌壳塑造的龙虎图形，安放在死人尸体左右两侧，意在保护尸体，不被"水怪"等妖魔鬼怪侵犯。这一考古发现，被称为"天下第一龙虎"。所有这些都说明，中华民族文化发祥地河南、陕西等，在原始氏族社会晚期，人们不但信仰"龙神"，而且信仰"虎神"。古人认为，龙是四灵之长，虎是兽中之王。龙与虎都被中国人崇拜，都被认为是人的保护神，都被赋予人的各种意象，即文化现象。

在中国各个时代，人们对龙虎的崇拜，有的是通过各种艺术形象表现出来的。比如，陕西省渭南市华州区，东临黄河，中近渭水，这一河一水一带，是中华民族的主要发祥地之一。在周、秦、汉等朝代，华州都属于京畿之地。"境内有仰韶文化遗址，周代郑国曾在此建都，并与崇虎的临潼骊戎国、大荔的大荔戎国相连。古代文化与习俗，经数千年世代传承相延至今。华县群众在岁时年节、人生礼节、婚葬嫁娶、衣食住行等各种礼仪习俗中处处都离不开麦黍文化虎的艺术造形。崇虎、爱虎，沿袭成风。"① 又比如，内蒙古有一万年以前的虎岩画，河南出土的汉画"走虎"砖、"人虎斗"砖等图形，西北地区出土的人型"虎耳"和虎斑彩陶，巴蜀出土的虎图形兵器，安徽阜阳出土的"龙虎尊"和"虎乳人"等艺术形象，都是某些社会经济生活状况的反映。在原始社会、封建社会和今天的社会，人们所赋予的龙虎文化精神是有所差别的，但是，两者有重要的共同点，那就是龙文化与虎文化，始终如一，和谐共存、相互配

---

① 参见孙水法《华州面花艺术中的虎文化》，见刘琦等《麦黍文化研究论文集》，甘肃人民出版社1993年版，第10页。

合、相互促进，贯穿于整个中华民族文化，代表了中华民族文化的气质，代表了中华民族数千年来那种风驰电掣、干劲猛如虎、勇往直前的精神。自古以来，龙虎不但是人们信仰中的神兽，而且是民间审美的对象。几千年来，龙虎文化传遍中华大地，影响中华大地，推动中华大地。秦汉以后，龙虎文化传播到了万泉河两岸，影响了万泉河两岸。两岸的人民群众，从古以来，就信仰龙与虎，崇拜龙与虎，他们不但以"龙"字与"虎"字来命自己的名字，制作虎符吊在小孩子们的脖子上以保平安，会画像贴在门上或墙上以驱邪，等等，而且以龙虎来命地名。例如，在离万泉河南岸不远的有龙滚镇，在北岸的定安县有龙塘，在离"石虎"不远的万泉河下游的石角村有胡文虎温泉别墅，在离"石虎"不到三公里的万泉河上游有一处地方叫龙江（即今龙江镇所在地）。据传说，从石虎到龙江的万泉河道，弯弯曲曲，河湾深渊，两岸山高林密，是龙盘虎踞之地。龙到了石壁镇便抬头了，活跃了。古人认为，龙盘虎踞之地，是子孙繁育之地，人才辈出之地。长期以来，万泉河上的龙和虎相互配合，大显身手，龙腾虎跃，有文有武，大展宏图。这"龙"和"虎"象征着万泉河两岸的人民群众，自古以来，他们一直为实现自己的理想而奋斗不息。

明清时代的文人、学者之所以在万泉河边雕刻"石虎步瀛洲"和"文炳"，是因为当时海南的社会经济文化比较繁荣，人才辈出。比如，文昌的邢宥、临高的王佐、琼山的丘濬和海瑞、定安的王弘诲等都是明朝的著名的人物。经济建设是文化建设的基础，只有经济繁荣了，文化才能发达。明清时代的海南，佛教文化盛行，当时的执政者、名人学者和有经济实力者，都热衷于修建佛塔。比如许子伟在海口修建明昌塔，王弘诲在定安龙梅村修建藏经塔，乐会知县刘淑鳌在万泉河出口处的汀洲岭上修建汀洲塔（瀛洲文峰塔），会同知县卢章修建聚奎塔，嘉积镇不偏村乡贤集资修建联魁塔，在白石岭上也有人修建佛寺。还有始建于清道光十二年（1832）的万宁青云塔，始建于清光绪九年（1883）的文昌清澜港东郊的文笔塔，清光绪年重修的儋州中和镇的魁星塔（可能建于明代）和始建于宋代的澄迈县美亭的双石塔等。当时的统治者、文人学者和社会名流修建这么多佛塔，其目的就是弘扬佛教文化。我想，当时万泉河两岸的有识之士，眼看外来的佛教文化如此盛行，必然会想到如何弘扬中华民族文化的问题。两种文化相撞，必然击出火花。于是，有识之士便奋勇站出来，借景抒情，表达理想，在形态似虎的巨石上雕刻"石虎步瀛洲"，呼喊"虎"（文化）快出来占领"瀛洲"

（文化阵地），以显示中华民族的虎威，大力弘扬中华民族的虎文化，让中华文化与佛教文化于万泉河两岸共存，并驾齐驱。尤其是，期望虎文化更进一步，发扬光大，使万泉河两岸更加"虎虎生威""虎虎有生气"。

雕刻者为什么雕刻"石虎"步"瀛洲"？关于瀛洲，据传说，是仙人居住的地方。《史记·秦始皇本纪》："齐人徐市等上书，言海中有三神山，名曰蓬莱、方丈、瀛洲，仙人居之。"古人心目中的"神山"，就是最理想的社会。唐代大诗人李白的《梦游天姥吟留别》："海客谈瀛洲，烟涛微茫信难求。"这说明，瀛洲是最美丽的地方，是仙人居住的地方，是人间最理想的境界，但是普通人不容易达到。这里，雕刻者是借"瀛洲"来比喻万泉河两岸的美丽、富饶。言下之意，就是说，万泉河两岸是瀛洲，它就像仙人居住的地方一样，美不胜收。在明代，有人就把万泉河两岸当作瀛洲。乐会知县刘淑鳌修建的汀洲塔，也叫瀛洲文峰塔。"石虎步瀛洲"与"瀛洲文峰塔"于同一时代出现在万泉河两岸，上游有武（虎），下游有文（文峰），"文武"双全，不是很美满吗？不是很美妙吗？这绝不是偶然的巧合，而是必然的结合。我们的先人认为，只要万泉河两岸的人民群众坚持文武结合，发扬龙腾虎跃、虎虎生威的精神，就一定能实现人间的"瀛洲"。

"石虎步瀛洲"，"虎"象征着万泉河两岸各族人民"虎虎有生气"。"石虎步瀛洲"意味深长，它意味着像虎一样凶猛的、你死我活的革命斗争，将在瀛洲爆发，将把统治瀛洲的一切黑暗势力消灭掉，建立起人民理想的瀛洲。有史以来，万泉河两岸的人民群众，受尽历代统治者的压迫与剥削，他们为了达到"瀛洲"的理想境界，进行了前赴后继的斗争。在20世纪20年代，万泉河两岸，有一批"虎虎生威""虎虎有生气"的青年，比如，杨善集、王文明、王大鹏、符明经、陈永芹、王业熹、何毅、何英和周士第等，他们为了革命，建设"瀛洲"，实现社会主义和共产主义理想社会，背井离乡，到广州、上海和莫斯科学习马克思列宁主义。他们有的人留在大陆参加革命，甚至在大陆为革命牺牲；有的人带回革命的理论，在万泉河两岸传播，在万泉河南岸的乐会成立了中国共产党琼崖地委（后改为特委），把饱受国民党反动派压迫的广大劳苦群众组织起来，成立农会，成立琼崖第一个苏维埃政权，创建琼崖讨逆军（后改为琼崖工农革命军和工农红军），并且把受压迫的劳动妇女组织起来，成立琼崖工农红军独立师女子特务连（红色娘子军），保卫苏维埃政权，同封建统治者、同一切黑暗势力作斗争。从此，万泉河两岸的革命斗争如火如荼，如捕虎猎物般凶猛。革命斗争到处出现了龙腾虎跃的局面。我想，万泉河两岸的人民群众，长期以来敢于同一切不合理的社会、一切黑暗的势力作斗争，是与受中华民族虎文化的影响分不开的。杨善集、王文明和王大鹏等革命先烈，就是龙虎精神的代表人物。

有人说，历史和传说，有时很巧合。比如，定安县岭口区群山乡有"蹲虎岭"，是藏龙卧虎的地方，是虎文化起作用的地方。在元明清时代，定安人才辈出，在海南和全国有影响力的人物不少，比如元代的王官，为了民族的团结，他大胆接待了被流放来海南的元皇子图帖睦尔；为了人民的利益，他全家敢于和地方上的凶恶势力作斗争，甚至为了群众的利益而献身。在明代，王弘海为了让海南的青年便于参加科举考试，选拔更多的海南人才，特向朝廷提出在琼州设科举考场，获得朝廷批准。清代的张岳崧和林则徐是抗英斗争的战友。张岳崧在广州时，积极支持林则徐的抗英斗争，回到海南后，继续发动群众进行抗英斗争。林则徐和张岳崧在抗英斗争中，都发扬了龙虎精神，为中华民族做出了贡献。王文明和冯白驹是革命战友。他们以"蹲虎岭""母瑞山"和内洞山为革命生存、壮大的靠山。这三座山都是土地革命战争、抗日战争和解放战争时期海南革命武装的重要根据地，是近现代革命藏龙卧虎的地方。王文明和冯白驹等，就是以这地方"虎壮军威"，进行英勇顽强的斗争。海南的革命斗争能在这三个根据地坚持下来，除了党的坚强领导之外，就是"虎壮军威"在起作用，就是革命者有虎的勇气，有排山倒海的、敢于牺牲的革命精神。1950年年初，琼崖纵队大力支持、配合中国人民解放军渡海作战，终于打败了国民党反动派，解放了海南岛。

万泉河中游北岸边的"石虎步瀛洲"与万泉河下游出口处汀洲岭上的瀛洲文峰塔，分别象征着中华民族的优秀虎文化和历史悠久的佛教文化。如今，取代瀛洲文峰塔的是巍然屹立于万泉河口的博鳌禅寺。我相信这两种文化将会在万泉河两岸继续发扬光大。今天，海南省在党中央和国务院的正确领导下，已变成繁荣的自贸港，万泉河两岸的经济也得益于自贸港，不断地繁荣昌盛，文化也日益发达。2000年，亚洲论坛永久会址设立于万泉河口的博鳌港。如今，万泉河蜚声海内外，万泉河两岸的精神文明、中华民族的优秀传统文化已传到亚洲各国，传遍全世界。

我们是"龙虎传人"[1]

虎产于亚洲，尤其是中国的老虎最著名，比如东北虎和华南虎等。人类和虎的历史都有一百多万年了。虎的故乡在中国，虎的足迹，遍布中国的东西南北，虎的文化传遍中华大地。著名教授汪玢玲说："中华民族不仅是龙的传人，也是虎的传人，是龙虎传人。"过去中国学者偏重于研究龙文化，很少研究虎文化，汪玢玲教授花了十多年时间研究虎文化，提出了"龙虎传人"的学说。著名民间文学专家谭达先博士说，汪玢玲教授的这个见解，非常精辟，实令人肃然起敬。

龙虎文化振兴中华民族

在中国的文化史上，提出"中华民族是龙虎传人"的第一人是汪玢玲教授。著名人类学家、社会学家费孝通教授于1994年为河南省濮阳市文化局题写条幅"龙虎兴华"。龙文化和虎文化互为纽带，贯穿于整个中华民族文化，能代表我们中华民族文化的气质。悠久的历史证明，中华民族是在中国传统的龙虎文化旗帜下，团结一致，共同奋斗，前赴后继，和天灾人祸作斗争，而振兴中华的。

旅居海外的华侨华人，都具有龙虎精神。他们在中国传统龙虎文化的基础上，团结、组织起来，成立各种社会团体，团结互助，关怀祖（籍）国，热爱祖（籍）国，热爱家乡，支持孙中山推翻封建帝制，支持祖国十四年抗日战

---

[1] 本文主要参考了汪玢玲《中国龙虎文化》（中华书局2007年版）、《海南籍人士在澳大利亚》（《澳洲新报周刊》第376期）、澳大利亚《星岛日报》2007年11月17日刊载的《广州日报》"澳大利亚专辑"、孙水法《华州面花艺术中的虎文化》（见刘琦等《麦黍文化研究论文集》，甘肃人民出版社1993年版）。本文原载于悉尼《澳洲新报》2007年11月23日。2020年2月20日修订于中山大学康乐园。2022年4月29日星期五再修改。

争，支持中国共产党打败国民党反动派，建立新中国，支持新中国各项国民经济和文化教育卫生建设事业，支持祖国的和平统一事业。同时，华侨华人也为所在国的各项经济和文化教育卫生事业做出了贡献。华侨华人的先辈，还参加了澳大利亚的抗日斗争，有的甚至牺牲了自己的生命。华侨华人的先辈用他们的血汗，在澳大利亚，为后代开辟了一条光明的新路。我们不会忘记他们。我们要继承他们的优良传统，继续前进。

我们想，如果没有中国传统龙虎文化这个基础，华侨华人是团结不起来的。龙虎文化，是华侨华人凝聚力的灵魂。在传统龙虎文化的影响下，汉代以后，中华民族又在天灾人祸的斗争中产生了具有深刻影响力的关公文化、妈祖文化、洗夫人文化和南海神庙文化等。华侨华人都把这些优秀文化带来了澳大利亚，在澳建立了关帝庙、妈祖庙和洪圣宫等。华侨华人是这些优秀传统文化的传承者。有人说得很好：一个民族如果没有自己的传统文化，这个民族是没有前途的。由于海外华侨华人非常热爱和重视中华民族优秀的龙虎传统文化，因此，他们热爱家乡，热爱祖（籍）国。家乡和祖（籍）国，永远在华侨华人的心中。祖国繁荣富强了，他们高兴！

著名历史学家李学勤说："中国传统文化常以龙虎并举，来源甚古。"是的，中华民族文化历史非常悠久，龙虎文化源于远古时代各民族的自然崇拜和图腾崇拜，据考证，虎崇拜还早于图腾崇拜。考古学家在河南濮阳西水坡发现，在六七千年前的古墓葬中，在死人尸体两边，有用蚌壳制作的龙虎图象，虎在左，龙在右，捍卫死者的尸体和灵魂。这说明，古人既崇拜"龙神"，也崇拜"虎神"，而且，虎居首位。这一发现，被称为"天下第一龙虎"。陕西省渭南市华州区，东临黄河，中近渭水，这一河一水是中华民族的主要发祥地之一，是周、秦、汉时的京畿之地。那里的人崇虎、爱虎，数千年来，沿袭成风。比如，华州百姓，过年过节，人生礼仪，婚葬嫁娶，衣食住行等，都离不开老虎造形的礼馍。1989年8月，著名民族学家钟敬文先生在北京参观华州虎文化精品——"礼馍面花"展览后说："这是一个文化现象，它肯定了除长期以来公认的龙文化之外，还存在一个具有与其同等地位的虎文化。"考古学家在黑龙江和乌苏里江沿岸发现九千年前的虎岩画。此外，考古学家还在全国各地发现很多远古的虎画、群虎图、射虎图、虎砖、虎彩陶和虎樽等。这些艺术品都说明，自古以来，我国各民族都崇拜虎，各民族都以虎的形象来象征自己民族的忠厚、富贵、强大、胜利和荣誉等。因为虎是雄姿英发的兽王。

当中华民族遭天灾人祸的时候,中华民族的儿女们就会想到借助"虎威"来武装自己的头脑,以捍卫自己的生命和安全。比如,在中国近代史上,有一位著名的爱国将领、民族英雄刘永福。他出身贫寒,20岁就投身于天地会组织,开始了他的军事生涯。他英勇善战,建立了黑旗军,反对外国侵略中国。从1860年起,法国殖民主义者以越南为跳板,入侵中国西南边境。刘永福带领黑旗军,英勇抵抗法军,屡战屡胜,大大地鼓舞了中华民族的士气。1884年,法国军舰攻占澎湖列岛,袭击台湾岛,重创福建水师,摧毁马尾船厂。国难当头,刘永福带兵同法军作战,击退法军,收复了十几个州县。1894年8月,中日甲午战争爆发,刘永福奉命防务台湾,但是,清政府却和日本签订了《马关条约》,割让台湾和澎湖列岛给日本。刘永福痛心疾首,但仍死守台湾。他孤军作战四个多月,得不到大陆清军的支援,最后,他弹尽粮绝,抗日保台斗争失败。刘永福悲愤地说:"内地诸公误我,我误台民!"最后,年近80岁的刘永福被迫退出台湾。据记载,1898年,刘永福携同僚上广州白云山游览。他登峰远眺,云山珠水,勾起他对戎马生涯的回忆,不禁感慨万千。他回到兵营后冷静地想:自己西征东战,有胆略地同入侵之敌作斗争,百战百胜,就是因为自己有虎胆,有虎威,有虎劲,有虎压倒一切的必胜精神。于是,他就写下一个奇妙的"虎"字,借以抒发自己的豪情壮志。他的部下,将他的"虎"字刻在白云山能仁寺侧的岩壁上。这草书"虎"字,字体长约两米,落款是"刘永福书"。刘永福一生崇拜龙虎。有一天,他步行到沙河,抬头望见白云山由西向东蜿蜒而来,青翠的山头,白云缭绕,远远望去,很像即将腾飞的巨龙,两道清溪从山顶奔流而下,在沙河坑口会合。刘永福便取其"双龙会合"之意,在那里修建了他的家庙(如今是广州一古迹)。在漫长的中国历史上,有数不胜数的中华民族英雄,他们高举"龙虎"的旗帜,发扬"龙虎"精神,捍卫了中华民族的安全,美化了中华大地,振兴了中华民族。

龙是传说中的图腾,没有实物;虎是现实中的动物,有眼可见。据专家考证,虎活动过的地方,往往都有虎的地名。比如,苏州有"虎丘",福建省武夷山有"虎啸岩",杭州有"虎林",吉林省的长白山有"卧虎峰""石虎滩",广东东莞有"虎门",江西有"龙虎山",海南万泉河畔有石似虎。名曰"石虎",等等。如今,以虎命名的地方,人杰地灵,经济发达,令人向往。

万泉河边的 "石虎"

有人问：远古时代的海南岛有没有虎？回答是肯定的。在琼州海峡形成之前，雷州的大地和海南的大地是连一块的。据考证，在古代的雷州大地上是有华南虎的。既然雷州大地上有虎，那么琼州大地上也必然有虎。因为虎是好动的动物，它会从雷州走到琼州；因为琼州有茂密的森林和草地，有很多野生的动物，是老虎生活的好地方。有虎的地方，就有虎的地名，比如海南岛定安县群山乡就有"蹲虎岭"，海南人的母亲河——万泉河边有"石虎"，等等。

这故事和民歌在民间广为流传，如今，我记忆犹新。

"云从龙，风从虎"，这是中国古人的一种观念。他们认为天之所以下雨，是因为有云有风，云是从"龙"那里来的，而风是从"虎"那里来，比如"虎虎生风""山雨欲来风满楼"。雨给大地带来了水，水是农作物的命脉，是生命之源，所以古人很崇拜龙和虎。自古以来，海南各族人民群众也崇拜龙和虎。他们以龙和虎命名地名、人名，比如：文昌有龙楼，琼山有龙塘，万宁有龙滚，琼海有龙江，定安有龙门、龙州、龙塘、龙梅、龙滚坡和"见龙塔""蹲虎岭"等。至于人物方面，以虎命名的也不少。比如著名的华人企业家胡文虎先生，还有虎生、小虎、继虎、传虎、林虎、业虎和耀虎等。胡文虎先生还于20世纪30年代初来万泉河岸边的石角温泉建立起了温泉别墅，后被日军破坏。如今，这里已发展为官塘度假村。我小时候，还看见有的小孩子们脖子上挂着"虎符"，衣服上缝着虎图案，穿虎鞋等，以保平安。小孩子们满月或周岁时，亲戚们常赠送"麒麟"画镜框等。这些都说明海南人崇拜吉祥动物。

"石虎"是指什么？石虎，象征着海南的平民百姓。他们深居山林、田边地头，在为海南创造财富、美化海南的环境。但是，他们享受不到自己的劳动果实。多少年来，海南的平民百姓，祖祖辈辈都在"步"（找寻、追求）"瀛洲"（一个理想社会）。但是，他们在海南，在万泉河两岸找寻、追求不到"瀛洲"，生活极端痛苦。居住在海边和万泉河两岸的平民百姓，有的人无田无地，加上天灾人祸，使他们感到在故乡实在生活不下去了。这时，他们得到中国古代海上丝绸之路的指引，受到妈祖文化和郑和下西洋的影响，受到中国龙虎文化的那种"扬龙威壮虎胆"思想的激励，在他们血管里流淌着的中华民族自古以来的"龙虎精神""战斗因子"的刺激下,以龙威虎猛的本性,以生龙活虎、虎虎有生气的姿态,去迎接世界风起云涌的挑战。有的人从海边乘轻舟奔向大洋;有的人从万泉河上乘木船出博鳌海口,漂流到海外,找寻"瀛洲"。在他们面前的是茫茫大海,再往前走,是瀛洲仙境,还是无底深渊?迷惘的前程激发了他们的冒险拼搏精神。他们随波逐流,同狂风巨浪搏斗,排除万难,终于,有的人到了菲律宾,有的人到了印尼,有的人到了越南,有的人到了文莱,有的人到了新加坡,有的人到了马来西亚,有的到了美洲,有的人到了欧洲,有的人到了澳大利亚,等等。我的父亲在七岁时就失去了双亲,他的生活之艰苦可想而知。当我出生后不久,也就是20世纪30年代初,我父亲因在乡下生活不下去了,就乘木船出万泉河口,漂流到马来西亚马六甲谋生。我父亲就是海南人到海外找寻"瀛洲"的一员。同时,留在海南,没有奔向海外找寻"瀛洲"的有志之士,就参加了中国共产党领导的工农红军、"红色娘子军",大闹万泉河两岸,去找寻"瀛洲"(社会主义社会)。比如王文明、陈永芹等,就是著名的工农红军领导人。后来,有的华侨青年又从海外回来,同工农红军一起找寻"瀛洲",大闹革命,保卫"瀛洲",打倒日军。有关海南华侨的历史,有人说,有文字记载,是从南宋乾道七年(1171)开始。但据我考察,海南人到海外谋生的历史,应从汉代开始。比如,海南的椰子树是从汉代开始种植的,是海南人从菲律宾把椰子苗移植到海南的。但是,最多海南人到海外找寻"瀛洲"的时代,是明清以后。有人说,凡是有海水的地方,就有海南人。有人统计,如今,海南人分布在100多个国家和地区,有300多万人,是海外华人中一个较大的群体。海南人在海外的影响力越来越大。凡是有海南人的地方,既有龙虎文化,也有海南的地域文化。这种文化,紧紧地把海南人团结在一起,也紧紧地把海南人和所有海外华人团结在一起。

据记载,海南人登上澳大利亚这块"瀛洲",距今已有一百多年的历史了。最早来澳大利亚的海南人,有的是被卖"猪仔"来的。我的继祖母有一个男孩,可能就是被卖"猪仔"来澳大利亚当矿工,后来被矿主害死了。据记载,早期来澳大利亚的海南人都是从事体力劳动的,他们是被剥削者。但是,历史记载,最多海南人登陆澳大利亚的时间,应是20世纪40年代初。1941年12月,日军发动了太平洋战争,香港沦陷,日军进行了海上封锁,外出的香港轮船不能回港。当时,滞留在澳大利亚的香港轮船上有一千多华人海员,其中不少是海南人，他们成了有家归不得的难民。他们虽然在澳大利亚定居下来，但是生活还是很困难，幸好得到刚成立不久的侨青社照顾，解决了他们的就业问题。有的人到昆士兰州做打捞沉船工作；有的人去达尔文港搞运输工作，参加了抗日队伍；日军飞机轰炸达尔文港时，有不少海南人被炸死；有的人到新南威尔士州西部参加修水库劳动。当时滞留在悉尼的中国海员成立了海员工友联合会，海南琼海籍的冯海星先生就是该会的秘书长。20世纪90年代初，我在中山大学工作时，冯先生还同我通过几封信，畅谈他在澳大利亚的艰苦创业史。如今，冯先生不在了，我很怀念他，他是在澳华侨华人的精英。1943年，定居在新州的海南人成立了琼崖业余进修会，他们在那里学习中国文化，学习英语，交流思想，交流家乡信息，这就是今天的新州海南同乡会的前身。当时，在新州的海南人，有一部分人参加了进修会，一部分人参加了侨青社。侨青社这个社团爱国爱乡，在抗日战争时期，他们宣传抗日，动员华侨募捐钱物，支援祖国。新中国成立的那一天，侨青社在澳大利亚的天空中升起了第一面五星红旗，表明他们是中国人，他们热爱和平、热爱新中国，他们和中国心连心。

开辟 "瀛洲" 新家园

海南人同澳大利亚各民族一起和睦相处，共同开辟这块"瀛洲"的新家园。20世纪60至90年代，有不少海南籍的华侨华人从亚洲各国和地区移民来澳大利亚：有的从海南来，有的从香港来，有的从马来西亚来，有的从新加坡来，有的从越南来，有的从泰国来，有的从柬埔寨来，等等。尤其是中国改革开放之后，中国和澳大利亚的友好合作与日俱进，有不少海南籍的中学生、大学生来澳大利亚上大学，读研究生。有的学成回国，有的留下来，参与澳大利亚的经济文化、医疗卫生和教育工作，成绩卓著。

来自虎故乡的海南籍人，是一批批"虎虎生威""生龙活虎""艰苦奋斗"和"无私奉献"的一代有作为的澳大利亚著名华侨华人，从早期的林业先生、符树培先生，到现在的精英——陈探真会长、陈升义会长、林子强医生、王人庆总裁、陈超总裁、王达谦主席（侨青社）和梁梅居女士等。他们对祖（籍）国、家乡和所在国都做出了很大的贡献。还有很多旅澳的海南人，他们富有团结互助、关爱他人的品格和热心为华人社会团体合作事业奉献的精神。比如在海南同乡会里，就有一批具有忘我精神的人，他们是吴成廉先生、林惠娇女士、唐博生夫妇、陈惟军夫妇、吴清煌先生、许环宁医生、邢福狮先生、唐淑芳女士和何勇奋先生等。

　　当了二十多年海南同乡会会长的符树培先生（祖籍文昌），不但搞好本会的工作，而且他明白，团结就是力量，众志成城。于是，他努力推动新州不同乡籍、不同阶层的华人团体进行大联合，发挥大集体的作用。在他的推动下，新州一百多个华人团体成立了协会，他推举为新州华人团体协会的主要负责人之一。他还和侨青社、澳中友协等友好社团努力促进澳大利亚人民了解新中国，并推动澳大利亚政府与真正代表中国人民的中华人民共和国建立外交关系。1974年，海南同乡会联合其他友好社团，成立了新州华人团体协会这一网络组织，积极推动澳中友好，也为日后澳大利亚华人团体协会的壮大与发展奠定了基础。符树培先生去世后，新一代精英接了符树培先生的班，把他们的智慧、精力和财力，无私地奉献给了澳大利亚的华人社会团体，全心全意为华人社团服务，获得了广大华侨华人的爱戴。他们有的被选举为侨青社的主席，后来又被选举为新州海南同乡会会长、澳大利亚华人团体协会主席和大洋洲、澳大利亚中国和平统一促进会秘书长、常务副会长。如今，社交活动繁忙，但是他们能做到本职工作和社会活动两不误。有人说他们是精英、优秀人才。是的，他们多才多艺，会写、会唱、会讲，待人热情，态度和蔼，平易近人，特别是他们有深厚的爱国爱乡思想、有一颗无私奉献的心、有高尚的美德、有很高的中英文水平、有很强的组织能力、有很强的工作能力、有"龙虎精神"、有为华人社团服务不怕劳苦的思想和自我牺牲的品德。他们是澳大利亚难得的、德高望重的侨领。

再说万泉河畔的"石虎"题字[1]

去年,我根据中山大学出版社出版的《琼海文物志》刊载万泉河畔的"石虎"题字,撰写了《我们是"龙虎传人"》。现据琼海市文联主席王锡均先生对"石虎"的考察所提供的资料[2],我对"石虎"的题字,再做进一步的研究。

清代琼州社会名人王景朝和琼州镇守刘成元分别于1873年至1877年间在万泉河中游河畔的"石虎"上题字。王景朝题的是:"石虎步瀛洲"五字。刘成元题的是"文炳"二字。这两位名人所题的七个字,都来自"虎典"和"虎谚"。在我国的典籍中,"虎典"和"虎谚"比比皆是。这就说明,中国人早就有了深厚的虎文化。比如,《宋书·武帝本纪》全文一千多字,就用了当时流行的虎谚"龙行虎步""虎口""履虎"等,作者沈约用这些虎谚生动地记述了刘宋高祖武皇帝刘裕的"风骨不凡":"刘裕龙行虎步,见瞻不凡,恐不为人下"。后来,刘裕果举大事,当了皇帝。描写刘裕在推翻楚王桓玄斗争过程中的危险处境时写道:"忠臣碎于虎口""险过履虎"("履虎"即《周易》"履虎尾"的简称)。用虎谚"龙行虎步"来描绘刘裕富贵、豪迈的气派,用"虎典""虎口"和"履虎"来突出刘裕斗争的艰险。在这篇短文中,作者三用虎谚、虎典,说明虎威在人们心目中的地位是何等的高!虎的"王者之风"和斑斓多彩的雄姿,激发了历代无数文人墨客、英雄人物的审美情思,给了他们以灵感和鼓励,从而创造出了新的业绩。

王景朝是清代海南著名的学者,也是清政府里的一位中小官员。他热爱祖国,热爱家乡,热爱人民。在他看来,虎是"圣兽"、是"威武、严肃"的象征,虎最能反映万泉河两岸人民群众的精神面貌,中华民族就是"虎虎有生气"的民族。于是,他重视中国传统的虎文化,深入研究虎文化,虎文化在他的心目中占了很重要的位置。他坚持学以致用,要在自己的家乡利用家乡的自

---

[1] 2008年6月20日定稿于悉尼;2022年4月30日星期六再次修改。

[2] 参见王锡均《家住万泉河边》,新疆人民出版社2002年版。

然风物，弘扬虎文化。

王景朝发现自己的家乡（今琼海市龙江镇南正村）河对岸水边，有一巨石，"成虎头状，有凸起的额，有陷塌的眼睛，有斜直的鼻梁，有垂悬的下颌，还有从下颌收束向上的嘴巴。由于这个石块之后被丛林覆盖，而又浮凸于其他丛林山体，远视酷似一只气势威猛的巨虎，从岭上腾跃而下穿林而出，止伏于河边，似作吸水状，又似要过河去，好一只活灵活现的石虎，令人叹为观止"①。王景朝看见这"虎虎生威"、栩栩如生的"石虎"，于是，他的"虎"灵感就来了。他在"石虎"上，以虎谚"龙行虎步"中的"虎步"二字题刻上了"石虎步瀛洲"五个大字。其意义无比深长，耐人寻味。所谓，"龙行虎步"（亦作"龙骧虎步"），就是说龙行云中，变化多端；虎奔山中，步履堂皇。它们的举动神圣威武，自然而然，非一般人和动物所能及。古人多以此来比喻天子帝王之相或虎将之雄伟、豪迈、威武的气概，美化天子帝王和赞颂英雄人物。至于"石虎步瀛洲"中的"石虎"，虽不是活生生的动物，但王景朝却用一"步"字，巧妙地把"石虎"写活了，好像变成一只真老虎，可以在"瀛洲"（海南岛，乃至"三沙"群岛上）大地上举步行走了。在这里，王景朝已把"石虎""人格化"了，他以景寓意，即，"石虎"象征着万泉河两岸的人民群众，海南岛和"三沙"群岛，乃至中华民族。他们正胸怀大志，排除万难，步履稳健，坚定、敏捷、勇敢地大踏步迈向"瀛洲"（人间理想的乐园）。或许，这也就是王景朝的理想。他就是要以像"石虎"那样"威武、严肃"的形象、"虎虎有生气"的中国传统文化和他那青春烈火一样的激情来唤起人们的斗争精神，去争取和创造自己的理想乐园。也许有人会说，"石虎步瀛洲"是反映万泉河两岸人民群众正在漫步于优美的人间乐园里，过着悠然自得的生活。我想，这样理解"石虎步瀛洲"，可能和当时万泉河两岸农民实际生活水平之低下不相符合，和王景朝所处的中低层官位不相符合。从王景朝的经历来看，他生活在基层的时间多，接触的群众多，了解群众的痛苦多，他和广大群众同呼吸、共患难，支持群众，以虎的精神进行正义的斗争，实现美好的生活。我想，这才是王景朝的真正思想和实际行动。

王景朝生活的年代（1845—1877）正值太平天国农民运动。清道光三十年

---

① 王锡均《石虎 石龟 石壁》，见《家住万泉河边》，新疆人民出版社2002年版。

（1850），洪秀全等革命领袖人物起义于广西桂平的金田村，建国都于南京。太平天国运动在中国南方的影响很大，甚至涉及琼州。清代的琼州，虽然经济有所发展，但是由于统治阶级对人民的压迫与剥削，广大人民群众还是处于水深火热之中，有人被迫背井离乡到海外谋生。在人类社会中，哪里有压迫，哪里就有反抗。在当时，推翻反动、腐败的清政府，是广大人民的愿望，可能也是王景朝的愿望。据梁明江的《琼海文化述论》记载，在太平天国时期，万泉河两岸的乐会、琼东等地农民暗中成立了"三点会"组织，发动群众，支持太平天国起义。所以，太平天国的烈火也在万泉河两岸熊熊地燃烧。我想，这样的革命浪潮，一定触动了王景朝的思想。同时，太平天国领导人，上信天（故称天国），崇拜龙；下信虎，崇拜虎，洪秀全等农民起义领导者就是一批生龙活虎的人，他们是虎将。由于太平天国领袖人物崇拜龙虎，因此在太平天国统治的十几年间，龙虎文化受到社会重视，尤其是龙虎壁画相当盛行。据记载，当时南方人过年，都在门上或墙壁上张贴龙虎壁画，可见当时的群众很重视龙虎文化。我想，这种龙虎壁画的风行，也会对王景朝产生影响，王景朝在"石虎"上题字并不是偶然的。

琼州镇守刘成元于清同治癸酉年（1873）在"石虎"上题了"文炳"二字。据王锡均的文章介绍，这一年，王景朝在大陆任职。刘成元的其他资料目前还未找到，只知道他是个镇守。一位镇守专程来"石虎"上题字，值得我们好好地研究。

"文炳"二字出自《周易·革卦》九五："大人虎变，未占有孚。《象》曰：大人虎变，其文炳也。"注："九五居中处尊，以大人之德为革之主，损益前王，创制立法，有文章之美，焕然可观，有似'虎变'，其文彪炳。"①

因为要花很多时间和精力才能在"石虎"上题字，所以刘成元只从"虎典"中取出精辟的"文炳"二字，画龙点睛地进行了雕刻。虽然仅仅是两个字，但是已把他的思想感情淋漓尽致地表达出来了。只要有文化修养的人一看，就可以明白刘成元内心所要表达的是什么了。按照我的理解，刘成元题"文炳"，就是希望朝廷（君）当局取信于民，使自己的政绩像"文炳"那样明亮、显著、兴旺发达；以大人（君）的高尚道德思想为主，进行政治思想、经济文

---

① 汪玢玲：《中国虎文化》，中华书局2007年版，第1页。

化改革，废除前王的弊端，创立新的政纪，新的制度；并且弘扬虎文化，来一次"虎变"（虎身上的花纹不断变换，更加斑驳多彩），使国家的面貌更加斑斓美观，使人民的生活水平不断地提高，这样，自己的政权就会巩固了。关于这"虎典"的解释还有不少，比如，东北师范大学汪玢玲教授认为，虎变有脱旧毛、换新毛之意，故这里是说在上的'大人'（君）要勇于改革，使政务比前王有所损益，创新法制，其文彪炳，文明可见，使一切事务像虎纹一样鲜明美丽，事理彰明，顺天应人。以大人之道，行变革、革命之实，为百姓所信任，就不用占卦了。'大人虎变，其文炳也'，言大人所进行的大胆改革，发号施令，很见成效，正像虎之斑纹一样，大而疏朗，显而易见。正确理解这条'虎典'对今日之改革、开放，颇有现实意义。"①

刘成元是琼州镇守，是清政府一位级别不小的官员，他是为巩固清政权而题"文炳"的。但是，他期望大人（君）能进行改革，废除不合理的政纪，创建开明的政治，这对人民是有利的。从刘成元题"文炳"这角度来说，在当时他应该是一位好镇守。然而，刘成元为什么希望大人进行改革呢？我想，他是受到太平天国革命浪潮的冲击，眼看清政权岌岌可危的情况，而借"石虎"来呐喊的。

在清代交通不便的情况下，刘成元不怕艰苦，从一百多公里的琼州府城来到万泉河边，题上"文炳"二字，还饱含着他要发展文化教育的想法。琼州的文化教育在清代虽然有所发展，但是还远远比不上明代。这是众所周知的，刘成元对此也是有感慨的。于是，他专程到"石虎"来，希望能借"石虎"的"虎啸"，来发扬"虎虎有生气"的精神，快速发展万泉河两岸乃至琼州的文化教育事业。我们还可从刘成元所采用的"文炳""虎典"引申出汉代刘向《说苑·建本》中的一个典故来说明这个问题。

> 晋平公问于师旷曰："吾年七十，欲学，恐已暮矣"。……师旷曰："臣闻之，少而好学，如日出之阳；壮而好学，如日中之光；老而好学，如秉烛之明。秉烛之明，孰与昧行乎？"

---

① 参见汪玢玲《中国虎文化》，中华书局 2007 年版。

刘成元以"炳烛"的典故来勉励后学：要日夜刻苦读书，从少年起就要读书，努力做到活到老，学到老。可见刘成元力图发展琼州的文化教育事业，立即掀起读书热潮的殷切期望了。

刘成元和王景朝可能是好朋友，两人对虎文化都有共同的爱好，但是两人的处境、地位、立场和思想感情都有所不同。刘成元所题的字"文炳"，其思想倾向主要是企图维护清统治阶级的统治；而王景朝所题的"石虎步瀛洲"，其思想倾向主要是同情人民群众，期盼人民群众以"王者"（主人公）的姿态、龙虎精神、猛虎的干劲、虎一样稳健有力的步伐，去改变现状、去实现自己的理想、去创造人间的乐园。

我没亲自对"石虎"进行考察，但从王锡均先生对"石虎"的记述来看，这"石虎"可能就是华南虎的"化石"。据专家考察，华南虎诞生于两百多万年前。虎诞生的年代可能早于人类。万泉河的形成可能在一亿多年前。我建议专家们对万泉河边的"石虎"进行实地考察研究。如果能科学地证实它是华南虎的"化石"，那贡献就大了，那万泉河就更加举世瞩目了，这"石虎"就是国宝了。

前几年的一个元宵节，老乡蔡鸿亲先生带我到他姐姐家龙江乡南正村观看元宵花灯表演。南正村的万泉河对面就是"石虎"。他姐姐应我的邀请，划船载我到对岸观"石虎"。这巨石真的似虎，石虎从山里出来，伏在河边，嘴伸到河边喝水，栩栩如生。它是海南省重要的历史文物，必须保护好！

《万泉河传》的封面设计耐人寻味[①]

拙作《万泉河传》已由中山大学出版社出版了,正在海南省发行,轰动了海南省的文化界。我的朋友在琼海市嘉积镇文博书城买到了这本书后无比高兴!他说他初步浏览了这本书,觉得内容非常博大精深,有独到之处,思想性强,见解精辟,使人大开眼界,令人鼓舞,这是当前海南省图书界涌现出来的一本好书,它将帮助读者进一步了解万泉河乃至海南省的历史文化,激发读者热爱、研究万泉河乃至海南省的历史文化,弘扬万泉河乃至海南省的历史文化。由于本书的思想内涵广大、深厚,我仅从它的封面和封底探寻它深邃的内涵。封面的设计者是中山大学出版社的美术编辑林绵华。

我一拿起《万泉河传》就看见王文明和冯白驹的塑像高高地竖立在封面的顶端,再仔细看,王文明和冯白驹的塑像是竖立在万泉河岸上,在全神贯注地眺望着万泉河两岸的山山水水。这使我想起,从20世纪20年代以来,革命英烈们为万泉河两岸人民群众获得解放而英勇斗争的壮烈情景。虽然他们为革命牺牲了,但是他们的精神永垂不朽,今天,他们的革命英灵还在注视着万泉河两岸乃至南海蓝色的家园,他们的革命精神仍然鼓舞着海南人民为建设万泉河两岸乃至南海蓝色家园而不懈奋斗。《万泉河传》封面的设计者关注万泉河乃至海南的红色文化,把竖立在革命根据地"母瑞山"、由邓小平题词的王文明和冯白驹塑像,摄影印制在《万泉河传》封面的显著位置上,可见设计者的立意之独特和深邃,深感其精神之可贵!因为多年来,我没见过有刊物在封面上或其他显著位置展现王文明和冯白驹的塑像,好似大家已把这光辉的塑像遗忘了。值此中国共产党第十八次全国代表大会即将召开之际,我们不能忘记中国共产党海南岛地方党委的创立者。王文明就是中共海南岛地方党委的第一任书记,冯白驹就是王文明的接班人,正是由于他们的英明领导,以及海南岛广大

[①] 2012年5月7日写于万泉河畔嘉积镇;2020年2月24日修改于中山大学家中;2022年4月30日星期六再次修改。

人民群众的英勇献身，海南的革命红旗二十三年不倒。从1950年年初开始，中国共产党领导的琼崖纵队大力支持中国人民解放军渡海作战，打败了国民党军队，从此，海南岛获得了彻底的解放。今天，王文明和冯白驹的塑像印刷在《万泉河传》的封面上，其寓意深刻！

  在《万泉河传》的封面和封底上，有几棵笔直翠绿的椰子树、槟榔树和一棵古老、挺拔而有生机的巨大橡胶树竖立在万泉河畔，引人注目。这些热带作物在万泉河两岸乃至海南岛广泛种植，不能不使人想起万泉河两岸乃至海南岛的广大劳动人民群众和华侨华人对海南岛历史和现实的贡献。孙中山先生说，海外的华侨华人是革命的母亲、先进文化的传播者、物质财富和精神文明的创造者。据《万泉河传》记述，椰子树在万泉河乃至海南岛的种植已有两千多年历史了。两千多年来，海南人民认识到椰子是一种重要的绿色食品，椰子树是绿化海南岛的一种重要植物，其木料用途广泛，万泉河两岸乃至海南人民在日常生活中少不了它。至于槟榔树在海南岛的种植也有一千多年的历史了。槟榔果既是一种药用植物，又是一种礼品，深受中国南方沿海一带人们的欢迎。所以长期以来，这两种热带经济作物遍布万泉河两岸乃至海南岛。饮水思源，椰子树和槟榔树最初是由华侨从东南亚各国引进海南岛的。据记载，20世纪初，橡胶树传进马来半岛，有经济眼光的何麟书先生等，立即购买橡胶园，种植橡胶树。何达启等华侨华人也意识到在万泉河两岸乃至海南岛都可以种植橡胶树，于是也冲破帝国主义的封锁，将橡胶树种子偷偷地运回海南岛，分别种植于万泉河上游和儋州等地山区。如今橡胶树林覆盖海南岛大地，橡胶制品供应到市场，支援了国家的工业建设，为国家和海南创造了财富。《万泉河传》把它印在封面上，耐人寻味，说明海南的华侨华人在海南的重要地位。

  万泉河两岸乃至海南岛是多民族聚居地，有汉、黎、苗、回等民族，他们在中国共产党的领导下，发扬优良的传统文化，建设自己的家园，使万泉河乃至海南岛的面貌日新月异。所有这一切，在《万泉河传》的封面上都体现出来，告诉读者，万泉河两岸的各族群众是建设海南的重要力量。

  在《万泉河传》的封底上，有一轮红日正从万泉河出海口的南海中冉冉升起，普照大地。它象征着万泉河两岸乃至海南国际旅游岛、自贸港，在中国共产党的领导下，其前途无比光辉灿烂。

第三卷
艰苦岁月

日军侵犯我的家乡

日军侵犯万泉河两岸

大约是 1938 年冬天,春节前几天。有一天黄昏,我站在家门口,看见离村不远的河岸人行道上,椰子树底下,有一支长长的队伍,由东向西走,他们高举着火把,一边走,一边高喊:"日本帝国主义侵犯我们的国家了!侵犯我们的南海了,很快就要登陆海南岛了。大家立即行动起来!打倒日本帝国主义强盗!日本帝国主义强盗从中国领土滚出去!不买日本货!烧毁日本货!"

春节后几天,有一天早上,我到河边玩,看见河对面的沙滩上,有许多国民党军队(保安六团)的官兵在操练,时而卧倒在地练习瞄准,时而练刺杀,时而跑步,时而练步操。他们驻扎在下朗村的祠堂里。大人们说,这些军队是害怕日军的,他们知道,日军就要从博鳌港登陆了,将侵占乐城、嘉积等城镇。这些国民党官兵害怕被日军打死,就早早逃亡到这里来。他们还准备逃亡到万泉河上游的五指山和黎母山区保命。

过了农历新年之后,也就是 1939 年的农历二月初,在南面坡、长坡等地的秃山峻岭上,都有人在站岗,在岗位旁边竖立起高高的"警告物"。如果这"警告物"倒了,就说明日军来了,村民就要赶快往万泉河西岸的山区里逃难。有一天早上,村里人慌张地说:"'警告物'倒了,大家赶快收拾行李逃走!这时候,村民人心惶惶,都在忙于收拾行李、粮食,准备随时逃亡。在这几天的中午,都有日军的飞机,沿着万泉河上空,由下游向上游飞行,曾在石壁市(当时农民把镇称为市)上空投下几枚炸弹,炸毁了很多店铺和古庙。然后,又沿着万泉河上游的上空继续飞行,进行空中侦察。一天中午,有一架日军飞机飞到蒙养村对面的沙滩上空,突然间一头栽进了沙地中,两名飞贼全部毙命。第二天,我看见河边的人行道上,有不少村民挑着行李,有的用竹箩筐挑着婴幼儿,有的背着不能走路的小孩子,沿着河岸的小道,扶老携幼,往万泉河上游的山区里逃去。这时，大人告诉我，日军正在向我们的家乡逼近。日军很快就要到蒙养村河对面的沙滩收拾他们的飞贼尸体了。我们必须在日军到来之前尽快逃往山区。我妈妈也慌忙收拾行李和食物，然后带着我跟随黎汝舟的家人一起，离开老家，朝着山区逃走。大家逃到离家不远的橡胶园里，已是下午了，天快黑了，不能走了，于是，大家就躺在橡胶树底下过夜。次日上午，我们又继续朝着万泉河西岸山区方向逃去。逃到万泉河边的一个小山村子里暂时休息。看见村子里已经住满了人，我们就渡过万泉河，走进一座深山老林里。我妈妈就和大家一起，砍小树，搭草寮，暂住下来。过了十多天，我妈妈就带我逃到继祖母的耕作地会山（当时叫"粉车"），同她老人家一起避难，一起劳动生产自救。

日军侵犯我家乡时，我快满七岁了，刚踏进我村后的设在陈氏祠堂里的一间私立小学（识字班）。还记得我的邻居何君福叔叔（他是高年级班的学生）正在手把手教我写我的名字时，我的名字还没学会写，老师就紧急宣布，日军来了，学校不办了，大家赶快回家，跟着父母逃难。日军强盗来了，我失学了！一直到1945年秋天，日军投降了，外婆家村中的王氏祠堂设立的私立识字班开学了，我妈妈才带我去上识字班。从此我才有机会学汉字。这时，我已经十四岁。在海南七年的抗日战争期间，我在山区度过了几年苦难日子。当我从山区回到老家时，只见房子周围和田地里长满了密密麻麻的、约一米高的杂草。真是"国破山河在，城春草木深"。我们回家当了几年日军的"顺民"，被日军强迫去做苦工，受尽了日军的奴役，挨日军的拷打，坐日军的牢。这段苦难的日子，令我永远难忘！我永远痛恨日军！

我们逃难到粉车山区，我妈妈自己砍树，割茅草，搭盖简易的茅棚，晚上，就睡在茅草房的地板上。有茅草房住了，我妈妈就和继祖母去开荒种杂粮。但是，杂粮是不容易种的，而且是不会很快就长出果实来的，因此我们只能吃野果和野菜，忍饥挨饿。白天，日军的飞机在我们的头顶上空飞来飞去，不断地打机关枪，我们只好躲在山沟的石洞里，肚子饿了，没饭吃，只好去摘树叶来熬汤喝。日军占领万泉河两岸之后，就建立起日伪汉奸组织——"维持会"。"维持会"设会长和武装部队（均为汉奸充当），协助日军打中国人。日军在乡村设立伪保甲长，通过他们对人民群众发号施令。

日军为了长期统治万泉河两岸，在龙江、石壁和坎下村对岸的河岸上（俗名叫长勒村）等地大兴土木，比如建炮楼、搭架桥梁、修汽车路、建日军兵房和挖战壕等。此外，日军害怕抗日游击队利用山林作掩护，攻击他们，于是就强迫民工把日军驻地周围数百里以外的山林通通砍倒，使山林变成一片开阔的平地。这些艰苦劳役，都是要农民工去完成的。还有，日军和"维持会"的伪军每天都要吃猪肉、"三鸟"和蔬菜，这些需要农民为他们喂养和种植。于是，日军便通过"维持会"，发动老百姓回家做"顺民"。

这消息传到山区之后，逃难的农民又惊又喜：惊的是，担心回家后被日军抓去砍头；喜的是，能回到离别多年的家。土地是农民的命根子，农民就靠自己的田地养活自己。谁不爱自己的家，谁不恋自己的土地？于是，农民纷纷从山区回家种地。大约是1941年年底，我们村的农民就回到自己的家了，只见村子的面貌全变了：原来的人行道、房子周围和田园等地，都长满了齐腰高的杂草，在野草丛中，有许多黄蜂窝，还有小虫跳来跳去。特别是那些黄蜂，飞来飞去，如果你不小心摇动黄蜂窝，它们就飞出来，叮得你满头包，非常痛！我妈妈说，为了生存，必须搞好室内外环境卫生、铲除杂草、开路、开荒种地、种田。我妈妈够苦了。她忍饥挨饿，从早到晚，一镰刀、一镰刀地割杂草，深挖地，修整土地，尽快在地里种植稻谷、番薯、杂粮和蔬菜等农作物，以解决生活问题。

日军允许老百姓回家来做"顺民"，实际上是为日军做奴隶、做劳役。日军选好驻军地点，就要修筑炮楼和建营房。这就需要大批劳动力，而这些劳动力就来自"顺民"。于是，日军天天强迫"顺民"去为他们做苦工。修建炮楼、军房需要大量的建筑材料，比如砖头和木料等，它们的来源就是农村中最好的房子。于是，日军就强迫农民工拆毁房子，然后将拆下来的好砖头、好瓦片、好木料、好木板和好门窗等搬去修建日军的炮楼和官兵营房等。我估算，日军在阳江、龙江、石壁、加勒洋、长勒、槟榔栽园（地方土地名）和南面坡共建炮楼七座，大多数炮楼都建造在比较高的地坡岭上。每座炮楼高100多米，炮楼周边建造数间兵房。这些建筑物所需的砖头和木料，都来自农村被拆毁的民房。我估计，日军占领万泉河期间，被日军拆毁的农村民房有数千间。日军为了早日完成这些工程，就强迫农民每家每户每天都要派一个劳动力去做"日本工"（为日军修建炮楼和兵房）。这样，家里只有一个劳动力的人家，其田地就没人耕作，就没东西吃。我家只有我妈妈一个劳动力，如果她每天都要去做

"日本工"，我家的田地就没人耕作，怎么能长出食物？没食物，就要饿死人！为了在家开荒种地，我妈妈有时就不去做日本工了。日伪的保甲长就到我家来威胁、恐吓我妈妈，甚至带日本兵来拷打她。为了让我妈妈能在家耕地种农作物，我虽然没到做工的年龄，但是坚持每天都顶替妈妈去为日本人做工。我妈妈也担心我年纪小，去做日本工受不了苦，还会被日本人打，不让我去。但是我坚持要去，我妈妈为了在家种地，只好让我去了。天没亮，我妈妈就煮好番薯饭，加上一些用盐炒过的椰肉丝当菜吃。这些饭菜，我妈妈每天就用槟榔叶子打包好。天一亮，我就带着杂粮饭，扛着锄头或其他劳动工具，跟着村中的大人赶路去做日本工了。做什么工？挑砖头、砍伐山林、挖战壕和修汽车路等。有时候，日军看见我年纪小，做不了大人的工，就叫我去放牛。这头牛是日军强夺农民的，准备将它杀死吃牛肉。我放这头牛吃草饱了，到了下午，我就把牛赶回日本人的军部，在原来绑牛的大树底下把牛绑好。然后趁日本人不在场，就偷偷摸摸地跑回家了。

为日本人做苦工，是天天都要去的，今天在甲地做，明天在乙地做，甚至大年三十那天我们也要去做。有一次，大年三十了，村民们在晚上已点灯过年了，可是我们这些去做日本工的人还在赶回家的路上。日军坏透了，连中国人想过个农历大年都不允许。

有几次，我去做日本工，遇到比较凶恶的日本兵，他看见我年纪小（我当时约12岁），做不了工，就骂我："你家的大人去哪了？不来做工！你这么小，来做什么工？"还拿鞭子打我，并警告我："你以后不准再来！"这狗日本兵，第二天看见我又来了，十分恼火，不但打我，还强迫我做"四脚牛"——两手掌和两只脚尖要长时间顶着地板，身子伸直，肚皮不能接触地板。这种体罚，对于人体是最大的摧残，是最难忍受的。由于做"四脚牛"消耗的体力最多，我坚持不了多久，就接触地板了。穷凶极恶的日本兵看见我"违规"了，就用他穿的皮鞋狠狠地用力踩在我的背上、腰上，使我痛得要命！我大喊大叫，痛哭流泪。残忍的日军不但不同情我，还要用鞭子来狠狠地打我！我这辈子，永远不会忘记日军对中国人民所犯下的罪行！

日军统治我家乡的时期，我代替我妈妈去做了几年的日本工（当了亡国奴），受尽了苦。大概是1945年上半年，我和村中的黎才德、黎才花三位少年，到石壁日军驻地去做工。到了下午快到放工时，不知道日军是为了威胁我们三位少年，还是准备向我们下毒手，便野蛮地将我们关进了牢房里，并且看守牢房的日军还常常把杀人的大刀从窗口插进来，恐吓我们，并声嘶力竭地嘶叫"我要杀死你们！"很庆幸，我们获得了日伪保长陈万信先生的担保。他是我们邻村的人，又是一名中医，当时他正在石壁一间中医药店里为病人看病。据说，他既是日伪保长，又是我们抗日游击队的情报人。我们三个少年，得到陈万信先生的担保，才得以从日军的牢房里走出来。我这一辈子，永远忘不了日军侵犯中国，杀害中国人民，也永远忘不了陈万信先生的救命之恩！

日军统治我的家乡时期，还规定：每家每户养的猪，如果卖出，都要先抬到伪"维持会"所在地去杀。我的村是属于加勒洋日军驻军和伪"维持会"管辖的，所以这里村民养的猪如果卖出，都要抬到伪"维持会"去杀，并且村民每杀一头猪，都要将一半猪肉"赠送"给日军和伪"维持会"。此外还规定，每户老百姓每个月要给日军和伪"维持会"各"赠送"一只两斤以上的鸡或鸭和两斤蔬菜等。我妈妈花了两年的劳力和心血，才养了一头100多斤的猪，被迫抬去伪"维持会"杀了，那帮强盗就野蛮地夺走了我妈妈的一半猪肉。由此可见，日军对中国老百姓的压迫和剥削是何等残酷！这就是当亡国奴的悲哀！谁能忍耐！如今，日本军国主义者不死，他们还在蠢蠢欲动，中国人民必须提高警惕！

海南岛沦陷时期，日军还强迫我们村的何君臣等人去三亚、石碌等地修铁路、挖铁矿。何君臣逃回家来时，只见他皮包骨头，满脸污垢，头发长到蒙蔽耳目。在他那凌乱的头发和破烂的衣服里，长满了虱子。村里人见他被日军折磨成这样子，无不痛恨日军。他说，工人们每天早出晚归，头顶烈日，为日军修建从三亚到石碌的铁路，还被迫在石碌为日军挖铁矿，而且不时受到日军的打骂。每天日军只发一个饭团给他们吃。由于天旱，连喝的水都很少，哪里有水洗澡、洗衣服？时间长了，身上就长满了虱子，他身上的血液不断地被毒虫吸取，皮肤发痒很难受，身体越来越差！这就是日军对我们村民的摧残！

他还说，日军为了掠夺石碌的铁矿，从台湾、上海、汕头、广州、香港、澳门和海南其他地方强征了四万多人到这里挖矿，大部分是中青年人，甚至还有十二三岁的少年。夏天，石碌地区很炎热，工人没水喝，无饭吃，口干和饥饿很难忍耐，天天有几百人甚至上千人病倒。病倒的人就被日军抛进死人沟里。据历史记载，日军强迫四万多中国人去石碌挖铁矿，其中饿死、病死和被日军杀害的有 35000 人。到 1944 年，日军已从石碌掠夺了铁矿石 1900 多万吨运到日本，最后变成军舰和大炮，杀害中国人民。

我们村的何氏兄弟大难不死，能够平安归来，他们的控诉让我们进一步地了解日军的罪行。我们的村民虽然当了日军"顺民"，但是日军随时随地都可杀害他们。例如，黎才桂的未婚妻陈氏，只有 16 岁，有一天上午，她在家乡附近的长坡草地上放牛，却被日军开枪打死。一个放牛的善良女孩子，她有什么罪？日军杀害我们的同胞，绝对不能忘记！日军侵犯我们家乡的历史，必须牢记，决不能重演！必须打倒日本军国主义！

日军"学校"毒害青少年

日军在侵略万泉河两岸时，除了大肆掠夺和破坏万泉河两岸的经济外，还大肆用日本军国主义的思想文化奴化两岸的青少年，企图永远侵占海南岛。他们大肆宣扬"大东亚共荣圈"，要中国的青少年忠于日本天皇，为日本帝国主义效劳、当炮灰。为此，日军在万泉河两岸的城镇，如乐城、嘉积、文曲、温泉、龙江和石壁等地，都开办了日本"学校"，命令城镇周围的青少年去上日本"学校"、读日本"书"，不去者或将被处罚。于是，不少青少年都去读日本"书"了。

我家离龙江和石壁约十华里，我不知道那里有日本"学校"，即使知道了，我也决不会去，因为我仇视日本侵略者，反抗日本侵略者，不会被日本的思想文化"奴化"。我除了被迫去做"日本工"外，就是在家里放牛或听妈妈的指挥做其他家务劳动。在劳动之余，没有书读，能做什么呢？我喜欢放风筝。午饭后，是农民休息时间，我就和同辈人黎才德一起做风筝，放风筝。我们既是做风筝的高手，也是放风筝的能手。我们会观察天气，了解什么时候起风，什么时候风大，什么时候风小。我们的风筝，趁着好风，飞得很高、很远，甚至飞入云雾中。有时候，风筝还在空中通宵达旦地飞翔。我们还在风筝上安装一个风琴，它在空中被风吹动，发出优美的乐声，不但我们高兴，而且农民看见了我们的风筝，听了风筝发出的风琴声，也很高兴！我们不去日本"学校"，就这样虚度少年的时光。日军侵略中国，不知道毒害了多少中国的青少年，使他们多年里没有机会读中国的书。

有一年冬至，我家河对面的下朗村有一些青少年跟着他们的家长到我们村附近的山坡上扫墓。我看见那些青少年都统一穿着灰色的衣服和帽子，颇有点学生的"威风"。我村中的大人说，那是石壁镇日本"学校"的学生。日军侵占了我的家乡，中国人办的学校被关闭了，我没书读了。虽然已经十几岁了还是个文盲，但我并不羡慕那些读日文的、穿日本学校"校服"的"学生"。虽然海南岛被日本占领了，但辉煌灿烂的、博大精深的中华文化永远藏在民间，我坚信日军会很快滚出中国，我会很快读到根植于中华文化的好书。

据我了解，住在城镇附近的家长们，因急于想让自己的孩子学到文化，就让自己的孩子去日本"学校"了。有的思想觉悟高，认识到日本必败，就不愿意让自己的孩子去接受"奴化教育"。但是，他们又受到日本人的威胁，只好让自己的孩子去日本"学校"。

日军强奸农村妇女

日军占领万泉河两岸时，无恶不作。除了杀人、放火和拆毁农民房子外，就是强奸妇女，造成妇女人人自危。平时经常有人报警，"日本兽兵来了"，农村里的年轻妇女知道了都躲藏起来，逃脱魔爪。后来，日本的野兽兵发觉，每当他们公开到农村来，妇女都会事先躲避起来，于是，他们就化装成"农民"——头戴农民的竹笠，身着农民的黑衣服，肩上扛着生产工具或空手，腰藏手枪。他们分散、个别行动，多数在农民吃午饭时间偷偷摸摸地潜入村子里。年轻的妇女一不警惕，灾难就来了。

有一天中午，村民正在家里做饭、吃饭和休息，日军的野兽兵就突然闯进各个小村子，不少妇女被伪装的日军抓走了。我亲眼看见，有一位30多岁的妇女被一个日本兽兵抓到，将她押到一个小山里进行强奸。这位妇女，其丈夫在日军占领我家乡之前已去东南亚打工了，几年不在家。她被侮辱后，精神上受到极大的摧残，无比痛苦！她整天惶惶不安，垂头丧气，不吃不喝，由于害怕肚子里怀上"日本鬼胎"，于是她到处请教村中老妇女，咨询吃什么中草药能避孕。这就是日军给万泉河两岸妇女造成的耻辱与悲痛！

日军统治万泉河两岸七年多，无数农村年轻妇女都被日军蹂躏，家破人亡的有，患上性病的有，精神失常的有。总之，日军对万泉河两岸的中国妇女所犯下的罪恶罄竹难书！这深仇大恨，我们永远不能忘记！

万泉河两岸人民奋起抗日

万泉河两岸人民，自古以来，就具有反抗异族侵略压迫和剥削的光荣革命传统。自从日军侵犯海南岛以来，海南人民就在海上和陆地上展开反击日军的斗争。1939年初，日军侵犯南海诸岛时，就遭到岛上渔民的坚强反抗。1939年2月，日军侵犯海南的南渡江潭口时，中国共产党领导的抗日游击队展开阻击，日军没能渡江。这是海南人民反对日本侵略的第一枪。1939年3月，日军进犯万泉河中游的流牛沟，遭到抗日游击队的顽强抵抗，过不了沟。一名抗日游击队的排长在这次的战斗中光荣牺牲。

1942年，日军进犯我家乡的大村岭，准备爬过大村沟，进犯南平村、坎下村和蒙养村。当日军到了大村岭时，就遭到埋伏在大村沟西岸秃岭上的抗日游击队猛烈射击，无法过沟。当时，我正在大村沟水边放牛。双方的炮弹和枪弹猛烈地在我的头顶上飞驰，不停地发出"吱——吱——吱"的响声，真吓人！日本兵被击退后，我从大村沟里骑着牛出来，路过大村岭的一座墓时，发现墓边有很多红黑的人血、子弹壳和日军遗落的罐头。后来村民说，在这次战斗中，有一位日本兵被游击队击毙了，其他日本兵抬着尸体逃回龙江镇军部了。

大约在1944年，驻扎在今琼海市中原镇的日本兵总部，通知驻扎在石壁的日本兵头目和日伪"维持会"头目去中原开会。我抗日游击队获悉情报后，就在今日龙江镇西南方汽车路旁的一个山头上埋伏，等待日军的汽车经过山头附近时，发动袭击。当日军汽车进入游击队的伏击圈时，手榴弹的爆炸声和机关枪声震撼大地。汽车被炸毁，日军和伪"维持会"的头目等20多人全部被击毙。这次战役的胜利，鼓舞了抗日群众的斗志。

"中国人不打中国人"

在1939年春季侵犯海南岛的日军中，有一支日本台湾"混合旅"（里面既有日本兵，也有台湾人当的日本兵）。这支日本部队，有一天攻打海南岛的抗日根据地琼中县，遭到海南抗日游击队的迎头痛击，几个日本兵被击毙后，日军就逃跑了。抗日游击队打扫战场时，发现日军的战壕里留下了很多子弹和手榴弹等。盖在弹药上面有一张纸条，上面写着："我们是台湾人，是被迫当了日本兵的。台湾是中国的领土，我们都是中国人，中国人不打中国人！我们知道，抗日游击队弹药缺乏，我们特意留下这些弹药，赠送给海南抗日游击队打日军！"

1895年，中日甲午战争结束，中国惨败，除了赔款，还要将台湾省割让给日本。从此，台湾就成为日本的殖民地，台湾人民就成为日本的奴隶。日军侵犯中国时，就强迫台湾所有能当兵的青年人都要为日本天皇当兵，都要到中国和东南亚去为日本军国主义打仗。台湾青年就成为日本军国主义的炮灰。台湾的李登辉两兄弟，在第二次世界大战时也当过日本兵。李登辉的哥哥在菲律宾与美国兵作战时，战死在那里。有人估计，在侵犯海南岛的日本兵中，有不少日本兵是台湾青年充当的。

在日本统治海南岛时期，我经常被迫去为日军做奴隶、做苦工。我也认识一些当日本兵的台湾青年，海南民工称他们为"台湾仔"。我们为什么认识他们？因为他们用台湾话和我们民工聊天。台湾话和海南话都属于闽南方言，基本相通。我们为日本军国主义者做苦工时，殴打我们民工的都是地地道道的日军，很少看见"台湾仔"打我们。由此可见，台湾人也是中华民族的一分子，都是中国人，他们都有中华民族的感情，他们大多数都是同情海南人的，他们很少打我们的劳苦民工。

万泉河石壁木桥

万泉河两岸是海南岛人口众多、文化发达、物产丰富的地方。石壁镇在万泉河中游北岸，自古以来是万泉河中游最大、最繁荣的城镇。日军占领石壁后，将这里作为重要的军事据点、万泉河一带的军事指挥中心。

为了长期霸占万泉河两岸，日军继续进攻万泉河北岸上游的定安水山区（万泉河在蒙养村附近的河段，分为两条支流：一条叫乐会水，一条叫定安水）。因为定安水上游的山区即琼中县，属于海南岛的五指山山区，是抗日游击队的根据地。日军为了阻止抗日游击队下山来攻击他们，就在俗名"加勒洋""长勒"，乃至靠近琼中县山下的"槟榔栽园"等地，设立军事据点。日军用了几年的时间，强迫老百姓（我是其中之一）为他们修建了不少炮楼和兵房。日军的计划是步步为营，最后占据海南人民的抗日根据地琼中县等地。

日军的军事据点建立了，为了运输军用物资和军队人员，就必须修建汽车路和桥梁。日军从南海边的博鳌港，一直把汽车路修到乐城、嘉积、中原、文市、阳江、龙江、石壁、加勒洋、长勒和"槟榔栽园"等地，估计有一百多公里。这些公路都是日军强迫老百姓修建的。汽车路修到龙江的滨滩村河边时，便被滚滚的万泉河水阻隔了，所以就要在万泉河上修建一条能通行汽车的大木桥。

为了修这条大木桥，日军强迫农民工将附近村庄好的民房都拆了，挑选其优质木料，抬去河面上修桥梁。除此之外，还强迫民工将附近能做桥梁的大树都砍倒运去修桥。为了保证桥的质量，修桥的工程都是由日军的工程技术人员主持并亲自施工，其他民工只是做帮手。有时我到石壁买东西时，就到河边去观看日军修桥。夏天，日军的工程兵下身只穿一条三角裤，上身一丝不挂，在河中修桥。石壁大桥建成后，日军的汽车，就天天在汽车路上奔驰。

石壁木桥不高也不大，大约离水面两三米高，中间是单行的汽车道，旁边是一条小小的人行道。到夏天和秋天时，万泉河水暴涨，往往把石壁木桥淹没了，甚至把木桥的某个桥段都摧毁了。但是，桥一被洪水摧毁，日军很快又将其修复。

日军投降后，国民党的石壁乡政府没有保养好这座桥，不久，这座桥便被洪水冲坏了，从此，石壁和龙江两地的群众过河，主要靠小木船。遇到大洪水时，人们乘坐小木船过河是很危险的。有一次，滨滩村几个农民过河，汹涌的洪水吞没了他们的小木船，除了一个懂水性的农民逃生外，其余的农民全部被淹死了。

多少年来，石壁、龙江两地的群众，多么期望修建一座石壁大桥！群众的梦想，终于在 2005 年 2 月 2 日实现了。由琼海市人民政府出资兴建的两车道并且两边都有人行道的水泥钢筋大桥——石龙大桥，正式通车了。龙江、石壁两地的人民群众是多么高兴！尤其是滨滩村的村民，更是无比兴奋！他们张灯结彩，设计墙报，回忆过去没有桥的辛酸，歌颂石龙大桥给大家带来的幸福，赞扬琼海市人民政府为石龙人民建造了这座大桥。他们还请来大戏团演戏，热烈庆祝石龙大桥的通车！

万泉河两岸的日本炮楼

从1939年2月起，日本强盗就野蛮地占领了万泉河下游两岸。后来，日军逐步向万泉河中游的龙江和石壁，乃至万泉河上游的加勒洋、长勒村和"槟榔栽园"等地区进行了野蛮的侵略，并在当地修建了炮楼和兵房，企图永久占领这一带。

万泉河中游南岸有一个很大的村子，叫作蒙养村。流经这村子北边的万泉河段是由定安水和乐会水汇合而成的，叫"合口水"。在合口水以下的万泉河道直通南海。前面说的"槟榔栽园"就是在定安水的上游，它接近海南人民的抗日根据地之一琼中县。乐会水下游东岸和定安水下游北岸当时几乎都是日本的占领区。日本帝国主义为了巩固其在万泉河两岸的统治，在万泉河中游到上游两岸都建立了军事据点。他们强迫群众为他们修公路，建军队营房，筑炮楼。这些炮楼呈四方形，大概有五六层楼高。一般建在比较高的山岭上，居高临下，易守难攻。炮楼四边都有很多枪孔，是用来射击炮楼外面的敌人的。日军的重要人物都住在炮楼里。炮楼四周还修建有驻军营房，营房外面四周，还围着严密的铁丝网和深深的壕沟。敌人是不容易跨越过这壕沟的，而且沟里还埋了很多铁钉。日军还强令农民工在距离铁丝网以外四五百米远的地方，把所有的树木都砍伐光。其目的是便于瞭望来侵犯的敌人、防卫炮楼。下面分别介绍七座日军炮楼。

龙江镇炮楼，建立在万泉河中游南岸，龙江镇东头的河岸上。炮楼的北边是滚滚的万泉河水。河岸边是悬崖绝壁，其余地方都是开阔地，易守难攻。炮楼四周还修建平房，是士兵居住的。日军强迫民工拆毁老百姓的房子，将其优质的砖瓦和木料挑运去修建炮楼。此外，日伪"维持会"也建在炮楼附近。所谓"维持会"，是日军利用汉奸来统治中国人的机构。日军住在炮楼里，伪军住在炮楼下面四周的平房或大街上的房子里。每天，日伪军都强迫村民去为他们做苦力，比如挖战壕和修公路等，还到龙江镇和农村去抓人放火、抢夺百姓的财物和强奸妇女，无恶不作。日军投降后，这座炮楼由国民党的乡丁进驻。

石壁镇炮楼，建在万泉河中游北岸，石壁镇商业街以北，离街道只有几百米。当时的石壁街道只有一条，从东到西三四百米长。街的南边是悬崖下滚滚的万泉河,有河湾,可以停泊多条木船;北面是开阔的耕地;街的东头有一条由高而下的码头大道,码头可停泊多条木船。这码头也是渡口,从河南岸的农村,乃至从龙江镇方向来石壁镇的农民和游人,都在这渡口乘木船渡河。石壁镇长街中间,还有一条朝北的横街,两街形成一个"丁"字。炮楼四周建军营和牢房。军营外围修架铁丝网,并有很深的壕沟,沟里埋了很多铁钉,防卫森严,易守难攻。日军的大人物大都住在炮楼里,日伪军士兵住在军营的平房里面。日军和伪军每天都强迫老百姓到这里做苦工,主要是挖战壕、修公路、盖房子、种菜和养猪等。我在十一二岁时也被迫到石壁镇炮楼里为日军做过苦工,早出晚归,甚至被关进了牢房。

石壁镇炮楼是万泉河中游一带日军驻军的重要司令部,高级的军官都住在那里,里面还有"军妓",是专门侍候军官的。这长官统一指挥阳江炮楼、龙江镇炮楼、加勒洋炮楼、长勒炮楼和南面坡炮楼的驻军。石壁镇炮楼里驻守的日伪军比较多,他们经常下乡去抓人、放火、抢掠财物和强奸妇女,并经常到石壁北边山区的抗日根据地母瑞山等地进行"扫荡",攻击抗日游击队,抓捕抗日群众。在石壁西边不远有一条水沟叫下朗沟,沟边有一个"乞丐寮",里面原来住着乞丐,日军将乞丐杀死后,在那里挖了一个"杀人坑",据说,日军在那里杀死了很多反抗的老百姓。

加勒洋炮楼,建在赤面岭下,万泉河和加勒洋沟的交汇处,是战略要地。它的北面是赤面岭、黎母山和母瑞山。这一带山区是抗日游击队活动的地区。日军在加勒洋修建炮楼,其目的是防止抗日游击队下山活动。这座炮楼在石壁镇炮楼以西十多公里处。日军强迫农民工沿着万泉河村边修了汽车路和桥梁,几乎每天都有军车来往运送军人和物资。加勒洋炮楼也是日军强迫农民工(我是农民工之一,体会最深)拆毁加勒洋村、蒙养村和坎下村一带比较好的房子,将其砖头和木料运去加勒洋修建的。从坎下村到加勒洋,还要坐船渡河,到了河对岸还要爬高坡。人们挑着很沉的砖头,上上下下高坡是很辛苦的。我曾经代替我妈妈去挑砖瓦为日军修炮楼,每天一早就出门,一直劳动到黄昏才收工。这就是做"亡国奴",其痛苦可想而知。邻村大村沟村的莫魁耀加入了抗日游击队。他们常在乡村中埋伏,打击日军。日军是害怕他们的,总是千方百计要消灭他们。有一天黄昏,他回家来探亲,由于汉奸告密,伪装的日军就偷偷地进村来,将莫魁耀抓走了,关在加勒洋的日军牢房里,过几天就要将他当众砍头。他被抓的当晚，就连夜想办法逃走了。

他逝世前，我特地去拜访了他，请他讲打日军的故事。当时，他已是80多岁的老人了，他告诉我，在加勒洋日军炮楼附近，日军还强迫民工挖了一个"杀人坑"，每天，日军都在那里杀害抗日民众，杀害游击队员，他也差一点被日军杀死在那里。据他估计，日军统治时期，在加勒洋据点，被日军所杀害的群众和游击队员就有1000人以上。

长勒炮楼，在万泉河支流（定安水）北岸高高的山岭上，离河岸约四五百米。炮楼四周有日军营房。营房四周架设了铁丝网，铁丝网外围还挖了深深的、宽大的壕沟，人是不容易跨越的。在壕沟外几百米，所有的树木都被砍光，以免抗日游击队利用山林作掩护，攻击炮楼。这座炮楼离加勒洋炮楼五六公里，两处形成一条防卫线，防止抗日游击队从山上下来向他们进攻。从1945年年初起，我经常看到长勒等多处炮楼的顶端，都用很多的椰子树叶覆盖着。我当时不理解日军为什么要这么做，后来才知道，那是日军害怕盟军飞机对他们进行空袭。这预示日军统治海南岛的时间不会很长了。

"槟榔栽园"炮楼，在长力炮楼的西边，离长力炮楼五六公里，靠近琼中县境，离黎母山和五指山不远，也就是离海南人民抗日根据地很近了。日军修建这座炮楼，是企图进一步深入占领万泉河上游两岸，抢夺万泉河两岸的资源，威胁五指山抗日根据地。这座炮楼也是日军强迫蒙养、砍下、南平、大山和大村等地村庄的老百姓去修建的。民工们修建这座炮楼是很辛苦的，他们要从很远的蒙养村等地，将砖头和木料挑去"槟榔栽园"，大概要走三四个钟头才能到达目的地。日军端着枪，驱赶着挑砖的民工队伍，不准他们中途休息。你要是休息，便挨打。我当时也被迫参加修建这座炮楼，每次挑三四十块砖头左右，日军看见我挑得太少，就打我，命令我做"四脚牛"。有时，我挑着砖头，跟在大人后面，日军要打我，大人就保护我。炮楼修建好后，日军又强迫民工将炮楼周围两三里内的树木通通砍伐光，还架设铁丝网、挖壕沟，以防抗日游击队袭击。但是，日军进驻这座炮楼不久便投降了。

南面坡炮楼，亦称上纵寮（土地名）炮楼，在万泉河支流乐会水东岸，西岸便是五指山区的深山老林，游击队的根据地。南面坡炮楼修建在一座高高的山岭上，也是日军强迫民工拆毁民房，将其砖头和木料运来修建的。

阳江炮楼，所处的地理环境在军事上很重要。它的周边是海南的老苏区，是中国共产党领导的琼崖纵队抗日游击区之一，是山区通往平原地区的交通要道。为了防止山区抗日游击队进入平原地区，日军很早就在阳江修建炮楼和营房，在那里驻守着大量的精锐部队，控制着阳江地区的广大农村。阳江离龙江五六公里，驻守在龙江、石壁、加勒洋、"槟榔栽园"和南面坡等地的日军与阳江守军遥相呼应，使海南人民深受其害。

万泉河两岸的战略公路

  日军占领海南之前，早已知道万泉河及其两岸地理位置很重要。于是，日军登陆琼东县和乐会县之后，首先派飞机沿着万泉河上空进行侦察，然后，派步兵快速占领万泉河两岸乡镇和军事要地。日军为了巩固其统治地位便强迫民工去为其修建多条军车路。首先，以乐会县中原镇为起点，把军车路修到阳江镇。紧接着，又修到龙江镇日军据点，再从龙江镇修到石壁镇日军据点。然而，龙江和石壁两地被万泉河阻隔，于是日军又从滨滩村附近的河面上架设起一条大木桥通到河对面的石壁镇。在日军的军车到石壁镇之前，日军早已命令农民工把汽车路修到加勒洋、长勒和"槟榔栽园"的日军军事基地。这样，石壁大木桥通车后，日军的军车就畅通无阻地从南海北岸的博鳌港，沿着万泉河南岸军车路，开到万泉河北岸的石壁镇，然后又沿着北岸的军车路开到"槟榔栽园"附近的五指山下了。日军通过这些道路就可以运载大量的军队与军用物资到五指山下，向海南人民的抗日根据地进攻。日军为了修建这条战略公路，破坏了大片农田，毁坏了无数树林，拆毁了不胜枚举的民房，杀害了无数民工，犯下了滔天罪行。我当年仅十二三岁，也被迫去修建这条汽车路，吃尽了苦头，还挨过鞭打，被迫趴在汽车路上做"四脚牛"。同我一样受苦的农民工根本数不尽。

  军车路修好了，通车了，但是，日军还害怕抗日军民埋伏在汽车路两边的山里袭击他们，于是，就命令民工将汽车路两旁的树丛全部砍光。不管是狂风暴雨天，还是炎热天，民工都必须去做工。我亲眼看见有不少民工是饿着肚子去做工的。有的民工由于饥饿，就昏倒在工地上，日军认为他们故意偷懒，将他们重打，有的民工就这样被日军活活打死了。我在公路边一边做工，一边看见军车载着很多日军在公路上奔驰，看见很多军用物资源源不断地运往各军事据点，也看见军车上载着很多被捆绑的中国人。日军还靠这条战略公路，源源不断地把万泉河两岸的财富运往别的地方。我们的抗日游击队也常常在这条军车路上埋藏地雷，炸毁日军的军车，消灭日军，缴获日军的军用物品。

日军滚出海南后，汽车路基大部分保持完整。解放后，在人民政府的支持下，群众在原来的路基上进行了翻修，给路面灌上了水泥，使之成为水泥汽车路，方便汽车行驶。今天，从琼海市的中原镇到阳江镇、从阳江镇到龙江镇、从龙江镇到石壁镇的汽车路，都是在抗战时人民群众开发的路基上发展起来的。

当年，日军还强迫人民群众从阳江镇修了一条军车路到南面坡炮楼。为了加强防范，日军又把南面坡炮楼、加勒洋炮楼和长勒炮楼，连成一条防线，再从南面坡炮楼修了一条军车路到蒙养村附近的坡寮村。这村子的对面，就是河的北岸，即日军统治的长勒和加勒洋地区了。如果河两岸的其中一方发生战争，另一方的日军就可以立即利用军车把军队送去对岸支援。这村子的西边，便是万泉河的支流乐会水与定安水的交汇处，叫合口水。在那里，春夏冬三季河水很浅，人蹚水就可以过河。这样，日军就把南面坡炮楼、长勒炮楼和加勒洋炮楼之间的交通线连接起来，构成完整的防线。解放后，坡寮村群众对原来的路基进行了维修翻新，公路一直用到现在，照样通行汽车。

20世纪60年代以前，万泉河两岸没有汽车路，当然也没有汽车作为交通工具。万泉河中、上游地区的人要去嘉积和海口，主要是坐万泉河中的木船和电船。我当年去嘉积镇，为了省钱而徒步前往，要五个多小时才能到达。20世纪70年代以后，万泉河两岸逐渐修了公路，通了汽车。从嘉积镇到龙江镇和石壁镇，都有公共汽车行驶了，旅客乘车很方便。由于万泉河两岸通了汽车，从此，万泉河过去的运输工具木船和电船只有在博物馆才能见到了。

日军向万泉河两岸人民投降

日军占领万泉河两岸共七年。我家被日军迫害、奴役和剥削，受苦了七年：日军害死了我的继祖母；害我在海外马六甲打工的父亲，无法和我母亲通信；害我无书读，强迫我去为日军做苦工、做"四脚牛"，还挨过打、坐过牢。我永远忘不了日军侵略中国和海南岛所犯下的滔天罪行。中国有一句古话："多行不义必自毙！"日军在中国、东南亚等地多行不义，杀害了成千上万的人民，犯下了滔天罪行，但最终日本军国主义者在世界人民的共同打击下，终于在1945年8月15日宣布投降，9月2日签署投降书。

有一年秋天的一天中午（后来，我才知道，那天是1945年9月2日），我走在石壁镇的街道上，没有看见一个日本兵，原来他们都躲在军部里。由于我爱看万泉河的流水，爱看停泊在万泉河码头边的木船，爱看横跨万泉河、能通汽车和行人的木桥，爱看行走在木桥上的行人和日军的汽车，我就从大街的东头，朝着倾斜的码头路，向下面的码头走去。这码头路很宽阔：中间能行驶日军的汽车，东边路旁是高悬的泥土、石壁，西边路旁是高低不平的人行道。

在离桥头大约50米远的路旁边，有一个地方比较宽，比较高，而且有扶手栏杆，我就停下脚步，靠着栏杆，观看河面上荡漾的流水，观看桥上匆匆的行人。忽然，我看见日军的一支小部队有100多人，从大木桥的南头走过来。我估计他们是驻守在龙江镇的日军。他们领头的军人走到我的身边，忽然就停下来，把手中的枪和子弹乖乖地放在离我的脚约半米远的地方，然后垂头丧气地低着头往前走。后面来的日军也一样，一个接一个地把枪支和弹药放在我的脚旁边，然后就空着手、低着头向着石壁日本军部走去。眼看日军放下的枪支堆得高高的，我困惑地想：日军为什么把枪放下不要了？我环顾四周，看有没有来接管枪支弹药的军人。没有！只有几个大人，他们和我一样，都以好奇的眼光看着日军放下的枪支。等所有的日军都把枪放下了、走远了，在场的群众就热烈地议论开了，突然从大街上走过来一个中年人，他高兴地对大家说："日军战败了，向中国人民投降了！"大家听到这个大好消息，都高兴得跳起来了。

日军放下的这些枪支后来被谁收缴了，我就不知道了。我受日本人的迫害多年，又亲眼看见日军在我的脚下放下武器，向我投降，向万泉河两岸人民投降！这是历史的巧遇？不！这是历史的必然！日军对中国、对海南岛发动侵略战争，杀害中国人民，夺取中国的财富，破坏中国的经济和文化，干尽坏事，日军必然失败！我亲眼看到日本投降这重要的一幕，这是天意！这是我的幸运！我永远忘不了！我能见到这重要的一天，是多么高兴！于是，我就快步走回家，把喜讯告诉我的妈妈和村中所有的人。全村都知道日本投降了！放下枪了！滚出海南岛了！滚出中国了！大家都无比地高兴！

为了不忘国耻，不忘日军侵犯万泉河两岸的历史，不忘日军对万泉河两岸人民所犯下的罪行，不忘日军向万泉河两岸人民投降的时间和地点，为了教育子孙后代，我向石壁镇政府倡议，在旧的石壁万泉河码头，即今天的石龙大桥北面桥头，建立一座纪念万泉河人民抗日胜利和日军在此处放下武器向万泉河两岸人民投降这一重要历史时刻的石碑。

战后乡村窃贼横行

虽然日军撤离了,但是被日军破坏的农村,经济破产,农业失收,民不聊生,社会黑暗,盗贼像牛毛那么多:有入室盗贼的,有偷牛的,有偷稻谷的,有偷番薯的,有偷割蔬菜的,有偷椰子和"三鸡"的……,群众怨声载道。令农民更为气愤的是,他们养的耕牛也被偷了,这是关系家庭生计的大事。因为耕牛是农民非常重要的生产工具,没有耕牛,怎能耕田种地?所以,农民保护耕牛,就像保护自己的眼睛一样重要。偷牛贼是在夜间偷牛的。牛是庞然大物,夜间不能把它关锁在房子里,只能把它绑在屋子外面的大树底下。尽管农民严加防范,但是有的耕牛还是被偷了。当时,在我们村隔壁有几个村庄的牛都被偷了。那些偷牛贼,白天偷偷摸摸地观察谁家的牛最肥、可以卖出的价钱最高,晚上便去偷走。他们把牛拉到比较远的外地牛市上去卖,口袋里装满钱。这些偷牛贼不但偷本地农民的耕牛,而且偷外地农民的耕牛。农民损失耕牛非常痛心,对偷牛贼是恨之入骨,于是纷纷要求有正义感的人为民除害。

无论白天黑夜,都有小偷在偷东西。在离我村庄不远的农田里,如果白天无人在劳动,小偷就明目张胆地去偷割人家水田里的稻谷,挖人家的番薯,拔人家种的蔬菜。有一天中午,小偷趁我妈妈在家吃午饭的时间,就来偷挖我家地里的番薯,被我发现后才逃走。有的小偷是白天睡觉,夜里就去田野里偷人家的稻谷、番薯、蔬菜等,或者是去偷人家的鸡、鹅、鸭。在旧社会里,农民居住的条件很差。他们居住的房子一般是矮小的、破旧的砖瓦房,也有人住在茅草房里。很多人家养的鸡、鹅、鸭,夜间一般都是关锁在茅草房里,门一般都是用竹木制作而成的,小偷是很容易破门而入的。所以,小偷在晚上偷鸡是轻而易举的事。盗贼偷到"三鸟"后,一是拿到农贸市场去卖,捞钱;二是杀给自己吃。除此之外,凡是值钱的东西,能充饥的食物,都有人偷。这样黑暗的农村社会,都是日军的侵略和国民党反动派的残酷统治造成的。

我当时是一位十三岁左右的少年。我为了防止盗贼偷番薯,就在番薯地里搭了一间简易的草房,晚上就睡在那里,看守即将收获的番薯。但是,当我早上起来时，发现盗贼已把我家鸡笼里的鸡全部抓走了，地里的番薯也被挖光、挑走了。为什么呢？因为我晚上睡觉，一睡就睡到天亮，我睡觉时，盗贼的动静我就完全听不到了。我妈妈的劳动果实就这样被偷光了，我们全家就没东西吃，只好挨饿了。甚至有一夜，盗贼挖通我睡房的旧墙壁，已爬到我的床底下了，可能我有灵感，翻了个身，把床板弄出声音来，才把盗贼吓坏，溜跑了。否则，盗贼很可能会把我家的衣物和财物都偷走。这就是旧社会海南万泉河岸边人民苦难的历史。

从万泉河边响起的枪声谈起

日军滚出海南岛后,国民党军队就从五指山上滚下来,进驻石壁与龙江的日军炮楼里,建立起乡公所,与共产党和老百姓为敌。

为进一步剥削老百姓和镇压共产党,国民党的乡公所不断地加强对农民的统治,天天派武装的乡丁下农村巡逻,协助、催促农村的保甲长收租、收税,剥削农民。农民若不缴租、纳税就被绑架和打骂。另外,国民党的乡丁在农村进行巡逻,其目的,也是为抓捕支持共产党的农民和攻击在农村进行革命活动的共产党员。他们一发现共产党员就抓捕、射击。有一天中午,我就看见两位国民党兵,追打一位在农村从事地下工作的共产党干部。这位干部得到群众的保护,国民党的乡丁就没有抓到他。当时,在我的乡村里,有一位极为凶狠的国民党甲长。他40岁左右,身材瘦小,腰有点弯,群众称之为最凶狠的、不吠人的"恶狗"。而他老婆是不耕田、种地的,只在家里养猪、养狗和养"三鸟",所以像猪一样肥。这位甲长每天在村里窜来窜去,充当国民党乡丁的打手。如果发现有共产党员在村里活动,他就向国民党的武装乡丁通报,进行抓捕。他肩膀上总是挂着一个大麻袋,是用来装大米的。他每天都挨家挨户去农家收粮。如果农民说没粮食了,他就二话没说,窜进农民家的房子里翻箱倒柜,里里外外进行搜查。如果发现农家里有粮食,他立即将粮食装进自己的麻袋里,带回家去。如果农民阻挠他抢夺粮食,他就叫国民党兵来抓捕反抗的农民,将其殴打一顿,并且将农民家里的粮食全部抢光。国民党的武装乡丁和农村的保甲长无法无天,农民对他们恨之入骨!

日本统治海南岛时,海南岛的农民既没国,也没家,任凭日军鱼肉。日军滚出海南岛后,国民党回来了,农民算是有国也有家了。但是,这个国是被反动的国民党政府统治的,在它的统治下,农村是暗无天日的。这反动、害民的国民党政府及其走狗,还能让他们存在吗?不!必须把他们打倒!

大概是在1948年冬天的一天下午,时近黄昏,在龙江镇东边、万泉河南岸的"岭口水沟桥"附近,突然间,响起了一阵阵猛烈的枪声和手榴弹的爆炸声。这时，我正在野外放牛，枪声听得很清楚。为什么响起了枪声？我估计，又是共产党的部队和国民党的反动乡丁进行交战了。

过了几个小时之后，村中有人从龙江镇回来说，驻扎在龙江镇炮楼里的国民党乡丁（保安队）二十多人，在极端反动的王队长带领下，上午去龙江乡公所管辖的南正村等地进行征粮和征款。老百姓对这批害人虫早已有恨之入骨，日夜希望有人来消灭他们。刚好，今天共产党的武装部队来了，获悉这批乡丁回乡公所时必经过"岭口水沟桥"。于是，共产党的部队就埋伏在"岭口水沟桥"附近的山林里。当王队长带领的反动乡丁二十多人于近黄昏时刻，回巢穴路过"岭口水沟桥"附近时，被共产党的部队突然袭击当场全部击毙。次日王队长的尸体被运来我们村邻居一家人的园地里埋葬，引起了村民议论纷纷。有村民说，这家人有一个兄弟，为了混一碗饭吃，被骗去当国民党的乡丁，是王的部下。王被打死后，其家人就利用王与这位乡丁的关系，将王的尸体埋在这位乡丁家的园地里，群众对此极为不满！大家认为，虽然穷凶极恶的王队长已经死了，但是，反动的国民党乡政权还在，只有彻底打倒国民党统治，农民才有活路！

日军在阳江、龙江和石壁都建立了炮楼。日军被赶出海南后，留下的三座炮楼由国民党的地方武装部队进驻。大概从1949年夏天和秋天起，中国共产党领导的琼崖纵队，为了迎接中国人民解放军解放海南岛，先后对万宁县和乐会县等地的国民党地方部队发起进攻。驻守在阳江、龙江、石壁炮楼里的国民党地方武装部队都先后被琼崖纵队消灭了，阳江、龙江和石壁三镇都获得解放。

有一天晚上，石壁炮楼里的国民党兵全部被琼崖纵队俘虏。在进攻石壁炮楼之前，琼崖纵队的一支部队早已进驻石壁炮楼附近的几个村庄。有一天下午，我邻村有一位姓莫的中年人（国民党兵）在石壁炮楼的窗口值勤，被琼崖纵队的一位士兵从远处用步枪击毙。这位国民党兵被击毙之后，过了几天，负责解放石壁的琼崖纵队某支队的首长获悉：石壁炮楼里的敌军长官符某当天晚上正在一间店铺的楼上打麻将。于是，支队首长就带领几名同志化装成平民，大摇大摆地上楼去，兵不血刃就活捉了敌军的反动头子，并将其押解到炮楼外，命令他向炮楼里的士兵喊话，让他们统统放下手中的武器投降！在他的命令下，炮楼里的官兵全部投降了。这样，石壁在一夜之间就彻底解放了。

琼崖纵队第五总队第六团于1949年6月9日早晨，对龙江敌军炮楼发起攻击时，遇到了驻守在那里的国民党白石乡公所50多名乡丁的顽抗。敌军炮楼四周的地形开阔，易守难攻。敌军就利用这一优势，不肯投降，同我军对抗。我军以稻草捆绑做障碍物，向敌人发起进攻，但不成功。最后是以凿地道的办法，把地道凿通到敌军炮楼脚跟，把炸药埋在炮楼底下引爆，才把炮楼炸毁。龙江镇得以解放了。

1949年10月，国民党军队逃离广州。此后，广东大部分的国民党军队逃来海南岛，流窜到我的家乡。有一天，有几个国民党兵偷偷摸摸地窜到我的村子来，很凶狠，把十多岁的我吓倒了。我看到他们，一会儿窜进我家的厨房里找东西吃；一会儿进到我家养鸡的茅草房里，将鸡窝里的鸡蛋全部拿走；一会儿又闯进我的房间里，乱翻我家的衣物，但是他们看见衣物都是破旧不堪的，便不要了，逃走了，我才把心安下来。

1949年冬天，乡人民政府委员何子冠同志号召我们老百姓支援解放军渡海解放海南岛，挑大米到澄迈县海岸线，供应给部队。因我们家乡离澄迈县很远，乡里的老百姓只要将大米挑到五指山区琼中县乌石镇就行了。我当时只有十七岁，我妈妈也非常高兴地将一担八十多斤，颗粒大大的、白花花的大米交给我，要我跟着村中的大人一起，挑去琼中县营根镇。为什么挑去营根镇？其一，营根镇是山区，也是解放区。其二，从营根镇去澄迈县海滨，多山路，比较隐蔽，敌人不容易发现送粮的队伍，而且路程比较近。解放军一登陆，就会收到我们给他们的粮食。其三，当时的琼东县、定安县和琼山县等地，都是国民党的统治区，我们的送粮队伍就不能从那些地区去海边，给解放军送粮食了，所以我们只能走五指山了。那天，我就和村中的大人一起，天没亮就挑着大米上路了，因为大家害怕天亮了会被国民党的巡逻兵发现。当时我们的家乡有共产党活动，也有国民党反动武装乡丁经常出没。当天亮时，我们的挑粮队伍已走过了万泉河上游的合口水沙滩地带，进入了五指山区。山路很狭小，又很长似羊肠小道，高低不平，一会儿上斜坡，一会儿下低洼地、过小水沟，又要爬高坡，进入崎岖的小路，很难走。我们人人都是满身大汗。虽然身体很累，但是我们盼望早日获得解放，于是大家心里总是热乎乎的，干劲也总是足足的。我们从不停步，一直在走着，力争尽快地把粮食送到人民解放军手中。当天黄昏，我们的挑粮队伍终于走到了乌石镇，在那里早就有很多群众来接应我们了，我们的任务也就完成了。他们接过我们送来的粮食，就迅速地往澄迈县海边走去，准备将热情地接待渡海的人民解放军。我当时只有十几岁，听到中国人民解放军即将渡海解放海南岛，心里非常期盼！因此当我妈妈要我挑粮食去迎接解放军时，我二话没说就答应了。我们能为海南岛的彻底解放做一点小贡献，心里非常快乐！我不断地想：我从小就受日军和国民党反动派的压迫，受尽了苦，现在解放军来了，海南岛即将解放了，我将自由了，我将有机会上中学和大学了。

1950年5月，海南岛彻底解放了。我们就兴高采烈地高唱："解放区的天是明朗的天。解放区的人民好喜欢……"解放前，农村妇女是没机会学文化的；海南一解放，人民政府就宣布开办夜校让妇女学文化。当时，我们村的夜校就设在李氏祠堂里。家乡解放了，妇女的思想也解放了，她们每天晚上都积极到李氏祠堂里学文化、学政治、学唱歌和学跳秧歌舞。当时我还未上中学，晚上就到夜校里当文化教员，一直当到我上中学为止。

我向往老苏区

我对革命老苏区很向往。我听说，1949年10月1日，中华人民共和国中央人民政府将在北京成立，而中国共产党领导的琼崖人民政府和琼崖纵队也于当天在革命老苏区，俗称"江南"一带（今海南省琼海市阳江镇）召开庆祝中华人民共和国中央人民政府成立大会。我听到这个消息后，精神很振奋。我把这喜讯告诉我妈妈，她也很高兴。我决定去参加这个庆祝大会。我妈妈也十分同意。当时，我的家乡还是国统区，去老苏区参加庆祝中华人民共和国成立大会，是不能公开和声张的，只能是偷偷摸摸地去。我家离阳江老苏区约有20多公里。我一早就动身步行去，走了五个多钟头，上午十一点多钟，我就高兴地走到会场了。只见大会主席台上方高挂着毛泽东主席和朱德总司令的画像。这是我第一次看见毛主席和朱德总司令的画像，心里非常高兴，很敬仰，迄今记忆犹新！从此，毛主席的伟岸形象和朱德总司令的威武形象，就烙印在我的脑海中。主席台下面的广场上，坐了两千多群众，人们兴高采烈，敲锣打鼓。会场周围彩旗飘扬，锣鼓喧天。大家热烈庆祝中华人民共和国成立！热烈高呼"中华人民共和国万岁！""毛主席万岁！"

中午，庆祝大会开始了，琼崖解放区人民政府的领导和琼崖纵队的领导分别讲话。他们说，中国共产党在毛主席的带领下，终于打败了国民党反动派，推翻了反动的国民党南京政府。今天在北京成立了中华人民共和国中央人民政府。中国人民从此站起来了。现在，解放军已经打到雷州半岛了，正准备渡海解放海南岛。这时，会场里响起了热烈的掌声和欢呼声。紧接着，大会的领导号召海南人民立即行动起来，迎接中国人民解放军渡海解放海南岛，支援琼崖纵队攻打盘踞在阳江、龙江和石壁等地的地方国民党反动武装及其反动政府，并立即行动起来，组织队伍送军粮到海边，供应渡海的中国人民解放军部队，让他们吃饱饭，有力气和精神消灭岛内的国民党反动派军队，早日解放海南岛，让老百姓安居乐业，过上好日子。

虽然1949年我的家乡还处于国民党反动派的"白色恐怖"统治，但是在乡村中，共产党的地下组织活动也很活跃、频繁，他们积极发动群众行动起来支援解放军渡海解放海南岛。1950年春节后，共产党的地下组织发动农民送军粮去临高县和澄迈县海边，迎接中国人民解放军渡海作战，尽快解放海南岛。

我妈妈的二姐嫁给老苏区南面坡村的一户姚姓人家。二姐夫是共产党员，二姐也热爱共产党。我妈妈经常和她的二姐来往，也受到了二姐影响，她热爱共产党，支持共产党的革命行动。我妈妈受尽了日军和国民党反动派的压迫和殴打，吃尽了苦头，她痛恨日军和国民党反动派。她知道解放军即将渡海解放海南岛，感到很兴奋，于是积极响应共产党地下组织的号召，早早就准备好了两包大米，约80斤，要我挑去海边，支援渡海的解放军。当时，我已18岁，80斤大米对我来说不太重。有一天，我妈妈接到地下党组织的通知：次日一早，送粮队伍动身把粮食送到五指山区的琼中县营根镇。次日早晨，我就扛起80多斤大米，跟着村中大人一起送军粮。到了那里，发现镇上的人民群众很多，他们都是从国统区送粮来的。他们兴高采烈，期望早日能见到渡海大军，盼望海南岛早日获得解放。紧接着，从澄迈县方面来的担粮队员就从我们的手中将粮食接过去，朝澄迈海岸方面走去。我们祝愿他们一路顺利、平安，尽快把粮食送到子弟兵手中。我们也多么期望渡海大军和琼崖纵队一起，早日解放海南岛。我这个被日军和国民党欺凌多年的青少年，深深地懂得，只有海南岛解放了，才有我的出头之日，我才有机会到城市读中学，乃至读大学。我相信，圆梦的日子很快就将到来。

上中学之前，我妈妈经常带我到她二姐家和表哥、表弟们一起玩。表哥姚会增，解放之初他是农村农会会长，积极带领农民进行土地改革。自从我去海口上中学后，我就没机会到老苏区去探亲了，但是我对老苏区还是很向往的，特别是对老苏区的老革命领导人王文明很敬仰，很想去王文明的故乡看看。王文明的家过去叫鸭寮村，解放后叫益良村，离我妈妈二姐夫的家很近。2005年初，我和夫人岑婉薇等数人专程驱车去益良村瞻仰了王文明的故居，受到王文明的亲属热烈的欢迎。

海南解放后，人民政府出资重修了王文明故居并加维护。我到亲朋好友家去做客时，总是喜欢看看那里周围的环境，尤其是对名人故居的环境感兴趣，用心观察、思考。王文明的故居坐东向西，西面十多公里远的地方就是迷人的万泉河；再往远方看，就是高峻、翠绿的五指山脉之思河岭（俗名）顶端，那岭顶呈笔架状。这立即引起我的遐想：那山顶不是很像中国人写字、绘画常用的笔架吗？啊，这座山是"文明"之山、"文化"之山、金山银山、锦绣河山、革命前途无限好之山。面对这座山的人家，肯定会出现杰出的人才，为国为民，前途无限好！这位杰出的人才正在思考、策划着如何革除海南岛的旧制，建设美丽的新海南岛乃至伟大的中国。在这户人家中，肯定有优秀的中国传统文化、伟大的中华文明！

是的，历史证明我的遐想是对的。这户普普通通的农民家庭却培养出了一位杰出的海南人民革命领导者、优秀的共产党员——王文明。王文明的父亲是一位优秀的乡村教师，他言传身教，把王文明培养成一位胸怀大志，品德高尚的优秀青年。王文明在海口市读中学时，就积极参加社会的进步活动，被选为学生会主席。他勇敢带领学生参加反帝、反封建的五四运动；带头撰写反帝、反封建的文章，在报刊上发表，受到社会的好评。1924年，王文明考入上海大学，他在大学里学习了马克思列宁主义，加入了中国共产党。大革命时期，王文明参与了国民革命军对盘踞海南的军阀邓本殷的征讨，之后他留在海南岛从事革命工作。1926年，参与建立中共琼崖地委，并当选为书记。大革命失败后，面对国民党反动派的血腥屠杀，王文明肩负起领导海南人民革命的重任。他号召党员到广大农村去，大力发展基层党组织，建立由共产党领导的革命武装，去推翻国民党的反动统治。后来，他亲自回自己的家乡乐会县、定安县一带，开展农民革命运动，成立琼崖苏维埃政府。他唤醒海南的穷苦百姓起来同剥削阶级作斗争，同反动的国民党作斗争。他以身作则，带领红军以万泉河两岸的山林为掩蔽，与敌军周旋，主动出击，攻克敌人堡垒椰子寨。由于寡不敌众，红军遭到国民党的重重包围，但他和同志们勇敢攻破敌人的包围，保存了革命力量。他用革命的理论教育穷苦农民：革命的敌人决不会立地成佛，决不会主动放下武器投降，必须用枪杆子去夺取政权。

20世纪20年代，王文明为海南的革命举起了第一面红旗，在母瑞山建立了革命根据地，培养了革命接班人冯白驹继续坚持革命，使海南的革命红旗二十三年不倒！王文明功不可没！他的革命形象比五指山、思河岭还高！他播下的革命火种生生不息，星火燎原；他的革命精神鼓舞着海南革命的人民永远向前！他在万泉河北岸的母瑞山去世，他的名字像母瑞山、万泉河一样千古长存，万古流芳！

飞舟跨海送亲人①

  1950年2月一天晚上,在海南岛的马文港里,零零落落地停泊着几只小船。海风掠过椰林,传来阵阵波涛拍岸的声音,隔海相望,那战船云集、红旗飘飘的地方,就是雷州半岛了。眼下,港口沿岸,蒋匪军三步一岗、五步一哨,纵深并配有明碉暗堡,布下了一条严密的封锁线。

  此刻,在通往码头的牛车路上,有十多个人正挑着椰子大步流星地走着。走在前头的是个三十开外的人,大高个儿,平顶头,棕红色的方脸上镶嵌着一双深邃的眼睛。他穿着棕色对襟唐衫,高挽裤腿,打着赤脚。这个海边生、浪里长的渔家汉子就是马文乡民兵副队长、党支部委员马炳胜。这时,他正带着民兵们去执行一项特别任务:驾船护送带着敌情和海情的琼崖纵队领导机关负责人老高到海北去,同野战部队首长一起研究解放海南岛战役的渡海作战方案。

  他们走到岔路口,忽然,从路边的灌木丛中走出两个人来。其中一个问道:"你们有长芽的椰子吗?"

  一听这亲切的暗语,马炳胜不觉心头一热,忙答:"有!椰子胚还很大呢!"说着,四只有力的大手紧紧地握在一起。马炳胜机警地看了看四周,说声:"快!"老高和警卫员小曾便各接过一担椰子,往肩上一搁,夹在人群中快步向前走去。

  没多久,来到了码头。一道强烈的白光射来。"干什么的?"随着嘶哑的嚎叫声,碉堡里窜出几个端着枪的匪兵。马炳胜不慌不忙地放下挑担,用毛巾擦着汗,大声回答:"去买盐的。"

  "买盐?"匪兵上下打量着马炳胜。

  "老总,我们运一些椰子到临高去,换点盐回来。"马炳胜泰然自若地回答。

---

  ① 本文经海南省军区政治部李田同志和海南师专中文系讲师岑婉薇的润色,收录于《南海风雷》一书(广东人民出版社1974年版),有改动。

"你没长眼睛吗？布告上不是写明不准出海！"匪兵们吼叫起来。

"我们是经过赖团长批准的！"马炳胜边说边从衣兜里掏出证明。匪兵接过一看，果然是一张出海证，上面盖着团部大印和团长赖德义的私章。

"才批准四个，怎么来这么多人？"

"他们是请来帮忙挑椰子的，不出海。"

匪兵打着手电筒，把椰子左照右照，摆弄了一通。其中几个"椰雷"是倒掉椰水挖去椰肉放进火药制成的，外壳和平常的椰子一样。匪兵没发现什么破绽，只好拉开铁丝网架，挥了挥手放行。马炳胜要回证明，就带着大家大摇大摆地朝小船走去……

自从人民解放军在雷州半岛海面上开展轰轰烈烈的海上大练兵以来，盘踞海南的蒋匪军胆战心惊，严密封锁海面，白天只准渔民在火力范围内的海面捕鱼，夜晚不准渔船出海。但马炳胜他们是怎么弄到出海证的呢？这里还得从头说起。

原来，负责马文港一带防务的匪团长赖德义，满脸横肉，一对乌贼眼，平时敲诈勒索，横行霸道，更兼好吃龙虾、螃蟹，因此，群众都暗地里叫他"赖螃蟹"。他一进村，就住进渔霸歪四的家里，恰好同马炳胜是斜对面。

为了接近敌人，了解敌情，马炳胜以"出海联保组长"的身份，常常抓一些大虾、肥螃蟹给赖螃蟹送上门去，不多久，就和赖螃蟹混熟了。接着又利用敌人封海后，商品供应奇缺的机会，同赖螃蟹的老婆合作，先后两次到临高县海边，运了两汽车私盐出售。那女妖精大笔光洋到手，自然对马炳胜"另眼相看"起来了。

马炳胜取到了出海证明后，便提了一篓螃蟹去找女妖精，三言两语就扯起了生意经。马炳胜趁机说："陆路运费高，如果改用船运，还可以捞到更多的油水。"赖螃蟹的老婆一听动了心。马炳胜察言观色，于是来了个"顺汤下面"，提出了要出海证明的问题。赖螃蟹的老婆听了后，皱了皱眉毛说："难呀！你知道最近才出了布告，渔船不准离开近海。"马炳胜说："只要太太在团长面前说说情，开一张出海证还不容易？"妖精低着头没吱声。马炳胜又来了个以退为进，也不再说什么，就告辞了。

过了两天，赖螃蟹老婆派人叫马炳胜过去。炳胜进门一看，赖螃蟹正趴在桌上用扑克牌算命，他老婆向炳胜使了个眼色。炳胜坐下，寒暄了几句以后，赖螃蟹故意绕着圈子问道:"听说,最近到临高的'水客'不少呢!"炳胜一听,知道是螃蟹咬饵了,便不慌不忙地说:"可不是?马文港一带的盐很贵,临高新盈港的盐却很便宜,做一趟买卖可以'捞'到大把银纸(钞票)啊!"

赖螃蟹还是装模作样地一边玩扑克牌,一边淡淡地说:"能赚几成?"

"买进一百块钱的盐,少说也有二百块钱的赚头。"马炳胜蛮有把握地说。

赖螃蟹把扑克牌一撂,吃惊地睁大着眼,张着口:"啊!能赚那么多?"

"只要您开张出海许可证给我,"马炳胜凑上前去,"这里运些椰子到临高卖,再买些盐回来,来回一趟,捞它三四百块,那可是三个手指拾田螺——十拿九稳。"

赖螃蟹一听要开证明,马上换了腔调,又拿起扑克牌说:"这个……唔唔,不好办,不好办。"

那妖精老婆暗中扯了一下赖螃蟹的衣角,妖声妖气地说:"人家开口求情,你就当真不给一点面子?你别太死心眼了,现在上上下下谁不见钱便抓,见物就捞。再不捞一把,以后就再没机会了。可你还想当清官,也不为日后想想,告诉你,要是有个三长两短——"她故意把话说得严厉而又带威胁,"我可不能守着你喝西北风啊!"

赖螃蟹"啊"了一声,往太师椅上一躺,闭上乌贼眼,深深地吸了一口气,说:"由陆路不行吗?为什么偏要走海道?"

马炳胜说:"陆路七关八卡,又装得少,哪比得水路呀!"

赖螃蟹的老婆帮腔说:"是呀!用船运,装得多,运去椰子,载回盐,一趟顶两趟呢!"

赖螃蟹一听,态度便软化了,他问:"去几个人?"炳胜说:"四个人就够了。"赖螃蟹手一挥说:"人多了可不行啊!"炳胜暗喜,说:"行!"

第二天早晨,马炳胜便提着一篓鲜螃蟹来找赖螃蟹,准备领取出海证。不料,赖螃蟹变卦了,他眨了眨乌贼眼,冷冷地说:"这个……恐怕不行喽!最近,我们发现有游击队潜逃海北,今早接到上峰命令,所有船只一律不准出海。"马炳胜不觉一怔,是漏了风声,这家伙变卦了?继而一想:我们的计划不可能暴露,莫非是赖螃蟹虚张声势,想摸底细?于是,他眉毛一扬,笑道:"团长说得很对。不过临高可不是共产党的地盘啊!"

赖螃蟹狡黠地瞪着马炳胜说:"嘿嘿,你那四个人靠得住吗?你能担保游击队不会利用你的船过去吗？"马炳胜哈哈大笑："团长真会开玩笑！我那四个人，一个是我父亲，一个是和我跑了半辈子买卖的姨父，还有个就是我的小伙计曾逸俊，除了驶船就是做生意的，你还信不过我这个出海联保组长？再说，我那几块烂舢板，只能在海边捉些小鱼小虾，去临高买盐，顺着岸边跑一跑还勉强。要闯过琼州海峡，我现在还不想去见海龙王！"

赖螃蟹老婆也说："炳胜的船又小又旧，别说过不了琼州海峡，就是能过，他也不是那号人。"

马炳胜满不在乎地说："团长，明摆着的银纸你不要，我可不舍得啊！如果你们陆军开证明不方便，我就找海军说说看。"

原来，驻在海南岛上的蒋匪军陆海军之间存在矛盾。赖螃蟹一听，心想，如果海军开了证明，我的面子往哪里搁，而且快到手里的银纸又要丢掉。于是，他细眯眼睛，沉吟了半晌，终于说道："船一定要沿着海边驶，快去快回。"

一张出海证就这样落到了马炳胜手里。他当即向党支部做了汇报。县委负责同志参加支委会具体研究了出海的人选、船只、航线和时间。为了防止敌人变卦，决定当晚出海。

如今，一条单帆的小船，乘着劲吹的东南风像离弦的箭一样疾驶着。马炳胜的爸爸马大爷精神抖擞地掌着舵；椰子堆旁，小曾正逐个检查着"椰雷"；敏捷地驾驶着帆船的马炳胜，睁大眼睛警惕地监视着白浪翻飞的海面。他想到过几小时就能把亲人送到海北，不由得一阵激动："首长，大军很快就要打过来了吧？"

"快啦，全国几乎都解放了，龟缩在海南的蒋匪军就像兔子的尾巴——长不了啦！"老高兴奋地回答。

"大军渡海作战，有不少飞机、兵舰吧！"马大爷接上话茬。

"这次大军渡海作战，既没有飞机，也没有兵舰，全靠帆船渡海。这样，你们渔民民兵肩上的担子就加重了。"老高停了停又说，"毛主席教导我们：'在战略上我们要藐视一切敌人，在战术上我们要重视一切敌人。'我们此行事关重大，要多做几手准备！来，我们再来合计合计。"他招呼马炳胜和小曾到船尾，和马大爷一起研究海上可能遇到的敌情和对策。

夜，一片漆黑，伸手不见五指。海面飘洒着毛毛雨，刮起了东北风。小船驶进了巨浪滔滔的主航道，顶着东北风走"之"字形前进。风，越刮越大；

浪，越打越高。帆船像一片轻盈的树叶，一会被托上高高的浪峰，一会儿被摔进深深的浪谷。大海恶狠狠地咆哮着，像要把整条小船一口吞没！可是，马炳胜铁塔似地屹立在桅杆下，紧攥帆绳，何等从容！他迎着海浪，心中仿佛擂响了一面战鼓！凭着多年同大海搏斗的经验，他机智地指挥渔船，向北！向北！向北！

老高望着这位坚强的战友，湿淋淋的脸上浮起了欣慰的微笑。突然，一个巨浪扑来，船身被撞击得"轰隆"一声响，小船被巨浪撞破了一个洞，海水哗哗地灌进船舱。马炳胜凭着多年的航海经验，把帆绳交给了老高，迅速跳进船舱，等小船被托上浪峰，露出洞口时，立即用力把麻袋塞进去，用身体紧紧地压住。小曾赶紧拿了一块木板往洞口钉，漏洞终于堵住了。马炳胜刚钻出船舱，一个小山般的浪头铺天盖地扑来。马大爷用力把舵一扳，船头正对着浪峰直钻了过去。不料，就在这一刹那间，船帆"唰"地落了下来，半截泡在水里，半截压在右舷上。小船一下子失去了平衡，剧烈地向右倾斜。老高说了声："快接绳。"话音刚落，马炳胜便借着海面上微弱的反光，纵身一跃，敏捷地抱住倾斜着的桅杆，三下两下攀到了顶，两腿一夹，腾出双手，在风浪的猛烈颠簸中，迅速地接好桅绳，然后滑下桅杆。小船又扯起了风帆，像一只矫健的海燕，在重重浪尖上飞掠而过，向北驶去……

半夜以后，风减，浪低。

突然，小曾指着右前方报告："发现两盏绿灯！"

"夜里不可能有渔船出海，准是敌人的巡逻艇。"马炳胜沉着地作出判断。老高点了点头，说："小曾，解开桅绳，落帆！"小曾迅速地解开桅绳，帆"唰"地落在船中间。小船随波漂荡，大大缩小了目标。马炳胜伏在舱面上，目不转睛地注视着敌人的舰艇的方位和航向。

那绿灯正是敌人巡逻艇上的航标灯。在驾驶台上，满脸络腮胡子的匪上尉艇长正在不安地来回踱步，一个阴影盘踞着他的心头：大批解放军云集雷州半岛进行海战训练，浓烈的火药味似乎隐隐约约地迎面扑来，令他胆战心惊。"覆巢之下无完卵"，他不由得心里打了个冷颤。这惶恐情绪好像传染了身旁一个瘦猴似的匪中尉军官，他突然问："艇长，你看凭着这琼州海峡，和这海陆空立体的'伯陵防线'，共军能用木船强行突破吗？"匪艇长倏地停住脚步，手扶栏杆，皱着眉头，烦躁地说："副艇长！解放军的脾气，你我不是不知道，还是小心谨慎为好!"说着,他凑近话筒:"减速前进,注意搜索海面。"

敌艇上霎时射出两道刺眼的白光,在海面上交叉晃动。突然,匪副艇长尖叫起来:"主航道海面发现小船!"匪艇长慌忙下令:"目标——小船,全速前进!"

敌艇,开足马力向小船扑来。

"敌人发现我们了,按第二套办法行动!炳胜,海上的情况你比我熟悉,主要由你来对付。"老高一边说,一边沉着地把装着敌情和海情图的竹筒,用石头沉吊在海里。

"请首长放心。"马炳胜坚定地回答,和马大爷合力提起舵,卸下半边舵板,绑上一块大石头,悬挂在水里。小曾从船舱里拿出一块木板,用斧头"噼噼啪啪"地砍起来,装作维修舵的样子。

敌艇越来越近了,机枪对准了小船。几个匪兵如临大敌似的扳动着枪栓,站在艇上。

"靠近一点!"匪副艇长一声令下,几根长钩伸过来搭住了小船。匪副艇长带着一个背着枪、手拿缆绳的匪兵,窜过船来。

"妈的!三更半夜闯到禁区来,不知道海水是咸的吗?"匪副艇长歪着脑袋,晃了晃手枪,怒气冲冲地骂道。

马炳胜沉着地掏出出海证:"老总,我们有证明,是十三师三十八团赖团长批准的。"

匪副艇长拿着出海证看了又看,狡黠地说:"为什么白天不出海,偏偏要等到晚上?"

"这几天晚上行船才顺流啊!"

匪副艇长三角眼里闪出一道阴冷的凶光,大声说:"既然到临高去,为什么不沿着海岸向西行船,偏偏驶到这里来?

马炳胜不慌不忙地走到船尾,提起舵,露出半边舵板,十分为难地说:"我们这只船又小又旧。你看,舵被海浪打坏了,船就不听使唤了啊!"

匪副艇长和匪兵都打亮手电筒去看舵,果然只剩下半边舵。

"船舱里装的是什么东西?"

"临高椰子少,我们运些椰子去卖,好买点盐回来。"

"检查!"匪副艇长一扬手枪,那匪兵走过去又拿枪捅又用脚踢,把椰子翻得满舱乱滚。眼看藏在底层的"椰雷"快要被翻动,马炳胜急中生智,立即抱起一个青黄的大椰子送过去:"老总,这个肉嫩水甜。"匪兵接过椰子晃了晃,满意地"嗯"了一声。马炳胜又抓起两个塞过去,弄得匪兵只顾抱椰子,腾不出手去检查。老高和小曾也马上"挑选"了几个滚圆滚圆的大椰子,送给匪副艇长。匪副艇长在船舱里没有发现什么破绽,又捏亮手电筒,检查船的四周,仍然没有发现可疑的东西。

"喂!副艇长,究竟是怎么回事?"站在艇上的匪艇长不耐烦地叫起来。

"是一只到临高的船,舵打坏了,漂到这里来。他们手上有证明。"

"什么证明?"

"陆军十三师三十八团团长赖德义开的出海证明。"匪副艇长回答。

匪艇长想了一会说:"那你俩就回艇吧!"

匪副艇长恶狠狠地对炳胜说:"修好舵,就沿着海边往回驶,如果往海北汇解放军,我们的机枪子弹可不是吃素的。"说着同那个匪兵夹着尾巴上了敌艇。敌艇掉转头便往海口方向开去。

小曾松了一口气,高兴地说:"安舵吧!"

老高望着敌艇,轻轻地摇了摇头:"敌人不会轻易地放我们走的,暂时不能安舵。"

炳胜也看了看敌艇,觉得老高的分析在理,便说:"小曾,你看,敌人的巡逻艇开得那么慢,很可能是耍花招。得准备应付更复杂的情况。"说完,就把几个椰雷翻上来放好。

果然,还不到一支烟工夫,漆黑的海面上又传来"突突"的马达声,敌艇开足马力又来了。

"不在万不得已的情况下不用椰雷,快修舵。"老高沉着果断地说。

炳胜"嗯"了一声,拿起斧头就劈木板。老高和小曾在一旁帮忙打钉子。

敌艇和小船一靠近,匪副艇长带着那个拿着缆绳的匪兵马上又跳过来,"噔噔"地跑到船尾嚎叫:"快把舵提起来。"

小曾一听,暗想:好险,幸亏刚才没有忙着安舵,要不然可就露馅了。

"长官,刚才不是检查过了吗?"炳胜不慌不忙地放下手里的活,和马大爷一起把舵提起来,"还没修好呢!"

匪副艇长近前仔细一瞧:可不?还是早先那个破舵。看来,这一招"欲擒先纵"又告落空。匪副艇长又是失望又不甘心,气哼哼地说:"怎么大浪只打破舵,没打破船身呢?"

炳胜指了指船舱说:"怎么没有!喏,那不是一个洞?"

匪副艇长捏亮手电筒往舱里一照,果然用木板钉了一块,海水还在徐徐地渗进来。

匪副艇长找不出破绽,只好对站在艇上的艇长说:"艇长,没有发现新情况。"

匪艇长哼了一声,把手一挥说:"副艇长,把小船绑好,带回去检查。"

小船上的匪兵一听艇长有命令,便拿着缆绳去绑船。

"难道这证明是假的吗?你们怎么不分青红皂白,随便扣船?"马炳胜愤愤不平地说。

"这是艇长的命令。"匪副艇长推脱说。

"不看僧面还要看佛面嘛,这证明是十三师三十八团赖团长亲自开的,你们这样做,十三师的长官知道了恐怕有点不便吧!"老高据实说理。

"别啰嗦,到海口检查没有问题就放行。"匪艇长蛮横地说完就命令开航。

巡逻艇"突突突"地拖着帆船往海口方向驶去。匪副艇长和匪兵端着枪坐在小船上监视。

马炳胜一看小船被敌艇拖着走,肺都气炸了。他想起祖祖辈辈受尽官僚、渔霸的剥削、压迫:在他八岁时,母亲在贫病中死去;他十二岁时,因交不起渔霸歪四的"阎王债",大哥、二哥被抓去做渔工,被逼硬顶着大风出海,结果船被打沉,人被淹死。是党和毛主席指引自己走上了革命的道路。如今,党把这项重大的任务交给自己,海南几百万人民盼望着翻身解放。他激情满怀,热血沸腾,心里说:"即使粉身碎骨,也要确保首长安全到达海北。"正在这时,老高说:"炳胜,艇快风大,你阿爸年老体弱,把那件破夹衣拿出来给他披上吧!"听到这一句暗语,马炳胜会意地点点头,走进船舱,迅速地拔开事先准备好的一个木楔,让海水灌进舱里,然后,把那夹衣给阿爸披上。

过了一会,小曾忽然佯装惊恐地叫起来:"水!船漏水啦!"匪副艇长打着手电筒一照,可不,船舱里果真灌进了不少海水。他急得骂起来:"妈的,这是怎么搞的!"马炳胜解释说:"长官,我们这只破旧的小船怎么经得起快艇拖?艇驾得越快,海水就进得越多。照这样再拖一会,连船都要沉呢!"匪副艇长一听慌了手脚,心里骂道:"他娘的!你艇长安然坐在艇上,却叫我在这小船上。船一沉,连我不也喂了鲨鱼?不行,得赶快上艇。"于是,他一边命令马炳胜快堵漏,一边忙站起来把双手卷成喇叭筒高喊:"喂,艇长,开慢点!"

匪艇长说:"我还嫌开得太慢呢!"

"船漏水啦!等一会儿就要沉船啦!"

"船漏不会堵吗?"

匪副艇长急忙说:"没法堵呀!"

"给我统统滚上艇来。"匪艇长命令减速,拉缆绳。

等小船靠拢敌艇时,老高向炳胜使了个眼色,冯炳胜便向匪副艇长说:"长官,如果船沉了,椰子就会冲走,捎上点椰子吧!"匪副艇长看了看船舱里的椰子,一边叫炳胜快挑大的扔上艇,一边大声招呼艇上的匪兵:"快到舱面接椰子。"马炳胜一语双关地说:"阿爸,挑大的往艇上扔!"说完,就和马大爷拾起几个"椰雷"用力扔过去。敌艇上的匪兵一看,以为是椰子,争先恐后地来接。

"轰!""轰轰!"敌艇上顿时火光四射,硝烟弥漫,匪兵们一片鬼哭狼嚎,被炸得血肉横飞。

同一瞬间,老高迅速从椰壳中掏出手枪,顶住了匪副艇长。小曾拣起一个椰子,向匪兵的脑袋砸去。"扑"的一声,匪兵立即昏倒过去。老高一手夺过匪副艇长的手枪,小曾也缴获了匪兵的步枪。马大爷上前把两个家伙捆了个结结实实。

马炳胜呢?他还没让艇上的敌人清醒过来,早已抱起一个"椰雷",冒着烈火浓烟,飞身翻上了敌艇。被爆炸气浪震昏了的匪艇长正要爬起来,马炳胜一心想捉活的,于是放下"椰雷",纵身骑在他背上,双手掐住他的脖子。匪艇长拼命一翻,同马炳胜扭打起来。马炳胜一双粗腕赛铁钳,匪艇长哪是他的对手,没几下就口吐白沫,直喘粗气。这时候,老高和小曾已跳上艇来,个别企图顽抗的匪兵,早已挨了弹头。不一会儿,马炳胜和老高便把匪艇长扭住,反绑了起来。

这时,驾驶室里还有一个匪兵,早已吓得蜷缩在工具箱后瑟瑟发抖。忽听得一声大喝"出来!"马炳胜和小曾出现在他眼前,这家伙赶忙举起双手,牙齿打战地说:"饶命!饶命!"

这一场战斗前后不到十分钟，打死匪兵五人，俘虏四人，炸坏了敌艇。

他们把俘虏押上小船，斩断缆绳，上好舵板，扯起帆继续往北驶去。但是，船舱里灌了不少海水，小船前进缓慢。马炳胜拿着木楔一头扎进船舱的水里，上好了木楔，堵住了漏洞。大家赶忙用水桶、脸盆、椰壳等，奋力往外戽水。一会儿，小船又劈开巨浪，扬帆前进了。

清晨，太阳跃出了海面，霞光撒遍万顷波涛，把这条英雄的小船照得通红通红。成群的海鸥追逐着浪花飞翔。突然，马炳胜欢叫了一声："你们看！"透过轻纱般缭绕的晨雾，大家向北望去，但见海面上，白帆点点，红旗翻飞。老高兴奋地说："这是我们的解放军在苦练海上杀敌本领啊！"

马炳胜不停地向远处的船队挥动着小红旗。不久，一只插着五星红旗的双帆机船"突突突"地开过来，船上有二十多名解放军。马炳胜眼尖，一眼看出站在船头的张科长，连声高喊："张科长！张科长，我们来啦！"话音未落，张科长也认出了马炳胜，说："好哇，老马！终于又接上你了。哎哟，还抓了俘虏来啦。"原来，马炳胜曾经三次渡海送情报，认识了这位张科长。这回，他俩又在海上见面了。在欢笑声中，两只船靠了帮，张科长带着几个干部上了小船。马炳胜兴奋地向张科长介绍说："这就是琼崖纵队的首长。"张科长敬了个礼，紧紧地握住老高的手："首长，同志们，可把你们盼来了！"老高说："海南人民日夜盼望着大军渡海呀！"两人的眼眶里都闪着激动的泪花。马大爷热泪盈眶，走过去摸着张科长军帽上的红星，激动地说："亲人哪！我们早盼着你们呐！"

船驶进了白帆林立，红旗飞舞，锣鼓喧天，喜气洋洋的南丰港。

在岸上等候多时的解放军同志见老高一踏上岸，便一拥而上，紧紧地握着老高的手，问这问那。不一会儿，解放军同志陪着老高、马炳胜等四人乘坐三辆吉普车往解放军司令部飞驰。

沿途，只见一队队解放军战士背着枪打秋千，端着枪走浪桥；一群群青年民兵扛船板，抬缆绳，积极进行渡海作战的准备，一排排小学生扛着红旗，扭着秧歌，唱着"解放区的天是明朗的天……"这是我们穷苦人的天下啊！马炳胜如饥似渴地看着，听着，呼吸着，激动地想：在毛主席人民战争思想的指引下，有全国人民的支援，人民解放军一定能够横渡琼州海峡，突破蒋匪军吹嘘的"伯陵防线"，解放海南岛。处在水深火热中的海南人民很快就能得到解放，过上幸福的生活。

深夜，马炳胜躺在床上，兴奋得睡不着。

两个月后的一天黄昏，晚霞满天。在雷州半岛徐闻县辽阔的海面上，战旗猎猎，万船竞发，渡海南征的大军就要出发了。听！"哒哒嘀哒哒"，一阵嘹亮的军号声响了，三颗红色信号弹腾空而起，歌声、口号声响彻海空。马炳胜和马大爷雄赳赳、气昂昂地登上了突击船，为解放军渡海作战领航。看！爷俩正站在船尾，紧紧地握稳舵把，驾驶着战船劈波斩浪，去迎接解放海南岛战役的新胜利。

海峡交通员[①]

1939年春。

日军占领了海口市，便派海、陆、空军把琼州海峡严密封锁起来。日军企图把琼崖变成孤岛，以便消灭在岛上坚持抗日的琼崖民众抗日独立总队（以下简称独立总队）。为了冲破敌人的封锁，恢复与党中央、海外华侨抗日组织的联系，独立总队派了一批同志在琼州海峡上当交通员。马大光同志就是其中的一员。

这年3月的一天早晨，一只从海南岛开往雷州半岛的木帆船，刚刚抵达徐闻县的递角场港口，一个三十岁的渔民打扮的青年便从船头上跳上岸来。他头戴一顶小草帽，身穿一套破旧的咖啡色衣服，手中提着一个鱼篓，两眼机警地观察着路边，朝着海边的一个小村子走来，他就是马大光同志。马大光同志家住海峡南岸，是渔民的儿子，1930年参加了红军，加入了党。他从小跟随从父亲在海峡上打鱼，熟悉海峡的风浪，同时他还有一个叔父在西营（今湛江市霞山区）当店员。由于他具备了这些条件，独立总队便派他到海峡上当交通员。他负责的是从西营到琼崖抗日独立队驻地的交通工作。

1939年3月末的一天下午，在徐闻县海边的一个小村子里，有十多位归国华侨青年坐在一棵大树底下，低声地哼着《冲过敌人的封锁线》和《游击队进行曲》等革命歌曲。他们都以万分兴奋与焦急的心情等待着黄昏的到来，因为今晚他们将冲过敌人在琼州海峡的封锁线，到海南岛去、到火热的抗日战争中去。

在波涛汹涌的海岸边，停泊着几只从海南岛开来的载货木帆船，金黄色的夕阳正斜照在木船上。这时，马大光和几位助手的脸上都充满着严肃认真的神情，他们正紧张地搬运海外华侨捐助给独立总队的几十箱医疗物资下船。搬运

[①] 这个革命斗争故事是笔者于1972年在澄迈县马村公社一带搜集的。2022年5月22日星期日再审改。

工作完成了，一轮红日也从西边水连天的地方沉下海里去了。十几位整装待发的青年来到了船边，马大光站在他们中间，用庄重低沉的声音对他们说："我们的船就要开行了，我们将冲破敌人的封锁线。如果遇到敌人，大家要沉着听从指挥。必要时，要同敌人搏斗。"他说完话，望了望天空，在星星底下，飘着一层层薄薄的乌云，东北风越吹越大，还带来一阵阵细雨，这是渡海的大好时机。一只满载医疗物资和爱国青年的木帆船乘风破浪，向南驶去。

大海上黑沉沉的，伸手不见五指，只听见浪涛冲击船头发出的"轰隆隆"声。不久，船靠近了敌人的封锁线。马大光坐在船头，全神贯注地注视着前方，只见远远的夜空中，悬挂着一盏明亮的灯，把漆黑的海面照亮了一大片。不时又有从敌舰巨大的探照灯中发出的亮光，横扫着海面。马大光勇敢、机智地指挥舵手把船避开敌人的灯光，在黑暗中行驶。忽然，远处传来了低沉的马达声，声音越来越近，马大光立即命令舵手把船帆降下来，船在浪涛中缓慢前进。等敌人的巡逻艇驶过去后，马大光他们又扬帆加速前进。不久，他们便冲破了敌人的封锁线，胜利地抵达了文昌县锦山市附近的一个港口。这时只是凌晨零时三分。马大光站在船头，透过微弱的月光，看见岸上椰林里有三个人向他走来。走近了，三人中的一个问：

"你们船上有盐卖吗？"

马大光回答："没有。"

他们对上了暗号，马大光便跳下船去，同那三位同志热烈握手。不久，隐蔽在椰林深处的同志都向木船走来。

马大光同志热情地对前来迎接他们的独立总队符英华连长说："这十五位归国华侨青年是来参加独立总队的，他们将同我们一起抗日。他们带回的医疗物资共五十箱也一起运回来了。"

马大光的话刚说完，符英华便一一同前来参加抗日的归国华侨青年握手，表示热烈的欢迎。

大家紧张地忙碌了一阵，船上的货物便卸完了。符英华便同马大光以及船工们握手告别，然后率领十五位华侨青年以及连队的同志挑着医疗物资向椰林深处走去。

马大光与船工们送走了符连长他们以后，已经是凌晨三时了。他们便扬帆开船向海峡北岸驶去。由于不顺风行船慢，船驶到敌人封锁线时，天已亮了。

这时，从海口方向开来一艘敌人巡逻艇。马大光立即召集船工们商议如何应付敌人。马大光说："看来敌艇是来追捕我们的。要是敌人问我们是干什么的，大家就说，昨晚在海北打鱼，船只忽被一阵强的东北风刮到大海里来，由于船帆坏了，回不了海北，便漂流到这里。"于是，大家手脚轻快地把船帆搞坏了。敌艇越来越近了，敌人向船上抛来一条绳钩子，把船钩住，然后拼命地拉绳子。船靠近了敌艇，有两个塌鼻子的鬼子兵跳上船来搜查。鬼子兵查不到什么，只是把船工们夜里钩到的几条黄花鱼拿走。塌鼻子的鬼子兵回到敌艇后向满脸胡子的敌艇长嘀咕了几句，敌艇长就命令说："通通把他们带走！"两个塌鼻子的鬼子兵便下木船去用绳子把船绑住，连船带人拖回海口。到海口后，马大光等三个船工通通被关进牢房。

敌人对马大光等三位同志进行了六次审讯，每次审讯都把他们毒打一顿，但始终没有从他们嘴中要到什么，最后只好把他们放了。

1939年冬天的一个黄昏，马大光在广州湾（今湛江市）海边散步，当他回到西营他叔叔所在的杂货店后，接待了一位从北京来的同志。这位同志要他尽快把一份情报送到独立总队去。次日一早，马大光便动身回徐闻县。当天下午四时多，当他来到徐闻县海边的一个小港口，却发现自己的船只已开往海南岛，要等到第二天才能回到海北。马大光想：怎么办？情报要尽快送到独立总队去！时间就是生命，要争取今晚过海去。于是，他到海边去了解到，有几个商人租了一只木帆船，今晚开往海南。马大光便搭了这只木帆船回琼崖。当船开到敌人的封锁线时，忽然风停止了，船在海中漂荡，被日军的探照灯发现了。不久，从海口方向的海面上传来了"隆隆"的机器声，灯光又不停地向这船照射。马大光想：敌人追捕来了，这份情报怎么办？他偷偷地把它藏进了一支打狗用的竹筒里。敌舰离木帆船只有五六十米，便停在那里，有三个鬼子兵驾驶着一艘小汽艇，"突突"地向木船驶来。船上的商人惊慌万状。马大光说："大家沉着不要慌！敌人问你们干什么的，就照直说，是到海南去买牛的。"话刚说完，在敌舰的灯光照射下，只见三个满脸横肉、怒气冲冲的鬼子兵，手持钢刀，腰佩手枪，分别向木船上爬上来了。他们站在甲板上，一手叉腰，一手持着刀，大声叫："船上的，通通来这里集中！"船上的人都集中起来了，马大光站在一个商人的后面。鬼子兵见大家都集中起来了，二话没说，挥起军大刀便砍。眼看前面三四个人都倒下去了，马大光满腔怒火，想跟敌人拼命，但又想：保护情报要紧,只有保存自己,才能把情报送到独立总队首长手中。于是他灵机一动:装死!他立即卧倒在尸体旁边,紧接着有两个尸体倒在他的身上,鲜血沾满了他的头上、身上……一刹那间,鬼子兵把船上的人都杀光了,然后用火点着木船,才乘汽艇回去。马大光闭着眼睛,直听到"突突"的声音,才敢偷偷地张开眼,看到三个鬼子上了军舰,军舰"隆隆"地开走了,木船上的火正在燃烧着船帆、船面上的木板……这时,马大光爬起来扑火。火被扑灭后,便挣扎着去检查一下,发现情报还在才放心。于是,他挣扎着去划船,希望早点到海南岛去。他用了平生的力气,紧紧地撑着船舵,把船划向澄迈县,因为这边敌人防备力量弱一点。没饭吃,没水喝,腹饿口渴,头顶上太阳又晒着,他支撑不了又晕倒过去了。直到风浪把船推到了澄迈县与临高县交界处附近的海边,这已是第四天的事了。他是在昏迷中被这里的渔民救起来的。他在渔民曾伯伯家里喝了两碗鲜鱼汤,才恢复了体力。随后经过两天的艰苦"行军",马大光终于走到了独立总队的驻地——澄迈县美合根据地。马大光从竹筒里取出了情报,把它交给了有关首长,并汇报了他这段艰苦的历程,大家都深受感动。

1940年春天的一个下午,马大光在徐闻县海边的水头村,接待了一位党中央派来的军事干部覃伟(覃伟同志后来成为琼崖纵队的一位重要领导干部,在战斗中牺牲了)。覃伟中等身材,三十岁左右。他打扮成一个归国华侨,坐在一棵大树底下同马大光促膝谈心。他说,1935年红军长征路过他的家乡广西时,他便参加了红军,跟随红军长征到了延安,然后又从延安开赴前线打日军。这次,党中央派他来琼崖,同独立总队的同志一起抗日。马大光也向覃伟介绍了自己参加红军的经过,以及独立总队在岛上坚持抗日的情况。

他们住的这个村子的后面便是海浪翻滚的大海。黄昏时,马大光带覃伟到海边去散步。覃伟是第一次到海边来的,他很喜欢汹涌澎湃的大海,但更喜欢大海彼岸的海南岛,恨不得一下子就飞过大海去同岛上的人民一起抗日。

马大光看见覃伟想过海去的焦急心情,便说:"老覃同志,明天就起东北风了,我们明天晚上就开船。但是,你怕晕船吗?"

覃伟说:"晕船算不了什么,爬雪山过草地困难那么大,我们都闯过去了,过这小小的海峡,有点晕船怕啥。"

接着,马大光又说:"敌人在海峡上封锁得很严密,但是,大海这么宽广,敌人不可能彻底封锁的。敌人封锁大海,我们就走小海;敌人封锁了大边,我们就走小边。总之，我们一定能闯过去。"

他们走到一块大石头上便坐下来。覃伟说："你当了一年多交通员，在海上有没有遇上敌人？"

"遇上了。日本鬼的牢房也坐过，也差点丧命。主要是在海上不顺风，才被敌人抓到。"

夕阳落下海里去了，天逐渐变黑了，他们便回到村子里休息。

次日晚上，果然刮起东北风来了。马大光带着覃伟来到了船上。驾驶这只船的是一个老疍家（水上居民）陈大公，他在这海峡生活了五十多年。因为是护送党中央派来的同志，所以马大光特别挑选了这位海上经验丰富的老船工来驾船，这样能确保覃伟安全过海。

这天晚上，风浪比较大，船跳过一个浪峰又一个浪峰，飞快前进。船进入敌人封锁线时，探照灯不时地横扫着海面，天空中悬挂的大灯把大片海面照亮。覃伟说："海面上这么明亮怎么通过？"陈大公说："这是敌人给我们开的路灯。我们就借它的亮光前进。"陈大公降低了船帆，熟练地驾驶着木船，沿着探照灯与悬挂灯之间的黑暗海域前进，不久，船便通过了敌人的封锁线。这时，陈大公扬满帆，船在漆黑的海面上乘风破浪，朝着澄迈县玉包港的方向前进，凌晨三时，船便在敌人没有防备的马鬃港靠岸。马大光和覃伟告别了陈大公，打扮成农民的样子，各挑一担箩筐，每人的箩筐里大约有五十斤盐，马大光的箩筐里还有两条五斤左右的马鲛鱼。他们借着星星的微光朝福山方向走去。马大光是在这一带长大的，大路小路他都认得，所以他们走得很快。早晨，在澄迈与临高交界的一个小村子里，三个日本的陆军巡逻兵把他们拦住，气势汹汹地说："你的，干什么的？"

马大光与覃伟向三个日军敬了礼，然后说："皇军，我们是赶时间从新盈港担盐到澄迈县金江去卖的。"

一个歪嘴巴的鬼子斜着眼睛看马大光箩筐里的两条马鲛鱼，说："鱼，大大的有！"

马大光便从箩里取出这两条鱼给他，他便说："你的，快快的走！"

马大光说："是，是！"然后挑起箩筐与覃伟继续赶路。他们通过福山地区的封锁线以后，马大光便带领覃伟抄小道、穿森林、爬山沟、越秃岭、跨小溪，来到了澄迈县的西部山区——美合革命根据地。

1941年冬天的一个晚上，马大光从海北带领着一批归国华侨青年和从大陆来琼崖参加革命工作的同志搭船往海南岛。由于汉奸告密，让驻在海口的日军知道了他们的行踪，当木帆船进入文昌县锦山地区附近的海面时，一束强烈的灯光向船上照来，原来一艘日本兵舰已经守候在那里的海面上了。日军将木帆船上的人全部赶到兵舰上，舰尾拖着木船开往海口。途中，日军叫被俘的人员通通集中到甲板上。在灯光下，只见一个杀气腾腾的日本兵抓住一个归国青年的衣领，声嘶力竭地狂叫："你是干什么的？"

　　这个青年什么也不说，只是怒视着他。他气急败坏地一巴掌向这青年的脸上猛打过去，鲜血从这青年的嘴巴不停地往下淌……最后，青年愤怒地说："他妈的，我跟你拼了！"一拳头朝那日本兵的太阳穴猛打过去，那日本兵倒下去了。在旁的一日本兵一刺刀刺倒了这个青年，他牺牲了。看此情景，一位带队的归侨青年关强霍地从青年人群中跳起来大声地说："同志们，打日军的时间到了，大家打呀！"

　　他的话音刚落，一场肉搏战便激烈地展开了。有的夺过敌人的刺刀猛杀敌人，有的紧紧地抱住敌人一起滚到大海里去，有的夺过敌人的手枪向其射击……经过半小时的搏斗，二十一位归侨青年全部壮烈牺牲。马大光右腿中弹，右手被刀砍伤，晕倒在炮台旁边。敌人看见马大光没有死，便把他捆绑起来拉回海口，投进监牢里。次日一早，当马大光清醒过来时，敌人便从牢房里把他拖出来进行审讯。一个长八字胡子的日本军官问他："你是干什么的？"

　　马大光斩钉截铁地说："打日军的！"

　　那个日本军官听了马大光的回答，暴跳如雷地说："把他拉出去，狠狠地打！"

　　站在旁边的两个打手便把马大光拖出去毒打了一顿，然后把他投进牢房。第二天，敌人又把他拉出来审讯。那个长八字胡子的日军一边拍着桌子，一边大声地喊："你快快说，你当交通员，领头的是谁？他在哪里？"

　　"他就在你的面前！"马大光从容地说。

　　"你就是共产党的交通站长马大光！"八字胡子微笑了一下说。

　　"就是我，我就是马大光，你杀吧！杀死了一个马大光，还有更多的马大光站起来跟你们斗，直到把你们赶出琼崖，赶出中国为止！"马大光勇敢有力地回答了"八字胡子"的问话。

"八字胡子"对他无可奈何，过了几天，敌人便把马大光拉到海口的红坎坡去活埋，并驱赶了一批市民、犯人到刑场旁边观看。马大光到了刑场，脸不改色，从容不迫，视死如归。就义前，他对周围的群众说："乡亲们抬起头来不要怕！不要做亡国奴！要狠狠地同日军斗争，直至把他们赶出中国的领土、领海、领空为止！"

最后他高呼："中国共产党万岁！中国人民抗日战争必胜！日本帝国主义者必败！"日军便把他活埋了。

马大光虽然牺牲了，但是他的精神、他的事迹永远被人们传诵着，永远，永远！

第四卷
漫话海南

穷人过海的故事[①]

很久很久以前,在祖国的大陆上,有个穷苦忠厚的奴隶,叫王亚远,年约三十岁,终年替奴隶主干活。

有一天,奴隶主不见了一头牛,却硬说是王亚远搞的鬼,把他打得死去活来,还扬言要把他活埋。在奴隶们的帮助下,王亚远逃脱了魔爪,但是之后能逃到哪里去?他抬头一望,北边的天漆黑一团,好像暴风雨就要来临了;南边的天比较晴朗,星星在闪烁,于是他便朝着南方逃去。他走呀走呀,天黑了,他便躲在一间破庙里过夜。他跑了一天,又饥又饿又累,一躺下来,很快便睡着了。

半夜里,忽然刮起了一阵大风,他被吹醒了。这时,庙里来了两位大仙,他们互相交谈着天下的奇闻。一个说:"从这庙往南走,不到十里路,有道小河沟。沟那边就是百宝山,山里尽是金银、宝玉。谁要是能渡过小河沟到了百宝山,谁就会得到这些财富,一辈子不愁吃喝。"

另一个说:"相隔这里几千里的南方,有个非常肥沃、富饶的宝岛,谁要是到了那里,勤劳耕作,种上各种农作物,年年都能获得丰收。至于金银财宝,那是取之不尽,用之不竭的,保证子孙后代都能过上美好的生活。"

两个大仙讲完这些话之后便走了。这时,王亚远躺在草堆上思索着两个大仙的话。他想,是到近处的百宝山去取回金银财宝,享乐一生,还是到远方的宝岛去耕种,用自己的双手创造美好的生活?人不能光顾自己,如果怕苦怕累,到近处去取金银财宝,只供养自己一生,不为自己的后代创业,那么自己的后代不是也会像现在的自己一样穷困潦倒吗?他想呀想呀,不久天就亮了。他最后决定到遥远的宝岛去,开发宝岛,创一番大事业,让自己的子孙后代都能过上好日子。

他跋山涉水朝南走,过了一山又一山,跨了一河又一河,走了一天又一天,

[①] 写于1978年。

风吹雨打,劳累饥饿,人间的千辛万苦都在折磨着他。"什么时候才能走完这几千里?能不能到达目的地?"他有点动摇起来了。

他正在犹豫的时候,从北方天上"呖呖"地飞来了一群大雁,好像在对王亚远说:"走呀走呀,不远了,很快就会到了。"

天气快冷了,大雁为了避寒,不畏千里旅途,勇敢地冒着风雨往南飞。王亚远望着南飞的大雁,心里想:大雁为了生活,不畏艰险往南飞,难道自己还比不上一只鸟吗?于是,他鼓起了勇气继续往南走,走了两个多月,终于走到了琼州海峡的北岸。他站在一个高坡上往南看,只见一片水连天的汪洋大海。他发愁了:怎么能过去呢?这时,他又累又饿,便摘了一些野果充饥。不久天就黑了,他躺在一棵大树下休息。睡到半夜,忽然刮起阵阵北风,把他吹醒了,他又听见两位大仙说:"起北风了,我们的帆船可以启航渡海了。"

这时,王亚远好像睡在摇篮里一样,摇摇摆摆的,不久便睡着了。

次日早晨,当他醒来时,他已站在海南岛上了。这时旭日东升,宝岛一派好风光:远处是郁郁葱葱的大森林,近处是绿油油的野生植物,河里有成群的游鱼,海边有美丽的贝壳,树上百鸟在歌唱,野兽脚踩的是肥沃的土地。所有这一切都深深地吸引着他,他爱上宝岛了。

他挥舞着砍刀,砍来树枝、茅草,盖起了一间简陋的草房。过几天,他开垦出一片荒地,种上了庄稼。不久,庄稼收获了,他吃上自己种出来的果实,这是多么的高兴呵!

一天,有一个老头子带着一个二十岁的美丽的姑娘路过王亚远家的门口。王亚远便热情地出来迎接他们,并且做了自我介绍。老头子和姑娘听了王亚远的介绍后深受感动,连连点头表示欢迎。老头子对王亚远说:"这个宝岛是个好地方,土地肥沃,气候温和,只要种下庄稼就有好收成。我们在这里,生活过得很好。"

不久,王亚远和这位老头子成了亲密的好朋友,他们居住在一起,劳动在一起,生活在一起,亲如一家人。后来,王亚远和老头子的女儿珠丹建立了感情,结了婚,他们生活得很好。

起初,他们住在平原,后来,一股外来的势力把他们赶到了五指山区,他们就是今天黎族的祖先。

海南的橡胶树[①]

1939年春节后不久,日军就开始侵犯我的家乡万泉河两岸。那时候,日军的飞机天天在万泉河上空进行军事侦察。结果有一天,日军的一架飞机突然失事了,掉落在蒙养村河对面的沙滩上,两位飞行员当场毙命。日军很快就打到我的村子了,我妈妈就带着我跟着村中的人逃到离村子几公里外的橡胶园里,睡了一夜。这是我第一次见到橡胶树。次日早上,我们又继续朝西面的深山老林里逃去。我们渡过万泉河的支流乐会水,在河岸的橡胶林里砍下树枝、树叶,盖了一间简易的小草房,住了几天。之后再逃往我继祖母开荒种地的粉车山区,同继祖母一起住在茅草房里,过了几年饥饿、逃难的苦日子。

在我们居住的茅草房附近,就有很多橡胶园。橡胶树长得很高,根深叶茂,遮天蔽日。日军的飞机经常在橡胶树林上空盘旋,进行敌情侦察。飞机来了,我们就躲在茂密的橡胶树林里,没被日军发现。橡胶园的工人每天很早就开始割橡胶了。我每天早上都到橡胶园里玩,看见白色的橡胶乳液从被割开树皮的橡胶树上往下滴,正好滴在一个橡胶碗里,碗里很快就满满的。到了中午,工人就提着胶乳桶收取橡胶碗里的胶乳。

我又到橡胶加工场里去看工人制作橡胶片。只见制作好的橡胶片都堆积在草房里。工人们说,日军侵犯海南岛之后,陆地和海上的交通被阻断了,橡胶片运不出去,只能都堆积在草棚里。橡胶片没人买,工人也就没收入,日子就不好过了。工人说,日军侵犯海南岛之前,橡胶的生意是很好的。日军破坏了海南的经济,害得广大群众都没饭吃了。

[①] 拙文是我在广东海南中学读初中三年级时写的。1954年5月在北京《中学生》杂志上发表。今天,我重新将拙文输入电脑时,在个别地方略做修改与补充。拙文当时发表之后,全国很多中学生看了都很感动,纷纷写信给我。他们认为,新中国成立后,在帝国主义者禁止橡胶出口到中国的环境下,海南岛能生产橡胶,这是极大的好消息,让全国人民深受鼓舞和自豪。当时,长春、北京、南京、武汉、西安、荥阳、开封和南昌等城市的中学生都写信给我,感谢我的报道。

橡胶工人还说，海南岛过去是没有橡胶树的。40多年前，是乐会县的爱国华侨何麟书等人，冲破敌人的封锁，从马来西亚把橡胶树种子偷运回家乡种植。这个橡胶园就是何麟书他们开发的。之后，海南岛内的橡胶树越种越多，连很多农村附近的山地也都种上了橡胶树。这个橡胶园的土地好，所以橡胶树长得很茂盛、高大，变成了遮天蔽日的橡胶林了。有的橡胶树长得很粗壮，它的主树干，我们两个小孩手拉着手都抱不过它。橡胶是工业发展的重要原料，比如汽车的轮胎是橡胶做的。没有轮胎，汽车就跑不了。以美国为首的帝国主义者对我国实施制裁，禁止向我国出口战略性资源，其中就包括橡胶，企图阻止我国发展工业。今天，我们海南岛有了自己的橡胶树，而且海南岛遍地都可以种橡胶树。海南岛发展橡胶产业，就可以有力地支援我们国家发展工业了。

从海南博鳌港的地域文化谈起①

博鳌港，从新石器时代起，中华民族就开拓了这块宝地。它是南海北岸一座著名的古港。一千多年前，乐会县就建立在博鳌及周边地区，县城俗称乐城。它的历史悠久，文化内涵深厚。它是万泉河的龙头、出海口，万泉河的文化从这里传出海外，海外先进的文化也从这里引进来；世界著名的、有两千多年历史的潭门渔港也在这一带，世界先进的海洋生产技术和先进的海洋文化也在这里交流。五千多年来，中华民族开拓南海，这里就是出发地点之一。这里也是中华海洋文化的诞生地之一。中国有中原文化和海洋文化，这里是中原文化与海洋文化的结合地之一，两种文化相结合，使中华文化更加精彩、优秀。博鳌人乃至万泉河两岸人民，长期以来，传承与弘扬中华优秀的传统文化，已开花结果。如今，博鳌已成为琼海、海南乃至亚洲的一颗闪闪发光的明珠！

中原文化的发源始祖在黄河一带之农村。中华优秀传统文化是中国和中华民族的灵魂。习近平总书记非常重视中华优秀传统文化。中华优秀传统文化是中华民族的突出优势，是我们最深厚的文化软实力。中华优秀传统文化是指导我们前进的方向和动力。中华文化源远流长、博大精深，中华民族形成和发展过程中产生的各种思想文化，记载了中华民族在长期奋斗中开展的精神活动、进行的理性思维、创造的文化成果，反映了中华民族的精神追求，其中最核心的内容已经成为中华民族最基本的文化基因。博鳌人乃至万泉河人，长期以来在中华优秀文化的培育下，具有崇仁爱、重民本、守诚信、讲辩证、尚和合、求大同的思想；有自强不息、敬业乐群、扶正扬善、扶危济困、见义勇为、孝老爱亲等传统美德。这些美德，几千年来，深深地滋润着博鳌港一带和万泉河大地上的众生，流淌在血脉里，熔铸在精神世界之中，散布在江河、森林之中和原野之上。习近平总书记号召有关部门组织人力，把中华民族优秀的传统文

---

① 本文收录于《博鳌传奇》一书（海南出版社2019年版）。2022年5月24日星期二再次修改。

化,从纸上的传承、技艺上的传承、精神上的传承到散落于田野上的文物都收集起来,进行整理、出版和宣传,为促进社会主义的文化大繁荣服务。

在经济方面,改革开放四十年以来,博鳌港的面貌日新月异,人才辈出。举世闻名的亚洲论坛在博鳌诞生。世界各国的政要和名人年年在博鳌港汇聚一堂,商谈如何发展经济与文化,如何促进人类命运共同体的发展,如何造福于世界各国人民。这就给世界、给博鳌带来了新的信息、新的希望、新的机遇。中国领导人也利用这个平台,向世界提出中国方案。

党的十九大提出,要优先发展农村经济与文化。博鳌港的乡村经济迅速发展,像明珠一样美丽的新农村不断涌现,博鳌港奇迹天天在产生。海南省琼海市政协积极响应习近平总书记的有关号召,组织人力深入农村地头进行田野调查、研究,挖掘、整理了大量的历史文化资料;并发动文化工作者、文艺爱好者拿起笔杆,撰写农村的新人新事、新面貌。这样,《博鳌传奇》一书就诞生了。春节后,琼海市政协常务副主席李家淦等同志热情约请我为即将正式出版的《博鳌传奇》一书写一篇文章,由于盛情难却,因此我就写了这篇拙文。

博鳌港的面积不大,却容纳了深厚的江河文化、海洋文化、大陆文化、东南亚文化和西方文化。自古以来,多种文化在这里相互交融、促进,形成了博鳌地域独特的历史、独特的文化、独特的乡情和村风。"乐会虽处僻处,天涯弹丸,而民淳俗朴,知廉耻礼乐,人守法度,性多温和。"博鳌港独特的中华传统地域文化(村风、村规和乡俗等都是中华传统地域文化的一部分)表现在哪里?

第一,"德"就是重要的中华传统文化。中华传统文化的内容很丰富,"德"就是非常重要的内容。要坚持把传统文化中的"立德树人"作为中心环节。博鳌人很重视道德教育。早在明代,博鳌《邓氏祖训》就这样写道:"积德乃裕后之根本,审交乃保身之良法。德不积,则无以基福祉;交不审,则以无知善恶。人之兴衰,不在贫富,而在善恶,善之所为,非为人也,为我也,植子孙之根本也,培子孙之元气也。"[①] 这篇《祖训》把思想道德教育和行善放在首位,强调道德修养和行善,不仅对于个人,而且对于家族兴旺都是极为重要的。其次,强调交朋友必须先了解对方的品行是"善"还是"恶",之后才

---

① 见李少凡《千古奇缘》。

交朋友。

据李少凡先生的《千古奇缘》记载，邓家的人是按《邓氏祖训》办事的。明代乐会知县周泰是江苏长洲（今苏州市）人，他在乐会县任职期间，倭寇频繁侵犯乐会沿海，抢夺人民财产。周泰坚持带病上战，带领群众抵抗倭寇，病死于任上。周泰的朋友陈纪（乐会人）为周泰买了一副棺材安葬他，邓氏将风水宝地"莲花墩"献出以埋葬周泰，并把周泰的家人当作邓氏的亲人一样优待。几百年来，邓家一直把周泰当作自己的祖先来朝拜。这就是邓氏、陈纪乃至博鳌群众的一种高尚的道德行为。这就是优秀的中华传统文化在博鳌开花结果。

从古以来，讲道德，与人为善，一直是博鳌人乃至万泉河两岸人民群众的行为准则。1944年春天，日军侵犯万泉河上游的琼中县山区。20岁的抗日游击队队员莫泰汉被日军抓住。鬼子拷打他，问他是不是抗日分子，他矢口否认。"不是，你为什么一个人在这里？你的家在哪里？"莫泰汉低头沉思，一时说不出话来。当时，如果莫泰汉不说出自己是当地人、自己的家在哪里，日军就会把他当成抗日游击队队员枪毙掉。在这危急关头，突然一位五十多岁的妇人，从茅草房里走出来说："孩子，你害怕皇军，头都昏了，心都慌了，眼都花了，脑都乱了，不省人事了，连自己的家在哪里都说不出来了？"紧接着，老妇人便对日军说："皇军大大的好！他是我的孩子！你们行行好，不要伤害他。"然后，老妇人就拉着莫泰汉的手，进入到自家的茅草房里，救了莫泰汉一命。老妇人为什么在关键时刻出来救莫泰汉？是老妇人长期以来受到中华优秀传统文化"德"的教养，乐于助人。老妇人救了莫泰汉的命，莫泰汉也不忘救命之恩。老妇人没孩子，莫泰汉就始终把她当作自己的母亲，全心全意照顾她的后半辈子，直至她去世为止。

据《乐会县志》记载，明弘治年间，博鳌所在的乐会县遭受严重灾害，农作物失收，农民大饥。乐会县执礼乡（今琼海市嘉积镇田宛村）的大米商人马润通出巨资购米1200石，救济饥饿群众，传为佳话，被皇帝授予"义民"称号。马润通卒后葬于教场坡，墓前建圣旨碑，上面写着："文武官员至此下马！"马润通出钱购买粮食救济灾民的壮举，说明了什么呢？说明了马润通早就接受了中华优秀传统文化"德"的教养，做善人。

何麟书，博鳌人，早年去马来西亚谋生，在马来西亚从事橡胶种植业。他懂得种橡胶的技术，于是想到海南岛的气候、土壤和马来西亚差不多，自己的家乡种植橡胶是可行的。他认为，在自己的家乡种橡胶，既解决了家乡一些青年人就业问题，又发展了家乡经济，填补了祖国橡胶种植的空白。1904年他在家乡筹办中国第一个橡胶园琼安橡胶园。后来，万泉河地区橡胶种植的面积越来越大，从山区扩大为家乡乡村的小山头。在我家乡附近的小山上，农民都引种了橡胶。1939年2月，日军侵占了万泉河两岸，我和母亲跟随我们村的人逃难到村附近的橡胶园里。当时，那里的橡胶树已长得像椰子树那样高大了。日本的军机经常从我们的头顶上轰隆地飞过去，由于有茂盛的橡树叶伸至天空遮住，日军就看不见我们。想到这里，我们应该感谢何麟书先生，他为家乡种下的橡胶树林还为我们提供了逃避日本杀戮的避难所。由于日本侵略者步步逼近，我们家人又继续逃往粉车（今琼海市会山镇）的深山老林里避难，那里也是有一大片橡胶林，可以让我们安顿下来。漫山遍野的橡胶林，可见何麟书为家乡、祖国种植橡胶的功劳之大。我们的华侨太可爱了！今天，橡胶树已种满海南岛，何麟书先生的橡胶梦已经实现了。何麟书为什么回国种橡胶？回家乡种橡胶，发展家乡经济，支持祖国发展工业，就是爱国爱乡的表现。爱国爱乡，就是中华优秀传统文化的重要内容，就是一种做善事、有道德的行为。

在近现代史上，博鳌、万泉河两岸曾多次爆发农民革命运动。特别是在中国共产党领导下，博鳌乃至万泉河两岸是农民革命运动的中心、根据地。这又是为什么？自古以来，在博鳌、万泉河两岸人民的血液里，始终流淌着一种以天下为己任的崇高使命和担当意识。比如，海南革命先驱王文明的父亲是一位思想道德高尚的小学教师，他教育王文明要胸怀大志、忧国忧民，学习范仲淹的"先天下之忧而忧，后天下之乐而乐"。王文明和杨善集等革命家用中华优秀的传统文化、共产主义新思想武装群众、教育群众。他们生动地指出，"三座大山"压迫、剥削群众，就是缺"德"！马克思主义者就是要对没有"道德"的剥削阶级进行彻底的革命。这对推动博鳌乃至万泉河两岸的革命运动有很大作用。在党中央的领导下，王文明和杨善集等在海南各地成立了中国共产党地方组织，领导农民进行土地革命。

秦汉以后，中原的人不断来到海南，在万泉河两岸繁衍生息。到了魏晋以后，"中原多故，衣冠之族，聚家于此。今之文物礼乐，盖斑斑矣！独念此邦之土，鲜入公门，知廉耻礼乐，温文尔雅，欣慕情殷，足可与共千古"。这段话说明，自古以来，各类人才从大陆不断移民来海南，并带来了中华优秀传统文化，在群众中宣传、传播。而博鳌乃至万泉河两岸人民群众也积极地传承中华优秀传统文化。比如，商朝著名的女将军妇好，是商王武丁的妻子。她英勇善战，替丈夫带兵出征，击败了外敌，保境安民。妇好的形象和精神代代相传，深入人心。在妇好之后，在黄河边又出现了因替父从军而家喻户晓的花木兰。隋代的巾帼英雄女将军冼夫人来到了博鳌，乃至万泉河两岸，举办军事讲坛，传播军事知识，对当地影响甚大。万泉河边受压迫的妇女就是以古代女将军为榜样，在中国共产党的领导下，端起枪参加革命斗争，成为举世闻名的红色娘子军。在旧社会，万泉河两岸的妇女冤仇最深，但为解放全海南，她们不怕牺牲。这就体现了中华优秀传统文化的"德"与"善"。红色娘子军的革命风暴又形成了红色的地域文化，本地人称为红色文化。王文明、冯白驹等在母瑞山等地建立了琼崖革命根据地，坚持了二十三年革命红旗不倒，给中华文化和当地地域文化带来了新的内涵。

第二，博鳌文化，海纳百川。自古以来，博鳌港是一个繁荣的自由贸易港。海南的华侨、商人和渔民等就从这里出海。外国商人、传教士等也曾经来过这里。不同种族、不同肤色的人，讲着不同的语言在这里进行经济、文化交流。道教、儒教、伊斯兰教和佛教等，都曾经在这里传播。如今在博鳌港，建有博鳌禅寺、妈祖庙、儒商讲坛和各种道观等。具有世界各地特色的建筑物，比如具有东南亚特色的"留客村"的蔡家大宅和卢家大宅等，都建在博鳌，供人游览。

第三，留住乡愁记忆，延续历史文脉。博鳌人乃至万泉河沿岸的人自古以来都重视历史文化的传承，他们认为历史是一面镜子，是鼓舞人们前进的动力。龙江镇中洞村党委书记、村委会主任王会海同志是一位中年人，他不仅带领农民发展农村经济，而且他又是一位很重视乡村文化建设、具有历史文化修养的优秀人才。十多年来，他利用工作之余，走遍了无数大小村落、大山小山、大河小溪，深入黎村、苗寨，搜集到农村的历史文物两万多件。在他的带动与影响下，很多村民也开始重视搜集历史文物，把自家的、散落周围的历史文物收集起来。如今，中洞村委会共有历史文物几万件，足以建设一座博物馆。目前，他们正在向上级申报，筹建中洞村历史文物博物馆。他们这种行动就是在传承与弘扬中华优秀传统文化，推广优秀的地域文化。

中国的城镇化快速推进,引发了剧烈的城乡变迁。农村很多历史遗存、人文景观、民俗风情不可避免地在加速消失,守护和传承千年乡村历史文化,帮助农民留住乡愁,迫在眉睫。

发展乡村文化是传承中华优秀传统文化的重要组成部分。党的十八大以来,中央提出要走中国特色的城镇化道路,让居民望得见山、看得见水、记得住乡愁。留住乡愁记忆,是延续历史文脉的基础。要挖掘和保护好乡村文化,让群众了解家乡、热爱家乡、建设家乡,留下农村文化的根。

中洞村有一个外出的干部说,故乡一直在他的心里,是永远割舍不掉的。乡情博物馆把散落在群众身边的历史文化因素很好地保护和传承下来,是记录村史的沿革、村落文化、民俗风情的重要载体,是留住乡愁、凝聚人心、传承文明的重要窗口。

村名也是有历史文化内涵的。王会海任职的村叫中洞村。这村名已经流传了一千多年了。一千多年前,这村庄是海南黎族同胞开发居住的,当时的村名就叫某某洞(峒)。后来,汉族人来了,他们势力强大,把黎族居民排挤到山区。但是村民还是把这个"洞"字保留下来,以体现村的历史变迁。

在乡村振兴的伟大征程上,王会海想在万泉河南岸著名的中洞村创建农村历史文化博物馆,这是一项乡村文化建设的创举,我为此感到欢欣鼓舞!

从儋州的宁济庙谈起①

岭南杰出的政治历史人物冼夫人,生于南朝梁天监十二年(513),卒于隋仁寿二年(602),享年89岁。冼夫人一生为维护国家统一和民族团结,做出了巨大的贡献,特别是对重建南海中的崖州(今日的海南省),开拓南海,立下了不朽的功勋。在正德《琼台志·郡州邑沿革表》(卷二)有关南海和海南岛在梁、陈、隋、唐四朝代的史料中,关于冼夫人及其夫家冯氏家族的史料就占了绝大部分,可见冼夫人及冯氏家族对开拓南海诸岛,尤其是对海南岛的开发、建设所做的贡献巨大。中华民族的优良传统之一,就是慎终追远,不忘祖先。冼夫人是开发海南的重要祖先之一,所以,冼夫人逝世之后,海南人民就非常怀念她。从唐朝初期开始,海南民众就在今儋州市中和镇建立起了一座纪念冼夫人的庙宇,叫"宁济庙"。这是海南岛最早建立的冼夫人庙,现为国家重点文物保护单位之一。中华民族还有这样的优良文化传统,凡是对人民有巨大贡献、有功德的人和姓氏的祖先,人民都为他们建立庙宇或宗祠。故在地球上,凡有华人居住的地方,都有中华民族姓氏的"宗祠""庙宇""家庙"。"宗祠"或"庙宇",就是中国人的"根"。中国人无论到什么地方,都不会忘记他们的"根"。建宗祠、庙宇,旨在祭祀,祭祀的目的是教人不要忘本("根"),履行使命,即"报本反始"。

由于冼夫人开发海南,首先从儋州开始,因此,儋州人民最早为她立宁济庙。为什么儋州的古人以"宁济"二字命名冼夫人庙?这很值得研究。长期以来,我一直在思考这个问题。汉字是象形字,汉字的含义极其深广,丰富多彩,故中国古人用字、词造句极其讲究。我们可以从古人的用字上,去体味中华民族文化的内涵。我认为"宁济"二字,"宁"字是修饰"济"字的,"济"字是核心。《辞源》对"济"的解释:"济人,助人""利通金石,强济天下""臼杵之利,万民以济""渡过""成功,成就""必有忍,其乃有济""救助,

---

① 修改于2018年9月30日;2022年6月5日星期日再修改。

接济""知周乎万物,而济天下"。总之,"宁济"二字,就是说冼夫人的一生,是在"济国家、济民族、济人民",使国家统一、民族团结、人民生活安宁。中国岭南有这样一位杰出人物,用"宁济"二字为她立庙宇名字,真是再好不过了,这是对冼夫人一生非常准确的评价和高度的赞扬。冼夫人一生,"宁济"岭南,乃至中国。再者,在《尔雅》与《辞典》中,关于"济"字还有这样的解读:"济"是"四渎"之一。所谓"四渎",即指"江、河、淮、济"。古人把"四渎"当作"神"来崇拜,"东渎大淮(淮河)之神,西渎大河(黄河)之神,南渎大江(长江、珠江等)之神,北渎大济(松花江、黑龙江等)之神"。而且,"四渎"皆流入海。"四渎"是水,水中有神,值得崇拜。众所周知,水是生命之源,有水才有生命。中国人也重视水,喜欢依水而居。秦始皇就非常重视水,认为"水,德皇",水成就了他统一中国的伟业。以秦始皇开通灵渠为例,灵渠开通之后,秦军的大批兵马和粮食等,从河南经汉江、长江、湘江、灵渠,进入珠江。秦军借助水的力量,运输部队和粮食,经过长期的战斗终于统一了岭南。秦始皇在岭南设立的四个郡——南海郡、温水郡、象郡和桂林郡都在水边。

儋州市中和镇的冼夫人庙也建在海边,以"济"字命名,还有这样的含义——前面说过,"北渎大济之神"。冼夫人逝世后变成了过海的大神。以海南儋州的地理位置来讲,是在海之南,而冼夫人的故乡是在海之北,大济是海北的大神,即冼夫人之神。"济"在这里既代表了江河,也代表了大海。冼夫人既是河神,也是海神。在中国传统文化中,有很多神话与传说是与水息息相关的。

黄河是中华民族传统文化的重要发源地之一。神话和传说是中国传统文化之一。在宁夏境内的黄河沿岸,很早以前就有一百零八兄弟水神的传说。当地农民过年过节,打开"水磨机"磨面之前,都要拜祭一百零八兄弟水神。无独有偶,很久以前在南海上也有一百零八兄弟海神的传说。海南琼海市潭门等渔港的渔民在出海作业之前,都要备贡品,杀鸡拜祭一百零八兄弟等海神。

广州的南海神庙位于珠江畔,靠近南海,建于隋开皇年间(601—604)。唐天宝年中,南海神庙供奉的神被封为"广利王"。这"广"字就与广东、岭南有关联。北宋康定二年(1041),加封为"洪圣"。这"洪"字中就有水。史家解释,"洪"即"四渎","四渎"代表江河,其水都流入海,所以"洪圣"

也就是"海神"。明洪武三年（1370），南海神庙里的诸神通称为"南海之神"。冼夫人是岭南家喻户晓的杰出政治历史人物，是"巾帼英雄"，威震南疆，可以说，是南疆"神中之王"。按习俗，南海神庙里必有冼夫人的神位。有学者认为，冼夫人是南海神庙里最显赫的海神之一。

妈祖原名林默娘，是华人文化圈中最著名的海神。"灵妃一女子，瓣香起湄洲。巨浸虽稽天，旗盖俨中流。"（刘克庄《白湖庙二十韵》）妈祖的故乡在中国福建莆田的湄州湾。据传说，妈祖的祖父和父亲都是当地的好官，为民请命，深受百姓欢迎。妈祖深受父辈的影响，长大后，总是跟着父亲做善事，在海上拯救遇难的渔民，但是很少讲话，其父就叫她"默娘"。她28岁升天，变成海神，群众在湄州湾立庙奉祀。最早的妈祖庙叫"顺济庙"。无独有偶，海南最早的冼夫人庙叫"宁济庙"。冼夫人在前，妈祖在后，两庙都用"济"字命名，可见文化的传承。因妈祖很灵，继而形成原始信仰，并逐渐扩大到湄洲之外的莆田其他滨海港口。顺济庙最早的题咏是南宋绍兴二十一年（1151）状元黄公度作所的"平生不厌混巫媪，已死犹能效国功"（《题顺济庙》）。在人们心目中，妈祖能在海上救死扶伤。凡是渔民或航行的船只在海上遇难，只要呼唤妈祖的名字，妈祖的神灵就出现在遇难船只周围，发出强大的神威，以排山倒海之力，救死扶伤，使遇难的船只和船员转危为安，历代传为佳话。因此，中国沿海一带的很多群众和华侨都信奉妈祖，他们在海内外各地都建立了规模宏大的妈祖庙，也称"天后宫"，奉祭妈祖海神。比如，妈祖故乡湄州湾的妈祖庙，其规模就非常宏大，还在湄州湾的最高处竖立起妈祖像。此外，在中国沿海一带，如天津、厦门、漳州、汕尾、台湾、香港、澳门、徐闻以及海南的海口、文昌、琼海、三亚、东方、儋州等地，都有供奉妈祖的庙宇。在海外，凡是有华侨华人的地方，都建有妈祖庙（天后宫），据统计，全球信仰妈祖的人有一亿多。

水尾娘娘是南海著名的海神。海南省文昌市清澜港等地的群众，他们既信奉妈祖，也信奉水尾娘娘。据传说，很久以前，在文昌县东郊潘家庄一带，有一位姓潘的渔民，从海中捞起一块古老的有灵性的船板，抬回家停放在自家的庭院里。有一天，在庭院附近的一棵龙眼树上，出现了一位美丽的姑娘。村人确认这位美丽姑娘是这家人从海里捞起的船板演变成的海神。由于船板是从水尾那个地方的海里捞起的，因此村民就将这位美丽姑娘称为水尾娘娘。水尾娘娘很灵验，有求必应。当海上的船只遇难时，只要船员呼叫水尾娘娘，船只和船员就转危为安。于是，文昌的群众和华侨都建立水尾娘娘庙宇，并定期举行拜祭。有的妈祖庙里，既供奉妈祖，也供奉水尾娘娘。

南海神庙、妈祖庙、水尾娘娘庙、冼夫人庙和一百零八兄弟庙等，都体现了中国传统的庙宇文化和海神文化，其源远流长，传播四方，凡是有中国人居住的、近海的地方，都有这种庙宇文化与海神文化。一百多年前，南海神庙文化、妈祖文化、冼夫人文化和水尾娘娘文化等，已经传到东南亚沿海各国和澳大利亚等地。在澳大利亚悉尼，有一座一百多年前建立的、规模宏大的洪圣宫（源于宋代广州的南海神庙被称为"洪圣公庙"），这是广东省高要、高明一带的侨民（悉尼要明同乡会）集资建造的。其庙堂有两座，紧连在一起，右侧的庙堂供奉广州南海神庙的神位，左侧的庙堂供奉要明侨胞们祖先的神位。因此，悉尼的洪圣宫既是广州南海神庙的传承，也是要明侨胞的家庙。

在澳大利亚悉尼的洪圣宫里有否供奉冼夫人的神位呢？冼夫人文化有否在悉尼传播呢？有！理由是：其一，在洪圣宫的庙堂的"光荣榜"上，都镌刻着历代捐款建庙的许多冼氏善男信女的姓名，可见冼氏族人对这座庙堂的重视。在左侧庙堂的神堂里，供奉着冼氏历代祖先的神位。冼夫人是冼氏的祖先，冼氏族人供奉其祖先，冼夫人必居其中；其二，前面说过，南海神庙里必有冼夫人的神位，而澳大利亚洪圣宫里供奉的就是南海神庙里的神，这当中必有冼夫人的神位；其三，冼夫人主张民族、乡亲团结和国家统一，而海外侨胞建立同乡会、庙会，其目的就是坚持民族、乡亲团结、互助，增强爱国、爱乡感情，坚持国家统一。

在悉尼市西区的卡市有一座由越、棉（柬埔寨）、寮（老挝）三地移民到此的华侨华人创建的规模宏伟的妈祖庙——天后宫。越、棉、寮的华侨华人为什么要筹建这座天后宫呢？2018年9月，我受新加坡琼州会馆干事何得美先生的委托，专程去拜访澳大利亚纽省①越棉寮华人联谊会会长吴贵光先生（他也是天后宫的负责人），他很热情地向我介绍了创建悉尼天后宫的缘由。20世纪70年代，越、棉、寮三国战乱不断，导致很多华侨华人陷入水深火热之中。华侨华人为了逃避战乱，被迫逃离当地。他们中的很多人选择从海上逃命，乘坐

---

① 澳大利亚新南威尔士州的别称，在当地华侨华人中更为常用。后面不再重复注明。

的是小船，随时都会被风浪袭击，沉没大海。他们知道妈祖是最大、最灵的海神，于是凡是从海上逃亡的人，都呼唤妈祖救命。他们永不忘记妈祖的保佑，并向妈祖许诺，到了新家园，一定建起一座天后宫，供奉妈祖。20世纪80年代初，澳大利亚政府赋予越、棉、寮的难民永久定居权，享受当地居民的待遇。于是，越、棉、寮的华侨华人于80年代初开始集资筹建天后宫。在筹建过程中，华侨、华人有钱的出钱，有力的出力。1989年这座辉煌的天后宫落成。30多年来，这座天后宫的善男信女越来越多，前来祭拜的人络绎不绝。吴贵光会长告诉我，信仰妈祖的人越来越多，妈祖文化越来越发达。2018年10月7日，悉尼天后宫举行了隆重的仪式，敲锣打鼓、舞狮，恭迎妈祖入主天后宫。人们还抬着妈祖的塑像上街进行大游行。与此同时，从越、棉、寮逃难来悉尼的海南侨胞，也于20世纪90年代末，在悉尼的卡市建了一座天后宫。海南侨胞建立的天后宫，既供奉妈祖，也供奉水尾娘娘。由此可见南海神庙文化、妈祖文化、冼夫人文化和水尾娘娘文化对华侨华人的影响。

在澳大利亚的昆士兰州有一座侯王庙，乃是传承于香港的侯王庙。香港的侯王庙奉祀的是南宋末年的忠臣杨亮节。杨亮节坚持抗击元军，最后病死于香港的九龙，被追封为王。他忠贞报国，香港人士为崇功、报德，立庙祭祀他，庙名叫"侯王庙"。

澳大利亚昆士兰的华人（主要是福建人、广东人和香港人），于100多年前被雇主派到昆士兰开发矿业。华人为了弘扬中华民族的相互帮助、团结抗争精神和庙宇文化，于100年前就建立这座侯王庙。第一次世界大战结束后，澳大利亚政府为了征地，把华人驱散，侯王庙也遭到破坏。中华文化是中华民族的灵魂，中华儿女无论到何方，都坚持传承中华文化。经过华人的持续斗争，昆士兰的侯王庙得以保存下来。如今，在当地政府的支持下和华侨华人投资建设和维护下，侯王庙的规模比以前更大，信众更多，已成为昆士兰的一个文化亮点。

妈祖文化在马来西亚的影响极为深远，海南同乡会在马来西亚的吉隆坡建立了一座瑰丽、宏伟的天后宫，既供奉妈祖，也拜祭水尾娘娘。另外，据近年的报道，广东的华侨华人准备在悉尼建一座冼夫人庙，专门奉祭冼夫人。可见华侨华人对冼夫人文化、妈祖文化和水尾娘娘文化的重视。

20世纪五六十年代，马来西亚曾发生严重的种族冲突，造成流血伤亡，经政府平息，社会才逐步安定。为了长治久安，吉隆坡增江北区在1969年12月建造了一座与高州冼夫人庙一样宏大的增江冼夫人庙，获得马来西亚政府的大力支持。冼夫人庙建成之后，华人把这里作为进行民族团结、国家统一思想教育的场地，宣传冼夫人的民族团结、国家统一思想。不仅促进了马来西亚各个族群和睦相处，也促进了马来西亚共建和平和安宁的国家。

在越南的交趾、日南、林邑等地也都有冼夫人祠（庙）。尤其是越南的冯屈村，冼夫人的庙宇和祠堂林立，当地人很崇拜冼夫人，因为在梁、陈、隋三代，冼夫人常到那里巡视，对当地影响极其深远。

中华优秀传统文化是中华民族的灵魂。凡有华侨华人的地方，都有中华优秀的传统文化。愿所有爱国华侨和心系故土的华人，为传承与振兴优秀的中华文化多做贡献！

海南的军坡节与印度的大宝森节[①]

海南的军坡节与印度的大宝森节，都具有浓厚的宗教色彩，是长期形成的当地独特的群众文化，属于地域性文化。

中国与印度都是文明古国，都有悠久的历史文化。中印两国人民自古以来就有良好的友谊，相互来往，进行文化交流。秦汉以后，陆上和海上丝绸之路越来越通畅。海南岛沿海的港口是海上丝绸之路的重要交通点，在中国与亚丁湾沿岸和东南亚之间的海上来往的船只，大都在海南岛的港口停留，进行交易和补给。历代尤其是明清以后，海南岛沿海地区，尤其是文昌、琼海和万泉河中下游一带，有不少穷苦人为了谋生，纷纷沿着海上丝绸之路，搭顺风船或驾驶渔船到东南亚各国打工，甚至在东南亚各国定居，成为当地的居民。与此同时，印度的穷苦人为了谋生，也早已向东南亚地区的国家移民。马来西亚、新加坡、泰国、柬埔寨、印度尼西亚和菲律宾等国，都有一定比例的印度裔居民，特别是马来西亚，印度裔是该国第三大族群，人口仅次于马来人和华人，而槟城，是印度人聚居马来西亚比较多的地方，被称为"小印度"。在东南亚各国定居的华人和印度人，由于生活在同一片区域，经常进行文化交流，心灵相通，是友好睦邻。文化是人类、民族的灵魂。每一个国家、每一个民族都有自己的文化，甚至每一个地域也有地域文化。人迁移到其他地方，文化也跟随着他们到那里。凡是有中国人居住的地方就有中国文化。同样，凡是有印度人居住的地方也有印度人的文化。中印两国的文化从古至今一直在交流、在相互影响。

印度幅员辽阔，种族众多，各种肤色的人都有，素有"人口博物馆"之称。印度人有多种宗教信仰，而且生活习俗也不相同。根据印度的历史记载，印度有各种各样的文化：雅利安人以前的文化、雅利安文化、古代中亚传进的文化、穆斯林文化、印度本土文化，以及后来从西方传入的文化和从中国传进的文化；等等。特别是中印两国人民在两千多年来的时间里，相互学习，相互

[①] 2019年写于悉尼。

了解，相互促进，增进了彼此的感情，丰富了双方的文化。历史证明，一种文化在它存在的时候，必然受到其他文化的影响；反过来，它也会影响到其他文化，从而使各方的文化显得更加丰富多彩。

在印度文化中有一种大宝森节文化，属于印度的一种宗教文化。在展开讨论之前，我们先简略了解印度的宗教，再具体论述印度神奇的大宝森节文化。

印度是世界上众多宗教的发祥地之一。据专家调查研究，从古至今，绝大部分印度人都笃信宗教。宗教与印度的社会、政治、经济和文化都有密切的关系。它深入印度绝大多数人的思想和生活的方方面面。在印度，不论是在城镇、农村，还是在机关、学校、商场、工厂、农场和其他公共场所，从几岁的儿童、十几岁的少年、二十岁以上的青年到几十岁的老人等，都离不开宗教。在印度人的交谈中，往往第一句话就问你信什么教？在印度，处处有神庙，村村有神池。在神庙里，信徒们赤脚盘腿席地而坐，全神贯注地倾听祭司向他们讲解各种神话故事和传说。

印度人把经济生活同宗教联系在一起。很多人为了得到好运，一天几次拜神，求神给他（她）带来好运。如果一个人得到了好运、发了财，便认为是敬神的结果。印度教把罗其密视为女财神，人们要想发财，就要拜罗其密财神。商人、店铺老板等在开业之前，先要举行仪式祭拜罗其密女神，祈祷罗其密女财神给他们带来好运。印度各种行业的人都有自己必须祈祷的神。比如，农民在耕地之前，就要向自己的牛、犁和田地神祈祷；手工业者在开工之前，就要向自己的工具神祈祷；渔民在出海之前，就要向自己的渔船、渔具神祈祷，等等。

宗教是一种社会意识形态、文化现象，是群众的一种思想信仰和社会习俗。这种思想、习俗和现象的产生，是人类社会历史发展的必然产物。人类社会历史发展初期的原始图腾崇拜、万物有灵和人死后升天等原始宗教思想和仪式，发展到今天的各种宗教，它缺乏科学性，饱含着浓浓的封建迷信思想色彩，对群众思想有严重的腐蚀和麻醉作用。因此，革命导师马克思早就指出："宗教是人民的鸦片。"列宁也说："宗教偏见的最深根源是贫穷和愚昧。"

印度人民独立自主之后，社会起了巨大变化：西方的自由平等思想甚至马列主义在印度传播开来，文化教育、科学技术有所进步，经济发展起步，人民的思想水平也有了提高。于是，在经济和文化相对比较发达的地区，宗教思想影响一般比较轻，城市比农村轻。这就说明，人类社会是朝向文明社会发展的。今天，印度人如此重视宗教，除了意识形态外，还有其历史和社会原因。印度的宗教发展历史悠久，而且，有的宗教（佛教和印度教等）是土生土长，是印度的传统文化。

大宝森节是属于印度教的节日。在谈大宝森节之前先简单地介绍印度教。印度文明是古老的文明，印度的原始土著达罗毗荼人远在雅利安人进入印度之前，就创造了印度先进的文化，如对自然界就产生了原始图腾、万物有灵和对火神的崇拜。这就是历史上所说的印度河流域土著的和从中亚移入的雅利安游牧部落的宗教混合而成的吠陀教，它的特点是对种种被神化了的自然力量和祖先的崇拜。经过长期的社会发展，印度由奴隶制社会发展到了封建社会。在封建社会里，吠陀教被添加了新的内容，后来发展成为婆罗门教。婆罗门教主张吠陀天启、祭祀万能和婆罗门（祭司）至上，并在种姓制度的基础上建立起一系列的玄学体系和祭祀仪式。

种姓制度强调以统治阶级为中心，划分出很多阶层，各阶层的地位和权利是不平等的。虽然在近现代遭到不断兴起的西方民主制度的反对，但是种姓制度有坚实的社会基础，是很难被西方民主制度所彻底推倒的。

到了公元8世纪，也就是在中国的唐德宗时代，印度的社会起了变化。印度的婆罗门教、佛教、耆那教以及各种民间信仰、风俗习惯、伦理道德和哲学思想等，这些形形色色的文化、思想，经过斗争、交流、融合，从而形成了一个土生土长的、情投意合的印度文化圈。印度教就是在这印度文化圈内应运而生的。由于印度教是土生土长的，乡土味浓，因此得到广大群众的认同，他们纷纷加入了印度教，成为印度教的忠实教徒。印度教队伍不断地扩大，成为印度的国教，是世界上主要的宗教之一。印度教虽然没有统一的信条，但是原则是，凡是虔诚信徒必须信奉"多神教的主神论"。也就是说，印度教信徒是相信多神论者。他们尊敬几种神祇或鬼神的偶像，但是又必须坚持"我主创造诸天"。印度教主张"因果报应和轮回思想"，即所谓"灵魂的转世"。

印度教的组织、教义、教规不断完善，并不断地建立起僧人团体和寺庙，做到处处有寺庙，村村有神池。寺庙里有塑造神像、有寺庙主持人、有祭司。在大宝森节期间，信徒必须在寺庙里进行隆重的祭祀活动。祭祀时，有祭品、有乐队，要跳祭神舞、"过火山"等。所谓"过火山"，就是将很多木材燃烧成红红火火的、堆积如山的火炭。然后将火炭铺成几米长的火炭路，信徒们就光着脚板，从火炭上面走过。

印度的社会在发展，但是印度教的体系变化不大。马克思对印度教有研究，他说："这个宗教既是享乐、纵欲的宗教，又是自我折磨的禁欲主义的宗教；既是林加崇拜的宗教，又是扎各纳特的宗教；既是和尚的宗教，又是舞女的宗教。"（马克思《不列颠在印度的统治》）由此可见，这个宗教的思想是复杂的。

印度教徒在南亚和东南亚，乃至世界其他地区都有分布。比如南亚的巴基斯坦、孟加拉国、斯里兰卡、尼泊尔，东南亚的马来西亚、印度尼西亚、新加坡、菲律宾，以及澳大利亚、新西兰、南非、英国、美国和加拿大等都有印度教的信徒。

大宝森节是印度泰米尔人的印度教节日，按泰米尔人历法在每年的"泰月"（第十个月），即公历的1～2月，就举行庆祝活动。亦有传说，大宝森节是印度教信徒为了庆祝雪山女神的幼子（战神）穆鲁干的生日。因为在他生日这天，雪山女神馈赠了穆鲁干一支长矛。他用这支长矛消灭了魔鬼，使印度人得以安居乐业。印度教信徒不忘恩负义，从古以来，在穆鲁干生日的期间，即每年的新历年一月或二月间，都在印度国内举行大宝森节活动，以庆祝穆鲁干的生日。而在印度裔聚居比较多的地方，如南亚的斯里兰卡、东南亚的马来西亚和新加坡等国，也举行大宝森节活动，以庆祝穆鲁干的生日。

在马来西亚的槟城州、霹雳州、雪兰莪州、森美兰州和首都吉隆坡等地，都有很多印度教的寺庙，每年公历的1～2月间，印度教徒都在寺庙等固定地点或街道，隆重举行庆祝大宝森节的活动。信徒们有的以钢针、银针等穿刺自己的嘴巴、脸皮、肚皮和背皮等肉体，有的头顶沉重钢罐。雪兰莪的黑风洞，就是大宝森节活动最为盛大、热闹的地方。据历史记载，黑风洞是在160多年前被发现的，当时洞里只有马来西亚本地的神庙，没有印度教的神庙，印度教的神庙是印度人移民来马来西亚之后才建立起来的。后来，黑风洞里印度教神庙越来越兴旺，信徒越来越多。据统计，每年到雪兰莪黑风洞参加大宝森节的人有160万。马来西亚六个州的政府已将大宝森节定为本州的法定假日。

新加坡也是印度移民聚居比较多的地方，有很多座印度教的寺庙，印度教信徒每年新历一月或二月都在新加坡牛车水等地的寺庙和固定的街道举行活动庆祝大宝森节。信徒们先到寺庙里进行朝拜，然后把神像抬出神庙，安坐在车上，畅游大街，信徒们就表演各种穿刺肉体和头顶钢罐（罐里装牛奶）等动作。每当这时观众人山人海。途经新加坡的实龙岗路，一直游到位于坦克路的丹达乌他帕尼兴庙，全程4.5公里，堪称一大盛典。

在斯里兰卡，印度教信徒居住的地方每年都过印度教的大宝森节。在节日期间，家家户户都把自家的房子打扫得干干净净，并在房屋周围亮灯护神，祈福得好运。

在大宝森节期间，凡印度教信徒都在庙堂举行拜神祭祀活动，然后抬神像出游。在游行的队伍中，无论是男的信徒或是女的信徒，都有用铁针、铁钩、鱼钩和银针等锐利物体穿刺自己的肉体。有的用银针穿刺自己的舌头、嘴巴（双颊），有的用铁针穿刺自己的肚皮甚至有的男信徒请人用很多系着绳子的铁钩，把他的背部皮肉都钩上，他脸朝地板，倒躺在地上，然后叫人将绳子往上拉，把他的身体拉离地面，让旁观者感到惊悚、不寒而栗。信徒们为什么有这样的行为？据说，这是为了表达自己对神的虔诚、忠贞、敬畏、忏悔、赎罪、祈福和对生活的无比热爱等。这样的活动，一般进行三天。而在活动开始的三天之前，凡要参加祈福的信徒就必须净身、吃斋，且不能发生性关系等，这是印度教的教规。

中国存在多种宗教，主要有儒教、道教、佛教、伊斯兰教、基督教（天主教、新教）等。"中国是一个多民族的国家，除汉族外，还有五十六个少数民族。他们都是中华民族的有机组成部分。各个少数民族文化，既有中华文化的共性又保留了自己的个性或特性，在祖国的百花园中各显异彩，对中华文化的发展做出贡献，使中华文化呈现出绚丽多彩、斑斓多姿的风貌。中华民族还勇于吸取外来文化，以为养料，经过研究、取舍和融化，使中华文化愈益丰富发展。如汉唐时代对印度佛教文化、阿拉伯文化、波斯文化乃至大秦文化的吸收……都表明中华民族的伟大气魄和中华文化的博大精深。"[1]

海南岛和大陆地区一样，在新石器时代就有人类繁衍生息。海南岛的人类和大陆的人类血脉相连，他们在物质、文化、生活诸方面一直在交流和相互影响，共同发展，都传承和弘扬中华文化。但是，在中国各地都有地域文化，海南岛也不例外。例如，海南地区的军坡节，就是海南岛尤其是万泉河两岸的独

---

[1] 丁守和主编：《中华文化辞典》，广东人民出版社1989年版。

特的地域文化。据说，在湛江的东海岛每年也有类似海南岛军坡节的庆祝活动。

海南的军坡节所承载的宗教文化是外来的，还是本地固有的？又或者是本地宗教文化与外来宗教文化相结合？始于何年？到目前为止，我没有确切资料可以证明。近几年来，关于军坡节的宗教文化问题，已有不少书籍和文章进行了论述。有的人认为，军坡节起源于一千多年前的冼夫人节的"装军"活动。冯所海、冯健英、唐晓阳、杨瑞金主编的《军坡节》一书认为，军坡节源于当年冼夫人在海南阅军比武点将出征的军事行动。① 清宣统《定安县志·建置志·谯国夫人庙》称是冼夫人"生前行军之期"。冼夫人辞世后，民众仿效其点将出征的程式，举行活动，称"装军"。清《琼山县志》载："每逢诞（此字有质疑，笔者注）节，四方来集，坡墟（土语，笔者注）几无隙地……装马数十乘，经化妆男女，随木偶神像环游一周，曰'装军'。"又因装军是在空旷的"坡野"（海南土语）上举行，故亦称"军坡"。军坡还称为"闹军坡""吃军坡""发军坡""赶军坡"等。"军坡节是海南不可多得的传统文化精华、文脉所在，于2005年入选第一批海南省级非物质文化遗产名录。"②

前面介绍了印度教的大宝森节宗教文化，它和海南的军坡节宗教文化有什么类似的地方呢？

第一，海南的军坡节与印度的大宝森节都是一年举办一次。其时间都是在年初。大宝森节在公历的一月或二月。海南的军坡节大都在中国农历二月，也是在公历年初，有少数地方的军坡节则在农历的五、六月。

第二，大宝森节与军坡节的神灵都是安置在神庙里，并且都雕刻有神像。神像出街游行之前，都是先在神庙里举行祭神活动，比如，请道士（祭司）作道场，进贡食品，拜祭神灵，而且两者都有"过火山"（火炭）的习俗——信徒们光着脚，走过红红火火的、三十多米长的"火山"路。我曾咨询过走过"火山"路的信徒们，脚底有否被火炭烧痛，他们说没有。为什么脚被火炭烧不痛？我想，这大概是中国道教的"巫术"起作用。

第三，在海南的军坡节期间，首先在神庙里举行几天的拜神活动，然后，信众们就敲锣打鼓，抬神像出街游行。神灵游街的时候，神灵就附到"神童"

---

① 冯所海、冯健英、唐晓阳、杨瑞金主编：《军坡节》，南方出版社2015年版。
② 冯所海、冯健英、唐晓阳、杨瑞金主编：《军坡节》，南方出版社2015年版。

（一般由中青年人扮演，也有少数由中青年妇女、少年扮演）的身上。"神童"就在地上或跳到"神轿"上，大摇大摆，头绑红布条，手抓住燃烧的香，神灵通过神童的动作，大显身手，耀武扬威，嘴说神话，大喊大叫，表现出神灵的勇敢和显示出一股英勇的杀气。"神童"令信众拿来锐利的铁、银针给他，他就勇敢地穿刺自己的嘴巴或其他肉体部位，大显勇敢和神威。这种动作，吸引了广大观众观看，军坡节到此达到高潮。至于在马来西亚和新加坡等地，印度裔民众在举行大宝森节期间，信徒们也是先在神庙里举行庙会，做道场，然后抬神像出大街游行，信徒们跟随"神"（抬神像）出游。神灵附到信徒身上，有的信徒以锐利的铁针或银针穿刺自己的嘴巴、肚皮等肉体，他们中有男女中青年，也有男少年。"神童"们都以铁针或银针穿刺自己的嘴巴肚皮等肉体，这是印度大宝森节、海南岛的军坡节和湛江东海岛的军坡节的共同点。

第四，海南岛的农村，几乎村村有村庙，有神池。尤其是在海南岛万泉河两岸的农村，甚至有的村子里就有几座神庙。比如，琼海市博鳌镇的莫村、培兰和古调等村庄就有四座神庙。① 既有大规模的神庙，如琼海市嘉积镇的南堀庙和万泉镇的"中水庙"等，但也有小的神庙，如土地公庙等。但有的土地公神也被安放在大神庙里，比如规模宏大的南堀庙里就安坐了土地公神。

第五，印度教的神庙和海南岛的神庙都是一庙多神的。比如，嘉积镇的南堀庙和龙江镇博文村委会的大村庙等，就是在一座庙里供奉各种类型的神灵的。

中国、埃及、希腊、伊拉克、伊朗和印度都是文明古国，其文明都是相互流传与相互影响的。人是代表着一种文化的，人与人的交往，就是文化的交流和相互的影响。自古以来，由于丝绸之路的开通，中外交往也很频繁，其经济与文化也随着人们的交往而不断地繁荣和发展。

由于海上丝绸之路的开通，中国、印度和东南亚人民的交往更加频繁了。唐宋以来，中国沿海特别是海南岛东南沿海一带贫苦农民纷纷向东南亚各国移民，也把中国的传统文化传播到东南亚，比如关公（关帝）文化、南海神庙文化、妈祖文化和冼夫人文化等。与此同时，华侨华人也把东南亚本土的文化，乃至从其他地区传到东南亚的文化传播到中国的东南沿海特别是海南岛来，比如佛教文化、伊斯兰文化等。印度的大宝森节文化是否也通过华侨华人传到海

---

① 政协琼海市委员会：《琼海庙宇文化》，2015年版，"序"。

南岛来，值得研究。

据我考察，万泉河两岸乃至海南岛大多数的宗教寺庙都建于明清时代，只有儋州市中和镇的宁济庙建于唐代。这座庙是供奉冼夫人的。据蔡鸿亲先生提供的史料，龙江镇的博文村委会有一座寺庙叫大村庙，始建于公元1825年。据史料记载，印度教的大宝森节在马来西亚和新加坡等地开始流行也只是在19世纪下半叶。比如，马来西亚著名的印度教圣地黑风洞首次举行大宝森节庆典是在1892年。

在万泉河两岸，凡是有寺庙的地方，每年都举行寺庙活动。大村庙于每年农历二月初就一连几天或十几天举办祭拜庙神活动。有时在庙里祭拜，有时把神像抬到农民家里祭拜。当神像（神灵）来到这个村庄，农民就当成喜庆日子，大摆酒席，请全村人聚会喝酒。到军坡节那天，凡寺庙管辖的村庄，信徒们都要敲锣打鼓欢送神像上街。神像坐在轿子或车子里出游大街。

前面说过，不同文化是相互传播、相互影响的。印度教的大宝森节是在100多年前传进东南亚的马来西亚和新加坡的。有人认为，印度教的大宝森节活动，也传播和影响到了马来西亚和新加坡的华侨和华人社会，甚至有的华侨华人也信仰起了印度教，参加大宝森节活动。他们回到万泉河两岸的家乡后，参加了本地的寺庙和军坡节活动，同时把大宝森节文化元素带到了军坡节活动。经过长期的潜移默化，万泉河两岸的军坡节逐渐接受了印度大宝森节的文化。"神童"们也学会了用铁针或银针穿刺自己的嘴巴或其他肉体部位。"神童"们认为，穿刺自己的嘴巴等动作是表现自己的勇敢，是对寺庙神灵的无比信仰、崇拜、效忠和敬畏！

有朋友告诉我，在接近海南岛的湛江市东海岛每年也有类似军坡节的群众活动，也有"神童""穿仗"（用铁、银针穿刺肉体）的环节。这是否受到海南岛的军坡节文化的影响？据我了解，远离海南岛的大陆其他地方举办的庙会活动是没有"穿仗"的举动的。

有人说，海南的军坡节，起源于一千多年前的冼夫人的"装军"活动。所谓"装军"，从古至今，既有各种比武，也有"穿仗"的举动。我认为，"穿仗"是不符合冼夫人的思想、性格、行为的。冼夫人是一位慈祥、善良，"唯用一好心"爱护士兵和群众的岭南杰出的英雄人物，她怎么忍心让士兵穿刺自己的嘴巴等肉体来伤害自己呢？士兵自残，怎能上战场杀敌呢？到目前为止，没有人能拿出一千多年前的史料来说明海南岛的军坡节起源于冼夫人的"装军"活动，只有很少的清代海南岛县志记载了海南岛军坡节活动的一些情景，而这绝对不能说明军坡节的起源问题。

军坡节是海南岛历代群众在文化生活中形成和发展起来的一种宗教文化活动。历史记载，在茂名地区，每年都有群众举行纪念冼夫人的文化活动，但从来没有出现"神童"穿刺嘴巴等肉体的环节。这说明，冼夫人生前是精神文明的典范，死后也是精神文明的楷模。如果有人把包含了"穿仗"（穿刺肉体）元素的"装军"活动强加给冼夫人，是不合情理的，这是对冼夫人的不恭敬，说重了就是对冼夫人的侮辱。

在海南岛无数的庙宇中，有的庙宇是专供奉冼夫人的，称为冼夫人庙；有的庙宇是没有供奉冼夫人的；有的庙宇，既供奉冼夫人，也供奉其他的神仙，一间庙里供奉了多种神仙。然而在海南岛，大多数庙宇都举行军坡节活动，都有"穿仗"的举动。对于军坡节而言，这是一种常规的、普遍的现象，不是冼夫人的"装军"活动所独有的。由此可见，海南的军坡节起源于冼夫人的"装军"活动的观点很难成立。

万泉河两岸乃至海南所有的宗教寺庙文化，主要是受中原原始宗教文化、汉族文化的影响，而它们是否也有受外来的宗教文化影响，值得大家继续研究。本文只是想对海南传统军坡节文化作一些探讨，以抛砖引玉，求教于专家。

伏波将军

在海南岛的北部和西部沿海一带，曾建有几间"伏波庙""伏波祠"。如在海口龙岐建了一间伏波庙，在五公祠也建了一间伏波祠，在东方市八所镇十所村建了一间伏波祠和一口伏波井等。如今，在广西还生产一种"伏波"香皂。此外，在雷州半岛等地也有伏波将军的纪念古迹。可见"伏波"的名字，已烙印在人民群众的脑海中。

何谓伏波将军？建立这些伏波庙或伏波祠是干什么的？汉武帝元鼎五年（前112年），中国岭南一带发生叛乱，汉武帝为了维护国家的统一，任命路博德为伏波将军，率军南征。伏波者，船涉江海，欲使波涛伏息也。路博德同杨仆将军一起，前往岭南征讨叛乱者。师分五路，向岭南挺进，最终会师于番禺，即今天的广州。

路、杨两将军声势浩大，所向披靡，叛乱者慑于伏波将军之威，都纷纷向路博德投降。南越国宰相吕嘉等叛乱头目带领部分残兵败将向南部沿海一带逃跑，路伏波将军和杨仆将军率领的部队猛追吕嘉等叛乱分子，于元鼎六年（前111年）十月俘获吕嘉等，最后平定了岭南，建立了南海、苍梧、合浦、交趾、九真、日南、珠崖（今琼山县一带）、儋耳（今儋州一带）等郡。从这个时候起，海南岛便正式成为汉朝直接管辖的行政区域（秦时已在雷州建立象郡兼管辖海南岛）。

到东汉建武十七年（41），交趾女子征侧及其妹征贰等发动叛乱，攻陷了交趾，接着九真、日南、合浦等郡也先后被叛军占领。这样，岭外六十余城接连被占领，征侧自立为王，与汉朝分庭抗礼。这时，汉光武帝刘秀为了汉朝的统一大业，任命马援为伏波将军，派他到岭外去反击叛乱者。马援愉快地接受了这项光荣而艰巨的任务，抱定了"以死卫国"的决心，从海边率领楼船二千余艘，兵士二万余人，到了合浦，沿海而进，逢山开路，披荆斩棘，猛追敌军。当部队遇到困难时，他便教育士兵们，说："丈夫为志，穷且益坚，老当益壮。男儿当死于边野，以马革裹尸还葬，怎可以卧在床上，死在儿女手中呢！"士兵经他教育，又鼓起士气，追赶了一千多里，于建武十八年（42）春，才到浪泊这地方与征侧、征贰激战。征侧等大败而逃，马援率军猛追到禁溪，才杀了征侧、征贰。这时，日南、九真等郡的敌军纷纷向马援投降，岭峤一带得到了平定。

在征侧、征贰叛乱的同时，珠崖、儋耳一带也发生叛乱。马援平息了征侧、征贰之后，于建武十九年（43）率领部队来珠崖、儋耳两郡平息叛乱。据记载，在今文昌市铺前镇一带登陆的士兵，一上岸后便把楼船烧掉，表示不平息叛军不回大陆，故铺前镇一带有"焚楼港"之称。据传说，汉军的将士马匹在儋耳（今儋州白马井镇）海边没水喝，口渴得要命，一匹白马便用蹄子刨沙土，结果喷出了一股清泉，士兵们便高兴地挖井取水，故此地从古至今有"白马井"之称。又传说，马援的马匹在今东方市十所村的沙滩上，又用蹄刨出一股清泉，士兵们便在那里打出一眼井来。这井直径八尺以上，深三米左右，原为方井，后人扩大而为圆井，以砖砌成。这井迄今已有一千九百多年了，但从未干涸过，全村几千人都用这口井的水。村人用石筑室，将这口井保护起来。这口井叫作"马伏波井"。据记载，在井附近原有"马伏波祠"（久废），墙上嵌一石碑，题"汉伏波之井"，这是清朝的建筑物。

马援平息了叛军以后，便进行建设：将大的县划为两个县分治；修理好坏的城郭；疏浚淤塞的河道；修改不便于民的法律；为缺水的民众打打井。所以，交趾、合浦、儋耳、珠崖一带的人民群众都很敬佩马伏波将军。

宋代伟大的作家苏东坡谪居海南岛时，曾到伏波庙去瞻仰伏波将军的塑像，并且写了《伏波将军庙碑》一文。他在这篇碑文中说："汉有两伏波，皆有功德于岭南之民。"是的，伏波将军在开辟岭南、经营岭南（包括海南岛）、维护国家统一方面是有功绩的，所以后人便修建起各种庙宇来纪念他们。虽然他们已死去一千多年了，但他们的精神将永远活在人们的心中。

海口古迹撷拾[①]

海南岛的海口,过去主要是指南渡江的出海口处。自古以来,南渡江曾经从博冲河口、博茂港、沙上港、白沙津与海口浦等处入海。旧时的海口浦主要在今天的海口村与中山路一带。这一带从地质结构来看,主要是由泥沙冲积而成的浦滩,即由南渡江入海的泥沙堆积而成的南渡江三角洲。

南渡江出海处的白沙津,是宋代海南岛北部的主要港口之一,也是政治、经济、文化与军事的中心。于是很多官、商的木帆船都出入于白沙津。在宋代,南渡江的一条支流曾经绕府城东门而过,从今天的五公祠前面经过,奔流入海。所以,有小型的木帆船曾从海口浦、白沙津驶入府城东门码头停泊。明代中叶以后,这条支流逐渐淤塞。海瑞于隆庆四年(1570)罢官回乡居家期间,曾向琼州太守唐可封建议疏浚这条支流,发展府城的交通与贸易,但没有实现。从此以后,商船便不能进入府城东门了。

白沙津原来窄浅,大的木帆船进出很不方便。宋熙宁中,琼筦(琼州)帅王光祖曾设想把白沙津挖深,以促进对外贸易,但没有动工。南宋淳祐八年(1248)秋天,台风大作,海浪和洪水把白沙津冲击成深水港,人们以为是神灵相助,故把白沙津称为"应神港"。南宋时在白沙津设有水军防御敌军从海上进犯。南宋末年,赵汝洛曾率水兵营在白沙津同元兵决一死战,赵汝洛在战斗中壮烈牺牲。

南宋时,才正式把南渡江的最后入海处命名为海口浦。后来海口浦的陆地逐渐扩大,基本上和白沙津连成一片,故后来的海口浦实际上也包括了白沙津。海口浦这地方,大概从北宋开始,便建造了一些驿站和货栈之类的建筑。北宋末、南宋初的宰相、民族英雄李纲被贬来海南,他从白沙津登陆后,便来海口浦寓居于华远馆。据史料记载,华远馆旧址在今天的中山路华侨商店后边。

元代以后,从海口浦附近渡海的港口有三个:一是烈楼港(今海口天尾

[①] 2022年5月26日星期四定稿。

港）；一是白沙津；一是海口浦的环海铺渡口。烈楼港始于汉代，据史料记载，东汉伏波将军马援南征时，曾从雷州半岛徐闻县的那黄港渡海，在海南的烈楼港登陆。由于白沙津离府城较近，而烈楼港离府城较远，所以宋以后白沙津便逐渐替代了烈楼港。到了元初，才开辟了海口浦渡口。这个渡口功能比较简单，为官府服务，此外只有少数商民能使用它。故这里又称为官渡口。白沙津的历史比较悠久，故又称白沙津为古渡。由于海口浦官渡口又比白沙津古渡口靠近府城，因此，府城乃至岛内的土特产大都集中在海口浦，岛外来的货物也大都集中在海口浦。于是，海口浦渡口又逐渐代替了白沙津。宋、元、明时代，海口浦的闹市主要集中在海田村和大街（今中山路一带）。

元代的统治者野心勃勃。他们除了从陆地上打通往西亚、南亚、欧洲的交通外，还大力扩大海上交通贸易，以海南岛作为东南亚交通的要冲。元文宗图帖睦尔还亲自来海南视察，他当时是从海口浦官渡口过海的。元代很多通往东南亚的船只，都在海口浦外海停泊。元政府也在白沙津驻水军，在海口浦设南番营。原来海田有个"番民"村，居住的是回族，据一些史料记载，海田村的回族后来逐渐迁移到三亚的羊栏村。但笔者认为，今天羊栏村的回族同胞是否从海田村迁往，还有待于今后继续考证与讨论。

明代统治者为了加强海口浦的防卫而设立了海口所。明代把军队组织分作卫、所两级，海口所是军队的编制单位。今天海南的八所、九所、十所等地名大概也是从明代沿袭下来的。明代统治者也把海南岛尤其是海口所作为东南亚海上交通的要道。据说，三宝太监郑和七次下西洋，曾在海口所停留过。

明代倭寇海盗对海南人民的掠夺是极其严重的。他们除了抢劫活人的财宝外，还打开死人的坟墓和棺材夺取陪葬品。明代统治者为了加强海口所的防卫，便在海口所兴建城墙。洪武二十八年（1395），安陆侯伍杰（纠集工人）创建海口城。城墙周长五百五十五丈，高一丈七尺，阔一丈三尺，设窝铺十二座，城门四个，且每个城门上都有鼓楼。明代抚黎同知（管军队的官）的官署就设在海口所城门。明代海口港是相当繁荣的。丘濬在他的《学士庄记》中写道："吾郡以海为疆界，自此北至海，道仅十里，所谓神应（指白沙津）、海口是港口。帆樯之聚，森如立竹……真天下奇观。昔人所谓奇绝冠平生。"这是对明初海口港的写实。明后期的许子伟也写道："路断天涯得少停，楼船箫鼓日逢迎。"可见明后期的海口港也是十分繁华的，不逊色于前。

清朝以后，海口所的地位在国内外更显得重要了。顺治十八年（1661）清政府宣布实施海禁政策之后，便加强对海口所的防卫、统治措施。清政府一方面抓紧在海口城内设立各种政治和军事机构。如康熙二十三年（1684）设立海口协左营中军参将署（在海口城西门内），同年又在城内设立都司署（在今博爱路南路，20世纪50年代为博爱市场）。与此同时，还在海口城门设立军火局（在南门内）等机构。另一方面还对海口的城墙进行了多次维修。如康熙二十四年（1685）海口城墙被台风、海潮摧毁了不少，清政府便发动各县捐款、派员来海口维修城墙。从康熙二十四年到乾隆年间，共维修了八次。

为了加强海口所的防卫力量，清光绪十一年（1885）在海口港内建起了炮台。清光绪十七年（1891）又在秀英村临海的高地上建起了一座炮台，配备的是德国克虏伯炮厂制造的大炮。在当时全国仅有三门这样的大炮。可见，当时海口对于国防的意义同广东虎门、上海吴淞口一样重要。

海口接近雷州半岛，同大陆上交通方便，同时又是香港、澳门的门户，通商方便，此外，海口又是新加坡、越南、泰国等东南亚国家海上交通的重要停泊港，是岛内外物资进出口的集散地，所以它的地理位置十分重要。因此，咸丰八年（1858）六月，美、英、法、俄强迫清政府签订了《天津条约》等不平等条约，把海口作为增开的通商口岸之一。从此以后，海口在政治、经济、文化等方面，都在不同程度上受外国资本主义的影响。大概也是从这时候起，这里就不叫海口所，而是称为海口了。今天，海口已成为经济繁荣、自由贸易的大港口。

鳌山漫话

鳌山在何处？在海南岛南端的崖县崖城公社（今三亚市崖州区）宁远河口东岸的海边。它"势如巨鳌，飋屃峙海上，连岩亘地，重嶂分天，磅礴郁积之气，葱蔚而蜿蜒，不可以道里寻丈计也"（孙元度《鳌山探胜记》）。它的北麓是宁远河畔，古代振州、崖州、吉阳军等政区的治所都位于此处。因为"鳌山为吉阳南屏，耸拔炎荒"，所以又叫南山。南宋淳熙十三年（1186）州守周康游鳌山，发现那里是个"人间仙境"，便辟为游览区，并作《石室记》《石船记》等，摩崖刻石。淳祐七年（1247）州守毛奎继续经营鳌山，辟"大小洞天""海山奇观""试剑峰""钓台""岩瞻"等佳境，并作记、题诗，这里便成为海南岛的名胜古迹。

鉴真漂来鳌山边

公元748年冬季的一天，在鳌山海外漂泊着一条大木船，船上有三十多个穿着袈裟、疲惫不堪的僧人，这里的渔民把这条船和人接到了鳌山脚下。原来他们是唐代有名的鉴真大和尚等人。振州别驾冯崇债知道后，便亲自率领四百多名兵丁，把鉴真一行迎到官府中，设坛供养，热情招待。

鉴真原是扬州大明寺的当家僧人。他学识深湛，在讲授戒律、建造佛寺、抄写经书、塑造佛像等方面贡献很大，被尊为淮南"独秀无偏、道俗归心"的佛教首领。由于日本当时没有传戒律的禅师，日僧荣睿、普照两人受天皇的委托，于圣武天皇天平五年专程来扬州邀请鉴真去日本传授戒律。鉴真愉快地接受了邀请，但几次东渡日本都没有成功。唐天宝七年（748）夏天，鉴真、荣睿、普照一行从扬州出发，在浙江海滨启航，进行第五次东渡。船在海上遇到了狂风恶浪，迷失了航向，又遭海盗抢劫，漂流了好久，没到日本，却漂来了海南岛的振州。

随鉴真同行的有弟子十四人，水手十八人。这些弟子，大多数是出色的建筑家和雕刻家，他们来振州之前，已建造过古寺八十余座。他们看见振州原有的大云寺已残破不堪，主动提出修建新寺。冯崇债接受了他们的意见并请他们提供帮助。在鉴真、荣睿、普照和鉴真的弟子们的精心设计下，一座在原寺基础上修建的新的大云寺拔地而起，耸立在鳌山北面、宁远河畔。这是海南岛第一座比较精致、堂皇、美观的佛寺。这座佛寺的建成也凝结了日本友人荣睿、普照的智慧和汗水。鉴真及其弟子在佛寺内修造了一座堂塔佛殿和雕塑了一座释迦牟尼佛像，并讲授了律、戒、度等佛经，传授了建筑、医学、工艺美术、书法等科学知识，帮助当地培养了一批人才。据《舆地纪胜》记载，这座大云寺后改名为开元寺，于明代废绝。

鉴真、荣睿、普照一行在振州逗留期间，到了水南等农村调查研究振州的风土人情和农作物的生长情况，并做了详细的记录。还游览了鳌山等地，采集了一批珍贵的植物和药材种子，准备带到日本去。鉴真在振州只住了一年多，便由冯崇债率兵护送去琼州（今海口市琼山区）。路经万安州（今万宁市），停留了几天，受到州府的热情款待。他们到琼州时，受到琼州都督张云的热情款待。鉴真一行住在琼州开元寺里，帮助重建了佛寺，塑造了佛像，传授了佛经和建筑、医学、雕刻、书法等知识。他们在琼州住了几个月后，便渡过琼州海峡一路辗转，回到扬州。后来于天宝十三年（754）第六次尝试东渡日本。这次东渡鉴真他们搭了日本遣唐使所坐的船，终于成功了。

鉴真来海南岛后，振州、万安州和琼州等地的佛教便活跃起来了。鉴真是海南岛佛教的重要传播者和建筑、医学、雕刻、书法等科学文化知识的传授者。

虽然鉴真离开鳌山已经一千多年了，但是在鳌山海滨还留存着他的足迹。他那种为了促进中日人民友谊而勇于牺牲自己的精神，已成为鳌山一带的千古佳话。

"唐宋迁流尽艳才"

鳌山为海南岛"荒服最南境"，从唐宋起，有不少杰出的人才被贬谪来这里。唐朝名相韦执谊，宋朝名相卢多逊、丁谓、赵鼎，南宋枢密院编修官胡铨等都曾谪居鳌山脚下。他们在这里过着艰苦、寂寞的生活，深入人民大众，也为人民群众做了一些好事，如兴办学堂，传播中原文化，还写了一些好的诗文，反映了当时当地的生活。如卢多逊的《水南村》：

珠崖风景水南村，山下人家林下门。鹦鹉巢时椰结子，鹧鸪啼处竹生孙。
鱼盐家给无墟市，禾黍年登有酒樽。远客仗藜来往熟，却疑身世在桃源。

一簇晴岚接海霞，水南风景最堪夸。上篱薯芋春添蔓，绕屋槟榔夏放花。
狩犬入山多豕鹿，小舟横港足鱼虾。谁知绝岛穷荒地，犹有幽人学士家。

卢多逊，河南沁阳县人。周显德初举进士，官集贤校理。太宗时拜中书侍郎平章事，录加兵部尚书，博涉经史，文辞敏捷，聪明强力，好任数，有谋略。后皇帝以"包藏奸宄，窥伺君亲，指斥乘舆，交结藩邸，大逆不道"等罪名对其处以重刑，但"尚念君尝居重位，久事明廷，特宽尽室之诛，止用投荒之典……一家亲属，并配流崖州"。（《宋史·卢多逊传》）。他来到崖州之后，寓于鳌山北面的水南村，同家人一起以农为生，接近一些群众，熟悉水南村一带的自然环境、风土人情，写了一些通俗易懂而带有海南农村风韵的田园诗，反映了当时海南农村的一些侧面，以及自己怡然自适的心态。他于雍熙二年（985）卒于崖州，终年五十二岁。

丁谓"机敏有智谋，险狡过人，及居崖州，专事浮屠因果之说"（《宋史纪事本末》）。他在崖州生活了十四年之久，参观了鉴真、荣睿、普照等人设计修建的佛寺——开元寺，读了不少佛经，专门研究佛家的"浮屠因果之说"，写了一百首诗，收集在《知命集》。他写的诗比较含蓄难懂，如"草解忘忧忧底事，花能含笑笑何人？"（《归田录》）。他在崖州时，往往满足于现状，自我安慰，有时寓怨愤于嬉笑谐语之中。他曾问客人："天下州郡哪一个大？"客人说："当然是京师大。"他说："不！朝廷宰相当了崖州司户，当然就是崖州大啰！"旁听的人一个个抱腹大笑。十四年后，他被召回大陆去了，但他这时也已是"伤禽无振羽之期，病树绝沾春之望"（《谈圃》）的老人了。

赵鼎谪居崖州时的心境与卢多逊、丁谓两人截然不同。他虽处境困难，但时刻不忘"何日复中原"。他到吉阳军以后，给皇帝上谢表说："白首何归？怅余生之无几。丹心未泯，誓九死以不移。"秦桧见赵鼎谢表后说："此老倔强犹昔"，于是决心杀死赵鼎。赵鼎"誓九死以不移"，气愤之下绝食而死。南宋大诗人陆游说:"赵忠简谪珠崖,临终自书铭旌曰:'身骑箕尾归天上,气作山河壮本朝。'呜呼,可不谓伟人乎!"

赵鼎在吉阳军时,谪居在水南村的裴氏之庐,这是唐代有名的宰相裴度的孙子裴闻义(曾在雷州当过官,后寓居崖州)修建的房子。赵鼎同裴氏都是山西闻喜人,两人交往甚多。赵鼎死后,胡铨移居裴氏之庐,对赵鼎的高风亮节深为钦佩,写了《哭赵鼎》一诗,表示对赵鼎的悼念:

以身去国故求死,抗议犯颜公独难。阁下大书三姓在,海南惟见两翁还。一丘孤冢留穷岛,千古高名屹泰山。天地只因悭一老,中原何日复三关?

黄道婆的"第二故乡"

每当初春时节,鳌山北麓的山坡上,一棵棵高大挺拔的木棉树盛开着红艳艳的鲜花。黎家的妇女们,有的在家里纺纱织布,有的在山坡上春耕……这是今天的景象。在古代,北宋宰相卢多逊写道:"山下(指鳌山)小园收吉贝"(《水南风景》),明代户部右侍郎钟芳称:"山下小园收吉贝,屋边深处叫鸲鹆"(《珠崖杂兴》)。这里的"吉贝"即棉花(古时海南话称棉布为吉贝)。从这些诗句中可以看到,古时的鳌山一带是盛产棉花的(棉花之中有木棉、海岛棉和草棉),棉纺织业也是相当发达的。据《岭外代答》和《诸番志》记载,古代从崖州等港口向岛外输出的土特产中,第一是槟榔,第二是吉贝。

今日鳌山北麓的南山大队(居民全是黎族)的社员,继承了古代崖州棉纺织手工艺术的优良传统,发展棉纺织手工业生产。这个大队流传着这样的传说:

鳌山西面海滨、宁远河口,是古崖州对国内外贸易的主要港口,来往的船舶都停留在这里。船工们经常来南山村(当时有人对该村描写道:"蛮夷杂类裸袒花布裈,点身垂髻裙成村"),采购吉贝、槟榔、沉香、绿鹦鹉、鹧鸪等土特产。有的船工还同这里的黎族兄弟交上朋友。南宋景定四年(1263)冬季的一天,有两个船工带了一位名叫黄道姑的姑娘来南山村。这两位船工向黎族姐妹兄弟介绍了黄道姑的经历:

她今年十八岁,从小爹娘就死去,没名字,村上的人都叫她黄小姑。她爹娘死后不久，就当了童养媳，受尽了折磨。一天，她逃出了婆阿妈家，躲到黄浦江畔的一间道院里，院里的老师太同情她的遭遇，把她收留下来，大家都叫她黄道姑。

一天，道院里来了一位四十多岁的师姨。她是从崖州来这里探亲的。她向道姑介绍了崖州的生产、生活与热带风光等情况。这位已跟棉纺织业结了缘的黄道姑，听到崖州盛产棉花、棉布，看见师姨穿的一身衣服比本地人的精致、美丽得多，同时又看见师姨带来的四幅长阔而洁白细密的纺织品，就很想来这里看一看黎族是怎样种棉花和织布的。她想：要是去了崖州，一可以避开婆阿妈的追捕，二可以学到种棉花织布的本领。她这个想法得到师太、师姨的支持，她俩便把黄道姑送上船，并要求船工把她送来崖州谋生。

南山村的黎族兄弟姐妹们听了两位船工的介绍，对黄道姑深表同情，表示愿意收留她，给她吃的、住的和生产工具。黄道姑看到这里虽然是冬天，但是树木葱茏，繁花似锦，槟榔、椰子成林，景色迷人。山坡上的棉花，有的绽放出银白色的花，有的郁郁葱葱。木棉树的叶子虽然掉光了，但它却像个裸体的巨人，屹立在山坡上。这一派热带风光，深深地吸引着她。她爱上了这里的一草一木、一山一水，她也爱上了这里的黎族兄弟姐妹，与他们建立了深厚的友情。她和姐妹们朝夕相处，形影不离，一起学习语言，一起种棉、摘棉、轧棉、纺纱、染色、制作工具、织布。她看到黎族姐妹织出五彩缤纷、五光十色的，名闻国内的"黎锦"花被，更是喜爱万分。在黎族姐妹们的热情帮助下，她不但掌握了黎族先进的棉纺织技术，而且还同她们一起研究改进技术。就这样，月复一月，年复一年，黄道姑的一头青丝逐渐换上了银白色，她年过半百了。这时，人们便称她为黄道婆。她经过几十年如一日的努力，终于成为一个技艺精湛的棉纺织家。

黄道婆同黎族同胞和睦相处了三十多年，于1295年（元成宗铁穆耳元贞元年）的一天，怀着依依不舍的心情，离开了自己的第二故乡崖州，搭船回到了老家——乌泥泾。她把在崖州所学到的黎族的先进纺织技术毫无保留地传授给广大乡亲，使乌泥泾的纺织技术更上一层楼，一时名闻全国。

至今，海南黎族同胞一直在怀念着黄道婆。这一带还流传着这样的神话：每当十五月圆的晚上，黄道婆就从白云上飘下来，带领妇女们在鳌山顶上唱歌跳舞，歌罢舞休，黄道婆就坐在木棉树上纺纱织布。她和一群姑娘织出了五彩缤纷的棉布，从树顶挂到树根，从这棵树挂到另一棵树，从这个村挂到另一个村，从鳌山挂到天子岭，从天子岭挂到五指山顶，一直挂到黄浦江畔。

"还金寮"

在明代，鳌山的高山村住着一户姓钟的人家，明代户部右侍郎，被尊为"岭南巨儒"的钟芳就出生在这里。

钟芳小时候家穷，母亲早死。他父亲和继母就在鳌山下临路处架一茅寮卖浆。一日，过客络绎不绝，到黄昏时，钟芳的父母才收拾茶具，忽然，脚下碰到一件什么东西很坚硬，一看，原来是一袋金子。他们十分惊异地说："这是谁遗失的呢？"就一直守着等待失主来认领。

夜深了，忽然有一个男人上气不接下气地匆匆赶来，后面还跟着一个女人和一个小孩，小孩哭哭啼啼的。这男人一到茅寮便说："我姓陈，是个里胥（相当于保甲长），收粮归来，由于赶路，十分疲倦，不小心遗失了三百金。看来，我只有与金子共存亡了。"钟芳的父母听后，叫他讲出所失的金子是什么样的。他讲的完全符合，钟芳的父母便将金子还给他。他无比高兴，取出一些金子送给钟芳的父母以表示感谢。钟芳的父母不肯接受，说："不用感谢。赶快带小孩回家吧！我们卖浆足以自给，不要别人的财物！"姓陈的里胥带着妻子小孩高高兴兴地走后，钟芳的父母也高高兴兴地说："我们今晚可以酣睡啦。"

后来，清朝的知州唐镜沅为纪念钟家夫妇的功德，教育后代，便在茅寮旧址建"还金寮"一间，立碑一块。如今，虽然"还金寮"已废（石碑和碑文还在），但"一碑簇簇留先德"，钟芳父母"还金寮"的故事仍然传为佳话。钟芳是海南省的一位历史名人，我建议有关部门在三亚市"还金寮"旧址或附近，重建钟家的"还金寮"，以弘扬中华民族的传统美德！

"仙人脚印"

鳌山的名胜古迹主要分布在南麓。沿着南山大队的公路，通过蜈蚣岭口（这山岭似条蜈蚣，从鳌山顶端蜿蜒而下），穿过一个小山谷，便到了鳌山的西南麓，前面是碧波万顷的大海，汹涌澎湃。从海边大堤上仰望鳌山，只见鳌山撑天半壁，迤逦苍郁，红叶翠障，鱼贯海壖，或缋或赪，确挈磊砢，与海浪相激。就在那湾头垒石上，有"仙人脚印"几个。这是以石之肖行得名，掌指具备。脚长二尺多，宽约五寸。"仙人脚印"，虽然长期受风吹雨打，海水侵蚀，但迄今还清晰可辨，有的在竖立的石壁上，有的在倾斜的石板上，有的在倒躺的石头上。在"仙人脚印"北面，有翻倒的"石船"一只，南面有石如古木槎枒。在左右石窟中，有清泉两处，离海咫尺，清冽可饮。崖县水产公司鳌山收购站就设在这里。每当渔船归来的时候，都有成群的农民挑着木柴和番薯来这里同渔民交换鱼货。

小洞天

明代王佐的《琼台外纪》说："毛奎经营大小洞天，耗尽心思，历时二载。"大小洞天是鳌山的佳境，凡游鳌山的人，必游大小洞天。

从"仙人脚印"的地方出来，沿着如箕的海湾沙滩，朝鳌山的东南麓走去，沿路有五光十色的贝壳和海花。约走几步，便有一块巨石挡路，石上有"洞天胜游"四个大字。绕过巨石，走上山路，又有一块巨石，石上有"峰回路转"四个大字。穿过小山路，有园约十亩，园中椰林茂密，椰叶婆娑，椰子累累。口干者，可向园中主人买椰子取水掬饮。出园东南，仰望鳌山，可见山顶数峰，青如积翠，有的秀而高耸，有的方角而顶平，有的临海而屹立，宛如南海长城。远望海滩，海石弥漫，怪石嶙峋，数以万计，或竖或侧，或躺或倒，如兵搏斗，如螺旋，如水波。海沙漫漫，踏之有声。南行近一百米，有大刺桐树两棵，树下有两块巨石，相距咫尺，分别刻着"渐入佳境""水落石出"几个大字，依稀可辨。穿过石峡，绕过巨石，跳过石沟，见"石蛇"一条，从海边蜿蜒到鳌山脚下。"石蛇"长数丈，宽五寸左右，"蛇"身稍有凸起，据说是古老的海蛇化石。查文献，迄今未见考古学家对它作出鉴定。跨过"石蛇"，见一小岩洞，额上刻"小洞天"三字，字大两尺；右镌"大宋淳祐丁末秋九月郡守富川毛奎率僚属黎植民志王怀开山"二十六字，都是毛奎手书。岩下石方平，有石室，可坐凉涤暑。岩之前有石平偃，建亭其上（今只剩下亭基），原匾曰"岩瞻"。岩之南临海，登石磴，有一巨石俯海，耸然而面平，中刻"钓台"二字，字大两尺；左刻"淳祐丁末仲秋"，右刻"郡守毛奎经始"，字径三寸。石上字皆宋体，毛奎手书。石左，还嵌有一"端州"石碑，碑上刻郭沫若先生的《游崖县鳌山》：

鳌山在崖城东南海滨，有石船、洞天、钓台诸胜迹。南宋州守周康（康字原有邑旁）与毛奎先后相继所辟。二人摩崖题咏犹存。一九六二年二月三日前往登临，诗以纪之。

南溟有奇甸，珠崖占岁先。临海钓台古，台北小洞天。
宋人所经始，淳祐丁未年。七百十五载，我来登其巅。

海天两缥碧，天际树千帆。洲山晴霭中，拂面凯风暄。
深讶钓鳌者，钓缗三线悬。钓得六鳌来，鳌骨成丘山。

浩然就山路，深感主人贤。主人为伊谁？崖县公社员。
斩山为刊木，荆莽付锄燔。更喜摩崖书，涂朱浑欲燃。

既览周康记，复诵毛奎篇。胜游今为续，天海信奇观。
欲登试剑峰，山路难攀缘。仙梯径已尽，仙掌森毛尖。

乃从原路返，海滋坐石船。谈笑饮咖啡，馒头代中餐。
我言洞天小，康奎亦山仙。何用骋玄思，梦中徒盘旋？

眼前洞天小，泱泱大中原。大仙六亿五，三面红旗鲜。
洞天孰更大？今多笔如椽。归来成此颂，东风万古传。

由洞天往东走数十步，临海有一巨石如屋，可以登眺大海。离这石十多步，有石似船，似木舡，长二丈，阔三尺。船中原有古榕树，荫覆如伞，根盘船腹，如缀网然。船东的石上，刻着"石船"两个大字，又刻上周康《石船记》一百七十五字。船之北刻"海陵周康其□。与郡僚王需然泽之、都领周丕承师武，淳熙丁末重九日来观石船，因以见山水之奇，可为海邦之盛纪也"。又刻《洞口记》二百又三字，今字已泯灭。

由"石船"向北，有一块石刻着"洞门"二字，通过"洞门"，有小路上岑岗。路边树林荫荫，山风飕飕。往前走数十步，只见一块岩石屹立半腰，岩下有石室，可坐三十多人。室内三面壁立，上如掌扇复盖，额书"海山奇观"四个大字，系毛奎手书。下刻毛奎的《小洞天记》：

"吉阳形势甲乎海外。"鳌山盘踞，气象雄伟，意其中必有深岩幽洞之奇，而屡加访问未获也。

一日，属权尉黎民志搜寻，始于周使君石船磨崖后山巅得一石室，前瞰大海，后环曲巷，峭壁在南，小洞附北，实为海山之奇观也。继而僧善庆又于山麓石峰之阴，近石船，得一岩，由西北委蛇数十丈以通后洞。岩之外临海，有平石，可钓，因曰"钓台"。对岩之前，有石奇怪，其下可坐十客。仰望八景，皆在目中。以其与岩相望，名以"岩瞻"。是皆有小洞天之佳致也。

昔周使君以淳熙丙午，屡于石船登赏，磨岩题名，以为胜绝。今予亦以淳祐丁未经营此胜概，适与石船同一处，遂成八景。由今视昔，似或胜之。岂非天实相之耶？因叙其本末，以识洞天之奇观石岩。

七客者，黎植挺之、陈同祖显宗、黎正宗大、陈继先显翁、卢斗南少梁、黎民志少良、王怀惠卿。二僧谓谁？富川秀峰清凉山住持善庆冷溪与维那祖果也。

是年十月，郡守富川毛奎书。

字如茗碗大，今已涂上朱红油漆，细辨可全读。这些石刻距今已有七百二十三年了，是海南岛现存的极为珍贵的文物古迹。

石室右之石磴上刻"仙梯"二字。攀梯上去，只见有洞如行廊，石壁高两丈多。壁刻毛奎的《小洞天诗序》（一百七十五字，今可辨读的只有"非敢言诗，姑纪其实云耳"等句），以及《小洞天》诗（五言排律）一首，诗云：

丰登少公事，时得访林泉。凿破蓬丘岛，潜通小洞天。
岩瞻横北面，钓隐近西偏。缥缈云藏阁，依稀石似船。
崖平好磨琢，洞窈足回旋。路贯层巅上，人随曲卷穿。
海光常潋滟，山色更清妍。真可消尘俗，何妨中圣贤。

烟霞无尽藏，风月不论钱。胜概时收拾，凭谁秉笔椽？

毛奎最后说："凭谁秉笔椽？"他担心没有后来者，其实后来者多的很。就在这石壁上和他韵的诗就有三首。现录其中的辽东人州守李如柏写的一首《游小洞天和石壁原韵》：

寻春不爽约，迤逦到林泉。蕞尔中州岛，奇哉世外天。
梯盘危磴滑，洞转断崖偏。花雨寒丹灶，松涛稳石船。
旷观如有得，徒倚遂忘旋。海阔澄波静，林深翠蔼穿。
卧云明变化，坐树爱幽妍。良会皆时彦，高风尚古贤。
馀诗尊底句，酒尽杖头钱。幸续毛公后，方知应梦椽。

由石廊绕出岩后，有洞深邃，天光穿漏，如在小有勾漏天中。出洞而北，石磴层迭。躐石而上，穿过木石纠纷、荆棘丛生的山间小道，沿着曲巷上山，便到"试剑峰"。这石峰宏伟峻峭，古代诗人赞曰：把它描写为"岛末浮云晨作雨，峰头试剑夜冲星。"相传周康和许源曾在这里练武试剑，因此把峰劈开几块，迄今刀痕犹在。站在"试剑峰"：看山下，海云，鲸波脚下涌；观南海，"八一"军旗舰上飘。

"大洞天——神仙宅"

"大洞天"是毛奎经营的，宋元时这里游人不少。但是到了明清时，"大洞天"已变得深秘，一般人很难找到它，因此人们称它为"神仙宅"。

据记载和传说，有人在鳌山上找到"大洞天"。《崖州志》载：港门陈继统，于雍正年间，到鳌山砍柴。憩牛车于山下，步入大洞天。见二老在石上下棋。继统旁观，拾余果吃。阅三时之久，两老人忽然不见了。他下山觅牛，牛只存其骨，车也坏了。他回到家时，已是三年了。后无病而终，享寿百岁。

又传说，有人沿小洞天石岩而上，累石如阶梯，初步甚攲侧，要立定脚跟，方不颠踬。走了不久，路便平坦，境甚幽异。夹道都是甘蕉翠竹。越往前走，景物越美：云峰倚天，飞瀑万丈；孔雀飞翔、白鹿成群；奇木美石，不可名状；

层岩复洞，含烟罩雾。统而计之，有三十六所。一所刻"大洞天"三个大字，入其中，晶莹洁净，无纤尘垢，仙物毕具，不可一二数。洞各异构：有神房、阿阁、月馆、凌霄诸名。最上一洞尤巨丽而峻绝，蹑脚而上，白云却生脚下。这是传说中的"大洞天"仙境。其实，这仙境就在人间。前几年民兵演习时，曾有民兵给我讲过"大洞天"的故事。

据传说，毛奎经营这"大小洞天"之后不久，便在鳌山成仙了。

"鲨鱼坟"

在小洞天附近有一个"鲨鱼坟"。关于这"坟"有个民间故事：

明代宁远河畔有个小旦村，这村有个地主叫李兴利。有一天早晨，风和日丽，他想去游小洞天，便叫家奴王邦相用船载他去。船到小洞天外海时，忽见一条大鲨鱼朝小船游来，看样子是要翻舟吞人的。这时，李兴利及其狗腿子十分惊慌，不知如何是好。忽然有一位狗腿子偷偷地对李兴利说："只有把王邦相推下海去让鲨鱼吞掉他，才能救活我们。"李兴利一听有道理，便叫狗腿子们把王邦相推下海去。王邦相落在鱼背上，鱼把头一抬，船就翻了。李兴利及其狗腿子们都被大海的惊涛骇浪卷进海底。这时，鲨鱼便把王邦相背到小洞天附近的海滩上来。王邦相上了岸，鲨鱼却死在海滩上。王邦相见鲨鱼死了，便抱头痛哭起来。哭完后，他用沙土将鲨鱼埋好，且用石头砌了一座坟。王邦相死前，嘱咐其亲属把他的尸体埋在鲨鱼坟旁边。今天水南村（包括以前的小旦村）一带姓王的老百姓都戒食鲨鱼，且到清明节都会去祭扫鲨鱼坟。这故事是当时带我去参观南山的公社干部给我讲的。

今日鳌山

你说，海南岛的天涯海角、鹿回头的风景美不美？美！我说，比二者还美的是鳌山！你说桂林山水甲天下，我要说鳌山山水"甲海内外"。不信，你亲眼去看一看。游海南岛者不游鳌山，是最大的遗憾！

鳌山是海南岛历史最悠久的名胜古迹。它有得天独厚的天然山水，天然物产（包括奇特的野生动物、植物）；它有美妙动听的民间传说；它有眼量，大公无私；它满腔热情地接待了被历代统治者排斥、贬谪和迫害的进步的有名的人物。近千年来，它吸引了多少文人骚客、旅游爱好者和劳动人民。这些人为它留下了很多不朽诗篇、石刻、书法、碑文。改革开放以后，有关部门已对这处名胜古迹进行了保护、修复。"南溟有奇甸，珠崖占岁先"（郭老诗句），这处名胜古迹将迅速恢复它原有的姿态，并且将以更加崭新的面貌，迎接国内外的宾客。

【说明】

　　1980年夏天，我在海南师专工作时，专门到崖县崖州公社的鳌山（南山）调查研究当地的历史文化和古迹。公社一位干部（原谅我记不起他的姓名了）全程陪同我游鳌山，对此我非常感谢他，并且非常赞赏他们对历史文化和古迹的重视。这篇文章是我参观后撰写的。海南师专于1981年召开全国现代文学学术会议，本文曾作为材料发给会议代表。42年后我重读这篇文章，感想良多。改革开放后，我曾多次游览鳌山，看见鳌山面貌发生巨变，甚至当年留存的一些名胜古迹后来逐渐地都找不到了。而我这篇文章便成为1980年以前鳌山历史古迹面貌的一些写照，值得发表。时代在不断地进步，但是我们也不能忘记先人创造的历史文化。2022年6月23日星期四，我重读了这篇文章，并做了一些修改。

落笔洞①

　　落笔洞是海南岛的名胜古迹之一。它在崖县三亚镇（今分属三亚市天涯区和吉阳区）北面约八公里处的荔枝沟。它是由石灰岩造化而成的，耸立在一块平地上，海拔一百五十米。

　　这山南面有一个大洞，洞中有一条石灰岩凌空吊下，上面粗粗圆圆的，下面细细尖尖的（这尖尖已被砸掉），活像一枝倒挂着的巨大毛笔，因此被称为落笔洞。洞的左壁刻"落笔洞"三个字，字大一尺多，未知何人题刻，旁边只有"维山"二字，其余模糊不清。右壁镌诗一首："峭壁凌空望杳微，重重烟锁雾云浓。深林古木高千丈，怪石青苔绕四周。空有石衔仙体骨，想应人逐彩云飞。洞中仙子今何在？欲上雕鞍不忍归。"署名只有"宋"字可辨。后来，南宋吉阳军郡倅（副职）许源便在落笔洞题了一首和壁原韵诗："袖拂山风上翠微，仙禽窥我怪儒衣。岩肩石壁真奇趣，烟盖云幢似远围。彩笔不随仙子去，青峰空伴野云飞。我来续就承天赋，铁笛一声鸿雁归。"元、明、清以后，也有不少文人、骚客、隐士和官员来这里游览、隐居、题咏，迄今在洞右壁上还留着他们的诗文和笔迹。相传苏东坡也曾来过这里，但史实上并没有这回事。

　　这"占尽人间第一元"、如"椽大"的"凌空落笔"，过去也叫"神笔"。据传说，这"神笔"一年到头都有水从"笔尖"上滴下来。它很灵验，古时凡是去应考的人都要来"神笔"面前拜一拜。如果那是个正派的、友爱的、孝顺的、用功的人，当他跪在"神笔"底下，仰着头，神笔就会把水滴在他的嘴里。这样，他就有了聪明和智慧，应考时就会中举。但是，如果那是一个贪污盗窃、耍两面派、偷懒或残暴无情的人，即使跪上一年、两年，"神笔"也不会把水滴到他的嘴里，永远不会考中。

　　这山的东边脚下有一个岩洞，四面壁立，上面有一巨石覆盖，高约二十米，

---

　　① 1980年夏天，我专程去"落笔洞"参观考察，研究那里的文物古迹，觉得祖国的山水太美了，因此于同年12月写了这篇小文。

周围有石床，可以睡人，能容纳二百人左右，只有一个洞门。这岩洞是黎族男女青年"放寮"（黎语叫"布隆闺"）的好地方。每当除夕和大年初一、初二，都有成批的黎族青年男女来这里对唱情歌，寻找情人。

这山的北面脚下有一个小洞口，一次只能进去一个人。入洞后，便觉得"悄无鸡犬昼沉沉"，一点起火把，便见一岩洞似戏院大，可容一千人左右。据说，这座山有三十六个洞。穿过这个大洞，便进入一个个屋子大的洞，洞中有由石灰岩化成的仙人床、仙人蚊帐、仙人写字台、仙姑塑像、凌空挂下来的麦穗……有的洞"石窍漏天三百丈"，从外面能透进来一点点光线。登上"仙梯"，沿着石廊走去，只见一洞如厨房，相传仙人曾在这里做饭。这"厨房"中有一眼井泉，泉水清冽，可以掬饮。亮起手电筒往水中一照，只见鱼、虾在井水中遨游。"井泉到海几千寻"，相传这眼井泉直通南海。有人曾向井中投进一个有记号的椰子，后来果然在三亚港的外海捡到了这个椰子。

这"千秋彩笔壮崖南"的名山古迹，深深地吸引着国内外旅游爱好者。海南解放后的一年冬天，中国人民的好朋友、美国进步作家斯特朗，曾坐在落笔洞前的藤椅上，慢慢地欣赏着题咏落笔洞的古诗；欣赏着岿峨、雄伟、壮观的绝壁；欣赏着望去杳微的、在远处小山顶上的古树上啄果的猿猴；欣赏着蹲在山顶峭壁上的"天马"（有石似马头）；欣赏着长在崖壁上的秀气的青草；欣赏着"五指挥毫百万年，烟云绘出绕小边"的良辰美景；思索着"何人掌握如椽大，点缀文章碧落中"……她从早上坐到晌午，一直在欣赏着落笔洞的美！真美！

从渔民戴的竹笠看南海的开拓史①

潭门渔民的祖先在南海北岸的近海、远海，乃至更远的"三沙"（西沙、中沙、南沙）群岛进行捕捞作业，发展海洋渔业生产，迄今为止，已经有两千多年的历史了。他们祖祖辈辈，风里来雨里去，在汪洋大海上同暴风雨、巨浪搏斗，头顶还要遭受热似火烧的炎阳暴晒，皮肤黝黑、伤痕累累，其艰难困苦可想而知。但是，潭门的渔民、万泉河两岸的农民，乃至海南的渔民、农民，为了生存、发展，前仆后继，敢于同大自然的恶劣环境作斗争。他们在与大自然的斗争中学到了真知，从而学会了利用竹片与椰叶等，制作了一种能防风、防雨、防太阳晒的竹笠来保护自己的头部。渔民在竹笠上设置一条绳子，把它扣在自己的脖子上，使竹笠牢固地戴在自己的头顶上。这样，渔民在大海上作业时，竹笠就不会被大风刮走，起到防风、防雨和防晒的作用。竹笠是渔民生活、生产的一件法宝，也是农村的男女在田野上生活和劳动的一件重要用具。他们走亲戚或赶集时，戴着竹笠就能防雨、防晒。因此，竹笠是潭门渔民、万泉河两岸农民，乃至海南渔民、农民生活和劳动中不可缺少的一件日常生活用具。竹笠是潭门渔民、海南渔民和农民的一种独特的发明创造，被称为海南岛、南海"三沙"群岛上的一大奇迹！

北宋著名诗人苏东坡被贬来南海上的琼州和儋州时，他看到渔民、农民头顶上戴着竹笠，能防风、防雨和防晒，很实用。此物，他平生第一次见到，对此很好奇。有一天，他去拜访好友黎子云，归途中遇雨，农民便借一顶竹笠给他戴，他深表感谢，也很高兴！这时，他脚上还穿着木屐。由于雨天路滑，他走起路来小心翼翼，摇摇摆摆，与众不同。妇人、小孩相随争笑，群犬争吠，东坡曰："笑，所怪也？吠，所怪也？"群众觉得坡仙为人善良，文质彬彬，潇洒出尘，看了笑呵呵的。一位画家根据苏东坡在海南生活的这一趣事，为他画

---

① 本文于 2020 年 10 月 25 日定稿，被收入《南海征程——潭门渔民闯南海纪实》（海南出版社 2022 年版）。2022 年 6 月 30 日星期四修改。

了一幅画,名为《东坡先生笠屐图》,传颂千古。这一"笠屐图"也说明了在北宋时,海南的渔民和农民已经普遍戴上竹笠了。①

到了清代,历史、民俗学家李调元专程从广州到海南岛来调查研究海南的历史文化、民俗风情,还专门撰写了一本《南越笔记》。他在书中写道:"椰叶之见重也自汉时始,琼人无分男女,首皆戴笠,以竹丝为之。其用椰叶为笠者,贵之也。"② 由此可见,李调元对海南岛的竹笠的观察、分析和研究,很认真、细致,有深度和广度。他深入群众调查研究,阅读与考察了海南的地域历史文化,指出海南的竹笠产生于汉代。这是李调元对海南竹笠历史文化发展的一大总结、一大贡献,前无古人,功不可没!特别是,李调元认为,海南潭门渔民乃至南海北岸渔民所戴的竹笠产生于汉代,这就进一步确认了潭门渔民乃至南海北岸的渔民早在汉代已经戴着竹笠在南海上进行捕捞作业,开拓南海诸岛了。这也进一步证明,中华民族开拓南海的历史非常悠久,毫无疑问,南海是中国固有的神圣领土。

李调元在海南岛上,不但调查研究了在海南岛出产的竹笠,而且调查研究了在海南岛上出产的椰叶席。从西汉起,在海南岛的东南海岸和万泉河的中下游两岸,已经是"满土悉槟榔、椰子"。农民喜爱椰子树,种椰子树,食椰子,用椰子树上的材料做家具。由于海南岛气候炎热,因此,群众就用椰子叶制造了一种椰叶席。大热天,人睡在椰叶席上面,就感觉凉爽、舒服。这种物品很受人们欢迎,广为流传,甚至传到汉代的皇室,深受皇后喜欢。李调元在他的《南越笔记》中写道:"琼州多椰子叶,昔赵飞燕立为皇后,其女弟合德献诸珍物中有椰叶席焉。"这一史实,又进一步印证了海南岛在汉时已经有很多椰子树了,群众不但把椰子当成珍贵食品,而且用椰子叶制造竹笠、椰叶席等用品。海南岛和南海诸岛在汉代已经是蜚声中原,名扬四海,是可爱的宝岛。

李调元为什么重点去考察椰子叶的用途,研究椰子文化呢?因为他知道,海南岛的物产很丰富,椰子树是其中一种,而且很受群众欢迎。椰子文化是海南岛的一种重要文化。而且,椰子是从外国传播进来的植物,广泛分布在东南亚地区,后来通过海上丝绸之路传到海南岛来种植,从这个意义来说,椰子文

---

① 参见黎国器编《五公诗词选》,中山大学出版社1991年版,第64—66页。
② [清]李调元:《南越笔记》卷十三《椰》。

化是一种外来文化。研究椰子文化，就是研究海上丝绸之路、南海的海洋文化、南海的开拓史。李调元考证海南的竹笠与椰叶席都产于汉代。这是海南岛发展史上的一段很重要的经济史料、海洋文化史料、南海开发史料、海上丝绸之路史料。从经济发展史来看，椰子树给海南岛人民带来了很大的经济效益，说明开拓海上丝绸之路，发展海南海洋经济的重要性。李调元来海南岛调查研究当地历史文化，选择从小小的、不被人们重视的椰子叶入手，却发现椰子叶对南海渔民、农民，乃至人类的贡献很大，他的治学精神值得我们学习。

竹笠是海南，尤其是潭门、万泉河两岸的竹文化之一，也是海南农村市场的重要商品之一。我所知道的竹笠有两种：一种是形似大铁锅盖，我家乡农民称之为"锅盖笠"。渔民在大海上捕捞作业，就喜欢戴这种"锅盖笠"，因为它不容易被大风刮走。还有一种竹笠，我家乡农民称之为"沙坡笠"。它比"锅盖笠"面积大，能遮挡大面积的光照和大雨，农民在田野上劳动，就喜欢戴这种"沙坡笠"。但这种笠容易招风，也就是挡风功能不好，所以渔民就不适用了。

潭门渔民戴的"锅盖笠"也很受南海北岸（合浦、徐闻、湛江、吴川、阳江、电白、台山、中山、澳门和香港等地）的渔民、农民欢迎。他们纷纷模仿、制作和使用潭门渔民所戴的"锅盖笠"，而且精益求精，制作水平越来越高，质量越来越好。在珠江三角洲一带的渔民和农民称这种"锅盖笠"为"竹帽"。

自汉代以来直至今天，在南海上进行捕捞作业的渔民，尤其是潭门的渔民，在他们的头上总是离不开竹笠，可以说是形影不离。不管是风吹、浪打，人站在船上，虽然身体摇摆不定，但是，竹笠还是紧紧地戴在他们自己的头上。戴着竹笠，既不妨碍捕捞作业，也不影响自己的日常生活。潭门渔民除了在海上作业外，还在岛礁上从事植树造林、种杂粮和种菜等劳动，他们的头上也是戴着竹笠。

自古以来，潭门渔民还头上戴着竹笠，沿着海上丝绸之路，开着渔船，把海产品运到印尼、新加坡、马六甲等地销售，然后，从当地购买海南家乡渔民、农民急需的商品运回家乡销售。特别是在抗日战争前后，潭门渔民走海上丝绸之路做生意，很是热闹，有的渔民还发了大财。

潭门渔民，乃至南海北岸渔民，头戴竹笠在南海诸岛上捕捞、劳动的历史，已经有两千多年了。今天，美国的某些反华政客们不懂中国南海的历史，胡说南海不是中国的固有领土,派军舰和飞机来南海周边耀武扬威,企图破坏南海地区的和平、稳定。中国人民必须提高警惕,粉碎敌人的一切阴谋诡计,维护中国南海的永久安全和稳定。

没有潭门渔民就没有三沙市[①]

《中国国家地理》2013年第1期《海南专辑（上）》在其封面显著的位置上写道："潭门镇：没有它，哪有三沙！"我看到这句话很兴奋，对它很认同。《中国国家地理》的编辑们对潭门镇历代渔民开发、利用、建设、捍卫和振兴南海"三沙"群岛的历史功绩所做的评价是很正确的，是符合中国南海历史实际的，是对历代潭门渔民开拓南海的壮举的尊重和歌颂，是教育国人不要忘记南海的开发史，乃至今天还在南海"三沙"群岛上继续奋斗的潭门人的奉献。当时，我正在撰写拙作《中国南海传》（2018年中华书局出版），便立即把《海南专辑（上）》封面上的这句"潭门镇：没有它，哪有三沙"引用到《中国南海传·写作缘起》（自序）里面去了。

据历史学家考证，从新石器时代起，中国东南沿海包括浙江、福建、广东（含海南岛上的越族，亦称"俚人"，今称黎族）和广西的越族，就制造了竹筏、独木舟等航海工具，在南海上，从浅海到深海，从近海到远海，进行捕捞等渔业生产，成为开拓中国南海的先行者。

两千多年来，海南岛东部潭门一带的海域是一个大渔场，以马鲛鱼、金枪鱼和飞鱼等鱼类品种最多，很吸引南海北岸一带的渔民。最早去到潭门沿海一带，以捕捞为业的是海南岛的越族。当时，潭门只有一个小渔村或几个小渔村。潭门的"排港"老渔村，就是以捕钓马鲛鱼为最著名。自古以来，潭门渔民们以赶海、到深海和远海捕捞为主，以农业为辅。男人出海，女人耕农、织布，农渔相结合。中国历经多次改朝换代，潭门的民族、人口、生活、习俗、农业和渔业生产等，都发生了极大的变化。由于潭门渔港（含青葛渔港等）的外海是个大渔场，鱼类很多，在南海北岸很驰名，因此，中国东南沿海的广东、广

[①] 本文参考《中国南海传》《潭门浪花》等资料，写于2020年10月9日，被收入《南海征程——潭门渔民闯南海纪实》（海南出版社2022年版）。作者于2022年7月1日星期五重读并做了一些修改。

西和福建一带的农民、渔民，乃至从中原大地南下的人，都先后移民来到潭门、福田和青葛等地定居，他们也给潭门带来了大陆先进的生产技术和中原汉族习俗、文化等。这样，潭门等地的渔民人口就不断地增加，就由几个小渔村逐步发展成很多小渔村、大渔村了。而潭门渔民的生产技术和文化水平也在不断地提高。中华人民共和国成立之后，人民政府投巨资建设潭门渔港，潭门的渔业和商贸业得到了迅速的发展，因此，潭门镇（渔港）就成为著名的中国南海北岸渔港，乃至太平洋西岸著名的渔港。

潭门渔港的沿海面积宽广，在它的北边有龙湾港、青葛港，南边有博鳌港。潭门从明清以来就是海南岛东部一个著名的风景区，令人向往。潭门地区人口众多，文化发达，人杰地灵，人才辈出。文化是各民族的灵魂，中华文化是中华民族的灵魂。潭门人具有丰富、深厚的中华优秀传统文化内涵。自古以来，潭门人就有敢为人先的精神；就有闯大海、看大洋、看世界，开辟海洋新天地的精神；就有精卫填海、大禹治水、愚公移山、女娲补天和为国为民敢于英勇献身的精神。潭门的历史文化教育我们，潭门人具有这种敢于创造发明、英勇献身的高尚精神并不是偶然的，而是在中华优秀传统文化的长期熏陶下形成的，是从南海的狂风巨浪里锻炼出来的。在潭门渔港南边的博鳌港，有"三江"（万泉河、九曲江和龙滚河）出海口，有一巨石在大海的碧波中，古往今来，任凭狂风巨浪扑打，它仍然抬头挺胸，岿然不动，其气概伟岸神圣，潭门人称之为"圣公石"。相传这是历代潭门渔民的化身，它象征潭门渔民在大海中，英勇顽强地同狂风恶浪、海盗和外国侵略者做斗争，为开拓南海、捍卫南海主权勇往直前；它象征潭门渔民，为国为民，不怕牺牲、顶天立地的英雄气概！古代历史文化名人善于观察、研究南海的社会历史文化，从而在这"圣公石"上题上名联，以反映历史、反映现实生活，传承优秀的中华传统文化。比如，有一名联曰："莲花堆①观音讲经鱼听探；圣公石孔子论道浪笑迷。"这名联告诉人们，中国优秀的传统文化、海洋文化和外来的佛教文化等，早已在潭门、博鳌，乃至整个万泉河地区交融和传播开了，深受群众欢迎。人民群众早已受到中华优秀传统文化、海洋文化和佛教文化的教化了。潭门镇和博鳌镇地区以渔民为代表的广大人民群众，在与大海的狂风巨浪搏斗和捍卫国家主权的斗争

---

① 莲花堆是琼海市万泉河沿岸一处景点，古时该处建有一座佛塔。

中，充满智慧，英勇善战，不怕牺牲，显然是受到中华优秀传统文化、海洋文化和佛教文化思想的影响的。

习近平总书记教导我们，不要忘记历史，不要忘记中国优秀的传统文化。秦始皇和汉武帝先后下令进军南海，开拓南海，奠定了南海作为中国领土的基础。从此以后，潭门历代的渔民就争先恐后驾驶自己制造的渔船或租借别人的渔船，远征南海的东沙、西沙、南沙和中沙群岛了，后来，主要集中在"三沙"（西沙、中沙和南沙）。中国渔民进军南海，也把中国传统文化带进了南海。唐宋以后，潭门渔民（含青葛渔民等）和文昌清澜港一带的到"三沙"群岛海域捕捞的渔民越来越多，"三沙"群岛就成为潭门等地渔民的主要家园。在早期的潭门渔民登上各岛屿之前，南海的岛屿上都是荒无人烟的，也没有名字。潭门渔民为了连续登岛作业，牢记自己所登上岛屿的地理位置、海域，让后来更多的渔民继续登岛"做海"。早期的潭门渔民对自己所登上的岛屿进行探查、观察并把有关情况记录下来。他们根据荒岛的地形、地貌特征，岛屿上的动植物和海产等，对岛屿进行命名。古代的潭门渔民给各个岛屿进行命名时，都爱用"峙"字。比如，由于南沙群岛的南威岛植物繁茂，鸟类很多，因此，渔民们就把南威岛命名为"鸟仔峙"；南沙群岛的原第一大岛太平岛，形似黄山马，渔民们就把它称为"黄山马峙"①；南沙群岛的第二大岛中业岛，形似一块大铁板，渔民就将它命名为"铁峙"；形似一个锅盖的安波沙洲，被渔民命名为"锅盖峙"；在西沙群岛，有一个岛屿呈圆形，潭门渔民就把它命名为"圆峙"；又由于该岛上有一口八角形的泉水，甘甜可口，渔民又称该岛为"甘泉岛"。

古代的潭门渔民为什么喜欢用"峙"字对"三沙"群岛的岛屿进行命名呢？《新华字典》说"峙"是直立之意。因为岛屿直立于海平面上，所以渔民称之为"峙"，是符合情理的，是有深刻寓意的。又据《辞源》上的解释，"峙，住也"，意即"峙"可以住人。用海南省琼海市一带的方言读"室"与"峙"，其发音是有点近似的。琼海市万泉河沿岸的人称"家"为"室"，由此

---

① 1945年前，"黄山马峙"先后被法国和日本占领。1945年日本投降后，中国海军"太平舰"接收该岛，改名为太平岛，现由台湾当局驻军实控，已有近80年的历史了。这也印证了南沙群岛是中国固有的领土。

可见,渔民很聪明、有文化修养。我是这一带的人,我称"回家",就说"回室"。"室"就是"家",是人的住所。"峙"字与"室"字,同一个元音 i。"峙"字,是由"山"字与"寺"字构成的。"寺",一般指"寺庙""神庙""祠堂"或"家庙",大都建在青山绿水、风景优美的地方。古代的潭门渔民善于用"峙"命名岛屿,是一个美好的寓意,可见,古代的潭门渔民很聪明、有智慧,用词巧妙、合当,反映了渔民热爱中华传统的历史文化。历史证明,自古以来,潭门渔民拓荒"三沙"群岛时,都是在岛屿(峙)上搭起简易的草房、铁皮房和用油毡布房等,住在三沙群岛的"峙"上的。与此同时,渔民们还在"峙"上,立起"家庙""神庙",如"孤魂庙"等,以传承海南的民间的生活习俗和坚守中华传统文化。"峙"就是"室",就是渔民的"家",就是中华之"神"居住的地方!言下之意就是,从古以来,"三沙"群岛早已传播、流行海南地域文化和中国传统文化,这就有力地证明,南海自古以来就是中国固有领土、中国神圣之地,是中华传统文化传播、普及之地。三沙群岛是潭门渔民乃至南海北岸渔民的永远家园。

在今西沙群岛永兴岛附近,有七个岛屿几乎连在一起,形似一条美丽的珍珠链,被称为"七连屿",其中有一个岛,自然生态比较好,长了很多树木,古代潭门渔民就将该岛命名为"树岛"。20 世纪初,潭门渔民为了纪念明代出使东南亚"三佛齐"的赵述,将"树岛"改名为"赵述岛"。

关于"三沙"群岛的命名,东汉的杨孚在《异物志》中称南海南沙群岛为"涨海奇头";三国时期的康泰在《扶南传》中称南海诸岛为"珊瑚洲";明代海南名人丘濬等,也对南海诸岛命名。丘濬在《南溟奇甸赋》中,把海南岛和南海"三沙"群岛称为"南溟奇甸"。文人对南海的命名,其依据都是来自渔民群众。汉唐宋元明之后,有关南海诸岛的命名,已从少数文人命名发展到渔民集体命名的阶段。据专家考证,元明时代,潭门渔民(含文昌清澜港等地渔民)集体创作了一套航海的教科书——《更路簿》。这"宝簿"把历代渔民关于茫茫南海的航道、风向、海况、地理位置等航海经验收集其中,并且这"宝簿"中还收集了很多南海相关的地名。

按国际法原则和从地名学角度来说,对于荒无人烟的陆地或岛屿,谁最先为其命名,并且开辟定居经营,进行长期不断的行政管理等,这些陆地或岛屿就属于谁。对于南海诸岛,中国的渔民祖先,尤其是古代的潭门渔民,最早对其进行命名、耕海、航行、捕捞和经营，并且连续不断地进行行政管理，所以这些岛屿就属于中国人、潭门渔民。毫无疑义，"三沙"群岛是中国固有的领土。据专家考证，在"三沙"群岛中，约有260多座岛屿、沙洲、暗沙、暗礁和暗滩等，其中有100多座是潭门和青葛渔民命名的。这些岛屿、岛礁、暗沙、暗礁和暗滩的名字，都记载在老船长苏德柳珍藏的《更路簿》上。这本《更路簿》是潭门老渔民的传家宝、南海之宝，更是中国之宝。

潭门渔民说，南海是他们的"祖宗海"。"祖宗"二字用得好，符合实际，高水平，重千金！中华民族有五千多年的优秀传统历史文化。家有家史，国有国史。家是小国，国是大家。每个家都有祖宗，历代祖宗就是家史。"祖宗海"，即南海"三沙"群岛是潭门渔民历代祖宗最早发现、开拓、定居、耕海和航行的，是祖宗传承下来的，是他们固有的美好家园。

长期以来，帝国主义者及其走狗对"三沙"群岛虎视眈眈。潭门、青葛等渔港的渔民是抗击侵略者的英雄。他们为建设和捍卫三沙群岛的美好家园，曾经同各种入侵者进行过英勇的斗争。1974年1月，南越军队侵犯我西沙群岛。我人民海军进行英勇反击，打响西沙海战。"潭门0473"号和"青葛9031"号渔船上的渔民都同人民海军一起英勇抗击南越侵略军，捍卫了西沙群岛，立下了汗马功劳，受到国务院和中央军委的嘉奖。潭门渔民是一个英雄的群体，潭门镇（渔港）是个英雄镇。潭门渔民为南海创造了奇迹。历史证明，没有潭门渔民就没有"三沙"群岛。

历代潭门渔民不分昼夜，不怕狂风恶浪、炎阳暴晒和敌人的干扰，长期坚守在南海"三沙"群岛上发展渔业生产，植树造林，建设美好家园，守卫好"祖宗海"的主权，创造了"三沙"群岛美好的环境，也为中国政府建立对南海的有效管理奠定了坚实的基础。中国政府于2012年6月21日建立了三沙地级市，以进一步加强对"三沙"群岛的管辖，建设美好的"三沙"群岛。潭门渔民立下了不朽的功勋。国家永远不会忘记潭门渔民对国家的贡献、坚守"三沙"群岛的历史功绩！

2013年，潭门渔港迎来党和国家的最高领导人的视察。习近平总书记于2013年4月8日上午，来到潭门镇（渔港），亲切地探望了潭门渔民。他深入渔民群众，上到渔船上，同渔民亲切交谈。他非常关心渔民的生活和耕耘海洋的情况。他期望潭门渔民造大渔船，走远海、深海、抓大鱼，很快地富裕起来。

这体现了习近平总书记对潭门镇（渔港）渔民的重视和关爱。他对历代潭门渔民开拓南海、建立南海家园、捍卫南海国土和家园所做的贡献给予充分的肯定，大大地提高了潭门渔民在南海发展史上的地位。正像《中国国家地理》中《海南专辑》所说的："潭门镇：没有它，哪有三沙！"习近平总书记探望潭门渔民，让潭门渔民深受鼓舞！他们表示，绝不辜负习总书记的期望，坚决把中国南海"三沙"群岛建设和捍卫好！敌人敢来侵犯，就把他们消灭在南海中。

三沙市成立之后，"三沙"群岛的建设速度加快了，面貌迅速改变了。三沙市的后花园七连屿，在三沙市政府的正确领导下，在总岛长邹志的具体领导下，在潭门渔民的积极努力下，发生了翻天覆地的变化。岛上居民的生活设施齐全了，居民住的是新建的海上别墅，喝的是自来淡水。岛上有卫生医疗机构，有娱乐广场，有图书馆，有博物馆，有球场，有广场舞场所，有现代化的电视、通信网络，有现代化的码头和直升飞机停机坪，有海洋研究所，有海龟养殖场，等等。七连屿周围海域渔类繁多，海产丰富，是个良好的天然渔场，潭门渔民在七连屿将大有作为。2020年9月18日，七连屿总岛长邹志告诉我，在"三沙"群岛中，七连屿的常住居民最多，有60多户渔民，近300人，而且全是潭门渔民，可见，南海有史以来，潭门渔民一直是坚守"三沙"群岛的主力军，南海就是他们的"祖宗海"。"三沙"群岛就是他们的永远的美好家园。

潭门（青葛）等南海北岸渔民开创了南海"三沙"群岛的千秋大业，今天，在习近平新时代中国特色社会主义思想的引领下，"三沙"正在迈开大步，走向新的征程。

第五卷
琼岛先贤

"此行所得诚多矣"

——胡铨贬海南时的经历和诗作[①]

在海南岛海口市南郊有一处名胜古迹,叫"五公祠",又被称为"海南第一楼",属于省重点文物保护单位。这楼是为纪念唐宋名人李德裕、赵鼎、李纲、胡铨、李光而建造的。五公之一的胡铨(1102—1180),字邦衡,号澹庵,宋朝庐陵(今江西吉安市)人。他于建炎二年(1128)考中进士,绍兴五年(1135)任枢密院编修官。枢密院是中国封建时代的中央官署名称,主要管理军事机密、边防等,与中书省并称"二府",同为最高国务机关。胡铨是个有名的历史学者,主张抗金的中坚分子。绍兴七年(1137),金兵突入汴京,秦桧力主对金议和、投降,胡铨上疏呼吁高宗把秦桧处以死刑,并把秦桧的脑袋悬挂在城门上,让人们知道通敌、辱国的奸臣已被刑戮。秦桧受到胡铨的严厉谴责之后,怀恨在心,给胡铨加上"狂妄凶悖,鼓动劫持"的罪名,把他流放到福州、昭州(今广西平乐县)、新州(今广东新兴县)。绍兴十八年(1148),他又被贬昌化军(治所在今海南儋州市)、吉阳军(治所在今海南三亚市)。他从雷州半岛的徐闻县海边渡海,在澄迈县驿的"通潮阁"登陆。北宋大文学家苏东坡被贬海南岛时也是在这里登陆的。苏东坡曾经写了一首《通潮阁》,刻在通潮阁里,胡铨看见了也和诗二首,然后往西行到临高县,投宿在"买愁村"(在县城南13里左右),并在那里写了一首《买愁村》:

北往长思闻喜县,南来怕入买愁村。区区万里天涯路,野草荒烟正断魂。

南宋宰相赵鼎因坚持抗金,得罪了秦桧,被贬来崖州三年后含冤死去。胡铨同赵鼎一样遭秦桧陷害,被贬崖州。当他沿着当年赵鼎所走的路踏上海南岛,投宿买愁村时,触景生情,写了《买愁村》这首诗。"北往长思闻喜县",诗人

---

① 发表于《海南师专学报》1982年第1期。

"长思"的就是赵鼎（赵鼎是山西省闻喜县人）。胡铨"思"赵鼎什么呢？一方面固然是"思"赵鼎的抗金精神；另一方面，诗人走在赵鼎曾经走过的路上，想起赵鼎在崖州含冤死去，恰好他是投宿在买愁村，真是愁上加愁，因此"南来怕入买愁村"。这首诗，通过悼念赵鼎，表达了诗人被贬的苦闷心情。

胡铨在买愁村住了几天之后，便到临高县城去，县令谢渥热情地接待了他，把他安置在风景优美、房屋宽敞、干净的"茉莉轩"里。这时他的心情没有在买愁村时那么郁闷了，而是舒畅了不少，因此他挥笔写了"眼明渐见天涯驿，脚下行穷地尽州"两句诗，悬挂在茉莉轩里。诗中表现了诗人乐观向上、勇往直前的精神。他在茉莉轩里，"日与临士讲习经义，奖掖不倦，嗣是家弦户诵，士始骎骎知学"（樊庶《详复澹庵祠文》）。可见胡铨来临高县以前，那里"士民未知有学"，他来临高以后，帮助那里启明了文化，"士民"才知道有"学"。

一天，胡铨拜谢了县令谢渥，前往昌化军与吉阳军。当他路过临高的博顿时，天气闷热，人人口渴得直冒烟。忽然，胡铨发现了一眼泉水从地下涌出来，他高兴极了，立即请同行者一同痛痛快快地饱饮了一顿。之后，胡铨和同行者一起把这泉挖成井，以后来汲者不绝。胡铨走后，博顿人戴定实、戴雄父子为纪念胡铨挖井之功，请知名人士宗方书写"澹庵井"三个字，刻石立碑，郡守方进功作记，后来"澹庵井"便成为海南岛著名的古井。它和苏东坡打的"浮粟泉"井（在今海口苏公祠内）一样有名。

胡铨在吉阳军时，住宿在"裴氏之庐"。这里是唐朝著名宰相裴度的十四世孙裴闻义的住宅。裴闻义原住雷州，后被贬来吉阳军，便在那里安家落户。裴闻义是山西闻喜人，赵鼎谪居崖州时，大概是因同乡关系，所以一直住宿在裴氏之庐。胡铨大概是因悼念赵鼎，所以也一直住宿在裴氏之庐。胡铨对裴氏一家热情接待被贬谪的人深为敬佩，于是他给裴氏之庐书匾"盛德堂"三个大字，并为之作铭道：

猗欤朱崖，儋守裴公。震风凌雨，大斥骈幪。
迁客所庐，丞相赵公。后来者谁？庐陵胡铨。

胡铨还在裴氏之庐写了一首有名的《哭赵鼎》：

以身去国故求死，抗议犯颜公独难。阁下大书三姓在，海南惟见两翁还。
一丘孤冢留穷岛，千古高名屹泰山。天地只因悭一老，中原何日复三关？

"阁"指秦桧官邸"一德格天阁"。"三姓"指胡（铨）、赵（鼎）、李（光）。秦桧曾把他们三人的姓名写在一德格天阁里，视之为眼中钉，决心把他们三人置之死地。但是，他们三人对秦桧的残酷迫害并不低头、畏缩，而是坚持斗争。如赵鼎就是坚持"以身去国故求死"的精神，在崖州宁死不屈，以绝食而死来抗议秦桧对他的迫害。胡铨高度赞扬了赵鼎的这种敢于"抗议犯颜"的硬骨头精神，把他比喻为像泰山一样高大，永垂不朽。诗人以深厚的感情，朴素的语言，既讴歌了赵鼎坚持抗金、反对投降派卖国求荣的精神，也表达了诗人的爱国主义情怀。胡铨在五指山区还写了一首《寄参政李光》：

海风飘荡水云飞，黎婺山高日上迟。千里孤身一壶酒，此情唯有故人知。

李光谪居海南北归后，胡铨给他写了这首诗，表达了他同李光一样谪居海南的苦闷心情，揭露秦桧一伙对爱国者的迫害。

胡铨谪居海南岛期间，热爱海南人民，尤其关怀海南岛的少数民族。他"万山行尽逢黎母"，深入五指山区，拜访黎族各阶层人物，同他们建立了深厚的友谊，为黎族同胞举办学堂，帮助他们的子弟学习文化。他在五指山区播下了中原文化的种子。《崖州志》记载，"铨居崖州，天天训传经书"，"当地黎酋闻铨名，纷纷遣子入学，从铨读书"。又据《临高县志》记载："昔乡贤戴定实有云：吾生穷岛中，得缀名于吏部之籍者，皆澹庵先生指教之功，今茉莉轩旧址，即其讲学处也。"胡铨除了同少数民族各阶层人物交朋友外，还同汉族各阶层人物交朋友。据《琼台志》记载："郡人陈迪功、靖江慕铨名，常与往来。"他们在崖州城西南二里水池上筑亭，用唐代大诗人杜甫的"净洗甲兵长不用"义，取名"洗兵亭"。据说，胡铨建议修筑这个亭的目的是反对黎、汉互相残杀，尤其反对大汉族主义者派兵去屠杀少数民族。他认为民族应该平等、和睦相处。为了实现他的主张，他利用洗兵亭作为阵地来宣传他的观点，其方法是书匾、题诗。如他写道："一带沧波六月凉，洗兵安用挽天塘。"意思是号召大家不要舞刀弄枪。接着他以"哥舒自愧血灌箭，子美宣歌苔卧枪"为例子教育大家，呼吁黎汉群众勿兵戎相向，让大家都过着"玉垒尘清闲擂鼓，玳筵人好细流觞"的和平安宁日子。针对当时大汉族主义日益严重的情况，胡铨大声疾呼："从来到处安心地，肯认山家作本源。"这里的"山家"就是指居住在山区的少数民族。他们同汉族一样，都是中华民族大家庭中的一员。汉族是中华民族的"本源"，少数民族也是中华民族的"本源"。胡铨能在七百多年前提出这样的观点，的确是十分可贵的。

根据《琼台志》记载，胡铨在海南期间，还写了《送菊》诗六首，赠予陈迪功、靖江等人，写了《茉莉轩》诗数首，寄临高茉莉轩。他离开海南之前，又作了《别琼州和李参政韵》：

肯悔从前一念差，崖州前定复何嗟？万山行尽逢黎母，双井浑疑似若耶。
行止非人十载梦，废兴有命一浮家。此行所得诚多矣，更愿从公泛此槎。

这首诗高度概括了诗人被贬谪海南岛期间的经历、思想收获，以及对前途的展望。胡铨谪居海南岛15年，至隆兴元年（1163）孝宗即位，才被召回朝廷，但这时的胡铨已是须发霜白的老人了。当他和孝宗见面时，双方都有一番心酸事。孝宗对他说："卿以落海岛十多年，得不为屈原之葬于鱼肚者，实祖宗天地留卿以辅朕也。"胡铨应召入京，任秘书少监，擢升起居郎，侍从孝宗于后殿内阁。乾道七年（1171）求归庐陵，著书立说，于淳熙七年（1180）死于庐陵。著有《澹庵集》百卷。

胡铨北归逝世后，海南各族人民为纪念他，在临高县的茉莉轩旧址建起了澹庵祠，在崖县（今三亚市）裴氏之庐（盛德堂）立起胡铨纪念碑。历代诗人胡荣、丘濬、王佐、程秉剑等，都有诗碑纪念他。崖县的洗兵亭、逸贤峒，临高县的茉莉轩澹庵井，海口市的五公祠等都成为海南岛纪念"五公"的著名古迹。

"海南第一楼"与被贬的"五公"①

"五公祠"和"三公祠"

在海南岛海口市的东南面约十华里的府海路东边,矗立着一座红色的楼阁,这就是五公祠,被誉为"海南第一楼",又称"南溟奇甸"(明太祖朱元璋语)。五公祠和苏公祠、洞酌亭、浮粟泉、两伏波祠、游仙洞等古迹连成一片。这里绿树掩映着朱楼,鸟语花香,泉水清冽,幽雅的环境令游人心旷神怡。它是省重点文物保护单位之一。

五公祠是为纪念我国唐宋时期被贬来海南岛的五个有名的历史人物李德裕、李纲、赵鼎、李光、胡铨而建的。清光绪十五年(1889),雷琼兵备道朱采在主持改建苏公祠的同时,发起修建了五公祠,之后又增添了其他建筑和景观。海南解放后,尤其是改革开放后,五公祠又进行了多次大规模的维修和扩建,从而成为海口著名的旅游景点。写着"海南第一楼"的金字红匾高高地挂在五公祠的二楼上,一楼的匾额则写着"五公祠"三个金字。

在五公祠修建以前,这块地方最早是元代修建的东坡书院(也称"粟泉书院""苏泉书院")。宋代苏东坡被贬到昌化军(今儋州市)时,路过琼州府城,曾暂时住在府城附近的金粟庵(今已废),一共住了二十余日。苏东坡北归后,人们便在金粟庵附近建起了一座东坡书院来纪念他。明万历四十五年(1617),人们又将东坡书院改建成苏公祠,清顺治、乾隆、光绪年间均翻修过,解放后又于1954年重修一次。现在的苏公祠位于五公祠东侧,祠里原有苏文忠公石刻遗像三个,皆栩栩如生,可惜如今祠里只剩一个,其他两个不知下落了。现今祠里还有苏公诗词的石碑数块。苏公祠的左前方有浮粟泉,是苏东坡1097年6

---

① 撰写于1978年,原载《海南师专学报》1979年第1期。2022年5月27日星期五再修改。

月中旬住在金粟庵时发现的。现在金粟泉旁边还有石刻"浮粟泉"三个字，这是在清乾隆五十八年（1793）由郡守叶汝兰亲手写的书。泉旁原有洞酌亭，是苏东坡1100年6月迁往合浦，路过琼州时，应建亭之太守承议郎陆公之求而命名的。苏东坡还作有《洞酌亭》诗。

康熙年间，琼州太守戴召辰在重修苏公祠的同时，又派人在这里附近重建了纪念明代丘濬（丘文庄公，又称丘琼山）的丘公祠和纪念海瑞（海忠介公）的海公祠，因而三祠并列，蔚为壮观。戴召辰嘱咐他的弟子撰文记其事，集为《琼台记事录》一书，其中杨敏的《重修苏文忠公、丘文庄公、海忠介公祠》有这样的记载："琼郡以苏文忠公，丘文庄公，海忠介公并列，自康熙开始，殆如鼎足之并峙焉。考宋绍圣四年（1097）苏公谪居儋耳，而风化大启，越有明丘、海二公出，而文章气节以盛，我琼之赖有三公以维持也，非一日矣。"丘、海二公祠荒废后，有关这二公的文物（遗像、题字、题诗和生前的用具等）都保存在苏公祠里（今尚存一些，如海瑞的石刻手迹等）。因为五公祠和苏公祠相连，而苏公、丘公、海公的名字妇孺皆知，所以人们往往容易把五公祠、苏公祠和丘公祠、海公祠混淆起来。总之，这里是五公祠、苏公祠、邱公祠和海公祠的所在之处，是块宝地，值得纪念与保护，以弘扬他们的高尚精神！

在五公祠旁边，还有两伏波祠，这是明万历四十五年（1617）由海南分巡提学副使戴熹创建的。1915年维修五公祠时，两伏波祠被迁到苏公祠东侧。两伏波是指西汉伏波将军路博德和东汉伏波将军马援。他们对平定南越（古称广东、广西沿海一带为南越）叛乱、统一全国有大功。正如苏东坡所说的："汉有两伏波，皆有功德于岭南之民。"（《伏波庙记》）为此，后世之人便建庙堂纪念他们。两伏波祠的左边为洗心轩，洗心轩后原有游仙洞，洞不是天然生成的，而是由人们用石块及三合土砌成的，颇费匠心，今已废。

在五公祠中有青铜释迦牟尼佛像一座，是宋代的艺术品，原来放置于府城北郊天宁寺。抗日战争时，日本占领海南岛后，日军把佛像从寺里掠走运到广州，本打算运回日本国内，因战败而没有得逞。海南解放后，佛像从广州运回海口，保存在五公祠内至今。

五公深为后世人所景仰，不少旅游者曾写下了诗词、楹联、铭文等来悼念五公。过去的五公祠还保存了许多碑刻、楹联等作品。如前清举人潘存（文昌人）曾为五公题了一副有名的楹联：

> 唐嗟末造，宋恨偏安，天地几人才，置之海外。
> 道契前贤，教兴后学，乾坤有正气，在此楼中。

这副楹联告诉人们：在唐末王朝日趋衰落，宋室南渡偏安的年代里，李德裕、李纲、赵鼎等五位为国为民，浩然正气的优秀人才却被贬谪到边远的海南岛来，实在是国家民族的极大损失。

"五公"简介

李德裕（787—849），字文饶，封号卫国公，赵州（今河北赵县）人。唐宰相李吉甫之子。唐代杰出的政治家、文学家。

唐后期统治集团的主要矛盾是朝廷内部的南司（朝官）与北司（宦官）之争，以及朝官之间的朋党之争。朋党斗争是伴随南北司之争一起进行的。唐文宗时，朋党之争更为激烈，反对宦官专权的郑覃、李德裕二人是一个朋党，与宦官勾结的李宗闵、牛僧孺是另一个朋党。每个朋党都有一批党徒，一个朋党得势便极力斥逐敌对朋党。唐文宗太和七年（833），李德裕被任命为宰相。次年，李宗闵经过一番政治斗争，取代了李德裕的相位，把李德裕赶出京都长安。唐武宗即位后，于开成五年（840）任用李德裕为宰相。李德裕由于武宗的信任而得以施展其卓越的政治、军事才能。在回纥族入侵的时候，他先是约束边将，设计分化敌军，然后派兵狠狠地打击敌人，收复了幽、燕。与此同时，李德裕独排众议，帮助朝廷平定了反叛的昭义军节度使刘稹，收复了昭义镇。李德裕的威望因而越来越高，当时不服朝廷管制而妄想割据称雄的藩镇节度使都先后归顺了。李德裕还采取了适当策略制驭宦官，使朝廷内部出现了较为安定的局面。唐武宗封李德裕为太尉，赠爵卫国公。武宗死后，宣宗李忱继位，他任用了牛党的同伙白敏中（白居易的堂弟）为宰相，而极力排斥、迫害李德裕。他们全部废除了会昌年间李德裕所制定的一切方针与措施，免去李德裕的宰相职务，又于大中元年（847）初，把六十一岁的李德裕贬为潮州司马，次年九月又贬为崖州（治所在今海口市琼山区）司户。李德裕于大中三年（849）正月到达崖州，亦于同年十二月死于崖州。

李纲（1083—1140），字伯纪，谥号忠定。福建邵武人。政和年间进士，靖康初为兵部侍郎，是我国历史上有名的民族英雄，宋朝有才能的宰相。

北宋末年，统治阶级生活糜烂，政治腐败，国防废弛。宋徽宗宣和七年（1125），金国趁北宋虚弱之机大举侵宋。面对强大的金兵，软弱无能的宋朝统治者听从投降派李邦彦等人的话，准备割地赔款，迁都退避，在这关键时刻，具有民族气节的李纲挺身而出，力主抗金。李纲在爱国军民的支持下，屡次粉碎投降派的卖国阴谋，击退入侵之敌，保卫了京都。但是投降派李邦彦等一伙并不甘心失败，继续搞投降卖国活动，千方百计地干扰破坏群众的抗金斗争。昏庸的宋钦宗急于求和，又罢了李纲的官，废除了李纲的军事设施，京都终于被金兵占领。靖康二年（1127）金人掳去徽、钦二帝，北宋灭亡。

这时，宋钦宗的弟弟宋高宗赵构建立了南宋政权，任命李纲为宰相。李纲当宰相后，制定出十项治国整军抗金的措施——一议国是，二议巡幸，三议赦令，四议僭逆，五议伪令，六议战，七议守，八议本政，九议久任，十议修德。在李纲的领导和推动下，南北军民抗金斗争的浪潮日益高涨，捷报频传，形势大好。可是，以高宗赵构为首的南宋统治集团既畏敌如虎，又害怕人民，他们以偏安江南为满足，无意北征收复失地，因此总是千方百计打压日益壮大的、以李纲为首的抗金队伍。他们给李纲加上了许多莫须有的罪名，如"国贼""奸臣""盗贼"等。建炎二年（1128）十一月，李纲被贬万安军（今海南万宁市一带）。他先到澧州，次年十一月二十四日夜渡海。李纲到海南岛三天后，朝廷下令赦免他并召他回京。李纲在海南岛的短短三天都住琼州的华远馆内，并在此馆的墙壁上题字。根据李纲在《威武庙碑阴记》中所述，他原准备于十二月五日渡海离琼，因这天是"不吉"日，便推迟到十六日才平安渡海，抵达雷州。在雷州，他写了一篇《伏波将军庙碑记》，肯定了汉代两伏波将军对国家和民族立下的功绩，表达了自己对两伏波将军的崇拜和敬仰。

由于李纲被贬谪，他所制定的抗金方针与措施全部被废除，宋军的战斗力被削弱了。于是金兵猖狂南侵，宋军节节败退，很快宋朝大片江山都拱手送给了金国。

赵鼎（1085—1147），字元镇，解州闻喜（今山西闻喜县）人。从绍兴五年至七年（1135—1137），他两次出任宰相。金兵入侵时，他力主抗战，因此遭到投降派高宗、秦桧的嫉恨与陷害。绍兴八年，赵鼎被免去宰相，贬为绍兴知府。之后，又先后被贬去泉州、兴化军、漳州、潮州。绍兴十四年（1144）他又被贬到吉阳军（今三亚市），绍兴十七年（1147年）八月，赵鼎死于吉阳军水南村的裴氏之庐。宋孝宗追封他为丰国公，赠太傅，谥忠简。

李光（1078—1159），字泰发，浙江上虞人。谥号庄简。秦桧最后一次当宰相时，李光任参知政事（副宰相）。他反对议和主张，坚持抗金斗争。他在高宗面前，无情地揭露秦桧盗弄国权、卖国投敌的罪行，并且请求高宗处决秦桧，但高宗对李光的忠言不但不听，反而同秦桧互相勾结，打击陷害李光等主战派。绍兴十一年（1141）冬，高宗把李光贬放来琼州。他在今五公祠的双泉附近住了九年，因和胡铨赋诗唱和，继续揭露批判秦桧的无耻行径，"讥讪朝政"，从而再被贬昌化军。绍兴二十五年（1155），秦桧死后，李光才被召还，迁回郴州。后来，李光在回京的途中殁于蕲州。他的长子李孟博是进士，跟随李光南来，死在琼州。

胡铨（1102—1180），字邦衡，江西庐陵（今江西吉安市）人，谥号为忠简。他于建炎二年（1128）考中进士，绍兴五年（1135）任枢密院的编修官。他是有名的历史学家、主战派的中坚分子。绍兴七年（1137）金兵突入汴京，秦桧提出对金国议和，胡铨坚决反对。绍兴八年（1138），秦桧派其爪牙王伦出使金国，同金国勾结，并带回金国大使，大造议和舆论，胡铨便以枢密院编修官的身份上书高宗（《戊午上高宗封事》），怒斥秦桧、王伦的所谓"和议"，指责高宗"竭民膏血而不恤，忘国大仇而不报"，主张把秦桧、王伦等人处以死刑，以平民愤。胡铨还把疏文写成几份分送各处，因此朝野反对和议之论益盛。他的文章写得十分激昂和痛切，从学士"至武夫悍卒，遐方裔士，莫不传诵其书，乐道其姓氏，争愿知面，虽北庭亦因是知中国之不可轻"。秦桧受到胡铨的严厉谴责之后，恼羞成怒，给胡铨加上"狂妄凶悖鼓众劫持"的罪名，把他流放到福州，后来又把他贬到昭州（今广西平乐县）、新州（今广东新兴县），最后把他贬到吉阳军。胡铨于绍兴十八年（1148）正月渡海，在海南岛住了十五年之久，直到孝宗即位（1163）才被召回朝廷。但这时的胡铨是须发霜白的老人了。当他和孝宗见面时，双方都有一番苦心事。孝宗对他说："卿以落海南岛十多年，得不为屈原之葬于鱼肚者，实祖宗天地留卿以辅朕也。"由此可见，孝宗对胡铨是重视的。乾道七年（1171），胡铨不愿继续在投降派当权的南宋朝廷苟且，便辞官回老家著书立说。

"五公"在海南坚持斗争及其对海南岛的贡献

"五公"虽然先后被贬谪来海南,但他们并不因此放弃自己的政治主张,始终保持自己的高风亮节,继续坚持斗争,有的通过诗文来表达自己的政治理想和对时局的关注;有的向皇帝上疏,揭露投降派陷害他们和卖国投敌的罪行;有的帮助当地群众举办学堂,传播文化,宣传爱国思想,培养人才,为人民做了一些有益的事,给当地群众留下了深刻的印象。

李德裕对于自己被唐朝统治者贬谪是愤愤不平的。他从潮州前往崖州的路上写道:

一去一万里,千之千不还。崖州在何处?生渡鬼门关。(《贬崖州司户道中》)

《类聚诗话》说:"交趾有鬼门关,其南多瘴疠,去者罕得生还。"所谓鬼门关,原名天门关,在广西南流江与北流江的分水处。汉代马援攻交趾的大军,曾通过这里。在唐代,天门关仍为中原到海南岛的重要通道。李德裕写道:"五十余年车马路,无人相送到崖州。"他回忆过去五十余年过的"车马路"的生活,再想到目前的遭遇,连个"相送"的人都没有,实在使人心酸。李德裕在崖州的十多个月中,不但经常忍饥挨饿,而且连"骨肉之亲,平生之旧,皆不敢复通音问"。他的处境之艰难可想而知。年老多病的李德裕于大中三年(849)十二月便在崖州去世了,终年六十三岁。

李德裕在崖州还写了一首《望阙亭》(又名《登崖州城作》):

独上高楼望帝京,鸟飞犹是半年程。青山似欲留人住,百匝千遭绕郡城。

这首诗和他在潮州时写的"岭南无限相思泪,泣向寒梅近北枝"的情调基本上是一致的。诗人虽然远在"鸟飞犹是半年程"的崖州,但是他并没有忘记皇帝,而是经常遥望着帝京,关心着国家的命运。然而皇帝并没有同情他,而是被宦官小人所蒙蔽,不让他回京都去。他登高远眺,想到离京很远,消息不通,瞻念前途,困难重重,就连那眼前的青山也"百匝千遭",好像不让他回去一样,这不由得使他"每登临未尝不北睇悲咽"。据孙光惠的《北梦琐言》卷八记载:李德裕在崖州的著作共有四十九篇,其内容都是叙述平生之志的。

被誉为有"正气"、有"劲骨"的赵鼎,在海南岛时,曾向皇帝上表说:"白首何归?怅余生之无几,丹心未泯,誓九死以不移。"这是向皇帝表露心迹:虽然感到自己活不了多久了,但忠君抗金救国的思想并没有泯灭,即使是死上九次,也决不会改变志向。赵鼎这种宁折不弯的意志,连他的死敌秦桧也感到可怕。秦桧说:"此老倔强犹昔。"

赵鼎谪居海南三年,潜居深处,生活甚为艰苦。门人故吏慑于秦桧的权势,都不敢过问赵鼎的情况。据传,仅有广西帅张渊道赠以药、酒和面,被秦桧知道后,还受到一通指责。由于秦桧的残酷的迫害,赵鼎只好以死来明志!当他病重时,便托人去告诉家人:"桧必欲杀我,我死,汝曹无患。不尔,祸及一家矣!"临终前,他替自己写墓志铭,其中有两句铭语:"身骑箕尾归天上,气作山河壮本朝。"他告诉人们:即使自己死了也不忘记宋朝,不忘记抗金救国。要把自己的精神化作祖国的山河,使宋朝强大起来。赵鼎于绍兴十七年(1147)在海南岛吉阳军的裴氏之庐"不食而死"。他死后,"天下闻而悲之!"爱国诗人陆游谈到赵忠简这两句铭语时,叹息地说:"呜呼,不可谓伟乎!"后人又有诗赞赵鼎说:

中兴贤相推公首,远窜何当瀛岛间?九死丹心仍魏阙,千秋浩气壮山河。
可怜王业终南渡,尚令宫车未北还。为问当年诸宰执,更谁堪与济时艰。

李光谪居海南期间,曾与胡铨写诗唱和,表达他们的爱国思想和揭露投降派的罪行。李光也常"论文考史"以"怡然自适"。他虽然八十多岁了,但精力并不衰退,积极从事诗文写作。他去到昌化军城后,得郡守陈适安置于自己家府邸中的坚白堂居住,后来李光把坚白堂改名为无倦斋,自己则终日不知疲倦地写作。据《琼州府志》记载,当时昌化军的所有亭堂里都有李光的作品,如《迁建儋州学记》就是一篇很好的文章。在这篇文章里,他列举了古今的亭例,论述办学"教化、长育人才"的重要性。据记载,李光在儋州的三年时间里,积极提倡及参与办学活动,促进了当地文化教育事业的发展。"四方之士莫不奔走从事（教育）。富者乐于出财，贫者乐于出力"，因而学宫在当地纷纷建立起来。"斯学之设也，士皆激昂奋励。求师学古，讲先生之道，考六经之文，焚膏继晷，兀兀穷年。弦诵之声，洋洋盈耳。教化行于上，而风俗美于下。"（《迁建儋州学记》）由此可见，李光对海南的教育事业是有很大贡献的。李光还写了不少诗歌，如《白坚堂》：

已许携壶就绮罗，只因风雨暂经过。不辞美酒十分劝，欲听佳人一曲歌。亭上要观摩勒果，池中难惜右军鹅。使君独寝空归去，被冷风清奈客何。

这是秦桧死后，李光即将被皇帝召回去时所写的诗。这首诗反映了李光的乐观情绪，他对前途是充满着希望的，对生活是很向往的。可惜当时政治黑暗，生活艰苦，加上自己已是八旬老人，李光终究还是壮志未酬，在应诏返京的途中去世了。

胡铨回到朝廷以后，孝宗皇帝问他："卿向在海南，为诗必多。"他说："臣向居岭海时，日率作诗十数首。"（《经筵玉音问答》）胡铨谪居吉阳军裴氏之庐时，曾写了《哭赵鼎》《别琼州和李参政韵》等。他在《哭赵鼎》中写道：

以身去国故求死，抗议犯颜公独难。阁下大书三姓在，海南惟见两翁还。
一丘孤冢留穷岛，千古高名屹泰山。天地只因悭一老，中原何日复三关？

这首诗以深厚的感情，朴素精炼的语言，讴歌了赵鼎"以身去国故求死，抗议犯颜公独难"的高贵品质，生动地刻画了赵鼎像泰山一样高大的形象，还表达了诗人的爱国思想，是一首感人肺腑的好诗。

当胡铨被召还朝，将要离开琼州时，有人问他：你被贬来琼州十多年了，能改变你以前的观点吗？他坚定地回答："肯悔从前一念差？崖州前定复何嗟。"（《别琼州和李参政韵》）他知道反对秦桧一定会被排挤打压，但他始终不与秦桧之流同流合污，根本不后悔"从前一念差！"胡铨坚持爱国抗金，是一个有气节的伟人。

胡铨接近群众，热爱海南岛的少数民族同胞。他在海南岛十多年，"万山行尽逢黎母"，不怕跋山涉水的艰苦，深入五指山区，为广大少数民族同胞举办学堂，传播中原文化，受到他们的热烈欢迎和支持，他们纷纷把自己的孩子送去学堂学习文化。胡铨为海南的各族群众做了很多好事，他们是永远不会忘的。据说，在海南岛的琼中县发现了一块记有胡铨事迹的碑文。

对"五公"的评价

五公祠在国内外是很有名的。我国老一辈的无产阶级革命家董必武和陈毅同志等曾来这里游览过。他们对五公和苏公都做了正确的评价。董必武同志在他的《游五公祠》诗中写道：

苏公祠并五公祠，唐宋文人已在兹。李赵兴亡千百载，丹心尚有海潮知。

这诗告诉我们，苏公和五公都是唐宋有名的文人，他们为国家做出了贡献，为海南文化的发展做出了成绩。他们逝世已经千百载了，但他们的一片丹心是人们永远不能忘记的。

陈毅同志在他的《满江红·过海口，游诸公祠》词中写道：

海口停机，待渡海，返航北国。数琼岛，远来谪宦，飘蓬逐客。苏轼、胡铨，传雅什，赵公三李标名节。古今来，众口说琼山，多人杰。

恃正气，尚刚直。观遗札，有劲骨。虽王朝封建，不无优劣。逆境应知非不幸，南迁有助生花笔，到而今，纪念有祠堂，伴明月。

陈毅同志的这首词对"诸公"作了全面的、恰如其分的评价。陈毅同志认为，"诸公"都是"人杰"，他们在同宦官、投降派、侵略者的斗争中，坚持正气，反对邪气，坚持抗战，反对投降，为国家和民族做出了贡献。如"赵公三李"为国家民族的利益，为了"名节"，敢于坚持真理，同投降派作斗争，特别是赵鼎，坚守"名节"，宁折不弯，宁愿"不食而死"，这真可谓"千古高名屹泰山"。他们谪居海南期间，还积极"传雅什"（传播中原文化），对当时还很闭塞落后的海南起了"启明文化"的作用。他们被贬来海南岛，虽然"行止非人十载梦"，是十分痛苦的，但是"此行所得诚多矣"（胡铨诗句）。逆境

"有助生花笔",使他们写出了不少脍炙人口、"有劲骨"的诗文,如李德裕的《望阙亭》、赵鼎的铭语,胡铨的《戊午上高宗封事》上表和《哭赵鼎》等。

历史已翻开新的一页,"海南第一楼"将迅速恢复她的风采,变得更加美丽巍峨。"到而今,纪念有祠堂,伴明月",五公的高风亮节将永远烙印在人民的心中。

海南首屈一指的历史文化名人白玉蟾[①]

1983年冬，在广东省茂名市召开的全国冼夫人学术交流会上，广东省民族研究所所长刘耀荃先生送给我一本由台湾宋白真人玉蟾全集辑印委员会编辑出版的《宋白真人玉蟾全集》，我很高兴。这是他对我撰写《漫话冼夫人》一文的嘉奖：他希望我以后研究白玉蟾的生平和学说。但是由于公务在身，我一直没空打开该书。退休之后，又由于杂事多，还是没时间打开该书。去年初，我身在澳大利亚，从网络上看到了由海南中野旅游产业投资有限公司筹建的、规模宏大的"玉蟾宫"，巍然屹立于海南省定安县的文笔峰下，我感到无比兴奋！去年底，我回海南老家，亲自到玉蟾宫参观，感想良多。今年春节后，我下决心读白玉蟾的书，把我对白玉蟾的认识写出来，以请教于诸位专家。

白玉蟾，原名葛长庚，字如晦，号海琼子（当然他还有很多号，这里就不一一指出来了）。宋光宗绍熙五年（1194）甲寅三月十五日是白玉蟾出生的日子。[②] 他出生于琼州琼山县五原都显屋村（在今海口市琼山区美安镇）。海南著名文化人王梦云的《白玉蟾故里考》称，"村之周围面积约十亩余，有古老房屋数十间存焉，步入屋、巷，地底有音，如老龙吟。庭院木瓜丛生，高可丈余，瓜熟累累，摘以解渴，味甚鲜美。该村位于老城九曲涧上游，坐东朝西，地势平坦，山川奇秀，登临不胜兴怀古之幽情。翌日，复游于老城东市，而市朝变迁，陵谷圻墟，仅存石碣一道。文曰'白玉蟾故里'"。王梦云先生这篇文章写于1927年，距白玉蟾出生的时间已有733年了。他笔下的白玉蟾故乡，跟白玉蟾生活的年代相比，市镇、屋宇、街道、田园、陵谷已有很大的变化，但是人

---

① 2009年5月19日写于广州中山大学康乐园，2009年10月28日修改于悉尼。2022年5月31日星期二再审读修改。

② 白玉蟾弟子彭耜所作的《海琼玉蟾先生事实》："先生姓葛，讳长庚，字白叟。先世福之闽清人。母氏梦食一物如蟾蜍，觉而分娩。时大父有兴，董教琼馆，是生于琼，盖绍熙甲寅三月之十五日也。"而清代彭翥撰写的《神仙通鉴白真人事迹三条》则称玉蟾生于绍兴甲寅年，即绍兴四年（1134）。比较之下，彭耜的记载更为可信。

文景观永存,"白玉蟾故里"石碑还在,山川还是奇秀。白玉蟾年幼时很不幸,祖父葛有兴和父亲葛振业相继去世,原来一个好端端的书香人家,从此家破人亡。母亲被迫改嫁到澄迈县老城区东市的白氏人家,葛长庚因为年幼,不能独立生活,也跟着母亲到了白氏人家,从而也把姓名改为白玉蟾。古人认为,月亮里有玉兔与蟾蜍,简称玉蟾,"蟾蜍为月亮之精"。传说葛长庚出生之前,其母梦见"蟾蜍",所以为其取乳名叫玉蟾。这就为白玉蟾以后幻想成神仙、能升天或追月作了预示。

海南是个移民岛,秦汉以来,历代统治者不断动员大陆汉人,尤其是有文化的汉人移民来海南岛。葛长庚的祖父葛有兴是其中之一。他祖籍福建闽清,精通儒、道等中华文化艺术,善于书画,是移民来海南从事文化艺术教育工作的。他在教育别人的同时,也教育好自己的孙子。葛长庚生长在这样的书香门第家庭里是非常幸福的。由于家庭教养好,葛长庚从小就很聪明、灵敏、智力超凡,七岁能赋诗,开口能背诵"九经"(儒家奉为经典著作的九种古籍)。他天真活泼,才华出众,"自幼慕长生久视之道,喜飞腾变化多端之术","及长,文思洋洋,顷刻数千言立就"①。

玉蟾的成才,除了得益于良好的家庭教育外,就是受社会环境的影响。白玉蟾青少年时,生活于五原都和老城一带,那里从秦汉以来一直是海南和大陆的交通要道,历代统治者非常重视那里的港口开发与建设。大陆的先进人才、经济和文化登岛之后,首先就在那里进行交流和传播。比如,在梁、陈、隋三代,冼夫人开发海南时就很重视开发老城一带的港口。唐、宋时期的著名人物李德裕、苏东坡、赵鼎、李刚、胡铨和李光等人被贬来海南时,也多数从老城海边一带进出。他们在海南岛的所到之处,都不同程度地留下了他们的历史文化踪迹,对当地产生了不同程度的影响,尤其是苏东坡。苏东坡既是一位儒家学者,也是一位道家学者。他说:"平生学道真实意,岂与穷达俱存亡。"(《吾谪海南,子由雷州,被命即行,了不相知,至梧乃闻其尚在藤也,旦夕当追及,作此诗示之》)可见他无论是处于穷困还是发达,都要坚持钻研道学。他在海南期间,对他的学生既进行儒家思想教育,也进行道家思想教育。他离开海南之后,他的思想与风范对海南的后辈影响依然很大。比如,他对南宋白玉蟾的

---

① 《宋白真人玉蟾全集》,第 2-3 页。

影响是不浅的,这从白玉蟾的著作中可以看出来。白玉蟾几乎每次造访苏东坡的足迹,都会记起苏东坡,有时还写诗应和。比如,他的《次韵东坡蒲涧寺二首》其一云:

陈踪行览寺门前,自取椰瓢酌冷泉。山下果然无白地,涧中尽自有青天。更谁识得安期事,且去参他景泰禅。冠盖如云自来往,如今何处有神仙?①

苏东坡曾称自己是"神仙",所以,白玉蟾在这里便提出找寻"神仙"苏东坡,而实际上,他是在缅怀苏东坡。苏东坡游长江赤壁时,写下了著名的《念奴娇·赤壁怀古》。白玉蟾到了赤壁,也写了《武昌怀古十咏·赤壁》:

不说江山笑老权,尽称造化戏曹瞒。飞鸟绕树孤回首,断戟沉沙怒激湍。豪杰已随霜叶尽,兴亡尽付浪花翻。画堂莫唱坡仙赋,战骨草中吟夜寒。②

这首诗开头叙说三国时期的魏吴战争,悼念死去的战士,但笔锋一转,白玉蟾却希望大家不要吹奏坡仙前后《赤壁赋》的幽怨、悲观、游仙情调,而应该正视宋金战争、缅怀"战骨草中吟夜寒"的英灵。

琼山的五原都和澄迈的老城,其名胜古迹是不少的,比如澄迈老城的佛教永庆寺等。据2009年4月20日南海网"澄迈新闻"报道,苏东坡当年也到访过永庆寺。由于苏东坡是道教徒,也是佛教徒,他把道教的理念融合到佛教中去,因此他在永庆寺以佛学开辟了另一种人生路径,找寻到了内心的和谐。可以肯定,永庆寺的佛教文化对白玉蟾是有影响的。近年来,澄迈县政府为弘扬传统文化,纪念苏东坡,重建了规模宏大的永庆寺。2009年4月21日,永庆寺举行了开光典礼。在仪式上,播放了著名导演周镇的梵音《佛缘永庆》。周镇说,他创作《佛缘永庆》的灵感,是来自苏东坡的艰辛历程和生活斗志,于是,《佛缘永庆》便一气呵成。虽然前贤早已作古,但是他们的音容笑貌还在。比如,从苏东坡头戴竹笠、脚穿木屐、步行于海南的大地上这一栩栩如生的形

---

① 《宋白真人玉蟾全集》,第229页。
② 《宋白真人玉蟾全集》,第214页。

象（后人将之绘画成《东坡先生笠屐图》），到"千古蓬头跣足、一生服气餐霞、笑指武夷山下、白云深处吾家"的白玉蟾生动形象，永远缭绕在人们的脑海中。故王梦云先生登临五原都和老城时，曾发出感叹"登临不胜兴怀古之幽情"。虽然白玉蟾二十多岁就离开了琼山，最终逝世于武夷山，但是琼山乃至海南的社会人文环境，一直影响着他的成长。

话说，一方水土，养一方人。白玉蟾故乡的自然环境是优美的，那里人杰地灵，是一块风水宝地。王梦云先生在《白玉蟾故里考》中写道："步入屋、巷，地底有音，如老龙吟。"此句描述得很生动，但这只是王先生的想象，现实生活中并没有这种现象。王先生特意指出，在那里的地底下有"卧龙"。言下之意是说，那里是一片"龙脉"——风水宝地。这就使我想起，我们中国是龙的故乡，我们中华民族是龙的传人。白玉蟾出生在龙的故乡，他必定是龙的传人。他长大之后，必定像龙一样，有腾云驾雾的本领和气贯长虹的魄力。他一定能战胜艰难险阻，在祖国各地施展才华，为中华民族做贡献。我应该在这里再补充一句：中国不但是龙的故乡，而且是虎的故乡；中华民族不但是龙的传人，而且也是虎的传人。[①] 我读了白玉蟾的书，思考他的人生征途，就觉得，他不但像一条龙，而且像一只虎。从白玉蟾走遍中国东西南北的山山水水，就可以体会到他的龙虎精神了。白玉蟾的家在老城九曲涧的上游，地势平坦，土地肥沃，物产丰富，是鱼米之乡。离他家乡不远处，有奇异的石山火山口自然景观，再远一点，就有巍峨的黎母山、白石岭、松林岭、文笔峰和风景优美的万泉河等。据史料记载和民间传说，白玉蟾青年时，都到过那些地方。比如，海南著名文化人王万福先生说，白玉蟾"初养真于海南乐会白石山，后旋澄迈松林岭，自得陈楠之传，遍游天下名山，其对海南及南方各省道教之影响甚大"[②]。白玉蟾到黎母山寻师问道，"遇仙人授洞元雷法"，传说，他掌握了这种"雷法"，就能叫天下雨，给大地带来生机。不过传说归传说，事实归事实。事实证明，正是海南这块美丽的山川和肥沃的田野，培育出了海南土生土长的一代伟人、一代真人（宋朝以后，称修真得道者为真人），南宗五祖，海南有史以来首屈一指的文化名人白玉蟾。"根据道书之脉络，王重阳（喆）创立之

---

① 参见汪玢玲《中国虎文化》。
② 王万福：《海南开拓史论集》。

全真教源于钟离权、吕洞宾之金丹道。唯据全真祖庭之历史承传,全真教由吕洞宾而下,划分南北二宗:南宗由刘海蟾而后,张紫阳授石泰、泰授薛道光、道光授陈楠、楠授白玉蟾、玉蟾授彭耜;北宗由吕洞宾传于王喆,喆授马钰、谭伯玉、刘长生、丘处机、王玉阳、郝大通及孙不二,是为七真人。"① 南宗传承到白玉蟾就是第五代了,所以白玉蟾是南宗五祖。

白玉蟾从幼年起,就胸怀雄心壮志。这从他的《少年行》中可以看出来:

寸心铁石壮,一面冰霜寒。落叶鬼神哭,出言风雨翻。
气呵泰山倒,眼吸沧海乾。怒立大鹏背,醉冲九虎关。
飘然乘云气,俯首视世寰。散发抱素月,天人咸仰观。②

这首诗,反映了白玉蟾气贯长虹、有回天的力量。他要做大自然的主人,干惊天动地的事情。比如,他要到月球上去,让天下的人都来仰头观看他。为了实现美好理想,他脚踏实地,刻苦读书,掌握学问。他十二岁(一说十岁)就到广州去应童子科(一说应琼山童子科),被时人认为神童。当时的士大夫欲以异科推荐他,主考官命题《织机》,他马上就应道:

大地山河作织机,百花如锦柳如丝。虚空白处作一匹,日月双梭天外飞。

这首诗通俗易懂,文字清丽、潇洒,毫不含蓄,意义深刻,富有哲理,想象力丰富。这"织机",不在一个人的家里,而是在天地之间。它不是小机,而是大机,像天地一样大。短短的四句诗,就把广袤的大地和辽阔的天空紧密地交织在一起,编织出了百花如锦、柳如丝的"花布"。这首诗体现了白玉蟾年纪虽小志气却大,体现了幼年的白玉蟾就有"天地一体""天人合一"的深邃思想。但是,有政治偏见的主考官看了这首诗之后,却认为白玉蟾"意其狂",未录取他。由于初踏仕途就受到挫折,因此白玉蟾对现实十分不满,决心弃"儒"(仕途)学"道"(道教)。

---

① 邝国强:《全真北宗思想史》,中山大学出版社1993年版,第25页。
② 《宋白真人玉蟾全集》,第117页。

有人问白玉蟾，你为什么会去修道呢？他说："吾中国人也，生于中国，则行中国之道理也！若以夏变夷，背天叛道，吾不忍也。禅宗一法，吾尝得之矣。"① 白玉蟾对儒、释、道三教的学说都有研究，但是他主要是学道，走道教的道路，可见他"行中国之道"的态度是多么鲜明，立场是多么坚定。他之所以如此，是受唐代韩愈的影响。韩愈在《谏迎佛骨表》中猛烈地抨击佛教思想，热烈地提倡儒家正统思想，触怒了唐宪宗，几乎被杀，最后被贬到潮州。这在唐代乃至宋代的政治思想界都有深刻的影响。白玉蟾是一位有血气的中国知识分子，他自然会这样选择。

众所周知，道教是中国"土生土长的宗教"，也是"中国文化的综合体"，道教"不但是中国文化的根源，也是远古以来中国文化的总称"。因为中国文化代表了中国人，所以要了解中国人和中国文化，可以从研究道教入手，因为道教能在很多方面反映中国人和中国文化的特点。鲁迅说："中国根柢全在道教……以此读史，有多种问题，可迎刃而解。"② 又说，中国人"往往憎和尚，憎尼姑，憎回教徒，憎耶教徒，而不憎道士，懂得此理者，懂得中国大半"③。由此可见研究探讨道教的重要性。中国人憎恨外来宗教的教徒，而不憎"道士"，这是符合中国国情的，前引白玉蟾的话就最有代表性。中国的道教形成于东汉，盛行于唐宋。唐朝的皇帝把道教定为国教，唐高祖李渊在武德八年（625）颁布《先老后释诏》，说："老教，孔教，此土此宗，释教后兴，宜尊客礼。令老先，次孔，末后释。"宋人继承了唐人的崇道传统，先老，次孔，后释。比如白玉蟾写道："家居琼馆海山隅，肚里包藏三教书。"④ 他三教兼修，但还是把道教放在第一位，认为只有这样，才不"背天叛道"，即不违背君王和祖先。

道教追求的是得道成仙，而成为神仙的一个方法是服用道教的灵丹妙药。于是，宋代的统治者和唐代的统治者一样，都积极炼丹服药，希望成为神仙，长生不老。于宋代，"道教在统治者的支持下，如鱼得水，大造宫观，教派林

---

① 《宋白真人玉蟾全集》，第 769 页。
② 《致寿裳》，《鲁迅全集》，人民文学出版社版，第 353 页。
③ 《杂感》，《鲁迅全集》，人民文学出版社版，第 532 页。
④ 《宋白真人玉蟾全集》，第 225 页。

立，出现了空前繁荣的景象。信徒不仅人数众多，而且虔诚异常……又如宋徽宗，不仅大建宫观，令天下洞天福地都修建宫观、塑造仙像，给神仙封号，而且听信道士林灵素的谎言，认为自己是神霄玉清王下凡……统领全国的最高统治集团成了下凡神仙的天下"①。自汉唐以来，随着汉族不断移民到海南，于是道教也逐渐传遍全岛。但是，由官方规定的"正统"道教还是始于北宋。正如海南文化名人王万福先生所说的："海南之有道教，始于宋真宗年间。真宗自澶州之役，行成于契丹，民心鼎沸，乃设为天书诰命之说，于京师起上清应昭玉皇宫，诏天下各州建天庆观，广扬道教。海南各州天庆道观，均于是时奉诏建置。据王象之《舆地纪胜》称：'琼州天庆观，在琼州城北，儋州天庆观，在儋州城东，万州天庆观，在万州城东。'……迨徽宗朝竟自号道君，置道士于僧侣之上。宣和元年秋，起神霄万寿宫于京师，诏天下各州县建玉皇庙，自撰神霄万寿宫碑记，颁赐天下州县道观摹勒立碑，用衍道教。海南琼山城内玉皇庙之宣和玉碑②，即为当时奉勒石碑，亦为海南之最古之石刻。由此道观遍及州县，道士深入农村。"③从王先生这段文字的介绍可见，在宋代的海南，道教已遍及城镇与农村。白玉蟾在道教气氛浓厚的海南生活了25年才到大陆去寻师学道。他在《翠麓夜饮序》中写道：

戊寅④之春，清明后三日，有客白玉蟾来自琼山，游于庐阜之下……从者二百，指问蟾溪主人之居，饮翠麓华亭之上。天垂平野，玉霄可扪。月堕华林，苍松不籁。翠筠无影，草萤斗灯，田蛙作市……众赏饮罢，陈刀圭歌黄宁羽融之章，詹紫芝作崆峒虚步之声，杜憩霞拍手而舞，洪真静隐几而酣，王玉华醉而归。

在这里，白玉蟾生动地描写了二百名学道的青年欢聚庐阜之下，载歌载舞，从白天玩到晚上。他们有的饮酒、唱歌和跳舞，有的酒醉酣睡，有的吟诗作对，

---

① 郑士有、王贤淼：《中国城隍信仰》，上海三联书店1994年版，第106页。
② 该碑今保存在海口五公祠内。
③ 王万福：《海南开拓史论集》，第10页。
④ 宋宁宗嘉定十一年戊寅，即公元1218年。

其乐无穷。"白玉蟾乃作《清夜吟》,其辞曰:'……风萧萧兮吹我衣,露泛泛兮滴我襟。望故人兮千里,思归兮伤心。'"这段唱词生动地表达了白玉蟾离别了亲人来到异地他乡所感到的悲凉与苦涩。他吟毕,主人周元礼等人又劝酒,他说:"勉吾饮,众宾亦饮。宾主相酬,情怀相忘。欲寐不寐,欲语不语,欲饮不饮。"于是起而歌曰:"吾家琼山万里遥,白杨青草几春秋。"他来到大陆,时刻都在想念故乡的一草一木,想念着他在海南生活的岁月。从白玉蟾的"吟"与"歌"中,可见白玉蟾并不是个只顾追求理想信仰,而忘记家乡的人。他是个有血有肉有感情的人,他对家乡和亲人是十分怀念的。白玉蟾最后歌曰:

人生何事愁?三万六千日,醉乡忘百忧。蓬莱方丈骑青牛,香穗熟,灯花残。睡魔踵门,同入华胥,以访羲皇过南柯,以期钟吕及日之明也。询乎庄周,吾生如是,吾死亦如是。况乎夜饮也夫?

在歌中他总结说,在人的一生中,忧愁是免不了的,只有在醉乡中才能忘记。而且,只能在梦中去过自己的神仙生活。最后他还表明:自己一生所要学的是庄周的思想,一生所向往的是钟离权和吕洞宾那样的神仙,永远和太阳一样光明。但是能否真的成仙,这还是个谜。他认为自己所追求的可能还是一场梦。从白玉蟾的身上,可以窥见宋朝一代青年的生活缩影。

白玉蟾之所以信仰道教,除了社会对他的影响外,我想,也可能是家庭的不幸遭遇给他造成刺激。自从有人类社会以来,人人都是期望自己的生命在不断地延伸,白玉蟾也不例外。比如他"自幼厌秽风尘,淡泊名利,慕长生久视之道……从性命根源上落脚"[1]。然而,白玉蟾的父亲却是英年早逝。白玉蟾认为自己不能像父亲一样,早早就结束自己的生命,应该向道家学习养生之道,使自己成为仙人,长生不老。于是,他"参究性命之旨,师翠虚泥丸陈先生,而学其道焉"[2]他被后人称为"素有志于性命之学者"[3]。白玉蟾胸怀大志,包容天下,他希望在学道的路上,能炼出灵丹妙药,"以药济人""济人利物",

---

[1] 《宋白真人玉蟾全集》,第9页。
[2] 《宋白真人玉蟾全集》,第2页。
[3] 《宋白真人玉蟾全集》,第4页。

使天下的人都能长生不老。他说:"吾一身即天地,天地即吾一身;天下之人即吾,吾即天下之人。不分人我,方是入道之器,倘少分芥蒂,即差失本来。"①这里所体现的理念,是天与人是合一的;天下的人是一家的;你中有我,我中有你;我所想要的,也是别人所想要的;我要求别人对我公平、宽容和尊重,别人也一定会要求我对他公平、宽容和尊重;我希望长生不老,天下的人也会像我一样,希望长生不老。所以,白玉蟾认为,人要将心比心,努力做到心心相通,"己所不欲,勿施于人"。白玉蟾这种包容天下的思想,代表了中国人对世界和平与社会和谐的美好追求,代表了中国人的美德。由此可见,白玉蟾潜心学庄周,追求得道,并不仅为自己,而是为天下之人。

2009年4月2日,中国中央电视台中文国际频道《国宝》栏目介绍了宋代的红绿艺术彩陶俑,其中有的彩陶俑身上刻印有"天下一家人"五个字。这与白玉蟾的"天下不分人我"的文化内涵是一致的。可见宋代道家的"不分人我"的思想影响之深。"不分人我",这是白玉蟾倡导的和谐社会的主导思想,也是中国道教的主导思想。宋代阶级矛盾和民族矛盾日益激化,人民期望有一个和谐、安乐的社会,天下"不分人我"和谐相处,这是广大人民的共同呼声与祈求。"宋代新儒学崛兴,他们讲的是万物一起之道,故说'民吾同胞,物吾与也。'他们的工夫,则从存天理,去人欲入手。他们都抱着'先天下之忧而忧,后天下之乐而乐'的胸襟。他们全是具有清明的理智而兼附有宗教热忱的书生。"② 我想,白玉蟾就是属于这类书生。

白玉蟾为了学好老庄学说与《周易》的学说,他从幼童时代起,就刻苦读书。"予有十有二,即知有方外之学,已而学之。"③ "余求仙道五十余年,三教经书,涉猎万卷。"④ 他努力做到"世间有字之书无不经目,人可能者,吾能之"⑤。白玉蟾在学道教的征程中并不是一帆风顺的,他遇到过各种各样的思想干扰和路途艰难。他在《白紫清原序》中说:

---

① 《宋白真人玉蟾全集》,第592页。
② 邝国强:《全真北宗思想史》,中山大学出版社1993年版,第19页。
③ 《宋白真人玉蟾全集》,第66页。
④ 《宋白真人玉蟾全集》,第27页。
⑤ 《宋白真人玉蟾全集》,第20页。

玉蟾尝思仙道，深究精微，览诸经典，寻求玄奥，亦有年矣。或有指予弃妻室而孤修者，或有指予入深山而求寂静者，或有指予用水火而炼药者，或有指戒荤酒而斋素者。杂径纷然，终难入道。使予辗转反侧，寤寐无眠。苦心费力，功愈勤而心愈焦，步更进而路更迷，无如之奈何！后遂抛家，奋志游太华山浮丘观及诸洞天，参访明师，终无所遇。又至山东，拜求太虚仙师，不耻恳切，方得还丹口诀，始知道在目前，不远人也。只奈世迷路失，不知返还……真人云："此般至宝家家有，只是遇人识不全。"后之学仙道友，正好参此妙意。何必登山涉水，弃子抛妻，断荤戒酒，辟谷清斋，都是胡为，玄道远矣。岂不观《易》云："一阴一阳之谓道，偏阴偏阳之谓疾。"有阴无阳，若春无冬；阴阳配合，方成圣道……修炼还丹，跳出樊笼，亦蟾之愿也。①

白玉蟾经过多年的实践，终于明白了过去那些"弃子抛妻""登山涉水"等行为"都是胡为"！他希望道友们今后要好好领悟《周易》有关"阴阳配合"等的学说，跳出思想"樊笼"，勿走老路，像他这样，落得"千古蓬头赤脚，一生伏气餐霞。笑指武夷山下，白云深处吾家"②。白玉蟾呼吁"后之学仙道友"们不要为了悟道而离家出走，不要"离弃世俗的怀抱"，要"以积极、热诚之救世利他的精神宣扬教理，感化人心"③。这就是他的最大愿望。白玉蟾在学道的过程中，抛弃秦汉以来的老传统，开辟出了一条新的道路。这就是，按照"此般至宝家家有"的理念，在家里好好学习庄子的《道德经》和《周易》。他轻视外丹，注重内丹的修炼，即强调内心的修养。他认为只要这样，就可以把道教的真谛学到手。他的主张受到广大道友的欢迎，使道教的思想更加广泛、深入地传播到群众中去，并且渗透到民间信仰之中，使南宋以后的道教发展出现了新的局面。这是他对道教全真派南宗的一大贡献。万泉河两岸和大陆一样，广泛存在着民间信仰活动，比如祭祀祖先，奉祀城隍庙、村庄庙和军坡节等。据我观察，在万泉河两岸的民间信仰活动中，有一些活动就杂糅了儒教、道教和佛教的元素，比如民间俗称"作佛"的活动等。

---

① 《宋白真人玉蟾全集》，第27页。
② 《宋白真人玉蟾全集》，第14页。
③ 邝国强：《全真北宗思想史》，中山大学出版社1993年版，第176页。

宋代全真派的北宗和南宗最崇拜的道教人物是钟离权和吕洞宾，这两人都是全真教的始祖与偶像。真人钟离权，"姓钟离名权，后改名觉，字寂道，号和谷子，一号正阳子又号云房先生，燕台人也。父列侯至云中府。生仙诞之时，异光数丈，状若烈火，侍卫皆惊。真人之像，顶圆额广……如三岁儿童，夜不哭不食……其音如钟，行如奔马，童稚莫之能及。及壮，仕晋为大将，统兵出战西北土藩，两军交锋，忽天大雷电，风雨晦冥，人不相见，两军不战自溃。真人独骑奔逃山谷，迷失道路"①。关于钟离权的身世与神奇，众说纷纭，这里就不一一介绍了。

吕洞宾，名严，字洞宾，号纯阳子。他是山西永乐县（今芮城县）人，生于唐德宗贞元十四年（798）四月十四日。他曾两次考进士未被录取。他成道，是拜钟离权为师的。有一次，钟离权教他煮黄粱，他在炊事间做了一个梦，梦见自己中了状元，迎娶富家女子，生儿育女，过着荣华富贵的生活，后来遭殃，幸福家庭破灭了。他醒来才意识到这是"黄粱一梦"。之后，吕洞宾便跟着钟离权上山修道了。吕洞宾得道后到处游历，曾在淮水上斩杀一条兴风作浪、残害百姓的蛟精。他在岳阳辛氏的酒店里白喝了半年酒，分文不给，其意是考察辛氏是否乐意施善。后来他发现辛氏乐善举，便在酒店墙上画了一只鹤。只要来店喝酒的客人喊一声"鹤！"鹤就从墙上飞出来，同客人玩耍，跳各种美妙的舞蹈。这消息传开了，来辛店喝酒的人就越来越多了，从此辛氏就逐渐发大财了。②

由于吕洞宾是唐朝著名的道教人物，道教又是唐朝的国教，于是吕洞宾的故乡芮城县就建了一座"吕公祠"，宋朝改为"吕公观"，元朝毁于大火，后又在原地建"大纯阳万寿宫"，后改为"永乐宫"（这名称沿用至今）。"永乐宫"是山西著名的古迹。20世纪60年代初我在山西工作时，就曾到永乐宫参观，记忆犹新。据记载，自唐末宋初以来，不但在全国各地有吕祖祠，而且有些道教信众还在家里供祀吕祖。正如陆游《吕真人赞二首（其二）》所云："天下家家画吕公，衣冠颜面了无同。"传说，白玉蟾的祖父葛有兴就很崇拜吕洞

---

① 邝国强：《全真北宗思想史》，中山大学出版社1993年版，第30页。
② 以上有关吕洞宾的一些资料，是引自殷登国先生的《中国神的故事·孚佑帝君吕洞宾》（台湾世界文物出版社1994年版）。

宾，并画了吕洞宾的像挂在家里，逢年过节都要奉祀吕祖。"结冈义丰是一位对中国民间宗教信仰素有研究的日本学者，他认为：成为民众神的吕祖——与民众合为一体的吕祖。他是与民众关系最密切，而且与民众合为一体的神仙。他随时都和群众在一起，并且活在他们心中……在中国民众信仰中……以吕祖最有代表性。"①"吕纯阳从道家正统修炼神仙丹道的途经，吸收魏晋以后而至隋、唐之间，佛家禅宗修养的长处，建立唐以后丹道修炼的中心体系，永为世法，使道教在后世的价值，为之提升不少。同时也使道家学术思想，普遍流传到中国民间社会，乃至后来弘扬到亚洲各区。"②关于吕洞宾的历史记载与民间传说很多，这里不再赘述。

白玉蟾很崇拜钟、吕二祖，尤其是爱读吕洞宾的书。他得到吕祖的书，如获至宝，认真拜读，收获不少，并为吕祖的《指玄篇》作序，畅谈了自己的想法。他在《白紫清原序》中写道："蟾又幸览仙师纯阳翁《指玄篇》，不胜喜悦。于歌诗之下，添一注脚，将仙师隐秘真机，重宣大露，而遗之后之同志。宿有因缘，得览此书，慎勿轻慢毁渎，务必信而敬之，爱而藏之。"③前面说过，吕洞宾继承道教传统，吸取了唐代有几位皇帝因服吃丹药而致死的经验教训，改进炼丹方术，讲究炼丹质量，建立了比前代更先进的"丹道修炼中心"，提高了道教的地位，使道教不但深入中国民间，而且传到国外。白玉蟾继承了吕祖的优良传统，大胆创新。他提出，对道教的旧传统要改造，要打破"樊笼"，走革新的道路。比如，白玉蟾在《白紫清原序》中指出，"成真"的"此般至宝家家有，只是愚人识不全"，因而有志于悟道之人"宿有因缘，得览此书"后，要爱护它，收藏它，拜读它，从中吸取精神财富。

信仰道教的理想境界是得道成仙。究竟天下有没有神仙？客观事实的回答曰：否！成为神仙只是古人的一种美好理想而已。古人幻想奔月，能顷刻千里。比如有一对话："吾子从仕数千里，安得至此？许氏曰：彼已得仙道，能顷刻千里。"④又据传说，有一古人，从北京一下子飞到扬州；海南也有一古人，一下

---

① 邝国强：《全真北宗思想史》，中山大学出版社1993年版，第39-40页。
② 邝国强：《全真北宗思想史》，中山大学出版社1993年版，第38页。
③ 《宋白真人玉蟾全集》，第27页。
④ 《宋白真人玉蟾全集》，第44页。

子就飞到北京。这类神话和仙话比比皆是。古人的幻想，在科学不发达的古代是不能实现的。所以白玉蟾的观点是：

我生不信有神仙，亦不知有大罗天。那堪见人说蓬莱，掩面却笑渠风颠……世传神仙能飞升，又道不死延万年。肉既无翅必坠地，人无百岁安可延？《必竟恁地歌》①

我到人间未百年，恰如顷刻在三天。向来我本雷霆吏，今更休疑作甚仙。《曲肱诗二十首（其五）》②

这回空过二十年，肉重不能飞上天。抖擞衲头还自笑，囊中也没一文钱。《曲肱诗二十首（其十六）》③

不识看经不坐禅，饥来吃饭困来眠。仪皇若不开清眼，却是凡夫骨未仙。《曲肱诗二十首（其十八）》④

三十六峰真绝奇，一溪九曲碧涟漪。白云遮眼不知处，谁道神仙在武夷。《九曲棹歌十首（其一）》⑤

霍童山在闽之隅，天下第一神仙都。神仙渺茫不可见，桑田沧海几迁变。《觉非居士东庵甚奇观玉蟾曾游其间醉吟一篇旧风以纪之》⑥

这些诗句表达了白玉蟾对神仙的看法。几十年来，他走遍了大江南北、天下名山，甚至道教的圣地和"神仙都"，都找不到神仙。既然天下不存在神仙，自己也不可能成为神仙和上天了，何况自己还是"雷霆吏"呢！最后他只能哀叹：我之所以不能上天，是因为我"肉重"罢了。他决定"屏去妄幻，独全其真"。作为修道之人的白玉蟾，能有这样的见识，真的了不起！当然，白玉蟾对自然科学知识的认识是有一个过程的。起初，他也认为在人间是有神仙存在的，比如在他所作的《旌阳许真君传》中，许真君就是这样一位"活神仙"。

---

① 《宋白真人玉蟾全集》，第310页。
② 《宋白真人玉蟾全集》，第242页。
③ 《宋白真人玉蟾全集》，第243页。
④ 《宋白真人玉蟾全集》，第244页。
⑤ 《宋白真人玉蟾全集》，第248页。
⑥ 《宋白真人玉蟾全集》，第183页。

白玉蟾思考，既然如此，找不到理想的神仙，那究竟什么是"道"？怎么样才能学好"道"？怎样才能使自己和大家延年益寿？最后他得出结论："岂不观《易》云：'一阴一阳之谓道，偏阴偏阳之谓疾。'有阴无阳，若春无冬；阴阳配合，方成圣道。"白玉蟾告诉我们，一阴一阳就是"道"，如果偏离阴与阳，就会生病。一年四季中有春夏秋冬，这是正常的自然现象，缺一不可。只有阴阳配合，才是最理想的"道"——合乎人类生存与自然规律，即道法自然。关于阴阳学，白玉蟾在《阴阳升降篇》中还有精辟的论述：

天以乾道清轻而在上，地以坤道重浊而在下，元气则运行乎中而不息。在上者以阳为用。故冬至后，一阳之气自地而升，积一百八十天而至天，阳极而阴生。在下者为阴用，积一百八十日而至地，阴极而阳生。一生一降，往来无穷。人受冲和之气，以生于天地之间……阴极阳生，阳极阴生。昼夜往来，亦有天地之升降。①

他说，天是阳，地是阴。阴极阳生，阳极阴生，不断循环，不断地运动。人就在这天与地之间的环境中，依靠"冲和之气"（氧气）生存。成人和胎儿一样，都通过呼吸系统，吸收天地间的氧气赖以生存。即使是胎儿在母体中，也是通过"脐蒂"同母亲一同呼吸，赖以生存。这"乃是长生久视之道"。

白玉蟾是宋代海南乃至中国南方杰出的哲学思想家，也是有贡献的阴阳学家。正如清代一琼山县官员说："然真人为道之正宗，亦琼之特产。"② 白玉蟾发挥了《易》的思想，进一步解释了自然界生物起源和如何延伸自然界生命的问题，那就是，必须做到"阴阳配合"。

"在中国古代哲学中，把阴、阳看成是宇宙万物生生不息的二重作用力，大至宇宙自然，小至一草一木，都是阴阳化生的结果。如《易经·系辞下》云：'天地絪缊，万物化醇，男女构精，万物化生。'又如《荀子·礼论》中说：'天地合而万物生，阴阳接而变化起。'依此道理，提出了'一阴一阳之谓道'，将阴阳的无穷变化、阴阳的消长（从不平衡到新的平衡）视为宇宙运行的基本

---

① 《宋白真人玉蟾全集》，第 104 – 105 页。
② 《宋白真人玉蟾全集》，第 7 页。

规律……道家的'人法地，地法天，天法道，道法自然'思想，都与此有极为密切的关系。可以说，阴阳学说是中国先秦哲学形成的重要基础，当然它也贯穿中国古代哲学史的始终，对中国古代社会产生过极大的影响。……阴阳是中国哲学最主要的范畴之一。它最初的含义是日光向背，向日为阳，背日为阴。随着思想的发展，阴阳所包容的事物不断丰富，如生命体中雄性为阳、雌性为阴，气候变化的暖热为阳、寒冷为阴，自然界中天为阳、地为阴，人伦关系中父为阳、子为阴、夫为阳、妻为阴，社会关系中君为阳、臣为阴等等，继而又出现了'阳尊阴卑'的观念，凡尊者皆为阳、卑者皆为阴。总之，按照阴阳学说，宇宙间的一切事物、一切现象都可分为阴阳两大阵垒，而且每一事物、每一现象本身也都包含阴阳两大因素，如男性为阳、女性为阴，生者为阳、死者（鬼）为阴。在中国哲学中，非常强调阴阳的整体性和平衡性，阴阳构成事物的整体，缺一不可……'以此会合，乃谓天平地成矣'。缺阴或缺阳，阴盛阳衰或阳盛阴衰，都会造成严重的后果。"可以说，郑土有和王贤森两位先生的话，很概括地阐明了白玉蟾的"阴阳配合，方成圣道"的理论。关于阴阳的学说，白玉蟾还说：

　　人禀一以生，一存而存，一亡而亡。守一不离，乃可长生。此一非顽空之一，不落有，不落无，不落上下四傍，不偏不倚，乃性命二字。真阴真阳而成，分之则为两仪，合之则为太极。太极从无极中来。此一点灵光，生在无极之中。如黍米玄珠，故曰：一粒黍中藏世界。实生天生地生人生万物之父母……而取日月之精华，乃天地之一，亦吾人之一……搏而混合，乃性命之真精。圣人知一之源，而从此一点修来。①

　　这里的"一"是指什么？"一"像一颗"粒子"，"一"中有阴有阳，"一"是"阴阳配合"的产物，是生命的细胞，即"灵光"。比如，男人的精子与女人的卵子相结合，化为"一"（胚胎），即"人禀一以生"。这"一"也正像一粒"黍米"藏着"世界"一样。这粒黍米，可长出一株幼苗，幼苗长大之后，可以结出无数果实。这无数果实不断播种，就可以繁衍全世界。正如郭沫若先

---

① 《宋白真人玉蟾全集》，第30页。

生所说："果复含子，子之一粒，复化为亿万无穷之子孙……天下之神奇，更无有过于此者矣。"① 所以说，这果"实"是"生天生地生人生万物之父母"。白玉蟾讲要"取日月之精华"，这"精华"就是"一"——"阴阳配合"。"搏而混合，乃性命之真精"，这观点如何解释？我想"搏而混合"就会变成"一"，这"一"当然是性命之真"精"——"阴阳配合"的产物。关于生物的形成，还有这样的解释："道家以太一为老子之'道'的别名。《吕氏春秋·大乐》：'道也者至精也，不可为形，不可为名，强为之，为之太一。'太一即太极，太极指的是阴阳未分，天地混沌时期。'太极之初混沌'未分，……就是'一'。'天地未分，混沌一气。一气流溢，分为二仪，有清浊焉。轻清者上，为阳为天；重浊者下，为地为阴矣。''一生二，二生三，三生万物'。'天下凡事，皆一阴一阳，乃能相生，乃能相养。'这些说明了阴阳相交化生万物。"②

道家的"混沌"论影响深远。我最近从中央电视台中文国际频道的节目中，知道国外有一位科学家，他研究一个课题时遇到难题，久久未能解决，但是他从中国道教的"混沌"论中得到灵感，找到了解决问题的路径。白玉蟾在这里所描述的抽象道理，如果用具体形象的、集阴阳学说之精华的道教"阴阳八卦图"来解释，就很容易明白了，两者都表现了深邃的哲理和奥妙无穷的变化。比如白玉蟾所讲的"此一点灵光"，就是阴阳八卦图中的黑白点，它们代表了阴和阳。右半图表示阳，内有一黑点，表示阳中有阴；左半图表示阴，内有一白点，表示阴中有阳，两者合起来象征着阴阳配合。白玉蟾的观点和阴阳八卦图一样，都在说明：阴阳在不断地循环、相生相益地运动。这种循环与运动不仅符合事物发展运动的规律，而且也包含科学的原理。

白玉蟾的"阴阳配合"论，在今天来说，就是"生态平衡"论。无数事实证明，在今天，如果谁不注意生态平衡，谁就会遭殃。比如，2009年4月14日，中央电视台中文国际频道《讲故事》栏目介绍了江西省农民潘际银的故事。潘在节目里提到，农村里野猫吃鸡，群众恨之，请他出手消灭野猫。野猫被消灭了，老鼠却多起来了，地里的稻谷和番薯等却被老鼠糟蹋了。野猫虽然

---

① 郭沫若：《释祖妣》，《郭沫若全集·考古编》。
② 高珊珊：《民间面食文化探微》，《麦黍文化研究论文集》，甘肃人民出版社1993年版，106页。

吃了少量的鸡，但是它们也吃掉大量的老鼠，从而保护了农作物。所以可以说，"野猫与稻谷"是"阴阳配合"的，野猫起到了维持生态平衡的作用。正像潘际银说的："一物克一物，一物保一物。"

又据南海网的报道，由于万泉河的河沙长期被人采挖出卖以获取经济利益，河基遭到破坏，造成石龙与大田坡等地南北河岸塌方，房舍倒塌，不仅给群众造成严重损失，还使得生态环境恶化。万泉河是群众的母亲河，挖走了河沙，就等于破坏了群众的家园，破坏了生态平衡，破坏了"阴阳配合"。生长于海南的白玉蟾于八百年前已向我们提出，要注意"阴阳配合"，保护生态平衡，以延续我们的生命。可是，时至今日，我们有的人还是以金钱为重，继续破坏"阴阳配合"、生态平衡，真令人痛心！

全真派兴起于南宋时期，分为北宗与南宗，其观点基本上大同小异。正如著名道教研究专家王韶生说的："世之言道家思想与道家宗派者，虽有同有不同，然导源溯流，寻根探本，亦可一炉共冶也……及至秦汉之世，始有服食求仙之事，演进于唐代乃有道祖产生。以全真教言，吕纯阳乃开山祖师也。其次则王重阳，又其次则邱处机，是为北宗。以南宗而言，则刘海蟾与白玉蟾也。"① "全真教在思想言行上是排斥过去道教重视符咒、金丹服饵、辟谷房中诸术，也不迷信天下间有长生不老之药；主张清静恬淡，无欲无杂念之修身养性。由此，全真教在道教教理思想上是反传统的。尤其反对汉唐以来追求长生服饵，借男女欢好以求达至现世享乐及当世成仙升天之目的。"② 全真派"摒弃妄幻""扬儒入佛"，吸收禅宗静坐修真的方法，继承北宋以来的儒学性命论，实行内丹、炼养，以回归老庄时期的清静无为、返璞归真的境地。这显然比汉唐以来的那种"妄幻""迷信""服饵"的道教有了很大的进步。白玉蟾是全真派的积极追随者，是弘扬全真南宗的第五祖，"身通三教，学贯九流"。他和全真北宗"七子"一样，力主内丹、炼养，强调性命论。他认为，道在人"心"中，"心外无道"。他说：

> 至道在心，心即是道……形以心为君，心者身之舍……心当归一，意自如

---

① 邝国强：《全真北宗思想史》，中山大学出版社1993年版，王韶生"序"。
② 邝国强：《全真北宗思想史》，中山大学出版社1993年版，第16页。

如；一心恬然，四大清适；心不在耳，孰为之声；心不在目，孰为之色；心不在鼻，孰为之香；心不在口，孰为之言。①

这番话是告诉我们，不论做什么事都要专心致志。白玉蟾以人的眼耳口鼻为例，说明修身养性的重要性。人除了"心"之外，还有"气"和"神"，而后两者更为重要。他说：

气聚则饱，神和则媛。所以道心者，气之主，形之根。形是气之宅。神者形之真。神即性也，气即命也。心静则气正，气正则气全，气全则神和，神和则神凝，神凝则万宝结矣。②

他告诉我们，人生存于天地自然之间，以天地之气（氧气）养生，人如果缺氧气，其性命就会危在旦夕。人体之气与自然界大气是融会贯通的，两者之间是维持着动态平衡的。人体的生理现象受到四季气候变化的影响，为了维持正常的体温，当天气变冷时，人体就必然产生更多的能量；当天气变热时，人体就必须释放出更多的能量。所以要想延年益寿，就要注意养性，努力做到"气全""神和"，保持心态平衡和外界生态平衡，这样，就能精神饱满，青春常在。

白玉蟾是一位才华出众的诗人、散文家、民间文学家、书法家和画家。他的作品反映了他所处时代的气息和他的思想感情。以他的《旌阳许真君传》为例，可以说，这篇民间文学作品（仙话）是白玉蟾的主要代表作之一。作品的主人翁是晋代的仙人许逊（许真君）。白玉蟾对许逊进行了精心、生动的刻画，充分表现了许逊的儒、释、道三教圆融的忠孝、博爱、仁义、道德、善心、感悟、宽容、济民利物、得道升天、服饵长生等。而这也是白玉蟾所推崇的。白玉蟾在他的《五宝说》中就说许逊有"八宝"——忠、孝、廉、谨、宽、裕、忍、容。他在仙话中还通过人物的活动，对许逊的"八宝"作了解释："忠则不欺，孝则不悖，廉而罔贪，谨而勿失，修身至此，可以成德。宽则得众，裕

---

① 《宋白真人玉蟾全集》，第94页。
② 《宋白真人玉蟾全集》，第94页。

然有余，容而禽受，忍则安舒。接人以礼，怨咎涤除。"这些观点就是作者在仙话中所要表达的主题思想。

在《旌阳许真君传》中，白玉蟾在文章开头就按"仙话"的一贯写作手法，对许逊的身世作了描述：

真君姓许氏，名逊，字敬之，曾祖琰，祖玉，父肃。世为许昌人，高节不仕。父汉末避地于豫章之南昌，因家焉。吴赤乌二年，巳未。母夫人梦金凤含珠坠掌中，玩而吞之。及觉、腹动，因此有娠，而生真君焉。

"真君生而颖悟，姿容秀伟"，少年时爱打猎。有一次，他"射一麑鹿，中之。子坠。鹿母犹顾舐之，未竟而毙。因感悟，即折弃弓矢，刻意为学"。在这里，白玉蟾用细腻的笔法生动地描写了即将死去的鹿的举动：它在临死前的一瞬间，还念念不忘坠落在地上的小鹿。它忍着无比的痛苦去舐小鹿，但是未竟而毙。这一惟妙惟肖的情节描绘，真是感人肺腑。动物的母爱如此深刻，人类的母爱又何尝不是如此？许逊从此得到了感悟，再也不打猎了，而是刻苦读书，成为"博通经史，明天文地理……尤嗜神仙修炼之术"的道教徒。他遍游天下，广交朋友，"交游服其德义"，凡是不义之财他坚决不取。他当县令时清廉爱民，教育官员不得贪财，"悉开喻以道，吏民悦服"。他办理"听讼"事宜，"必先教以忠孝、慈仁、勤俭、近贤远奸"。遇到岁饥，许逊就教育百姓努力生产自救。他领导的县群众生活好，所以邻境的居民都"慕其德"，"惠来倚附者甚众"。有一次，"属岁大疫，死者十七八。真人以所受神方，拯治之"，把所有患病者都治好了。这好消息"传闻他郡，病民相继而至者，日且千计"，凡患病者许逊都给予治疗，使之康复。所以蜀民歌颂许逊曰："人无盗窃，吏无奸欺，我君活人，病无能为。"其后，江左之民，有病者都来许逊处求医取药。他努力做到药到病除，人人无比感谢许逊。许逊任官旌阳多年，后因晋朝发生战乱，所以弃官东归。"蜀民感其德化，无计借留，所在立生祠，家传画像，敬事如神明焉。启行之日，赢粮而送者蔽野。有至千里始还者，有随至其宅愿服役而不返者，乃于宅东之隙地，结茅以居，状如营垒。多改氏族以从真君之姓。故称许家营焉。其遗爱及民有如此者。"白玉蟾以通俗易懂的语言文字表现了许逊与老百姓的鱼水情。许逊爱民如子，人民把他当成父母官，愿永远跟随他。

许逊是白玉蟾理想中的老百姓父母官,在南宋黑暗的现实社会中,也可能有个别像许逊这样的好官。

许逊得道成仙之后,更加爱民,处处助民,为民除害。凡有益于民的事,他一定办;凡有害于民的行为,他一定反对、制止,甚至将始作俑者消灭。有一次,许逊到黄湖口,遇一酒家主人宋氏。这酒家虽然生意惨淡,但是宋氏为人友善,接待客人热情、周到。于是,"真君戏画一松子",张贴在酒家的墙壁上,便离开酒家。当日,这酒家的生意便兴旺起来。后来,江水暴涨,所有的市舍都被洪水毁坏,唯独宋家张贴"松子画"的墙壁不坏。许逊到西安县(在今山东省淄博市临淄区),庙神告诉他,"此有蛟孽害民"。许逊便"蹑迹追之",将其消灭,为民除害。

在许真君所处的社会环境里,"蛟精""蛟魔""蛇精""牛精""女妖"等等,横行霸道,作恶多端,残害百姓。真君对此恨之入骨,非把它们消灭不可。尽管它们变幻莫测,但是最终都逃不脱真君的雪亮眼睛。比如,"时海昏之上辽有巨蛇据山为穴,吐气成云,亘四十里,人畜在其气中者即被吸吞,无得免者。江湖舟船亦遭覆溺,大为民害。真君闻之,乃登北岭之巅验之,果见毒气涨空。真君愍斯民之罹其害,乃集弟子,将往诛之。初入其界,远近居民三百余人,知真君道法,竞来告愬,求哀甚切。真君曰:'世运周流,当斯厄会,生民遭际。吾之此来,正为是事,当为汝曹除之,吾誓不与此妖俱生也。'……蛇出穴,举首高十余丈,目若火炬,吐毒冲天……是时,真君啸命风雷,指呼神兵以摄服之,使不得动。真君乃飞步踏其首,以剑劈其头,蛇始低伏。弟子施岑、甘战等引剑挥之,蛇腹裂,有小蛇自腹中出,长数丈。甘君欲斩之,真君曰'彼未为害,不可妄诛。'小蛇惧而奔行六七里。闻鼓噪声,犹返听而顾其母,群弟子请追而戮之,真君曰:'此蛇五百年后,若为民害,吾当复出诛……'"这段描述表现了真君的仁爱、宽容与爱憎分明。这就是中华优秀的传统文化。

"真君道术高妙,著闻远迩,求为弟子者数百人。"经过考核,真君只录取十人。这十人跟随真君"周游江湖,诛蛟斩蛇,无不从焉"。有一次,他们遇一少年,"美风度,衣冠甚伟。通谒自称姓慎……遂告去"。真君谓弟子曰:"适者非人,是蛟之精,故来见试也。礼貌虽是,而腥风袭人,吾故愚之。"这蛟精后来又变成一头黄牛,卧在郡城的沙丘上。真君就变成一头黑牛去观察它,后派弟子施岑持剑偷袭它,施岑用剑击伤黄牛的一"股"。它便逃到长沙,躲藏"于贾谊井中"。然后，化装成一多才英俊的美男子，骗取贾玉的女儿为妻，生二子。"黄牛""周游江湖，若营贾者。至秋，则乘巨舸，重载而归，所资皆宝货。盖乘春夏大水覆舟所获也"。后又骗贾玉说，它的财物被盗窃，并且它的"左股"被盗所伤。贾玉全家惋惜，并为它求医。"真君乃为医士谒玉，玉喜。召其女婿出求医。蛟精觉之，惧不敢出。玉自起召之。真君随至其堂，厉声叱曰：'江湖蛟精，害物非一。吾寻踪至此，岂容逃遁，速出速出！'蛟精计穷，乃见本形，蜿蜒于堂下，为吏兵所诛。"真君用"法术"验其"二子"也是小"蛟精"，"并诛之"。"贾女亦几变形，其父母为哀求，真君给以神符，故得不变。真君谓玉曰：'蛟精所居，其下即水。今君舍下深不逾尺，皆洪波也。可快徙居，毋自陷祸。'"贾玉举家"迁居高原"。不久，他的原住地"不日陷为渊潭，深不可测"。真君帮助贾玉消灭了"蛟精"之后，便回豫章（今南昌市）。但是，蛟精的余党不甘心失败，更加猖獗，但又害怕真君杀死它们，便伪装为人，"散游城市，访真君弟子，诡言曰：'仆家长安，积世崇善，远闻贤师许君有神剑，愿闻其功。弟子语之曰：'吾师神剑，指天天裂，指地地折，指星辰则失度，指江河则逆流，万邪莫可挡，神圣之宝也。'又曰：'抑有不能伤者乎？'弟子戏之曰：'惟不能伤冬瓜、葫芦耳。'"。蛟精信以为真。便化装成冬瓜、葫芦，"连枝带蔓，浮泛满江，拟流出境"。这天早晨，真君起床，"觉妖气甚盛，乃顾江中见蛟精所化，即以剑授施岑，使履水斩之……江流为之变色"。蛟精全部被消灭，真君为民除了大害。

真君所处的时代，正是"东晋乱离，江左频扰"，但是真君四处为民除害，他爱民，民亦拥护他。他把所居之地治理得很好。"真君所居，环百余里，盗贼不入。闾里晏安，年谷屡登，人无灾害，其福彼生灵，人莫知其所以然也。"这是真君"遵行孝道，利物济民""救灾拨难，除害荡妖，功济生灵"的结果。因为"名高玉籍，众真推仰"，所以，当真君一百三十六岁时，就被玉皇大帝授为九州都仙太史、高明太使，赐紫彩羽袍。真君不忘自己的道友们，当他整装待发，即将到天宫去拜见玉皇大帝之前，特意指点了道友王长史之子朔一番。"谓朔曰：'吾视子可传吾术。'乃授密仙方……真君俯告曰：'子之仙骨未充，但可延年。'乃飞仙茆一根，授朔曰：'此茆味异，植于此地，久服长生。甘能养肉，辛能养节，苦能养气，咸能养骨，酸能养筋，宜和苦酒服之必效。'言讫而别"。

以上就是白玉蟾所记载的许真君的传说。这篇经白玉蟾加工、整理的《旌阳许真君传》，在中国民间文学花园里，是一朵奇葩，永放光彩。

《旌阳许真君传》是一篇仙话。"仙话是一种以记叙仙人活动为主要内容，以追求长生不死、自由平等为中心主题的民间文学作品。它采用幻想的手段，表现了阶级社会中人们那种超人生、超自然、超社会的崇高理想，从而也体现了人们对幸福生活的向往。……仙话是一种特殊的文学形式。它不同于神话。……而仙话则产生于春秋战国时期，是阶级社会的产物。"[①] 白玉蟾是有目的地整理了这篇民间文学作品的。这篇作品的主人翁许逊生活于晋代。众所周知，魏晋南北朝时期，是中国社会最动荡不安、最黑暗的时期，而白玉蟾生活的南宋时期，也是非常动荡不安，民族矛盾、阶级矛盾极为激烈。白玉蟾正是借用许逊的故事来影射南宋时期半壁江山摇摇欲坠，社会黑暗，妖魔鬼怪横行霸道，人民受苦受难的社会，以及表达了人民理想社会的追求。与此同时，也反映了白玉蟾的信仰、行为方式、价值观念，以及他的心理特征等。

白玉蟾常自称自己是仙人，"神府雷霆吏，琼山白玉蟾"（《自赞二首（其一）》）。他"自幼慕常生久视之道，喜飞腾变化之术"、能"叱风鞭霆，咳唾风雨""异于常人"，并且，常常自我画像和自述出家之后的艰苦历程，比如：

水调歌头·自述

吃了几辛苦，学得这些儿。蓬头赤脚，街头巷尾打无为。都无蓑衣笠子，多少风烟雨雪，便是活阿鼻。一具骷髅骨，忍尽万千饥。头不梳，面不洗，且憨痴。自家屋里，黄金满地有谁知。这里一声惭愧，那里一声调数，满面笑嘻嘻。白鹤青云上，记取这般时。

又：

苦苦谁知苦，难难也是难。寻恩访道，不知行过几重山。吃尽风儓雨僜，那见霜凝雪冻，饥了又添寒。满眼无人问，何处扣玄关。好因缘，传口诀，炼金丹。街头巷尾，无言暗地自生欢。虽是蓬头垢面，今已九旬来地，尚且是童颜。未下飞升诏，且受这清闲。[②]

---

① 郑土有、陈晓勤：《中国仙话》，上海文艺出版社1990年版，第3页。
② 《宋白真人玉蟾全集》，第217–218页。

云游歌二首

（其一）云游难，云游难，万里水烟四海宽。说着这般滋味苦，教人怎不鼻头酸。初别家山辞骨肉，腰下有钱三百足。思量寻思访道难，今夜不知何处宿。不觉行行三两程，人言此地是漳城。身上衣裳典卖尽，路上何曾见一人……行得艰辛脚无力，满身蚤痒都生虱。茫然到此赤条条，思欲归乡归不得……火云飞上支提峰，路上石头如火热。炎炎畏日正烧空，不堪赤脚走途中……黄昏四顾泪珠流，无衣无蓑愁不愁!?偎傍茅檐待天明，村翁不许宿檐头。闻说建宁人好善，特来此地求衣饭。耳边且闻惭愧声，阿谁肯具慈悲眼……家家门首空舒手，那有一人怜乞儿……记得武林天大雪，衣衫破碎风刮骨。

（其二）……衣衫破又裂，不是白玉蟾，教他冻得皮迸血……欲餐又无粮，欲渴复无水……又记得，几年霜天卧荒草，几夜月明自绝倒。几日淋漓雨，古庙之中独自坐，受尽寒，忍尽饥……贤哉翠虚翁，一见便怜我，说一句痛处针便住……①

真人白玉蟾感人肺腑的自我写照，正好反映了南宋社会的穷困、腐败、黑暗。统治者对道教人士、知识分子漠不关心，使他们过着"受尽寒，忍尽饥"的非人生活。"宋以后神仙又多是孤苦、破落，其行为也仅限于行雨、除灾，很少有令人振奋的内容。由这里，完全可以看出历史上某一时期的社会风气和整个中国古代社会兴衰的轨迹。"②从白玉蟾的生活形象中，可以看到南宋正走向衰落。

白玉蟾生活在社会的底层，他听到群众的呼声、关心国家的前途与社会民生问题。比如他写道："记得兵火起淮西，凄凉数里皆横尸""淮西兵马起，枯骨排数里"。白玉蟾生活的年代是宋金战争频繁的年代。据史料记载，宋绍兴十一年（1141），宋金两军在淮西进行了一次大战，双方死伤惨重，就像白玉蟾所写的"横尸"数里。因为长期战乱、统治者腐败，农村经济落后，天灾人祸频繁，老百姓在死亡线上挣扎。白玉蟾对此也很关心，他写道："又记得一年到

---

① 《宋白真人玉蟾全集》，第306-307页。
② 令立、范力：《中国神仙大全》，辽宁人民出版社1990年版。

村落,瘟疫正作恶。人来请符水,无处堪摸索。神将也显灵,乱把鬼神捉。"农村瘟疫流行,农民缺医少药,无办法,只好到处求神拜佛,"乱把鬼神捉"。"古墓秋草生,纸钱雨未干。白杨风潇潇,荒台月盈盈,一夜鬼神哭不止。"过去,天灾人祸之下已死了很多人,墓上已长满秋草,到处是凄凉的景象。活着的人正为死去的人扫墓,纸钱还未烧完,现在瘟疫又来了,无奈何!人又在不断地死亡!鬼神与人都在痛哭不止。他们只能向鬼神求救!白玉蟾在这些言语中对南宋社会的黑暗现实揭露得是何等的深刻!

白玉蟾不但关心民间疾苦,而且关心中国朝代的变换、历史的发展和社会的经济与文化问题。他调查五羊城的民间传说,研究五羊城秦汉时期的经济与文化,热情歌颂广州自秦汉以来尤其是汉唐时经济的繁荣昌盛,海上丝绸之路的畅通从而引来"万国"商船进入珠江进行贸易的繁荣景象。比如他的诗《题南海祠》:

何处人间得五羊?海城鼓角咽昏黄。无心燕子观秦越,有日檐铃说汉唐。
九十日秋多雨水,一千年史几兴亡。圣朝昌盛鲸波息,万国迎琛舶卸樯。

诗一开头就提问哪个地方得到"五羊"的守护?当然是广州。广州为什么得到"五羊",或者说为什么叫"五羊"?白玉蟾的回答是,因为秦汉时"海城鼓角咽昏黄"。当时在广州乃至岭南进行了激烈的政治与军事斗争,秦朝与汉朝都分别统一了岭南。从秦朝起,秦始皇就不断派中原的汉人移民来广州等岭南各地。他们带来了各种先进的生产技术和文化,比如冶炼技术、农耕技术、游牧文化、黍文化和民间文化。据传说,当时有五位仙人从天上带来了五只羊在广州放养。广州人第一次看到羊,觉得羊很可爱,是美与和平的象征,于是五羊就成为广州的"吉祥物"和象征,后人就把"五羊"作为广州的代名词。同时,广州自秦汉以来日益繁荣,尤其是盛唐时,"鲸波息",没有战争,经济更加发达。而且广州自秦朝起,就一直是对外经济贸易的重要港口,商船云集,船樯如林。广州已成为国际大都市。白玉蟾热爱广州,他对广州的历史文化很有研究。广州城东南的南海神庙一带,是广州对外贸易最繁华的地方之一,也是广州的一个重要的旅游景点。在那里,每天都有天南地北的人在做生意与游览。

白玉蟾很注意搜集有关南海神庙（也叫波罗庙）的传说。经过调查研究，他专门写了《菠萝蜜并序》，阐明自己对南海神庙传说的观点：

广州东南道，其南海庙之王殿左阶前，有果状如瓜枣，形如佛髻，云是达摩弟达奚司空自天竺持来也。于是，遣道士决琰乞其一，王从之。是时，有罗浮之兴，同舟共济之人，问予得此欲何为？予笑曰："偶欲得之耳。"吁亦异也，前此盖未有赋之者，临风举酒，慨然有作。

南方有此菠萝蜜，人所厌弃鬼神惜。大如瓶笙身拳挛，长如囊枕针历刺。
天西故是来处遥，天南亦有能相识。君见北人不梦象，南人何处梦骆驼？
蜀犬吠月越犬雪，识与不识吾耐何！

诗与序都描绘了菠萝蜜的形状和来历，以及观众的反映意见等。白玉蟾对此也阐明了自己的观点：虽然它仅仅是一颗不大不小的菠萝蜜，但是它来之遥远、来之不易，象征着中国与外国人民的深厚友谊。现在即使有人不认识它，但慢慢地总会有人了解它的深远意义的。据陈潞先生介绍："唐代贞观二十一年（647）印度的摩揭陀国派了使者达奚司空带着波罗树的种子，在南海神庙前种了一棵。那棵波罗树种活了，结果了，那当然是中国第一棵波罗树……后来，在南海神庙前又塑了达奚司空的遥望远海之像，一般称为'番鬼望波罗'。"①陈潞先生对于南海神庙菠萝蜜树来源的解释和白玉蟾基本上是相同的。因为在当时的广州，人们很少看见菠萝蜜，而且它又是外来品种，形状与众不同，身上又有刺，所以很多人就觉得很奇异。白玉蟾说，菠萝蜜产于南方，北方人就极少见，当然觉得奇怪，正像"君不见北人不梦象，南人何处梦骆驼"一样。俗话说："白日有所思，夜里有所梦。"人们对于从来没见过的东西是不会梦见它的。从《菠萝蜜并序》中看出，白玉蟾此前也从未见过菠萝蜜。未知白玉蟾健在的时候，海南是否有菠萝蜜，但是在我生活的年代，海南就有很多菠萝蜜树，而且我家乡也种了很多，树很大，大概种于明清时期。其果实很香甜，人吃不完，将之喂猪。其树干是很坚韧、耐用的木料，可用于盖房屋和做家具等。白玉蟾反映朝代更迭、历史发展、名胜古迹的诗，还有《武昌怀古十首》等，

---

① 陈潞：《岭南新话》，香港上海书局1980年版，第99页。

其中的《赤壁》就是描写三国时期曹操和孙权之间所进行的战争。

白玉蟾的诗题材广泛，山河景物、自然现象、社会风俗、学道成仙、儿女私情、朋友交情、人生哀乐以及个人抱负、遭遇和感受等，都成为他写作的的材料和吟咏的对象。其形式也是多种多样的，有五言古体诗、五言律诗、五言绝句、六言诗、七言古体诗、七言律诗、七言绝句、歌、辞、颂、赋和赞等。由于他长期生活在江南水乡，因此他写的诗多是山水诗和田园诗。他的诗热情歌颂祖国山河的壮丽，令人神往。比如他的七言古体诗《浙江待潮》：

秋空无尘雁可数，芦花蓼花满江渚。夕阳影里高掀蓬，落叶声中更鸣橹。
六角扇起解热风，三杯酒为浇诗雨。船头拔剑叫飞廉，潮花捲雪鱼龙舞。①

钱塘江本来就很美，但经过诗人的描绘就更美了。钱塘江大潮，自古至今是一道亮丽的风景线，吸引了很多人去观看。诗人观潮的时间是在秋天的黄昏，这时的钱塘江口，秋高气爽，夕阳西照，浪花上空雁飞翔，秋风扫落叶，江面上漂浮着花朵和红叶，夕阳、红花、红叶相辉映，壮丽极了。此时，船上的人"高掀蓬"，观看江面的美景。忽然，"飞廉"（飞鱼）飞出水面，船头的人大喊大叫："赶快拿剑来刺鱼。"忽然，又有雪白的浪花翻卷过来，就像鱼龙跳舞一样，多么壮观啊！这时候，诗人的诗意涌上心头，是举杯饮酒和作诗歌颂祖国山河的时候了。这首诗情景交融，耐人寻味。

白玉蟾对万泉河两岸的风景也是情有独钟的。他喜欢万泉河南岸的白石岭（古称白石岩）。他的七言律诗《白石岩》曰：

平野巉然石一拳，千崖万岫翠相连。鸟飞不到疑无路，云与齐高直接天。
下面仰看岸是屋，上头仍有玉为泉。李仙丹熟山魈遁，尚有宸章寄紫烟。②

白玉蟾笔下的白石岩，像一巨大的拳头，在万泉河畔的平野上高高地举起，直插入云天。它又像一座黄金屋、皇宫宝殿，殿里有清澈见底的玉泉，有田可

---

① 《宋白真人玉蟾全集》，第192页。
② 《宋白真人玉蟾全集》，第228页。

种谷物，可养生。四面是"千崖万岫翠相连"，是人间仙境。仙人在那里炼丹，许多奇形怪状的动物都来看热闹，仙丹炼成了，那些动物便走了，但是帝王的贺信（书翰）通过紫云（烟）传递过来了。宋代是道教鼎盛时代，宋徽宗为推行道教，令全国各州建道观，在观里摹勒他的《神霄玉清万寿宫诏》碑。海南琼山的道观里同样也竖有这块碑。白玉蟾在白石岩炼丹成功得到帝王的祝贺，是符合当时实际的。从另一角度讲，白石岩的地理位置很重要，它得到帝王的重视，它是海南的象征。白玉蟾有理想、有见识。他认为这"石一拳"顶天立地，有无穷的智慧与力量。他预见在未来，这"石一拳"下面必定是人杰地灵，人才辈出，一定有巨人出现。这巨人是谁？是中国共产党人。海南第一个中国共产党组织，最早在这白石岩周围诞生。举世闻名的红色娘子军，最早在白石岩下成立。在海南抗日战争年代，日军在这白石岩周围遭到惨败，日军汽车一辆辆被炸毁，日军一个个被击毙。著名侨领胡文虎闻说白石岭下有一块宝地，他就带头来那里开发温泉旅游区。海南的侨领在这里种上了岛上第一棵胡椒树与橡胶树。如今，著名的博鳌亚洲论坛也在白石岩东边的万泉河口召开。自海南有史以来，国内外的风云人物第一次踏上了万泉河口，遥望白石岩。现在海南国际旅游岛的建设也在那里起步。如今，新的气象、新的成就，都和白石岩"翠相连"。

白玉蟾虽然久离海南，但是他总是念念不忘家乡。他和朋友聊天、作诗、写文章，总是把自己的名字和"海南""琼山""海南子""琼子"等名词连起来。比如，"琼山白玉蟾自吉而杭，适与之会……琼山仰天俯水""海南白氏子玉蟾云""琼山居士，顾谓之曰""有客白玉蟾来自琼山"等等，比比皆是。他的七言绝句，有不少是怀念故乡的，比如《华阳吟三十首》等，这里选其三首：

其一

家在琼瑶万里遥，此身来往似孤舟。夜来梦趁西风去，目断家山空泪流。

其二

海南一片水云天，望眼生花已十年。忽一二时回首处，西风夕照咽悲蝉。

其三

一从别却海南船，身逐云飞江浙天。走遍洞天寻隐者，不知费几草鞋钱。①

又如七言古诗《可惜》：

人间何似神霄吏，我今面目蒙尘土。年来无梦到神霄，一度伤怀泪如雨。
…………
可惜袖中一卷书，可惜手中一支笔。南方有人无消息，对花对酒长相忆。②

一个孤独想家、咽悲流泪、贫穷饥饿、衣着破烂、赤脚或穿草鞋，走遍天下洞天的道士、学者的形象，栩栩如生，真令人同情。

历史文化总是承前启后的。白玉蟾去世后，他的精神、思想、风范影响着海南的一代又一代人。明代的丘濬等就是深受白玉蟾的影响。比如，丘濬看了白玉蟾充满雄心壮志的《白石岩》之后，受了启发，从而写了著名的《五指参天》：

五峰如指翠相连，撑起炎荒半壁天。夜盥银河摘星斗，朝探碧落弄云烟。雨余玉笋空中现，月出明珠掌上悬。岂是巨灵伸一臂，遥从海外数中原。

《五指参天》与《白石岩》都是七言律诗，同押一个韵。白玉蟾用"拳头"比喻山，丘濬是借用"五指"比喻山。两座山都和天相连、都在万泉河边，一座在中游，一座在上游，而且都和大陆中原（中央）血脉相连。前者用"宸"比喻王位，受中央的统治，享受"皇气"；后者用"中原"比喻中央，昼夜"遥从海外数中原"，想念中原！这两首诗告诉我们，虽然海南山高皇帝远，但是海南和中央（中原）永远心相连。在用词方面，两者都用"翠相连"。

白玉蟾从青年时起，就向往武夷山，这是因为当时的中国北方被金兵占领，中原的先进文化不断地向南方传播，武夷山成为南宋的文化圣地，在山上道教、

---

① 《宋白真人玉蟾全集》，第253页。
② 《宋白真人玉蟾全集》，第170页。

儒教和佛教的寺庙比比皆是。比白玉蟾大三岁的南宋理学家朱熹，在武夷山生活了四十年。白玉蟾在武夷山生活的时间可能比朱熹还要长，朱熹的社会影响很大，但是白玉蟾对社会的贡献也不小。当时的武夷山在朱熹和白玉蟾等文化名人的推动下，人文底蕴日益深厚，从而有"中国古文化，泰山与武夷"的美称。白玉蟾与武夷山结下了不解之缘，他留恋武夷山，于宋嘉定丙子年（1216）在福建武夷山建了"止止庵"，作为其永居之寓所。这时，他已是82岁的老人了，但是他还经常奔走于粤闽之间，继续授徒。他于宋绍定二年（1229）己丑逝世或不知所踪。[①]

他对道教进行了改革，为道教的发扬光大艰苦奋斗了一生，其功不可没。他也成为道教全真派南宗五祖、海南有史以来第一位杰出的文化巨人！白玉蟾是中国优秀传统文化的杰出代表人物之一，其事迹值得传承和弘扬。

[①] 白玉蟾弟子彭耜《海琼玉蟾先生事实》云："绍定己丑冬，或传先生解化于盱江。尝有诗云：'待我年当三十六，青云白鹤是归期。'以岁计，似若相符……逾年，人皆见于陇蜀，又未尝死，竟莫知所终。"

白玉蟾及其在广州写的三首诗①

白玉蟾,在海南琼山五原(今海口市美安镇)出生。他生于宋光宗绍熙五年(1194)三月十五日,原名葛长庚。他的祖父葛有兴,祖籍福建闽清,是宋王朝派来海南从事文教工作的官员。祖父年老去世之后,他的父亲葛振业于中年时便去世,一个好端端的书香家庭从此破落了。他的母亲年轻,改嫁到五原附近的澄迈县老城东市白氏人家。由于葛长庚年幼,不能独立生活,因此跟着母亲到白氏家,于是,白氏便为他改名白玉蟾。又据记载,"母以玉蟾应梦,遂为之名"②,此名"且含有神仙趣味"。

白玉蟾的祖父和父母亲都信仰儒教、道教和佛教,于是白玉蟾从小就得到家庭对他进行的"三教"(儒、道、佛)教育。他写道:"家居琼馆海山偶,腹内包藏三教书……要识我侬(侬字,是海南的土话,意思是我)真面目,广寒宫里看蟾蜍。"(《次李侍郎见赠韵》)"三教经书,涉猎万卷。"(《指玄篇本末原序》)又说:"予有十有二,即知有方外之学,已而学之。"(《日用记》)

白玉蟾"天资聪敏,髫龀时即能背诵九经。及长,文思汪洋,顷刻,数千言立就"③。他十岁(一说十二岁)就到广州,应童子科考试(一说应琼山童子科)。主考官根据农村中都有织机,便以"织机"为题命赋。白玉蟾立即赋曰:

大地山河作织机,百花如锦柳如丝。虚空白处做一匹,日月双梭天外飞。

白玉蟾不写农家里的织机编织出各种颜色的布匹,而是展开想象的翅膀,把眼光投向辽阔的原野,把广袤的"大地山河"比喻成一部小小的织机,把天空中运转的日月比拟成织机上的双梭,而大地、江河与日月配合起来,也像一

---

① 2009年6月23日写于中山大学康乐园。2022年6月4日星期六修改。
② [明]朱权:《重编海琼玉蟾先生文集原叙》。
③ [明]何继高:《琼琯白真人集序》。

部织机，能在"虚空白处"编织出"百花如锦柳如丝"的自然美景。可见他的想象力超凡。或许他家中也有织机，他看到织机能编织出精美的布匹，一定对这一事物产生好奇心，对它的构造、功能进行认真的分析、思考，从而积累了丰富的生活知识和想象力。仅仅二十八个字，就能把锦绣河山尽收眼前，真令人赞叹不已。还值得读者注意的是这"虚空白处做一匹"的内涵。它告诉我们，"虚空白处"是不美的，要用人工去改造它、美化它。正像毛泽东主席说的，一张白纸，好画最新、最美的图画。从这里可见白玉蟾是多么聪明灵敏和富有远见。他从小就有认识大自然的能力和改造大自然的抱负。这首小小的诗还充分表现了幼小、天真烂漫的白玉蟾对大自然的向往、对美好前程的追求。这首诗极富有哲理、富有思想内涵、富有想象力；文字通俗易懂，寓意深刻。一个十岁左右的小孩，能有这样强的文字驾驭能力，能有这样的天资，可谓"神童"，真了不起。他长大之后，一定对社会有所贡献。可是主考官怀有政治偏见，看了这首诗之后，却认为他"意其狂"，未录取他。白玉蟾刚出茅庐，就遭此挫折，从此，他弃"儒"学"道"。

白玉蟾学"道"也是受当时社会环境的影响。唐宋时代是道教鼎盛时代。唐高祖武德八年（625）颁布《先老后释诏》，说："老教、孔教，此土此宗，释教后兴，宜崇客礼。令老先，次孔，末释。"于是，道教开始在全国盛行，一直延续到宋代。宋徽宗不但令天下洞天福地都建造道观、塑造仙像，"而且，听信道士林灵素的谎言，认为自己是神霄玉清王下凡……统领全国的最高统治集团"①。"海南之有道教，始于宋真宗年间（998年起）……诏天下各州建天庆观，广扬道教。海南各州天庆道观，均于是时奉诏建置。"② 据记载，在宋徽宗令下，大宋全国各地都修建神霄玉清庙，摹勒《神霄玉清万寿宫诏》碑。白玉蟾的家乡琼山府城就有神霄玉清观，观里就摹勒有《神霄玉清万寿宫诏》碑，该碑今存放在海口五公祠内。在离府城不远的白玉蟾继父家乡澄迈老城，修建了与三亚南山寺齐名的永庆寺③。白玉蟾在这种浓厚的儒教、道教和佛教气氛里生活了25年，然后，才离开海南到大陆去求师问道。有人问白玉蟾为什么学

---

① 郑土有、王贤淼：《中国城隍信仰》，上海三联书店1994年版，第106页。
② 王万福：《海南开拓史论集》，第10页。
③ 原来的永庆寺毁于元代，今寺于2009年重修落成。

道教？他说："吾中国人也，生于中国，则行中国之道理也。若以夏变夷，背天叛道，吾不忍也。"①

在南宋，学"长生久视之道"已成为当时青年们的一种潮流、时尚和追求。宋嘉定十一年（1218），清明后三日。25 岁的白玉蟾离开琼山过海北上，"游于庐阜之下……从者二百。指问蟾溪主人之居。饮翠麓华亭之上……众赏，饮罢。陈刀圭歌黄宁羽融之章，詹紫芝作崆峒虚步之声，杜憩霞拍手而舞，洪真静隐，几而酣，王玉华醉而归。玉蟾乃作《清夜吟》，其辞曰：'风气融兮露华冷，月影浮兮夜漏永。有酒兮饮到三更清静，三更清静兮夜沉沉……风萧萧兮吹我衣，露泛泛兮滴我襟。望故人兮千里，思归兮伤心！'"（《翠麓夜饮序》）。从这段描写可见当时青年男女们学道教是有组织有领导的。同时，也看到青年们欢聚一堂时的心态：有人欢乐，有人忧愁。而白玉蟾既欢乐也忧愁。他既想学道也想家，但想回家又回不了，可见他在学道时思想是很矛盾的。最后，他只好既来之则安之，"以期钟吕及日之明也。询乎庄周，吾生如是，吾死亦如是"（《翠麓夜饮序》）。白玉蟾所追求的是得道，他所崇拜的人物就是唐代仙人钟离权与吕洞宾。这就是南宋时代一些青年生活的缩影。

白玉蟾去到道教圣地之一罗浮山，拜陈楠（泥丸）为师。陈楠要他先到全国各地名山洞天去求师，七八年后再回来找他。白玉蟾按陈楠的意思，一边出游，拜访名师，一边读书，追求仙道。他先后去了龙虎山、武夷山、巴蜀和山东泰山等地，"拜求太虚仙师，不耻恳切，方得遂丹口诀，始知道在目前"。这次他走出去虽有所收获，但是自己也已精疲力竭，并且"只奈世迷路失，不知返还"。他思亲、饥饿、悔恨、痛苦，矛盾重重。他回忆学道过程中的苦恼："或有指予弃妻室而孤零者；或有指予入深山而求寂静者；或有指予水火而炼药者；或有戒荤酒而斋素者。杂径纷然，终难入道，使予辗转反侧，瘄寐无眠。苦心费力，功愈勤而心愈焦，步更进而路更迷，无如之奈何？后遂抛家，奋志游太华山浮丘观及诸洞天，参访明师，终无所遇。"后赖学了吕洞宾的《指玄篇》和《周易》等，才明白学道"至宝家家有，只是愚人识不全"。于是，他向道教传统提出挑战，认为学道"何必登山涉水，弃子抛妻，断荤介酒，辟谷清斋"！这些行动"都是胡为"！他还指出什么叫"道"——"一阴一阳之谓

---

① ［宋］彭耜：《海琼玉蟾先生事实》。

道，偏阴偏阳之谓疾。有阴无阳，若春无冬。阴阳配合，方成圣道"。白玉蟾是位阴阳学家，他认为只要做到"阴阳配合"，就能"长生久视"。他还希望道友们今后"修炼还丹，跳出樊笼"。（以上均引自《白紫清原序》）白玉蟾是中国道教的一位革故鼎新者，被尊为全真派南宗五祖。

关于全真派，研究道教的著名专家王韶生说："以全真教言，吕纯阳乃开山祖师也，其次，则王重阳。又其次，则丘处机，是为北宗；以南宗言，则刘海蟾与白玉蟾也。"① 全真教兴起于南宋时期。在南宋半壁江山摇摇欲坠之际，人民受苦受难，"济民利物"的道教，融合儒、佛两教的一些理念，以"弘扬儒、佛救世救人"的精神，对唐宋以来道教的弊端进行了彻底的批判。"全真教在诸真思想言行上排斥过往道教重视符箓、咒术、金丹服饵、辟谷房中诸术，也不迷信天下间有长生不老之药；主张清静恬淡、无欲无杂念之修行心。因此，全真教在道教教理上是反传统的。尤其反对汉唐以来追求长生服饵，藉男女欢好，以求达到现世享乐及当世成仙升天之目的的做法。"②

白玉蟾经过多年的道教实践之后，对宇宙和人生的科学认识有了很大的提高。他吸取唐代与北宋以来，尤其是唐代有几位皇帝因食用"金丹服饵"而死亡的事件教训，对道教存在的荒谬理论提出了挑战。他反对汉唐以来道教有关"神仙"说的旧传统。他说："吾生不信有神仙，亦不知有大罗天。那堪见人说蓬莱，掩面却笑渠风颠。七返还丹多不实，往往将谓人处传。世传神仙能飞升，又道不死延万年。肉既无翅必坠地，人无百岁安可延？满眼且见生死俱，生死死生相循旋……人生只有三般物，精神与气常保全。"（《必竟凭地歌》）白玉蟾在这首诗中以浅显生动的言语告诉人们，他一生来就不相信这世上有神仙、有蓬莱仙境；世上没有人不死，但人类是生生不息。"生死死生相循旋"，这是人类发展的历史与自然规律。人生只有"精神与气常保全"，"肉既无翅必坠地"。这论断是何等的正确！白玉蟾有关世上不存在"神仙"的言论还有不少，这里就不一一列举了。

白玉蟾是位著作等身的散文家、民间文学家、诗人。他在广州写的诗，我发现其中比较好的还有两首。其一是《菠萝蜜并序》：

---

① 邝国强：《全真北宗思想史》，中山大学出版社1993年版，王韶生"序"。
② 邝国强：《全真北宗思想史》，中山大学出版社1993年版，第16页。

广州东南道，其南海庙之王殿左阶前，有果状如瓜枣形，如佛髻。云是达摩弟达奚司空，自天竺持来也。于是，遣道士决莢乞其一，王从之。是时，有罗浮之兴。同舟共济之人，问予得此欲何为？予笑曰："偶欲得之耳。"吁亦异也，前此盖未闻。有赋之者，临风举酒，慨然有作。

南方有此菠萝蜜，人所厌弃鬼神惜。大如瓶笙身拳挛，长如囊枕针历刺。天西故是来处遥，天南亦有能相识。君见北人不梦象，南人何处梦骆驼？蜀犬吠月越犬雪，识与不识吾奈何！

古代广州有一句著名的俗话："第一娶老婆，第二游波罗。"游波罗庙（南海神庙）如此重要，其游人一定很多。诗人以敏锐的眼光，注意观察游人议论的新鲜事物——菠萝蜜。这种果树及其结出来的果实比较奇异，在当时的广州是独一无二的，所以大家都感到新奇，而且传说"神"喜欢这种东西。这消息传到罗浮山，当地的人都十分好奇。罗浮山道观还专门派了一位道士到南海神庙去取回一个菠萝蜜。白玉蟾和其他人也去观看，他还得到一个菠萝蜜并带回罗浮山给大家欣赏。当时的人对这种水果的用途还不大认识。由于它"长如囊枕针历刺"，游人不敢触摸它，因此白玉蟾只能说它"人所厌弃鬼神惜"。经白玉蟾调查得知，菠萝蜜来自印度。那是唐贞观二十一年（647），由印度的摩揭陀国使者达奚司空带来种子种植的。"天西故是来处遥，天南亦有能相识。"这种远方来"客"，在天南的广州会被人慢慢"相识"。这种果树，除了自身的用途外，还象征着中外人民的友好情谊，它是珍贵的"中印人民友谊树"。"君见北人不梦象，南人何处梦骆驼？"俗话说，日有所见有所思，夜必有所梦。一般地说，人们对于没见过、没想过的东西，夜间是不会梦见的。正如古代中国北方人从未见过象，所以他们是不会梦见象一样。菠萝蜜一时不被人所认识，这是不足为奇的，但时间长了，人们是会认识它的。是的，这棵树虽然不大，但是它的影响力可大了。后来有人竟把南海神庙改为波罗庙，把庙前的江改为波罗江。这首诗反映了白玉蟾十分关心民间生活，是一个不脱离群众、不脱离社会实际的道教学者，他的作品也是反映历史和时代生活的。

其二是《题南海祠》：

何处人间得五羊？海城鼓角咽昏黄。无心燕子观秦越，有日檐铃说汉唐。九十日秋多雨水，一千年史几兴亡？圣朝昌盛鲸波息，万国迎琛舶御樯。

  这是一首反映广州历史悠久、经济发达和贸易繁荣的史诗。首先，诗人很关心广州的五羊的传说的来龙去脉。这传说是否和秦朝统一岭南有关？"海城鼓角咽昏黄"很生动地描写攻城的锣鼓声、号角声、喊杀声响彻云霄，激烈的战斗使全城的上空变成一片昏黄。秦始皇为了有效统治岭南，他下令把五十万的中原汉人移民到岭南来。他们带来了中原的文化，以及先进的生产工具和牲畜，其中就有羊。传说，有五位仙人带着五只羊和稻穗下界来到广州，他们把羊和稻穗留在这里，并祝福这片土地五谷丰登就离开了，而羊则化为石头，永远庇佑这里的人们。于是，市民就以"五羊"作为广州的象征和美称。广州自秦朝建城到唐宋，历经一千多年，经济文化和对外贸易都非常繁荣昌盛。在白玉蟾看来，正是由于唐朝国力强大，社会安定，海上丝绸之路畅通无阻，对外贸易繁荣，所以"万国"商船都来广州做生意，使得这里热闹非凡。这首诗充分反映了白玉蟾关心国家历史文化、国计民生。他的人生价值应该得到肯定。

白玉蟾在万泉河畔写的一首诗①

白玉蟾（1134—1229）是海南有史以来首屈一指的散文家、民间文学家、诗人、书法家和画家。他从童年起就开始写作，一直写到老，著作等身。他25岁离开海南之前，在万泉河畔写了一首很好的七言律诗《白石岩》：

平野巉然石一拳，千崖万岫翠相连。鸟飞不到疑无路，云与齐高直接天。
下面仰看岩是屋，上头仍有玉为泉。李仙丹熟山魈遁，尚有宸章寄紫烟。

巉然，形容高峭险峻的山峰。岫，山洞。李仙，即指李白，是唐代伟大诗人、文学家。他饮酒很多，往往以酒助兴，乘兴写诗，真是"得酒诗自成"。唐代有八位嗜酒的名士，被誉为"酒中八仙"，李白是其中最突出的一个，他在《襄阳歌》中说："百年三万六千日，一日须倾三百杯。"大诗人杜甫在《饮中八仙歌》中称：

李白一斗诗百篇，长安市上酒家眠。天子呼来不上船，自称臣是酒中仙。

白玉蟾诗中的李仙，亦泛指仙人。山魈，山中动物名，形似猴子，体形丑陋，旧称山怪。宸章，帝王所作的文章、书翰、书迹，或泛指"帝王"（政权）。紫烟，实指紫云，祥瑞的云。这里诗人为了押韵，改为紫烟。烟和云相类似，比喻传递信息。

这首诗，文字浅显易懂，但其意含蓄、深远。白玉蟾圆融"三教"（儒、道、佛），尤其专攻道教。他写这首诗，道教味道浓厚。诗人富有想象力，他把白石岩比喻成一个人的拳头，这拳头像一块巨石一样坚硬，高高地举起，直冲

---

① 2009年6月25日写于中山大学康乐园，2009年6月28日修改、定稿，2009年10月22日、2019年4月3日、2022年6月4日三度修改。

入云霄，顶天立地，撑起半边天。白玉蟾又把白石岩比拟成一座大屋，里面有清澈如玉的泉水，可饮用，周围有"千崖万岫翠相连"，生机勃勃，到处绿茵。这实为人生的好去处，也是仙人炼丹的好地方。据史料记载，白玉蟾年轻时，曾经到那里去炼丹、养生。仙人在炼丹时，山中各种奇形怪状的动物也来看热闹。炼丹成功了，动物也离开了。这时，"紫烟"祥云则飞来了，把帝王祝贺炼丹成功的信息（书翰）传递到这里。这是多么令人高兴的事啊！宋代道教盛行，统治者笃信道教，全国普及道教。宋徽宗为了推行道教，令全国各州摹勒他的《神霄玉清万寿宫诏》碑。原安放于海南琼山城内玉皇庙之《神霄玉清万寿宫诏》碑，就是当时奉命摹勒的，今存于海口五公祠内。由此可见，白玉蟾把"丹熟"与"宸章"两者的关系联系在一起，是符合宋代社会实际的，因为帝王就是要人们炼丹（仙药）。这首诗是反映当时社会现实的。

  这里值得深思的是，白玉蟾为什么把白石岩比喻"石一拳"？有学者说，万物都有灵性。也许，白玉蟾当时就感悟到这白石岩有灵性。它象征着万泉河两岸人民群众的"拳头"，它有回天之力，像石头一样坚不可摧。在这"拳头"的威力下，万泉河两岸，乃至海南，终有一天，会发生翻天覆地的变化。还值得一提的是，诗一开头就写"拳"（象征海南人民的力量），结尾写"宸章"（泛指帝王或中央政权），二者前后呼应、紧密结合，说明海南虽然孤悬海外，但是始终接受中央政权的管理。海南同祖国大陆同呼吸，共命运。同时，诗人也预感到，这"石一拳"与"宸章"好像水与舟一样，水能载舟，也能覆舟。20世纪20年代初，中国共产党在海南的组织就在这白石岩附近成立，它领导海南人民，高高地举起"石一拳"，终于把压迫人民的反动政权打倒，先后涌现出红色娘子军和博鳌亚洲论坛，誉满全球。

  文化有传承与相互影响的作用，后人有学前人优点的习俗。明代海南著名文化学者丘濬作《五指参天》也是受到了白玉蟾《白石岩》的启发。其诗云：

  五峰如指翠相连，撑起炎荒半壁天。夜盥银河摘星斗，朝探碧落弄云烟。
  雨余玉笋空中现，月出明珠掌上悬。岂是巨灵伸一臂，遥从海外数中原。

  诗一开头，丘濬和白玉蟾一样，都是用人的"手"（一是拳，一是指）来比喻山。前者写"千崖万岫翠相连"，后者写"五峰如指翠相连"。两者都用

"翠相连"歌颂海南和全国的大好河山。前者，开头"平野巉然石一拳""云与齐高直接天"，写山之高，顶起半边天，气贯长虹；后者，开头"五峰如指翠相连""夜盥银河摘星斗"，也是写山之高，撑起半壁天，气势磅礴。在诗人笔下，两座山都令人肃然起敬。诗人以景寓意，都赋予两座山丰富的思想内涵。两首诗的最后两句，其内涵也大致相同。"遥从海外数中原"，诗人把"五峰如指"或"巨灵伸一臂"（泛指海南人民）和"中原"并列，或是指海南人民和大陆人民是团结一致的，正如白玉蟾把"石一拳"和"宸章"联系起来一样。两首诗都是七言律诗，同押一韵。两首诗都产生于万泉河岸边，一在中游，一在上游万泉河的发源地。两首诗都是千古绝唱。但是，白玉蟾这首诗，长期以来，我还没见过有人提到它，所以现在有必要把它整理出来，让大家共同欣赏，古为今用，弘扬优秀的传统文化。

白玉蟾和丘濬都是海南的才子，他们在中国都是有地位的名人：一个是宋代"全真南宗五祖"、道教的改革家；一位是明一代宰相、理学家、文学家、诗人。

2011年，我在海南省出版的一本书中，看到一篇文章提到白玉蟾的诗《白石岩》。这篇文章认为白玉蟾的《白石岩》写的是海南省定安县境内的白石岩。我对此表示质疑。2012年初，我专程到定安县的白石岩考察，并把它与万泉河畔的白石岩作了比较。万泉河畔的白石岩不但比起定安县的白石岩要更加高大巍峨，而且它的自然环境、人文内涵和它在海内外的声名等，都远远超过定安县的白石岩。正如白玉蟾所描绘它的高"直接天""鸟飞不到"等等，特别是它像"平野石一拳"，这与万泉河畔的白石岩周围环境非常类似。而定安县的白石岩比不上琼海的白石岩高大，而且它所处的环境是丘陵地带，而不是"平野"。所以我认为，白玉蟾所写的《白石岩》应是描绘琼海境内的白石岩（今称白石岭）。旅居台湾的海南人王万福先生也认为白玉蟾所写的白石岩在万泉河岸边。

漫话冼夫人①

冼夫人是6世纪我国南方越族一位杰出的女政治家和军事家。她经历梁、陈、隋三朝,为中华民族的团结与国家的统一事业做出了卓越的贡献。她不但密切了中原与岭南的联系,而且促进了岭南(包括海南岛)的经济与文化的发展。自陈朝、隋朝以来,她在岭南的威望很高,影响也很深远。过去,在广东西南部和海南岛的大部分郡县中,都建有冼夫人的祠、庙,有的叫"冼夫人祠",有的叫"圣母庙"。现在,在广州等地的祠堂里,都在醒目的位置介绍冼夫人的功绩、史料。

冼夫人出生于高凉(在今广东阳江,一说在广东茂名)越族大姓冼氏家族。她"幼贤明,多筹略"②,在娘家时,热情帮助大家,善于"行军用师",积极"劝亲族为善",在乡中享有很高的威望。一次,她的哥哥南梁州刺史冼挺恃其富强,侵掠旁郡,岭南老百姓深受其害。冼夫人多次进行规谏,制止了她哥哥的不义行为,减轻了老百姓的负担,民怨也逐渐得到平息,因此很多老百姓都拥护她。当时,就有海南儋耳郡(今儋州市)的俚人一千多峒归附于她。这时,她向朝廷提出重置崖州,朝廷同意了她的"请命",于梁大同中(540—541)在海南岛重置崖州。③

冼夫人约于梁大同年间(535—545)嫁给高凉太守冯宝(他是北燕君主冯弘的后裔)。她同冯宝一起实施开明政治,要求本府官吏遵从老百姓的礼节、风俗、习惯,规定"首领犯法者,虽是亲属,无所舍从","自此政令有序,人莫敢违",如有违背,她必查办。例如有一次,隋文帝派总管韦洸安抚岭南,此时

---

① 本文写于1980年1月,于1980年11月在《随笔》上发表。2020年2月17日修改于中山大学康乐园。2022年5月22日星期日再校对、修改。

② 本文主要参考《隋书·谯国夫人传》和《北史·谯国夫人冼氏传》,凡文中引文均出自《隋书》。

③ 见清朝《琼州府志》。

番禺王仲宣叛乱，其他首领响应，把韦洸包围起来。冼夫人命令她的孙子冯暄帅师解救韦洸。但冯暄因为同逆党陈佛智素来相好，故迟迟不肯出兵，冼夫人知道后无比愤怒，便派人将冯暄逮捕入狱。

在冼夫人参与政治活动的几十年中，即从梁朝到隋朝，岭南长年动荡不安，先后有高州刺史李迁仕、广州刺史欧阳纥、番禺王仲宣和陈佛智等地方首领叛乱，对抗朝廷。在这混乱的政局中，冼夫人坚决站在维护民族团结和国家统一的立场上，勇敢、机智地同叛乱分子作斗争，且百战百胜。李迁仕叛变前夕，企图拉冯宝上他的贼船，骗冯宝到高州去，一起谋叛。冼夫人识破了李迁仕的阴谋诡计，极力劝阻冯宝。然后，她抓住李迁仕大兵外出作乱，城中空虚的时机，率领一千多兵，"步担杂物，唱言输赕"（进贡财物）。李迁仕见此情景，无比高兴，全无戒心，她便趁李不备，突然袭击他，取得了大胜利。李迁仕逃到保宁都，冼夫人乘胜追击，与长城侯陈霸先（后成为陈武帝）会师于赣石（今江西省境内）。冯宝死后，岭南又大乱，但冼夫人善于团结百越民众，所以岭南很多地区还比较安定。一次，广州刺史欧阳纥谋反，企图引诱冼夫人的儿子冯仆一起叛乱，冯仆派人同她商量这问题时，她坚决反对，并且说："我为忠贞，经今两代，不能惜你，辄负国家。"紧接着，她便率领百越军队同官军一起，内外夹攻叛军，欧阳纥大败。她这一行动受到陈朝皇帝的嘉奖。陈至德中（583—586），冯仆死，不久，陈朝灭亡了，但岭南的政局还比较稳定，这是冼夫人统领有方的结果，因此岭南很多州郡共奉冼夫人，"号为圣母保境安民"。至此，广东西南部和海南岛都在"圣母"统领之下。隋初，冼夫人率领所属归附了隋朝。

为了维护民族团结与国家统一，冼夫人虽然已年逾半百，但她还是"亲披甲，乘介马，张锦伞，领毂骑，卫诏使裴矩，巡抚诸州"。番州总管赵讷贪污腐化，欺侮少数民族群众，激起了少数民族的反抗。这时，冼夫人便叫人列举了赵讷的罪状上报皇帝。皇帝依法处罚了赵讷，并委任冼夫人招抚当地少数民族。冼夫人亲自携带诏书，担任朝廷的特使，跑遍了十多州，宣述朝廷的政策，教化少数民族。凡她所到的地方，少数民族都归附于她。她在维护民族团结与国家统一方面，做出了巨大的贡献，受到隋文帝的嘉奖，追赠冯宝为广州总管谯国公，"册夫人为谯国公夫人"，并赐予她临振县（今三亚市）汤沐邑一千五百户。

冼夫人还经常教育子孙，要他们努力维护民族与国家的统一。冼夫人于隋仁寿（601—604）年间逝世，被谥为"诚敬夫人"。

【说明】

本文于1980年11月在广东人民出版社出版的《随笔》（1980年第11期）上发表。广东民族研究所所长刘耀荃（已故）先生看到本文后打电话给我（我当时在海南师专工作），说这是改革开放后，广东省内刊物公开发表的第一篇研究冼夫人的文章。他准备在茂名和海南两地召开冼夫人学术研讨会，邀请北京、广东和广西等地的专家学者参加，并向我发出与会邀请。经过两年的筹备，研讨会于分别在广东茂名和海南海口、临高和儋县召开了。从此以后，冼夫人的学术研究活动就红红火火地开展起来了，研究成果累累，我也撰写了不少研究冼夫人的文章。1985年初我调到中山大学出版社任编辑后，先后为茂名和海南研究冼夫人的专家、学者出版了好几本这一主题的著作，比如策划编辑出版了陈雄的《冼夫人在海南》等书。从20世纪80年代到90年代，我多次应邀参加了在茂名、高州和电白等地组织的冼夫人研讨活动。1995年夏初，荔枝成熟季节，在高州市隆重召开纪念冼夫人诞辰大会。高州市政府邀请我参加，并让我和广州大学黄君萍教授接受广东电视采访，介绍冼夫人的事迹。

2000年以后，因我的孙子在澳大利亚出生，要我去照顾，所以我就没时间参加国内的冼夫人研究活动了。虽然我长期远离祖国，但我不忘记优秀的中华传统文化，尤其是冼夫人文化。我在澳大利亚先后撰写了《冼夫人是开拓万泉河文化的杰出者》（2020年被茂名市评为优秀文章，获二等奖）等，并大力动员家人和悉尼的华侨在财力上支持王锡钧等乡亲重建琼海市石壁镇冼夫人庙。石壁镇原有一座冼夫人庙，抗日战争时期被日本鬼子炸毁。改革开放后，国泰民安，传统文化受到重视，冼夫人庙就重建起来了。在澳大利亚悉尼，我还撰写了两本拙作《万泉河传》《中国南海传》，这两本书都有论述冼夫人文化。100多年前，广东省华侨华人在悉尼修建了著名的洪圣宫和关公庙，后来被澳大利亚新南威尔士州政府列为重点历史文物保护单位。这两座庙我都参观过，并写了两篇文章在悉尼的中文报纸上发表，以之宣扬中华优秀的传统文化，特别是彰显冼夫人文化。由此可见"一带一路"历史文化之悠久及历史影响之深远。

中山大学著名教授黄伟宗先生最近看到我这篇拙文《漫话冼夫人》后,很高兴和重视,向我表示"相见恨晚",并要我将这篇文章予以推荐。在此,我特别感谢黄伟宗教授,并请黄教授赐教!

1980年我为什么写《漫话冼夫人》?我认为,冼夫人的思想及其家风很好,是中华民族的优秀传统文化,是宝贵的精神财富,特别是冼夫人坚持民族团结与国家统一,具有深远的历史和现实意义。在当时,除了海峡两岸尚未统一,香港和澳门也还未回归祖国。冼夫人的思想和行为,就是坚持民族团结和国家统一,挖掘、整理和弘扬冼夫人文化思想,就是期望促进两岸早日统一,港澳早日回到祖国大家庭。

冼夫人是开拓万泉河文化的杰出人物[①]

中华民族有优秀的传统文化，那就是中华文化。但是，在传统的中华文化中，又有具体的地域性文化，比如黄河文化、长江文化、珠江文化、万泉河文化等。有人说，每一种地域性文化都有自己的开拓者和圣哲，比如黄河文化的开拓者是黄帝，圣哲是孔子；长江文化的开拓者是炎帝，圣哲是屈原；珠江文化的开拓者是舜帝，圣哲是六祖惠能。我同意这种观点，因而我认为，开拓万泉河文化的杰出人物就是冼夫人，圣哲是道教南宗五祖白玉蟾（宋代琼山五原人）。长期以来，不少人在报刊上发表文章称，万泉河不仅是琼海人民的母亲河，而且是海南人民的母亲河。我同意这种言论，所以我说，冼夫人不仅是开拓万泉河文化的杰出人物，而且是开拓海南文化的杰出人物。

要追溯海南历史文化的源流，就必须了解海南历代郡县的开辟与建置。黎族（最早称为越族或俚人）是开辟海南岛的先民。他们在汉人登上海南岛之前，早已从中国南方的越族聚居地（百越）移民到海南岛沿海地带，在那里建立起自己的家园，过着自给自足的经济与文化生活。远古的唐虞时代，海南岛被称为"南交""荒蛮之地"。秦始皇统一中国之后，在雷州半岛的徐闻设立了象郡（一说郡治在今广西崇左），遥控海南岛。汉武帝元封元年（前110），在海南的大地上设立了珠崖、儋耳两郡，统管十六县，属交趾刺史部管辖。这十六县，经过考证确定的只有八县，即：珠崖郡的潭都县、玳瑁县（两县可能在今琼山市境内）、苟中县（在今澄迈县境内）、紫贝县（在今文昌市境内）、临振县（在今三亚市境内）；儋耳郡的九龙县（在今东方市境内）、至来县（在今昌江县境内）和儋耳县（在今在儋州市境内）。由于汉人上岛后与当地少数民族产生矛盾，少数民族的反抗十分激烈，西汉政府在海南岛上的统治并不稳固。

[①] 2008年10月21日写于澳大利亚悉尼海滨，2020年2月19日修改于中山大学家中。2020年8月17日星期一再次修改。发表于《茂名日报》2020年10月22日第B2版，获得该报所颁发的奖项。2022年6月7日星期二再审读、修改。

经过六十多年之后，西汉又把两郡合并成一郡——珠崖郡，后来又把一郡变为一县——珠庐县（在今琼山市境内），最后把珠庐县的官员、士兵等统统撤到琼州海峡以北，以之遥控珠庐县。这实际上是放弃不管了。到了东汉，仍旧保持西汉的珠庐县，后改名为珠崖县（隶合浦郡），县治据说在南渡江下游。东汉经营海南岛177年，但是其管辖的范围只是在海南的北部和西部，而西汉治理过的南部则丢弃不管了。三国时，海南岛属于吴国统治范围。吴国恢复珠崖郡，但郡治在徐闻，下领珠庐、珠官两县。然而，两县是否在岛上，史无记载。实际上，吴国对海南岛的管理也是不得力的。到了南朝宋齐两代，海南的建置依旧。

从东汉到冼夫人掌管海南岛之前，其间有580多年。在这几百年中，历代统治者名义上管辖海南岛，而实际上是时管时废。由于海南岛长期处于松散的统治，海南的社会经济比岭南任何地方都落后、混乱、黑暗。民族矛盾激化，镇压与反镇压的斗争此起彼伏。比如："武帝初，遣路伏波之拓地海南也，环海建置珠崖、儋耳二大郡，合一十六县。周匝相维，大小相制，雄边规模何如也？然其终也，且不能禁制反乱。连年兴兵攻击，将帅士卒死者万以上，而费用三万万余，卒无成功。元帝初元三年，甚至弃罢郡县然后已。"（《琼台志》）"武帝末（前87），珠崖太守会稽孙幸调广幅布献之，蛮不堪役，遂攻郡杀幸，幸子豹合率善人还复破之，自领郡事，讨击余党，连年乃平。"（《后汉书·南蛮西南夷列传》）"（汉宣帝）甘露元年（前53），（珠崖）九县反。"（《汉书·贾捐之传》）"甘露二年（前52），交趾、珠崖郡反"（《琼州府志》），等等，都是统治者与被统治者之间的矛盾。此外，还有岛上的少数民族内部的矛盾。可以说，在冼夫人到来之前的海南岛，其社会是不安定的，人民是不能安居乐业的。于是，有人把海南岛称为"荒蛮""险恶""化外"和"鬼门"之地。

有位海南著名的历史文化学者说，海南岛在冼夫人管辖之前，有二百多年基本上处于黑暗时期。但是，到了梁、陈、隋时，冼夫人分别代表了这三个朝代的皇帝管治海南岛，海南岛就发生了巨大的变化。有一位日本学者叫小叶田淳，他在20世纪30年代初来海南岛考察，写了一本《海南岛史》。他在这本书中指出，只有冼夫人管辖海南岛之后，海南岛才出现了"黎明"的曙光。我查阅了一些有关海南岛历史的资料，比如广东省民族研究所原所长刘耀荃的《黎族历史纪年辑要》等，这些资料告诉我们，从冼夫人经历的梁、陈、隋三个朝代，也就是冼夫人直接管辖海南岛的时期，海南岛和封建王朝中央基本上步调一致，民族关系是团结的，社会基本上是和谐、安定的，人民是安居乐业的，经济和文化是发展的。所以，"冼夫人确实是一个了不起的女性，是一个爱国主义者，在海南岛从汉元帝初元三年（前46年）起被弃置，历经几十个皇帝，580年长期孤悬海外，成为中原历代统治者最感头痛问题的时候，是冼夫人'请命于朝，置崖州'（《琼州府志》），并亲躬力行，使置州成为现实。在海南岛脱离中原统治'久乱无统'（《琼台志》语），人心思治的岁月里，是冼夫人及时'安九峒'、'护千家'（儋县中和'宁济庙'语），使海南俚僚过上安定的日子。在中原改朝换代，岭南贪官作孽，人心惟恐，翘首期待'圣母娘娘'冼夫人出现的时候，是冼夫人不顾高龄'历十余州[1]，宣述上意，谕诸俚僚。'（《隋书·谯国夫人传》）稳定了人心。冼夫人功绩卓著，赢得了岭南各地以及海南岛十多县市百万人民和海外侨胞的敬仰和怀念"[2]。在"政治上，中原势力在海南站稳脚跟自冼夫人开始；海南俚僚和汉官的融和关系自冼夫人开始；经济上，海南安定繁荣自冼夫人开始"；"在她所处的内忧外患的梁、陈、隋三个朝代，由于她的卓越领导和冯冼家族子孙的不懈努力，岭南大地（包括海南岛）获得了长达110年的安定政治局面，社会经济和文化也得到较大的发展，并对后世产生了深远的影响"[3]。原岭南大学著名教授冼玉清在她的《民族女英雄冼夫人》中说：冼夫人是"妇女为国立德立功之第一人……妇女任使者宣喻国家意志之第一人。"周恩来总理说："冼夫人是中国巾帼英雄第一人。"我认为这些名人对冼夫人的评价是符合历史事实的。但是，当时的历史事实又是怎么样的呢？为什么这位生活在一千多年前的妇女，能改变当时海南岛的面貌，成为开拓万泉河文化乃至海南文化的杰出人物？她，值得我们认真研究。

冼夫人是古越族人（俗称俚人）。古越族的分布范围包括今天的浙江、福建、广东、广西和云南等省份。广东与广西古称南越。冼夫人家"世为南越首领，跨据山峒，部落十余万家"（《隋书·谯国夫人传》），这是一个大贵族统治

---

[1] 指广、衡、交、越、成定、明、新、合、罗、德、宜、黄、利、安、建、石、崖等十九州。
[2] 裘之倬：《代前言》，见陈雄《冼夫人在海南》，中山大学出版社1992年版。
[3] 王越丰：《序》，见陈雄《冼夫人在海南》，中山大学出版社1992年版。

阶级家庭。虽然冼夫人出身于这样一个豪强家庭，但是她不是贪图享受的贵族小姐，她与众不同，出类拔萃。比如，梁朝时，在冼夫人出生地区礼教很严，妇多穿耳，出门用头巾遮面。可是冼夫人幼年在家时，却不拘于这些礼节，出门不裹头巾，不佩耳环，不回避男女交际，每遇事端，多请乡中长老献策，排解疑难。青少年时期的冼夫人就胸怀大志，要走出部落治理一方社会。

在冼夫人出生之前的秦代，秦始皇已把五十多万汉人从北方移民到岭南地区，落地生根、繁衍生息。到了汉代以后，从北方移民到岭南的汉人就更多了。汉族和越族世代和睦相处、通婚、融合，岭南人口越来越多。与此同时，汉人还带来了先进的汉文化和先进的生产技术。汉越文化、生产技术彼此交流、相互促进，使岭南地区的经济和文化不断发展。到了冼夫人生长的年代，汉族的儒家、道家和法家传统文化已传遍岭南大地、深入人心，成为岭南的主流文化。儒家、道家和法家思想都是中国传统文化的主干，对增强汉族和越族的心理凝聚力都有巨大的影响。冼夫人就是在中华民族传统文化的熏陶下成长、壮大起来的。她深受中国传统文化的影响。儒、道、法家思想，是冼夫人的主导思想，是她行动的指南。冼夫人在学习中国传统文化的同时，还学习前代先进人物的实践经验，以之来武装自己。为了治国平天下，她还加强自己的道德品质修养，努力做到"责己严，责人宽"。所以，她能"幼贤明，多筹略"（《隋书·谯国夫人传》）。后来，她逐渐成为一位女中豪杰、卓越的政治家和军事家。冼夫人结婚之前，"在父母家，抚循部众，能行军用师，压服诸越，每劝亲族为善，由是信义结于本乡"（《隋书·谯国夫人传》）。年轻的冼夫人心地善良，怀有"仁者爱人"思想，深入各部落群众中，体恤民情，帮助群众解决困难。她家掌管的部落很多，内部问题不少，经常产生矛盾，甚至发生暴力事件，危害群众利益。她对那些危害群众利益的暴徒，总是反复教育，教育无效就以强硬手段震慑，避免暴力事件再次发生。为了正确处理部族内部的矛盾，她"正人先正己"，教育自己的亲属，与人为善，与己为善，助人为乐，不要盛气凌人，应平等待人，讲诚信、讲正义，不义之财不要，不义之事不做。这也是她处理部落矛盾、搞好民族团结的正确方法。由于冼夫人有高尚的风格和超人的办事能力，因此，获得乡亲们的好评，她的威望越来越高。"越人之俗，好相攻击。夫人兄南梁州刺史挺恃其富强，侵掠傍郡，岭表苦之。夫人多所规谏，由是怨隙止息，海南儋耳归附者千余峒。"（《隋书·谯国夫人传》）从这里看出，越族人民非常憎恨民族内部恃强凌弱的战争，因为战争给他们带来了苦难。冼夫人体恤民情，同情人民，反对战争。然而她明白，产生战争的根源就在她家里。她哥哥"恃其富强"，侵犯"傍郡"，给"岭表"越族同胞带来了灾难，严重地破坏了民族团结。她明白，要把越族从战争的苦难中解救出来，搞好民族团结，就要反对她哥哥的野蛮行为。冼夫人懂得"欲明德天下者，先治其国；欲治其国者，先齐其家；欲齐其家者，先修其身；欲修其身者，先正其心"（《大学》）。她的家是岭南越族十多万峒的首领，岭南的民族能否团结，社会能否和谐、安定，她的家是个关键。为了让岭南各民族能过上安定、和谐的日子，冼夫人竭尽全力规劝自己的哥哥，不要行"霸道"，不要"以力服人"，应该"以理、以德服人"。经过冼夫人苦口婆心的劝阻，南梁州刺史冼挺终于停止了侵害"傍郡"的行为。越族的老百姓终于恢复了和谐安定的日子。年纪轻轻的冼夫人，就以出众的才华和非凡的魅力，赢得了越族人民的信任。于是，越族广大群众热爱她，纷纷归附她。当时就有海南儋耳郡一千多峒的峒主和老百姓归附于冼夫人，要冼夫人来管辖他们。在建于唐代的儋州宁济庙中，就有九个石头人像跪在冼夫人像面前，表示祈求冼夫人宽容的场景，这生动地反映了这段历史。这位一千多年前的妇女，能有那么多人热爱她、归附她、依靠她、祈求她，的确是非常伟大！

中华传统文化强调"厚德载物"，冼夫人既是一位以"德"治国的杰出人物，也是一位以"法"治国的杰出人物。"法也者，民之命也，为民治之本也。"（《商君书·定分》）"不贵义而贵法，法必明，令必行。"（《商君书·画策》）"刑无等级，自卿相将军以至大夫庶人……有功于前，有败于后，不为损刑；有善于前，有过于后，不为亏法。"（《商君书·赏刑》）在她看来，只有明法严刑，才能达到"国治"与"民安"。梁朝大同（535—546）初，冼夫人和罗州刺史冯融的儿子冯宝结婚，之后冼夫人积极协助冯家管理政事。由于冯氏家族不是本地人，因此本地人不服冯氏管理。冼夫人就"约诫本宗，使从民'礼'①，每共宝参决辞讼，首领有犯法者，虽是亲族，无所舍纵。自此政令有序，人莫敢违。"（《隋书·谯国夫人传》）冯氏对地方的治理有了明确的政纪，冼夫人以身作则，严格纪律，带头执法，如果有违"礼"者，即使是亲族，照

---

① 指当时的社会政治制度与法令。

样铁面无情，依法处理。比如，公元589年，隋朝灭了陈朝，统一了中国。第二年，王仲宣起兵背叛朝廷，冼夫人就派遣孙子冯暄带兵攻击王仲宣部将陈佛智，镇压叛乱。由于冯暄和陈佛智是好友，所以他迟迟不肯出兵。冼夫人大怒，立即将冯暄囚禁于州狱中。这件事生动地教育了她的亲属和广大群众，"自此政令有序，人莫敢违"。由此可见，冼夫人的确是一位了不起的政治家。她为了使法令得到贯彻执行、维护国家的统一，可以不徇私情，"大义灭亲"，对亲族犯法都以法论处。她彻底打破了儒家传统的"刑不上大夫，礼不下庶人"的等级观念，强调"王子犯法与庶民同罪"。冼夫人的行为为后来的法制工作者树立了榜样。

  冼夫人对于贪赃枉法者也是恨之入骨的。赵讷是隋朝的番州（广州）总管，他贪婪暴虐，各地的俚僚百姓非常仇恨他，纷纷抗缴赋税。为了保境安民、惩治腐败，冼夫人向朝廷历数了赵讷大量的罪状，经过核实后，朝廷对他处以极刑。冼夫人为民除了大害，岭南的社会又和谐、安定了。可见，冼夫人处处以人民的利益为重，关心人民的疾苦，为人民造福。

  冼夫人是位智勇双全的军事将领，这是她学习商代女将军妇好和《孙子兵法》的结果。妇好曾带兵出征，消灭了入侵的敌人，保卫了商朝的安全，获得了商王的嘉奖。妇好是中国妇女当兵、领兵的先驱，也是冼夫人学习的好榜样，但是冼夫人的军事领导能力远远地超过了妇好。冼夫人还认真地学习了《孙子兵法》。虽然前代人没有给我们留下冼夫人如何学习《孙子兵法》的记载，但是，从冼夫人的用兵之道上，就可以看出她对《孙子兵法》颇有心得。比如，《孙子兵法》的重要切入是"信息""慎战""和平"。所谓"信息"，就是要知己知彼，掌握好敌人的军事情报，才能百战百胜。冼夫人在这方面做得很好，比如她率领军队巧妙地伪装进城，一举击败高州刺史李迁仕，就是一个很好的例子。所谓"慎战"，就是要稳妥谨慎，不打没准备好的仗，要善于保护自己，减少牺牲。比如，冼夫人在三个朝代里，连续打败了反叛朝廷的欧阳纥和王仲宣等，就是她"谨慎善战"的结果。所谓"和平"，几千来的中国历史都证明，中华民族是爱好和平的民族。冼夫人一生所追求的也就是"和平"，不是战争。她希望各民族都能和睦相处，过着安居乐业的日子。比如，她极力反对她哥哥恃强凌弱，发动战争，侵犯邻郡，破坏和平；她在岭南一贯主张"德治"，反对"霸道"，等等。她毕生为实现民族和睦团结和国家的统一而斗争。

古越族也有崇尚武艺的优良传统。他们居住的一些地方是道教圣地，比如福建的武夷山、广东的罗浮山和海南的白石岭等，在那里的道教庙宇里，有武艺高超的师傅。武功师傅们曾为越族培养了一批又一批武艺尖端人才，遍布岭南各地城镇和乡村。冼夫人也像男子一样，从小爱练武功，她的武艺十分高超。比如，在陈朝时，有一个强盗带领一伙人占据高凉山脉的大榭岭，自称大榭王，早晚出没，为害人民。各峒群众恐惧不安。冼夫人闻之，便亲骑高大的白马，手持鞭锏，带领甘、廖、盘、祝四将，登山布阵，与大榭王比武。大榭王先举利剑，向前面大石劈去，"噼啦"一声，巨石立刻裂成两半。看到这些，冼夫人毫无惧色，二话没说，猛地提起鞭锏向大榭岭击去。一声雷响，大榭岭被击成二十四道埇坑。大榭王看到这个情景，脸色一下子变了，当场伏倒在地上向冼夫人请罪，表示甘拜下风。又有一次，冼夫人行军到五指山区，一山王要和她比武。只见冼夫人拿起弓箭对着远远的一只野生水鸭的脖子射去，那水鸭的脖子立刻断掉了。那山王见此情景，立即说："不比了，我服输了。"在冼夫人所带领的部队里，战士们是经受过严格的武艺训练的。他们不但学习南方的武艺，而且学习汉人带来的北方武功。所以冼夫人的部队是一支所向披靡的部队。正因为有这支精锐护送，所以她能够顺利地"亲载诏书，自称使者，历十余州，宣述上意，谕诸俚僚，所至皆降"（《隋书·谯国夫人传》）。

冼夫人是一位真诚的"忠君""爱国"和"爱民"者，她为了国家的统一、民族的团结，不辞劳苦，爬山涉水，走遍岭南所有的州县，不折不扣地按照皇帝的旨意，团结群众，宣传群众，教育群众。沿途的群众听了冼夫人的"宣述"，深受教育，对国家统一和民族团结的重要意义一清二楚，都和冼夫人站在一起，以实际行动来支持冼夫人，向一切妄图破坏这一大好局面的凶恶势力作斗争。在冼夫人和群众的强大攻势下，各路反叛势力纷纷向冼夫人投降，归顺朝廷。

古代的岭南处于一个特殊的位置，它山高海阔，离王朝统治中心远，土地广大、肥沃，物产丰富，水陆交通方便，并且有海上丝绸之路，对外经济贸易和文化交流很畅通。在这样特殊的环境里，岭南历代都产生了一些阴谋家、野心家，他们认为，在这块富饶的土地上可以搞独立王国，割据一方，比如秦代的任嚣、秦汉间的赵佗和汉代的吕嘉等。任嚣趁秦始皇死后中原混乱之机，把岭南变成自己的地盘，但来不及建国称王他就死了。赵佗是任嚣的接班人，任嚣死之前暗示赵佗可以在岭南称王，于是赵佗在岭南建立了南越王国，割据统治了近80年，但是他和他的继任者都主动向汉朝称臣，接受汉朝的册封。而身为末代南越国宰相的吕嘉则不同，他杀害主张归顺汉朝的南越王赵兴，独揽大权，企图在岭南称帝，抗拒统一。为了汉王朝的统一大业，汉武帝派遣伏波将军路博德和楼船将军杨仆等率数十万大军南下灭亡了南越国，吕嘉在广州附近的石门被捕，他的皇帝梦破灭了。吕嘉的残余部队继续往海上逃跑，路博德和杨仆的楼船部队一直追击到海南岛乃至"三沙"群岛，彻底消灭了吕嘉的残余分子，汉武帝统一了岭南。汉代以后，在历代岭南的统治者中还是出现了一些破坏国家统一和民族团结的分裂分子，但是这些行径都是不得人心的，都是注定要失败的。只有像冼夫人这样坚持国家统一、民族团结的杰出人物才是得到当地群众拥戴的。

忠君、爱国是冼夫人一生的信念。自从冼夫人嫁给冯宝之后，"夫人情在奉国，深识正理"，和冯宝一起治理地方，保境安民，即使冯宝去世后，她还是带领她的儿孙们旗帜鲜明地将反对分裂、维护民族团结和国家统一的斗争进行到底。

梁朝太清二年（548），梁武帝的大将侯景发动叛乱，起兵攻打京城。高州刺史李迁仕暗通侯景，企图拉拢冯宝和他一起反对梁武帝。冼夫人一针见血地指出，这件事有"诈"，劝冯宝切勿上贼船。揭穿了李迁仕的阴谋之后，冼夫人乘李迁仕不备，一举将他消灭了。公元557年，陈霸先建立陈朝。这时，身在岭南的冼夫人立即表示效忠陈朝，并且亲自派遣自己九岁的儿子冯仆率领各州首领千里迢迢前去都城建康祝贺，陈霸先便封冯仆为阳春郡守。569年，广州刺史欧阳纥起兵反陈，并企图胁迫冯仆一齐起兵造反。冼夫人获得此消息后，"慎思之"，认识到欧阳纥造反不会有好下场，而且岭南人民必然遭战争的祸害。于是，她坚决反对冯仆和欧阳纥同流合污。她对冯仆说："我为忠贞，经今两代，不能惜汝，辄负国家。"（《隋书·谯国夫人传》）如果冯仆不听她的话必定挨斩！冼夫人一方面派兵在边境防御，一方面率领各州首领及其部队会合陈朝派来的车骑将军章昭达部队，对欧阳纥内外夹击，将他生擒。欧阳纥全军溃败，陈朝终于统一了岭南。陈朝至德中（583—586），冯仆去世，后来又遇到陈朝灭亡，岭南一带无所归附，各郡县的首领一致推举冼夫人为岭南之首领，要她保境安民，称她为"圣母"。隋文帝统一中原之后，派遣总管韦洸安抚岭南。陈将徐璒率陈朝的残兵败将据守南康，韦洸到岭下，不敢前进，冼夫人就派遣孙子冯魂带兵攻击徐璒，徐璒在内外夹击下败下阵来。冼夫人迎接韦洸进驻广州。后王仲宣叛变，围韦洸于广州，冼夫人派遣孙子冯盎救援，打败王仲宣。后来，冼夫人又亲自陪同隋文帝派来的诏使裴矩巡视各郡（州），从此岭南安定。

冼夫人之所以坚定不移地"忠君""爱国""爱民"，始终爱憎分明、驱除邪恶，努力维持社会和谐，这是因为她一方面，吸取秦王朝暴政导致二世而亡的教训。据说，秦统治岭南时，秦始皇听了谣言"南越雷王要造反"，于是，派兵血腥杀害了雷州半岛大批群众。这血的教训，让冼夫人记忆犹新，从而更加体会到儒家"爱民"思想的重要性。另一方面，她又受了前代政治、军事人物先进思想的影响，比如秦末的任嚣、秦汉间的赵佗、西汉的路博德和东汉的马援两伏波将军等。任嚣和赵佗在岭南对各民族大力安抚，受到南越民族的欢迎。"屈大均《坟语·任嚣墓》中说：'嚣至，抚绥有道，不敢以秦虎狼之威复加荒裔。'又说：'……南有任嚣，恩泽扬越。'可知任嚣治岭南不是用高压政策。"① 据广州的史料记载，任嚣对南越民族有"仁厚之风"，功德不少，群众称赞。所以他的坟墓和祠堂在广州，从汉代到宋代都香火不断。历史记载，赵佗在位期间（前206—前137），他的势力从广州扩大到海南岛。他对南越各民族一视同仁，重教化，反对狭隘的种族歧视，实行民族融合政策，使岭南的越族和汉族和睦相处，为岭南文化树立了新风尚，被汉高祖誉为"甚有文理"的"德政"。② 许多南越部落的群众都被赵佗的"德政"所吸引，纷纷拥护南越国。路博德和马援虽有严重的大汉族主义，但也有同情、安抚越族的举措。尤其是，路博德是进军海南先锋，马援重置珠崖县，他"所过辄为郡县治城郭，穿渠灌溉，以利其民"③。他们在岭南都有很大的声望。冼夫人从这些历史人物身上学到了很多好的政治思想和汉族的优良文化传统，对她后来治理海南岛和南海"三沙"群岛大有启发。

综上所述，我们了解了冼夫人的政治思想、政治立场、军政领导能力、文

---

① 陈潞：《岭南新话》，香港上海书局1980年版。
② 司徒尚纪：《海南岛历史上土地开发研究》，海南出版社1992年版。
③ 司徒尚纪：《海南岛历史上土地开发研究》，海南出版社1992年版。

化素养和个人品德，从而可以深入理解，"海南黎族的始祖"①冼夫人对海南岛万泉河文化乃至海南文化的贡献了。在这里，也许有人会怀疑，冼夫人是否来过海南？关于这个问题，研究冼夫人的很多著名的专家，都列举了很多历史资料和民间传说，做了很精辟的回答。我认为，冼夫人不但常来海南，而且开辟了海南新纪元。冼夫人去世后，她的思想、她的政绩、她的品德、她的风范，永远照耀着海南岛这块美丽的大地和辽阔的南海三沙市，推动海南的政治、经济和文化向前发展。可以说，没有冼夫人，哪能有海南隋唐时代的大发展？正如没有中国共产党哪能有今天中国的崛起一样。海南的今天是继往开来的。正如有一位历史文化学家说，一个地区的政治、经济和文化，往往是由贤人、吏守来开拓、推动的。冼夫人不就是这样的一位开拓者、推动者吗？对于冼夫人在岭南的历史文化，尤其是在海南的历史文化，必须重视它、研究它，只有这样，才能快速发展海南的经济和文化。正如李瑞环同志所说的："不管什么人，要想在中国这块土地上做一些有益人民、有益于民族、有益于历史进步的重大事情，就必须深入了解和研究中华民族历史文化。"冼夫人的历史文化是中华民族历史文化的一部分。冼夫人是创造岭南的历史文化的杰出人物之一，她，永载史册，永垂不朽，永远光彩照人。

　　冼夫人小时候就非常聪明伶俐，20岁以后就大有作为。她带领的部队累建战功，声望威震岭南。她22岁那年，海南儋耳就有一千多峒的首领和群众自动归附她管治。群众对她的信任，更加坚定了她管治海南岛的决心。她总结了前代人统治海南岛时管时废的历史经验教训，从而提出，要使海南长治久安，必须在海南建立郡（州）、县，派遣各级官员治理，建立一支坚强有力的武装部队，镇压地方上危害百姓的盗贼和匪徒。她23岁那年，即梁朝大同元年（535）开始，就向梁朝廷建议在海南岛北部建立崖州，州治在琼山（一说在儋耳），归广州都督府领导。梁朝廷很快就批准了她的建议。从此，海南岛就真正恢复了州、县的设置，重归中央王朝统一领导，改变了以前混乱无序的状况，海南岛从此出现了曙光。封建王朝对海南岛的统治也从此进一步地得到了巩固。"此后历隋、唐、宋、元、明、清，本岛不论设郡、置州还是设府，都统属于中央政权治辖之下，成为全国统一的行政区划的组成部分。这是本岛建置上的一大

---

① 黄君萍：《冼夫人族属笺证》。

进步。"①

为了真正落实、加强领导，冼夫人不但身体力行处理政务，而且派遣自己的亲属参与各级政府的领导管理。她还不断动员大陆的越族（俚人）向海南岛移民，以发展生产和文化教育。从梁朝大同元年（535）到隋朝仁寿二年（602）冼夫人逝世为止，共有67年。在这期间，冼夫人坚定不移地按照各个朝代皇帝的指令对海南岛进行管治。她整顿、巩固了海南岛北部的崖州之后，又逐步向海南岛的东部、南部和西部挺进，先后建立和健全了儋耳和临振两郡以及十个县，即义伦、感恩、颜卢、毗善、昌化、吉安、延德、宁远、澄迈、武德的建置。这些县几乎把整个海南岛都管起来了。万泉河两岸由珠崖郡武德县管辖。冼夫人代表封建朝廷把统治的权力伸展到了万泉河两岸，乃至把汉代以来统治者弃管的海南岛南部，包括今天的万宁、陵水和三亚等地也重新管辖起来。从此以后，这些地方的政治、军事、经济、文化就活跃起来了。冼夫人为海南岛复郡、增县，"为以后奠定了海南行政基础，此实为本岛建置上一个划时代的贡献"②。隋文帝知道冼夫人治理海南岛有功，于开皇十一年（591年）又将本岛南部的临振县一千五百户赐作冼夫人汤沐邑，并赠其子冯仆为崖州总管。从此以后，直到唐天宝年间（742—756），冼冯家族便逐渐成为海南岛实际的管理者。

由于冼夫人从梁、陈和隋以来，加强管辖万泉河两岸，因此使万泉河两岸的政治、军事、经济和文化发展都有了良好、坚实的基础。唐显庆五年（660），这一带成立了乐会县，治所在万泉河下游平原丘陵地区的乐城。乐会县的地理条件得天独厚，靠近南海，出海便是海上"丝绸之路"，交通方便，有利于发展海洋经济，有利于沟通东南亚各国，因此成为万泉河两岸的政治、经济和历史文化中心。翻开海南现存最早的史籍《琼台志》，从卷二的沿革表中可以看出，海南岛在梁、陈、隋、唐四个朝代的历史，几乎就是冼夫人及其家族的历史。可以说，如果没有冼夫人及其家族在海南辛勤的开拓，海南岛就不可能有隋唐之后的安定局面，经济也不可能稳步地发展，更不会出现"鱼盐家给无虚市，禾黍年登有酒樽"（唐李赞皇诗）的繁荣景象了。然而必须指出，

---

① 司徒尚纪：《海南岛历史上土地开发研究》，海南出版社1992年版。
② 司徒尚纪：《海南岛历史上土地开发研究》，海南出版社1992年版。

在冼夫人管治海南岛的几十年间,未见海南岛有背叛朝廷的现象,但是在冼夫人于仁寿二年(602)逝世之后,她的孙子冯盎管治海南岛不几年,于隋炀帝大业六年(610)就发生了珠崖郡王万昌叛乱,由此可见,冯盎的管治能力和权威是比不上冼夫人的。也可见一个领袖人物对一个地区、一个国家所起的作用是何等的重要!冯盎在隋炀帝派来的陇西太守韩洪的配合下,才把王万昌叛乱镇压下去。不久,王万昌的弟弟王仲通又叛,韩洪再协助冯盎把他镇压下去。①。

冼夫人对郡县的治理都是实行政治、军事和教育一体化的,政治是主帅,军事是为政治服务的。军队开路之后建立起政权,又以军队来保卫政权。从冼夫人的政治生涯可以看出,她始终不放弃军权,不放松军事建设。因为她认识到,为了整治当时黑暗、动荡不安的社会,就必须有一支坚强有力的军队作后盾。有了军权,才有政权。为了打造一支精良的军队,冼夫人分别在岭南各郡(州)创办讲武平台,她亲自带头讲课。比如,清代方寰的《琼南怀古》(八首)之一,就是歌颂冼夫人创办讲武堂的:

高梁尚未厌征鞍,锋镐销融化宇宽。巾帼几闻能讲武,戈铤输与独登坛。
力专百粤群氛净,心护南朝一寸丹。终古琼台台畔水,东流尤为壮波澜。

这首诗的最后两句"终古琼台台畔水,东流尤为壮波澜",很明显是描写海南广大人民支持冼夫人开办讲武堂的。冼夫人除了抓紧军事理论教育之外,还从不放松对军队的实战训练,她经常带领军队出征。据传说,如今万泉河两岸的田埇岭、青塘(葵埇)、京坡、中原、文曲、龙江、土尾朗和石壁等地,乃至今天的海口市琼山区新坡镇、东山镇等,以及定安县、屯昌县和澄迈县各乡镇,都有当年冼夫人的演兵场或驻军地点。冼夫人的军队纪律严格,是文明之师,威武之师。他们在驻地常为群众做好事。据传说,冼夫人在今琼海市田埇岭巡视期间,正值瘟疫流行,冼夫人就用一种中草药剂,名叫"孔明行军散",救治了无数老百姓的生命。所以那里的百姓为了铭记冼夫人的恩德,就为她建立了一座庙宇,并塑造了金身安放在庙宇里供奉。农历五月初四和七月十

---

① 见《隋书·韩擒虎传》附传录。

四是冼夫人进驻和离开田埇岭的日子，当地的老百姓每年在这两个日子里都要举行盛大的祭祀活动。这种活动除了本地的百姓参加外，还有文昌、定安和万宁等地的群众参加。[①] 琼海市石壁镇的婆祖庙（冼夫人庙）建于明末清初，至今已三百多年，庙址据说正是当年冼夫人大军的驻地，叫石壁湾。这石壁湾是万泉河中游的一个优良港口，水深港宽，可停泊很多条木帆船，而且石壁湾附近自然条件好，土地肥沃，农产品丰富，黎族居民多。当年冼夫人的战船从南海的博鳌港进入万泉河口，沿万泉河而上，沿途宣传冼夫人的施政纲领。冼夫人的战船到了石壁湾，就停泊在那里进行休整，补充军粮和其他食品，然后沿万泉河而上。万泉河上游有两条支流：一条在乐会县境内，俗称乐会水；一条在定安县境内，俗称定安水。冼夫人的战船离开石壁湾后，向万泉河上游的五指山区进军，继续宣传，并且消灭鱼肉黎族百姓的山王恶魔。冼夫人的部队是一支英勇善战、爱护群众、纪律严明的部队。他们所到之处，不但平息暴乱，而且安抚黎族群众，深受他们的欢迎和拥护。这支部队仅用数月时间，就平定了万泉河沿岸乃至五指山区的凶恶势力，使广大黎族老百姓过上了安居乐业的日子。石壁湾地区的人民群众不忘杰出始祖冼夫人，不忘她的美德，就在石壁湾建立了一座冼夫人庙，定期祭拜她。从建庙者题写的庙联"夫道扶持千家乐，人德保佑万户欢"可见，冼夫人的功德无量。

在明清时代，石壁湾冼夫人庙的建立影响很大，万泉河两岸的祠庙文化迅速地发展起来。各个村庄都有村庙、祠堂、土地公庙和家庙，比如荔枝山村庙、赤坡村庙、大村庙、蒙养村庙、大山村庙、中洞村庙、滨滩村庙、下朗村庙等等。这些村庙都是为纪念著名历史人物而建立的。比如，万泉河地区有一位著名历史人物叫王官，是元代南建（今定安县）知州。他和他的家属都善待群众，为民除恶，受到群众的崇拜。王官及其家属是元代万泉河地区先进文化的代表人物，群众缅怀他们，很多村庄都立庙纪念他们。

冼夫人"能行军用师"，她的用兵之道及其巾帼英雄风范对后代海南岛的影响极为深远。明代琼山县新坡梁沙村的梁云龙考中进士之后，被朝廷授予兵部武库司主事，从此开始了他的军事生涯。他东征侵犯高丽的倭寇，西陲安抚少数民族平叛乱，百战百胜，官至湖广巡抚、提督军门，皇帝赠他为兵部左侍

---

① 参见何书新：《岁月如霞田埇岭》，《万泉河》2005年1-2期。

郎。据传说，他与冼夫人有着深厚的渊源。当年冼夫人驻军在梁沙村时就住在梁云龙祖先的家中，而且把梁家作为"干娘家"。她把她的军事思想和战略战术（源于孙武、孙膑兵法）传授给梁家。梁家将之作为传家宝，世代相传，并且称冼夫人为"婆祖"。到了梁云龙这一代，他就更加刻苦学习冼夫人的政治理想和用兵之道，所以后来，成为有明一代著名的军事家。

我在编辑出版中山大学历史学系原主任、著名教授陈胜粦的《鸦片战斗论稿》时，他给我提供了很多该书稿的相关资料，其中有清代定安县探花张岳崧和林则徐晚年的来往书信。张岳崧和林则徐是好朋友。张岳崧曾以越族巾帼英雄冼夫人的事迹勉励林则徐，希望他以冼夫人为榜样，将反对外国侵略的战争进行到底。已故著名的海南办报人白苗先生在他的《冼夫人和海南黎族》中说，清代《琼台怀古十咏》诗作者王承烈的孙子王国宪告诉他"《琼台怀古十咏》写于鸦片战争失败后，十咏中，咏在海南开疆辟土的马伏波将军，咏声请梁朝恢复珠崖郡的冼夫人，不是没有用意的"①。这就是说，在国难当头的时候，海南人民世世代代都不会忘记冼夫人这位杰出的巾帼英雄，都要以她为光辉榜样，走上救国救民的道路。王承烈还以冼夫人为榜样，号召妇女们也去当兵，上前线抗击英国侵略者。他写道：

犀渠锦伞独南征，岭表妖氛次第平。漫道吴宫曾教战，须知谯国亦能兵。（《琼台怀古十咏（其二）》）

20世纪20年代初，万泉河两岸，阶级剥削和民族压迫极为沉重，社会无比黑暗，民不聊生。无数爱国忧民的青年男女，受了革命思想的影响，响应中国共产党的号召，纷纷要求参加革命，比如杨善集和王文明等，都在中国共产党的领导下，负起救国救民的重任，建立起中共在海南岛的组织，领导工农红军，打倒一切压迫、剥削人民的土豪劣绅、国民党反动派和帝国主义。更为可喜的是，在革命斗争的浪潮中诞生了一支举世闻名的红色娘子军。我想，红色娘子军的诞生，除了共产党的宣传教育之外，就是受了巾帼英雄冼夫人的启发与影响的。因为巾帼英雄冼夫人的庙宇在万泉河两岸比比皆是，代代相传，家

---

① 白苗：《冼夫人和海南黎族》，《海南日报》1982年5月8日。

喻户晓，香火不断。尤其是冼夫人为维护国家统一、民族团结、社会和谐，消灭凶恶势力、解救被压迫民众的英雄故事和传说，深深地教育与鼓舞了深受封建礼教压迫的万泉河两岸妇女，她们就以巾帼英雄冼夫人为榜样，拿起枪杆子，在中国共产党的领导下，为国为民冲锋陷阵。红色娘子军，就是巾帼英雄冼夫人精神的传人。红色娘子军的革命精神和冼夫人的"巾帼不让须眉"是有着不少渊源的。当王文明领导的工农红军处在敌强我弱的时候，就沿着冼夫人当年行军的路线，进军黎母山、母瑞山，以那里为革命根据地，团结那里的黎苗族同胞，教育他们走革命的道路，共同对敌。当王文明病危时，他慧眼识人才，公心让贤良，举荐冯（宝）冼的第四十六代后人冯白驹领导海南岛的革命斗争。冯白驹将军不负众望，继续以黎母山和母瑞山为革命根据地，将革命进行到底，使海南岛的革命红旗二十三年不倒。1950年四五月间，中国人民解放军强渡琼州海峡，琼崖纵队全力配合中国人民解放军渡海作战，最后夺取了解放海南岛的伟大胜利。

虽然冼夫人逝世一千多年了，但是她那种"敢为人先"的巾帼英雄气概，永远鼓舞着琼海人民乃至海南人民。我最近读了梁明江先生的《琼海文化述论》，他认为琼海人有"奋发自强""敢于抗争"的精神。他说："为什么清代咸丰年间琼海会有'三点会'组织？为什么海南的第一批共产党员会产生在琼海？为什么海南的第一次和第二次土地革命高潮期间中共琼崖特委会驻扎在琼海？为什么琼崖革命第一枪会在琼海打响？为什么琼海会有红色娘子军和七女抗婚上吊清水沟的惊世之举？为什么琼海的渔民早在明初就开发了西南沙群岛？为什么遭遇了1973年14号台风肆虐的琼海，能在九个月内基本恢复家园？其实，这些都是琼海文化中奋发自强这一特点的最好的诠释。"我认为应该再补充两点：万泉河畔的琼海市万泉镇，在元代出现了南建知州王官的家族，这家族里涌现了一批英雄人物。他们之中，有一位被敌人砍断了一半脖子，血在流，头还未落地，但他还坚持一边走路，一边号召群众同凶恶势力作斗争，最后壮烈倒地而死。中国第一棵橡胶树、第一株胡椒苗、第一棵咖啡树，是在今琼海市的大地上生长起来的，是琼海籍爱国华侨何麟书等从海外引进后种植在这里的。我想，这也是体现了冼夫人"敢为人先"的精神在影响、在延伸。

至于五指山、黎母山和母瑞山名称的来源是否和"圣母"冼夫人对五指山区越族所做的贡献，以及越族对冼夫人的"感恩"纪念有缘，值得研究。根据

《琼台志》记载，今五指山在古时叫黎母山，现在的黎母山是在琼中县北部。据苏英博等主编的《中国黎族大辞典》记载，明代人刘谊《平黎碑》所记，相传远古时，雷摄一蛇卵在黎山中，生一女，号为黎母。她以山果为粮，穴居。后有"交趾"（越族）的男子，渡过琼州海峡，到黎山采香料，与黎母结为连理，繁衍子孙。后人就把黎山称为黎母山。这一"雷"字是否和雷州半岛的"雷"字有缘，值得一提。雷州半岛最早的居民是越族，海南最早的越族肯定来自雷州半岛。据中山大学著名史地专家司徒尚纪教授说，在海南的黎族人口中，有很多人的祖先是从雷州半岛移民来的。雷州半岛的文化和海南的文化，有很多是相同的，比如对"石狗"的崇拜等。今天，万泉河两岸人民还传承石狗崇拜文化，例如在琼海市嘉积镇的南堀庙里有隆重供奉的石狗神。在我家乡的村子里，也有农民在家门口右边安放着一只石刻的狗在守门。根据传说和现实中的文化可以说明，五指山"雷摄蛋"的传说有一定的历史文化和地理知识根据。由此可见，雷州半岛的"雷"字和五指山传说中的"雷"字有缘。

据陈雄《冼夫人在海南》一书介绍，冼夫人当年曾行军到万泉河上游的五指山区，消灭那里残害黎族百姓的匪徒、强盗，驻军在今天的营根等地，传播中原文化和推广先进的生产技术，并且把大陆越族的一些居民移民到五指山区繁衍生育，深受当地居民的欢迎。据司徒尚纪教授的《海南岛历史上土地开发研究》一书记载，梁、陈、隋三代冼夫人管辖海南岛时，她动员了很多大陆俚人移民来海南岛，开发海南岛。尤其是在她"开府隋文时"，大陆俚人在冼夫人的恩威下，成批成群地移民来海南岛。据《平黎碑》的传说，黎母山区人口兴旺发达是和"交趾之蛮"（越族中的一支）是有缘分的。虽然这传说所讲的是黎族人口的起源，但是它和冼夫人发动俚人移民来海南岛、开发海南岛，从而促使海南岛黎族人口不断增加的历史是相一致的。尤其是，冯冼家族在五指山区发展文化教育，传播先进的生产技术，开路、架桥、发展生产和创办学校等，功不可没。比如五指山下的长安乡迄今还保留着一段冯冼当年修建的"仕阶古道"。据陈雄《冼夫人在海南》所载，明代万历年间，琼中县的庄谓扬在五指山区仕阶村摩崖石刻了"冯家勋业，五指同高"。由此可见冯冼在海南岛的威望之高、影响之大，"超越了时代，成为永恒"。正是"德化诸蛮四海咸尊圣母，泽被众庶千秋常仰夫人"；"宁邦仰巾帼英雄张锦伞复南疆丰功永记名宦录，济世为黎民保障播芳名震东粤坤德长留众姓歌"（儋州宁济庙对联）。正因为如此，海南古越族人为纪念冼夫人，以"圣母"（岭南人称冼夫人为"圣母"）来命名"黎母山"和"母瑞山"等，也就在情理之中了。另据司徒尚纪教授的《海南岛历史上土地开发研究》："如宋人指出：'儋州……俗呼山岭为黎……'粤西许多地区的居民，至今仍称山岭为'黎'。"这是沿袭古越族的俗称。海南的黎山和黎母山的名称同古越族俗称山岭为"黎"传统是相符的。由此能否肯定黎母山与母瑞山的名称和"圣母"冼夫人有缘由？笔者的观点是肯定的。冼夫人是开拓万泉河文化的杰出人物。

冼夫人和冯宝给五指山地区传播了"厚德载物"的中华优秀传统文化思想，以"德"强化民心，一千多年来，五指山人民以"德"为天。抗日战争和解放战争时期，五指山人民就以"德"培养了很多民族的精英。比如，有一次，日军在五指山地区抓住一位抗日游击队员，他叫莫泰汉，是我村的人，他当年十九岁。日军怀疑他是游击队的，要他说出他的来历。日军的翻译官问他："你的家在哪里？如果你不是本地人，就是游击队的，日本皇军就将杀死你。"莫泰汉支支吾吾不说话，在这紧急关头，突然从茅草房走出一位五十多岁的黎族妇女，她去拉住莫泰汉的手，对日本的翻译官说："皇军大大的好，我的小孩胆子小，被皇军吓坏了，说不出话来，请皇军原谅！"她立即抓住莫泰汉的手，把莫泰汉拉进她的茅草房，这是为了证明给日军看，莫泰汉是本村人，是她的孩子，这样日军就没理由杀害莫泰汉了。这位黎族妇人为什么会挺身而出救莫泰汉呢？这就是一千多年来，冼夫人"以德化诸蛮"的结果，也是中华民族的美德在黎族同胞身上的体现。

历史考古证明，人类依山傍水而居。黎族和汉族开发海南岛，一开始是从海南岛北部沿海平原丘陵地到山区、从南渡江和万泉河下游平原丘陵地到上游山区的。到了冼夫人管辖的梁、陈、隋三个朝代，尤其是隋代，在本岛的沿海和江河中下游地区，越族和汉族的人口越来越集中。生活在这些地区的越族和汉族居民来自五湖四海，情况错综复杂，各族群众常常为了生存而发生矛盾。尤其是汉族的统治者对少数民族的压迫与剥削更加激起他们的反抗。历史证明，开发海南成功与否，在很大程度上取决于能否处理好民族关系。与此同时，各民族内部也存在着"同室操戈"，阶级矛盾也不容忽视。在当时，有些矛盾日益激化，亟须解决。冼夫人是如何解决这些矛盾的呢？根据历代的史料和民间传说，冼夫人首先用"国家要统一、民族要团结、社会要和谐、法制要遵守和祖先要崇拜"的思想教育群众，简而言之，就是"施仁政""重教化""讲德治"。

冼夫人"三世更险易""锦伞平积乱"，先后率领部队进驻儋耳郡，解决了儋耳郡城被水淹，而移驻中和（镇）等问题。接着，进军南渡江沿岸的梁沙坡（今新坡）和今天的定安县城、龙门、岭口和龙州等地。"军旄俨从开府日，杀气直扫蛮荒尘。"（明王弘海诗）这两句诗就是描写冼夫人的军队在定安一带横扫残害人民的匪徒。后来，冼夫人的军队进驻万泉河两岸的田埇岭、青塘、京坡、中原、石壁和万泉河上游的营根等地，都是土地肥沃，物产丰富的地方，也是不同民族争夺得最激烈的地方。据我 2005 年初到万泉河下游南岸琼海市中原镇京坡村调查，村民对我们说，他们的祖先（汉族）居住京坡村时，村子曾被黎族多次烧毁。冼夫人到京坡村时，声称自己是皇帝派来的，皇帝希望汉黎两族放弃武斗，消除隔阂，团结互助。经过冼夫人的教育，两族和睦相处。冼夫人在田埇岭时，"收降了包括田埇峒在内的各部族，使他们结束纷争，归顺朝廷，从而给田埇岭百姓带来安宁"①。"冼夫人亲自率师用兵，沿万泉河逆流而上，以石壁市作为远征部队停歇、休养、补给的基地"，"平息石壁龙江地区几股叛匪，并协助人民剿灭在万泉河沿岸擒劫过往船只货物钱财歹徒"，"然后直捣五指山、黎母山腹地，平息叛乱，擒拿贼匪，铲除危害人民之患，让人民过着平安日子"。②

虽然在冼夫人管辖海南岛之前，越族已在万泉河两岸乃至海南岛创造了物质财富和精神文明财富（黎族文化），秦汉之后，也有一些汉族中原文化登陆本岛，但是博大精深的中华民族传统文化的主干——儒、道、法家文化全面、系统、深入地传入海南岛，应该始于冼夫人。冼夫人是万泉河文化乃至海南文化杰出的开拓者、她集中原文化、岭南文化（今又称珠江文化）于一身，这杰出的开拓者桂冠，她戴之不愧！海南有史以来最受人崇拜的历史人物就是她！

冼夫人为了治国平天下，在海南岛大力恢复州（郡）、县建制。按照当时的政治体制规定，州、县政权的建设，必须体现儒家的"家国结构"，这种结构是中国封建统治结构的首要特征。国家与家族混合在一起，族权与政权结合

---

① 何书新：《岁月如霞田埇岭》，《万泉河》2005 年 1-2 期。
② 王柱国：《冼太夫人精神辉映万泉河》，《万泉河》2006 年第 2 期。

在一起，家庭以家长为核心，国家以君主为核心。封建儒家思想规定：晚辈对家长（含其他长辈）要"孝"；群众、下官对君主要"忠"。冼夫人不折不扣地执行这一规定。在政权与族权建设中，冼夫人深切地体会到，族权与政权必须紧密地结合一起，两者是相互依存的，否则，国家就会灭亡，家族也会被破坏。"生于忧患，死于安乐""居安思危"，这是中国优良的传统，为了巩固政权，隋文帝要冼夫人"训导子孙，敦崇礼教，遵奉朝化"。冼夫人言传身教，她要求各州（郡）县首领和百姓对君主都要"忠"。比如，她"验知阵亡"，便"集首领数千，尽日恸哭"，然后便立即带领各郡首领归附隋朝，热烈迎接隋朝的大使韦洸进驻广州，并带领隋朝的官员巡视岭南各州县（含海南），安抚百姓，使地方安宁。除了教育各级首领和百姓"忠君"外，她还教育她的子孙既要"忠君"也要"尽孝"。她要子孙后代"饮水思源"，不要忘记过去，更不能忘记自己的祖先。"大儒"冼夫人在万泉河两岸乃至海南岛传播的"忠""孝"思想，所起的作用是很大的，其影响是极为深远的。正如"圣德开明国治民乐，娘仪博爱子孝孙贤"（琼海市石壁镇一冼夫人庙）、"报国家非为赐物，愿子孙常存好心"（临高县皇桐冼夫人庙）这些对联都深刻地反映万泉河两岸乃至海南的人民，世世代代都在弘扬冼夫人的"忠""孝"精神。如今的"忠"，就是热爱中国共产党、热爱中华人民共和国、热爱家乡；"孝"，就是尊老、敬老。这样的例子在万泉河两岸乃至海南举不胜举。

中国传统的"以人为本"思想，也是冼夫人所推崇的。这种思想具体表现于她对各民族关系与国家概念的认识上。她认为各民族应该平等对待、团结互助、和睦相处，共同发展，共同进步，共享大自然的恩赐。在处理民族关系时，不要"恃强凌弱"，"侵掠傍郡"，使"岭表苦之"，给人民带来灾难；应该与人为"善"，与己为"善"，讲"信义"，讲"抚慰"，讲"仁爱"；对于残害各民族百姓的民族败类，决不手软，必须"压服"，只有这样，各民族才能过着和平安乐的日子。冼夫人的民族政策受到各族人民的欢迎，后人也给予了高度评价。这方面的文献资料在历代海南的名胜古迹中都有记载。比如，苏东坡说："我欲作铭志，慰此父老思。"（《和陶拟古九首（其一）》）父老思什么？当然是思念冼夫人的"仁政""恩德"。还有"灭李诛欧两世忠贞垂日月，安黎抚越三朝人杰震古今"（海口市琼山区遵潭冼夫人庙对联）、"圣德如天施德泽，娘恩似海沐恩波"（海口市琼山区一冼夫人庙对联）、"年年诞节启仲春，考钟伐鼓声渊阗"、"岁时伏腊走村氓，祝厘到处歌且舞"（王弘诲诗），等等。冼夫人倡导的民族之间"为善"、讲"信义"，在万泉河两岸乃至海南岛代代相传。比如，"明正统年间，马润通行米商，财源横溢，家藏万贯。某年旱灾，庄稼无收，天灾国难，民不聊生。马润通慷慨解囊，捐银数万，粮草数吨，扶国救民，功高义重，被皇帝赐予'义士'称号。润通卒后，帝立旨碑于墓前，旨曰：'文武百官至此下马'"①。据《乐会县志》，马润通是乐会县万泉河畔执礼村人，他慷慨解囊救济饥饿灾民的义举，充分表现了冼夫人在民族之间"为善"与"信义"精神。又比如，长期以来，每当琼海市石壁镇举办"军坡节"时，琼中县等地的黎、苗族同胞都会来参加。一连几天，他们都住在附近的汉族同胞家里，汉族同胞夜不闭门，让黎、苗族同胞自由出入。大家和睦相处，共享节日的欢乐。这是冼夫人的民族团结精神的延续。

对于政权更迭，江山易主，冼夫人的态度是非常鲜明的，那就是弃旧图新，坚决拥护新朝，以避免岭南陷入战乱，生灵涂炭。秦统一中国之后，岭南是中国的一部分。在冼夫人的心目中，国家的统一是首要的，谁都不能违背这一原则。她逝世之后，她的孙子冯盎继承了她的遗志。比如，当唐高祖李渊起兵建立唐朝，李渊的大将李靖兵下巴陵（今湖南岳阳），破萧铣，冯盎就率部归顺于唐。唐朝封冯盎为上柱国、高州总管，领高、春、白、罗、崖、儋、振等八州军政事务，并在崖州（在今海口市境内）设都督府。冯冼家族世代都忠于国家，其爱国爱乡的精神在万泉河两岸乃至海南岛代代相传。

据史料记载，海南的先民爱吃"甘薯"，而且长期吃"甘薯"的先民很长寿，有不少人活到100岁以上，有的甚至活到120岁。晋代嵇含《南方草木状》说："旧珠崖之地，海中之人皆不业耕稼，惟掘地种甘薯……海中之人寿百余岁者，由不吃五谷而吃甘薯故尔。"据《万泉河》2006年第2期所刊蔡笃育先生的《红薯传奇》介绍，长期吃红薯的东方市和万泉河两岸地区人民都很健康。他写道："儿童茁壮成长，小伙子容光焕发，中年人身强力壮，耄耋老人常见村头逍遥，少见有人患什么病。"当然，红薯（番薯）是明代以后从外国引进的，它不是本地的特产。我认为，"甘薯"即俗称"毛薯"的品种，像鸡蛋或鸭蛋一样大，身上有毛，有点甜味，是琼海市特产；还有一种，俗称"大薯"，个

---

① 何君安主编：《琼海县文物志》，中山大学出版社1988年版。

体大，易种，好管，营养丰富。对于古代海南，在生产工具和技术落后的情况下，种甘薯是轻而易举的事。从古代到当代，万泉河和南渡江两岸的百姓都爱种植甘薯。我小时候，我妈妈每年都种甘薯，我也爱吃甘薯。在我家乡还有一种野生的藤状植物叫"山薯"（属于淮山类，是中药），多数长在深山老林里。抗日战争时，我遇上没饭吃的时候，就跟大人到深山里挖山薯吃。据传说，冼夫人到了南渡江边的新坡，看见那里的百姓多吃"甘薯"，她也爱吃，还号召万泉河两岸和南渡江两岸的老百姓都去种。冼夫人去世后，百姓都以"甘薯"等薯类来祭祀冼夫人。在祭祀冼夫人活动期间，卖薯的农民不少，买薯类食品的群众也很多。大家都说，吃薯有利于身体健康。据民间传说，冼夫人巡察万泉河两岸时，发现很多农民家里都食用土榨山茶油（海南话俗称"山柚油"），油香四溢，冼夫人爱之，赞不绝口！

种稻是古越族（俚人）的文化特征之一。海南的稻，有水稻和旱稻。山区里的俚人既种水稻，也种旱稻。种旱稻主要是刀耕火种。黎族先民早在汉代，就已经"男子耕农，种禾稻、黄蔴，女子蚕桑织绩"（《汉书·地理志》）。冼夫人到了万泉河和南渡江两岸后就大力号召居民种植水稻。传说，冼夫人在黎母山区发现一种野生稻，它的米很芳香，冼夫人就大力推广这种"香米"。冼夫人从大陆带来的俚人和当地的居民一起开辟荒地，使之变成水田，种植水稻。如今，万泉河两岸乃至南渡江两岸等，有那么多肥沃的稻作田野和田园风光，应该归功于冼夫人及其俚人早期的开辟。虽然在海南的正史里没有留下很多记载冼夫人开拓海南的资料，但是留下了口碑，留下了冼夫人及其俚人开垦耕作过的地方的名字（越族人口音地名）。那些地名一直沿袭到今天。"例如，'那'字，表示水田，琼山有那庭、那射，澄迈有那合，临高有那鲁，定安有那危，儋州有那细，陵水有那陋，感恩有那甘等。"① 司徒尚纪教授还指出，以古越族语音命名的地方还有很多，在海南有一千多个。以琼海市境内的地名为例，多河（万泉河原名）、多异岭中的"多"字，博鳌、博古园村中的"博"字，六合岭村中的"六"字，马奥村中的"马"字，南面坡村、南星村、南崛村、南正村（俗称南山）、南牛岭、南俸农场中的"南"字，等等，都保留了古越族语音。此外，古越族存在对狗的崇拜，因此以狗来命名的地名也有，比如瘦

---

① 司徒尚纪：《珠江文化与史地研究》，香港中国评论文化有限公司2003年版。

狗岭等。透过这些地名,可以了解很多历史文化现象,在一定程度上也反映了冼夫人及其古越族(俚人)的稻作文化在当地的影响。带有"南"字的地名在海南比比皆是,例如南渡江、南丰水库、南建知州和南建江等。在雷州半岛,带"南"字的地名也很多,光雷州市就有五十多个,比如南六、南畔和南田等。"南或湳为典型古越语,作为地名与方向无关,意指水。"[1] 司徒尚纪教授说:"海南还有'打'字地名,且以'大'字同音,也属古越语地名。"[2] 比如昌江县有大安、大章,陵水县有大宁,东方市有大田,儋州市有大成,海口市有大林、大致坡,万宁市有大茂,琼海市有大路、大礼。在我家乡万泉河岸有大村、大朗、大山和大火等地名。透过这些地名可以追寻到一千多年前,冼夫人及其俚人在万泉河两岸乃至海南岛上在创造精神财富和物质财富方面所留下的踪迹。

最近,我看了中央电视台中文国际频道的《走遍中国》栏目,知道冼夫人的家乡一带迄今还保留着一千多年前的荔枝树。这使我想起,我的村子于20世纪40年代前,也有几棵一千多年的荔枝树。万泉河两岸是荔枝树的发源地。这也许能说明,我的村子最早的先民就是冼夫人从大陆迁移来的俚人,他们把万泉河两岸的荔枝种子引进大陆种植。在40年代,我还看见万泉河两岸的农民种黄麻和蚕桑等,这种生产方式和冼夫人家乡农民的生产方式很类似。因而可以说,万泉河两岸的稻作文化,和冼夫人家乡的稻作文化是大同小异的,正如司马迁所说,"九疑、苍梧以南至儋耳者,与江南大同俗"(《史记·货殖列传》)。

据最近报道,远古的黎族先民在万泉河、南渡江和昌化江等河面上,最早使用的交通工具是葫芦。葫芦浮力大,人扶着葫芦,就可以游水过河。据司徒尚纪教授的《海南岛历史上土地开发研究》介绍,"越人向以善于航海闻名。1976年在雷州半岛化州县古越人居地,出土六艘独木舟……约在当东汉至魏晋之间制造。这是古代越人使用独木舟为交通工具的物证。"古越人就是以独木舟和竹排等作为渡海工具,登陆海南岛的。冼夫人号召越人带着铁、铜等的冶炼生产技术与工具,登陆海南岛,因而促进了海南岛的铜、铁等制造业的发展,海南岛后来也能造铜鼓和独木舟了。黎族在万泉河等河流上使用独木舟的历史

---

[1] 司徒尚纪:《珠江文化与史地研究》,香港中国评论文化有限公司2003年版。

[2] 同上。

十分悠久。我小时候在黎族聚居区的小河流中，还能看见独木舟的身影。据说，万泉河两岸的黎族先民很早就掌握了锻造铁器的技术，生产他们所需要的工具，这种生产技术与方式代代相传。隋唐以后，万泉河两岸逐渐出现一些农贸集市、铁器作坊等。尤其是唐宋以后，万泉河两岸乃至海南的经济与贸易就相当发达了。万泉河中游的石壁就是铁器（主要是农具）和农副产品交易最发达的集市之一。我小时候就看见石壁有几间"打铁铺"，专门生产铁制农具。冼夫人就是在万泉河两岸乃至海南传播先进生产技术的先驱。

冼夫人在治国安邦中身体力行，重视深入基层调查研究。尤其是到了晚年，她还"亲披甲，乘介马，张锦伞"，"亲载诏书，自称使者，历十余州，宣述上意，谕诸俚僚"。（《隋书·谯国夫人传》）传说，冼夫人最后一次来海南巡视时，因劳累过度，在今澄迈县老城逝世，享年89岁。冼夫人的重视调查研究之风，在今天也是一种可扬之风。

说起海南岛的历史，人们会联想到秦汉的开疆、唐代的繁荣、宋代的贸易、明代的人文、清代的大开发，却忽略了经历梁、陈、隋三代的冼夫人对后来海南的崛起所起的历史性作用。尤其是，冼夫人强调以国家统一、民族团结为准则，所恢复建立、健全起的郡（州）县制，为以后海南的发展奠定了基础。我们务必重视冼夫人对岭南乃至海南的巨大贡献及其历史地位，弘扬她坚持国家统一、民族团结和社会和谐的精神！

挖掘、整理、弘扬冼夫人文化[①]

南北朝时期，是中国最黑暗、最混乱的时期，朝代不断更换，岭南的政治与军事斗争也非常激烈，社会不稳定。但是，岭南有一位杰出的女政治家，她就是冼夫人，不管朝廷如何更迭，只要统治者是代表中国与中华民族整体利益的，冼夫人都率领岭南各族群众归附他，始终如一，坚持国家的统一和民族的团结。在岭南，谁要是反对国家的统一和民族的团结，冼夫人就与之作坚决的的斗争。冼夫人历经梁、陈和隋三个朝代，每个朝代都受到统治者的嘉奖，因此被历代学者称为岭南杰出的政治家。冼夫人的确是六世纪岭南最杰出的政治家、军事家，中国第一个巾帼英雄，古代岭南人民心目中最大的英雄。一千多年来，在岭南（含海南）纪念冼夫人的古迹很多，冼夫人的文化积淀很深厚。但是，长期以来，对冼夫人文化，学术界没有很好地挖掘、整理和弘扬，这是十分可惜的。

20世纪70年代末中国迎来了改革开放的春天，文化艺术与教育研究的气氛活跃起来了。我的一篇拙作《漫话冼夫人》于1980年秋天在广东人民出版社的《随笔》刊物上发表了。广东省民族研究所所长刘耀荃先生于1981年初写信告诉我说，我这篇文章是改革开放之后，在广东发表的第一篇研究冼夫人的文章。他看了我的文章之后，决定1983年10月在茂名和海南召开全国冼夫人学术讨论会，并邀请我参加。与此同时，刘所长还期望我邀请有研究冼夫人的学者与会。我精神为之振奋。

我当时还在海南师范专科学校中文系教古典文学。1980年冬，有一天晚饭后，我在操场里散步，遇到我的学生陈雄。在聊天中我们谈起科研问题，我说，海南有几千年的历史，有丰富的文化遗产。我们是海南人，研究历史文化，首先要从我们身边做起，研究海南的历史文化，挖掘、整理和弘扬海南的优秀历史文化。例如，冼夫人文化、白玉蟾文化、丘濬文化、海瑞文化和海南的地域

---

① 修改于2020年8月4日。2022年6月3日星期五再修改。

文化等。讲起冼夫人文化，陈雄说，在他的家乡琼山县新坡村，有一座历史悠久的、规模很大的冼夫人庙。周围数十里的历代群众都很敬仰、崇拜冼夫人。每年的"军坡节"，都有十多万人远道而来新坡祭祀冼夫人。在他的故乡新坡村有很多有关冼夫人的故事与传说。我鼓励他好好把这些故事与传说整理出来，并找有关冼夫人的书籍来看，认真研究冼夫人的文化。过了一段时间，我告诉他，1982年将有一个全国性的冼夫人研究学术研讨会在茂名召开，并邀请他同我一起去参加。他高兴地接受了我的邀请。从此，陈雄就投入不少时间和精力去读有关冼夫人的书，全面、深入地掌握冼夫人在海南的生平事迹，具体研究冼夫人与她的家属、岭南各民族的关系，冼夫人与她的政敌的斗争，乃至冼夫人与历代朝廷的关系等，以及冼夫人在广东与海南的故事与传说。在此基础上，他认真抓住冼夫人坚持国家统一、民族团结这一大主题。在当时，我们都认为，冼夫人为了维护国家的统一与民族的团结，敢于斗争，是一位了不起的政治家与军事家，而且，要古为今用，她的精神在当今的中国，仍具有深刻的现实教育意义。

为了扩大冼夫人在海南的政治思想影响，我们俩一起讨论编写一部琼剧剧本，希望通过琼剧的演出，再现冼夫人的光辉形象，以之教育群众，鼓舞群众。首先，由陈雄执笔。我们经过一年的努力，终于完成了初稿，由我校科研处打印，我们带着这部剧本和冼夫人在海南的有关庙宇古迹等资料去茂名开会。代表们看到我们带去的资料之后，都感到惊讶，真想不到，海南有那么多纪念冼夫人的庙宇古迹，都争着要去海南看一看。会议除了发放各种论文外，还发放了两部剧本，一是琼剧，一是粤剧。这两部剧作从不同的角度反映了共同的主题，那就是，冼夫人是古代岭南杰出的政治家与军事家，是坚持国家统一与民族团结的光辉典范。这表明与会者对冼夫人的评价是很高的。其研究的范围，已从学术思想研究的领域延伸到文艺创作的领域，这是研究冼夫人的一个良好开端，这是新时期在学术领域的好气象。这两部不同剧种剧本的诞生，也许是对后来的研究者、文艺工作者的启发，不久，就有人以电视剧的形式将冼夫人的艺术形象搬上了荧幕。

陈雄当时还是刚跨出大学校门、刚参加工作，平生首次参加全国性的学术研讨会，在会议期间，他感到一切都很新鲜，也受到极大的鼓舞。他参加了茂名和海南的冼夫人学术研讨会之后，搞研究的积极性被调动起来，尤其是他对洗夫人文化的认识有了进一步的提高，他积极从事洗夫人文化的研究工作。特别是，他在担任琼山县文化局副局长期间，一方面积极向有关领导宣传洗夫人文化，一方面深入琼山、定安、琼海、三亚、东方和儋县等地，实地考察与洗夫人有关的庙宇，搜集与洗夫人有关的民间故事、传说等历史资料。他还到图书馆找寻有关州志、县志来看，把里面有关洗夫人的记载摘录下来，然后进行综合研究，撰写成文章。他将一些研究成果寄给我看，我认为很好，鼓励他继续努力，撰写一本关于洗夫人在海南事迹的书，我可以帮助他出版（我当时已在中山大学出版社工作）。他将准备出版这样一本书的计划告诉了海南省和琼山县的有关领导，立即得到他们的积极支持。比如，时任中共中央候补委员、海南省政协副主席王越丰就热情为陈雄的《洗夫人在海南》作序，海南省文体厅副厅长裘之倬为该书撰写前言。我亲自策划《洗夫人在海南》一书的出版并担任责任编辑，该书很快就在1992年问世了。当时，研究洗夫人的书并不多，所以该书的出版影响深远。海南省文体厅裘之倬副厅长说："这本书完全可以与七集电视连续剧《洗夫人》媲美。它从另一个角度，用另一种文学体裁，介绍洗夫人，宣传洗夫人，资料翔实，语言通俗，观点鲜明，行文流畅，可读性和趣味性很强，体现了介绍和研究洗夫人相结合的精神……这是一本好书，特向大家推荐。"本书的出版，填补了洗夫人文化研究的一个空白。陈雄曾带着本书几次参加了在茂名和海南召开的洗夫人研究会，并将本书赠送给与会代表。这对于鼓励与推动海南省乃至广东省洗夫人文化的研究，都起了重要的促进作用。

"中国历代政教合一，一代文教之盛衰，或一代文化之开拓，往往仰赖于贤守循吏之教化。"① 自从1982年冬天，广东省民族研究所在茂名与海南召开洗夫人学术研讨会之后，在岭南地区（含海南）乃至全国，都掀起了研究洗夫人的热潮。近20年来，在海南学术界，研究洗夫人的学者、学术团体不断增多，研究洗夫人的会议几乎年年都有，而且研究的深度与广度都不断增加，研究的成果累累，比如，海口市方志办主编的《洗夫人论文集》和冯仁鸿先生的《琼州史钩沉》等，都早已出版发行。在海口、琼海、定安、儋州等地出版的刊物上，都有研究洗夫人的学术论文发表。在广东茂名地区，近20多年来，已成立了很多洗夫人的研究会，研究洗夫人的人群很广泛，既有农民、工人、学者、

---

① 王万福：《海南开拓史论集》，台湾仪华文物出版社，第2页。

专家，也有机关干部。国内外冼夫人研究的学术交流会和纪念冼夫人诞辰的活动等层出不穷，研究冼夫人的论文数不胜数，已出版的研究冼夫人的专著有一百种以上，学术气氛十分浓厚。

冼夫人出生于广东茂名。茂名和海南的人都很崇拜冼夫人。茂名的冼夫人庙是岭南最辉煌的庙宇，高州和电白的冼夫人研究会是岭南成立最早的研究会，高州市的党政领导干部都很重视冼夫人的文化活动。

历史证明，一个时代、一个国家、一个地区，如果有廉洁奉公的政府，开明的政治，英明、杰出的领袖人物领导，国家统一，民族团结，那么，这个国家、这个地区就会有繁荣的经济、发达的文化、安定的社会，人民就能过上快乐、安康的日子。冼夫人就是一位在岭南这块土地上出生的廉洁奉公、杰出的政治人物，她为岭南（含海南）人民鞠躬尽瘁，造福于苍生。

秦朝统一中国之后，海南岛被划入中国版图，两千多年来，历经几十个皇帝。但是，历代统治者对海南的管辖时紧时松，时兴时废，有时甚至群龙无首，造成社会混乱，人民叫苦连天。据史家统计，这样的日子在海南大约经历了580年。幸好，冼夫人来过海南，考察了海南，她明白，要治理好一个地区，必须有一个强有力的、廉洁公道的政府。于是，冼夫人于"梁大同初，请命于朝，置崖州"。冼夫人的"请命"获得朝廷的批准后，她再次亲自率领强有力的队伍渡海来到海南，同当地的少数民族首领商量，选拔人才，整顿崖州，派遣得力助手，管治各级政权。据叶献高的《华夏采英》记载，冼夫人设置的崖州，"治所在儋州的义伦县，就是今天儋州市西北部三都地区。当时的儋州，已成为冼夫人在政治上推行民族团结政策、在经济上推广中原先进的生产经验和劳动技术、在文化上推进教育的基地"。由冼夫人亲自领导建立起来的崖州是名副其实的崖州，"从而结束了海南岛几百年来那种时立时废、时分时合的建置局面，使海南岛重新隶属中央政权直接管辖。"

冼夫人整顿、重振崖州，建立起廉洁自律的崖州政府机构之后，非常重视教育。冼夫人从小就受传统的儒、道、佛思想教育与影响，她掌握政权之后，同样以儒、道、佛思想教化群众。儒家代表人物孔子，继承了周礼，强调礼仪、仁义道德教育，主张"仁者爱人"，冼夫人就是以儒家思想治国平天下；在整顿人心方面，冼夫人讲究道家的和谐，强调人和自然的和谐、人和人的和睦相处，团结友爱，民族团结，社会安宁。冼夫人所处的南北朝时代，佛教流行，她也受到佛教思想影响，坚持"唯用一好心"，多做善事。在这些思想指导下，她管辖的海南，各族人民都友好团结，社会安定。据叶献高先生所讲，冼夫人在崖州进行儒家、道家和佛家思想教育，效果很好。她的丈夫冯宝还提出在五指山地区兴办学校的主张，帮助当地群众改变愚昧落后的面貌。在今海南省琼中县的黎族人民的咏史民谣中，还有"冯公指令读书诗"的词句。① 民谣是代代传承的口碑，这叫做口碑历史资料。黎族人没有自己的文字，他们将冼夫人的教育事迹记录和传承下来，只能通过口碑，这是多么珍贵的口碑。到了明代正德年间，有一定安县人叫庄谓扬，他在五指山区仕介村路边的摩崖上，刻下了"冯家勋业，五指同高"的题词。② 这题词表达了黎族人民对冼夫人的感恩。冼夫人和她的丈夫在重建崖州前后所展开的儒、道、佛文化教育，广泛受到群众的欢迎，深得人心。因为冼夫人尊重民风民情，处处从我做起，爱憎分明，有礼有节，人民拥戴她，故当时儋耳郡就有一千多"峒"的群众主动归附于冼夫人。这说明得人心者得天下。冼夫人在海南管治有功，后来，隋朝皇帝还将临振县（今三亚市）一千五百"峒"作为"汤沐邑"赠予冼夫人。所谓汤沐邑，就是将这地方的税金全归冼夫人使用。

冼夫人在岭南，历经三代，一贯坚持国家统一和民族团结，她逝世后，她的思想还对后人产生影响。海南岛在唐朝的武则天时期，曾发生过一场波及全岛各州民族大混战，"民苦于兵"。这场大混战是谁来"化干戈为玉帛"的呢？是宋庆礼。"宋庆礼，洺州永年人。擢明经，补卫尉。武后诏侍御史桓彦范行河北，部断居庸、五回等路，以支突厥，召庆礼与议，见其方略，器之。俄迁大理评事，为岭南采访使。时崖、振五州首领更相掠，民苦于兵，使者至，辄苦瘴疠，莫敢往。庆礼身到其境，谕首领大谊，皆释仇相亲，州土以安，罢戍卒五千。"③ 冼夫人管治海南期间，岛上没发生过大的动乱，人民得以安居乐业。到了唐武则天期间，竟然出现了全岛五州大混战，惊动了朝廷，特派岭南道（唐在全国设十个道，岭南道是其中之一）采访使宋庆礼

---

① 陈雄：《冼夫人在海南》，中山大学出版社1992年版，第24页。
② 同上。
③ 《新唐书·宋庆礼传》。

来海南处理。宋庆礼是唐朝的明经大儒，他非常了解冼夫人在隋朝时管治海南的历史，他也非常明白冼夫人是怎样管理海南的，他受到冼夫人思想的影响，同冼夫人一样，以国家统一和民族团结为重。宋庆礼一到海南，就遇到瘴疠，他以安定海南社会稳定为重，不顾个人安危，深入各州县，对州官和百姓讲友谊，讲团结。对官兵表现好者留用，对顽固不化者，开除处分，"罢卒五千"，结果"化干戈为玉帛"。宋庆礼为海南的团结、安定立了大功。这在海南历史上是一个奇迹。我想，宋庆礼的这一举动，和冼夫人处理民族之间的矛盾，其做法是一致的。可以说，宋庆礼是冼夫人的后继者。儒家、道家和佛家的"爱人"与"和谐"是中国优良的思想传统，它必然是代代相传的。"化干戈为玉帛"与"一笑化冤仇"都适用于解决中华民族内部的矛盾。

讲到教育问题，就会使人想到海南的教育始于何时。有人说，始于唐时的王义方。王义方何人也？他是唐太宗时的宰相。因为在政治斗争中失势，他被贬来海南吉安县（今昌江县），任县丞（副县长）。王义方在海南三年期间，非常关心海南的教育事业，他通过峒首选拔人才，聚徒讲学，宣传中原文化和先进的生产技术，开化民心，培养人才，推进了海南的文化发展。他调回河北洹水县任县丞时，将次子王源寿留在海南繁衍生息。王源寿不辜负父亲期望，长大成才，被朝廷派遣去筹建海南会同县（今琼海市），后任县令。王源寿及其家属在会同县表现很好，十分关心当地经济文化建设，关心人民生活和社会治安，深受百姓爱戴。王源寿逝世后，群众立庙纪念他。

中华民族是爱美的，爱美的自然、美的社会和美的人。从古至今，凡为中国国家统一、民族团结做出贡献和为广大人民谋福利的人，都会受到人民尊敬。冼夫人就是其中之一。在全国各地，群众缅怀已逝世的英雄人物，往往都是通过建立庙宇的形式，从传说人物庙，发展到真人真事庙，这就形成了中国悠久的庙宇文化。从汉代起就有文庙，唐代开始又有武庙，文庙供奉孔子，武庙供祀关公等。由于社会向前发展，英雄人物层出不穷，恭奉真人真事的庙宇也越来越多，比如马伏波庙、冼夫人庙、王官庙和海瑞庙等。这里还要特别指出的是，中华民族每家每户都有家庙。祭祀家庙，就是祭祀祖先。与此同时，人们也有祭祀传说人物的庙宇，比如妈祖庙、南海的一百零八兄弟庙和洪圣公庙等，比比皆是。总之，从古迄今，在人们供奉的庙宇里，既有供奉真英雄、模范人物神，也有祭祀传说中的人物神。两者并存，显现庙宇文化的丰富多彩。这种庙宇文化扎根于中国的大地上，牢记于群众的心中。建立庙宇，缅怀先人是一种美德，这就是铭记历史。"不管什么人，要想在中国这块土地上做一些有益于人民、有益于民族、有益历史进步的重大事情，就必须深入了解和研究中华民族历史文化。"[①] 进行庙宇文化活动，就是为了宣传与弘扬中国优秀的历史文化，使人民群众铭记于心。记得台湾的民众说过，日军统治台湾时，是不准台湾民众祭祖先和庙宇的。日军统治海南时，也是不准我们祭祖先和祭庙宇的。日军要奴役中国人，首先就是要毁灭中国光辉的历史文化！中国人一定要牢记自己的祖先，记住冼夫人等民族英雄的历史和功绩！有人统计，在南岛上的庙宇不少，冼夫人的庙宇最多，遍布全海南岛。最早建立起来的冼夫人庙，是儋州市中和镇的宁济庙，建于唐代。冼夫人庙在岛上数量多，这说明冼夫人威震海内外，对海南的贡献很大，深受群众敬仰。

---

① 陈雄：《冼夫人在海南》，中山大学出版社1992年版，第5页。

试谈冼夫人文化与妈祖文化①

一

中华民族是世界上最古老最伟大的民族之一。中华文化源远流长，博大精深，丰富多彩，有着深厚的传统。在中国古代，关于文化的提法，最早的可算是《周易》了。《周易·贲彖》说："刚柔交错，天文也。文明以止，人文也。观乎天文，以察时变。观乎人文，以化成天下。"《正义》解释说："'观乎人文，以化成天下者，言圣人观察人文，则《诗》《书》《礼》之谓，当法此教而化成天下也。"这些解释说明"人文"（人类文化）已属于意识形态的范畴。周代的统治者更重视"德"的作用，认为"民心"比"天命"重要，而要得到"民心"就要实行"德治"，于是，正式提出"敬德"的思想。"德"的内容，一是"敬天"（天者，统治者也），以巩固统治；二是"保民"，即对人民实行宽容政策，使人民拥护统治者。这种"敬德""保民"的思想，后来就成为儒家实行"德治"的思想依据。

文化的内容极其广泛、复杂，它包括社会的一切现象。在整个文化领域中，思想理论占主导地位。儒家思想是中国传统文化的主干之一，它对传统文化的形成和心理的凝聚都有巨大的影响。而孔子是儒家思想的代表，孔子提出以"仁"与"礼"的一整套学说。"仁"者，"爱人"，指的是道德观念和品质，"礼"指的是社会政治制度。"仁"与"礼"之间的关系，"仁"是"礼"的精神支柱，"仁"与"礼"不能分开。"人而不仁如何礼？"（《论语·八佾》）意即人不具备"仁"的道德品质，就不能执行礼仪制度。如何实现"仁"？孔子说："恭则不侮；宽则得众；信则任人焉；敏则有功；惠则足以使人。"（《论语·阳货》）这就是说，为人正直刚强，就不会被人欺侮；待人宽容，就会得

---

① 本文发表于《岭南文史》2002年第1期。2022年5月29日星期日修改。

到人的支持；为人讲信誉，就会被人重用；做事情认真负责，就会取得好的效果；给人以好处，人就会听你的指挥。这"恭、宽、信、敏、惠"是"仁"的具体要求，也就是人际关系的准则，是一种有道德的行为。

在治国方面，《大学》提出："古之欲明明德天下者，先治其国；欲治其国者，先齐其家；欲齐其家者，先修其身；欲修其身者，先正其心。"这里所强调的也就是道德修养问题。与此同时，孟子还提出"以德王天下"的主张，他明确指出"以力服人"是"霸道"，"以德服人"是"王道"。孟子的"尊王贱霸"的主张，对后世的影响是深远的。

儒家追求的是"天下为公"的"大同世界"。这在当时虽然难以实现，但毕竟表达了古人追求理想社会的一种美好愿望，是对黑暗社会的一种否定，是鼓舞人们敢于向黑暗势力作斗争，争取自由幸福的一面旗帜。儒家的人生态度是积极进取的、入世的。孔子一生凄凄遑遑，他游说诸侯，是为了参政，是为了"博施于民而能济众"（《论语·雍也》）。孔子号召，为了实现人生的理想，成为志士仁人，可以"无求生以害仁，有杀身以成仁"（《论语·卫灵公》）。

同儒家思想一样，法家思想也贯穿于整个中国古代社会政治理论学说之中，是中国文化的重要构成部分，并对后来中国社会的思想文化产生了深远的影响。以商鞅为代表的"重法派"提出："法也者，民之命也，为治之本也。"（《商君书·定分》）他认为法令是人民的生命、治国的根本。他还认为，圣明的君王"不贵义而贵法，法必明，令必行"（《商君书·画策》）。只有明法严刑，才能达到"国治""民安"。商鞅还大声疾呼："刑无等级，自卿相将军以至于大夫庶人。……有功于前，有败于后，不为损刑；有善于前，有过于后，不为亏法。"（《商君书·赏刑》）不管他（她）地位多高、功劳多大，犯了法，就得一律绳之以法。在这里商鞅所强调的是在法律面前人人平等。这就打破了儒家的"刑不上大夫，礼不下庶人"的等级观念。

儒家思想、法家思想是中国封建社会专制主义政治思想的基础，它对冼夫人文化与妈祖文化都产生了深刻的影响。

二

冼夫人文化根植于中国传统文化的土壤之中，深受中国传统文化的影响。

但是，什么是冼夫人文化？从冼夫人这几十年生涯的实际出发，我先试用几句话，概括出冼夫人文化的主要实质，然后再论述冼夫人文化的内容。冼夫人在政治思想方面，忠君爱国，坚决维护国家统一、民族团结与和睦共处，以"德"以"法"治国，惩治腐败，坚持在法律面前人人平等；在个人修养方面，她具有"博学之，审问之，慎思之，明辨之，笃行之……人一能之，己百之，人十能之，己千之"（《中庸》）的自强不息、善于与敢于斗争、勇往直前、鞠躬尽瘁、死而后已的精神。这就是冼夫人的文化。

据史料记载，冼夫人虽然出生于越族高凉郡的"山洞"，但当时汉人已深入那片区域，同越族人共同生活，共同劳动，并带去了先进的文化科学技术；另外，越族的首领及其家属，要接受中国封建政权的官爵封赏，也要学习汉族的语言文字、礼制。冼夫人是接受汉文化的带头人。特别是她同冯宝结婚之后，她从冯宝身上学到了更多、更具体、更有用的汉文化。她以儒家、法家思想武装自己，不断茁壮成长，从而更加聪明才干、更加勇敢，因而在反对分裂、维护民族团结和国家统一的斗争中，取得了一个又一个胜利。

冼夫人是一位卓越的思想家，是贯彻执行儒家"德治"的典范。

冼夫人从青少年时起，就"每劝亲族为善，由是，信义结于本乡"（《隋书·谯国夫人传》）。由于她"正人先正己"，带头为善，并教育亲族为善，因此她的威信在乡中日益提高。"为善"，即儒家的"至善"。这是儒家道德修养的最高境界，也是政治上的最终理想。

冼夫人少年时，眼看她哥哥南梁州刺史冼挺仗着自己的权势，以强欺弱，"侵掠傍郡，岭表苦之"（《隋书·谯国夫人传》）。她认为，她哥哥侵犯别人是"霸道"行为。这和"以德服人"背道而驰，必须反对。并且她懂得自己的家族"世为南越首领"，责任重大，现"欲治其国，先齐其家；欲齐其家，先修其身"。于是，她积极"规谏"她哥哥冼挺"先修其身"，勿"以力服人"，应"以德服人"。她哥哥经她教育之后，不行"霸道"，取得了很好的效果，"由是怨隙止息"，"海南、儋耳归附者千余峒"（《隋书·谯国夫人传》）。

忠君、爱国是儒家所倡导的理念，也是冼夫人一生的主导思想。自从冼夫人嫁给冯宝后，就和冯宝一起治理国家，保境安民，反对民族分裂，维护民族团结和国家统一。冯宝逝世后，她还是旗帜鲜明地以身作则，带领她的儿孙们将反对分裂、维护民族团结和国家统一的斗争进行到底。

梁武帝末年，他的大将侯景造反，起兵攻京城。高州刺史李迁仕暗通侯景，企图拉拢冯宝同他一起反对梁武帝。冼夫人对这件事则"审问之，慎思之，明辨之"，然后指出，这件事必有"诈"，劝冯宝勿上此贼船。为了国家统一，反对李迁仕的分裂行为，冼夫人不但揭露他的阴谋，而且亲自带兵攻击李迁仕，直到把他打败为止。

557年，陈霸先先后打败了各方势力，篡夺了梁朝的政权称帝，改国号为陈，统一了中国南方。冼夫人支持陈朝政权，并派遣九岁的儿子冯仆率领各州首领前往京城建康祝贺，表明她效忠于陈朝。陈霸先也封冯仆为阳春郡守。

569年，广州刺史欧阳纥起兵反对陈朝政权，并企图胁迫冯仆一齐造反。冼夫人得知此消息后，"慎思之"，认识到，如果欧阳纥阴谋得逞，国家必然陷入动荡，岭南人民必然遭到战争的祸害。于是，她坚决反对冯仆和欧阳纥同流合污。她对冯仆说："我为忠贞，经今两代，不能惜汝，辄负国家。"（《隋书·谯国夫人传》）由此可见冼夫人的忠君爱国思想是多么坚定，多么有儒家那种"无求生以害仁，有杀身以成仁"（《论语·卫灵公》）的自我牺牲精神。为了击败欧阳纥，她发挥了"人一能之，己百之，人十能之，己千之"的智慧与军事才能，一面发兵拒境，一面率领各州百越首长，会合陈朝派来的车骑将军章昭达，内外夹攻，生擒欧阳纥，平定此次叛乱。

家国结构，是中国封建结构的首要特征。国家与家族混合在一起，族权与政权结合在一起，家庭以家长为核心，国家以君主为核心。按封建的儒家思想规定：对家长（含其他长辈）要"孝"，对君主要"忠"，即冼夫人的儿孙们对她要"孝"，她对君主（梁、陈、隋君主）要"忠"。只有做到"孝"与"忠"的结合，族权与政权才能巩固，国家才能统一。冼夫人之所以得这么多"赐物"，是因为她"赤心向天子"，"唯用一好心"，尽"忠"尽"孝"。她希望子孙们也要以她为榜样，忠君爱国，不要忘记"忠""孝"二字。

冼夫人的治国理政之道既强调"德治"，也重视"法治"。她同冯宝结婚之后，两人一起治理岭南，但她看到冯宝的一些政治制度与法令没有被越族群众执行，于是，她"审问之"，认为其原因一是群众的法律观念淡薄，二是执法不严。于是，她和冯宝一起，以儒家的"礼"为依据，制定了各种规章制度，对群众进行宣传教育，要他们遵守。她打破"刑不上大夫，礼不下庶人"的等级观念，强调在法律面前人人平等，指出"首领有犯法者，虽是亲族，无所舍纵"。凡是犯法者，不管是一家人、亲骨肉或是亲戚朋友，都一律以法论处。由于法律严明，"自此政令有序，人莫敢违"。

在以"法"治国的问题上，冼夫人爱憎分明，立场坚定，坚决做到要正人，先正己。589年，隋朝灭了陈朝，统一了中国。第二年，王仲宣叛乱，冼夫人派遣孙子冯暄攻打王仲宣部将陈佛智。由于冯暄与陈佛智是好友，迟迟不肯出击，冼夫人大怒，认为冯暄"虽是亲族，无所舍纵"，立即把他囚禁于州狱中。

冼夫人对于贪婪暴虐者，也是深恶痛绝的。赵讷是隋朝番州（广州）的总管，他为人贪婪，统治暴虐，各地的俚、僚百姓非常仇恨他。老百姓有的聚众抗缴赋税，有的外逃。为了保境安民，为了惩治腐败，冼夫人列举了赵讷的大量罪状，告到朝廷，最终让其伏法，为民除了害，岭南得以安定。

三

妈祖文化也是根植于中国传统文化的土壤之中的。在中华文化中，有很多优良传统和积极思想因素，如"博施于民而济众""穷则独善其身，达则兼济天下""仁者爱人""老吾老以及人之老，幼吾幼以及人之幼""救人于危难""路见不平，拔刀相助""民惟邦本""民贵君轻""护国庇民""济世救民""天下为公""浩然之气""唯用一好心""国家兴亡，匹夫有责"和"愚公移山"等等，都是中华文化的精华，是生生不息的中华文化的生机。所有这些对中华民族性格的形成都起着重要作用。妈祖是中国民间传说中的英雄人物，她日日夜夜在大海中巡视，拯救溺水的人。在海洋中，哪里有危难，哪里有呼救，她就在那里出现，拯救遇溺者。她不图名，不图利，"唯用一好心"。在一千多年前，在中国东南沿海一带，为什么会有妈祖这样的人物出现呢？主要是有优秀的中华文化的培育，有积极思想因素的影响。妈祖的性格，妈祖的形象，是有中华民族特点的，是有中华文化特征的。妈祖的光辉形象，体现中华民族助人为乐的传统美德，也展现了中华民族的凝聚力。

妈祖降生于宋太祖建隆元年（960）农历三月二十三日。她出生时，满室生香，天布满祥云，有一道红光射入室中。她月余不啼哭，故被称为默娘。她是福建莆田湄洲湾林善人（他与人为善，乐于助人，故人们都称他为"善人"）

的第七胎女儿。林默娘出生之前,其母梦见白衣观音对她说:"你即将出生的女儿,她不但在陆上将受到万家崇敬,而且在海上也是渔民与航海人员的救星。"

据《莆田县志》记载,妈祖四五岁时,随父亲乘船到浙江的普陀山去游览,当她看到观音菩萨的塑像后,头脑里就增长了许多治病救人的法术。她回到家乡以后,就为别人治病,救活了许多病危的人。此消息一传开,来找她治病的人越来越多,她都热情地一一满足了病人的要求。除了治病之外,最使人敬佩的是她具有一股强大的、能在海上救溺的神力。传说,她活着的时候,是神的化身。民间有危难,她可以变成女神去救人。古时候,福建的渔民在海上作业,有时遇到强风暴雨,渔船即将沉没,渔民在呼救。这时,海面上就有一少女,身穿红衣,驾驭一张竹席,迅速飞向溺水的渔民,把他们救起来,送到海岸边之后,渔民安全了,她就不见了。长期来,福建海上遇溺的渔民不少,但都是由这位红衣少女救起的。因为她像神一样救溺,所以人们也称她为"神女"。

北宋初年,战争不断,战火烧到福建,许多难民逃到海边,走投无路,妈祖便帮助难民编造了一些木筏,载着他们,逃难到海峡的对岸——台湾等岛屿。故今日很多台湾同胞还在传颂妈祖的恩德。

林默娘28岁那年的农历九月初九,她同姐姐们一起,朝湄洲的高峰去登高。她对姐姐们说,她要到另一个天地去遨游。姐姐们忽然见她升天了,在白云间,有金童玉女相迎接,并有仙乐伴奏,不久,她便消失在云端了。

妈祖升天之后,照样护国庇民,救济世人。据记载,宋徽宗宣和四年(1122),有一位叫路允迪的朝廷官员奉命出使高丽,当船行到大海中时,忽然刮起狂风,海浪铺天盖地而来,船随时都有沉没的危险。这时,路允迪跪着祈求妈祖保佑,妈祖就来了,海上也风平浪静了,他顺利地到达了高丽。当他回到宋朝后,就把这件事告诉了宋徽宗,宋徽宗便命令建宫庙供奉妈祖,并赐宫庙匾为"顺济"。

元代国内粮食主要由江南供应,江南的粮食主要通过海运运往北方地区。据传说,元朝的运粮船由于得到妈祖的保佑,因此顺利把粮食运到了目的地,于是元太祖册封妈祖为"天妃"。

在明朝,关于妈祖济世救民的故事也很多。据记载,郑和等人七次下西洋,他带领几万人,分乘上百只大船,远渡重洋,日夜航行,有时遇上波浪滔天的险恶环境，大船在海上漂荡，时刻都有翻船的危险。当遇到此情景时，只要郑和等人祈祷妈祖保佑，呼唤妈祖的神号，妈祖就会赶到，乌云立即被驱散，海面也平静下来，船顺利地航行。郑和七次远渡重洋，都得到妈祖的保佑，故郑和等人便在新加坡、马六甲等埠为妈祖刻碑立传，建宫庙纪念她。明朝皇帝册封她为"天后圣母"。

据明朝人郎英的《七修类稿》记载：明宪宗成化年间，有一个叫陈询的官员奉命出使日本，船行到大洋，风雨大作，眼看船就要翻了。这时，陈询怨哀地说："我死了不要紧，但皇帝交给我的任务不能完成怎么办？！"当陈询祷告完毕，忽然，有两盏红灯从天而降，落在船上，船就平稳了。这时有一只大船朝他驶来，接过陈询，把他送到日本，船主对陈询说："这是妈祖派我来救你的。"

据传说，明末清初，郑成功出兵想赶走荷兰人，收复台湾。有一次，郑成功的兵船在台南的鹿耳门搁浅了，不能前进。这时，妈祖的神威大作，水涨船高，郑成功的兵船像飞一样奔向岸边，船上的官兵英勇地冲向敌人，拼命杀敌，攻占了这个据点。郑成功收复台湾后，为答谢妈祖之恩，在鹿耳门建了一座"天后圣母庙"，以纪念妈祖，这是台湾第一座妈祖庙。

妈祖在海上的传说很多。这些故事虽然不符合科学，但在科技不发达的古代，妈祖的英雄形象在某种程度上鼓舞了人们的斗志。中国沿海的妈祖文化与内陆的愚公移山精神，都激励人民敢于向困难作斗争。这就是中华优秀的传统文化，要肯定，要传承和弘扬！

四

冼夫人与妈祖，既受到历代群众的崇拜，也得到历代统治者的敕封。她们的共同点都是护国、爱民。历代的统治者都支持群众建立宫庙来纪念她们。有人形容，历代在中国沿海和东南亚沿海一带，纪念冼夫人与妈祖的宫庙星罗棋布。今天，在广东的高州、电白，海南琼山的新坡、儋州、三亚和马来西亚雪兰莪州的增江都有规模比较大的冼夫人庙。当地成千上万的群众，每年都定期举行祭祀冼夫人的文化活动。至于纪念妈祖的宫庙，在福建的湄洲，台湾的台北、台南，澳门，海南的海口、文昌、琼海和新加坡、吉隆坡等地，都有较大规模的建筑，如吉隆坡的"天后宫"，古色古香，堂皇壮丽，是当地华人自建的最大庙宇。当地数以万计的群众，每年都定期举行祭祀妈祖的文化活动。这些宫庙，如今已成为旅游的一大景观。

冼夫人与妈祖都是一千多年前的人物了，为什么迄今人们还在祭祀她们呢？因为"有德则祀，古昭明训，故有嘉言懿行者，则崇奉之；有丰功伟烈者，则景仰之。"（吉隆坡陈氏大宗祠《家训》）"夫圣王之祭祀也，法施于民则祀之；以死勤事，则祀之；能捍大患，则祀之。"（《礼纪·祭法》）冼夫人与妈祖都以"德"施于民、爱民、爱国家，所以人民永远不会忘记她们。冼夫人文化与妈祖文化的精华，将会得到进一步的弘扬。2022年5月28日星期六，央视《新闻联播》报道，中共中央政治局专门进行集体学习，习近平总书记在主持学习时强调，要学习、弘扬和传承中国的优秀传统文化。这说明中国的优秀传统文化是何等重要！

家喻户晓苏东坡①

北宋绍圣四年（1097），苏东坡被贬为琼州别驾、昌化军（今儋州市）安置。元符三年（1100），宋徽宗即位，苏东坡才遇赦北归。他在海南整整生活了三年。

苏东坡在海南生活过的地方，主要是在琼山与儋州。过去，在琼山的南桥有东坡台、东坡亭，在府城有苏公祠和东坡书院，今属海口市管辖。祠东侧有个"浮粟泉"，是苏东坡当年打的井，如今井水仍是清澈见底，终年不干涸。祠内有座石雕的苏文忠像。这座像的来历是怎么样的呢？据记载，苏东坡北归时，路过府城，给他的好学生姜唐佐送了三件礼物：一件是端砚（这块砚今保存在四川省眉山市三苏祠内）；一件是折扇，苏东坡在扇面上题了两句诗："沧海何曾断地脉，白袍端合破天荒"；一件是苏东坡的画像。苏东坡走后，姜唐佐一直珍藏着这三件礼物，一代传一代。这幅苏东坡画像今在何处？据说，姜唐佐临终前，叮嘱他的亲属把苏东坡的画像雕刻在石碑上，以作永久性的纪念。据说，明代石刻了苏文忠公像，一直保存在苏公祠内。这幅画像表现了苏文忠文静、和蔼可亲和襟怀坦荡的性格，深受人们的喜欢。四川眉山三苏祠内有这石刻的复制品。几百年来，琼山县与儋县许多普通人家里都挂有这幅苏文忠公像，可见他深受人民爱戴。

苏东坡为海南人民做了很多好事。自从苏东坡离开海南后，海南人民，尤其是儋州人民群众对苏东坡都怀有很深的爱戴之情。据苏东坡的《海外集》记载，苏东坡到了儋州后，教那里的人们学中原文化，吟诗作对，宣传精神文明，提倡民族平等，反对民族歧视，号召人们搞好物质生产，改善生活。可以说，苏东坡帮助儋州，乃至整个海南岛的人民群众提高了中华传统文化的水平。据《儋州志》记载："儋耳为汉武帝元鼎六年置郡，阅汉魏六朝至唐及五代，文化未开。北宋苏文忠公来琼，居儋四年（按：实为三年），以诗书礼乐之教转移

---

① 本文收录于《天涯芳草》，广东旅游出版社 1982 年版。2022 年 6 月 8 日修改。

其风俗，变化其人心。"《琼台记事录》也载："宋苏文忠公之谪居儋耳，讲学明道，教化日兴，琼州人文之盛，实自公启之。"苏东坡在海南的事迹确是深入人心，家喻户晓。这就是数百年来，人们喜爱他的重要原因。

苏东坡是北宋著名的文学家。他同情人民，心地善良，人民群众也同情他，亲近他。在他谪居儋州期间，近地的、远地的，平原地区的、高山地区的黎、汉两族的各阶层群众和文人都来向他请教。他的学生、他的知心朋友，也都十分关心他们父子的生活起居。黎子云是苏东坡最好的朋友之一。他是儋州黎姓人。他的寓居旧址，即今天儋州东坡书院的所在地。苏东坡常同儋州郡守张中（他也是苏东坡的好友之一）去拜访黎子云。东坡诗云："城东两黎子，室迩人自远。呼我钓其池，人鱼两忘返。"[《和陶田舍始春怀古二首（其一）》]记述了他同黎子云的情谊。黎子云非常关心苏东坡的生活，送了他三亩地作为盖房子用。张中派人帮苏东坡建造了一间"载酒堂"，让他父子俩寓居其中。苏东坡为此写了一首诗："借我三亩地，结第为子邻。鴃舌倘可学，化为黎母民。"[《和陶田舍始春怀古二首（其二）》]表达了诗人长居海南的心愿。黎子云兄弟四人为人正直，不慕功名富贵，自食其力，又爱诗书，乡村子弟视为师表，东坡也非常器重他。有诗为证："万事思量都是错，不如还叩仲尼居。"（《过黎君郊居》）表达了诗人愿同黎子云一样永远躬耕不仕。特别是苏东坡把黎子云比作仲尼（孔子），可见敬重之甚。除此之外，苏东坡同周围的群众关系也是极其融洽的。每逢婚庆或过年过节之日，苏东坡总会被邀去做客、饮酒，他也借此机会同当地群众促膝谈心。"华夷两樽合，醉笑一杯同。"（《用过韵冬至与诸生饮酒》）这正是苏东坡同当地黎民百姓感情笃深的写照。

苏东坡爱黎民，黎民也爱苏东坡。有一次，东坡途中遇雨，当地老百姓便借竹帽给他戴，借木屐给他穿。他穿、戴起来，走路很不自然，路边的儿童与妇女都跟着他开玩笑。这虽是东坡生活中的一件趣闻，但很快就传开去了，变成当地人家喻户晓的掌故了。后来，竹坡周少隐把这一掌故画成一幅《东坡先生笠屐图》。很快就传到国内外去了。大家看了这幅《东坡先生笠屐图》，对东坡先生更加同情与敬仰。

海南的老百姓不但了解东坡先生的现在，而且也了解东坡先生的过去。根据史料记载，有一天，苏东坡郊游，在田野中遇到了一位老大娘，苏东坡问她："如今世事怎么样了？"那位老大娘认出问话的是苏东坡，便风趣地说："世事吃，就像一场春梦。"苏东坡听了不解其意，又问道："何谓世事像一场春梦？"大娘微笑着说："您当年是翰林学士，享尽荣华富贵，如今来到这里，和我一样受苦受累，这不是像一场春梦吗？"苏东坡这才恍然大悟。这一席话，勾起苏东坡对过去的回忆，但他并不留恋过去的荣华富贵，而是珍惜现在的日子。他喜欢这里的一草一木、这里的人民，他愿意拜这里的百姓为师，甘愿同他们生活一辈子。于是，他写了一首诗，表明了他的心愿，诗云："符老风情奈老何，朱颜减尽鬓丝多。投梭每困东邻女，换扇惟逢春梦婆。"[《被酒独行遍至子云威徽先觉四黎之舍三首（其一）》]春梦婆这个掌故，很快又在群众中传开了，一直传到今天。

北宋时的儋州城，是海南最繁荣的地方之一。那里的集市是热闹的。苏东坡很喜欢赶集，到集市中去，可以接触更多的群众，交上更多的朋友，这样，他作诗就更有内容了。有一次，苏东坡到集市上去，看见一位从山上下来的黎族兄弟，他挑着柴火和吉贝布，准备在市场上卖。这位黎族兄弟看见苏东坡穿的衣服很褴褛，天气又冷，便主动上前和苏东坡打招呼。并把吉贝布赠送给苏东坡御寒。可见，黎族兄弟对他是多么友好。苏东坡非常感谢这位黎族兄弟。苏东坡在儋州写诗宣传民族平等的消息，很快就传到了黎母山区，山区的黎族同胞很高兴。据传说，也有人说是史料记载。有一次，山上的黎族同胞选派了符爱山等三人，带了一些"山味"来"载酒堂"慰问苏东坡。苏东坡深受感动，于是挥笔作了一首《题黎婺山》诗。诗云：

> 黎婺山头白玉簪，古来人物盛江南。
> 春蚕食叶人千万，秋鹗凌云士十三。
> 去日黄花香袖满，归时绿草映袍蓝。
> 荒山留与诸君破，始信东坡不妄谈。

根据神话传说，黎母山是黎族的诞生地。苏东坡这首诗充分肯定了黎母山的美丽富饶，肯定了它的伟大功绩。实际上，也就是肯定了黎族在中国历史上的作用，不能歧视他们，应该平等对待他们。符爱山等人把苏东坡的题诗带到黎母山中去，在黎母山顶端找到一块高丈余，宽二丈余的巨石磨平滑，请来雕刻工人，把苏东坡的《题黎婺山》诗雕刻在巨石上，让千秋万代的黎族同胞都能看到苏东坡的这首诗。又据《定安县志》记载：这块石刻诗的巨石已陷入山峦，不能寻觅。但它陷没之前，苏东坡的这首诗已被人复制，雕刻在定安县的岭门东坡岭（今属琼中县湾岭镇）的一块巨石上。咸丰二年（1852），定安县光螺图①廪生吴凤栖，以砂丹朱之，使它更加光彩耀目，吸引更多的读者。

  苏东坡先生在海南岛传播下了中华文化与物质文明的种子，也播下了友爱的种子。所以当他即将离开海南时，当地的百姓、学者纷纷携酒馔，送了一程又一程，一直送到船中。最后，只好"执手泣涕而去"，并且亲切地说："此日与内翰相别后，不知甚时再得相见。"寥寥数语，可见苏东坡与海南人民的友谊是多么深厚！苏东坡北归一年后，便在常州逝世了。噩耗传到海南，海南人民，特别是儋州人民极其悲痛。儋州人民为了让子孙万代不忘苏东坡的功德，把儋州的许多地名都以"东坡"二字来命名。如东坡村、东坡井、东坡路、东坡田、东坡塘、东坡巷、东坡泉、东坡公园等等。为了让东坡先生播下的精神文明与物质文明的种子世世代代在海南人民中间生根、开花、结果，儋州的百姓与学者建造了"东坡书院"，创办了"桄榔诗社"等文化阵地。志在继承东坡先生的遗志，发展儋州以至海南的文化。数百年来，这些文化阵地和纪念东坡先生的古迹，一直为广大人民群众与文人墨客所瞻仰、所向往。

---

  ① "图"是明清时期保甲制下的基层行政区划。光螺图辖境在今琼中县湾岭镇。

苏轼与民俗①

一

自古以来，中国人素有"入乡随俗，出水随弯"的传统说法。《礼记·曲礼篇》说："礼从宜，使从俗。"这就是要人尊重所在国家或地区的礼节、风俗习惯。苏轼深受这些传统思想的影响，他的大半生是在地方的官任上度过的，他每到一地，都注意了解、探讨当地人民的禀性习俗，搜集故事、传说，对一些民族的族源、俗源、风土人情、地方特点等都进行了仔细的考察。苏轼谪居海南三年，写了《伏波庙记》一文，文中说："自五代，中原避乱之人多家于此，今衣冠礼乐班班然矣。"苏轼所揭示的现象，对后来人研究海南岛的历史、文化、宗教等提供了极为重要的依据。明代洪武十七年（1384）的《宣谕海南》诏中说："海南、海北之地，自汉以来，列为郡县，习礼义之教，有华夏之风者乎。"《琼山县志·风俗》写道："苏文忠公云：'自汉末至五代，中原避乱之人多家于此。'丘文庄云：'魏晋以后。中原多故，衣冠之族，或宦或商或迁或戍。纷纷日来，聚庐此处。'黄文裕云：'郡城、县城营居多戍籍，自宋元顺化，皆汉土遗裔，洪武以来，军士初拨，则多苏浙之人；续拨，则多河之南、北；再调，则又闽潮之户。厥后中原各官吏充配者，接踵而至，故士族多属中州。'"《文昌县志》载："民俗素朴雅，治诗书衣冠文物大类中土……人文彬彬，向称海滨邹鲁。"可见苏轼的考察、论断对后来的影响之大，也说明苏轼对当地民族的族源、俗源的研究是符合历史实际的。

他在《书海南风土》一文中写道："岭南天气卑湿，地气蒸溽，而海南为甚。夏秋之交，物无不腐坏者，人非金石，其何能久？然儋耳颇有老人，年百余岁者，往往而是，八九者不论也。"他在《江月五首》的序中写道："岭南气

---

① 本文原载于《社会科学辑刊》1984年第6期。2022年6月8日星期三重读。

候不常，吾尝云：菊花开时乃重阳，凉天佳月即中秋，不须以日月为断也。"他还把海南与海北二地的特点做了比较："海南风气与治下（指雷州，他的好友张逢当时任雷州太守——笔者注）略相似，至于食物、人烟萧条之甚，去海康远矣。"① 从以上的叙述可见苏轼是多么细心地观察、调查、分析当地的气候、风土人情、生活条件，以至人的寿命等。苏轼在《竹枝歌》的序中写道：

竹枝歌本楚声，幽怨恻怛，若有所深悲者，岂亦往者之所见，有足怨者欤。夫伤二妃而哀屈原，思怀王而怜项羽，此亦楚人之意相传而然者。且其山川风俗，鄙野勤苦之态，固已见于前人之作与今子由之诗，故特缘楚人畴昔人之意，为一篇九章，以补其未道者。

从这里可以看到苏轼对流行在楚地民间的"楚声"是很感兴趣、很有研究的。他认为"楚声"所歌唱的"夫伤二妃而哀屈原，思怀王而怜项羽"的"幽怨恻怛"的情调已经一代传给一代了，同时，前代的作家也已把楚国的"山川风俗，鄙野勤苦之态"写进作品中。但是，他觉得这样还不够，还应该"缘楚人畴昔人之意"进行文学创作，"以补其未道者"，写出前人所没有写的作品。这个观点是苏轼青年时代提出来的。它告诉我们，对于民间的文学遗产不但应该继承，而且应该创新，做到古为今用。如苏轼到杭州游览九仙山时，听了当地的儿歌《陌上花》，觉得"含思宛转，听之凄然"的情调不错，就是歌词不理想，应予以加工润色，另配新词。元丰六年（1083），苏轼到黄州，"闻黄人二三月皆群聚讴歌，其词固不可分，而其音亦不中律吕，但宛转其声，往返高下，如鸡唱尔。与庙堂中所闻鸡人传漏，微有相似，但极鄙野尔"。② 他把民歌说成是"极鄙野"，虽有些片面，但他能把当地人那种载歌载舞的场面记录下来，并发表了自己的观感，这种关心民间文艺的精神是值得肯定的。

---

① ［宋］苏轼：《与张逢六首·序》。
② ［宋］苏轼：《书〈鸡鸣歌〉》。

二

坎坷的道路，动荡的生活，使苏东坡有机会接触基层，接触民俗问题。据苏轼幼子苏过的《论海南黎事书》载，苏轼在儋耳，同田父、野老、闾阎之民相与游，知道社会上纷纷议论黎族人民的事。他叫苏过把情况记录整理出来，以便分析、研究。苏过写道："某窃见海南黎人一事（指的是征黎的事——笔者注），议者纷然，利害未决，论者或欲覆其巢穴而夷其地，或欲羁役其人而改其俗，或欲绝其通市以困其力，然皆不得其要。"苏轼父子认为，企图用强制的办法来改变黎族的习俗是行不通的，对于习俗问题只能是一方面尊重它，一方面正确引导。

在古代，福建、广东民众，尤其是海南的黎族妇女很喜欢嚼槟榔，插茉莉花。直到今天，海南陵水、崖县一带妇女还有嚼槟榔的习俗。苏轼对这习俗深感兴趣，有不少作品对此有所反映。"《冷斋夜话》曰：东坡在儋耳，见黎女插茉莉、嚼槟榔，戏书姜秀才几问：'暗麝著人簪茉莉，红潮登颊醉槟榔。'"① "《西溪丛语》曰：闽广人食槟榔，每切作片，蘸蛎灰以荖叶裹嚼之，初食微觉似醉、面赤，故坡云'红潮登颊'。"② 苏轼到岭南以后，当地老百姓热情地请他嚼食槟榔。他在《食槟榔》中写道：

北客初未谙，劝食俗难阻。中虚畏泄气，始嚼或半吐。
吸津得微甘，着齿随亦苦。面目太严冷，滋味绝媚妩。

这诗描写他初到岭南，对槟榔还不甚熟悉，不知槟榔是何滋味，不敢食，但为了尊重当地的风俗、礼节，还是把槟榔嚼下去，后来才觉得"滋味绝媚妩"。他居儋两年后，熟悉了槟榔，了解了槟榔的功用，爱上了槟榔，甚至用"槟榔代茗饮"③。

---

① ［清］吴景旭《历代诗话》卷五十八。
② ［清］吴景旭《历代诗话》卷五十八。
③ ［宋］苏轼：《己卯冬至儋人携具见饮，既罢，有怀惠许兄弟》。

为了尊重民俗，苏轼还认真、虚心地学习各地人的方言、衣着等。苏轼寓居浙江时，认真学习当地方言，故能说出一口流利的浙江话。苏轼在《己卯冬至儋人携具见饮，既罢，有怀惠许兄弟》中写道："南音行自变，重译不须通。"这说明他已掌握了南音演变的规律。据史载，苏轼能熟练地用方言土语，同当地百姓交流思想感情，并且能吸收一些方言土语进行写作。这是他虚心学习方言的结果。他在《发广州》一诗中，所用的"软饱"一词，就是浙江的方言，他自注云："浙人谓饮酒为软饱"；至于"黑甜"一词也是方言。他自注云："俗谓睡为黑甜"。清代吴景旭《历代诗话》说："东坡诗：'面脸照人元自赤，眉毛覆眼见来乌。'吴旦生曰，王直方诗话：今市语答人真实事则称见来。坡诗用俚语也。"苏轼在《欧阳晦夫遗接䍦、琴，枕作诗谢之（晦夫，六一公子）》中写道：

携儿过岭今七年，晚途更着黎衣冠。白头穿林要藤帽，赤脚渡水愁花缦。不愁故人惊绝倒，但使俚俗相恬安。见君合浦如梦寐，挽须握手俱汍澜。
…………

这几句诗，总结了他谪居岭南七年的生活、思想情况，他以学当地人的生活方式、着当地人的服装为乐事，如"着黎衣冠""赤脚渡水""吉贝御霜风"等。正如他自己所说的："鴂舌倘可学，化为黎母民。"[①] 因为苏轼努力把自己"化为黎母民"，所以他晚年在岭南写的作品，能真实地反映黎母民的生活与思想感情，成为脍炙人口而不衰的"罗浮琼海真瑰奇"[②]。正如琼山后学王时宇的《重修海外集序》所说的："昔人谓公（指苏文忠公）放浪岭海，其文益伟，力干造化，元气淋漓，今读其书浑涵光芒，……东坡先生居儋四载，风流余韵至今未泯，读其书者无不想见其人。"数百年来，家喻户晓、举世闻名的《东坡先生展图》，就是东坡先生决心"化为黎母民"的具体、生动的写照。东坡先生决心化为黎母民，不怕旁人讥笑，"不愁故人惊绝倒"就是要"使俚俗相恬安"。

---

① 见《和陶田舍始春怀古诗并引》。
② ［明］丘濬《读东坡诗》。

为了"使俚俗相恬安",苏轼主张各民族应该互相尊重,应该平等,和睦共处,不要互相残杀。他写道:

咨尔汉黎,均是一民。鄙夷不训,夫岂其真。
怨忿劫质,寻戈相因。欺谩莫诉,曲自我人。①

他认为,黎汉两族,都是一家人,二者发生矛盾,汉人应负主要责任。为了提高黎族人民的政治地位,宣传黎族人民在历史上的作用,他专门为传说中黎族的诞生地——黎母山题了一首诗:

黎婺山头白玉簪,古来人物盛江南。春蚕食叶人千万,秋鹗凌云士十三。
去日黄花香袖满,归时缘柳映袍蓝。荒山留与诸君破,始信东坡不妄谈。②

这首诗告诉我们,黎母山是中华锦绣河山的一部分,自古以来,它同江南一样,人才辈出,壮志凌云,物产丰富,风景幽美,应该爱护它,发挥它的作用。这首诗与他的黎汉"均是一民"的思想是一致的。

苏轼尊重当地群众的信仰,同当地群众一样崇拜他们历史上杰出的人物。冼夫人是梁、陈、隋三代岭南杰出的政治家、军事家,海南沿海一带的群众非常崇拜、信仰她,每年二月十二日都要举行集会纪念她,因为这一天是她出军的日子。苏轼在儋耳,曾到冼夫人庙里去凭吊,并应当地父老之邀,为冼夫人庙作"铭志",以及作了一首歌颂冼夫人的诗:

冯冼古烈妇,翁媪国于兹。策勋梁武后,开府隋文时。
三世更险易,一心无磷缁。锦伞平积乱,犀渠破余疑。
庙貌空复存,碑版漫无辞。我欲作铭志,慰此父老思。
遗民不可问,偻句莫余欺。爆牲菌鸡卜,我当一访之。

---

① [宋] 苏轼:《和陶〈劝农〉六首(其一)》。
② [宋] 苏轼:《题黎婺山》。

铜鼓壶卢笙，歌此迎送诗。①

这首诗描写了当地群众隆重地开展"牲菌鸡卜"（宰大牛，用肉炒竹笋，并杀鸡来占卜）"铜鼓壶卢笙"（海南民间音乐歌舞）等活动，纪念冼夫人的盛况。这种纪念活动是当时海南岛沿海一带的习俗，如今在海南某些地方还保留着。

汉代的路博德与马援两伏波将军对开辟岭南是立了功的，岭南各族群众在沿海一带建了一些庙宇，来纪念伏波将军。苏轼来到沿海一带以后，尊重当地群众的信仰，曾同群众一起到伏波庙里去凭吊二位将军，并写了一篇《伏波庙记》，指出："汉有两伏波，皆有功德于岭南之民。"这个评价是公允的。

三

苏轼对于民俗是有所分析、有所肯定与有所扬弃的。因此，他所尊重的是一些符合科学的，有历史意义的，对人民群众的生产、生活与健康有益的习俗。相反，对人民不利的、违反科学的习俗，他则极力反对，主张移风易俗。他认为，移风易俗是符合历史发展规律的，是有现实意义的。他说："至于后世风俗变易，更数千年以至于今，天下之事已大异矣。"② 这就是说，随着时代的变迁，社会的进步，一些不良的风俗习惯也在不断地被人们革除掉。

在中国漫长的封建社会中，男人与女人在政治地位、生产劳动与生活待遇中是不平等的。从根本上说，这是封建礼教造成的，但是也和各地的一些不良习俗有关，中国历代进步的政治家、思想家、作家都坚决要求革除这种旧俗。唐代伟大的诗人杜甫就写过《负薪行》来揭露男女不平等的习俗，要求废除这一恶习：

土风坐男使女立，男当门户女出入。十犹八九负薪归，卖薪得钱应供给。
至老双鬟只垂颈，野花山叶银钗并。筋力登危集市门，死生射利兼盐井。

---

① ［宋］苏轼：《和陶〈拟古〉九首（其五）》。
② ［宋］苏轼：《〈礼〉论》。

苏轼来到海南以后,看到海南沿海一带的乡村里,也有《负薪行》中所写的不良习俗。于是,他发扬了杜甫移风易俗的主张,于元符二年(1099)闰九月"十七日书杜甫夔州诗'土风坐男使女立,男当门户女出入'云云,劝儋人变俗"①。他书好之后,一方面张贴于街头巷尾的墙壁上,让大家都来看;一方面在群众集中的热闹场所,"诵此诗以谕父老"②,即教育父老,提倡男女平等,移风易俗。但由于当时封建习惯势力比较强大,光凭他一个人的努力是改变不了这一恶习的,所以他最后哀叹道:"未易变其俗也。"③尽管如此,他已经尽了作为一个伟大诗人的责任了。

由于封建统治阶级的压迫、剥削,造成海南的科学文化极端落后,加上南洋各国尤其是印度的封建迷信思想对海南的影响,北宋时代的海南沿海农村封建迷信思想非常猖獗。人们病了不是去求医,而是去求巫(旧社会中以装神弄鬼替人祈祷为职业的人)。这是一种极为落后的、愚昧的、不科学的习俗(直至今天,在海南某些地方,这种不良习俗还残存着)。苏轼对有病不求医而去求巫的习俗深恶痛绝。他于元符二年九月二十二日,写了《书柳子厚牛赋后》:

岭外俗皆恬杀牛,而海南为甚。客自高化,载牛渡海,百尾一舟,遇风不顺,渴饥相倚以死者无数。牛登舟,皆哀鸣出涕。既至海南,耕者与屠者常相半。病不饮药,但杀牛以祷,富者至杀十数牛。死者不复云,幸而不死,即归德于巫。以巫为医,以牛为药。间有饮药者,巫辄云神怒,病不可复治。亲戚皆为却药,禁医不得入门,人牛皆死而后已。

地产沉水香,香必以牛易之黎。黎之人得牛,皆以祭鬼,无脱者。中国人以沉水香供佛,燎帝求福,此皆烧牛肉也,何福之能得?哀哉!予莫能救,故书柳子厚《牛赋》以遗琼州僧道赟,使以晓谕其乡人之有知者,庶几其少衰乎!

---

① 徐无闻:《东坡年谱简编》。
② [宋]苏轼:《书杜子美诗后》。
③ [宋]苏轼:《书杜子美诗后》。

苏轼写的这篇书跋，揭露、控诉、批判了"岭外俗皆恬杀牛，而海南为甚"的坏习俗的残酷、虚伪和欺骗性。这种坏习俗的罪魁祸首是"巫"。"巫"蒙蔽、欺骗了群众，腐蚀了人们的灵魂，使人们"病不饮药，但杀牛以祷""以巫为医，以牛为药"，造成"人牛皆死而后已"的严重恶果。苏轼还揭露了"以沉水香供佛，燎帝求福"的骗局。他严厉地指出："此皆烧牛肉也，何福之能得？"在那"幸而不死，即归德于巫"的黑暗社会里，人们深受其"巫"之害，深受其"俗"之毒，苏轼对此深感痛心。他大声地疾呼："哀哉！予莫能救……"他之所以莫能救，是因为他认识到"巫"是植根于封建社会的土壤中的，而且是根深蒂固的，光凭他个人的力量是改变不了的，必须唤起民众，共同努力，才能使"其少衰"。唤起群众的重要办法，就是"晓谕其乡人之有知者。"这里的"晓谕"，就是强调教育。岭南各地区的群众，由于种种原因，养成饮用江河、湖海水的习惯，而苏东坡对岭南群众的饮水问题极为关心。他在给广州太守王敏仲的信中写道：

尝与某言：广州一城人，好饮咸苦水，春夏疾疫时，所损多矣。惟官员及有力者，得饮刘王山井水，贫丁何由得。惟蒲涧山有滴水岩，水所从来，高可引入城……则一城贫富同饮甘凉，其利便不在言也。自有广州以来，以此为患。若人户知有此作，其欣愿可知。①

王敏仲接受了苏轼的建议，用竹子当水管，把白云山上的泉水引进了广州城，使市民饮上了白云山的泉水，改变了饮珠江污水的习俗，减少了疫病。苏轼在惠州时，率领群众，用石砖砌了一口既大又深的方井，饮者甚众。苏轼到了海南，住在琼州府城金粟庵时，发现了庵前有两眼泉水，他和儿子就把这"双泉"打成井，井水清凉甘洌，汲者不绝。从此，当地群众便改变了饮食浑浊的绕城河水的习惯。苏轼去昌化军后，琼州太守陆公便叫人在"双泉"边建了一个亭子，以表彰苏轼父子打井的功绩，教育饮水者不忘掘井人。苏轼北归时，应陆公之邀，为这亭子题名与作诗（《洞酌亭诗并引》）。

苏轼到了昌化军，看到"土人多饮碱滩腐水"，很不卫生，便找泉水打井，

---

① ［宋］苏轼：《与王敏仲十八首（其十一）》。

号召群众饮用井水。据传，如今儋县中和镇上的"东坡井"，就是当年苏轼打的井。现在，当地群众还在饮用这口井的水。

苏轼在儋县，看见很多农民放弃农业生产，去搞买卖沉香的生意。他认为这种弃农经商的习俗不好，于是，他写了《和陶〈劝农〉六首》，其序云：

> 海南多荒田，俗以贸香为业，所产粳稌不足于食，乃以薯芋杂米作粥，糜以取饱。予既哀之，乃和渊明《劝农》诗，以告其有知者。

他希望社会各阶层群众，尤其是农民，行动起来移风易俗，把农业生产放在首要的位置上：

> 听我苦言，其福永久。利尔锄耨，好尔邻偶。
> 斩艾蓬藋，南东其亩。父兄搢梃，以抶游手。①

为了帮助各地农民改进落后的生产工具，发展生产，苏轼积极地向各地农民推广先进的生产技术。他在《秧马歌》的序中写道：

> 过庐陵，见宣德郎致仕曾君安止，出所作《禾谱》，文既温雅，事亦详实，惜其有所缺：不谱农器也。予昔游武昌，见农夫皆骑秧马，以榆枣为腹欲其滑，以楸桐为背欲其轻。腹如小舟，昂其首尾，背如覆瓦，以便两髀。雀跃于泥中，系束藁其首以缚秧。日行千畦，较之伛偻而作者，劳佚相绝矣。史记，禹乘四载，泥行乘橇。解者曰：橇形如箕，擿行于泥上，岂"秧马"之类乎？作《秧马歌》一首。附于《禾谱》之末云。

"秧马"是当时一种先进的插秧工具，相当于今天的插秧船。这篇序说明了他为什么写《秧马歌》，并且介绍了"秧马"的特点、构造、使用方法，以及"日行千畦，较之伛偻而作者，劳佚相绝矣"的优越性。据王文诰《苏文忠公诗编注集成总案》介绍，苏轼在江西、惠州等地并托人到浙江去，大力推广

---

① ［宋］苏轼：《和陶〈劝农〉六首（其四）》。

"秧马"，使农民尽快从"伛偻"的苦役、旧俗中解放出来。

苏轼认为，要移风易俗，必须重教化，启迪民智，使民为善。"人之性也善恶混，修其善则为善人，修其恶则为恶人。"① 基于这种认识，他写道："永愧虞仲翔，弦歌沧海滨。"②（这诗最后自注云："虞翻，字仲翔，徙交州。虽处罪放，而讲学不倦。门徒数百人。"）他自谦永远比不上虞仲翔，但他决心以虞仲翔为榜样，帮助沿海地区各族人民学习科学文化知识。他针对不同的对象进行讲学。如对儿童，他就利用儋耳的童谣《鹧鸪鸡》等进行教学。"儿声自圆美，谁家两青衿？且欣习齐咻，未敢笑越吟。"③ 他听到儿童的读书声，甚为高兴，于是"引书相与和，置酒乃独斟"④。至于其他成年人没有教材，他就自编。清末王国宪说："当时经义初行，海外无书可读，编成经说，传诵当时也；辨折经传，异义参发也；所成史论，分明易晓也；所成史断，浅近易解也。"⑤

苏轼在岭南所进行的移风易俗活动，取得了一定的成绩。他北归过润州时，有人问他："海南风土人情如何？"他回答说："风土极善，人情不恶。"⑥ 海南历代名人对苏轼的这一活动也给予了充分的肯定："北宋苏文忠公来琼，居儋四年，以诗书礼乐之教，转移其风俗，变化其人心。"⑦ "苏文忠公之谪居儋耳，讲学明道，教化日兴，琼州人文之盛，实自公启之。"⑧ 显然，这些评价都是符合历史实际的。

---

① [汉] 扬雄：《法言·修身篇》。
② [宋] 苏轼：《和陶〈示周续之、祖企、谢景夷三郎〉》。
③ [宋] 苏轼：《迁居之夕，闻邻舍儿诵书，欣然而作》。
④ [宋] 苏轼：《迁居之夕，闻邻舍儿诵书，欣然而作》。
⑤ [清] 王国宪：《重修儋州志叙》。
⑥ [宋] 陈正敏：《遁斋闲览》。
⑦ [清] 王国宪：《重修儋州志叙》。
⑧ [清] 戴肇辰等：《琼台纪事录》。

苏东坡谪居海南岛的传说故事[①]

1980年秋天，中秋节期间，我专门到儋县中和公社苏东坡书院等地调查，搜集苏东坡的故事。中和公社党委副书记黎圣三同志找来有关人员同我座谈有关苏东坡居儋的故事和传说等历史文化，并带领我参观了苏东坡在儋州的古迹。我非常感谢黎圣三书记，他也非常重视苏东坡的文化，特别是重视苏东坡居儋期间，传播中华优秀文化，促进了儋州文化的发展。我在采访中得到儋县的领导和群众的支持，收集了不少苏东坡的故事和传说，并参考了有关苏东坡的图书资料，写成了以下的苏东坡故事和传说。四川《成都日报》等报刊刊载了这些文章。

渡海

宋哲宗绍圣四年（1097年）六月十一日上午，在徐闻县海边的"递角场"，63岁的苏东坡，手拿一册陶渊明的诗文，迈着沉重的脚步，走在沙滩上。他脸上堆满愁云，眼眶里翻滚着泪珠，正恋恋不舍地同他的胞弟苏辙[②]告别。苏辙也流着眼泪，亲切地对苏东坡说："到了海南，要多加小心，注意保重。特别是你的痔疮又发作了，一定要戒酒啊！"

苏东坡以沉重的声音说："好，请你放心。不过，我和你，一住海南，一住海北，大家都要注意保重就是了。"

站在苏东坡身边的幼子苏过，也激动地对苏辙说："叔叔，以后，要多给我们来信。再见了！"

苏东坡告别了苏辙以后，便转过身来，走到一个小土堆上向南遥望。在浪

[①] 本文写于1980年9月，发表于《粤风》1982年第2期。2022年6月10日星期五重读并修改。

[②] 苏辙当时被贬雷州。

涛滚滚的大海的远方,可以隐隐约约看到一片陆地。那里是什么地方?那就是海南岛。他再看看近处的岸边,"疍家"① 的船已在那里等待着他了。这时,他带着孩子苏过,朝船的方向走去。"疍家"热情地接待了他。一个 50 多岁的老船夫对苏东坡说:"苏先生,你不要害怕这汹涌的大海。我们祖祖辈辈都生活在这大海上。我们会把你父子安全地送到海南岛上。"

苏东坡听了老船夫的话,脸上的愁云减少了一些。他心里想:将来还是有机会重返雷州同苏辙会面的。

船到了大海中,苏东坡看到天水相连,无边无际,不禁又悲伤起来,叹息说:"我到了海南岛,什么时候才能离开海南岛呢?!"

但是,他又想:天地在积水中,九洲在大瀛海中,中国在大海中,有生以来,谁不在海岛上生活?比如,把一盘水放在地上,水面上浮着一根芥草,有一只蚂蚁附在芥草上,那它也茫茫然不知道何处是岸边。等待水干涸了,蚂蚁终于又可以走去找它的同类了。我同亲人相见的机会还是有的。难道不知道,俯仰之间,都有四通八达的路吗!咳呀,想这些干什么?这岂不是很可笑的吗?②

当天下午,苏东坡抵达了澄迈县的港口——通潮驿(今马村公社附近的一个港口)。苏轼在通潮驿休息了一天,然后来琼州府城。这里的郡守不迎接他,他便到了一个小小的破旧的佛庵——金粟庵里住了十多天,才去昌化军(今儋州)。

挖井

苏东坡来到琼州府城,住在金粟庵里。他看见庵里的和尚和附近的群众,都到金粟庵前的小溪里去打水做饭吃,这样很不卫生。他决心帮助群众改变这种习惯,教育群众使用井水。于是,他带头打井。

为了打井,苏东坡天天外出找泉水。一天,他在金粟庵前不远的地方找到了两眼泉水。他用嘴尝了一尝泉水的味道,觉得甘甜,便高兴地对苏过说:"这

---

① 指水上居民。
② 这段话的原文见苏东坡的《海外集》言行部分。

是两眼好泉水。"两泉"相隔咫尺，味道各异"，都可饮用。于是，他和苏过天天都在这里挖井。不多久，井挖成了，大小和尚和附近的老百姓都纷纷来看，啧啧称赞说："这是口好井。"从此以后，群众都来这里打水饮用，不再喝小溪里的水了。

有一口井，有时浮起金粟子，苏东坡便把这井命名为"浮粟泉"（这泉在五公祠内，至今还存在）。苏东坡到了昌化军以后，琼州太守承议郎陆公便叫人在"浮粟泉"旁边建了一个亭子，以纪念苏东坡挖井的功绩。三年后，在苏东坡北返合浦路过府城时，陆公特请苏东坡为亭子命名题诗。苏东坡应邀题了"洞酌亭"三个字，并为此写了一首诗《洞酌亭诗》。

宋哲宗绍圣四年（1097年）七月初二，苏东坡到了昌化军。他看到当地群众不饮井水，而饮大沟里的溪水，于是又到处找泉水挖井，教育群众饮用井水，不要饮大沟溪里的水。一天，苏东坡把马拉到田埂上去吃草。马吃草时，吃到一株马鬃草，马的嘴巴把马鬃草拔起来，立即有一股清泉喷涌出来。他高兴极了，便天天在这里挖井，井挖好了，他便天天从这井中打水饮用。不久，附近的群众都来取用井水了。这口井，群众越打水水越满，井水四季清澈见底，因此群众非常喜爱这口井。后来，群众都学苏东坡打井，从此以后，不再饮用沟溪里不清洁的水了。

苏东坡在昌化军住了三年，为老百姓做了很多好事。他走后，当地老百姓都非常怀念他。为了纪念苏东坡，人们便把苏东坡挖的井命名为"东坡井"（这口井迄今还存在），把井附近的一个村子命名为"坡井村"。此外，还把苏东坡寓居、活动过的地方命名为东坡村、东坡田、东坡塘、东坡桥、东坡巷、东坡公园等等。这些名称，直至今天还在使用。

桄榔庵

在儋县中和镇西边的树林里，有一块很大的石碑，碑文记载了苏东坡当年谪居这里——桄榔庵的事迹。今桄榔庵已废，仅存这块石碑。这里是苏东坡居儋时的旧址之一。它有一段不平凡的记载与传说。

绍圣四年（1097年）七月初二，苏东坡被贬到昌化军，当地长官张中站在官衙门口热情地接待了苏东坡父子俩，并且把他俩安置在已经布置好的干干净净的官舍里。苏东坡见张中如此热情接待他，深为感动。当晚，张中亲自到苏东坡的住处去看望他。张中说："苏先生千里迢迢，不辞劳苦来到这里，兄弟深为钦佩！"苏东坡紧紧地握着张中的手，连声说："多谢军守，多谢军守！"从此以后，张中和苏东坡经常在一起谈心，一起散步，一起下棋喝酒，还和当地秀才黎子云等经常来往。

苏东坡住官舍这件事很快就传到北宋朝廷中去。朝廷便派专人来调查苏东坡住官舍的情况。他们指责张中，对张中进行迫害（后来张中被罢官北返，死于雷州），并把苏东坡从官舍里驱赶出来。

苏东坡被驱赶出官舍以后，无家可归，栖身于天庆观里，后来他买了桄榔树底下的几分地来盖房子。老百姓听说苏东坡要盖草房，都纷纷来帮助他。有的爬上桄榔树顶去，割桄榔叶作盖屋顶用；有的砍刺竹子拿来作屋架用；有的和泥巴作墙壁用。大家七手八脚地，很快就把一间简陋的草屋盖起来了。这草屋在桄榔林里，很幽静，苏东坡便叫它"桄榔庵"。年老体弱的苏东坡住在这四壁通风的桄榔庵里，心里很难受。他指着这屋子对人说："生谓之宅，死谓之墟。"苏东坡为了让人家知道他的草屋，便用桄榔叶编织了"苏东坡"三字挂在门上。小孩子们不懂这三个字，他就教小孩子们学，从学"苏东坡"三个字开始，孩子们和青年们每天都来请苏东坡教他们识字、写字、吟诗、作对和写诗。很快，中原文化就在中和传播出去。后来，中和镇曾经出现过写诗的热潮，形成了峨眉诗派，涌现出了不少人才。在苏东坡走后不到十年，儋州的符确便考取了进士，他是海南岛历史上第一个进士。

春梦婆

有一年春天，某天，苏东坡郊游，路过一块田地，遇着一个正在田里劳动的老太婆。他问她："喂，老婆子，今日世事怎么样了？"

老婆子抬头一看，原来是苏东坡，就很正经地说："你要知道今日的世事吗？咳！当年翰林学士的荣华富贵，今日却变成了一场春梦！"

苏东坡听了老太婆的话，便慢慢地思考起来。他一边走，一边想："当年荣华富贵的翰林学士，岂不是指我？今日变成一场春梦的，难道不也是指我？"他自言自语地说："这位老太婆讲得对，讲得好！"于是，他走到一棵椰子树底下，坐下来写了一首《洗儿诗》："人皆养子望聪明，我被聪明害一生。唯愿孩儿愚且鲁，无灾无难到公卿。"这首诗，反映了苏东坡对被贬的不满，和对当时"愚且鲁"的公卿的讽刺。

苏东坡还给这位老太婆起了一个外号，叫"春梦婆"，并以《春梦婆》为题写了一首诗。

酒井

在儋州东坡书院里，有一个"酒井"，也叫"钦帅泉"。井边竖着一块石碑，碑文是：

塘或浊兮，而泉常清，彼或溢兮，而此不盈。钦哉渊泉，天一储精，渴饮则甘，为鉴则明，可酿苏酒，用调商羹。何须洞酌，汲我莲亭。九韧既浚，共保厥成。往来井井，万年长馨。

苏东坡寓居这里之前已有了这口井。这口井原有这样的传说：

从前有一个妇人，住在这口井附近。她没有孩子，便讨了一个男孩子来养。这妇人家里很穷，孩子长大了还娶不到老婆。一天，这妇人对天说："天老爷呀，我孩子穷得连一个媳妇都娶不起，您就开开眼行个好吧！"

一天晚上，这妇人躺在床上，忽然看见一个仙人下凡来对她说："你家里穷，孩子娶不到媳妇，从明天起，你就到井里打酒拿去卖。"仙人说完便走了。

妇人听了仙人的话，半信半疑：井里怎么会有酒呢？次日早晨，妇人一起来就到井里去打水。果然，打上来的水都是醇香的美酒。于是，妇人便高高兴兴地挑酒到街上去卖，天天如此。日子久了，妇人便积累了一笔巨款，帮助她的孩子娶了一个漂亮的妻子。全家人过着美满、幸福的生活。

由于这妇人天天上街去卖酒，而且她卖的酒特别醇美，人们都争先恐后来买，因此引起了一个峒主恶霸"王歪嘴"的注意，他想：这寡妇穷得要命，为什么会有这么多的酒挑来卖呢？于是，他派了一个爪牙来这妇人家偷偷地观察，发现这妇人每天都到井里去打酒。原来这妇人家里有一口取之不尽、用之不竭的"酒井"！这个爪牙回去把酒井的情况告诉了"王歪嘴"。"王歪嘴"便令家奴用轿子抬他去看一看，果然是一口酒井。他高兴极了，立即令爪牙把这妇人一家人都赶走。这样，"王歪嘴"便霸占了这口酒井。但是，当"王歪嘴"准备请他的猪朋狗友来大吃大喝时，这口酒井已经没有酒了。他们打上来的都是清淡的水，一点酒的味道也没有。"王歪嘴"气得要命，只好夹着尾巴溜回去了。

根据"酒井"的传说，苏东坡便把自己的住房（在"酒井"的西边）命名为"载酒堂"。

当地有这样的传说：苏东坡来这里寓居以后，这口"酒井"又有酒出来了。于是，苏东坡常常邀请当地的秀才和老百姓来这里喝酒。这个传说反映了人们对苏东坡的不幸遭遇的同情。后来人们为了纪念苏东坡，便在这口井西边建了东坡书院，院中有"载酒堂""载酒亭"各一座，迄今还在。

《鹧鸪鸡》

儋县中和公社一带过去流传着这样一首童谣，叫作《鹧鸪鸡》。在旧社会里，妇女们与儿童们尤其喜欢唱这首童谣。据传说，这首童谣是苏东坡搜集整理出来的。

有一天，苏东坡到北门江的北岸去，拜访了秀才黎子云。当他走到北岸江边时，看见一个妇女坐在一棵大树底下哭哭啼啼，树上也有一只鹧鸪鸡在哀鸣。妇人一边在抽泣，一边在听鹧鸪鸡啼，她的心里更加悲伤了。她知道鹧鸪鸡同她一样，都有不幸的遭遇。她很同情这只鹧鸪鸡，于是便唱道：

> 鹧鸪鸡，鹧鸪鸡，
> 你在树上莫乱啼，
> 多言多语遭弓箭。
> 三从四德臭垃圾，
> 农家妇女讨厌死，
> 多言多语丈夫离。
> ……

苏东坡站在路边，听这妇人唱了一遍又一遍，深受感动。于是他便走近这位妇女，问道："夫人，你哭什么呢？"

这位妇人抬起头望了他一眼，然后很生气地说："老官人，那些'三从四德'我讨厌死了，多讲了两句，公婆便叫丈夫离了我。我现在是个无家可归的妇人。"于是，苏东坡便叫这个妇人站起来，和她一起去拜访黎子云。

在途中，苏东坡对这位妇女说："夫人，我同你都一样，都有不幸的遭遇。我原来也有一个温暖的家，后来因为我多言多语爱写诗，才被贬谪来这里。"他们边走边谈，不多久，便到了黎子云的家。

后来，苏东坡教牧童们识字时，便把这位妇女唱的《鹧鸪鸡》歌谣传给了牧童们，自从苏东坡走后，这首童谣，九百多年来，一直在民间流传着。

"狗仔花"

在儋县，一提起苏东坡，人们都会不约而同地讲起苏东坡与"狗仔花"的故事。

有一次，苏东坡看见王安石"明月当空叫，黄犬卧花心"的诗句，认为不对，把它改作"明月当空照，黄狗卧花荫"。

后来，苏东坡被贬谪来昌化军。有一次，他到城外的北岸去春游，看见一种奇异的小鸟，他便问田里劳动着的农民说："那是什么鸟？"农民告诉他："那是明月鸟。"（过去老一辈人叫明月鸟，现在叫"野麻雀"。）

他继续往前走，发现路边有一种他从来没有见过的紫色的花，花心中有一条虫。他便虚心地问过路的农民说："这是什么花？"农民热情地告诉他："这是狗仔花。"接着，苏东坡又问："花心中的虫是什么虫？"农民说："是黄狗虫。这种虫常常钻进花心里去睡觉。"

这时，苏东坡才明白过来：王安石的诗句是符合生活实际的，是对的，自己反而把它改错了。

笠屐图

石刻的《坡翁笠屐图》有这样的一段小故事。

一天，苏东坡去拜访当地一位有名的秀才黎子云，途中遇雨，他便到一户农家去避雨。这农家的人见苏东坡来了，都十分热情地接待他。小孩子们抬出椅子来请苏东坡坐，农妇端出香喷喷的甘薯请苏东坡吃，苏东坡见主人这样热情，便毫不客气地吃起甘薯来。他吃过甘薯后，雨还在下，路又泥泞难走，主人便借了一顶当地生产的竹笠给他戴，借了一双当地老百姓常穿的木屐给他穿。他穿戴起来很不自然，走起路来摇摇摆摆，好像要摔倒似的。路旁的小孩子和妇女们看见苏东坡走路的样子，便哈哈地笑起来。苏东坡一边慢慢地走，一边笑着说："你们笑什么呢？笑我这个怪样子吗？"

路边的小狗看见苏东坡走路的样子，也感到奇异，便高高兴兴地跟在他后面"汪汪"地吠起来。苏东坡转过头来对着小狗说："小狗仔，你吠什么呢？是吠我这个怪样子吗？"

苏东坡穿着木屐，戴着竹笠慢慢地往前走，耳边响着小孩子们和妇女们的亲切笑语，觉得自己和农民有很大的距离，他决心好好地向农民学习。他朝着一条小小的山路走呀走呀，不觉天已快黑了，还未走到家，原来，他迷路了。他紧张地在刺竹、丛林里转来转去，自言自语地说："家在何处？家在何处？"正当他十分焦急的时候，正遇上一个放牛娃。那放牛娃走过来问他："坡翁，这么晚了，您还在这里干什么呀？"

苏东坡看见这位放牛娃非常高兴。他说："小娃娃，我迷路了，我的家在哪里呢？"牛娃亲切地用手一指，说："喏，在那边！请您跟着这条牛屎路往前走，便见一间间小牛栏。您家就在牛栏的西边。"

苏东坡沿着牛娃指引的牛屎路，摇摇摆摆地往前走，不久便到了家。这时，天已黑了，他对站在桄榔庵门口等他回来的苏过说："我迷了路，要不是得到一位放牛娃的指路，我很可能要在刺竹林里过夜了。"

苏东坡北返后，人们为了纪念苏东坡，便根据这个故事，用端州（今肇庆市）的石，雕刻了一块《坡翁笠屐图》，嵌在海南岛儋州东坡书院的墙壁上。这幅画生动、鲜明，是苏东坡谪居海南岛生活的"写照"。它深为后世人所景仰，不但国内人民喜欢它，而且，国外人民也喜欢它，它早已流传到日本等国了。

吉贝布

　　苏东坡谪居海南已经三年了。在这一年六月中旬，北宋朝廷召他回开封。一天，他在收拾衣物，准备离开海南时，眼光久久地停留在一件用吉贝布做的棉衣上。他的思潮在起伏，眼眶里翻滚着泪珠。原来，这件棉衣，有一段不平凡的故事。

　　冬天，位于海南岛北部的儋州还是很冷的，要穿件棉衣才能暖和些。可是，这个时候，苏东坡身上穿的还是很单薄，冷得他直发抖。一天，苏东坡父子为了暖和暖和身体，走出冰冷的桃榔庵，到街上人多的地方去走一走，晒一晒太阳。当他们走到卖柴的街道上时，看见一位黎族打扮的中年人在那里卖柴、卖吉贝布。这位黎族中年人，头扎白毛巾，皮肤黝黑，身体消瘦，但精神却是很饱满。他看见儒生打扮的苏东坡，带着一个小孩子，在街上走来走去，又不买东西，感到很奇怪。他上下打量着苏东坡，暗暗地笑了又笑。苏东坡也感觉到这位中年人在笑他的一身儒生打扮。苏东坡的孩子苏过对苏东坡说："爸爸。那位卖柴的叔叔好像在讥笑我们了。"苏东坡对苏过解释说："黎族兄弟有生以来不读诗书，不知道古代有个孔子与颜渊。他们'家在孤云端'（住在高高的山上），自由自在地生活着，对于荣誉与耻辱，他们是不大了解的。"说完，苏过便对苏东坡说："爸爸，这位叔叔卖的布，我没见过，让我们上前去看一看好吗？"于是，苏东坡便上前去，同这位黎族兄弟热情地打招呼。那位黎族兄弟也热情地说："您要买柴还是买布？"但是，由于语言不通，双方说了半天，还不知道对方在说什么。因此，双方只好"弹弹手指"，不断地叹息而已。这时，苏东坡的好友黎子云来了。他是儋州人，懂黎语。他便把苏东坡和那位黎族同胞说的话，分别翻译给对方听。这样，苏东坡和这位黎族兄弟才真正交流了思想感情。

　　通过黎子云的介绍，这位黎族兄弟才知道苏东坡以前是在朝廷里做过官的，而且又是国朝有才华的文学家，由于受异党的排斥，才被贬来这里住草房，挨饥冻。于是，这位黎族同胞很同情苏东坡的不幸遭遇。他紧紧地握住苏东坡的手，热情地说："苏先生，今年冬天特别冷，您穿得这样少，是很难过冬的。您拿这匹吉贝布去做衣服穿，挡挡风。"苏东坡说："这块布，要多少钱？"那位黎族兄弟热情地说："不要钱，这是我家娘子自己织的，算不了什么，您尽管拿去用吧！"一听说不要钱，苏东坡怎么也不肯要，其实，苏东坡的口袋里也没多少钱，要买这匹布，他是不够钱的。这时，冷风一阵阵地刮，苏东坡的手指冷冰冰的。看着这情景，这位黎族兄弟硬是把这块布塞到苏东坡的怀里，要他拿回去。可苏东坡是一再推辞，怎么也不肯要。最后，在黎子云的劝说下，苏东坡才勉强收下这块吉贝布。这时，苏东坡的眼泪汪汪，欲滴不滴……过了片刻，他用冰冷的手紧紧地握着这位黎族兄弟的手激动地说："兄弟，谢谢你了，我一辈子也忘不了你。"他告别了这位黎族兄弟以后，便同黎子云一道朝桄榔庵那边走去。他一边走，一边对黎子云说："我真想不到朝廷对我这样冷酷，可是，黎族同胞对我却是这样亲热和同情。"他回到桄榔庵以后，思想感情一直在激荡着。于是，他挥笔疾书，一气呵成了一首诗《和陶拟古》：

> 黎家有幽子，形槁神独完。
> 负薪入城市，笑我儒衣冠。
> 生不闻诗书，岂知有孔颜。
> 翛然独往来，荣辱未易关。
> 日暮鸟兽散，家在孤云端。
> 问答了不通，叹息指屡弹。
> 似言君贵人，草莽栖龙鸾。
> 遗我吉贝布，海风今岁寒。

苏东坡想把诗赠给这位黎族同胞，可是当他们上街去找他时，他已不在那个地方了。苏东坡只好遗憾地回家去，但他想不到，他写的这首诗，却成了中国文人最早描写黎族同胞的重要作品之一。

当苏东坡在海南岛澄迈的海边登上北返的船时，他激动地写道："九死南荒吾不恨，兹游奇绝冠平生。"（《六月二十日夜渡海》）可见，苏东坡对海南岛是多么热爱与留恋！对海南人民群众的感情是多么深厚和怀念啊！

一首没写完的诗

20世纪60年代前,在海口市的苏公祠里有一块巨大的石板,上面刻有三个人的肖像:左边是姜唐佐,中间是苏东坡,右边是苏东坡的幼子苏过。苏东坡谪居海南岛时,幼子跟随东坡来海南,照顾父亲。那么,姜唐佐又和东坡有什么关系?

姜唐佐是苏东坡谪居海南时最好的学生之一。他是琼山人,苏东坡被贬来海南岛后,他便去拜苏东坡为师,虚心地向苏东坡学习。苏东坡见他勤学苦练,是位好的人才,便诲之不倦。在苏东坡的辛勤培育下,姜唐佐进步很快。姜唐佐赴广州应试的前夕,特地去儋州向苏东坡告别,苏东坡为了勉励他,便从他手中接过一把扇子,挥笔在扇子上题了两句诗:

沧海何曾断地脉?珠崖从此破天荒。

苏东坡题完了这两句诗之后,便把扇子还给姜唐佐,并且亲切地对他说:"这是一首没题完的诗,等你中举以后,我才把全诗题完。"

姜唐佐从苏东坡手中把扇子接过来,激动地对苏东坡说:"我决不辜负您的期望。"

就这样,姜唐佐带着苏东坡的期望,日夜兼程,前往广州应试,果然考中了举人。这时,苏东坡也遇赦北归,但由于交通不便,姜唐佐一直没有找到苏东坡。苏东坡北返到常州后便逝世了,但这不幸的消息,姜唐佐一直不知道。直到一年后,姜唐佐北上开封应试,路过河南的汝阳时遇见了苏辙,才知道苏东坡已逝世了。这时,姜唐佐回想起苏东坡在海南时对他的谆谆教诲与殷切的期望,再看看苏东坡没有题完的诗,顿时泪如泉涌,悲痛欲绝。

姜唐佐痛哭了一会之后,便把珍藏多年的扇子拿出来,递给苏辙,并且亲切地说:"这是东坡先生没题完的诗,请您把它续完吧!"

苏辙接过扇子,认真地推敲了苏轼的那两句诗,然后挥笔把它续完了,题为《补子瞻赠姜唐佐秀才》。苏辙写道:

生长芽间有异芳,风流稷下古诸姜。
适从琼莞鱼龙窟,秀出羊城翰墨场。
沧海何曾断地脉,珠崖从此破天荒。
锦衣不日人争看,始信东坡眼力长。

苏辙续完之后,便把扇子还给姜唐佐。姜唐佐亲切地对苏辙说:"您续得好,写得很对。自从东坡先生来到海南之后,进一步传播了中原文化,使海南与中原的关系更加密切了。我今天能够成为举人,这是同东坡先生的培养分不开的。"

次日,姜唐佐便辞别了苏辙,前往开封应试去了。

敢于向"巫"文化挑战的苏轼

由于封建统治阶级的压迫、剥削,造成岭南,尤其是海南的科学、文化极端落后,加上南洋各国,尤其是印度的封建迷信思想对海南的影响,北宋时代的海南岛沿海一带农村,封建迷信思想非常猖獗。人们病了不是去求医,而是去求巫(指女巫、巫师,旧社会中以装神弄鬼,替人祈祷为职业的人)。这是一种极为落后的、不文明的、不科学的、反动的习俗。直至今天,在海南某些地方,还残存着这种愚昧的习俗。苏轼是一位伟大的文学家,同时又是一位中草药爱好者,他对这种落后习俗极为不满。为了教育海南人民,除迷信,破鬼神,他于元符二年(1099年)九月二十二日,为唐代伟大的文学家柳宗元的《牛赋》写了书跋,题为《书柳子厚牛赋后》。苏轼大胆地向邪恶势力的代表者——巫婆、巫师挑战,揭露、批判他们蒙蔽、欺骗、杀害人的罪恶。苏东坡写道:

岭外俗皆恬杀牛,而海南为甚。客自高化,载牛渡海百尾。一舟遇风不顺,渴饥相依以死者无数。牛登舟,皆哀鸣出涕。既至海南,耕者与屠者常相半。病不饮药,但杀牛以祷,富者,至杀十数牛。死者不复云,幸而不死,即归德于巫。以巫为医,以牛为药。间有饮药者,巫辄云神怒,病不可复治。亲戚皆为却药,禁医不得入门,人牛,皆死而后已。地产沉水香,香必以牛易之,黎人，得牛，皆以祭鬼，无脱者。中国人以沉水香供佛燎帝求福，此皆烧牛肉也，何福之能得？！哀哉，予，莫能救，故书柳子厚《牛赋》，以遗琼州僧道赟，使以晓谕其乡人之有知者，庶几其少衰乎！

柳宗元的《牛赋》是他谪居永州后感愤而作的。他以年自喻："谓牛有耕垦之劳，利满天下……虽有功于世，而无益于己。"苏东坡谪居海南，拜读了柳宗元的《牛赋》，联系了海南的现实生活，也深有感触，于是为柳宗元的《牛赋》写了书跋。在跋中，作者首先描写了"有耕垦之劳，利满天下"的牛惨遭杀害，表达对牛的深切同情。然后指出这种"恬杀"牛的罪魁祸首就是"巫"。"巫"迷惑了群众，腐蚀了人们的灵魂，使人们"病不饮药，但杀牛以祷""以巫为医，以牛为药"，造成"人牛皆死"的严重恶果。苏轼还揭露了"以沉水香供佛燎帝求福"的骗局。他严厉地指出："此皆烧牛肉也，何福之能得？！"在那"幸而不死，即归德于巫"的黑暗社会里，人们深受其"巫"之害，苏轼对此深表痛心。他大声地疾呼："哀哉，予莫能救！"他在这里发出了"予莫能救"的呼唤，是因为他认识到这种"巫"是植根于封建社会的土壤中的，是根深蒂固的，单靠他个人的力量是难以将其铲除的，必须使整个社会的群众都知道"巫"的祸害。所以他强调"晓谕其乡人之有知者"。这里的"晓谕"就是强调教育。乡村、城镇群众被"巫"蒙昧、愚弄、欺骗，需要对他们进行文化、科学教育，使"之有知"。

关于发表《挽诗》的说明

明年（1987年）是我国有明一代著名的清官、好官，为了纪念海瑞逝世四百周年，我特选注了这一组《挽诗》，借《琼山文史》一角发表。

这组《挽诗》是海瑞在南京逝世之后，在江苏等地的文人、学士为追悼海瑞而作的。据了解，历代为追悼海瑞而作的《挽诗》何止这些。但由于日久年深，迄今留传下来的已为数甚微了。仅通过这一组《挽诗》，就可以窥见当时社会各界人民群众对于海瑞的逝世所表现出来的悲哀程度了；同时，也可以看出，当时社会各界对海瑞的评价是十分公允、正确的。海瑞是明代的伟人、是"真人杰"。

今天，我们拜读这一组《挽诗》，觉得它不但有思想教育意义，而且有艺术欣赏价值。

"江南十月雨如倾，总是悲号道路声。"这两句诗描写人民群众冒着倾盆的大雨追悼海瑞的情景。人民群众为什么如此庄严、肃穆地追悼海瑞？因为他"身历三朝惟白简，名高五岭只丹心""赤心自矢天人与，白发还将社稷扶""功收治水三旬易，策救饥民十万难"。从这些诗句中可以看出，海瑞是一位坚持正气，敢于同歪风邪气作斗争的清官，是一位关心民间疾苦，为民请命、扶助贫民的好官。这样的一位好官、清官的逝世，对国家、社会与人民群众带来的损失，实在太大了，正像"云边五指一峰倾"一样。

海瑞虽然逝世了，但是"南海青天名尚在"，"遥望五峰何处是，海天秋月古今明"。海瑞虽然逝世了，但海瑞的高大形象和精神还活在人间，还在鼓舞着人们去创造自己的物质与精神文明。

这一组诗的艺术性是很高的。"云边五指一峰倾，绿野苍生两不平"这两句诗，描绘了海瑞的逝世就像五指山的五峰倾倒了一峰一样，使人惋惜、伤心！这个比喻是何等生动、形象、深刻！又如"绿野苍生两不平"，道出了整个社会对于海瑞的逝世都在悲泣，都认为像海瑞这样的好人不应该死！诗人以"绿野""苍生"来比喻人民群众是十分准确的。"萧条棺外无余物，冷落灵前有菜羹。说与旁人浑不信，山人亲见泪如倾"这四句诗生动、深刻地描述了海瑞的清官形象。大家想一想，看一看，历代的贪官污吏死后不是有很多金银、宝物作为随葬品吗？可是海瑞的随葬品又是什么呢？"棺"的外面，无珍贵的"余物"，有的只是群众拜祭他的"菜羹"。这两句诗不是很清楚地告诉你：海瑞是个清官，好官！不但"山人亲见泪如倾"，而且我们今天读了这四句诗，也感到心酸、难过！"文革"期间，在海口的海瑞墓，曾遭坏人挖掘。有些别有用心的人，认为海瑞棺内外会有金银、宝物，但结果出乎他们的意料，棺内只有海公的遗骨与头发！

由于刊物篇幅所限，对于这一组诗，我暂时不作详细分析了。

以下附录《挽诗》。

（一）

南京户部河南司郎中粤西何以尚

乾坤正气独钟奇，直道堪为百世师。忠似比干①名并久，寿过尼父②逝还迟。

先生与我元同志，后死何人更相知。杖血未干流作泪，哀哀岂为哭吾私。

【注释】

①比干：商纣之诸父。《史记·殷本纪》："纣淫乱不止……比干曰：'为人臣者，不得不以死争。'乃强谏纣。纣怒曰：'吾闻圣人心有七窍。'剖比干，观其心。"按：清程大中《四书逸笺》引《孟子杂记》云："王子干，封于比，故比干。"

②尼父：称孔子也。父同甫，《礼记·檀弓》："鲁哀公诔孔丘曰：'天不遗耆老，莫相予位焉，呜呼哀哉尼父。'"注："尼父，因其字以为之谥。"

（二）

应天府生员许光祖

江南十月①雨如倾；总是悲号道路声。云冻霜寒敷政肃，月溶水澈淮官清。剑刿义胆言何壮，星殒忠魂气尚生。谩道姓名光国史，于今草泽口碑成②。

【注释】

①冬十月十四日，海瑞逝世。此二句描写海瑞逝世后，群众痛哭的情景。

②这首诗通俗易懂，歌颂了海瑞的光辉事迹，表达了群众对海瑞的深切悼念。

（三）

苏州府学生凌贯汉

生平正气肃朝端，胸次忠清世所难。忠以赤葵倾烈日，清如秋水挽狂澜。时多俊乂①无尸谏，人有萋菲幸骨寒。千古芳名光史笔，应留精爽照长安②。

【注释】

①俊乂：贤才之称。

②长安：古都城名，这里指明朝国都。

（四）

南京户部河南司郎中粤西何以尚

公为男子一身奇，烈烈轰轰是我师。胡尔正人归去速，莫云病客吊来迟。公于我昔非为薄，我谓公今或有知。终始交情当勿改，临风杯酒奠吾私。

（五）

吴民姜愈

舆榇披肝旧有声，南台①秉轴慰苍生。蛮夷②感义波涛静，豺虎潜形道路平。

正是孤忠扶国是，何堪一梦赋楼成。深山穷谷皆悲恸，汗简③千秋表直名。

【注释】

①台：即御史台，指海瑞当时的官位。

②蛮夷：指海南的黎族。当时，海瑞主张对黎族同胞实行文治教化，反对武力镇压。这一主张在他的《平黎疏》《治黎策》中有所体现。

③汗简：古时无纸，以竹简为书。这里指海瑞的名字被载入史册，千秋万古留芳名。

（六）

苏州吴县叶绪昌

南都①秉节望如山，总宪重来父老欢。杨绾相唐骄侈格，长孺在汉觊觎②寒。

功收治水三旬易，策救饥民十万难。今日仙輀③向琼海，野人酬酹泣江干。（公治吴淞救饥民十五万，故及之。）

【注释】

①南都：即南京，是明王朝的陪都。

②觊觎：希望得到（不应得的东西）。

③仙輀（ér）：丧车，指海瑞的灵柩。海瑞逝世后，他的遗体由许子伟护送回海口滨涯村安葬。

（七）

宁学生李蔼春

骨鲠原来有几臣，惟公透悟本来真①。文章领袖辉南粤，节操冰霜动北辰。身历三朝②惟白简，名高五岭只丹心。英风耿耿今犹烈，步武何人踵后坐。

【注释】
①二句意谓在朝廷的大臣中，只有海瑞的骨头最硬，敢于抨击皇帝。
②三朝：指嘉靖、隆庆、万历。海瑞一生经历了这三朝皇帝。

（八）

宁庠生梁肖灏

独抱真心事衮袍，三朝威望肃清高。殿前有请危张禹，阶下无言悦子敖。君悼汉时新汲卜，民歌舜日旧夔皋。千秋绝调难为和，转觉当年意自豪。

（九）

宁庠生梁国栋

谁将石画献承明？耿耿孤忠直史生。一点丹心汉日白，几回章奏楚天青。眼伤沧海波涛急，气满乾坤山岳惊。千载令威无复返，五山家学有蜚声。

（十）

吴邑朱汝能

秋霜烈日独公奇，不世勋庸在口碑。君念民岩方倚重，天摇柱石已无支。

梦归瀛海清风远，影落江天正气随。此日拜公人世隔，涕云如雨不胜悲。

（十一）

吴民姚兖舜

劲节刚风未易寻，孤峰峭立气森森。方期拭日沾仁泽，遽尔伤心泣讣音。
一疏直言天下事，两朝眷注圣明心。独嗟未罄经纶蕴，遗恨苍生泪满襟。

（十二）

吴县李文秀

羲皇风度出明时，葵藿丹衷百世师。邦国乂安犹勠力，经纶未卷忽乘箕。
琼崖白雪封茆土，柱石青天树羽仪。昭代古良天下老，千年遗像镇华夷。

（十三）

宁学生黄裳吉

五指苍苍凌太清，百年间气钟奇英。挺身直作回澜柱，逆耳时闻折槛声。
一点孤忠回主悟，二朝完节自天成。由来地脉连沧海，万里山河拱帝京。

（十四）

宁学生黄中美

劲节凌霜不改容，明时啧啧羡英风。尘埃绝点寒烟净，丹赤高悬烈日红。
调鼎鹓班惟独步，含香槛下慑群雄。天南更有皋夔胤，霖雨还看散碧空。

（十五）

宁庠生谭可为

忠本真诚介益坚，三朝元望肃当年。乾坤不朽匡时业，日月长悬报国篇。古去何人堪伯仲，汉来汲黯让高贤。先生可起承明日，小子犹能快执鞭。

（十六）

吴县朱良性

批麟玉阙丈夫奇，正是风雷示变时。万死一生千古事，孤忠独立寸心知。神飞琼岛乾坤老，泪满江南草木悲。幸有圣明公道在，会看殊典敕名祠。

（十七）

苏州吴县徐元贞

砥柱中流大丈夫，刚风气节古今无。赤心自矢天人与，白发还将社稷扶。原是神龙翻瀚海，遥怜鸣凤起高梧。昊天不为留元老，忍见茕茕万姓孤。

（十八）

宁学生李麟

忆昔史鲋司直后，螭头今复振遗风。匡时白简飞霜冷，恋主丹心夹日红。妇服容容羞妩媚，男冠落落见豪雄。人乘箕尾归何处，惆怅秦廷几署空。

（十九）

苏州府吴县叶于乔

海上生人杰，才钟天下奇。谏书光日月，声价重华夷。
孤介水如澈，寸忠山可移。公今骑鹤去，千载有余师。

（二十）

吴人姜谧

海父真人杰，三朝第一臣。寸心惟为主，百计只安民。
折槛彰忠迹，埋轮詟佞人。最怜贫与独，青史泪痕新。

（二十一）

吴人凌一鸢

简命吴淞续禹功[①]，顿令万泓水朝宗[②]。力排豪贵驱妖鳄，为拯民穷副衮龙。

疏抗三朝辞激烈，身经百折意从容。圣明注念嘉忠直，会见恩光下九重。

【注释】

①这句意谓海瑞带领群众以大禹治水的精神为榜样，用不到一个月的时间，就把淤塞的吴淞江疏通了，太湖的水排出去了，水患解除了，田里长上了水稻，获得收成，农民有饭吃了，人民安定下来了。当时朝廷里一些忠臣歌颂海瑞说："万世功，被他成了。至今吴民德之。"

②这句是说，吴淞江主航道疏通了，水朝着江中主航道流走了，不再到处泛滥，淹没农田。泓，量词，清水一道或一片叫一泓。

（二十二）

苏州吴县朱良知

批鳞直夺比干志[①]，苦节还目孤竹清。龙隐海天云万里，鹤归华表月三更。萧条棺外无余物，冷落灵前有菜羹[②]。说与旁人浑不信，山人亲见泪如倾。（哭公柩前，止见菜羹，故云）

【注释】

①批鳞，即批逆鳞，喻触强暴者之怒也。批，触也。这句意谓海瑞以比干为榜样，敢于向皇帝上疏，批评嘉靖皇帝不理国事，造成政治腐败，民不聊生。

②此二句写海瑞生前十分贫穷，故死后无余物。至此，可见海瑞清官的形象非常高大。

（二十三）

苏州吴县朱良知

哲人逝矣泰山倾，载道弦歌总哭声。南国甘棠思德政，雷阳枯竹动民情。忠扶社稷轻荣辱，功满乾坤任死生。屡疏承恩留白骨，英灵千载佐平成。

（二十四）

行人司行人琼台许子伟

本来正气参天地，气正如公信可参。九死孤忠回圣哲，一生奇操愧贪婪。已闻吴下呼为母，会见朝中满是男。蝉翼介轮何事重，对公衾影欲无惭。

（二十五）

举人曾养正

人钟天地秀，春过海山新。两宦①苏民隐，三朝报主身。
臣忠蒙帝眷，牧戏识公贫。谁谓夷齐死，名刊万古唇②。

【注释】

①两宦：指海瑞两次到江苏一带做官。一次是明隆庆三年六月，海瑞在江苏任应天巡抚；一次是万历十三年，海瑞再次出山，过海到南京任职，直到万历十五年死在官任上。

②夷齐：指伯夷、叔齐两人。郭璞诗："高蹈青云外，长揖谢夷齐。"这里以伯夷、叔齐来比喻海瑞。两句意谓海瑞像伯夷、叔齐那样，精神不死，名留万古。

（二十六）

举人林宪夔

云边五指一峰倾，绿野苍生两不平①。摩汉早知鹏远奋，朝阳惟见凤高鸣。
松生琼岛从头直，月印吴江彻底清。只卧一裘恬晏子，未开三径慰元卿。
庙廊忧切三朝志，忠介荣留万古名。纶绰自天光海澨，九原含笑逝犹生②。

【注释】

①这两句描写海瑞的逝世，对社会是一个巨大的损失。海瑞的死，就好像五指山五峰倾倒了一峰一样，损失巨大！比喻极为生动深刻！诗人的想象力是何等的丰富！

②"庙廊"句至末句，均写海瑞的精神不死"荣留万古名"，由此可见海瑞的伟大、光辉！

（二十七）

宁训饶宪学

一生鲠骨自天成，历历冰霜愈不惊。眼底直空尘世界，胸中惟认此真诚。谏回北阙星辰动，泽满南皋草木青。遥望五峰何处是，海天秋月古今明。

（二十八）

吴民叶韶荪

闻说童谣有海龙，公来胼胝浚吴淞。孤忠独断群情靡，一凿能令万派从。星殒海天光耿耿，月沉秋水色溶溶。应知仙梦游江上，千古烟寒□曙钟。

（二十九）

戴应良

中流砥柱望巍巍，岁值龙蛇万事违。公论恒须他日定，特恩犹胜乞骸归。芳名劲节留千古，正气清风劲九围。雨洗丰碑期命重，萧萧落木有余辉。

（三十）

礼部尚书同郡友人王弘诲

九死批鳞历险艰，一生砥柱障狂澜。孤忠耿耿云霄上，正气堂堂宇宙间。南海青天名尚在，中台冰月望犹寒。茂陵他日求遗草，黎议从谁策治安。

海瑞家谱简介

在海口市白龙区坡道乡（今美兰区白龙街道）道客新村，住着两户姓海的人家：海对贤与海顺成，他们是海瑞的非嫡系后裔第十八、十九代孙（海瑞没有嫡系后裔）。海家后人历代珍藏着海瑞的三件重要遗物：海瑞朝笏、海瑞身着大红袍的彩色画像（长二米多，宽约一米，白绸制品）、海瑞家谱——《海氏族谱传》。海瑞的朝笏迄今下落不明。"文革"期间，"造反派"抄了这两户海姓人家，将其珍藏海瑞的彩色画像拿到海口市当众烧毁。至于幸存的《海氏族谱传》，至今由海对贤珍藏着，是研究海氏家族及海瑞的重要资料。

这部家谱记载，海氏家族移居海南的始祖是海答儿。他在海南生育了四个儿子：长子海福、次子海宁、三子海宇（乏嗣）、四子海信（乏嗣）。海答儿原籍广东番禺。于明太祖洪武七年（1374）从军来海南，立籍海口（有的史学家认为是在洪武十七年，与本传不符）。一世祖海福的独生子海宽，于明景泰七年（1456）考上举人，任福建省松溪县知县。二世祖海宽生八个儿子，第八子海瀚就是海瑞的父亲。海瑞乏嗣，于是族人决定以海瑞从兄海瑜的长子海坤继祧。海坤的独生子海惟宗亦乏嗣，由六世祖海启科的次子海思贤出继。海思贤亦乏嗣，由海起晏继承。海起晏是太学生，担任过通判。海起晏的独子海纯之生海思荣、海思宠二子。海思荣的独生子海清有四个儿子，其长子海见龙亦生四子。海见龙长子海琼珥是十三世祖，他生有海光祖、海光明二子。就这样传到今天，已经是第十八、十九代了。

从《海氏族谱传》看，海氏家族从第十五代起，有些族人移居海南岛南部的崖州，如海安波等；有些移居中部的白沙县，如海安澜等。有些移居澄迈县的瑞溪，如海安流等。

海氏家谱中历代为官的还有：三世祖海澄，天顺壬午（1462）科举人，成化乙未（1475年）科进士，任四川道御史；五世祖海鹏，嘉靖丙午（1546）科举人，任梧州府同知；六世祖海迈，万历戊子（1588）科举人，任五城兵马司；八世祖海廷芳，清康熙己酉（1669）科举人，任庆州府知府。

海瑞的下田村故居[①]

明朝初年，广州卫指挥海逊之的儿子海答儿，于洪武十六年（1383）因从军而移居到琼州，初始定居在定安县的石峡村（今属屯昌县新兴镇），后来迁居到琼山县府城西北角的下田村。海答儿的儿子叫海宽（举人，曾任福建松溪县知县）。海宽的第三个儿子叫海瀚（廪生），娶妻谢氏。谢氏于正德九年（1514）十二月二十七日，在下田村生了一个婴儿，名叫海瑞。

关于下田村，明代著名的文学家、经济学家、理学家丘濬（1420—1495）曾这样写道："有人问我家居处，朱橘金花满下田。"（《下田村》）意思是说，盛产朱橘、金花的下田村，就是他家的地址了。后来，人们根据丘濬的这两句诗分别以朱橘里与金花命名了两个村。海瑞家在朱橘里村，丘濬家在金花村。这两个村名一直沿袭到今天。

明代的朱橘里，周围掘沟通水。沟边种了许多笁竹、椰树、槟榔树、香橼等植物。村前有一个莲花池塘，被称为海宅塘。海瑞小时候常在塘边钓鱼。海瑞逝世后，当地群众为了纪念他，把海宅塘更名为海公塘。1958年海公塘扩建成海公湖。湖西北角有一个约20平方米的小岛，传说这个岛是海瑞死后才出现的。湖水涨时，小岛就升高，湖水退时，它就降低，所以称为"浮岛"。

当时站在朱橘里高处，可以望见"楼阁倚空""金碧辉煌""衢道交错""瓦屋栉比"的府城全貌。瞭望府城郊外，只见"漠漠水田，四际山麓"，"金鼓之声，旗章之物，耳可闻而目可见"。至于村之西，有一座石山，"中坳而旁峻，有似马鞭"，亦称马鞍山。山下有一古方塔，相传是南宋时修建的。北宋末年汴京（开封）主张抗金的太学生陈东被杀害以后，他的哥哥陈源和妹妹等亲人逃亡来海南岛，定居在石山。他们勤劳、节约，献出长期积累起来的资金，在当地群众的帮助下，修造了那座方塔，以纪念陈东的抗金精神。村之南，有一座"横黛隐隐云霄间"的陶公山，是道教"七十二福地"之一。据方志所

[①] 写于1980年。2022年6月14日星期二修改。

载，隋朝岭南杰出的女政治家冼太夫人的儿子冯仆的陵墓（衣冠冢）就在这山脚下。村的北面便是大海，"帆樯之聚，森如立竹"。村东边约一里多的地方，有几处东坡遗迹。丘濬在《读东坡诗》中写道：

……眉山至今草木枯，五百年来生一个。海南遗迹有双泉，我家依约双泉边。双泉湮没不可见，山城落日生云烟。

"双泉"是指"浮粟泉"与"洗心泉"，是苏东坡谪居琼州府城金粟庵时发现的。洗心泉于明初湮没，浮粟泉经历代维护，迄今还保存完好。朱橘里距"双泉"约二里多，故有"我家依约双泉边"之句。虽然苏东坡北归了，但"双泉"的遗迹还在，苏东坡的精神还在，苏东坡在海南播下的文化种子已经发芽、生根，枝繁叶茂，结出了丰硕的果实，人才辈出，故有"山城落日生云烟"之句。

海瑞故居，有正寝一座，一室二房，以十条柱子顶架，称为"十柱"宅。柱是圆的，直径尺许，是用黄棱木（本地叫"铁灵木"）做的。黄棱木是从南洋各国进口来的，它的特点是中间空，外壳坚硬，火烧难燃，虫蛀不坏。柱与柱之间嵌以菠萝蜜树的木板，四壁以石头筑成。由于本地"枕木席海，多海溢、台风之虞"，因此海瑞的正寝比较低矮。正寝前面两旁修建两间书房。窗外有几竿翠竹，几株铁树，都是海瑞亲手栽培的。后面是厨房，旁边有一眼清泉，泉水甘甜，终年不枯，人称"海宅泉"。

海瑞故居于抗日战争期间被日军烧毁，其地改为养马场。日军对中国人民犯了滔天罪行，我们不能忘记！今天的日本政府还在勾结美国，干涉中国内政，我们必须警惕日本军国主义死灰复燃！海瑞没有嫡系后裔。他的非嫡系第十八代孙海对贤先生居住在海口市琼山区道客社区（在红城湖附近）。我在20世纪70年代曾经去拜访他。海对贤先生曾把《海氏族谱》借给我看，我就写了一篇读后记。

海瑞39岁以前，和56至72岁这段时间，基本上都是在他的家乡琼山、定安等地学习与生活的。所以，美丽的家乡、善良的人民群众、悠久的文明古城、迷人的风土人情，对于海瑞先进的思想、坚强的性格和清廉正直的品德的形成与发展是有很大的影响的。

海瑞在海南的故事[①]

海南岛原琼山县府城镇（今海口市琼山区府城街道）西厢有个"朱橘金花满下田"（丘濬《下田村》）的下田村（又称朱橘里，今名金花村）。明代著名的文渊阁大学士、礼部尚书丘濬就出生在这里。明代著名的清官、好官海瑞也出生在这里，并在这里度过了他的童年、少年和青年。1569年海瑞罢官后又回来这里生活了16年。四百年来，在这里，乃至在海南人民群众中，流传着许多有关海瑞公正廉洁、刚直不阿、爱护百姓的传说、故事和逸事。

20世纪70年代广东省高教局局长李修弘到海口参观海瑞墓时，听人讲解海瑞墓的历史文化

[①] 本文收录于《天涯芳草》，广东旅游出版社1982年版。2022年6月16日星期四修改。

我 20 世纪 70 年代在海南师专工作，就到学校附近的海瑞故居下田村等地，请七八十岁的老人给我讲海瑞的故事和传说。我把搜集到的故事和传说进行了整理，并参考了有关海瑞的史书和地方志书，进行了文字加工。以下的故事和传说，就是我加工、整理出来的。这些故事和传说文章，都分别在《海南师专学报》、原海南行政区和广东省的有关刊物上发表过。当年给我讲故事的老人，如今都不在人间了。

拾金不昧

嘉靖四年（1525）夏季的一天下午，天气非常炎热。十岁的海瑞和五位小朋友到城东的北冲溪里去游泳。

这时，在溪里游泳的人可不少。水性好的青年们正畅游于溪流中央。年老的公公们，站在过腰的溪水里，一边洗擦他们那黝黑的皮肤，一边谈笑。年轻的妇女们不敢下到深水里去游泳，只是在齐腰的水里，一会儿坐下去，一会儿站起来戏水。有些调皮的小朋友，走到妇女们身旁，朝她们脸上拼命泼水。好玩的妇女们，马上进行"反击"。一场"水战"打得很热闹。海瑞没有参与"水战"，只是站在旁边一边观望，一边微笑，过了一会儿，朝岸上的一棵榕树底下走去，坐在那里休息。忽然，他发现在不远的地上，有一黑色包裹丢在那里。他走近去用手一提，沉甸甸的，打开一看，里面尽是银子，数了数，约有一百两。海瑞想：这包银子，很可能是来这里游泳的人遗失的，失主一定会回来这里寻找，应该把银子保管好，在这里等待失主来认领。于是，他照样把银子包扎好，放在身边，坐在一条凸起的树根上等待着。

一会儿，在溪里游泳的五位小朋友都朝海瑞走来。他们看见海瑞的身边有一个包裹，都投以好奇的眼光。眼明口快的小黑二说："海大哥，那是一包什么东西呢？"海瑞站起来说："这是一包银子。"小朋友们一听说是银子，便蹦蹦跳跳起来大嚷道："快看银子呀，快看银子哟！"他们一边叫，一边跑上前去，想用手抓银子。海瑞看此情景，便严肃地大声说："这是人家的银子，不准要，不准拿！"四位小朋友都尊重海瑞，经他这么一说，大家都不敢去抓银子了。但是，有一位个子比较矮小肥胖的小朋友，名叫唐小鹏的，不慌不忙地走上前去，对海瑞轻声地说："海大哥，我做风筝正需要银子买材料，你给我一点银子好吗?"海瑞听了之后,摇摇头说:"不行!"紧接着,海瑞又说:"张先生教导我们,拾到东西一定要归还失主。我们不能要人家的银子。"唐小鹏听海瑞这么一说,也不好意思再开口要银子了,他和另外三位小朋友便回家去了。小黑二却留下来。他对海瑞说:"海大哥,你做得对,我陪你。但是,怎么样把这包银子归还失主呢?"海瑞说:"失主丢了银子,一定会回来这里寻找。我们在这里等着。如果失主不来,我们就把银子送往官府出布告招领。"说完之后,海瑞又想:为了防止别人冒领,应该把银子藏到对面的海棠树洞里。如果有人问起,对方说的符合条件,再把银子交给他;如果说得不对,那就说明对方不是真正的失主,不能把银子交他。海瑞把这个想法告诉了小黑二,小黑二同意他的做法。海瑞看着旁边无人,便把银子藏到树洞里去了。然后,海瑞又回到榕树底下,和小黑二坐在一起。他们一边掷石子游戏,一边监视着对面树洞里的银子。

不久,便有一个五十岁的男人,匆匆忙忙地朝海瑞和小黑二走来。海瑞抬头一看,这人身着一套褐色半旧衣裳,头戴一顶小草帽,是个做卖鱼生意的人。他走近海瑞,上气不接下气地说:"小朋友,你们看见一包东西丢在这里吗?"眼明口快的小黑二便说:"伯伯,您丢了什么东西呀?!"那人马上说:"丢了一包银子。"海瑞说:"您丢了多少银子?""一百两。"那人说。小黑二说:"您那包银子是用什么东西包裹的呀?"那人说:"是用一块黑色布包裹的。"海瑞又问:"您是什么时候丢掉的呢?"那人说:"我是从合浦来这里做生意的。刚才,我来这溪里游泳,在这里更换衣服时,不慎遗失的。"海瑞想:这个人讲的数目不错。便向小黑二使了个眼色,小黑二点头表示同意。那人又焦急地说:"小朋友,你们看见那包银子没有呢?"海瑞起来笑着说:"伯伯,您的银子是我拾到的。我去取来给您。"那人听海瑞这么一说,好像从身上放下了千斤重担那样轻松愉快。这时,他看见海瑞走到那棵海棠树边,一跃身便爬到树身半腰的树杈上,伸手到树洞里,取出了那包银子。他马上走上前去,从海瑞手中接过银子。海瑞说:"伯伯,你打开包裹看一看,是不是一百两银子。"那失主赶快打开包裹一清点,一锭也不少,足足一百两。那失主紧紧地握着海瑞的手亲切地说:"小弟弟,你真好,我一辈子也忘不了你。"紧接着他便从包裹里取出十两银子往海瑞手里塞,表示酬谢。海瑞极力推辞,并且说:"伯伯,一百两银子我都不要,难道想要你的十两银子吗?"说完,他便拉着小黑二的手,飞也似的跑回家去了。

"正气化偷儿"

明朝世宗皇帝朱厚熜即位后，对天下实行大恩典，直属乡榜加七名，中书省加五名，小省加三名。这圣旨一传下，全国各省参加科举考试的人活跃起来了，纷纷上省城去应考。

这时，海瑞和几个青年朋友到广东省城广州去应考。天黑时，他们住在一间旅店里。当地有两个小偷，夜间常到这间旅店里偷东西。凌晨丑时，这两个小偷蹑手蹑脚地来到海瑞所住客房的门口，轻轻地撬开门闩。刚好这天夜里，海瑞一直没有合眼，他听到门响声便坐起来，借着从窗外射进来淡淡的月光，看见两个人偷偷摸摸地朝他的床边走来。他故意发出"呼哧，呼哧"的鼾声。两个小偷听到海瑞的"鼾声"，以为他睡熟了，便轻轻地打开他的书箱子，把箱子里的衣物和银子一扫而光。当他们举步欲走时，海瑞忽然跳下床来，一个箭步跑到门口，紧紧地顶住房门，挡住去路。小偷见势不妙，只好将衣物、银子放下，跪在地上，不断地叩头，苦苦地哀求说："小人有眼不识泰山，冒犯了大人，罪该万死！小人家贫，无法活下去，被逼出门当小偷，请相公宽容，下次再不敢偷东西了。"海瑞笑道："天下这么大；到处都有活儿可干，为何不去谋生，自食其力？须知道，当小偷，犯王法，身败名裂。你俩如果痛改前非，我也不必苛求，立即放你们走。"于是，海瑞便把门打开，让两个小偷走出去。

两个小偷走了十多步，便停下来，小声议论说："这位相公是个好人，我们须了解一下他的姓名，以便日后好报答他。"说完之后，两人复走到海瑞跟前，叩了几个头，激动地说："小人得到相公的大义，日后一定以恩报恩，以德报德。请相公告诉我们，您的贵姓大名？"海瑞说："我姓海，名瑞，乃琼山人氏，居住乡下，不需要你们报答什么，但愿你们改邪归正，这就是对我最大的报答了。"接着，海瑞也问起他们的姓名来。一个中等身材，年方十六岁的小偷说："小人姓王名安。他叫张雄。我们两个都是绿林中的朋友，无家可归，为了活命，被逼干这种损人的丑事。现在得到海相公的关照，决心改邪归正，再不做贼了。"海瑞高兴地说："你们决心改邪归正，是很好的。眼下生活困难，我银子虽然不多，但可赠予你们一些。"说完，便将银包打开，赠给他们一些银子。

两人见海瑞如此友好善良、慷慨，死活不肯接受他的银子，并且说："海相公宽容，放了我们，已是万分感激了，怎么还敢要相公的银子？"海瑞见他们不肯接银子，便改口说："你们还有什么要求吗？"两人异口同声地说："小人从现在起不做贼了，但又无处容身，情愿跟随海相公，做个过家人，帮助相公挑挑行李书箱也是好的。请相公收留小人吧！"海瑞笑着说："不行，你们还年轻，跟着我是没有出息的，还是拿银子去找活计干吧！"王安说："小人见相公不但有大义，而且慷慨大方，哪里舍得离开海相公！"说完便跪在地上，连连叩头，恳切地哀求海瑞收留他们。

海瑞见他们如此诚心诚意，也深受感动，于是亲手把他们扶起来，说道："你们既然想跟随我，做个过家人，我便收留你们。但我是个穷秀才，又要到省城去应考，路程很长，只怕你们受不了这些苦楚。"两贼争先恐后，高兴地说："只要相公肯收留，什么苦楚小人都不怕。眼下小人还有一些银子维持生活，不需要相公负担。"海瑞说："你们跟从我，就要听我的话。不然，我是不敢收留的。"两人听了海瑞的话，又再跪在地上，诚心诚意地说："保证听海相公的话，凡是相公吩咐的，决不会不依的，只要相公大胆教诲就是了。"海瑞见他们俩真的愿意改邪归正，重新做人，便对他们提出五项要求："一，不许盗窃别人的东西；二，凡事要公道，不得徇私；三，不许赌博；四，不许饮酒、闹事；五，朝夕都要在我身旁。此五项者，稍有违背一项，我都赶你们走。"两人听了海瑞宣布的五项守则以后说："小人绝不敢违背。"于是，海瑞便收留了他们，并让他们都改为姓海——王安改名海安，张雄改名海雄。

从此，海安与海雄跟随海瑞生活了一辈子，他们两人是海瑞在生活和工作上的有力助手。在海瑞和贪官污吏作斗争时，他们两人都起了重要的作用。有一次，海瑞的好朋友、同乡王宏诲（当时在北京朝廷里任事）写信告诉他，内阁首辅严嵩最凶恶的爪牙、干儿子鄢懋卿，名义上是以钦差大臣的身份来查办江浙盐务，实际上是专门来搜刮老百姓财物。因为淳安（海瑞当时在这里任知县）是从杭州到徽州的必经之路，王宏诲预计鄢懋卿十有八九会到淳安来，所以通知海瑞，事先做好对付鄢懋卿的准备。

海瑞接到王宏诲的信后，便派海安到扬州去，搜集鄢懋卿在那里搜刮民脂民膏的罪行。鄢懋卿到了扬州以后，便要求扬州知府上缴四百万两银子的盐税，扬州知府便命令各阶层上缴银子，拿不出银子的老百姓，有的被逼卖田、卖地、卖妻、卖子，有的走投无路，被逼上吊自杀……弄得整个扬州人人自危，鸡犬不宁。而扬州的地方官中，有人为了巴结鄢懋卿，特制了一个"黄金夜壶"献给他，他立即给这人晋升了两级。鄢懋卿拥有三十只大船，专载搜刮来的财物。他和老婆秦氏外出要坐二十四人抬的大轿子，因此要地方上专派六七百个人役为他服务。

海安把鄢懋卿在扬州的罪行调查清楚之后，便匆匆赶回淳安，向海瑞一一禀报。海瑞了解了鄢懋卿在扬州的胡作非为，气愤得连胡子都竖起来了。他激昂地说："鄢懋卿如此勒索敲诈，老百姓怎么受得了！要是我当扬州知府，那非和他斗一斗不可！"

海安还对海瑞说："小人还探听到这样的消息：有些阿谀奉迎、献媚的官员，并不是贪污之辈，平时比较清廉，只是因为鄢懋卿是严嵩的红人，且身上又有尚方宝剑，如得罪了他，脑袋是会落地的！"

海瑞冷笑地说："是呀，那些人所担心的只是自己的脑袋，至于老百姓的死活，他们就不管了。"

这次，海瑞下了决心，一定要给鄢懋卿看一看海刚峰①为他准备的"礼节"，让他尝一尝海刚峰的"厉害"。

当鄢懋卿来到淳安码头之前，海瑞便率领一大批官吏站在码头上，岸上还站着一千多名群众，准备观看县太爷海瑞和钦差大臣鄢懋卿是怎样进行面对面斗争的。鄢懋卿的船队来到了淳安码头，只见海瑞和文武官吏趴在地上，口称："淳安知县海瑞与文武官吏跪迎钦差大人。"鄢懋卿一上岸来，手一挥，就叫海瑞站起来说话。海瑞说："卑职有一事不明，请大人指教。"鄢懋卿说："讲吧。"海瑞说："大人此次出巡，以民间疾苦为重，通令各地供应务必简单，不得扰民，大人真是爱民如子。"鄢懋卿心中有鬼，听后哭也不是，笑也不是，有些紧张，但他毕竟是个奸臣，立即镇静下来，慷慨陈词："关心民间疾苦，为国节流，原是我们的本份职责，这是应该做的。"

海瑞知道鄢懋卿讲的是一套，做的又是一套，于是马上又顶上一句："圣人说，品评人物，要察其言，而观其行，您说有理吗？"鄢懋卿说："当然有理。"

海瑞说："卑职风闻大人出京以来，每过州县，收贿万千，山珍海味，犹嫌

---

① 海瑞号刚峰。

清苦,甚至便溺也用黄金之壶,如此哪里是爱民,简直是杀民了。"鄢懋卿听了这些话有些火了,码头上的空气骤然紧张起来,武士们拔出了宝刀,只要一声令下,就开刀杀人。

根据海安调查,鄢懋卿所带的吃水很深的三十条船,满载着的都是他搜刮来的民脂民膏。所以,鄢懋卿最害怕别人上船去搜舱。海瑞抓住他的"要害",责问他:"这三十条船,载的是何物?卑职敢以脑袋打赌,是否开舱检查一下。"说完,海瑞便命令县衙的差役和岸上的群众都涌向船边。鄢懋卿对此害怕得要命,不由自主地出了一身冷汗。他命令船夫赶快开船,船离开了岸边,他才松了一口气。他愤怒得上气不接下气,声音嘶哑地说:"原来海瑞设下的'郊迎四十里',是不让我进淳安城⋯⋯"由于过度紧张,他说完了这句话之后,便昏倒在舱板上了。鄢懋卿的船队渐渐地远去了,岸上的群众高兴地唱道:

鄢钦差遇到海刚峰,尚方宝剑也没有用。
正是正来邪是邪,邪不胜正一场空。
海瑞有个好海安,侦察参谋样样通。
淳安有了个好知县,免受涂炭乐无穷。

海瑞这次斗赢了鄢懋卿,除了因为他敢于同权贵势豪作斗争外,还因为得到海安的协助和群众的支持。

海瑞待海安、海雄亲如手足,所以后来的人便在琼山宾涯村海瑞墓前的两旁竖起了两个石雕的人像①。这两个石人像,就是海安和海雄的化身,高一丈左右,宽一米多,神采奕奕,深为民众景仰,数百年来,参观的人络绎不绝。现在,在群众中流传着这样一首打油诗:

海安、海雄,贫家子,没吃没穿,逼迫当小偷。
歹人、好人,社会有,改邪归正,功归海刚峰。

---

① 这两个石人像在"文革"中已被破坏。

罢官归田

隆庆三年（1569）初夏的一天下午，下田村的男女老幼奔走相告："海公罢官归来了。"这个消息使平静的下田村顿时哄哄嚷嚷起来了，人们纷纷议论说："海公这样的好官，为什么被罢免了呢？""海公可能是自愿弃官归田的。""海公归来也好，可以为我们做做主，撑撑腰。"……

这天夜里，海瑞的屋子里挤满了人。海瑞的老朋友、老邻居都聚集在他家里，了解他罢官的原因。屋中点着一盏海棠油灯，海瑞八十一岁的老母亲坐在灯光旁边，轻声地问海瑞："瑞儿呀，听说你罢官了，是吗？为什么呢？"他母亲所提出的问题，正是在座的人们所关心的问题，于是，大家静悄悄地聆听着海瑞的回答。他说："我在江南巡抚十府，所见所闻，尽是民众疾苦的事。为了减轻群众负担，必须夺富民田，清丈田地，平均赋役。我这主张一提出，就遭到富民、奸臣们的诽谤、诬陷。俗话说：有子万事足，无官一身轻。于是，我便请求弃官归田了。"他母亲听后，点了点头。

"还有，母亲今年八十一岁了，作为儿子的，应当回乡赡养亲娘。"海瑞说完之后，他的老友丘郊①说："瑞弟做得对，我们欢迎你回来。以后，你就多给老乡们做主好了。"

不治私产

海瑞一家几口（母亲、妻子、女儿及仆人海安、海雄等）住在一间破旧、低矮的房子里，屋顶经常漏雨，用石头垒砌起来的墙壁由于年久失修，也已崩塌。面对这样的房子，海瑞决定翻修一下。

一天，海瑞请老友丘郊等人来商量翻修房子的事情。丘郊说："你到外省做官整整十八年了，手中积累不少吧？"海瑞感慨地说："官倒是当了，地位也不低，要想赚钱也是容易的，但我觉得如果干什么事都存私心，于己于人都是不光彩的。"海瑞在乡亲们的帮助下，把房子修好了，而他十八年来积累的银子

---

① 丘濬的曾孙，他因考不上进士，又不愿做官，长期隐居在家。

也差不多花光了。至于田地,他没有购置一分一厘,全家人的生活就靠耕作祖传的十亩地,以及靠他的妻子、海安、海雄编织一些草鞋出售来维持。海瑞平时还帮助别人写信、写楹联和写文章,所得的一些报酬也用作生活补贴。虽然他的生活并不宽裕,但遇到邻居有困难,他总是主动捐助,慷慨解囊。

海瑞罢官居家期间,依然十分关心海南人民的疾苦。他给当时的琼州巡道唐敬亭写信,建议他清丈田亩,平均赋役,减轻人民负担。唐敬亭接受了他的意见,在全岛各县开展了清丈田亩的活动。人民群众对这一举动甚为高兴,说:"明王朝统治到今日二百多年了,今天才见均平之美啊!"

有一位书吏,在清丈海瑞的田地时,考虑到海瑞生活困难,有意为海瑞瞒报一亩八分地,减轻海瑞的赋税。但是这件事被海瑞发觉了,他马上叫这位书吏纠正过来,补报一亩八分地,并且教育这位书吏,以后办事不要存私心。

抵抗倭寇

隆庆四年(1570)秋天的一天中午,海瑞罢官回到琼州海峡,他坐在木帆船上。

当海瑞乘搭的帆船由北向南行驶到海峡中央时,海瑞突然发现,一只大的木帆船出现在东边的海面上,正朝向他所乘坐的帆船开来。海瑞对老艄公说:"那是什么人的帆船?"老艄公回答说:"很可能是倭寇的船。最近倭寇在海峡一带出没频繁,我们得扬满帆,赶紧过海,躲避他们。"这时只见两位身强力壮的青年使劲地把船帆拉满,帆船乘着五六级的东北风"哗啦哗啦"地往南驶去,把那只倭寇船抛得很远很远。这时船上的人对海瑞说:"琼岛屡遭海寇侵扰,官军畏倭寇如虎,倭寇来就闭城退守,老百姓无安宁之日。"海瑞听了老乡们的诉苦,气愤地说:"有让寇贼饱餍自去之心,而无决战之志的人,是国贼,是民蟊。"这时,他站在船板上,遥望离别了将近二十年的故乡——琼州大地,与自己越来越近了,心里有说不出的喜悦。此时此刻,他的思潮像海浪一样起伏:十八年紧张、复杂的朝廷官场生活,总算熬过去了,如今无官一身轻啊!但是,从今以后,是隐居山林闭门谢客与世不争,还是继续过官场以外的斗争生活呢?在如今的古珠崖上,贪官污吏如饿豺狼,上下勾结,民众处在水深火热之中;倭寇倾巢而出,从沿海到内地,如入无人之境,杀人之惨,掳掠之毒,远远超过了从前。凡有"仁心"的人，目睹这种景况，都是咽不下饭的。面对这种残酷现实，我能安心隐居山林吗？

不知不觉之间，帆船已抵达了海口浦。海瑞在海安的扶持下，登上了海岸。这时，他觉得故乡大地上的空气特别新鲜，他深深地呼吸着。突然，他发现路边五光十色的贝壳，顺手捡起一只，看了又看。童年捡贝壳的生活又浮现在他的眼前：他十岁那年夏天的一天，他在海边拾贝壳，亲眼看见倭寇抓捕掠男女二十余人，置于船中，令其家人以金、帛、牛、酒赎人，不能赎者杀之的悲惨情景。海瑞一边想，一边沿着通往朱橘里的路前进。他发现二十年前人禽兴旺的龙岐村，如今是"田园雨后长蒿莱""地底真成有劫灰""荆棘满山行不得"的荒凉村落。为海瑞带路的老乡说："前几年，龙岐村遭受倭寇烧掠，整个村庄毁于倭寇之手。"接着，海瑞问起住在下洋村的唐秋兄弟情况如何，带路的老乡说："他一家老幼七口都被倭寇杀害了。"海瑞听到这个不幸消息，心里像刀割一样难受，因为唐秋是海瑞小时候的好朋友。海瑞望着路边的冷落景象，想着不幸死去的好朋友，举着沉重的脚步，缓慢地往前走去，心里默诵着丘濬公于天顺癸未年（1463）写的诗："远客归来前路失，遗民假息故城危。荒郊白骨宵飞燐，风雨啾啾正怨谁？"这首诗反映了海寇给琼州城乡人民带来的深重灾难，这种灾难不但延续到今天，而且越来越沉重。当秋阳残照，快近黄昏时刻，海瑞回到了阔别二十年的朱橘里家中。

海瑞罢官回乡的消息，像春风一样，很快传遍了全村。海瑞的亲戚、朋友纷纷来探望他。在谈话中，大家都不约而同地控诉起倭寇的罪恶，指责官军投降、逃敌的卑劣行径。有一位农民说："州府、县衙的仓库，全被倭寇抢掠一空。至于滨海以至内地村落的情况，那就可想而知了。"

海瑞回家的第二年夏天，海贼庄酉复、许万仔等，勾结一批倭寇，从雷州半岛窜来海南，猖狂地抢掠临高、定安、澄迈、琼山、文昌、乐会和万州等地老百姓的财物，造成广大城乡十室九空，人民不能安居乐业，纷纷逃亡。海瑞耳闻目睹这些惨象，非常愤慨。一方面，他上书两广总督殷石汀和两广军门，求其派兵抵御海贼、倭寇侵患，救救老百姓，另一方面，他不顾个人安危，面对面地同倭寇作斗争。

倭寇在岛上，不但掠夺活人的财物，而且还掘墓盗走死人的随葬品。

有一天，几个倭寇在离海瑞家不远的府城东面，挖明代户部右侍郎钟芳的墓，企图偷走棺材里的金银财宝。海瑞知道后，就率领海安、海雄以及村中的一些百姓，赶到钟芳墓地去。只见七八个倭寇拼命地挖墓。这时，海瑞突然出现在他们的面前，大吼一声："强盗，住手！"几个倭寇被这突然的吼声吓坏了，他们站在墓穴里，目瞪口呆，长久不说话。顷刻间，阴风四起，乌云密布，雷电交加，震天动地，强盗们心悸胆落，仓皇逃跑。海瑞率领乡亲们拼命追赶。后来，海瑞还为这一事件写了一首《倭犯钟司徒墓雷震遁去》，诗曰：

既归三尺乐斯堂，况有金函玉匣藏。谁谓盖棺占定事，犹遗赫怒庇重冈。
丹忱贯石莹俱古，赤电明心山亦苍。千载智愚都幻化，到出贤哲自洋洋。

万历元年（1573）夏天，海瑞到文昌铺前的大林村去探亲。有一天，大林村突然被倭寇包围了。海瑞挺身而出，对他的侄婿林天胄说："你们铺前人，向来有击寇贼的能手，何不即组织起来抵抗倭寇！"林天胄年三十五，是一位秀才，有正义感。他听了海瑞的话，便召集一批青壮年到他家里来，商讨如何抗击倭寇。海瑞对大家指出，大林村抗击倭寇的有利条件很多：一是人多，尤其是青壮年多；二是有抗击倭寇的优良传统，斗争经验丰富；三是地利——村子周围长满刺竹，形成绿色的围墙，只要守住三个村口，倭寇是进不来的，即使进来了也是难逃出去的；四是倭寇人数虽多，但是他们侵犯各个村落，力量分散，我们容易各个击败他们。海瑞还向大家讲了战国时田单如何破燕的故事，鼓舞了大家的斗志。

听了之后，大林村的男女老幼都行动起来了，有的持大刀，有的拿鱼叉，有的握木棒，有的挥柴刀，有的抢斧头，有的拉弓箭，有的架陷阱……全体村民在铜鼓声的催促下，迅速进入了各自的战斗岗位。

当天下午申时许，三十多名倭寇分三路从三个村口窜进大林村来。这时，铜鼓声响起来了，三个村口的门关闭了，一场关门打狗的战斗激烈地展开了。只见大林村的勇士们，个个像猛虎，凶狠地向敌人搏去。敌人死的死，伤的伤，剩下的统统举手投降了。这时，林天胄告诉海瑞，在海边还有十来个守船的倭寇，问如何处置他们。海瑞说："组织勇士冲到船上去，把他们消灭掉，并且焚毁他们的贼船，断了他们的退路。"不久，只见铺前港内浓烟升起，几艘停泊在港内的倭寇贼船全被大林村的勇士们烧毁了。侵犯其他各村的倭寇闻讯后，早已远逃了。

　　当天晚上，村民们欢聚在海瑞侄婿林天青的庭院里，总结了这次抗击倭寇胜利的经验。大家指出，这次胜利是与海公的指挥分不开的。同时指责官军不抵抗倭寇，是一群乌合之众，"百姓平时养官军，迄今官军畏敌如虎，与无养之时无异"。

　　这天夜里，海瑞躺在床上，总是睡不着。他哀叹："嗟嗟琼民，苏息何日？"爱民如子的海瑞，经常把琼民的生死存亡挂在心上！次日早晨，他分别给两广总督殷石汀、琼州守陈南川、官军长官熊镜湖等人写信，一方面指责官军对倭寇采取不抵抗政策是错误的。他要求当官的应当清除"容寇""畏敌如虎""怕死"的思想，树立起"为百姓兴其利，除其弊""以身迎敌，为士众争光"的好作风；另一方面指出，为了一致对敌，发挥各民族士兵在抵抗倭寇中的作用，应当规定各民族士兵一律平等，反对虐待黎族士兵。海瑞指出，黎族士兵历次在抗击倭寇的斗争中，表现得非常勇敢、顽强，是一支不可忽视的力量。但是汉族当官的却歧视黎族士兵，给他们以低贱的衣食，甚至任意处罚他们，这是很不应该的。同时，海瑞还指出，官军应该改变战略战术，不要高度集中兵力于白沙门（今属海口市），应适当组织小型战斗队，于沿海各地驻防。不要同倭寇打大规模之战，而应当配合"善击倭寇者"（指民兵），趁倭寇离船远出之机，毁其船，断绝其退路，然后伺之、诱之，千方百计地把他们全部歼灭掉。

　　年近花甲的海瑞，为了琼民呕心沥血，给当权者书写了几封信，希望他们能在抗击倭寇的斗争中发挥作用。但是，由于当时的社会是"贤者藉是权以安民，不肖者则藉是权以便己"，当时的执事者殷石汀、陈南川、熊镜湖等人都是"不肖者"，他们不但不"安民"，而且"不知兵备道为何职"，而是千方百计"便己"。所以，海瑞的信发出以后，就像泥牛过海一样，全无消息。

抢救新娘

　　一天，琼州府城西面的七里村一农家到城东的洋东村娶新娘。新娘坐在花轿子里，由四个轿夫抬着往城里走。后面跟着一队敲锣打鼓的乐队。他们高高兴兴地走过琼州府署门口时，被府署大长官的儿子——"烂鼻子"（因他长期烂鼻子，奇臭难闻，没有女子肯嫁给他）拦住了，他要强占这位新娘子做他的老婆。娶新娘的人同"烂鼻子"展开了"舌战",看热闹的人越来越多。他们正闹得难解难分时,海瑞正好路过这里。海瑞挤进人群里一望,只见那"烂鼻子"正伸出发抖的手去抓新娘子的胳膊,新娘子坐在花轿里,吓得满脸苍白。眼看新娘子就要被拉出轿门口,这时,海瑞大声地说:"君子动口不动手,请这位君子住手!"

"烂鼻子"抬头一看,说话的是一位儒冠打扮的老头子。他根本不理睬海瑞的劝告,又要伸手去拉新娘子。这时,海安与海雄便在人群外面大声地叫:"海大人,海大人,您在哪里?"经二仆人这么一叫,躲在衙门内的大长官,才知道是海瑞制止他的儿子胡作非为。这位大长官知道海瑞是罢官回来的,虽然他现在没什么实权,但毕竟他是在朝廷里当过官的,名望也不小,而且在朝廷里和地方上还有不少人支持他,有朝一日,他可能还会官复原职,如果现在得罪了这位"海青天",将来他是不会宽容自己的。于是,大长官马上出来制止自己的儿子"烂鼻子"的胡作非为,并对着海瑞赔着笑脸说:"嘿嘿,海大人,咱这小子今天喝醉了酒,不懂礼貌,请大人多多体谅!"

这位大长官说完之后,便假惺惺地训斥了儿子几句,把他强拉出人群,赶回衙门内。这样,才避免了一场灾难。娶新娘的人高高兴兴地把新娘子抬走了。海瑞也高高兴兴地走了,在场看热闹的人都以崇敬的眼光送走了海瑞。

先人后己

海瑞罢官居家期间,有一年,海南旱灾十分严重,农作物几乎都枯死,水稻失收,农民叫苦连天。海瑞的生活也十分困苦。皇帝为了照顾海瑞的生活,专门派了一名御使来慰问海瑞,给海瑞救济了十两银子。

海瑞家的邻居都是一些贫苦的农民。村子周围尽是苍翠的竹林。海瑞常和一些贫苦农民编织竹器拿到集市上出售,挣些银子来维持生活。有一天,琼州太守唐敬亭陪同御使来到海瑞家,只见海瑞衣着褴褛,身体极为瘦削,正在同其他年老的农民编织竹器。这位御使看到海瑞的这副模样,心里有点发酸,很不好受。

这时,刚好是中午饭时分,海瑞挽留他们吃中午饭。唐太守满以为海瑞一定是杀鸡宰羊搞点好菜招待他们。谁知道,海瑞端出来的尽是酸菜、臭虾浆和番薯稀饭。唐太守和御使面对着这些食物,总是苦着脸,不敢动筷子。海瑞热情地笑着说:"吃吧,尝一尝这些味道也好嘛。我家有这些东西吃还算不错啰,其他贫苦农民都没有这些东西吃啦。"海瑞边说边吃,吃得很香。可是这二位当官的看着闻着这些腥臭、苦酸的菜,早已有点要呕吐的样子了,哪里敢亲口尝一尝呢。他们坐在那里干瞪眼,啥话也没说。这时有四位衣着破烂、皮肤干瘪、瘦骨嶙峋的农民走进来,二话没说,便跪倒在海瑞和二位官人面前,连连点头道谢。这两位官人莫名其妙,问海瑞道:"这四位草民是来干什么的?"

海瑞态度和蔼地微笑着说:"他们是我的邻居,几天来没米下锅了,饿得很难受。你们刚才给我的十两银子,我都送给他们了,而且讲明是你们送给他们的。所以,他们代表大家来感谢你们了。"

二位官人听了海瑞的话,才恍然大悟地说:"啊!原来如此。"

不立嗣子

明万历元年(1573)正月初三日上午,海瑞和他的母亲谢氏到丘濬家——"可继塘"去向丘公的曾孙等人拜年,并瞻仰丘公的画像。

在"可继塘"里,悬挂着丘公祖父丘普写下的两句楹联:"嗟无一子堪供老,喜有双孙可继宗。"谢氏的眼光久久地停留在那两句楹联上,沉思着……

在回家的道路上,谢氏一边走,一边对海瑞说:"瑞儿,'不孝有三,无后为大''无官一身轻,有子万事足'。丘普无子供老,但有双孙继宗。如今我虽有子供老,但无孙继宗。依我看,还是立个嗣子为好。"

海瑞听了母亲的话,只是低头走路,默不作声。他一边走,一边回忆起了嘉靖四十四年(1565)春,他给世宗皇帝朱厚熜上了《治安疏》,结果触怒了皇帝,被关进牢狱里。坐牢期间,十一岁的长子中砥和九岁的次子中亮相继病死。后来,最幼的三岁小男孩中期也不幸病死。海瑞至今无一个男孩子供老、继宗,虽然心里有些苦酸,但他又想,当政敌攻击、讥讽他无子时,爱戴他的人说:"孰曰公无子,天下之人皆公子;孰曰公无孙,天下之人皆公孙。"群众的支持与同情,使他得到安慰。他回忆起这一切,心中的愁云被驱散了。他高兴地对谢氏说:"妈,一个人活在社会上,只要他愿意为老百姓做点好事,老百姓是会亲近、爱护他的。虽然我没有男孩子供养、继宗,但我觉得天下的正义之士、村中的农民百姓,对我们是极其爱戴的。有些农民叔伯兄弟,同我们亲如手足，爱如父子。我死后他们会帮助我料理后事的，何必又专门立什么嗣子呢！"当海瑞说完这段话时，母子二人已漫步回到自己的家了。

谢氏听了海瑞坚持"不立嗣子"的话，非常生气，坐在椅子上，低头望着地板，很不高兴。不久，她指着"忠孝堂"上的神位对海瑞说："不立嗣子，这祖宗、家产靠谁来继承呢？看来，这家数在你这一代算完了。"

虽然海瑞知道他对母亲说了不孝顺的话，惹起母亲生气，但是他却始终认为不立嗣子是对的，要慢慢开导说服母亲才行。于是，他继续温顺、和蔼地对母亲说："妈，至于我们的家产，除了这间破屋，就是祖传的十亩瘦瘠的田地，就凭这些淡薄的家产，人家还不一定肯当我们的嗣子呢。如果我们开口立某某人为嗣子，人家不肯接受，岂不是更伤感情吗？请您相信，将来我死之后，自然会有人继承我们的宗祧与家产的，请妈妈别考虑立嗣子的问题了。"谢氏看见海瑞如此死心不立嗣子，也就不再作声了。

告诫吕调阳

明万历二年（1574）十二月二十日，海瑞的母亲谢氏去世了。海瑞悲痛欲绝。他把母亲的灵柩安葬于定安县的积善内堡马罗石村后，便回到朱橘里家里守孝。万历三年（1575）一月中旬，海瑞接到他同村的好友蒋蒙先生从大陆官任上寄来的信。信中除了对谢氏的逝世表示深切的哀悼之外，还告诉海瑞一个消息：春天（三月）会试期间，首辅张居正（太岳）将与大学士、会试主考吕调阳（豫所）勾结，徇私舞弊，把屡次会试落第的张居正的儿子张懋修、张嗣修拉上进士的高位。

海瑞获悉这个消息之后，彻夜不眠。他想起了朝廷是通过分科考试选拔人才、分派官职的，这种科举制度是升官发财的阶梯，凡是指望登高位、发大财的人，都要沿着这条阶梯爬上去。张居正为了自己的孩子能升大官，发大财，必然死死抓住这条"阶梯"不放。同时，他又想起了自己从隆庆三年（1569）六月在"应天（南京）十府"巡抚官任上同张居正一伙大官僚、大地主作斗争的情景，进一步体会到，张居正、吕调阳一伙的做法是摧毁人才、专谋私利的行为，自己决不能因为弃官归田，遭丧母之痛，就停止同他们作斗争。为了振兴明王朝，申明正义，他化悲痛为力量，霍地立起身来，点燃起海棠油灯，叫海安端来纸笔砚墨，奋笔疾书，给吕调阳写了一封信：

> 今年春，公当会试天下士，谅公以公道自持，必不以私徇太岳，想太岳亦以公道自守，必不以私干公也，惟公亮之。豫所吕老先生，海瑞载顿首。余慎。

海瑞从正面严肃地指出，作为"会试天下士"的主考官的吕老先生，理应站在"公道"的立场上办事，绝不允许"以私徇太岳"。同样，作为首辅的张居正，也更应该守法奉公，绝对不能"以私害公"。这封书信，言简意赅，义正词严，出以公心，既和气婉转，而又一针见血地击中要害。

海瑞的这封《致豫所吕老先生书》，赶在万历三年三月会试之前在京师公布于众，京师的群众议论纷纷，对张居正与吕调阳的丑恶行径表示了极大的愤慨。张居正与吕调阳在社会舆论的压力下，不敢明目张胆地把张懋修、张嗣修评为进士，张家二兄弟在这次会试中再次名落孙山。从此以后，张居正对海瑞更加恨之入骨，欲置之死地而后快。他暗中派人来海瑞家乡，搜集海瑞居家的情况，准备对他进行更大的人身迫害。但是，来人不但没有发现海瑞的任何污点，反而被海瑞那种安分守己、廉洁奉公的作风所感动。海瑞罢官之后，社会舆论纷纷上书请求朝廷让海瑞官复原职。但是万历初年，神宗年幼，无能为力，国事都由张居正掌管，他利用职权压制舆论，一而再再而三地阻拦海瑞重返朝廷任职。直到万历十年（1582）张居正死后，海瑞才于万历十三年（1585）二月再次出山，两年后死于官任上。

清嘉庆十六年（1811），海南岛定安县的莫绍德先生游览苏州时，觅得海瑞亲笔草书的《致豫所吕老先生书》，便把它买下来，携回广州刻石。次年，莫绍德先生回琼州琼台书院任教，他觉得《致豫所吕老先生书》是海瑞精神的佐证，是教育子孙后代的好教材，于是他便于嘉庆二十五年（1820）元宵节后的一天，把这块镌刻有海瑞亲笔草书的《致豫所吕老先生书》的石碑从广州运回海南，置于琼台书院先贤祠内。迎回石碑当天，观看的人很多，莫先生还热情地做了讲解。

宣统三年（1911），《琼山县志》的续编者到琼台书院拓印了《致豫所吕老先生书》，编进《琼山县志·金石志》。海南解放后，这块石碑被移置海口五公祠中，成为一件珍贵的历史文物。但是在后来，这块石碑遭到破坏，迄今下落不明，真可惜！

清丈田地

万历六年（1578）春天的一天下午，海瑞正在他的庭院里的翠竹丛旁边，修整枯根败枝。

这时，有一位六十多岁的老人，手里提着一个麻袋，里面装有一些番薯与芋头，向海瑞走来。海瑞远远看见客人来了，立即放下手中的工具，热情地走上前去迎接。他是谁呢？他是海瑞的一位亲戚，名叫莫绍松，家住定安县石峡村。海瑞年轻时，常到石峡村去扫祭祖墓，就住在莫绍松的家里。他和海瑞分别已经二十多年了，多年不见，彼此之间差一点儿都认不出来了。莫绍松放下手中的麻袋，紧紧地握着海瑞的手，亲切地说："海兄弟，我就是你的莫伯公绍松呀！"海瑞高兴地说："啊，我记起来了，当年，我在定安石峡村，经常跟着您到山里去打野兔呀，抓鹧鸪啦，真有意思！"海瑞先把莫绍松带进"忠孝堂"里坐下来休息，然后吩咐海安准备饭菜招待莫绍松。

亲友久别重逢，彼此之间的千言万语，都恨不得一下子倾吐出来。莫绍松提起麻袋，走到海瑞面前热情地说："石峡的亲友们知道你罢官回来了，特派我来探望你。我知道你喜欢吃番薯与芋头，便顺手捎一点来给你。"海瑞十分感谢地接过番薯与芋头，然后与莫绍松促膝谈心。莫绍松说："去冬今春，天大旱，加上苛捐杂税，像牛毛那样多。老百姓连番薯都吃不上了，这样的日子很难过呀！"讲到这里，他便提起用竹子制作的水烟筒，慢慢地抽起烟来。接着，莫绍松又说："海兄弟，这个世道太不公平了。石峡有个大名鼎鼎的富户叫张大昆，霸占的耕地二百多亩，我家的耕地只有两亩，可是张大昆交纳的田地税和我家的田地税一样多。老百姓对这种不公平之事，敢怒而不敢言。这话，我只敢对你说。"立志于扶国救民的海瑞，听了莫绍松的话，深表同情。他问："定安官府有否丈量过田亩？"莫绍松说："从来没见过这回事。"海瑞想：自从明太祖登基之后，为了安定百姓的生产与生活，增加国家的税收，很早就颁布了清丈田亩的条例。可是，海南孤悬海外，朝廷的政令贯彻不下来，清丈田亩这件事，从国初到现在二百年了，在海南一直没人过问。老百姓受够了这种不公平之苦，国家也减少了收入。这次，他务必要过问这件事。于是，他对莫绍松说："伯公,关于田地税不公平之事,你讲得及时,提醒了我。我要协助官府尽快消除这种不公平的田地税。"

次日,海瑞送走了莫绍松之后,便给琼州巡道唐敬亭写信说:

况琼州开国而今,无一人见有丈田之举。粮差弊孔,有司莫能止,万里遐荒,想国初亦草草数矣。千载一时,然此一大美事,亦一大难事。不一一讲明于今,无以善终于后。(《奉巡道唐敬亭》)

这段话的意思是,琼州从明初到如今,没有丈量过田地,致使粮税上出现"弊孔"。地方官员对此"弊孔"也不加以堵塞,造成国穷民困。因此,海瑞郑重地指出,搞好田亩清丈,是当前的一件"大美事",但同时也是一件"大难事"。他建议唐敬亭把丈量田亩这件事从上到下广泛宣传,并制定措施,切实抓好,做到善始善终。唐敬亭看了海瑞的信,觉得海瑞讲的实在有理,不清丈田亩不行。

有一天上午,唐敬亭来海瑞家拜访海瑞,并就海瑞提出的丈量田亩问题,同海瑞进行了具体的磋商。唐敬亭对海瑞说:"本官早就应该来贵府拜谒了,但因琐事缠身,迟谒为歉!"海瑞说:"道台大人不辞辛苦,光临寒舍,老夫感激万分!"唐敬亭说:"海大人在江南从事丈田多年,经验丰富,琼州得海大人亲临指导丈田,百姓幸甚!国家幸甚!"唐敬亭告辞回府之前,海瑞把他撰写的《量田规则》《量田则例》等书稿,送给唐敬亭。并且说:"这是老夫在大陆丈量田亩时所写的体会书稿,谨供参考。"唐敬亭把海瑞的手稿递给随从之后,便跳上了一匹枣红的大马,朝城西门口扬长而去。海瑞,站在朱橘里路口,一直到望不见唐敬亭的马匹之后,才回家。

几天之后,唐敬亭召集了琼州府各县知县会议,布置了丈田亩的事宜。在丈田亩的活动中,唐敬亭遇到了不少实际困难。如,何谓"丈无粮之田"、如何画田形地图等等。他把这些问题集中起来写信告诉海瑞,海瑞都一一给他回答。在海瑞的推动和指导下,琼山、临高、定安、文昌等县的丈田亩运动就轰轰烈烈地开展起来了。过去,"琼人老老幼幼一未曾知有丈田之事",如今,与丈田亩的人"遍满田间"。

海瑞带头率领全家人参加了丈田亩活动。他首先到定安县石峡村去,帮助丈田亩人员。海瑞发现一位书吏好心为自己少报一亩八分地，便立即要他补报，并且教育这位书吏说："丈量田亩的目的，就是为了均平地税，你却隐瞒田地，均平从何而来？政府官员不秉公丈田，均平地税岂能实现？"

有一天，海瑞从定安县回到下田村，听到农民们对琼山县的丈量田亩非常不满，怨声载道。有的说："丈田，只是利了卖纸商人和富户，苦了老百姓。"有的说："丈田，比上天还难啦！"海瑞想："从来谓丈田不利富家，小民则喜。今小民怨不可胜言矣，何耶？何耶？"为了弄清楚这些问题，海瑞走访了左邻右舍，拜谒了琼山知县刘大尹等人，查清了民怨的原因，主要是：其一，官府之号令反复无常，一谓如此，一谓如彼，上梁不正下梁歪。其二，"中有奸弊"——田少者一丈量就清楚，田多者（富户）大都草草了之，甚至"阴蔽"之，并且乱画田亩地图，欺上瞒下，因此还是苦了贫者，利了富者。又由于乱画田亩地图，购买了很多纸张，所以卖纸的商人是欢迎的。这样的丈田亩运动，群众不满意。面对这类的问题，海瑞坐立不安，睡不好，吃不下，身体一天天瘦削下去了。但是，这一切对于一心扑在"清丈田亩，平均赋役"的海瑞来说，是算不了什么的。于是，他又连夜给唐敬亭写信，指出"丈田行之久矣。琼山之人如夜行失途，而又风雨如晦。迄今不定所向，识者恨之"。这番话生动、深刻地揭露了琼山的丈田亩运动是失败的。海瑞希望唐敬亭重视琼山的丈田亩问题。他在给唐敬亭的另一封信中又指出，琼山在分巡道（指唐敬亭）的部下，尚且不按巡道的指示去办，而另搞一套，至于其他各县的情况，便可想而知。海瑞要唐敬亭对这种越轨的官员给予严厉的批评，或者撤换，甚至绳之以法。为了把琼山的丈田亩运动引向正轨，海瑞还给琼山知县刘大尹写了几封信，指出琼山在丈田中存在的问题，以及如何纠正过来等等。此外，海瑞还亲自参与了府城郊外的一些丈田亩活动，带头做示范。但是，由于各种原因，琼山的丈田亩运动便草草收场了。

万历七年（1579），琼州各县普遍进行了一次清丈田亩的运动。在运动中，若发现有不称职的官员，唐敬亭就接受海瑞的意见，挑选"能员代之"。如文昌知县罗近云在本县迅速完成丈田亩任务之后，唐敬亭又把他派到定安县去指导丈田。罗近云在定安县"不辞劳苦，实心任事，亲行测量，井井有法"。有一位贪官污吏匿藏了二十一家富户的土地，不清丈，罗近云就勒令他去补课，直至把二十一家富户的田地完全清丈上报为止。海瑞对罗近云"实心任事"的精神深为钦佩，写文章赞扬他，勉励他。

琼州在万历七年前后进行的土地清丈运动，虽然有个别县没有搞好，但基本上还是成功的。海瑞称赞说："一清丈而百弊清矣。"又说："丈田之举，无一人不喜曰：二百年复靓朝廷今日均平之美矣。"

《治黎策》与《平黎疏》

嘉靖二十九年（1550），海瑞中举。在这一年的冬至，海瑞到定安县的石峡去扫祭他的祖墓。

石峡这一带，居住着许多"熟黎"。海瑞看见他们同汉族群众同饮一口井水，同住一个村庄，同在一个山头上进行刀耕火种，他们的子弟也同汉族的子弟在一间书院里读圣贤书。黎、汉两族和睦相处。海瑞期望这种和平安定的日子能够长久下去。但是"好花不常开，好景不再来"，就在他扫墓的第二天下午，两广派来的官军，像一群豺狼一样，闯入石峡等村庄。他们看见身穿黎族服式的人，不管是男的女的老的幼的，通通把他们抓起来，押送到一棵荔枝树底下，强迫他们跪在地上。接着，有一个军官打扮的家伙，挥舞着斩刀，狂叫："是汉族的，就站出来，否则别怪我刀下不留情。"这时，有一位四十岁左右的中年男子站出来大喊："我们犯何罪？你们为什么杀我们？"这位满脸横肉、杀气腾腾的军官，便声嘶力竭地吼叫："跟我把这些'黎盗'统统杀掉！"他一声令下，只见五六十个刽子手手挥斩刀，向手无寸铁的黎族同胞猛扑过去，乱斩乱杀。荔枝树底下，顿时发出一阵阵惨叫声，鸣号声，尸横遍野，血流成河。海瑞目睹着这样的惨景，悲愤得说不出话来，只是站在那里流泪，对死难的黎族同胞表示深切的哀悼。

海瑞回忆起这几年，明朝廷从广东、广西调来十多万人，大举征剿了黎母山、崖州、感恩等山区的黎族同胞。消耗军费数十万两，被杀害的黎族同胞数以万计。黎族同胞处在水深火热。

这次，海瑞在石峡逗留了二十五天，走访了黎、汉两族五村六十家，找了不少知名人士和群众座谈，广泛征集了"治黎"的意见。老百姓们纷纷要求官府对黎族同胞采取"文治"政策，反对武装镇压。海瑞把老百姓的意见记了一本又一本。一天晚上，海瑞躺在石峡一位亲戚家的床上，对他的侍从海安说：

"我在广州参加乡试时写的《治黎策》,有关当局根本不采纳。明年春天到北京去参加会试,我要利用这个机会,向朝廷再次申述我的《治黎策》,为黎族百姓请命。"

嘉靖二十九年(1550)元宵节后,海瑞带着海安离开海南,前往北京参加春季会试。会试和乡试一样,分三场进行考试:第一、二场是考八股文,第三场可以运用圣贤的立论,联系实际回答问题。海瑞对束缚思想的八股文不感兴趣,没有认真写作,考得不好。他把精力放在第三场的考试上。在这一场考试之前,他想:他的《治黎策》没有引起朝廷的重视,可能是由于岭南山高皇帝远,皇帝看不到他。这次,他在北京一定要把《平黎疏》写好,让皇帝亲眼看一看,争取早日实现对黎族实行"文治"的政策,停止血腥屠杀黎族同胞,使黎、汉两族世世代代和睦相处。

突然,第三场考试的锣声敲响了,监考官到海瑞的号舍来了。他从监考官的手中接过试卷看了看,便胸有成竹地撰写《平黎疏》。他写道:近二百年来,官军对海南黎族地区进行了无数次大规模的血腥镇压。至于小规模的"劫村杀人",那是"岁岁月月皆有"。这种"残害百姓若此之毒,调用国家官兵若此之众,费用国家钱粮如此之多"的手段,迄今还不休止,还不能"保境安民",是什么原因呢?是没有人才吗?海瑞还痛心地写道:当今在海南的武官贪生怕死,文官则昼夜都想调迁大陆,没有一个官员能为海南人民的福祉着想。这些官员有名无实,等于"虚位",若不撤换,"必残害地方,必毒痛人民"!于是,海瑞向世宗皇帝大声地疾呼:伏望陛下尽快派遣德高望重的、"力可大任"的、"不贪富贵"的、志在为海南人民"永绝祸根"的官员来海南,专门治理黎族事务。最后,海瑞还出以公心,大胆地向皇帝提出,如果陛下一时物色不到理想的官员派来海南,他可以出来专任治理黎族的事务。因为他生长在海南,熟悉海南。特别是他立志扎根海南,为海南赤子的归化与久安而甘洒血汗,效汗马之劳。"倘得专任其事,驰驱兵革之间,俾黎土尽为治地,黎歧动变尽为良民。"与此同时,海瑞还严肃地声明,如果他不能称职的话,"请甘服上刑"。海瑞在《平黎疏》结尾写道:如果皇帝采纳他的意见,"则地方幸甚,生灵幸甚!"可见海瑞对海南的赤子是何等的忠心耿耿。

这次会试,由于海瑞把精力放在撰写《平黎疏》上,没有把八股文写好,加上主考官与皇帝不重视他呕心沥血撰写的《平黎疏》,他因此落第了。

海瑞"从来就不懂得什么叫'爱'"?[①]

澳大利亚《星岛日报》的"浮生"专栏2002年10月18日刊登了《清官神话》一文。这篇文章以海瑞的政敌为诋毁海瑞而捏造的一鳞半爪"野史"为依据,妄顾史实,肆意攻击、丑化海瑞,胡说什么"海瑞假装要访民情,行的却是扰民的事情,连百姓家的柴火都被征用光了";"海瑞的家更是一塌糊涂""居家九娶而易妻";"家人想让女儿吃饭喝水,海瑞不允许,女儿也不敢吃喝,七天后,年仅5岁的女儿就被活活饿死了"……从而得出结论:"一个不爱自己妻子和女儿的官员会爱他的百姓吗?""海瑞不会是老百姓爱戴的人物。"海瑞真的"从来就不懂得什么叫'爱'"?海瑞果真是如此的"扭曲与变态""无人性、狠毒"吗?对这样的"真相",我们必须戳穿,还海瑞原来的真实面貌。

凡人皆有爱与恨。海瑞是人,必有爱与恨。《清官神话》说:"爱源于家庭,爱在家庭中成长。"是的,海瑞的爱也源于家庭,并且在家庭中成长。海瑞四岁丧父,失去父爱之源,但获得母亲的慈爱,而且是深深的爱。事实证明,海瑞在几十年的人生中,非常懂得"爱"!他懂得该"爱"什么、"恨"什么,特别珍惜母亲对他的爱。

海瑞的母亲谢氏28岁时就丧失了丈夫,只能靠祖传的十亩地田租收入和做些针线活维持生活。她生性耿直、正派、严肃、勤劳,富有文化涵养,教子有方。她教育海瑞读《大学》《孝经》等圣贤书,长大之后,要"修身、齐家、治国、平天下"。谢氏精心挑选了严厉通达的教师教育海瑞。海瑞生得聪敏,稍有知识,便学做圣贤,以"读圣贤书,干国家事"为座右铭。

海瑞16岁时,谢氏要他结婚,他不同意,向母亲表示要以同乡先贤丘濬大学士为榜样,22岁才结婚。海瑞22岁时果然履行了对母亲的承诺,和同村青梅竹马的丘氏(丘濬亲属)结婚。他们伉俪齐眉,感情深厚,育有两个儿子,

---

[①] 本文曾于2002年10月25日发表于澳大利亚《星岛日报》"浮生"版。因2017年是海瑞逝世430周年,为纪念海瑞,不忘初心,弘扬中华优秀传统文化,本文再作了一点修改。

一个女儿。长大之后的海瑞也深深地懂得如何爱母亲、爱妻子和爱儿女。他34岁时即嘉靖三十二年（1553），被朝廷起用，被派去福建南平县任"教谕"（县学的校长），他便把母亲、妻子和儿女都带到南平县一起生活，他一边工作，一边照顾家庭。嘉靖四十三年（1564），海瑞升任北京户部云南司主事。他本想把全家人都迁到北京一起住，但他母亲害怕北京寒冷，不敢北上。海瑞尊重母亲的意愿，便同意母亲、妻子和儿女一起回老家琼州府城朱橘里村居住，他独自去北京上任。从福建到海南，路途遥远，海瑞的女儿由于长途跋涉身体吃不消，途中患了传染病，不久两个儿子被传染了。他们抵达家乡朱橘里村后病情加重，而海瑞又远在北京，照顾不了儿女，加上海南多瘴气，缺医少药，海瑞的两个儿子和一个女儿先后死亡。海瑞在北京惊悉自己儿女先后夭折的噩耗后"悲痛欲绝"（《海氏族谱传》）。由此可见，海瑞是深有儿女之情的，是非常爱儿女的。《清官神话》一文作者却说，海瑞不给他的女儿吃与喝才导致女儿被他害死。这是颠倒黑白、对海瑞极端的诽谤！关于海瑞女儿之死因，我专门查阅了《海氏族谱传》，上面写明，海瑞的两个儿子和一个女儿都是因患传染病不治去世的。《海氏族谱传》是海南海氏族人或海瑞家乡人写的，是琼州琼山县海氏家族历代传承下来的家族史实，对海瑞的记载确凿可信！海瑞活了74岁。在这74年中，海瑞在大陆当官20年，在海南岛生活54年。海瑞生活在家乡的时间更长，所以真正熟悉海瑞的人应是海南人，尤其是海瑞故乡和海瑞家族的人。

海瑞不仅爱自己的家人，而且爱老百姓。嘉靖二十八年（1550）海瑞中了举人。公案小说《小红袍》记载，海瑞在赴省城（广州）参加乡试的途中遇到了两个小偷。经他了解，这两个小偷都是穷人的孩子。他们无家可归，恳求海瑞收留他们。海瑞出于爱心，便收留他们作为仆人，并且把他们改名为海安和海雄。这两人都终身跟随海瑞，为他效劳。

海瑞在北京任职期间，体察到嘉靖皇帝一意玄修，妄想长生不老，20多年不上朝，弄得纲纪松弛，君道不正，臣职不明，吏贪将弱，暴动四起。真心爱护明王朝的海瑞，为了维护明朝的统治，稳定社会，让百姓安居乐业，于是冒死愤慨上书，指责嘉靖皇帝自号尧舜，其实连汉文帝（史称汉文帝是中国古代开明的皇帝）也比不上。嘉靖皇帝看了海瑞的上书，气得雷霆大怒，下令将海瑞下狱，但他冷静下来后又觉得海瑞说得有理，不由得叹说："此人比得上比干，只是我不是纣王啊！"这说明，海瑞憎的是昏君，爱的是国家和百姓。由此可见，该文作者所说的"海瑞从来不懂得什么叫'爱'"是信口雌黄。

隆庆三年（1569）6月，海瑞巡抚应天十府（指江苏和安徽一带）。在巡抚过程中，海瑞既要和压榨百姓的大地主作斗争，又要和严重的水灾作斗争。虽然江南是渔米之乡，但是田地大都集中在大地主手中，农民无立锥之地。农民要求乡官、地主退还田地，海瑞支持农民的要求，采取擒贼先擒王的办法，先勒令江南最大的地主徐阶（曾任内阁首辅）、徐陟兄弟退田。这消息传开后，乡官和大地主都害怕了，有的被迫退田，有的逃到外地去躲避风险。海瑞这一举动使不少农民得到了田地。江南水利长期失修，水灾严重。海瑞看见广大田园被水淹没，粮食歉收，粮价飞涨，农民四处逃荒，就一边赈济农民，一边发动群众修水利。海瑞亲自督战，不到一个月，就将淤塞的吴淞江疏通了，太湖的水可以排出去，水灾解除了，田里的水稻长了出来，农民获得了好收成，非常感谢海瑞。朝廷里的一些忠臣也歌颂海瑞说："万世功，被他成了，吴民德之。"海瑞这一举动不正是说明他爱农民吗？该文作者说海瑞"从来不懂得什么叫'爱'"，这是别有用心的。海瑞爱农民，农民也非常爱海瑞。海瑞逝世后，江浙一带农民为了永远缅怀海瑞，在今浙江千岛湖龙山岛修建了一座规模宏伟的海瑞祠，五百多年来，这里一直香火不断。如今，浙江淳安县一带的农民还念念不忘海瑞，有人说："海瑞死了500多年吗？不，海瑞活了500多年！"是的，海瑞虽然已不在人世了，但海瑞永远活在人民的心中。今日的浙江人民响应习近平总书记的号召，传承传统文化，发扬海瑞精神，砥砺奋进，创造出辉煌的成绩，举世瞩目。我看了央视《还看今朝》栏目做的浙江专题报道后深受感动！浙江人民好厉害，这就是"不忘初心，牢记使命"。

海瑞不但在大陆爱民如子，而且在海南老家也非常爱老百姓。1569年海瑞被罢官回家，居家十六年。他看见老百姓被统治者压迫与剥削，生活很困苦，便给当时的琼州巡道唐敬亭写信，建议他清丈田亩，平均赋役，减轻人民负担。唐敬亭接受了他的意见，在全岛各县开展了清丈田亩的活动。平民百姓对这一举动热烈拥护，说："明王朝统治至今才见平均之美啊！"有一位书吏看见海瑞的家庭很清贫，生活很困难，于是在清丈海瑞的田亩时，故意为海瑞少报一亩八分地，以减轻海瑞的赋税。这件事被海瑞发现了，他不但批评了那位书吏办事不公正，以权谋私，而且马上补报了自家的一亩八分地，补交了赋税。这件事在海南乃至在中国传为佳话。

据记载，海瑞被罢官后在琼州居住期间（1575），还到今天的海南省琼海市的伴月村居住六年。他在那里的宗氏祠堂为民间办学，培养人才；捐资并亲自参与劳动，为伴月村的村民修建了三座石桥，方便了村民的交通。这又是海瑞爱民的一种表现。1587年，伴月村村民惊悉海瑞去世的消息，无比悲痛，专门请画家绘画了一张海瑞像，挂在宗氏祠堂里拜祭。

海瑞爱民，民也爱海瑞。万历十五年（1587）秋天，海瑞死于南京官任上。南京市民惊悉海瑞去世，悲痛欲绝，罢市七日。皇帝派海瑞的老乡许子伟护送海瑞棺椁回琼州安葬。当运载海瑞棺椁的船驶至长江时，白衣冠送者，两岸无隙地，数百里不绝。百姓家家设灵堂，供奉海瑞的画像。海瑞的棺椁经过每个县城的城门口时，百姓都竞相出来护送，并且不让海瑞的棺椁从城门里通过，而是群众主动扶持海瑞的棺椁从城门上头经过。理由是，海瑞是个高尚的人，让他从低矮的城门里通过是对他的辱没。

海瑞的政敌攻击海瑞"无子、无孙"，但群众的眼睛是雪亮的，便回击这群小人说："孰曰公无子，天下之人皆公子；孰曰公无孙，天下之人皆公孙。"这打油诗充分反映了群众对海瑞的爱戴，群众把海瑞当成自家人，海瑞的形象在群众中是多么的崇高！这是海瑞对群众的爱的结果啊！还能再敢说"海瑞从来不懂得什么叫'爱'"吗？这首打油诗还被镌刻于海口海瑞墓园的石龟上。"是非如冰炭，千古有公论。"《清官神话》的谬论可休矣！

《清官神话》所引用的资料来自明代文学家沈德潜（著有《万历野获编》）后人沈振辑（清代人）的《野获编外补遗》和清代周亮工的《书影》。沈振辑和周亮工为什么攻击海瑞？因为海瑞在20年的宦海生涯中，始终清正廉明，不贪污，不受贿，不徇私枉法，洁身自好，刚正不阿，嫉恶如仇，不畏强暴，打击贪官污吏，为百姓申冤做主，得罪了不少官员，他们对海瑞恨之入骨，海瑞自然是处处遭政敌的攻击、诬蔑、丑化、诋毁。这篇所谓的《清官神话》的出笼，说明500多年后，海瑞的"政敌"还没"死"光！他们攻击海瑞，是别有用心的。为了弘扬清风正气，传承中华民族的优良美德，我们必须反对这种对我国杰出历史人物的歪曲污蔑，反对历史虚无主义。海瑞是中华民族不可多得的一块璞玉，一方真金，一座推不倒的"刚峰"！清官海瑞的精神永远活在人间！海瑞永垂不朽！

遗泽在南溟奇甸①

——为纪念海瑞诞生 470 周年而作

海瑞活在人间仅有 73 年（一说 75 年）。在他的一生中，除了在大陆上任职近二十年外，其余时间几乎都是在海南岛度过的。海瑞在大陆，抬棺上谏、"乘骢莅吴下，亮节兼清风"、广兴水利、勇斗顽凶、为民请命等事迹，为天下所共知。但是，海瑞在海南的政绩，就很少有人问津了，史料上记载也不多。南海青天、南包公——海瑞在海南的政绩如何呢？应当如何评价他呢？本文试就这方面抛砖引玉，谈谈自己的一些看法，以表示对海忠介公的怀念，彰显海瑞在海南的政绩，还原海瑞在海南的光辉形象。

"人法兼资"

海瑞在自己青年时写的《治黎策》中说：

> 天下之事，图之固贵于有其法，而尤在于得其人……得其人而不得其法，则事必不能行；得其法而不得其人，则法必不能济。人法兼资，而天下之治成。

这段论述是十分精辟的，海瑞为什么提出"人法兼资"这个观点呢？这是他针对当时海南的社会实际而提出来的一项改革措施。

当时海南社会的主要矛盾是黎族人民与汉人地主的矛盾，黎族人民为了摆脱地主的压迫与剥削，与之展开了激烈的斗争。明洪武六年（1373）黎族陈恩六起义，"攻陷州城"。洪熙元年（1425）黎族王观起义，烧毁了定安县治。成化五年（1469 年）符那南起义，击败了当地的统治者，自称"南王"。弘治十

---

① 1978 年 10 月写于海南师范专科学校，当年发表于《海南师专学报》。2022 年 6 月 18 日星期六修改于悉尼。

四年（1501）符南蛇起义，"拥众万余""环海州县，山峒黎皆应之，攻儋州、临高、昌化，陷感恩，抗拒官兵，撼动海内外三千里地。"① 顾山介在他的《海槎余录》中说，此役，统治者"调动汉官兵二万余员"分五路进剿，起义军"居险迎敌官兵死伤者三千余"。嘉靖十八年（1539）那黄、那红起义，袭击陵水县城，斗争持续了两年多，统治者先后调动了十万二千多官兵进行镇压，不少黎族群众惨遭杀害，统治者也花费了不少钱粮，耗银达数十万两。

海瑞的"人法兼资"主张，是在他参加乡试的那一年（嘉靖二十八年）提出来的。他提出这个观点，被主考官看中了，所以他考上了举人。他提出这个观点的前两年，压迫与反压迫、剥削与反剥削的斗争，在海南岛上进行得比前期更为激烈。嘉靖二十六年（1547）十二月爆发了那燕领导的崖州黎族人民起义，斗争矛头指向明王朝统治的州、县官府。起义军的活动范围扩大到崖州东北、陵水以西的番阳、红毛和崖州以西的感恩、昌化等七百多里的地区，使统治者感到"甚可寒心"。嘉靖二十八年，统治者调动官兵八万多人，分三路进攻感恩、昌化等地的黎族起义军。统治者每次调兵遣将，都花费了大量军费，骚害居民，加剧了阶级矛盾，引起了广大群众的不满。由于海瑞长期受朱明王朝的封建礼教教育，他没有认识到黎族人民起义的原因，因此他把黎族人民的正义斗争说成"黎寇"。这是他的时代局限性，我们也不必苛求于他。海瑞的伟大之处，是他认识到明王朝每年调兵遣将对黎族人民进行血腥镇压是不得"法"与不得"人心"的，是"残破地方""毒害赤子"的野蛮行为。海瑞的"人法兼资"中所谓的"人"，就是指争取、团结、教育黎族人民群众，用封建礼教对其"日磨月化""革心宣化"。尤其是要争取居住在五指山区的"生黎"，使其像文昌县的斩脚峒黎和琼山县南歧峒黎一样，能"输赋听役"，"亦习书句、能正语"。② 所谓"法"，就是"开道立县"，开十字道路，立县所城池。从琼州到崖州，从万州至昌化县之间，开十字路。在"平衍峒场，膏腴田地"③之处立州、县。开道立州、县的目的，就是为尽早实现"黎歧归化"，争取"人心"，巩固明朝的统治。为了说明开道立县的重要性，海瑞还引经据典地

---

① 引自《琼州府志》《儋县志》。
② ［明］海瑞：《平黎疏》。
③ ［明］海瑞：《平黎疏》。

说:"故臣尝识以为弘治十四年开道立县,可无嘉靖二十年大征;嘉靖二十年开道立县,可无二十九年大征;大征后开道立县,可无岁岁雕剿、年年守戍。"①海瑞认为,开道立县之后就可以实行文治,减少"武斗"。这对当时琼州的长治久安是有好处的。当然,"开道立县"的主张并不是海瑞一人首创,海瑞的先辈们,如丘濬、王佐、郑廷鹄等人早就有论述,但是海瑞的论述比其先辈们就更为完整、系统、具体。如海瑞认为,为了尽快实现"黎歧归化",可以"招外方无业民(指汉族)耕作结为里社,与黎歧错居"。②他的意思是说,可以号召一些无业的汉族群众迁移到黎族地区去定居,促进黎、汉之间的交流,这对于减少武装冲突、加强民族团结是有好处的。

海瑞认为,琼州长期以来没有实行开道立县的措施,主要是缺少全心全意为琼州人民办事的人才。州、县官府里的官吏们只是"图目前苟安","不为地方永久谋虑",整日"仰望待迁"(等待调回大陆去),这些都是"苟禄偷安"的"庸人",这些官位形同虚设。为了实现"人法兼资"的措施,为了海南的长治久安,海瑞向朱明王朝提出,他愿担负起海南的开道立县任务。他说:"倘得专任其事,弛驱兵革之间,俾黎土尽为治地,黎歧动变尽为良民,臣也能之。事如不效,请甘服上刑,双谢欺罔虚费兵粮之罪。③虽然海瑞对朝廷立下了如此"军令状",但是腐朽的明王朝还是没有接受他的请缨,他的"人法兼资"主张得不到实现。到清光绪十二三年间,冯子材征黎时,曾按海瑞的主张,从定安的太平司到崖州的乐安司,以及从儋州的南丰司到陵水县的保亭司,开了十字大道,但没有立县。

"均平之美"

王国宪在《海忠介公年谱》中写道:"海瑞罢官归家,不忘时事,尤以琼之吏治为急。偶有书序,必详陈利弊……'琼古珠崖郡,今敝区矣……嗟嗟远民,苏息何日?'"可见海公对人民是何等的关心。海公志在救民,而救民之

---

① [明] 海瑞:《上兵部图说》。
② [明] 海瑞:《上兵部图说》。
③ [明] 海瑞:《平黎疏》。

政，先在清丈田亩，平均赋税。

海瑞在浙江淳安、江西兴国等地考察了"有大力户，山地开垦成田，厚收薄赋，积及今日，有田者无税，无田者反当重差，……民穷为甚"①。于是，他决定对淳安县的田地进行"均平丈量，立规定业、庶使赋役均平，民得安生"②。海瑞于明隆庆四年（1570）罢官归琼之后，根据他在江南丈量田亩的经验，考察了琼山县等地的田地、赋税等情况，觉得琼州田地的"粮差弊孔"不少。于是，他上书琼州分巡道唐敬亭，指出："况琼州开国而今，无一人见有丈田之举，粮差弊孔，有司未能止之。万里遐荒，想国初亦草草数矣。"③ 海瑞请求唐敬亭在琼州境内开展丈量田亩活动。丈量田亩是为了平均赋税，对田少者有利，对国家有利，但是对田多者（富户）不利。唐敬亭，名可封，是四川省富县人。他在琼州任官期间，施政比较开明，热心琼州的一些事业，同情海瑞被罢官的遭遇，所以他接受了海瑞关于丈量田亩的建议，迅速在琼山县、文昌县、定安县、澄迈县、临高县等开展了轰轰烈烈的丈量田亩活动。海瑞在他给唐敬亭的书牍中记述了当年群众丈田的热闹场面："琼人老老幼幼一未曾知有丈田之事……今人人趋事，遍满田间，想功成月日近矣。"④ "生一家之人，亦是昨早，方自村下赶回，止查得垃数付之里长。"⑤ 可见海瑞一家人与乡村群众一样，都投入丈量田亩的热潮中去了。

兴修水利

"古人兴利，以水利为大。"⑥ 这是中华民族的优良传统。⑦ 海瑞传承了这种传统。他在江南疏浚吴淞江、白茆河成功，为民造福，为天下所共知，世世代代传颂。

---

① ［明］海瑞：《量田申文》。
② ［明］海瑞：《量田申文》。
③ ［明］海瑞：《奉分巡道唐敬亭》。
④ ［明］海瑞：《又复》（指给唐敬亭的书牍）。
⑤ ［明］海瑞：《又复》。
⑥ ［清］王扬斋：《青草海忠介公祠碑》。
⑦

历史上一些知名人物，在他们仕宦时，曾为人民兴修了一些水利。如崔援宰汲，开浍，以灌溉民田；郑浑治沛，筑陂以利稻田；邓农之兴鸿陂，李吉甫筑平津堰等，都是有利于民的。毛泽东主席也传承了这种大兴水利的优良传统。新中国成立初期，毛主席就提出治淮河工程和荆江分洪工程，为民造福。习近平总书记也一直关心长江和黄河的水利工程，并亲临黄河和长江指导工作。但是，历史上也有一些官员，一旦他们致仕、上台之后，就未见他们兴修水利的事迹了。然而，海瑞却与他们不同：仕宦时大兴水利，致仕后也关心水利建设。海瑞罢官居家期间，看到琼山县官隆坡青草村一带，地势高平，其田杂于杂草者半，杂于潮湿者亦半。如果不是遇着大雨天气，则耕而不获。农民忍饥挨饿，向天求雨天不应。海瑞目睹此惨景，痛切万分。为了帮助农民解决农田灌溉问题，他不辞劳苦，天天到官隆坡的田间去查探水源、测量、规划、挖地。从昌华桥长坡前至鸡头墩一带，他辟地一弓（沟渠）逶迤十余里，水源四通八达，灌溉千百顷。稻谷年年丰收，群众感激不尽。到了清代，官隆坡青草村一带的群众，为了纪念海瑞兴修水利的功绩，曾在青草村修建了一间海忠介公祠。清代海南著名诗人王承烈先生曾为这间庙宇撰写了一篇碑铭，题为《青草海忠介公祠碑》，还写了一篇《官隆田沟记》，记述了海瑞当年为百姓兴修水利的事迹。海瑞当年修建的官隆水利沟遗迹迄今还在，沟水还在潺潺地流，它从海南大学师范部旁边流过，一直流到海口罐头厂旁边而入海。

明代南渡江流到琼州府城东边分出一条支流，名为河口河。这条河长年失修，河床淤塞，木帆船不能顺利地进入府城东门码头，严重影响了府城的水上交通和货物的进出口，群众意见很大。分巡道唐敬亭接受了海瑞的建议，决定疏浚河口河。为了广泛征求各界人士对疏浚河口河的意见，唐敬亭于端阳节那天在府城的卓明堂里召开了一次座谈会。海瑞应邀参加了这次座谈会，他在会上吟咏了《午日卓明堂议修筑北冲河口》一诗，热情地敬颂了唐敬亭为海南人民所推行的"善政"。海瑞写道："政善民安敬道泰、风调雨顺号时清。"据史料记载，座谈会之后，海瑞和唐敬亭一起，率领群众投入疏浚工程，疏通了河道，畅通了府城的水上交通，群众拍手叫好。

抵抗倭寇

海南岛在明一代,不断遭受倭寇的侵掠。特别是从明代嘉靖至万历年间的四十多年中,倭寇对琼州的洗劫是史无前例的。海瑞生活的时代,是倭寇在琼州最活动猖獗的时代。海瑞历来对倭寇恨之入骨,深恶痛绝,一有机会,他总是站在抵抗倭寇斗争的前列。万历二年(1574),海盗头子庄酋复、许万仔率领倭寇从雷州半岛渡琼,抢掠定安、临高、澄迈各县,其势十分猖狂。在这紧要关头,海瑞连续上书两广总督殷石汀,请求其派兵抵抗倭寇。海瑞写道:

琼二十年来至今接有海寇之患,百姓苦之。心讼口直,已谓官司不能抵民一保障矣。然害止濒海地方,日甚一日,年年甚一年。今正月突有船先后分入,攻围临高、澄迈、定安、万州等城,破文昌、乐会治,屯据于中,来来往往,杀掠村市,如入无人之境。任彼所为,其惨其害,从前以来无有也。平时养兵,迄与不养之时无异……琼民如水益深,如火益热。惴恐日夕,谓府县城池尚不可保。我民当尽鱼肉于贼。①

这段话,深刻地揭露了倭寇对海南人民犯下的滔天罪行,以及官军畏寇如虎的可耻行径。最后海瑞意味深长地说:"昔人称为匹夫匹妇复仇,今日之仇屡矣、大矣,复之不可已矣。"② 可见海瑞在磨刀霍霍,准备杀向战场,同海寇拼一死活。尽管海瑞杀敌的怒火多么炽热,要求多么迫切,但是坐镇在广西苍梧的殷石汀却无动于衷,故意纵容倭寇鱼肉琼州百姓,是可忍,孰不可忍!由于官军采取不抵抗政策,倭寇在海南如入无人之境,肆意掠夺。倭寇攻劫定安之后,涉过建江(南渡江定安段)掠北通、苍原各村落,造成十室九空。倭寇除了掠夺活人的财物之外,还到处搜刮显宦山陵,掘棺材,索金银,如挖钟(芳)司徒的墓等。他们先砸毁墓碑和石兽,然后挖石墓,忽然,雷电交作,震天动地,群贼心惊胆落,只好罗拜而逃。海瑞的诗《倭犯钟司徒墓雷震遁

---

① [明]海瑞:《启殷石汀两广军门》。

② [明]海瑞:《启殷石汀两广军门》。

去》记述了这件事。海瑞当时罢官居家,生活困难,身体虚弱,不能拿起利剑杀向战场,只好以他的笔杆子作武器,直言不讳,为民请命,间接同倭寇作斗争。

为了抵抗倭寇,海瑞主张"家自为守,人自为战"①。他动员自己的亲人实践自己的诺言。万历三年三月的一天,倭寇杀进了琼山县东岸村海瑞女婿周维城的家。这群禽兽除了抢夺周维城家活人的财物外,还掘开周维城母亲的灵柩,企图抢劫死人的金银首饰。面对着这群强盗,周维城夫妻②记起了海瑞平时的教育,奋起同倭寇搏斗。由于寡不敌众,周维城当场被倭寇杀死。后来海瑞写诗歌颂了周维城敢于抗暴的精神。在明代,中国人民称日本强盗为倭寇,抗日战争时,我们称日本侵略者为鬼子。从明代起,中国沿海一带的人民群众就遭受日本倭寇的劫掠和杀害;1931年"九一八"之后,中国人民又遭受日军的残暴侵略和屠杀。今日,日本的统治者不承认他们侵略他国的历史,勾结美国,干涉中国内政,蠢蠢欲动,还胡说什么"台湾有事,就是日本有事"。我们决不能忘记倭寇对海南人民的洗劫还有日本军国主义对海南岛和"三沙"群岛的侵略,以海瑞为榜样,弘扬海瑞精神,永远和侵略者作斗争!

海瑞是有明一代的著名的清官、好官。他在大陆为人民做了不少好事,大陆上的人民永远纪念他。而他在南溟奇甸,也为海南人民立下了不少功绩,海南人民世世代代也是不会忘记他的。海瑞是海南和中国一位优秀的历史人物。今天,海南省发展起来,变成了著名的国际自由贸易港。经济发展了,历史文化也要振兴和发展,海瑞精神要大力弘扬,为建设社会主义强国而努力奋斗!

---

① [明]海瑞:《启殷石汀两广军门》。
② 周维城的原配是海瑞的女儿,先于丈夫去世,这位夫人是周维城续弦再娶的妻子。

海瑞陵墓[①]

海瑞陵墓是海南岛的名胜古迹之一。它座落在海口市西郊的滨涯村。相传，海瑞逝世后，许多地方的群众都建造海瑞墓，以表崇敬。其实，滨涯村这个海瑞墓才是海瑞的真墓。海瑞的遗体为什么埋在滨涯村呢？据传说，海瑞的棺椁运送到滨涯村时，抬棺椁用的一条木棍子忽然折断了，这时，有人认为这里是块"风水宝地"，所以海瑞不"走"了。于是，主葬人许子伟等便决定将海瑞的遗体埋葬在滨涯村。

海瑞（1514—1587）是我国十六世纪有名的好官、清官，是深受广大人民群众爱戴的、言行一致的政治家。他为了巩固封建统治阶级的长远统治，减轻农民和市民的负担，同贪官污吏、大地主斗争了一生。他是广东省琼山县府城下田村（又名金花村、朱橘里村）人。先世是军人。祖父是举人，做过知县。父亲是廪生，不大念书，也不大理家。海瑞四岁时，他父亲便去世了。海瑞由二十八岁的母亲谢氏抚养成人。海瑞到了念书的年龄，谢氏便找来一位严厉通达的先生来教育海瑞。海瑞读书很用功，成绩优异。他年轻时写了一篇有名的《严师教戒》的文章，他在这篇文章中提出了做人的标准："人不要白活着，要照着圣人的话，一一学着做。不白活着并不是说要中高科，做大官。你到了府县衙门，弄钱很容易，看见好房子、美丽的妇女，你会动心吗？从前怎么说的，会动摇吗？钱财世界，你挺得住吗？或者只会说却不会做，白天看自己的影子，晚上在床上都觉得惭愧，只会对人说空话充好人？看见大官想巴结，在穿狐皮袍子的人群中觉得自己寒酸，心虚气馁，说的话不成气派；稍有成绩便骄傲起来，别人做了顺利的事，便想抢先；掩盖自己的毛病，干什么事都存私心；顶天立地的事业，想也不敢想，要知道无钱不是毛病，没才是毛病。这些事只要有这么一条，便对不住自己，也对不起祖先。上天赋予你一副完好无缺的身体，但是你把它弄残缺了，毁了自己，你还有脸活在天地间吗？做了这些事，即使

[①] 本文写于1980年。2022年6月19日星期日审读、定稿。

做到卿相，天下人都为你奔走，也是不值得的。哎！我要是犯了以上任何一条过错，还不如死了好。"这是海瑞对自己言行的约束，此后几十年，他生活、办事都一一照着它来约束、检查自己，言行一致，受到人们的称赞。

海瑞中了举人以后，当了福建南平县教谕（县学校长）。他主张学校是师长教育学生的地方，教师有教师的尊严，不要向上官磕头。提学御史到学校来了，别人都跪下，唯独他没有跪下，而是挺直地站在人们中间像个笔架。于是他被称为"笔架学士"。

海瑞当浙江淳安知县时，反对大地主、贪官污吏鱼肉百姓，做了两件大快人心的事：一是惩办作威作福、吊打驿吏的胡宗宪总督之子；一是挡了胡作非为，勒索、迫害老百姓的鄢懋卿的驾，使他灰溜溜地滚回去。海瑞治理淳安取得很大的成绩，但是由于他得罪了胡宗宪、鄢懋卿，因此被排斥调职。1562年，他升任嘉兴通判，却受到鄢懋卿党羽的弹劾，降职为江西兴国知县。他在江西兴国任职一年半，清丈了田亩，减少了冗官，减轻了人民的负担。尤其是反对乡官张鳌，更是一件大快人心的大事。

隆庆三年（1569）六月，海瑞以右佥都御史巡抚应天（南京）、十府（包括今江苏、安徽两省大部分地方）。其间，海瑞一边和压榨老百姓的大地主作斗争，一边领导治理水灾，取得了很大的成效，民众也从中看到海瑞是一位好官、清官。但是由于严重损害了地主权贵的利益，因此海瑞只做了七个月的巡抚，便被政敌撑下台，回到老家琼山县下田村，闲居了十六年。

明万历十三年（1585），海瑞已经72岁了，被荐用为南京都察院右佥都御史，还未到任，又被调任南京吏部右侍郎（吏部是六部之首）。他于万历十五年（1587）十月十四日死于南京任上。右佥都御史王用汲清理海瑞的遗物，发现他"仅存俸银十余两，旧袍数件，为寒士所不堪者"。王用汲怀着悲痛的心情，"率诸御史捐金治尸"（办理海瑞的葬事）。皇帝赠海瑞为"太子少保，保谥忠介，锡之诰命"，"遣行人司行人许子伟护丧归葬"，"丧出江上，白衣冠送者夹岸，哭而奠者百里不绝。家家绘象祭之"。① 可见，海瑞深受人民群众爱戴。

---

① ［清］王国宪：《海忠介公年谱》，见［明］海瑞《海瑞集》下册，中华书局1962年版，第600页

"海公之墓"碑文注释

钦差①督造坟茔②兼斋谕祭文③,行人司行人④许子伟⑤选。

皇明敕⑥葬,资善大夫⑦南京都察院右都御史⑧,赠太子少保⑨,谥忠介⑩海公之墓。

万历十七年己丑岁⑪二月廿二日午时吉旦敬建。

【注释】

①钦差:由皇帝派遣,代表皇帝出外办理重大事件的官员。

②坟茔:坟墓。

③斋谕祭文:斋,即戒法之意。按,斋,经传通作"齐"。齐者,谓齐一其意志;人心有欲,散漫而不齐,故古人将祭,必先变食,迁坐,以齐洁也。谕,这里指上谕,皇帝的命令或朝廷的吩咐。祭文,举行祭祀或祭奠时对神或死者朗读的文章。

④行人司行人:官员,明置。行人即使人也,即皇帝指派的人;司,即出使他邦。《周礼》秋官之属,有大行人,小行人,掌朝觐聘问之事,汉大鸿胪属官有行人,其后无闻。明置行人司行人。

⑤许子伟(1555—1613):字用一,号甸南。原籍金陵(今南京)。前辈迁居琼州府城,与海瑞并居福德里。年十四丧父,由侍母任太儒人,守节教养,子伟刻苦学习,披览不倦,举万历壬午(1582)科乡荐,登丙戌(1586)科进士,被授予行人司行人官衔。文章宗丘濬,气质则效海瑞。为人忠直廉介,有"小海瑞"之称。海公死后,朝廷招贤护送海公灵柩回琼,许子伟被选中。他不辞劳苦,千里跋涉,护送海公遗体回故乡安葬。御葬工竣之后,擢兵科左给事中(凡冠以"给事中"三字者,可以自由出入于宫内,可以接近皇帝,实际

---

* 本文写于1976年。

上是在朝廷内服务之意），晋升吏科给事中。

⑥敕：皇帝的诏令。皇明敕葬，意谓明朝皇帝诏命安葬。

⑦资善大夫：金代文散官之制，正三品下曰资善大夫，元为正二品，明为正二品，初授之阶。

⑧都察院：明中央监察部门之总汇称。主管各道监察御史。都察院设右都御史、副右都御史，右佥都御史各一人为其长官，外任总督、巡抚等官职。海瑞当时任右都御史（正院长）。低级官吏或士人有建议时，可由都察院代奏，被参处的官吏有冤抑或百姓有所控诉而行政官署不予处理或处理不当的，亦可向都察院陈述。吏部官员本身有过失，亦由都察院议定处分。

⑨赠太子少保：赠，旧时朝廷封典，有授，有封，有赠。没者为赠。太子少保，凡师、傅、保之官，历代多仅为加官及赠官。明朝列太子少保为正二品官。这里意谓海瑞死后，朝廷封典他为正二品官。

⑩谥忠介：谥，君主时代帝王、贵族、大臣等死后，依其生前事迹所给予的称号。忠介，意谓事上竭诚，险不辞难，教人以善，为人耿直有骨气。

⑪万历十七年己丑岁：即公元1589年。

粤东正气①

1966年清明节这天,海口市许多中小学生来到海口市海秀公社滨涯村(今海口市龙华区海垦街道滨涯社区)祭扫海瑞陵墓,凭吊我国历史上著名的清官、好官海瑞。

墓园规模不小,呈长方形,长约100米,宽约40米,有围墙围住。门口有一座高耸的石碑坊,上面横书"粤东正气"四个阴刻的朱红大字。从门口到陵墓,有一条笔直的红砖通道,通道两侧有各种姿态的栩栩如生的石马、石狮、石羊、石龟和石人等。石龟上镌刻着:"孰曰公无子,天下之人皆公子;孰曰公无孙,天下之人皆公孙。"这是民间针对一些攻击海瑞"无子无孙"的谬论而写的一首打油诗,这首诗也说明海瑞受到后代广大群众的爱戴。陵园中有郁郁葱葱的松树、柏树和椰子树,绿荫底下有凉亭。海瑞陵墓是万历十七年(1589)二月二十二日建造的。墓呈八角形,下大上小,有三层,用石砖砌成。墓前竖立一块高大的石碑,碑上镌刻"皇明敕葬,资善大夫南京都察院右佥都御史赠太子保谥忠介海公之墓"等字。

海瑞罢官后,回家乡琼州居住十六年之久,于万历十三年(1585)被荐用为南京都察院右佥都御史,还未到任,又被调任南京吏部(吏部是六部之首)右侍郎。他于万历十五年(1587)十月十四日死于南京任上。他死后,右佥都御史王用汲检查他的行囊,发现仅有俸金十多两,葛布一端,旧衣服数件,比一般寒士还要清贫。王用汲见此情景不禁失声痛哭。最后,王用汲只好号召一些同僚捐款,凑了一些钱办理海瑞的丧事。海瑞的尸体是由任行人司行人(官名)海南人许子伟护送回海南的。海瑞的棺椁用船送出长江时,"白衣冠送者夹岸,哭而奠者,百里不绝。家家绘象祭之"。据记载,海瑞的棺椁经过每个县城的城门口时,当地群众都出来护送,且不让棺椁从城门口中过,而是群众主动扶持棺椁从城门顶上通过,理由是海瑞是个高尚的人,他的棺椁从低矮的城

---

① 写于1978年。2022年6月2日修改。

门中通过是对他的辱没。这说明人民群众非常爱戴海瑞。

海瑞遗体为什么安葬在海口的滨涯村呢？据传说，海瑞的棺椁运送到今天其陵墓的所在地时，抬棺椁的绳子便突然断了，当时的人便认为这儿是个风水宝地，便决定将海瑞的棺椁就地埋葬。又据说，护送海瑞棺椁的许子伟，把海瑞的丧事办妥后，便在海瑞陵墓旁边搭了一个草棚，住在那里为海瑞守灵。他一边守灵，一边读海瑞的书，一直坚持了三年。

海瑞陵园门口的左边有一口"海瑞泉"。相传，这眼泉水是海瑞少年时发现的。海瑞陵墓建成之后，人们便挖井将这泉水保护起来。这井里的泉水，终年都是满满的，三百多年来，滨涯村的群众一直在饮用。井边竖立一块石碑，上面刻着"海瑞泉"三个字，这是清朝琼崖道的一位州官盛世昌（四川人）题的字。

海瑞陵墓从建成到现在已经三百九十多年了，其间来这里瞻仰海瑞的人成千上万。新中国成立后，党和国家领导人刘少奇、朱德、陈毅等都先后来过海瑞陵园瞻仰海瑞。1959年，国家拨了二十万元维修了海瑞陵墓，使它成为海口市的一个重要的历史遗迹。

近年来，在各级人民政府的关怀和支持下，海瑞陵墓进行了全面修缮。墓身、墓碑、墓道以及墓道上的石龟、石羊、石马、石狮等都按原状修葺一新。一百多米长的墓道，全用花岗岩石块铺设。墓的周围，用石砖砌成梅花形，中庭设花池。还增建了海瑞墓文物陈列室一间，接待室一间。还准备在陵墓后面开辟热带植物园一座。焕然一新的海瑞墓，阅尽沧桑正气存。人民将世世代代在这里缅怀海公廉洁公正，不畏强权、一心为民的高洁精神。

"粤东正气"析

　　海口海瑞墓园门口的牌坊上有"粤东正气"四个大字。这是按皇帝圣旨镌刻的，游客对这四个字的解释众说纷纭。有的说，"粤东"就是指广东。当然，从狭义上来说，"粤东"的确可以解释为广东。可是如果结合海瑞平生活动的范围、功绩与声望来说，这种解释显然是片面的、不正确的。

　　如何正确地解释"粤东正气"这四个大字呢？粤，也作越。越即百越，这是我国秦汉前后中原人士对南方诸族的泛称，就是指古越族。所谓"自淮（河）以北皆称夷，自（长）江以南皆称越"（吕思勉《中国民族史》）。百越即形容其部族分支之多，源流之复杂。古越族分布的地区很广，我国的东南及南方地区都曾是古越族的居住地，如江苏、上海、浙江、福建、江西、广东、广西、海南等省区市。"粤东"应当是指百越地区的东部，这是与海瑞仕途的主要经历吻合的——海瑞任地方官，大都是在浙江、江西、江苏、福建和广东等地。海瑞在当地为老百姓做了许多好事，其声望威振粤东。所以皇帝称海瑞为"粤东正气"是极为正确的。

　　何谓"正气"？从字义上来讲，正气，就是指光明正大的作风或风气。实际上，正气就是高度地概括了海瑞一生实事求是、坚持正义和敢于同一切歪风邪气作斗争的精神。

　　清代海南著名的诗人冯骥声用诗的语言来解释"粤东正气"：

　　海公何岳岳，崛起百越东。獬豸挺一角，狐鼠潜避踪。问公曷能尔，正气河岳钟。刚大浩然塞，謇謇矢匪躬。永陵耄倦期，方士眩黠聪。西苑建斋醮，宰相青词工。公乃市棺谏，逆鳞披丹衷。犯颜卒不死，硕果留孤忠。扬历神宗朝，绣衣勋何隆。乘骢准吴下，亮节兼清风。公德匪炫鬻，刚肠本铁熔。公行匪矫揉，精诚郁心腔。金百炼益劲，水万折必东。所学根圣贤，讵徒气节崇？公今已长往，故里荆榛丛。千载自轰烈，觥觥垂鼎钟。伊我生公后，慷慨怀音容。骑箕去不返，酾酒问苍穹！

　　这可以说是对"粤东正气"翔实的解释，是对海瑞一生的正确评价。

一代儒宗王官[1]

明代南京礼部尚书王弘诲（今海南省定安县人）在《建州城怀古》[2]诗中称赞王官是"一代儒宗"。从王官的生平来看，王弘诲对王官的评价是正确的。

儒家思想是中国传统文化的主干之一，它对传统文化的形成和民族意识的凝聚都有巨大的影响。而孔子是儒家的代表，他提出了以"仁"与"礼"等一整套学说。"仁者""爱人"，指的是道德观念和品质；"礼"指的是社会政治制度。"仁"是"礼"的精神支柱，两者是不能分开的。"人而不仁如何礼?"（《论语·八佾》）意即人若不具备"仁"的道德品质，就不能执行礼仪制度。如何实现"仁"呢？孔子说："恭则不侮；宽则得众；信则任人焉；敏则有功；惠则足以使人。"（《论语·阳货》）这就是说，为人正直刚强，就不会被人欺侮；待人宽容，就会得到人的支持；讲信誉，就会被人重用；做事情认真负责，就会取得好效果；给人以好处，人就会听你的指挥。这"恭、宽、信、敏、惠"是"仁"的具体要求，也就是人际关系的基本准则，是一种有道德的行为。

在治国方面，《大学》提出："古之欲明德天下者，先治其国，欲治其国者，先齐其家；欲齐其家者，先修其身；欲修其身者，先正其心。"这里所强调的也就是道德修养问题，也就是要"正人"先"正己"，要"先天下之忧而忧，后天下之乐而乐"。儒家所提倡的人生态度是积极进取的、入世的。孔子号召，为了实现人生的理想，成为志士仁人，可以"无求生以害仁，有杀身以成仁。"（《论语·卫灵公》）

"儒宗"是指儒家思想的一代宗师，元代人王官堪称海南的一代儒宗。他的一生，乃至他的家族的行动，都是以儒家的思想为准绳的，"仁""礼""忠""孝"是他们行动准则，做人的根本。试看下面的史实。

---

[1] 本文2001年原载于《万泉河》杂志。
[2] 许荣颂：《即帝位前的元文宗在定安》，《定安文史》第二辑，第95页。

据《元史·文宗本纪》记载，元武宗之次子图帖睦尔，因宫廷内部斗争，于至治元年（1321年）五月，被放逐来海南，寓居琼州府城。有一天，他看见元帅陈谦亨的侍女青梅"通词翰，善歌舞，声色并丽"，颇为"悦意"，便追求青梅，欲娶为妻。但青梅对这位被放逐来海南的王子并不报以"欢心"，图帖睦尔对此"颇沮丧"，便赋诗自嘲云："自笑当年志气豪，手攀银杏弄金桃。溟南地僻无佳果，问着青梅价亦高。"① 图帖睦尔追求青梅未遂，心情不好，于是客游定安县南雷峒，正好见到了峒主、"土邑"长王官。王官以"仁者爱人也"的观点出发，对图帖睦尔的到来十分欢迎。他们在交谈中，王官知道图帖睦尔喜欢青梅，便"为之出三百金，以聘青梅"②，满足了图帖睦尔的愿望，他对王官感激不尽。

泰定元年（1324），图帖睦尔被召回朝廷。据传说，王官和当地老百姓一路护送图帖睦尔到多河（今万泉河）的中水码头，并祝他"一路万全"③（一路平安之意）。1328年，图帖睦尔当了皇帝，庙号文宗，改年号为天历。天历二年（1329），图帖睦尔不忘当年所居的琼州，不忘王官对他的恩情，于是将琼州改为天宁军，大兴土木，在府城兴建普宁寺，以酬谢"神明对他的垂佑"；升定安县为南建州（州治在琼牙乡），隶海北元帅府；封王官为世袭知州。从此，王官"佩金符，领军民"④。同时，图帖睦尔"册青梅为妃，迎之都"，但可惜她无福分当帝妃，只"抵浙而卒"⑤。又据传说，图帖睦尔当皇帝之后，不忘多河两岸的百姓送他"一路万全"的款款深情，便把多河改名为万泉河，这就是今日万泉河名称的由来。⑥

忠君、报国、爱民是儒家所倡导的，也是王官一生的主导思想。王官当时所生活的地方——定安、会同一带贼匪猖獗，民不聊生，王官对此甚为关注。他说："丈夫志，安疆域。"⑦ 他立下雄心壮志，要安定疆域。于是，他奉朝廷

---

① 见《正德琼台志·杂志》《定安县志·杂志》。
② 《定安文史》第二辑，第95页。
③ 据 www.hntour.com 网站有关万泉河的资料。
④ 许荣颂：《即帝位前的元文宗在定安》，《定安文史》第二辑，95页。
⑤ 见《正德琼台志·杂志》《定安县志·杂志》。
⑥ 据 www.hntour.com 网站有关万泉河资料。
⑦ 《琼东县志·艺文》。

之命,率兵出征社会治安不好的会同斗牛村、牛角墩一带(今属琼海市)。为了长治久安,他在牛角墩建立县城,"创造廨宇",招集居民,得到群众的大力支持,许多"新邑盖羿羿哉"①,新的县城很快就盖起来了。他在会同治县十八载,实施儒家的"德治",强调"抚"字。对"给济贫乏"者,"则田地有捐矣";对"贤士"缺少"衣资"者,则"有馈矣"。对文化教育,是"兴起礼教,则宾师有馆矣"。他对人民群众进行儒学教育。他的政绩好,"民依之,若父母也"。②

王官为人"忠节""廉明",他对贼匪残害百姓深恶痛绝。他虽然年迈古稀,力不从心,但是总是带头出征贼匪出没的地方。他"智奇计出",战绩累累。但是有一次剿匪,由于寡不敌众,他失败了。

王官的亲属长期受王官的言传身教,他们也像王官一样,积极打击贼匪保境安民。王官失败后,他的长子金赵决心继承父志,替父出征。金赵,为人"好学、尚义、正直不阿,胆力迈伦,尤善骑射,痛父之败,倾产饷卒,誓不与仇俱生"③。这可见王官之后代的儒学修养之高,道德品质之好,这都是受王官以儒学教育的结果。王官真不愧为"一代儒宗"。据记载,金赵的战功也是很大的,他在战斗中是非常勇敢的。他最后一次征战时,"遭时不淑而断头。将军跃马旋驱,血溅加炉(今称加文村,属琼海市)之野。士女呼之,尸犹挺立,何其烈也。"④

金赵牺牲后,王官的侄子周伦决心为伯父王官与堂兄金赵报仇。受儒家思"忠"与"孝"思想的影响,他"弃书学剑",练好武艺之后,便率兵出征贼匪,但不幸牺牲。

王官及其长子金赵、侄子周伦一家三口都为"安疆域"而牺牲了。史学家曾哀叹道:"一门忠、义、孝,饮恨宁有穷欤?"王官一家三口是实践了孔子所说的"无求生以害仁,有杀身以成仁"。

王官死后留下来的史料不多,但是历代群众赞扬他的口碑和奉祀他的庙宇

---

① 许荣颂:《即帝位前的元文宗在定安》,《定安文史》第二辑,第95页。
② 《琼东县志·艺文》。
③ 《琼东县志·艺文》。
④ 《琼东县志·艺文》。

就多了。如今琼海市的很多村镇都立庙恭奉南建知州——王官。王官的精神影响着后世，王官的香火至今不绝。清康熙皇帝还赠仁公（王官）为英烈护国大元帅。①

今天，各省、区、市都在开发历史文化资源。我想，王官也是海南省的一个历史文化资源，值得开发。对于每个民族、每个地区，开发文化资源与开发物质资源是同样重要的。海南省在开发物质资源时，也要注意开发文化资源。

---

① 《琼东县志·艺文》。

丘濬故居漫记[①]

丘濬是岭南历史人物"四杰"之一,他的故居就在我当时工作的海南师专学校附近。我利用工作之余,到丘濬的故居,拜访了丘濬的嫡系亲族丘泉胜父子。他们热情地接待了我,带我参观了他们的祖屋"可继堂",并讲了很多他们家族的历史和故事。下面的文章就是当时采访的记录。

朋友,你到过有明一代著名的政治家、文学家、经济学家、史学家、理学家丘濬的故居吗?他的故居就在海南省海口市文明古城——琼州府城下田村。丘濬在北京时梦见有人问他家在哪里?他醒来立即挥笔写了《下田村》这首诗,诗中有两句:"有人问我家居处,朱橘金花满下田。"意思是说,盛产朱橘、金花的那个下田村,就是他的家乡了。

是的,从此以后,下田村便分为两个村:一个是朱橘里,一个叫金花村。丘濬家在金花村,海瑞家在今朱橘里村,旧名海宅塘村。海宅塘原是下田村旁的一个池塘(有近千亩地),后来人为了纪念海瑞,便将它更名为海公塘,1958年"大跃进"时,这个塘被辟为人工湖,叫"海公湖",20世纪60年代时改名为红城湖,现在群众为了纪念海瑞,又把它的名字恢复为海公湖。丘公和海公的故居都在这碧波荡漾的海公湖滨,数百年来人们传颂丘、海的故事,读丘、海的书,瞻仰丘、海的故居,莫不心仪神往。海公湖啊,数百年后,你还是被人们怀念的!

琼州府城从北宋开始就是一个文明古城,过去,这里的古迹与掌故传说很多。如群众中经常说的"一里出三贤"的掌故就是指这里的。原来朱橘、金花与郑宅三个村庄相距仅仅一里左右,郑宅出了郑廷鹄(据《琼山县志》称,他是个青年探花),金花、朱橘里相继涌现出了丘濬、海瑞这样的有名人物,再者,北宋伟大的文学家苏轼与南宋的名臣李纲、李光等都曾经在这附近寓居过。

[①] 原载《旅游》1980年12月号。

因此,历来海内外的游客都来这里参观游览苏东坡祠、五公祠、丘濬祠、海瑞祠和丘濬与海瑞的故居等名胜古迹。

这里之所以被历代人们所向往,除了有历史名人留下来的鸿爪行踪之外,还因为这里的山清水秀,环境幽美,有奇伟秀绝之景和丰富的物产。有很多物产是中原一带罕见的,是本地固有的,如椰子、槟榔、菠萝蜜、珍珠和海花等。丘濬说:"而名郡又居五岭极南之徼……是以物之生于斯也,形瑰奇而色鲜华,味甘美而气馨秀,独异而且多。"(《野花亭记》)丘濬在世时,他的村庄"环村之址凿沟,引水缭绕之,村之背际为长垄,垄上叠石为三小山,山下有亭,环种野花,村前际为方塘,固若千丈。塘心砌石为钓台……环村皆种笋竹,杂莳花果草木于其间。"他的"别墅"(学士庄),"中构堂三间,翼以两室,前为圆亭,亭之前为渠,九曲之,其下为月池,各有扁,堂曰'瞻玉'。旁两室,左曰'曝日',右曰'凉风',亭曰'一喙'……直堂之前,有扁门曰'小瀛洲',其外门曰'学士庄'"。站在他家的钓台眺望,一城之景尽收眼底:"楼阁倚空""金碧辉煌、照耀林谷""衢道交互,屋瓦之栉比""或近或远,断而续焉";瞭望郊外,"漠漠水田,四际山麓","金鼓之声,旗章之物,耳可闻,而目可见,斯则吾庄之近景也"。

再看看丘濬村庄的西边:"盖吾郡所谓主山者,西石也。中坳而旁峻,有似马鞍然。""西石"即今石山,上面有一古塔,相传北宋末年汴京(开封)主张抗金的太学生陈东被杀害后,他的亲人陈原等逃亡来这里,建造起了个古塔,以之纪念陈东的抗金精神。丘濬村子南面"有横黛隐隐然云霄间者,陶公山也",这陶公山是道家"七十二福地"之一。据史载,隋代岭南杰出的政治家冼夫人的儿子冯仆的陵墓就建造在这山脚下。离丘濬家二里多的城东南,有南渡江绕城而过,其发源自五指山,会诸溪水而入于海。丘濬家北面十里便是大海,"帆樯之聚,森如立竹……晨昏蜃气(蜃景,即海市蜃楼),结成楼台,峰岫千态万状,日光射之,错杂如锦绣,光耀如珠玑,真天下奇观。昔人所谓奇绝冠其平生①,信非虚语也,兹又吾庄之远景也"。②

如今,丘濬故居还有什么遗迹轶闻吗?有,以下就是。

---

① 指苏轼在海南写的诗句:兹游奇绝冠平生。
② 以上引文均见于丘濬《学士庄记》。

"可继堂"

"可继堂"是丘氏的正寝。明永乐十八年（1420年）丘濬就出生在这正寝里。

"可继堂"建于明代初年，迄今已六百多年了，还保留完好，丘濬的二十四代孙丘泉胜先生及其儿孙们现在就居住在这里。丘泉胜先生及其儿子丘仁义最近对这正寝进行了维修，并在庭院里栽培了各种奇花异草，以及各种瓜菜。当你进入这庭院时，就像进入了姹紫嫣红的花园一样。当你面对着这个花园，你就会想起丘濬当年写的《野花记》中的野花……

这"可继堂"一室两房，栋柱四行，柱是圆的，高约几尺许，柱与柱之间嵌以木板。这些栋柱用的都是从南洋各国进口的黄棱木（本地土语称为铁灵），这种木是中空的，但外壳却似钢铁一样坚硬，火烧不了，虫蛀不烂。嵌在柱与柱之间的木板用的是本地的菠萝蜜树、胭脂树等高级木材。屋顶上用的木料也是从外地买回来的杉木。由于"琼地枕山席海，多海溢飓风之虞，故公私宝庐不为高敞"（《琼山县志》）。

"可继堂"是丘濬的祖父丘普命名的。当丘濬七岁、丘源（丘濬之兄）九岁、丘普五十九岁时，丘濬的父亲丘传便去世了。丘传是丘普的独生子。丘普旁无兄弟群众，推而远之，也无宗族，眼下只有丘濬、邱源两位孙子。在那"有子便是福"的封建社会里，丘濬兄弟二人在他们的祖父看来真是像"一丝之引千钧"一样的重要啊！于是，丘普情意深长地说："吾先世，世以积善相承，然未有发者，今不幸而中微，然古人往往因微而著，所以大发之者，其在二孺（指二位孙子）乎！"讲完之后，丘普便手书二句楹联"嗟无一子堪供老，喜有双孙可继宗"，张贴在寝堂之楣，这"可继堂"三字，便是由此引伸出来的，一直沿用至今天。每年春节，丘泉胜先生都用这三字书写楹联，贴在堂楣之上，你今天如果到他家去，也会看到"可继堂"三字。

一天，丘普对丘源说："你继承我的产业，隐而为良医（丘普是一位名中医），以济家乡。"接着又对丘濬说："你立门户，拓我祖业，达而为良相，以济天下。"从此以后，丘濬兄弟二人发奋读书，努力向上，不负祖父对他们的期望。明正统四年（1439），19岁的丘濬考上了琼州府郡庠生。正统九年

(1444),24岁的丘濬参加乡试,取得了第一名。景泰五年(1454),34岁的丘濬考中了进士,被选入翰林,为庶吉士,除了编修外,还晋升为侍讲学士、国事祭酒、礼部侍郎。以后又逐步擢升为礼部尚书、文渊阁大学士、武英殿大学士等职,在官场生活了四十多年。他在任官期间,积极从事写作,他在南宋真德秀《大学衍义》的基础上,广泛采集博览了子史经传中有益于治国平天下的材料,撰写了著名的《大学衍义补》(一百六十卷),得到明孝宗赐白金二十两。这部书主要是论述经济问题的,要求朝廷"谨好尚,不惑于异端,节财用,不至于耗国"。这部书对我们今天如何抓纲治国都具有参考价值。此外,他还撰写了《世史正纲》等著作与大批诗文。闽中焦映汉在《丘文庄公传》中指出:

公生平不可及者有三:自少至老,手不释卷,其好学一也;诗文满天下,绝不为近伟作,其介慎二也;历官四十年,俸禄所入,惟得张淮一园而已;京师(北京)城东私第,始终不易,其廉净三也。

由此可见,丘公还是一位清廉、正直的好官。

"藏书石室"

丘濬七岁便死了父亲。其家原有藏书数百卷,多被人取去,其存者甚少。他长大后很爱读书,但家贫力弱,无钱购书,只得向亲戚朋友家或到街道的书摊里去借阅、抄录。他吃尽了借书的苦头。有时更被人奚落、讥笑为"痴且迂"。于是他暗暗地发誓:若他日经济好转,必多购书藏于学宫(当年他读书的地方),方便乡村诸生小子讲习、借阅,免遭受自己当年借书之苦。

后来,丘濬青云直上,中了进士,入了翰林。个人的资产日积月累,日益增多。明成化六年(1470),他的母亲李氏逝世了。在他回乡安葬母亲、守孝期间,他积极捐款、雇工,建起了"藏书石室"。为什么要建这个书室?丘濬认为:

书之功用大矣,由一理之微,而可以包六合之大;由一日之正,而可以尽千古之久;由一处之狭,而可以通四海之广。由一事之约,而可以兼万物之众。

其惟书乎！呜乎！圣人没也久矣，而道德万世如见。古人往也多矣，而事业终古常新。合千万世之心术，聚千万世之治迹，传千万世之语言，演千万世之理道，皆于书乎是赖。士也生乎千年之后，而知乎千年之。……处乎一室之间，而周乎万里之势。非书曷以致之哉。(《藏书石室记》)

书既然如此重要，应该好好珍藏。丘濬认为只有置之于石室才能久藏，因为海南多风雨，气候潮湿，石室能挡风雨，防潮湿，书卷置于其中不易腐败。于是，他在可继堂背后，"凿石以为屋。凡梁柱、楹瓦之类，皆石为之"。明成化九年（1473）藏书石室筑成后，他一下子便购了数千卷图书置于书柜，藏于石室之中。之后，他不断地购置图书，充实藏书石室。为了教育下一代诸生爱惜书籍，他还专门写了一篇《藏书石室记》贴在石室里。据海南史料记载，这间藏书石室藏书甚富，有专人管理，琼州人诸生，来此借书讲习者，历代不绝。

据丘泉胜先生说：这藏书石室毁于20世纪50年代。但是，丘氏祖祠还保存着一些危房残垣，可继堂门口那副楹联"尚书宰相门第，理学经济名家"还可辨认。

藏书石室虽然被拆掉了，图书散失了，但是它的遗址还在，它的大块方石还在，这些石头就是历史的见证。人们见到这些石头，就会想到藏书石室，就会热爱图书，就会想到丘公其人。

"龙碗"

丘濬晚年获明孝宗赏赐的官窑制造的青釉碗一个，叫"龙碗"。这"龙碗"的特点是，把清水倒进碗里时，这碗的四周表面便呈现一条龙来。丘濬逝世后，他的"龙碗""朝笏""玉钗"等遗物一直由他的嫡系后裔珍藏着，一代传给一代。据丘泉胜先生说，日军占领他家乡时，汉奸曾带日军来他家强迫他交出他珍藏的"龙碗"等文物。他拒绝交出，差一点儿被杀头。新中国成立后，他无偿地把家里珍藏的文物贡献给了国家，迄今还珍藏在海口五公祠内。

丘濬墓

　　丘濬晚年被政敵攻擊，加以右眼失明，多疾病，於是屢次要求辭官回家。但是明孝宗不同意他的請求，反而於弘治七年（1494）給他加官銜為少保兼太子太保，後改戶部尚書、武英殿大學士。弘治八年（1495），丘濬在北京卒於官任上。他死後遺留下來的東西，主要是圖書數萬卷。所以閩中何喬新（明刑部尚書）在《丘文莊公傳》中說："濬仕四十餘年，自處如韋布（謂寒素之服）。"由此可見丘濬平時所熱衷的是珍藏圖書，對於物質生活並不追求，反而十分講究艱苦樸素。丘濬死後，孝宗贈他特進左柱國太傅，諡文莊，派遣行人（官名）護送他的靈柩回瓊山原籍安葬，他的夫人吳氏也與他合葬一起。丘濬的陵墓在水頭村（今屬海口市秀英區海秀鎮），離故居約八里，和海瑞墓相距一里多。明代海南這兩位名臣的墓遙遙相望。

　　丘公墓前有"諭祭碑"與刑部尚書何喬新撰的"神道碑"，為歷代人們所瞻仰。清末王國憲《謁丘文莊公墓》詩曰：

　　……瞻仰挹清風，高山久仰止。惟公名世英，神童詠五指。生年學程朱，體會揭宗旨。衍義補治平，學的探名理。家儀詳禮節，正綱編世史。著作等身富，師法良有以。經濟原學問，同風追盛軌。永叔為文宗，昌黎教國子。師立善人多，山斗敬瞻彼……

丘濬小傳①

　　丘濬（1420—1495），字仲深，瓊山縣府城鎮下田村（今海口市瓊山區府城鎮金花村）人。他七歲喪父，靠祖父丘普與母李氏"顧復教誨"。他生有穎質、嗜書，讀書過目成誦，矢口成章，名揚海內外，被譽為"海外神童"，識

---

① 輯錄本年譜，主要參考了何喬新的《丘文莊公傳》、焦映漢的《丘文莊公傳》、王國憲的《丘濬年譜》、歷代名人寫的書序、丘氏族譜和丘濬歷年的著作等。

者知其必为国器。

丘濬乡试第一，卒业大学。殿试中二甲第一名，即传胪（在状元、榜眼、探花之后，殿试第四名称传胪）。赐进士出身，授予翰林庶吉士（候补翰林官）。之后，晋升翰林编修、侍读学士、翰林学士、礼部侍郎、礼部尚书、户部尚书、文渊阁大学士、武英殿大学士，当了皇帝的主要顾问，实掌宰相之权。

丘濬是明代著名的文学家、史学家、经济学家、理学家，著作甚富，有"诗文满天下"之称。迄今行世的著作有《琼台会稿》《大学衍义补》等数种。他为人耿直、廉洁，历官四十余年，俸禄所入，惟有图书数万卷而已。至于京师城东私第，始终不易。

丘濬爱祖国、爱家乡，仇视倭寇、海盗。淡泊名利，官任期间，屡次请求致仕。他热心家乡的文化事业，筑石屋藏书，为郡中子弟读书、借书提供了方便。

丘濬是岭南"四杰"（唐张九龄、宋余靖、崔与之、明丘濬）之一，南海伟人。他死后，被赠特进左柱国太傅，谥文庄。海南千百年始笃生丘濬，丘公千秋万代永垂不朽。今考其行，读其书，听其故事传说，游其故居，观其遗迹，如见其人，无不令人心仪神往。

许子伟小传[①]

许子伟，于明嘉靖三十四年（1555）六月九日生，于万历四十一年（1613年）五月某日逝世。享寿五十八岁。

许子伟，字用一，号甸南。原籍金陵（今南京）人。前辈迁居琼州府城，同海瑞并居福德里（今府城菜市场一带）。

许子伟十四岁丧父，由侍母任太孺人守节教养。他家境贫寒，但受丘濬、海瑞幼年时的刻苦攻读精神影响，专心读书，披览不倦。他是丘濬"藏书石屋"里最积极的读者之一。当他十五岁那年，海瑞罢官回家。不久，许子伟便拜海瑞为师，后来，海瑞便成为许子伟的良师益友。许子伟经常到海瑞家里去，请海瑞指导他读书、做人。海瑞非常喜欢许子伟这位晚生，把他当成自己的孩子一样对待。许子伟在海瑞等长辈的关怀培养下，于万历十年（1582）考上了壬午科举人，于万历十四年（1586）考上了丙戍科进士，同年被授予行人司行人官衔。万历十五年，海瑞在南京逝世。朝廷根据海瑞的遗愿，决定将他的遗体运回琼州安葬。许子伟奉命护送海瑞的灵柩回琼，于琼山县滨涯村（今属海口）安葬。御葬竣工之后，他复游儋州讲义学。当他重返朝廷时，被擢为兵科给事中，没过多长时间又升为吏科左给事中（凡冠以"给事中"三字者，可自由出入于宫廷之内，可以接近皇帝）。不久，许子伟请假回乡探亲，假满回京师，又被任命为户部左给事中。

许子伟在文学方面学丘濬，写有《五指山和丘文庄公韵》等诗；理学方面师陈白沙；气质方面则宗海瑞，写有《祭海忠介公文》。特别是，许子伟在仕途上受海瑞思想影响比较深。他敢于疏劾权贵，犯颜谏诤，因此得罪了皇帝，被贬谪到贵州铜仁府，后来，弃官归琼州府城老家养母。

许子伟像海瑞一样关心社会公益事业。在北京任职期间，他创办了琼州会馆，方便了琼州在京师的乡绅、羁旅联谊。他弃官回琼州之后，凡是乡里衣食

[①] 本文写于1979年6月。2022年5月28日星期六修改。

或婚丧有困难者，他都热情解囊相助。他为别人办好事，从不要别人的礼谢。为了启迪海南文化教育，他置义学于儋州，开敦仁书院于府城，掌教文昌玉阳书院，建造"明昌塔"于海口下洋村（今属海口琼山区白龙街道），以培文风。我于20世纪70年代拜访了府城七八十岁的老人，他们是明昌塔的见证人。据老年人说，明昌塔高八层，螺旋式，登塔可遥望大海；站在雷州半岛海岸高处，可以望见海峡对岸的明昌塔。太平洋战争爆发以后，因明昌塔位于海口飞机场东边不远处，日军害怕塔太高会暴露飞机场的位置，为防盟军空袭，便将明昌塔拆掉了一半；塔的剩余部分，在海南解放初期，由于无人看管，全被群众拆毁，并把所有建筑材料都偷运回家了。

明朝统治者给琼州"科派琼珠，役以万斛"时，许子伟力言抗争，要求减轻百姓负担，结果"得减其数"。当琼州遭受倭寇侵扰，百姓的生命财产惨遭杀害掠夺时，许子伟屡次上书请求地方政府派兵驱逐倭寇，以保障人民的生命财产安全。当雷州水旱时，许子伟说："水利不兴，彝教不饬，安能福雷哉。"号召兴修水利，造福雷州人民。

许子伟娶妻曾氏（1556—1615），他们伉俪齐眉，感情深厚，生三男四女。曾氏善于理家教子，至老不倦。

许子伟居家期间，朝廷多次荐用，但他闭门不出。他死后谥忠直。著有《谏垣录》《广易通》《敦仁编》等，乡人请赐于明昌塔，以配丘、海。

第六卷
文史杂谈

秦始皇在岭南设置了温水郡吗？[1]

看了《羊城晚报》2005年1月7日的一篇报道《茂名拥抱亿吨大港 筑梦滨海新城》，兴奋之余，我还想起这茂名港应是开拓、形成于秦代，繁荣昌盛于汉代以后，尤其是今天。因为今天茂名港所在的电白区，就在秦朝建置的岭南温水郡境内。据史料记载，当时电白温水一带，海洋与陆地的生产条件良好，资源丰富，因此先人早已在这儿开拓了港口与田地。秦始皇看到这些优越的条件，便决定在电白建置温水郡。

中国历代的史学者都认为，秦始皇在岭南地区（南海北岸地区）建立了三个郡，即南海郡、桂林郡和象郡。但我却认为秦始皇在岭南地区其实建立了四个郡，即增加了在今电白区境内的温水郡。这有什么历史根据呢？

在《岭南杂记》中，我看到这样一段文字记载："电白县西三十里，有热水山，秦始皇置为温水郡，今废，山下有温泉涌出如沸鼎。"[2] 如果这记载符合历史事实，那就说明秦始皇在岭南地区建立了四个郡，即南海郡、桂林郡、象郡和温水郡，从而否定了历代相传的秦朝在岭南置三郡的说法。2015年9月下旬，我曾和电白区的文化学者郑显国先生通电话，谈及电白是否曾设温水郡的问题，他说，关于温水郡，《电白县志》也有记载。不久，我又和电白区冼夫人研究会秘书长戴伟国先生和茂名市文联副主席崔伟栋先生等人讨论了该问题，他们经过调查研究后认为在电白的历史上的确有秦朝所设的温水郡。

秦始皇有可能在"电白县西三十里"处置温水郡吗？我的回答是肯定的。理由如下。

第一，电白地处南海北岸，有优良的港湾，海产丰盛，海上贸易方便。与此同时，它又地处鉴江流域平原地带，耕地广袤，土地肥沃，物产丰富，山清水秀。当地人文内涵深厚，有良好、质朴的民风、民俗，人民勤劳、勇敢、友

---

[1] 本文原载于《岭南文史》2015年第1期。
[2] ［清］吴震方：《岭南杂记》，《丛书集成初编》本，商务印书馆1937年版，第25页。

善。温水郡东边是南海郡，西边是象郡和桂林郡，四郡连成一片，易于管辖。如果四郡群众团结合作，就会形成开拓岭南陆地和海洋的主力军，这对于开发岭南、巩固海疆都是有利的。我想，秦始皇定然会看到这一点。

第二，秦代电白地区的广大越族民众，充分利用当地的陆上和海上资源进行建设：开拓海港，发展海上交通与贸易以及海洋生产；开辟农田，发展农业生产，创造了丰富的物质基础和先进的精神文明。秦始皇了解到电白有那么优越的自然和人文条件，便决定在那里建置温水郡。我这样推断是符合当时的社会实际的。历史证明，今日的电白一带，尤其是水东港一带，是汉代海上丝绸之路物资进出口的重要基地之一。

第三，秦始皇认为自己是"水德皇"①，他崇拜水，特别热爱、向往电白的温水山。他认为，电白的山山水水很美丽，他不但巡视了东海之滨，他还想要到南海之滨一游。有朝一日，一定要到电白来洗温泉，祭拜电白的水神，以求长生不老。

第四，据国务院侨务办公室、中国海外交流协会主编的《中国历史常识》记载："秦朝在全国划分36郡（后增到40多郡），郡下设县。"② 据此，秦始皇在岭南设置四个郡是完全可能的，是符合历史记载的。但是为什么设在电白的温水郡在史书上很少被记载？可能是秦始皇置温水郡后不久就驾崩了，温水郡还只是一个雏形，而秦朝在岭南的长官任嚣和赵佗对该地不重视，管理不善，或是当地发生了什么事件，导致温水郡的后续规划无法落实，最后不了了之。

第五，秦始皇非常重视南海的开拓利用。他在南海北岸之滨置四个郡，其目的就是加快开拓南海，促进海内外贸易，发展海洋经济，巩固南海海疆和国家统一。

第六，1987年，考古专家在阳江海陵岛外海发现了南宋时代的古沉船，迄今将近1000年。据专家考证，这是一艘满载丝绸和瓷器等货物，航行于海上丝绸之路的商船。同时，专家们还在海陵岛大澳渔村发现了古代村落的遗迹，由此可证实大澳渔村是形成于秦代。2000多年来，大澳渔村一直是南海著名的渔

---

① 秦始皇根据战国时期阴阳家邹衍的五行终始说，定义秦朝属水德。
② 国务院侨务办公室、中国海外交流协会主编：《中国历史常识》，香港中国旅游出版社2006年版，第34页。

村，水产品丰富，海洋文化发达。这或许能为秦始皇创建温水郡提供良好的条件。

第七，我的老同学、地理学家、原中山大学地理学系主任刘琦说，电白靠近西江流域，秦朝人可以走水路，通过灵渠进入西江流域，然后沿着西江到达电白。因此秦朝人重视电白的地理位置，开发、利用当地的陆地和海洋资源是有可能的。

虽然以上肤浅的论述还是缺乏充分的证据，但我认为，秦朝在电白境内建置温水郡是完全可能的。这温水郡就在今天的茂名沿海一带，在茂名港的管辖范围内或在附近。

在今天，我们大规模地建设茂名港，与此同时，我们也要追忆古人开拓茂名港的历史。茂名港的开拓、形成和发展，已有两千多年的历史了。岭峤电白的温水郡，正在默默地而又激昂地诉说它的历史，并将以崭新的面貌屹立于南海北岸之滨。

我想，秦朝在电白建置温水郡，这也是今天电白人民的一段光辉历史。我们要深挖其历史文化内涵，弘扬中华优秀历史文化，把我们的家乡和祖国建设得更好！

明朝建文帝逃难[①]

1368年，朱元璋推翻了元朝，建立了明朝，定都南京。1398年，朱元璋病逝。由于皇太子朱标早在1392年就去世了，所以就由21岁的皇太孙朱允炆继位，史称建文帝。朱允炆受人挑拨，怀疑他的叔叔燕王朱棣在北平（今北京）谋反，于是派了杀手去北平暗杀朱棣。但朱棣早有防备，暗杀不成功。后来，朱允炆又调动了50万大军攻打北平，结果失败。

建文元年（1399）七月，燕王朱棣以"清君侧"为名，誓师"靖难"，在北平起兵南下，想要夺取皇位。建文四年（1402）六月，朱棣大军强渡长江，攻下南京城。建文帝朱允炆见势不妙，于是焚烧了皇宫，逃之夭夭，从此下落不明。燕王朱棣于1403年登上了明朝皇帝宝座，改年号永乐，史称明成祖。

朱棣当了皇帝后，到处派兵找寻朱允炆，但总是找不到。有人说，朱允炆被烧死在皇宫里了；有人说，朱允炆跳到长江自杀了；有人说，朱允炆逃到云贵高原少数民族地区去避难了；有人说，朱允炆逃到深山老林里去当野人了；有人说朱允炆出家当和尚去了；有人说，朱允炆从海上逃难了。建文帝朱允炆的命运到底如何？这是个历史悬案！

永乐二年（1404）正月初一，朱棣在宫中大宴有战功将领和宾客，特别嘉奖有战功的马和，并亲自提笔题了个"郑"字赐给马和，作为其新姓氏。从此，马和就变成郑和了。

朱元璋建立明朝后，总结了元朝灭亡的教训，休养生息，轻徭薄赋，发展生产，使明朝的经济很快得到恢复和繁荣，这为后来朱棣派郑和下西洋提供了坚实的物质基础。学者对朱棣派郑和下西洋的原因有各种解读。有的认为是朱棣为了宣扬大明国威。明初，倭寇和反明势力盘踞东南沿海一带，相互勾结，烧杀抢掠，严重威胁明朝的统治，尤其是南海诸岛和海南岛等岛屿的渔民和居民深受倭寇的祸害。因此朱棣认为有必要组织一支强有力的海军出海，为海岛

---

① 2018年12月24日写于悉尼，2020年2月20日修改于中山大学家中。

定名、确定主权，捍卫海疆。有人认为是朱棣为了发展中外贸易，促进明朝经济发展，为国库增加收入；还有人认为是朱棣为了寻找朱允炆，因为他收到一个流言称朱允炆从南京宫中出逃后，便到江苏的太仓下海，乘船出国。如果朱允炆是真的乘船出海了，那他最后是去了哪里呢？有个华人朋友郭信认为，有很多迹象表明，建文帝可能去了印度尼西亚苏门答腊岛逃难。

试谈原始宗教

"原始宗教是指在原始社会产生的,处于初级状态的宗教,它是原始社会意识形态的表现,是原始社会生产力和人类经济生活扭曲的反映。原始人相信在现实世界以外,存在着超于人类的另外一种境界和力量,主宰着自然界和人类社会,决定着人类的命运,因而对这种境界和力量产生敬畏和崇拜。"①

人类的出现,大概已有一百多万年。人类在长期的生活中,不断地加深对自然界和社会的认识,积累了丰富的经验。大约在十几万年前,人类的自我意识慢慢产生,共同心理逐渐形成,对某种现象有了共同的认识,可以相互了解,表达喜怒哀乐等不同感情。人类在渔猎生活中,其思维能力和语言表达能力在不断地提高,自我意识不断地增强,慢慢地懂得把自己和自然环境区分开来,对自然界的某些事物和现象产生了某种希望和控制的要求。

在原始社会里,人类社会的生产力水平还是很低下的。于是,人类对很多自然现象,如风雨雷电变幻无常、日月星辰时隐时现等还是无法理解;对于洪水汹涌、大火熊熊燃烧、野兽经常袭人等现象,人类还是缺少办法对付。在这种情况下,原始人类从自身的体会出发,以人类本身为依据,幻想出许多具有人性、人格化、意志化的精怪、魔力和神灵来保护自己。这就是原始宗教产生的思想根源。

原始人类对自己的精神和机体活动的关系一无所知。原始人类更不懂得人体的构造,不知道思维和感觉来自自己的活动,而是觉得有一种独特的东西存在于人体之中。而这种独特的东西就是灵魂,灵魂可以离开人体而独立出游。原始人认为,"人做梦,就是灵魂暂时离开了人的躯体的缘故。于是,原始人赋予灵魂以超人的力量,而且把一切动植物也赋予灵感。这样,灵魂便成了原始人祈求和供奉的对象"②。

---

① 丁守和主编:《中华文化辞典》,广东人民出版社1989年版,555页。
② 同上。

在原始社会，人类不能正确地认识生与死的现象。这也是产生原始宗教的认识根源。原始人认为，人死了就是灵魂离开了人的躯体再也回不来了，但是灵魂还依然存在而不会消亡。"处于我国氏族公社萌芽阶段的北京周口店山顶洞人，在尸体周围撒赤铁矿粉粒。这种埋葬习俗被认为死的灵魂可以得到平安。处于母系氏族繁荣阶段的陕西半坡村、庙底沟遗址中，许多男女死者都随葬有生前使用的生产工具和生活用具，还有其他随葬物器，这也说明原始人相信人死后灵魂继续其生前的生活。"[1] 又比如，在商代的女大将军妇好墓中发现妇好生前使用的兵器等器物，在秦始皇陵中有壮观的兵马俑，在湖北曾侯乙墓发现随葬的编钟等乐器，在广州南越王赵眜墓出土了很多随葬品。如汉代人习俗，有玉则安，活着的人爱用玉制品。赵眜生前爱玉，死后用丝缕玉衣包裹尸体埋葬。赵眜生前爱用的铜制烤炉、瓦甑和其他食具等，生前爱吃的稻禾雀、鱼类等，在他死后统统成为其随葬品。赵眜墓里还出土了编钟、象牙和黄金制品等，这都是他生前喜欢的生活用品。这都说明，从先秦时期到秦汉时期，人们对于死亡的观念，是认为生命有轮回，人死后是到另外一个世界去生活。所以死人生前喜欢的食品和用品都要和死人的尸体一起埋葬。

随着社会的发展，原始宗教在不同的发展时期，其宗教的活动内容都有所不同。渔猎生活时期，原始人崇拜的是渔猎之神和雷电之神。进入农牧社会之后，其崇拜的神主要是天神、地神和谷神。原始人祈求这些神能保佑五谷丰登，畜牧兴旺。此外，在我国远古农耕社会，还有雷公、电母、雨神、炼石补天的女娲氏、治水的共工、教民农耕的神农氏、教民织网捕鱼的伏羲氏等，这些都是中华先民在各个时期进行宗教活动时所崇拜的神灵。

大自然是人类生存的主要条件，人类和自然紧密相连。原始人已认识到大自然的重要性，于是产生了对大自然的崇拜。第一，崇拜的对象是土地。特别是农耕时代，土地成为生产、生活的必需条件。为了祈求土地神的保佑，原始人制定了一定的拜祭仪式。第二，原始人崇拜上天。原始人看到天空变化无常，时而下雨下雪，时而风和日丽，时而雷鸣电闪，甚至会带来灾害，觉得天很神秘，于是便产生了对上天的敬畏、依靠和虚幻的宗教心理情绪。原始人在对天体的崇拜中，主要是崇拜太阳、月亮和星辰。三是对山石的崇拜。原始人生活

---

[1] 丁守和主编：《中华文化辞典》，广东人民出版社1989年版。

的环境中有悬崖绝壁,有巨石和高山。在万物有灵的观念下,原始人认为,悬崖绝壁、高山和巨石是神灵的化身、神灵的住所,因而加以崇拜。四是对江河水和大海的崇拜。水是生命之源,万物生长都离不开水。而原始人看到江河海之水有时平静,有时波浪滚滚,甚至洪水暴发,毁坏生灵,从而认定江河海之水也很神秘,有神灵在作怪,于是也加以崇拜。这也是原始宗教的形式之一。

大自然界中的动植物都是原始人的重要食物来源。原始人看见有的动物很凶猛,甚至能伤害人类,于是便产生了恐惧的心理,祈祷在狩猎的时候,得到神灵的保佑,获得成功。为了保平安,不受野兽伤害,原始人在狩猎之前,都要举行拜祭神灵的仪式。同时,原始人认为植物也有灵,尤其是古老的大树更有神灵,所以更要拜祭大树。原始人对动植物的崇拜,也是原始宗教之一。

原始宗教还包括鬼魂崇拜和祖先崇拜。"鬼魂崇拜是原始宗教中最普遍的表现形式。先有鬼魂崇拜,后有祖先崇拜。原始社会生产力水平低下,原始人生活上没有保障,需要寻找依赖的对象,而主观上又认为死人的灵魂仍然和活着的人有联系,可以给活着的人以这样或那样的帮助,这是产生鬼魂崇拜的主要原因。祖先崇拜是鬼魂崇拜的发展。原始人一般认为,由于相同的血统,祖先的鬼魂可以保护子孙,这便产生了对祖先的宗教祭祀。"① 几千年来,中华民族一直有祭拜鬼魂和祖先的灵魂传统,特别是重视祭拜自己祖先的灵魂。万泉河两岸的农村祭拜祖先的历史悠久,人们一年要拜祭祖先好几次。民间认为,祖先灵魂永存,子孙虔诚拜祭祖先,祖先会保护着子孙。

宗教是虚幻的、歪曲的、粗俗的、武断的社会存在反映,而原始宗教在这方面表现得更为原始和简单。在原始社会,人类活动的范围非常狭小,而未知的自然范围又特别广泛。原始人对万物缺少认识,觉得一切都是神秘和不可理解的,于是就创造出众多的神灵来。原始人崇拜的对象,主要是被原始人认为"无力控制的或是没有把握控制的自然力,而崇拜的目的又是为着解决这自然力与人们生活之间的矛盾。因此,原始宗教直接反映了人类社会与自然界的矛盾"②。

原始宗教有落后的一面,主要偏重于相信鬼神。"原始人把得病的原因归之

---

① 丁守和主编:《中华文化辞典》,广东人民出版社1989年版,556页。

② 同上。

于神灵作祟，相信宗教仪式和巫术。"① 但是，中国的原始宗教也有它积极的一面。它有悠久的历史，有中华民族的凝聚力，它能使各族人民在自己信仰的宗教中团结起来，相互帮助，同舟共济，共同奋斗，因此传承了五千多年。

中国是文明古国，是宗教的重要诞生地之一。中国的宗教是中国传统文化的组成部分，迄今还在中国人民群众中流传。比如，中华民族对炎帝、黄帝的崇拜已有几千年的历史。中国人认为自己是炎黄子孙，为了纪念中华民族的祖先，建立了伏羲陵、炎帝陵和黄帝陵等，其香火不绝。中国人自古以来就崇拜祖先，崇拜天地、高山、古树、巨石、河流、大海、古今英雄人物等等。道教是在中国的大地上诞生的，是土生土长的宗教，流传了几千年。今天，在中国大地上，处处有孔庙、道观等。

中华传统文化在海南也是从很久以前传承至今。在万泉河两岸，自古以来，村村有土地公庙，还有供奉各种神灵的庙宇，群众每年都会隆重拜祭土地公和各种神灵。我想，这种宗教活动是中国原始宗教文化的延续和传承。明清时代，有的文人墨客或官僚坐船畅游万泉河两岸，看见万泉河北岸有一巨石似虎。在中国的宗教文化中有对灵石的崇拜。他们认为巨石似虎，就是"虎神"的化身，是中国虎文化在万泉河流域的传播，很棒！于是，他们就分别在巨石上雕刻了"石虎""文炳""步瀛洲"等字，以之传承中国几千年崇拜"灵石"的宗教文化，同时，以之祭祀"虎神"，弘扬"龙虎"精神。我想，他们在巨石上刻字，还有其他的目的，那就是弘扬中国优秀的虎文化。要知道，自古以来，中国人是崇拜虎的，有历史悠久的虎文化。又如，中国的很多少数民族传统上是以渔猎为生，猎手们在狩猎之前，都要举行宗教仪式祭祀神灵，祈祷神灵保佑平安和狩猎成功，然后才启程上山狩猎。据我了解，海南的黎族、苗族民众过去在进山狩猎之前，也会举行仪式祈求神灵保佑。可见，原始狩猎活动所衍生的宗教传统文化传承之久远矣。

认同"人死后灵魂永存"的原始宗教思想，几乎是世界各国宗教的共同观点，无论中国的原始宗教和两千多年来的儒教、道教，还是外来的佛教、基督教和伊斯兰教等都是如此。这种"灵魂永存"的思想一直流传至今天。

上述仅为试谈古今的中国宗教，不是宣扬迷信。我国有上下五千年的文明

---

① 丁守和主编：《中华文化辞典》，广东人民出版社1989年版。

史、宗教史。我们国家的宪法明文规定公民享有宗教信仰自由。今天，在中国的大地上，既有中国固有的儒教、道教和民间信仰等，也有外来的基督教、佛教和伊斯兰教等。

王国维《人间词话》初探[1]

王国维的《人间词话》（以下简称《词话》）发表以来，在近代文艺理论界的影响是极其深远的。有人说它是"明珠翠羽，俯拾即是"，有人说它是"纯粹唯心主义，毫无足取"。然而，诸如此类评论"皆蔽于一曲"。对其正确公允地评论，使它"古为今用"，是件有意义的工作。《词话》所论述的问题很多，如艺术形象问题、生活与创作问题、评论作家与作品问题、写实与造境问题、境界问题等等。本文就"境界"说的相关问题谈一些浅见。

一

我国古典美学理论特别强调诗词的"境界"说。王国维的《人间词话》的重要论说之一就是"境界"说。《词话》一开头就说："此以境界为最上，有境界则自成高格，自有名句。五代北宋之词所以独绝者在此。"显然，王国维是以"境界"来衡量作家作品的。但是"境界"说的内涵是什么呢？《词话》说："境非独谓景物也，喜怒哀乐也人心中之一境界。故能写真景物、真感情者，谓之有境界，否则谓之无境界。"王氏在这里强调一个"真"字，"真"即真实也，真实是艺术的生命。何谓"真"感情、"真"景物呢？《词话》说："大家之作，真言情也，必沁人心脾，其写景也，必豁人耳目，其辞脱口而出，无矫揉妆束之态，以其所见者真，所知者深也。诗词皆然。"王氏要求诗词作品必须在"言情""写景"与用"辞"方面下功夫，无疑是非常正确的。然而，什么样的"情"才能"沁人心脾"？什么样的"景"才能"豁人耳目"？什么样的"辞"才"无矫揉妆束之态"？《词话》说："'红杏枝头春意闹'，着一'闹'字，而境界全出。"这就是"沁人心脾""豁人耳目""无矫揉妆束"的例子。

---

[1] 本文原载于《社会科学集刊》1983年第2期，《海南大学学报》转载。本文写作曾得到中山大学中文系黄海章、丘世友两位教授的指导，特在这里表示谢意。

这句诗告诉人们：春天来了，杏花盛开了，在花枝间，成群的鸟儿在飞跃歌唱。这样充满生机的热闹景象，必然"沁人心脾""豁人耳目"。至于诗人在用辞方面，也毫无矫揉造作之态。王国维在《文学小言》中说："'燕燕于飞，差池其羽。燕燕于飞，颉之颃庙之。睍睆黄鸟，载好其音。昔我往矣，杨柳依依。'诗人体物之妙，侔于造化。然皆出自离人孽子征夫之口。故知感情真者，其观物亦真。"诗人善于抓住人物思想感情的特征，捕捉到与感情相合拍的景物来描绘，达到了情景交融的境界。如"杨柳依依"的景物是与"离人孽子征夫"的感情相融洽的。这样的作品达到了"所见者真，所知者深"的艺术效果。

王国维认为"境界"是形神兼备的艺术形象。《词话》说："（孙光宪词）黄玉林赏其'一庭疏雨湿春愁'为古今佳句。余以为不若'片帆烟际闪孤光'尤有境界也。"之所以后者尤有境界，是因为"片帆""烟际""孤光"等物境，都比较具体、形象——在眼前，而且"闪"字一出，更为生动、鲜明。读者通过"片帆"，望见一只孤舟忽隐忽现地直入那朦朦胧胧的烟际间。望不见片帆了，离者远去了，但还能望见一点点闪光，送别的人还在远眺，可见送别者对于远去的人的感情是多么深厚！这在写法上达到了形神兼备的境界。《词话》又说："稼轩《贺新郎·送茂嘉十三弟》章法绝妙，且语语有境界。"所谓"语语有境界"，也是由于作者善于捕捉富于特征的具体可感的景物来描写。以"易水萧萧西风冷"句为例，"易水萧萧"与"西风冷"都是具体可感性的东西，而人的"忧愁"与"凄凉"之情已融入其中，冷风轻轻地吹拂着、易水萧萧地流淌着，展现情景交融的艺术境界。

在《词话》中，王氏主张境界要有直接可感性。为达到这种艺术目的，他提倡"不隔"。所谓"不隔"，就是"语语都在眼前"。《词话》说："'山气日夕佳，飞鸟相与还'……写景如此，方为不隔。"这两句诗描写了"夕阳无限好"的黄昏景象。因为"日夕佳"，所以鸟儿还在空中飞来飞去，流连忘返。这是豁人耳目的写景法，语语皆在眼前，所以"不隔"。《词话》说："'昼短苦夜长，何不秉烛游。'……写情如此，方为不隔。"这是直抒胸臆的写情手法，不含蓄，不曲折，所以"不隔"，就是"隔雾看花"。若"白石写景之作，如'二十四桥仍在，波心荡，冷月无声。''数峰清苦，商略黄昏雨。''高树晚蝉，说西风消息。'虽格韵高绝，然如雾里看花，终隔一层"。《词话》所举的这几句诗比较隐蔽、曲折、含蓄，所以王氏认为"终隔一层"。诗词中的"隔"，在中国古典诗词中是屡见不鲜的。这是一种风格、流派。然而，王氏对此是反对的。《词话》说："苏幕遮词：'叶上初阳干宿雨，水面清圆，一一风荷举。'此真能得荷荷神理者。"所谓"神理者"，即形神兼备也。不是吗？在早晨的阳光下，一株株荷叶随风举起，多么形象与传神。由此可见，王氏所追求的是一种通俗易懂的、形神兼备的、直抒胸臆的艺术风格。

气象与气氛是构成境界的不可缺少的因素。《词话》说："幼安之佳处，在有性情，有境界，即以气象论，亦有'傍素波，干青云'之概。"又说："太白纯以气象胜，'西风残照，汉家陵阙'，寥寥八字，遂关千古登临之口。""性情"是概念性的东西，"境界"是形象性的东西。在文艺作品中，概念性的东西是通过形象性的东西表现出来的。如"山之精神（概念性的东西——笔者注）写不出，以烟霞（形象性的东西——笔者注）写之；春之精神写不出，以草树写之，故诗无气象，则精神无所寓矣。"（刘熙载《艺概》）"汉家陵阙"属于概念性的范畴，而李白却以形象性的"西风残照"把它描写出来。"咸阳古道音尘绝"，已绘画出了渺无人烟的萧索景象，然而"西风残照"的气象，更加渲染了"汉家陵阙"悲凉凄惨的氛围，使得境界更加鲜明、生动。《词话》说："'枯藤老树昏鸦……古道西风瘦马，夕阳西下，断肠人在天涯。'此元人马东篱《天净沙》小令也。寥寥数语，深得唐人绝句妙境。"这幅"秋郊夕照图"描写了一个浪迹天涯的旅人孤寂惆怅的心境。在境界的处理上，作者善于捕捉一些萧瑟近暮、入晚成愁的景物，如"夕阳西下""古道西风瘦马""枯藤""昏鸦"等，衬托出这位骑着瘦马的途人，在秋风萧瑟的咸阳古道上，更加感到"何处是归程？长亭更短亭"的悲凉。

《词话》说："境界有大小，不以是而分优劣。"有"细雨鱼儿出，微风燕子斜"的境界，有"落日照大旗，马鸣风萧萧"的境界，有"宝帘闲挂小银钩"的境界，有"雾失楼台，月迷津渡"的境界，等等。这是符合纷纭复杂的现实生活实际的。可是，傅庚生先生在他的《诗词的意境》一文中，却对王氏的"境界有大小，不以是而分优劣"的观点有所异议。傅先生说："小境界与大境界，就好像是小丘见大丘，还有什么条件可以相比呢？"[①] 我认为，傅先生以有艺术生命的境界与没有艺术生命的"丘"作比较是不恰当的。因为文艺作

---

① 傅庚生：《诗词的意境》，《延河》1962年第1期。

品不能以半斤与八两来相较量,即使以大丘与小丘相比,也各有其长处,何况是有艺术生命的境界呢?生活是丰富多彩的,需要有多种多样的艺术境界来反映生活。一盆清水能反映出太阳,一滴露珠也能反映出太阳。从数量来讲,一滴露珠当然不能与一盆水相等,但一滴水和一盆水都同样起了它们应有的作用。我们从"落日照大旗,马鸣风萧萧"中能窥见战争年代行军的严肃场面;同样,"江头宫殿锁千门,细柳新蒲为谁绿?"(杜甫《哀江头》)能反映出战争年代,人们离乡背井、四处逃亡的荒凉景象;"无边丝雨细如愁,宝帘闲挂小银钩"也能反映出离愁别恨的孤寂生涯。这三种境界,前者远阔,后二者深婉。然而谁能说这三种境界有优劣之分呢?

在王国维看来,境界与意境的内涵从根本上是一样的。《词话》谈到境界时说:"大家之作,其言情也,必沁人心脾,其写景也,必豁人耳目,其辞脱口而出,无矫揉妆束之态。"王氏在谈到意境时说:"何以谓之有意境?曰:写情则沁人心脾,写景则豁人耳目,述事则如口出,是也。诗词之佳者,无不如此。元曲亦然。"(《元剧之文章》)王氏在《人间词话补遗》中说:"文学之事,其内足以摅己,而外足以感人者,意与境二者而已。上焉者,意与境浑。"不论境界也好,意境也好,王氏都主张意与景浑,即情景交融。

境界或意境是艺术的生命。一首诗或词,其感染力如何,是由境界或意境决定的。《词话》说:"文学之工与不工,亦视其意境之有否与其深浅而已。"一首诗词,境界愈形象、鲜明、生动,就愈引人入胜、感人肺腑。一首诗词,如果没有境界或境界不鲜明、生动,它就像"没有灵魂的外壳",其生命力是不强的。王氏认为纳兰性德词之所以具有"悲凉顽艳"的魅力,是因为"独有得于意境之深"。可见意境或境界是十分重要的。匠心于境界或意境的提炼、塑造、创新,是中国古今优秀艺术家(文学家与画家等)的共同点。远的不说,就说近的:作家杨朔在他的《东风第一枝·跋》中就特别强调意境塑造的重要性。

能否创造出完美的艺术境界,其关键问题,首先是生活阅历。《词话》说:"客观之诗人不可不多阅世,阅世愈深,则材料愈丰富,愈变化。《水浒传》《红楼梦》之作者是也。"所谓"多阅世",就是要多学习社会,多深入社会,多熟悉人与生活,不断拓宽知识面,在深入生活的基础上,努力掌握丰富的写作素材。只有这样,才能塑造出丰富多彩的艺术境界。《红楼梦》与《水浒传》

的作者之所以能写出那样举世闻名的杰作来，是与他们"多阅世"分不开的。在这里，王氏基本上概括了生活与创作的辩证关系。至于有人指责王氏的《词话》为"纯粹唯心主义，毫无足取"是不公允的。

《词话》又说："诗人对于宇宙人生，须入乎其内，又须出乎其外。入乎其内，故能写之，出乎其外，故能观之；入乎其内，故有生气，出乎其外，故有高致。"这里的"入乎其内"，就是要诗人深入生活，深入群众，了解人，熟悉人，体察人的思想感情，掌握大量生动、真实的写作素材，只有这样，才"能写之""有生气"。"出乎其外"，就是要诗人源于生活而又高于生活，写出的作品要比现实生活更概括、更集中、更典型、更理想、更形象，只有这样，才"能观之""有高致""沁人心脾"。王氏的这种观点，在历代文论中，是独具只眼的创见。

"入乎其内"与"出乎其外"是辩证统一的，是相辅相成的。只有"入乎其内"，扎根于现实生活的土壤中，对客观事物的表里有较全面的、深刻的认识，才能"出乎其外"——进行丰富多彩的艺术创作。也只有"出乎其外"，艺术家才能有较高的思想水平和境界来指导"入乎其内"。

二

在《词话》中，王氏触及了文学艺术创作中的现实主义与浪漫主义相结合的问题。他说："有写境，有造境。此写实与理想二派所由分。然二直颇难分别。因大诗人所造之境，必合乎自然，所写之境，必邻于理想故也。"所谓"写境"与"造境"、"写实"与"理想"，其实质就是现实主义与浪漫主义的创作方法问题。"现实主义"与"浪漫主义"这两个文艺术语，于20世纪初从欧洲传入我国。王氏是这两个术语传播者之一。这两种创作方法既适用于欧洲文化史，也适用于我国文学史。《词话》说："自然中之物，互相关系，互相限制，然其写之于文学及美术中也，必遗其关系限制之处。故虽写实家亦理想家也。又虽如何虚构之境，其材料必求之于自然，而其构造亦必从自然之法则。故虽理想家亦写实家也。"这段话精辟地阐明了"写实"与"理想"两种创作方法必然结合的道理。

文学是反映现实生活的，而现实生活中的社会现象与自然现象是相互制约的。于是,艺术家、作家描写这些生活时,既写了现实,也写了理想,二者"融合为一"。这样的例子,在中国古典文学中是举不胜举的。如杜甫,他既是个写实家,也是个理想家。他有"安得广厦千万间,大庇天下寒士俱欢颜"的理想,也有"朱门酒肉臭,路有冻死骨"的揭露现实生活的描写。《西游记》中的虚构之境"天宫",取材于现实生活。李白的《古风·十九》(西上莲花山)深刻地表现了诗人游仙和入世的矛盾:诗人已登上了云台,然而还"俯视洛阳川"。诗人对祖国对人民的热爱是无比深挚和执着的。一个天上,一个人间,一个现实,一个理想,二者构成骨肉的关系,所以说,李白是个理想家,也是个写实家。又如陶潜所虚构的理想社会"桃花源",既有理想的方面,也有现实的方面。"桃花源"中的风土人情与现实中的一样,其所不同的只是"秋熟靡王税",因为"桃花源"取材于现实生活。

王国维在《词话》中提出"有我之境"与"无我之境"的理论,也是具有现实主义与浪漫主义的因素的。他说:"有我之境,以我观物,故物皆着我之色彩。""有我"着重于写实,"意余于境"。如王氏所举的例子"泪眼问花花不语,乱红飞过秋千去"的感情色彩就非常浓厚。"泪眼问花",说明其内心已相当痛苦了,再加上"花不语",而"乱红"又偏偏飞过当年与情人所玩耍的"秋千去",其思念之情就更加强烈了。他又说:"无我之境,以物观物,故不知何者为我,何者为物。"所谓"无我之境",就是诗人通过景物隐约、曲折地表达自己的思想感情。读者"唯于静中得之",即只有通过冷静的体会,才能领略其诗人的思想感情。然而,黄海章、夏承焘二先生对"无我之境"的解释是值得商榷的。他们都认为"无我之境"与"一切情语皆景语"是"自相矛盾"①的。按照黄、夏二老的理解,"无我之境"就是纯自然地描写景物。我认为,这样解释"无我之境"是不符合王氏原意的。王氏在《人间词话补遗》中说:"出于观我者,意余于境,而出于观物者,境多于意。然非物无以见我,而观我之时,又自有我在。故二者常互相错综,能有所偏重,而不能有所偏废也。"显而易见,王氏并没有什么所谓"纯自然描写"的意思。关于这一观点,还可以从王氏对文学本质的认识来看,他说:"文学之事,其内足以摅己,其外

---

① 见黄海章《〈人间词话〉札记》(《作品》1962年第1期)与夏承焘《论词十评》(《文学评论》1962年第1期)。

足以感人者,意与境二者而已。上焉者,意与境浑。其次,或以境胜,或以意胜。苟缺其一,不足以言文学。"试以王氏所举的例子"寒波澹澹起,白鸟悠悠下"① 来分析。王氏认为这是"无我之境",意谓比较客观地描写自然景物,"境多于意"。"澹澹""悠悠"就是"情"的隐现,只要"静"地"观我时,又自有我在"。

当然,王氏的"无我之境"是带有一点神秘色彩的,这与他的主观唯心主义思想有关。王氏的"无我之境"说继承了苏轼的美学思想。苏轼在《与可画竹》中说:"与可画竹时,见竹不见人。岂独不见人?嗒然遗其身,其身与竹化,无穷出清新。庄周世无有,谁知此凝神。"这是"无我之境"说的蓝本。

三

《词话》虽有不少可取之处,但也有一些糟粕。我们对它的糟粕要给予应有的批判。

首先,《词话》主张艺术要脱离政治,把艺术与政治截然分开。他说:"政治家之眼,域于一人一事,诗人之眼,则通古今而观之。词人观物,须用诗人之眼,不可用政治家之眼。"当然,政治家不一定是诗人,诗人也不一定是政治家,但是诗人与政治家总是密切相关的。在阶级社会里,文学艺术总是为一定的阶级、一定的政治立场服务的。因此,诗人必须用政治家之"眼"来观"物",而且总是用一定的政治观点来指导自己的创作的。

其次,《词话》宣扬了西方资产阶级的唯心主义、人性论。王氏以康德、尼采的唯心主义、神秘主义、天才论的思想来评价作家及其作品。他把诗人分为"客观诗人"与"主观诗人"。他说:"主观之诗人不必多阅世,阅世愈浅,则性情愈真,李后主是也。"在中国文学中,根本不存在什么"主观"与"客观"之诗人,强分为二,充分暴露了他的主观主义与唯心主义。李后主的性情之所以"真"及其词"真所谓以血书者也",是因为他阅世深,而不是阅世浅。李后主的创作分为前后两期,前期由于他生活在深宫之中,对宫廷的奢靡生活体验得深刻,因此才能写出"真"的靡靡之音,如《菩萨蛮》(花明月暗笼轻

---

① 见《元诗别裁集》,上海古籍出版社1973年版。

雾)、《一斛珠》(晓妆初过)等。后期,由于他亲身经历了亡国后的"囚徒"生活,因此"眼界始大,感叹遂深",才能写出"感情深邃"的词来,如《破阵子》(四十年来家国)、《虞美人》(春花秋叶何时了)等都是哀痛之作。由于王氏的主观唯心主义思想作怪,因此他根本看不到这一本质问题。

与此同时,王氏还以人性论来评价李后主。他说:"词人者,不失其赤子之心者也。故生于深宫之中,长于妇人之手,是后主为人所短处,亦即为词人所长处。"所谓"赤子之心",不外是继承了李贽的"童心"说。当然,二者之间也有差别。王氏以为李后主生长于深宫之中,保持了"赤子之心",其实不然。像李后主前期所作的《一斛珠》(晓妆初过)、《浣溪沙》(红日已高三丈透)、《玉楼春》(晚妆初了明肌雪)等,哪一首词保持了"赤子之心"?这些词充分表现了李后主纸醉金迷的生活。

同样,王氏在评价纳兰成德时也犯了唯心主义的毛病。《词话》说:"纳兰成德以自然之眼观物,以自然之舌言情,此由初入中原,未染汉人风气,故能真切如此。"纳兰成德出身于八旗贵族家庭,过着富贵优越的生活,是清初著名词人。他继承了李后主的词风,写个人的愁怨、欢乐生活,思想性不强,但艺术上有一定成就。他的艺术风格清新隽秀、自然真切,但这些又何尝不是"染汉人风气"?他"扈从南巡",对江南的生活有较深刻的体验,才能写出《饮水词》(燕子矶头红蓼月)的江南风光。特别要指出的是,纳兰成德的词之所以"真切",是因为他后期体验了宫廷中统治阶级内部勾心斗角、尔虞我诈的生活。纳兰成德在给他哥哥的信中说:"弟胸中块垒非酒可浇""沦落之余,久欲葬身柔乡"。因为他心中有块垒,所以能把生活体验"真切"地反映在作品中。

《词话》说:"一切境界,无不为诗人设,世无诗人,即无此种境界。夫境界之呈于吾心,而见于外物者,皆须臾之物,唯诗人能以此须臾之物,镌诸不朽之文字,使读者自得之……此大诗人之秘妙也。"这里仿佛"世无诗人"客观世界就不存在,过分地强调了主观意识,充分暴露了王国维的"意识决定存在"的主观唯心主义哲学思想。

《词话》在批评各词家作品时,往往注重作品的形式类别,忽视了作品的思想内容。在评述生活时,王氏也注重自然现象,而忽视了社会现象。在批评方法上,王氏也往往是断章取义的。如:"'画屏金鹧鸪'飞卿语也,其词品似之;'弦上黄莺语'端己语也,其词品亦似之。"诸如此类的只言片语是不能概括一个作家的风格的。这是王氏受传统的"评点派"影响的缘故。如王安石说:"诗人各有所得,'清水出芙蓉,天然去雕饰',此李白所得也。'或看翡翠兰苕上,未掣鲸鱼碧海中',此老杜所得也。"(胡震亨《唐音癸签·韩公挺负诗力》)所谓"各有所得",就是指作家的风格。这都是"评点派"的批评方法。

王国维的《人间词话》虽然有这些不足之处,但是瑕不掩瑜。它是一部有价值有影响的、"不乏真知灼见和独到创新之处"[①]的文论杰作,应该给予正确的分析和评价。

---

① 滕咸惠:《略论王国维的美学思想》,《人间词话新注》,齐鲁书社1981年版,第6页。

第七卷
海外随笔

我与央视中文国际频道的故事[①]

20世纪90年代以后,我的儿女先后来澳大利亚悉尼的大学读硕士。他们毕业后,都定居在悉尼,成家立业,生孩子了。他们要我们夫妇去悉尼,帮他们带儿子。无奈之下,我们只好去那里为他们当"国际保姆"了。虽然我到悉尼了,但心里总是挂念着家乡和祖国。我们天天都找寻新闻媒体来了解祖国。这里虽然有几份中文报刊,但报摊都在城里,购买很不方便,我们只好打开电视机看看新闻,然而电视机里播出的节目都是讲英语的,我们听不懂。有一天早上,我们打开电视机,偶然看到有中文频道,那是悉尼当地某个电视台,正在转播中国中央电视台《新闻联播》节目。我们看了非常高兴。但是,该台转播完《新闻联播》节目之后,便没有再转播中文节目了。我们很失望,但找寻中文媒体了解中国新闻的心不死。于是,我们不怕交通不便,有时没车坐就走路到城里买中文报纸。通过看当地出版的中文报刊,我们了解一些中国与当地的新闻。但是,光看报刊还不能满足我们对了解中国动态的要求。没有看到中国中央电视台中文国际频道的节目,我们心里很苦闷。

我们的儿子觉察到了我们夫妇没有中文国际频道看的苦闷,因此于2002年,花钱请电视安装公司来家里安装了中文国际频道的接收器。这样,我们就能收看中国中央电视台中文国际频道了,祖国的声音我们听到了,祖国的文化节目我们能看到了,中华文化是我们的精神食粮。我们的习惯是,早上一起床,就打开电视机,看中文国际频道。我们深深地体会到,看中国中央电视台中文国际频道,对华侨华人来说是极其必要的:一方面,能及时、深入和广泛地了解中国国情,增强爱祖国、爱家乡的感情;另一方面,能丰富自己的精神文化生活,增加文化知识,并且,能看到与学到书本上看不到学不到的东西。这样对祖国,对个人的前途、事业、修养和健康等都有好处。

有一天,中文国际频道播放节目讲述了一位90岁的专家还在用电脑进行科

[①] 本文参加2012年的中央电视台中文国际频道征文评比,获得一等奖。

学研究与写作的故事,我深受鼓舞与启发,并暗下决心向他学习。我认为,一个人的价值在于贡献。我在大学是学中文的,也喜欢历史。我虽然退休了,但心里想,应当做到退而不休,充分利用"夕阳红"的余热,发挥自己的作用。于是,我便努力找寻项目,努力做到老有所为。我看了中文国际频道《全球新闻中国播送》《华人世界》《国宝档案》《文明之旅》《走遍中国》《远方的家》《海峡两岸》《今日亚洲》和《今日关注》等栏目,开阔了眼界,丰富了生活内容,提高了思想水平,更加激发了我对祖国与家乡的热爱,增强了我的思考能力与写作热情。

与此同时,我还以中文国际频道的记者、编辑、主持人等为榜样,学习他们不怕艰苦的实干精神,努力实现我自己的诺言:虽然在国外,但也要拿起笔杆子积极宣传中华文化,热情报道中华儿女在海外对所在地与祖国的贡献。于是,我深入华人社区进行调查研究,发现凡有华人生活的地方都有华人的文化。比如,悉尼有数座具有一百多年历史、规模宏大的关公庙宇、洪圣公庙宇和妈祖庙宇等。这些庙宇由华人修建,是华人的活动场所,我在华人首领的陪同下,参观了这些庙宇,精神无比振奋,联想到中国人无论走到那里,都不忘记自己的祖先、家乡的文化和中华民族的文化始祖。我深受华侨华人热爱中华优秀传统文化的行动和精神所鼓舞,于是精心撰写了《悉尼的关帝庙》《洪圣公庙与南海神庙》和《悉尼的妈祖庙》等文章,讲述了华侨华人为什么修建这些庙宇,以及历代华侨华人艰苦修建的过程。比如,洪圣公庙的建筑材料、雕梁画栋等,都是从广东海运来的,运输过程是千辛万苦的,而且历代都进行扩建和维修。洪圣公庙里面供奉的神灵是跟广州的南海神庙一样的。当地华文报社接到这些稿件后,很快就发表了,文章深受读者欢迎。除此之外,我还专门采访了对所在国和对祖(籍)国贡献比较大的悉尼著名华侨华人,比如侨领吴昌茂、旅居悉尼的著名民间文学家谭达先(他曾是中山大学中文系研究民间文学的老师,先后出版了40本书)、著名企业家王人庆和黎晋峰等。对这些人物,我都专题写文章,发表在中文报刊上,宣扬他们爱国爱乡的事迹。我这样做,是以中文国际频道《华人世界》栏目为榜样的,因为这栏目就是宣传华侨华人的。我在海外,也应该宣传华侨华人的先进事迹。

前几年,我看了中文国际频道的《走遍中国》栏目。我很喜欢这栏目,因为它详细介绍了黄河和长江流域的历史文化。我受这栏目的启发与影响,决心撰写《万泉河传》，以宣传万泉河文化。我经过多年的努力，50万字的《万泉河传》终于在2012年3月由中山大学出版社出版了。本书在海南省受到读者热烈欢迎，《海南日报》《海南特区报》和南海网等媒体都作了报道，并发表了书评。

　　我在写这本书时，有一些重要的历史事实是引用自《走遍中国》《国宝档案》和《海峡两岸》等栏目的。比如，当我写万泉河的商业文化时，我看了《走遍中国》与《国宝档案》等栏目，这些栏目介绍了河南商丘的历史文化，说商丘是我国商业文化的发源地。这就提高了我对商业文化的认识，于是，我就把万泉河的商业文化和商丘的商业文化连接起来了，说明万泉河的商业文化源自商丘。当我写到万泉河两岸的水牛与黄牛时，正好看到《走遍中国》介绍到中国的黄牛产自长江北岸、河南境内，那里的黄牛品种特别好。我就把海南的黄牛和河南的黄牛品种作了比较，探讨海南黄牛的来源。当我要批驳某学者"海南古代的文化很落后，海南是在'文明界线之外'"的观点时，我又正好看到《走遍中国》栏目介绍了古代儋州人民聪明有智慧，在海边的石头上开辟了盐田，为岛上人们供给食盐的事迹，这是海南古代人民的又一文明事例，这又提供给我批驳"海南没有文明"的证据。我在书中写道：唐代武则天时期，海南发生了一次空前的民族大矛盾，同族之间相互残害、掠夺。武则天派了岭南道使宋庆礼，专门到海南岛处理了这一民族矛盾。他深入黎族地区，广泛接触群众，宣传教育群众，坚持贯彻以"和为贵""化干戈为玉帛"的政策，这一民族大矛盾被他用和平的方式解决了，民族团结了，人民安居乐业了。当我写到这里时，采用了《海峡两岸》栏目介绍过的台湾退役将领、安徽人许历农先生的事迹。他退役后，为了两岸和平统一事业，不辞辛苦，奔走于两岸。他有一句很精彩的话："一笑泯怨仇。"这就是说，过去的事就不要去计较了，大家坐下来谈和平统一大业，振兴中华民族，这是当务之急。他的"一笑泯怨仇"和宋庆礼的"化干戈为玉帛"，其内涵基本上是大同小异的。许历农先生和岭南道使宋庆礼虽然生在不同时代，但是他们所坚持的和平主张和解决民族矛盾的思想方法是一致的，所以我将他们两个人的言论和事迹都写进《万泉河传》里面，起了古今对比的作用，说明中华民族自古以来都是热爱和平，以和为贵的。我这样写，古为今用，增添了书的进步思想内容，有现实的教育意义。这就是我在海外坚持看中文国际频道的好处，尤其在写作方面，增加了我的文化积累，提高了我的分析能力。中文国际频道与我晚年的生活息息相关。

我通过看中文国际频道知道，日本右翼分子要将我国固有领土钓鱼岛收归"国有"，企图永远侵占我国的钓鱼岛，同时菲律宾总统阿基诺三世也挑起了黄岩岛事端。在这些日子里，我紧跟时事，白天黑夜都看中文国际频道，及时了解钓鱼岛和南海的事态发展。我还天天都观看中文国际频道播放的《远方的家·沿海行》，以增强海洋意识，以及加深对沿海地区的了解。特别是我看了中文国际频道报道海南省三沙市成立之后，精神非常振奋。我生长在海南岛的河与海边，我知道沿海的渔民从新石器时代起，尤其是秦汉以来，就开拓了南海。他们祖辈以"三沙"群岛为家园，"耕耘"南海。但是过去几十年，南海的几十个岛礁被菲律宾、越南等国侵占，我国的海洋资源被外国人不断地掠夺，谁不痛恨？我虽不能拿起枪炮去保卫海疆，但我能拿起笔杆子，撰写南海的开拓史，阐明南海是我国历代渔民开拓的家园。于是，我决定撰写《中国南海传》，用史实证明，南海诸岛自古以来就是中国的固有领土。我要将这本书贡献给年

2012年6月，中央电视台中文国际频道的有关领导、著名节目主持人任志宏（前排右一）和记者，专程到悉尼，在笔者黎国器（前排左二）的儿子家中对笔者进行采访。图为采访后合影。

轻的三沙市。2012年春节前后，我回中国收集有关海洋的资料，得到有关单位和渔民群众的大力支持，他们给我提供了很多资料，积极鼓励我撰写《中国南海传》，盼望早日出书。春节后，我带了60多公斤的资料来到悉尼进行写作。我相信，我的梦，中国梦，海洋梦，一定会实现。

种花与种菜[①]

我从中央电视台国际频道《走遍中国》栏目看到了《一个作家与一座城市》节目，其中，有哈尔滨的一位作家叙述哈尔滨的历史时说，西方人喜欢种花，中国人喜欢种菜。这是中国和西方人的习俗和文化传统。哈尔滨是中国最早开放的、多元文化的城市之一。西方人进入哈尔滨定居之后，就把爱种花的好传统、好习俗传入哈尔滨，在他们的住宅地就种起很多品种的花，五颜六色的花朵，美化了环境。当地的中国居民，看了红艳艳的鲜花无比高兴，于是，也重视了种花，使哈尔滨渐渐变成了花的城市。

我想，广州也是中国最早开放的、多元文化的城市之一。西方人定居广州之后，便在他们的房屋周围种了许多花。广州本地居民也在他们的住宅种了不少花。广州到处都有盛开的鲜花，广州亦被誉称为"花城"。至于广州人爱种花，是否受西方人的文化影响，我没有考证，这里暂不作评论。

我飞抵悉尼，步出机场，到达郊区，就好像进入一座花园。在市民居住的地方，在他们的房屋周围种了不同颜色的植物尤其是花卉，房子周围都被植物包围着。这显然是与西方人爱绿色、爱种花的好传统、好习俗有关。在悉尼，我走访了一些华侨、华人。我看见他们住宅周围也和西方人一样种了许多美丽的花。这肯定是受西方文化的影响，融入了主流社会。但是，使我惊喜的是，在一些华侨、华人的住宅庭院里，除了种花之外，还种了许多蔬菜与水果。他们根据不同的季节，种了冬瓜、节瓜、茄瓜、葫芦瓜、丝瓜、南瓜、佛手瓜、芥菜、上海白菜、牛舌菜、香菜、白菜、韭菜、姜、葱、番茄、荷兰豆、豆角、草莓、芒果和牛油果等。我想，这些华侨、华人虽然远离了祖国，但是，他们还保持着中国人爱种菜的好传统、好习俗。

有一年秋初，我应邀到李先生家作客。看见他家前门院子里盛开着各种鲜艳的花朵，非常好看。当我走到他家后门园子里，只见满园子除了零零落落的

[①] 本文原载于2003年10月10日的澳大利亚《星岛日报》。

花卉之外，便是绿油油的、果实累累的瓜菜。尤其令我喜欢的，是那挂满在木架上、沉甸甸的节瓜。有的节瓜长得像冬瓜一样大。这是我平生头次看到这样大的节瓜。我问李先生，这些瓜为什么能长得这样大？他说，靠肥料。他到市场里买来牛屎肥料等进行施肥。李先生种出来的豆角约有半尺长，很饱满。当天，李先生请我吃了两碗鲜美的节瓜猪骨汤，临走时，他还送我两条几公斤重的节瓜。

李先生定居悉尼40多年了。他30岁时来这里打工、经商。他说，他来悉尼之前，在老家台山就爱种菜与种花。现在退休在家，种种花和种点菜，从事一些力所能及的劳动，对身体有好处。并且种瓜得瓜，种豆得豆，其果实不但可以欣赏，而且还可以改善生活，真是精神与物质双丰收。城市里的田园生活，其乐无穷啊！

李先生引导我到他的围墙边，手指他的邻居（西方人）说，这家人受他的影响，也在种菜了。现在是春天，我想，李先生又在种花与种菜了。

李先生还告诉我，在悉尼市场上的大部分蔬菜，都是华侨、华人种植和收获的。特别是，广东西部高要等地的人来悉尼后，发扬在家乡爱种菜、善于种菜的优良传统，在悉尼从事种菜，满足了市民的需求，特别是满足了华侨、华人的生活需求，很受市民的欢迎。这是广东华侨、华人对悉尼市场的一大贡献。有一次，高要同乡会会长，专程开车带我去高明、高要华侨、华人的菜地参观。只见一片片广大的菜地，一望无边，都是绿油油的，很多菜农在地里管理蔬菜，收割蔬菜，一辆辆汽车满载着蔬菜，往城里运。

三十年后的大聚会[①]

——澳大利亚纽省[②]省长、中国驻澳大使为庆祝中澳建交 30 周年活动揭幕侧记

7月15日的悉尼夜幕降临,华灯齐放,坐落在海德公园北面的喜来登公园饭店的上空,中澳两国国旗正在迎风飘扬。酒店宴会大厅入口处两旁,男女服务员手捧果盘,盘中有香槟、葡萄酒、啤酒、果汁等饮料,满腔热情地招待进来的贵宾。

宴会大厅挤满了澳大利亚华侨、华人社团的代表和纽省政界、商界、文化、教育界的代表。他们都是中澳建交30年来的新老朋友。他们在促进与发展中澳友好关系中,都做出了不同程度的贡献。在交谈的人群中,有两位人物引起我的关注:一位是30年前促成中澳建交的澳大利亚前总理魏德伦(Edward Gough Whitlam),他看起来已有80岁以上,身材魁梧,精神抖擞,人们都对他非常尊敬;另一位是纽省华侨、华人社团联合代表组织澳大利亚华人团体协会的主席吴昌茂医生,他50岁出头,中等身材,精神奕奕、和蔼可亲。他和魏德伦是30多年的老朋友了。30多年前,吴昌茂医生为了促成中澳早日建交,积极向澳大利亚人民介绍新中国,让更多人了解新中国。今晚,这两位老朋友再次重逢,共同回忆起中澳建交30年来的成就,大家都感到心满意足,无比高兴。当晚卜卡省长致词时说,今晚的酒会是很有历史意义的——所有在30年前为中澳建交而做出过贡献的人物都欢聚一堂。他深信,纽省的庆祝中澳建交30周年活动将是全澳最丰富、最精彩的!

之后,吴昌茂医生又亲切地同前总理霍克交谈。吴昌茂医生和霍克总理也是老朋友了。为了巩固与发展中澳友谊,吴昌茂医生想了很多办法,其中之一,就是从历史与现实出发,正面宣传华侨、华人一百多年来对澳大利亚社会发展所做出的贡献。于是,他亲自率领澳大利亚侨青社同人,自编、自演了历史舞

[①] 本文写于2002年。
[②] 新南威尔士州的别称,在当地华侨、华人中更为常用。

剧《龙腾澳洲》。这部剧于 1988 年在悉尼歌剧院、墨尔本和布里斯本等剧院演出，受到各界的好评，也得到澳大利亚政府与中国政府的支持。当时正在访澳的李鹏总理和霍克总理在堪培拉新的国会大厦国宴厅一同观看了演出，并给了很高的评价。今晚，吴昌茂医生和霍克总理重逢，他们俩都回忆了当年和李鹏总理观看《龙腾澳洲》的情景，表示终身难忘。

吴昌茂医生祖籍是中国海南省定安县，出生于马来西亚，从小受到家庭和中华文化的好教育。他热爱祖（籍）国。他认为，祖（籍）国才是华侨、华人真正的靠山，只有祖（籍）国富强起来了，华侨、华人的地位才能提高，才能有出头之日。

现在，吴昌茂医生所领导的澳大利亚华人团体协会有 69 个社团，是纽省最大的华侨、华人社团联合代表组织，也是沟通华侨、华人所在国与祖（籍）国的桥梁。它既和所在国的政府部门打交道，又时刻关心祖（籍）国的大事。无论是欢迎江泽民主席和接待中国各级政府代表团，文化、科技、艺术、教育代表团访问，庆祝香港、澳门回归祖国，做中国奥运会健儿的强有力后援，举办慈善和救灾活动事宜，促进中国和平统一活动等等，这个协会都全力以赴，并起先锋带头作用。在今晚的酒会上，卜卡省长说，去年（2001 年）澳大利亚包括纽省发生了严重的森林大火，华侨华人所捐的钱、物最多，他感谢华人对澳大利亚的贡献。

在当晚的酒会上，吴昌茂医生代表澳大利亚华人团体协会向新闻媒体公布了庆祝中澳建交 30 周年活动的项目，其中包括近 800 人参加悉尼唐人街金福酒家的宴会以及出版一部反映中澳建交 30 年来的社团活动的精美彩色画册。这部画册将在 11 月 21 日纽省政府举办的庆祝大会上作为献礼。

中国驻澳大使武韬在当晚的酒会上说，中国有句古语"三十而立"，意思是说，中国和澳大利亚的友谊将牢不可破，万古常青！

南海神庙与洪圣宫[①]

有一百多年历史的澳大利亚悉尼洪圣宫,是要明(广东高要、高明两邑合称)洪福堂(今广东华侨华人要明同乡会)建造的。它的风格、造型完全体现了中国传统文化的精髓。比如,庙宇的一组组陶瓷装饰和人物、动物造型等,栩栩如生,其内容都是反映中国优秀的传统文化。例如,以"桃园结义"的故事来强调广大侨民要团结一致,相亲相爱等。其建筑形式也是表现了中国庙宇的构造特色,如屋子是红墙绿瓦,墙上雕刻龙凤、花鸟,庙宇的木雕条幅和木雕匾额等艺术创作也都是表达团结互助、家庭幸福、生意兴隆和健康长寿等美好愿望,具有鲜明的象征意义和很高的欣赏价值。

这座庙宇的设计构思、艺术雕刻等反映了1908年前后广东的艺术创作水平及人们对仁爱、忠义、幸福、兴隆和长寿的追求。这座庙宇既是一座中国优良传统思想教育的课堂,又是一座中国艺术欣赏的文物馆。它为悉尼的市容增添了光彩,它为澳大利亚的多元文化做出了贡献。它在异国他乡弘扬了光辉灿烂的中华文化。它的存在是海外华侨华人的骄傲与自豪!它在悉尼乃至澳大利亚是独一无二的。这座建筑风格独特、装饰精美的农村式庙宇,已被当地政府列为文物保护单位。

这座庙宇,为什么叫作"洪圣宫"呢?庙宇里供奉的主神是谁呢?有不少游客是不了解这些的。我近日拜读了新州文物局赵何膺先生的《悉尼要明洪圣宫,瑞狮锦绣泽万家》一文,受益良多。关于悉尼洪圣宫的由来,赵先生写道:"洪圣是洪圣宫供奉的主神。英语称为'南海之神'(God of the south seas)。但对它的由来好像人们所知甚少。从神位的名字上看,洪圣应该为皇帝所封。历史上在广东某些地区可能颇具影响。据考证,洪圣可能是龙王的化身。人们相信龙王统治大海并保护渔民。另一种说法是,洪圣是唐朝一位官员洪义的神化。洪义提倡研究天文学、地理学和数学。他兴建了一座天文台,为渔民与学生提

[①] 本文2007年发表于悉尼的华人日报,如《澳洲新报》《星岛日报》等。

供准确的天气预报。尽管洪圣在中国的南方和澳大利亚华人中不是家喻户晓的神,但是当年广东高要、高明两邑乡民远涉重洋,来到异国他乡,得以生存与繁衍生息,深感洪圣大王的洪恩庇护,因此设庙以示敬意。"

看了这段文字,我觉得赵先生对洪圣宫的由来还有些迟疑。他认为悉尼洪圣宫庙里供奉的主神有两种版本:一是"南海之神",二是唐代的"洪义"。我参考了有关历史资料后认为,悉尼洪圣宫里供奉的主神应该是赵先生所说的"南海之神"。这"南海之神"原来供奉在哪座神庙里呢?

据我考证,"南海之神"原来供奉在广州东郊珠江(旧称波罗江)边的南海神庙(俗称波罗庙)里。南海神庙始建于隋代开皇年间。这神庙里的神于唐天宝年间被皇帝封为"广利王";宋康定二年被宋仁宗封为"洪圣广利王";明洪武三年被封为"南海之神"。宋仁宗为什么册封南海神庙里的神为"洪圣"呢?因为"洪圣"是"四渎"之一,并且南海神庙又处在珠江之滨,面临南海,具有双重意义。据《尔雅·释水》:"江、河、淮、济为四渎。"即东渎大淮之神,西渎大河之神,南渎大江之神,北渎大济之神。珠江出南海,故为四渎之神。从此看来,"南海神庙"里的神,既有南海之神,又有珠江之神。韩愈的《南海神庙碑》写道:"自三代圣王,莫不祀事。考于《传记》,而南海神次最贵。在北东西三神河伯之上。"可见南海神地位之重要,影响之大。

中国人重视庙宇文化,因此也有句俗话:"城城有庙,乡乡有庙,村村有庙。"而庙里供奉的神,威望大的往往都被历代皇帝"赐封"。关公被历代皇帝封为"神中之神",是最大的"神"。而南海神庙里的神自隋唐以来都被历代皇帝赐封,所以南海神庙在中国南方,尤其是在珠江三角洲,影响力一向都是很大的。从唐代以来,中国著名的文人墨客,都曾经去过南海神庙参观游览,比如唐代的韩愈、宋代的苏东坡和清代的林则徐等。著名的韩愈的《南海神庙碑》记述了唐代祭祀南海神的活动,以及祭祀后的社会效益。这碑文很受读者欢迎,当地很多儿童和青少年都能把这碑文背读得很熟。南海神也受外国人崇拜,"相传波罗国有贡使携波罗子二,登庙下种,风帆忽举,舶众忘而置之。其人望而悲泣,立化庙左。"在18世纪,也有不少在华的外国人来南海神庙游览。2006年7月,瑞典花巨资建造的仿古船"歌德堡号",远渡重洋,到广州港和南海神庙故地重游,就是例证。而现在来这里旅游参观的外国人就更多了。

自古以来,珠江三角洲人都敬仰南海神庙里的神,因为它是中国优秀传统文化的象征之一。用中华民族的优秀传统文化来武装中国人的头脑，中国人就能团结一致、克服困难，努力生存和发展。所以，要明的华侨华人先辈们就英明地决定在悉尼建起了著名的洪圣宫，作为要明同乡聚会、拜神、对话和交流感情的地方。由于建造这座庙宇很重要，很有现实教育意义，因此得到了国内乡亲们的大力支持，尤其是得到广州一些商家的支持。他们以南海神庙的构筑为样板，出巨资请绘画家、陶瓷厂家、雕塑家和雕刻家等制作了很多精美的工艺品和建筑材料，用于修建悉尼的洪圣宫，使洪圣宫更加富丽堂皇，更具有优秀的中华传统文化，成为悉尼的重要游览景点。

关公在悉尼①

有人说，今年的8月9日（农历六月廿四日）是关公的诞辰。有关关公文化在悉尼地区的影响情况，我做了一些肤浅的观察与调查。

关公是谁？读过罗贯中的《三国演义》的人都知道，关公就是关羽，字云长，他生活在三国时代，是今山西省运城市盐湖区解州镇人。他一生"对国以忠、待人以仁、处事以智、交友以义、作战以勇"，是一位家喻户晓、妇孺皆知的历史人物。在浩如烟海、灿如繁星的历史人物中，关羽是最有名的一位。他深受历代皇帝将相和平民百姓的崇拜和奉祀。他流芳千古，万世景仰。

一千多年来，特别是宋代以后，关羽的名声鹊起，他在中国社会的影响力越来越大。皇帝对他的封号不断升级，由"侯而王、王而帝、帝而圣、圣而天"。而由他化为的"神"，也由"财神""文神""武神""农神""官神""伏魔之神"升为"万能之神""神中之神"等等。在商业界，大家都公认关公为"财神"，长期以来，商业界都奉祀关公。但"文革"中，关公的各种"神性"大都被破除了。改革开放之后，关公的"神性"又回到了人间。在中国的不少商场、店铺里，都有奉祀关公。人们敬奉关公是一种心理依托，期望关公保佑自己的生意兴隆，逢凶化吉，遇难呈祥，财源广进。

我来到悉尼，爱逛街，看店铺，走超市，我发现，在不少华侨、华人开办的店铺、商场、餐室和酒楼里，都在奉祀关公，而且把关公的神像置于醒目的地方，意谓关公是他们的守护神、发财神。与此同时，我也发现，有些华侨、华人的家里也在供奉关公的神像。关公的神像红光满脸，手握青龙偃月刀，十分威武，人见人爱，令人无比崇敬。一名店铺主人对我说："关公是伏魔之神。我们敬奉他，他会保佑我们一家平安。"另一中山籍的老华侨说："我今年95岁

---

① 本文原载于2004年8月7日的澳大利亚《星岛日报》。2022年6月20日星期一于悉尼稍作修改。

了,我旅居悉尼70多年了。但我没入澳大利亚籍,我还是中国人。我来澳大利亚之后,一直信仰关公,一直供奉关公,我一直坚持关公的'忠义'精神。我认为孙中山取得革命成功,也是坚持'忠义'精神。"这位老华侨告诉我,悉尼还有一座100多年的关公庙呢。我知道这消息后,十分兴奋,我克服了人生地不熟的困难,终于在悉尼431号公共汽车司机的指引下,找到了关公古庙。

悉尼的关公庙叫"关圣帝庙"。为什么叫"关圣帝"呢?这是明代皇帝赐给关公的封号。从明代以后,几乎所有的关公庙都叫关圣帝庙。这座庙始建于1898年,是由悉尼"四邑①会馆"(今称悉尼四邑同乡会)筹建的。100多年前,四邑人为什么在悉尼创建这座关圣帝庙呢?这是他们受中国文化,尤其是关公精神的影响。正像一位姓李的从四邑来的老华人所说的,他来澳大利亚悉尼开荒种菜、种粮食,困难重重,每当遇到困难时,他就想起关公的"桃园结义""过五关斩六将""单刀赴会""水淹七军""千里走单骑""华容义释曹操""刮骨疗毒"等英雄事迹,他就学习关公精神去克服困难,夺取胜利。我想,他们现在健在的人是这样,死去的先贤们又怎会不是这样呢?据史料记载,清代以后,从广东、福建移民来悉尼等地的人多是单身汉,他们为了生存,对抗外族的欺凌、豪强的掠夺,就必须互相团结,同舟共济,于是他们便称兄道弟,以关公为榜样,到关公像前宣誓:"不求同年同月同日生,但求同年同月同日死。"他们以关公的"义气"作为行动的准则。他们又立下誓言:"不义之财不要,要从义中取财。"为了奉祀关公,以关公的精神来武装自己,争取在澳大利亚这块热土上生存和发展,华人就必须像祖国、家乡那样建立起关圣帝庙,以此地作为学习、聚会的场所。这座关公庙必须突出体现关公精神的"忠义"二字,以"忠义"来教育自己和培养下一代。故他们就以"忠义"二字作门联,联曰:"精忠照日月,义气贯乾坤。"100多年来的事实证明,在澳大利亚的华侨忠于祖国,热爱家乡,团结互助,待人以仁爱,交友讲义气,事业蒸蒸日上,人才辈出。有的已成为著名的侨领、企业家。

悉尼的关圣帝庙是中华文化、尤其是关公文化的一个缩影。它古色古香,环境优美。100多年来,它吸引无数华侨、华人以及其他各国各民族的善男信

---

① 即广东新会、台山、恩平、开平四地,今均在江门市境内。

女前来供奉，广种"心田"，追求做人的美德，祈求化灾、幸福。如今，关圣帝庙依然香火鼎盛，每逢节日人山人海，热闹非凡。于1985年，它被纽省列为文物保护单位。

中医真神奇,真了不起①

——记许环宁中医师治病的事迹

我的邻居中有一位印度尼西亚出生的澳籍华人赖先生,50多岁,我常和他散步、聊天。他说,他曾经患了30多年哮喘病,呼吸急促,喉咙经常塞着,喉中喘鸣有声,跑步20米就受不了,好像快要死的样子。他找西医治了30多年,都不见效果。有一天,他走到悉尼西南区Kingsgrove,看见有一间"许氏针灸中医药诊所"就进去,抱着试试看的心理,请许环宁中医师给他诊病。许医师首先向他介绍了中医药和针灸对治疗多种疑难病症有独到之处。许医师认为,中医药和针灸可以治好他的病。许医师认真地检查了他的身体之后,具体地指出,他的身体素虚,痰浊内盛,感受外邪,便痰气交阻,闭塞气逆,邪实正虚,气体升降出纳失常。宜以宣肺、理气、祛痰、平喘、补益肺等手段,对肾和脾等进行辨证法治疗。许医师一方面给他开中医处方等,一方面给他理疗和打针灸。半个月后,奇迹出现了,他的病情好转了,呼吸不急促了,痰少了,喉中的喘鸣声少了,喉咙也较通畅了,并且能跑100米以上了。许医师继续给他治疗了一个月之后,他的哮喘病基本上消除了。他回忆起许环宁中医师给他治病的过程,无比高兴地说:"许医生是我的救命恩人。中医药和针灸把我30多年的病治好了,中医真神奇,真了不起!"从这位邻居的口述中我知道,许环宁中医师的医术是相当高明的。于是,我决定去访问他。

采访得知许环宁中医师是中国海南省文昌市人。他于20世纪60年代初毕业于上海第一医学院,后又到广州中医学院深造。他深入、刻苦攻读中医学的理论,学习中医名人的高尚医德,尤其精读中国"医圣"张仲景的《伤寒杂论》《张氏医通》和清代的《医宗金鉴》等著作。他灵活运用、掌握中医学中的辨证法进行治病。他对来求医的病人进行具体分析,区分他们不同的年纪、不同的体质、不同的生活水平、不同的生活环境、不同的生活季节、不同的起

---

① 本文原载于2003年9月18日的澳大利亚《华人日报》。

病原因、不同的大病史等才进行治疗。他认为,只有彻底了解病人的病情之后,才能对症下药、插针,也只有这样,才能达到药到、针到病除的效果。许医师既是一个精通中医医术的人,又是一个关心病人、热情为病人服务的人,医德高尚的人。他态度和蔼、平易近人。他看见病人,便满腔热情,笑脸相迎。病人一看见到他如此厚爱,便觉得"宾至如归",一股暖流涌上心头,便和他通力合作,狠下决心把病治好。许医师又是一个善于把药物和心理治疗结合起来的人。他就是这样,与人为善,20多年如一日,在澳大利亚这块美丽的土地上,为不少病人解除了痛苦,使病人感激不尽,称他为"救命恩人""妙手回春的能手""神奇的中医师"等等。

中医药与针灸疗法历史悠久,它为人类战胜人类疾病做出了不可磨灭的贡献,这为世人所共认。华人为澳大利亚带来了中医药与针灸疗法,深受澳大利亚人欢迎。如今,澳大利亚的中医药与针灸人才辈出,为当地居民的健康造福。许环宁中医师就是其中的一位佼佼者。

悉尼大桥与悉尼歌剧院①

2000年夏季奥运会将于9月在悉尼召开。悉尼是澳大利亚最大的商业城市。悉尼大桥与悉尼歌剧院是悉尼的象征，也是澳大利亚的象征。凡是到过悉尼的人，都要到悉尼大桥与悉尼歌剧院去游览。有人说，如果到悉尼不去游览悉尼大桥与悉尼歌剧院，就等于没到过悉尼。的确，那里的风景相当迷人。

在悉尼，有一个宽宽的碧绿的海湾，叫作杰克逊湾。它把悉尼一分为二，造成两岸交通很不方便。在20世纪初就有人提出，在杰克逊湾上架设一座大桥，把两岸连接起来。这个建议得到社会的广泛支持，但是没有具体实施。直到1923年，当地政府才根据新南威尔士州公共工作部的首席工程师布雷德·菲尔德博士最早的设计方案，向世界招标，结果收到了许多方案，其中英国的Ralph Freeman爵士的大桥设计方案被选中。大桥于1924年动工，1932年竣工，共用了8年时间。大桥长2500米，宽59米，桥面高出水面49米。主桥由巨大的钢缆固定，钢缆两端牢牢地嵌入两岸的岩石中，大桥全由钢铁的部件组装而成。

悉尼大桥两头各有两座桥头堡，里面存有建桥时的照片等文物，供人参观。人们还可以登上桥头堡高处，观望大桥周围的风光。

悉尼大桥下的海底还修建了一条海底隧道，用于通行汽车。只不过海底隧道是后来才修建的。

悉尼大桥从通车到今天已经68年了。数十年来，它以独特的结构、雄伟的气魄、优良的质量和巨大的作用，吸引了成千上万的游客源源不断地前往参观游览。

而悉尼歌剧院是继悉尼大桥之后的又一壮举。两者距离不远，共同构成悉尼亮丽的风景线。悉尼歌剧院举世闻名，它已成为世界建筑学、工程学上的奇迹。

---

① 本文发表于2000年9月4日的《海南日报》。

关于建立悉尼歌剧院的问题，人们差不多讨论了一个世纪。直到20世纪50年代初，一个国家级的演出团体向纽省政府等单位提出了一项建造悉尼歌剧院的紧急动议，才得到了纽省政府和各界人士的支持。1955年，纽省政府正式向世界征集建造悉尼歌剧院的方案。后来，纽省政府收到了许多设计方案。经过专家们严格的评选，一位年轻学生的作品脱颖而出，这位设计者是丹麦人 Jom Utzon。当时，有人问他，是什么灵感使他设计出这个像风帆似的歌剧院的图案，是不是风帆？他说不是。他是在吃橘子的时候，从橘子瓣的形状产生了灵感……

Jom Utzon 的悉尼歌剧院的设计方案公布之后，轰动了悉尼，大家都赞不绝口。虽然后来又遇上了一些工程学上的问题，但 Jom Utzon 都一一解决了。1959年，悉尼歌剧院正式动工，工程进展顺利。1965年，歌剧院的外表面全部贴上了乳白色的瓷砖，建筑物主体工程全部完成了。1973年10月20日，悉尼歌剧院内部装修完成，全面竣工。这座造型奇特、气势宏伟的建筑物，终于呈现在人们面前。

悉尼歌剧院共有10个蚌壳形顶盖，表面用105.6万块乳白色瓷砖贴成，由600根钢柱支撑着。歌剧院里有6个音乐厅，最大的可容纳2800人。演奏台上方悬挂着18根直径2米的圆形反应器。在主厅内顶，耸立着由1万多根钢管组成的管风琴，属世界第一。歌剧院有900间房间，可住5000人。

悉尼歌剧院建成至今已有20多年了。世界上著名的乐队、剧团、指挥家、歌唱家、艺术家等，都在此舞台上显露过身手，甚至广东深圳的艺术团都在那里演出过。

钓 鱼[①]

春雨过后的一天早晨,一轮红日正冉冉地从海平面上升起,越升越高,灿烂的阳光普照大地。在悉尼的一个海滨,青山、绿水、白帆点点,春光明媚,令人心旷神怡。海湾风平浪静,海水正在涨潮,这时正是钓鱼的良机。

在这海滨的岩石上,正坐着两位白发苍苍的钓鱼翁:一位姓林,一位姓刘。他们头戴防晒帽,手握钓鱼竿,正全神贯注地注视着垂吊在海水中的钓鱼线的动静。

老林生长于中国海南省的万泉河畔,从小爱钓鱼。老刘生长于长江边,从小也爱钓鱼。他们老年定居于悉尼,同住于一个城区,成了钓鱼朋友。他们说,悉尼港湾多,生态环境保护好,鱼类多,是钓鱼的好地方。

钓鱼,要有耐性。过了好一会儿,老林的鱼钩还是没有鱼来光顾。于是,老林又把鱼钩抽回来,再向远远的大海中抛去。这次,他抛出去的鱼钩,约有20米远。老林说,只有放长线,才能钓大鱼。放好了钓鱼竿,老林坐下来,刚喝了几口水。突然,老林的一条钓鱼丝线正被鱼儿狠力地往水下拖去。钓鱼老手老林却不慌不忙地把丝线一拉,鱼的嘴巴被钩住了。这条鱼儿在深海中,疯狂地、拼命地拖着鱼丝四处游窜,鱼丝被拉得紧紧的,它企图把鱼丝拉断,以便逃命。但是,老林的鱼丝质量好,它拉不断。这时,在悉尼钓了几年鱼的老林,清楚地知道他今天所钓的是一条大鱼。这鱼不能一下子把它拉到岸边来,否则鱼丝会断或鱼钩会坏。他必须紧拉鱼丝线,让鱼在海中游窜、挣扎,直到它筋疲力尽了,才慢慢地把它拉到岸边来。这条鱼经过30多分钟的海中挣扎,终于力不从心,游到水面,垂头丧气了。它乖乖地被老林拉到岸边来。但这海岸边是悬崖,水面离地面3米多高,不能直接用鱼丝把它拉上来,而是拿渔网袋来帮忙。于是老林把他早已准备好的渔网袋朝鱼头边一扣,鱼被网住了。老林用双手把渔网往上拉,鱼上来了,他往地上一倒渔网,鱼在地上蹦呀跳

---

① 本文发表于2004年11月12日的《澳洲新快报》。

呀……啊，这是一条又大又肥的盲曹鱼，有 2 公斤多重。老林看着这条鱼，心里乐滋滋的。

老刘看到老林钓到了大鱼，也十分高兴地走过来看鱼，不断地称赞：这是一条好鱼。

老刘有两支钓鱼竿。每支鱼竿上有两个鱼钩。当老刘从老林那里回到自己的钓鱼位置时，鱼儿就吃他的鱼钩了。他举起他的鱼竿，沉甸甸的。他拼命地摇拉鱼丝线，拉呀，拉呀，他这次拉上了两条金鲳鱼，每条约有半公斤重。老刘这次花了几个小时，还钓了几条小鱼。他说，鱼小，放归大海，让它们长大。

钓鱼是一种娱乐、健身的好活动。老林和老刘在钓鱼中增强了体质，建立了友谊，丰富了生活内容，成了一对钓鱼发烧友。

从"单刀赴会"谈起[①]

——看《三国演义》有感

"单刀赴会"是《三国演义》中一个家喻户晓的故事。故事大概是这样的：刘备应西川益州牧刘璋之邀，率兵入川，其根据地荆州则由关羽驻守。东吴孙权长期以来，阴谋夺取荆州，指使大都督鲁肃（字子敬）设"鸿门宴"，邀关羽过江，密谋杀害关羽，以取荆州。为了粉粹鲁子敬的阴谋，以保卫荆州，关羽以超人的英雄气概，"单刀赴会"。

关羽，字云长，是《三国演义》"桃园结义"中一位杰出的英雄人物。"桃园结义"是指刘备、关羽和张飞三人结拜为兄弟。他们立下的誓言是：不求同年同月生，只求同年同月死。他们三人亲如手足，弟弟尊敬兄长，互相帮助，感情深厚。关羽的性格：冷静、沉着、智勇双全、刚强、视死如归。尤其是他的武艺高超，天下无敌，所向披靡。他重情义，讲信用。有一次在战斗中，他同刘备失去了联系，于是经历了千辛万苦，"过五关斩六将"，终于找到了刘备。

关羽俗称"关公"，被誉为"天下英雄、忠义之士"。一千多年来，他一直是中国人民非常崇拜的英雄形象。人们为了纪念他，弘扬他敢于斗争、善于斗争、敢于胜利的精神，建立了不少关公庙宇，制作手持"关刀"的关公塑像进行奉祀。长江三峡就有一座著名的关公庙。在全国各地也有不少大大小小的关公庙宇。除了集体开展奉祀关公的文化活动外，还有不少群众、商人在自己的家里、店铺里奉祀关公。据他们说，奉祀关公是为了学习关公的英雄主义，弘扬关公的精神。

长期以来，关公文化、关公的英雄形象深入人心。不少华侨、华人已把关公文化、关公的英雄形象传到了海外。笔者在马来西亚、新加坡和澳大利亚，就看见一些华侨、华人的家里和店铺里都在奉祀关公。笔者在悉尼的一位朋友

[①] 本文发表于 2003 年 12 月 19 日的澳大利亚《星岛日报》。

讲了这样一则故事：他家里祖祖辈辈都奉祀关公。1981年他"弃教"从商，经营了两三年生意，没有什么发展。有一天，他见广州一陶瓷店里有关公陶瓷塑像出售，于是，他买了一尊带回店里奉祀。不久，他的生意就慢慢好转，越来越兴旺。他说，他的生意兴隆，不是因为关公显灵，而是因为他天天面对着关公，想着如何像关公那样，敢于斗争，善于斗争，敢于胜利——商场就是战场啊！广州的生意发达了，他又向海外发展。现在，他又把生意做到悉尼来了。在悉尼的店铺里，他照样奉祀着关公。关羽是他心中永不落的"太阳"。

是的，凡有华侨、华人的地方，就有关公的精神、关公的品德。不久前，在悉尼的唐人街，有一间餐馆的老板被坏人绑架了。绑匪向他勒索重金，威胁他要是不给钱就杀人灭口。在这紧急关头，有一家酒家的老板从情义出发，挺身而出，不顾生命危险，手持巨款，深入"虎穴"，救出了朋友。我想，这位酒家老板，就有关羽"单刀赴会"的英雄气概，值得赞扬！

人的价值在于贡献①

——喜悉张奥列又一大作出版

今日，在悉尼的新闻媒体上喜悉作家、文学评论家张奥列先生的又一大作《澳华名士风采》正式出版，为他感到高兴。张奥列先生移居澳大利亚仅十年时间，就以澳大利亚华人的生活为题材，创作出版了《悉尼写真》《澳洲风流》《澳华文人百态》《家在悉尼》和《澳华名士风采》等好书，为澳大利亚的多元文化宝库增添了光彩，为澳大利亚华人贡献了精神食粮，为研究澳大利亚华人的历史文化提供了珍贵的资料，为中国文化在澳大利亚的传播添砖加瓦。

有一次，我在同张奥列先生的一次谈话中问他，你报社工作那么繁忙，哪里有那么多时间来写作？他说，时间是挤出来的。上下班等车坐车时间，也是他写作的时间。他有许多作品是在火车上写的。他住在悉尼北郊，到市区上班每天坐火车来回要花一个多小时，他就抓紧这一个多小时的时间埋头写作。对于我来说，坐车是闭目养神的好时机，但张奥列先生正好与我相反。他为什么要这样不辞劳苦地写作呢？我从他的《澳洲风流·后记》中得到答案。他写道：

移民澳大利亚后，我本想暂时搁笔，不再写什么东西了。因为在中国当"老编"从文十余年，涂鸦了一百几十万字，出版了两本评论著作《文学的选择》《艺术的感悟》，有点心竭力尽的感觉，很想换换环境，松弛一下绷紧的神经。然而弃文打工，后又重返报界。这一出一入，感受委实太新太深了。闲置的大脑不免又自动转起来，把深深的感触、切身的体验、真实的生活，碾磨成一篇篇东西。这格子就自觉不自觉地爬将下去了。每一个新移民在澳大利亚，都有一个美好的梦，有人成功了，有人幻灭了，更多的人仍在探寻之中。不管

---

① 本文发表于悉尼澳大利亚《华人日报》2003年8月9日。2022年6月21日星期二修改于悉尼。

是得是失，或是在追求中，你都会在一种新的生活环境里，对自己的人生观、价值观，得以重新确认，选择及定位，这绝对是铭心刻骨的，又是值得大书特书的。

……………

爬格子是痛苦的，但又是心甘情愿的，就像当年涉足文坛一样，沾上了便一发而不可收拾。

这几段话，正好道出了张奥列先生写作的灵感源泉、动机、过程和成果，也道出了他的人生观与人生价值——要尽其努力，为中澳文化交往做贡献。

张奥列先生最近将应北京某单位之邀，赴中国的广东、青岛、青海、北京等地采风，我预祝他采风顺利，我期望早日看到他采风的硕果。

我希望澳大利亚的华人作家、文艺爱好者，都像张奥列先生那样，珍惜时间，艰苦写作，为弘扬中华文化、繁荣澳大利亚文艺创作，多做贡献！

从许广平说到许地[①]

近日，我从中央电视台上高兴地看了电视剧《鲁迅与许广平》。鲁迅是著名作家，许广平也是一代名人。因而我便想到鲁迅与许广平曾经活动过的地方——许地（许广平的出生地）。那么许地在哪里呢？许地是广州高第街内的一条街。

那块地方为什么叫许地呢？原来在清朝乾隆年间，广东澄海县有一位叫许赓飏的商人来广州做盐的生意。他发了大财，便购地建屋，修祠堂。后来，许家人财两旺，子孙繁衍，人才辈出，既有文官，也有武将，蜚声海内外。许姓的人都在那里聚族而居，于是，当地人便以姓氏作地名，就叫许地。那么，许地历代有什名人？

许祥光是许地第二代人。他是一位爱国进士。在鸦片战争中，他看到英国兵屠杀广州市民，无比气愤。为了抵抗英军入侵，他捐白银六万两，组织义勇军，制造战船，修建城寨。因爱国有功，被清政府授予三品官衔。许应骙、许应鑅和许应锵是许地第三代人的佼佼者。许应骙清光绪年间曾任会试副总裁，礼部尚书、闽浙总督。许应鑅任江苏按察使时，平反了上百宗冤案，而被誉为"许青天"，许应锵是一位爱国进步的知识分子，他在中法战争中，积极筹款购买武器，支援清军抗法；戊戌变法时，他上万言书，针砭时弊，主张维新。他的行为受到光绪皇帝的称赞。许炳榛是许地第四代人。他在清末时游历日本，考察经济、商业和厂矿产业，撰写了《考察日本矿务日记》等书。思想家严复说，要是能按照许炳榛考察日本的先进经验去做，中国早就富强了。许地第五代人则以"一文一武"著称。武者，即许崇智，他是孙中山的得力军事助手。国共合作期间，孙中山把广东军队改编为建国粤军，许崇智便被孙中山任命为粤军总司令。文者，即许崇清，中国著名的教育家。20世纪20年代，他曾任广东省教育厅厅长，长期从事教育工作。新中国成立之后，历任全国人大代表、

[①] 本文发表于2002年11月9日的悉尼《华人日报》。

全国政协委员、广东省副省长、中山大学校长。

鲁迅先生很喜欢和许地人交往。1927年，鲁迅在广州时就和许广平一起，经常到许地去做客，而许地人也非常喜爱鲁迅，大家相处得很好。

许地虽经沧桑，但那古色古香的大屋、家祠和花园，还保存昔日的风韵。许地，值得一游。

第八卷
不忘初心

我的中国梦[1]

——实现海洋强国

2012年12月,我回到故乡海南省琼海市,就立即到中国最大的渔港之一潭门渔港去探望渔民,请渔民讲述南海的开拓史、潭门的渔港史、渔民的家史和渔民在南海上的斗争故事等。在座谈中,渔民无比喜悦地告诉我:2013年4月初,中共中央总书记、国家主席、中央军委主席习近平在出席博鳌亚洲论坛会议期间,将来潭门渔港探望渔民。有一位103岁的的郑姓渔民握住我的手高兴地对我说:"我活了100多岁了,在南海上滚打也有80年了,但我从未见过有哪一位国家主席或总统来看过我们。国家主席习近平将来渔港探望我们,这将是我平生第一件大喜事。习主席操心国家大事,仍在百忙之中亲自下渔港关心渔民生活,关注南海、与渔民商谈,如何建设海洋强国,这是国家的大事,也是渔民的大事。回忆旧社会,我们祖祖辈辈在南海上作业,有时还被海盗、日军等敌人残害。为什么?因为我们的海防弱!我们为开拓南海、保卫南海付出了巨大的代价呀!如今,习主席亲自来关心我们,这将给我们增添无穷的力量。我们将倍加努力,把南海建设好,保卫好!"有一位吴姓60多岁的渔民更兴奋地对我说:"梦见习总书记亲切地握着我的手问我有什么梦想,我说建设海洋强国。习总书记频频点头!"他还说:"30多年前的西沙反击战,我是一位小有名气的海上民兵侦察队长。当时,由美国武装起来的南越海军比我们强大,但我知道他们的弱点。我带领渔民民兵,配合中国人民海军,用《孙子兵法》的战略战术,巧妙地将南越一艘巨大的主力军舰击沉了,其他的舰艇都逃窜了。我们夺回了被占领的岛屿。我立了大功呀!"我在同渔民的座谈中,深深地体会到:第一,历代潭门镇渔民为开拓南海立了汗马功劳,正如《中国国家地理》2013年第1期《海南专辑(上)》在封面显赫位置所写的:"潭门镇:没有它,

---

[1] 本文已被收入由中央电视台中文国际频道组织编写的《全球侨胞中国梦》一书(人民出版社2014年版)。

哪有三沙！"第二，海权强，则国强，海权弱，则国弱。国弱，则被侵略、渔民遭殃。第三，渔民无比热爱南海、热爱党，他们又是多么殷切地期望我们的党和国家尽快地带领他们实现海洋强国之梦！

2013年4月初的一天，潭门渔港，春暖花开，红旗招展，刚从南海捕捞作业胜利归来的渔船在渔港里整齐有序地停泊着，渔民们和民兵们穿戴着节假日的盛装，排列着整齐的队伍，准备欢迎习近平总书记的到来。习总书记来了，整个渔港都沸腾起来了。习总书记满面笑容，和蔼亲切地和渔民们一一握手，问寒问暖，亲切交谈。习总书记郑重地说，千百年来，潭门渔民祖祖辈辈辛苦地开拓南海，建设"三沙"蓝色国土，为国家、人民创造了财富，功不可没。"党和政府不会忘记你们。"习总书记真诚地嘱咐渔民们在海上作业时，要特别注意安全！多少年来，潭门渔民想近距离亲眼见到党和国家的领袖，聆听他的教诲和反映自己的愿望，这一天终于实现了。这是一个梦，但是还有一个更大的梦，那就是建设海洋强国的梦。目前，他们正在为实现这个梦而不懈地努力。

此次来海南考察期间，习近平总书记还在三亚视察了海军南海舰队。这是新中国成立以来，党和国家的领导人首次在三亚视察海军。今天，党和国家的领导人为什么如此重视渔民、南海、海军，乃至整个中国海洋和全世界的海洋？因为21世纪是海洋的世纪，特别是太平洋的世纪。谁控制了海洋，谁就控制了世界。美国就是凭它强大的军力，尤其是海军、航空母舰，控制了海权，在全世界称霸，耀武扬威，尤其是在太平洋称霸，搅乱南海，遏制中国崛起。孙中山先生早就说过，美国争夺太平洋，其目的就是争夺中国南海的门户。除此之外，21世纪也是亚洲的世纪，美国企图搅乱南海，破坏亚洲人民大团结，以达到称霸的目的，我们必须坚决抵制美国的霸权主义，推动世界实现多极化。与此同时，随着地球上人口的不断增加，陆地上的资源已越来越匮乏，远远不能满足人类的生存和发展需求，而海洋里的资源无比丰富，可满足人类的需求。目前各国争夺海洋资源愈演愈烈，我们还敢不重视海洋？放弃了海洋，就等于视十四亿人民的生存而不顾！

人类的远古祖先从海岸爬上陆地，在江河两岸繁衍生息，然后重返海洋寻求发展。我国先民早在新石器时代就走向海洋，渡过南海、东海走进太平洋，最早发现夏威夷群岛。我国从秦汉起一直到明初，都是全球海洋强国。英国海军军官加文·孟席斯在他的《1421年中国发现世界》一书中，用大量史实说明，最早发现美洲和大洋洲的竟是中国航海家郑和。从明中叶到清代，中国封建王朝，实施"海禁"，使我国有海无权，被帝国主义国家，比如葡萄牙、荷兰、英、法、俄、美、日等猖狂侵略。这血与火的教训，岂能让它重演？

今天，我国人民正以强健步伐走向海洋、走向深蓝、建设海洋强国。当前是我国建设海洋强国的鼎盛时期。不是吗？我国的"蛟龙"号深海潜水器已在太平洋最深处下水 7062 米，超越世界水平；我国的第一艘航空母舰辽宁舰正走向深蓝演练，我国第一艘国产航空母舰山东舰已经服役，最新建成的航空母舰福建舰正在海试中；我强大的海军舰队不断地在东海与南海，乃至西太平洋演练；海南省的渔船分批、分期集体到南海捕捞，宣示主权，渔民也是保卫海疆的一支重要力量。我国对海洋资源的开发建设已逐步展开，海上资源正在探测，海上油田正在开发，三沙市的建设速度越来越快，说明我国的海洋力量不断地增强，实现海洋的强国梦指日可待。

中国梦，海洋梦①

  我居住的村子，在万泉河中游，古时候叫溪边村。村子周围长满了原始森林，涓涓细流从林中穿过。

  儿时的我在水中嬉戏，也常追问：沿着美丽的万泉河，我能到达哪里？

  后来我知道，万泉河的尽头，是中国浩瀚的南海。

  岁月如河，我也逐渐地走出了万泉河，走过南海，来到了澳大利亚。

  虽移居海外，但每年我都回到故土寻根祭祖。我曾到潭门渔港探望渔民，深深地体会到，渔民无比热爱南海，殷切地期望，中国尽早实现蓝色的海上之梦。

  从秦汉起到明初，中国一直向往、探索着海洋。今天，"蛟龙号"已下潜7062米，辽宁舰、山东舰，已走向深蓝，福建舰正在海试。

  中国人民正走向海洋，我也要为实现祖国的海洋大国之梦添砖加瓦。

  我已经年近九旬，已经出版了《中国南海传》，宣扬海洋意识，书写南海历史与文化。我正准备出版《岭海集》，弘扬优秀的中华文化。我愿将这两本书献给复兴之路上的伟大祖国，献给美丽的中国梦！

---

  ① 本文写于2012年，被央视中文国际频道节目采用。央视著名主持人任志宏先生曾站在河中的小船上，朗诵本文，深受观众好评。2022年7月2日星期六，我重读本文并做了一些补充修改。

为社会主义做件事

——宣传农业合作化

这些日子里，我们学校里完全沉浸在宣传农业合作化的工作中。同学们都有说不出的兴奋，每个角落都充满了紧张、热烈的气氛。

四百五十四封信

团总支号召同学们写信动员家里和亲戚入社，宣传合作化的好处，家在农村的同学都纷纷写信回家。郭诗炎同学利用休息时间连接写了四封信，动员家里参加农业合作社。柯景崇、孔庆莲两同学还特地在星期天抽空赶回家去，启发动员家里入社。几天功夫，全校共写了454封信，这些信像春风一样，吹到农村里去，吹得农民们心花都怒放了。现在，我们这边不断收到从农村里的回信，它们送来了一个又一个的喜讯："我们家，前几天入社了。"

紧张地战斗着

距离下乡宣传的时间已经很近了。看吧，教室里，树荫底下，一队队的宣传员正在展开关于合作化问题的讨论。音乐室的周围，歌咏队员们正在练习唱新歌《合作化》和《生产竞赛大家忙》。在新建的科学馆宽广平滑的地面上，学生会的歌舞队员们正配合着乐器的节奏，翩翩起舞。从教室里却传来了锣鼓声和抑扬有致的琼剧曲调。图书馆虽然还像平时那样肃静，可是几十支彩笔却在飞舞着。画家们正在绘制着二百多幅彩色的宣传画。负责搞幻灯的同学买了《不能走那条路》《万家丰产》《走向幸福》三部幻灯片，放映员们正在把那架用电灯放映的幻灯机改装成为汽灯放映机，还研究了加速挂吊银幕的办法。标语组还创造了先用硬纸刻好字模，再用石灰扫底、油漆刷字的先进经验，提高了工作效率，迅速完成了二百条标语的任务。

友爱的关怀

身体不好的同学,虽然几次要求参加宣传工作,还是不被批准,只好留校守宿舍。眼看大家都为农业社会主义改造而出力,留守的同学怎能闲坐在一旁?虽然他们不能出校直接参加宣传农业合作化工作,但是他们也可以在学校里间接做些工作呀!对!就这样办!

留校的同学,了解到出发搞宣传的同学有种种困难,就主动给他们帮助:没手表的借手表,没鞋子的借鞋子。有的同学没有做宣传时合适的服装,有服装的同学就借给他用。有的同学没手电筒,有手电筒的同学就借给他用。出发的那一天,留校的同学比谁都起得早。等到下乡的同学起来的时候,宿舍的走廊上,已经整整齐齐地放满了洗脸水和开水。"快洗吧,同学们!""要喝水,请自己从茶缸里舀!"下乡搞宣传的同学回来了,留校的同学也热情地接待。比如煮了热乎乎的开水,让回来的同学喝。

口头宣传

金黄色的太阳,照在原野上。虽然是晚秋,但是我们海南岛的同学还是穿着白色的衣服。黄昏的秋风吹到脸上,也正凉爽。路边茂盛的庄稼摇摇摆摆的,好像在欢迎着我们。宣传队各个分队分别开往苍东村、滨濂村、秀英村、向荣村等。个个脸上都带着笑容,精神非常饱满。

来到村子里,时间还早,农民还在做活。同学们就分别到村子里去,帮农民种菜、挑水、舂米、煮饭等,挨家挨户进行口头宣传。一个老太婆正在菜地里浇水,同学们就抢了她的水桶,替她挑水,边挑边和她谈家常。她是单干户,人手不多,来不及浇水,蔬菜都快枯死了。看看四周合作社的蔬菜长得绿油油的,多逗人爱。她叹了口气。同学们趁势就给她宣传农业合作社的好处。她感慨地说:"过去建社的时候,党支部书记三番五次教育我,动员我入社,但是我顾虑多,没听书记的话。哎,现在我知道错了。这一次扩社,我一定参加。"

表演节目

　　我们同学对农民的宣传形式是多种多样的,有舞蹈、琼剧、相声、图片、唱歌和幻灯等。农民最喜欢的是唱歌、跳舞和琼剧。当我们唱《五指山歌》的时候,全场特别安静,大家都被黎族人民解放后的欢乐情绪感动了,眼睛里流露出对伟大的祖国,对各民族团结友爱的大家庭,对自己的伟大领袖毛主席的深厚感情。在表演"迎春舞"的时候,一个老伯伯格格地笑了,他对另一个老伯伯低声地说,"真好呀,可惜我们老了,要不,我们也来跳一下。"另一个老伯伯说:"哪里老呀!入社以后生活好了,人也会越活越年轻的。"坐在旁边的同学便插嘴说:"对,老伯伯,入社以后,大家集体劳动,把社办好了,生活好了,大家也可以集体来唱歌跳舞呀。"他们哄地笑起来。那同学就接着问:"老伯伯,你们想入社吗?"他们都说:"早就想了。"在《打消顾虑,争取入社》的琼剧表演到一个农民经过种种事实的教育,认识到合作社的好处,打消顾虑,要求入社的时候,一个老婆婆含着激动的眼泪,点了点头,坐在她旁边的同学便问她:"阿婆,你想入社吗?"她喃喃地说:"学生哥,入社后那么好,我怎么不想入呢?"

合作化深入人心

　　经过三天的宣传,合作化的好处已经深深地打入农民的心里了。头铺村一位婶婶说:"我们全家都要入社,申请书已经写好了。"周仁村一位贫农说:"毛主席领导我们穷人翻身,现在又领导我们走向幸福的道路,我们一定要参加合作社。"

　　我们将要回校时,新村有一位白头发、长胡须的农民对我们说:"我活了60多岁了,从来没见过这样好的学生来宣传。学生哥,你们是代表着党和毛主席来教育我们的。我们欢喜极了,我们一定按照毛主席的指示去做!"

【说明】

　　这篇文章发表于1956年1月号的《中学生》杂志。2017年12月,中山大学图书馆的彭漪文馆员在整理图书杂志时发现了这篇文章，把它复印给我。时隔60多年了，我重新看到当年写的文章，无比高兴！这篇文章已成为历史，它记载了当年学生的学习与生活。今天把它重新发表，有着特别的历史意义。在这里，我特别感谢彭漪文老师！与此同时，我也要特别感谢《中学生》杂志当年的编辑们对我们的关照和帮助！

我是1955年秋季考入广东省海南华侨中学高中部的。1955年底至1956年，全国掀起了农业合作化运动的大宣传。我们学校师生响应党的号召，利用课余时间，到学校附近的农村宣传农业合作化政策，促进当地农村农业合作化运动的发展。

1954年，我在读初三时，在《中学生》杂志的某一期上发表了《海南的橡胶树》一文，后来，《中学生》杂志社聘我为通讯员。我不辜负《中学生》杂志社编辑的期望，留心学生的生活动态，努力写稿。在宣传农业合作化的高潮中，学校团总支和学生会也出版了宣传农业合作化的刊物。我参考了高中同学周琦英、张梦兰和王春尧老师在该刊物上发表的文章，撰写了这篇《为社会主义做件事——宣传农业合作化》。我的稿件被《中学生》杂志社采用了，大家都很高兴。在这里，我也要感谢王春尧老师、周琦英和张梦兰同学对我写作的支持。

在北校门的堤岸上①

珠江上空悬着一轮鲜红的夕阳,
一位同学坐在堤岸上遐想。
他总是望着撒在江面上的晚霞,
我轻步移近他的身傍,你在想?

"是欣赏江上飘来的歌声?
还是沉醉于羊城的夕阳?
是想家园飞来不愉快的信息?
还是姑娘突然把友谊断绝了?"

他满脸笑容地拉我坐下:
"是湘江边飞来今年又大丰收了。
是妈妈要我把知识带到边疆。
女朋友说,这是她的主导思想。"

彩霞渐渐地消散,
羊城灯火照万家。
清甜的江风阵阵沁入心房,
他又掏出心底的话儿来讲:

他在很小的时候,
"日本鬼"就烧毁了他的家。
有多少个暴风雨的傍晚,

---

① 1963年5月4日写于中山大学康乐园。2022年6月26日星期日修改。

他和妈妈都没有可归的家。

是党从路旁把他扶起,
为报党恩,他要锤炼成一位科学家。
是党画出了祖国如花似锦的远景,
他誓把青春献给国家。

毕业前夕,他向党保证:
在征程上,决不被困难所吓。
党指向哪里,就在哪里安家。

不忘党恩,牢记使命①

——纪念中国共产党成立100周年

2021年7月1日,是伟大的中国共产党成立100周年。我党经过千辛万苦才走到了今天,无数优秀的中国共产党员,为了党的事业,为了新中国的诞生,光荣地牺牲了,但是他们的革命精神永垂不朽！100周年,值得盛大庆祝和大展未来的鸿图。我作为一个光荣的共产党员,在党诞生100周年的时候,应该回忆自己在党的培养下所走过的路程,不忘党恩,牢记使命。我热爱、拥护中国共产党,于1956年6月,在读中学的时候,就参加了中国共产党,迄今已有65年的党龄了。我入党满50周年时,中共广东省委就给我颁发了"为人民服务·南粤七一纪念奖章";我入党62周年时,即2018年7月1日,中共中山大学委员会授予我"优秀共产党员"称号。65年来,我得到党的精心培养、关怀和教育,我生活在优越的社会主义制度里,深深地体会到：没有中国共产党的英明领导,就没有强大、繁荣、幸福和美好的新中国；就没有我美好、幸福的今天。我不会忘记党恩,要牢记使命,将继续为共产主义奋斗终生。

不要忘记历史。忘记过去,就意味着背叛；只有不忘初心,牢记使命,才能永葆革命的青春,才能有坚强的革命意志,才能产生革命的智慧和爆发出革命的冲力。20世纪30年代初,我出生于海南岛万泉河中游南岸的一户穷苦农民家里。住的是一间低矮、漏雨、破旧不堪的砖瓦陋室,其中虽有两间睡房,但房间很小,仅能安放一张大木床；两房之间有一客厅,是接待客人和祭拜祖先用的。至于煮饭、吃饭和养鸡,用的是一间破旧、漏雨的茅草房,田地也很少。我父亲七岁以前,他的父母亲就先后去世了。他只好同姐姐和弟弟相依为命。我三岁时,父亲就因生活所逼,去南洋马六甲打工了,我与母亲就在家乡过着很艰苦的生活。1939年2月春节后,是我该上小学的时候了,但是就在这个时候,穷凶极恶、无恶不作的日军占领了我的家乡。我失学了,逃难到五指

---

① 本文于2021年7月1日发表于《中大老园丁》2021年第2期,第36-40页。

山区。两年多后，日军通告，各地乡民可以回乡做"顺民"。我们回到家乡时，所看到的是到处田园荒芜，杂草丛生，一片凄凉。这时，日伪保甲长则上门来通知我妈妈：从明天起，你天天早上都要带劳动工具去为日本皇军做工（俗称做"日本工"）。我明白了，回乡做"顺民"，实际上就是为日军做"奴役"。我妈妈天天去做"日本工"，一个星期，半个月，快到一个月了，家里的食物快吃完了。但家里的田地没人开荒耕种，我年纪小，体力弱，又不懂干农活。没人开荒种地，地里就长不出食物，全家就得挨饿。为了让我妈妈在家开荒种地，我决定天天顶替妈妈去做"日本工"。妈妈为了在家务农，也同意了我的请求。

日军要乡民做什么工？万泉河中游两岸土地肥美，是产粮食和其他农作物的区域，居民众多。日军为了长期侵占这地区，防止抗日游击队的进攻，就在这地区的险要处建立七座炮楼和无数兵房；还要修汽车路、造桥梁、挖战壕和砍伐森林，以扩大日军的视野，防止抗日游击队偷袭。这些项目所需要的劳动力，都是要靠从事劳动的"顺民"（农民）的。至于建炮楼、兵房和造桥梁等，所需要的建筑材料都来自农村，即日军强迫农民工拆毁农村中砖木质量好的民房，并将其适用于日军建炮楼、兵房的砖头木材，搬运去日军据点。就这样，每天日军持枪指着农村里最好的住宅，命令农民工将它拆毁，强迫农民工将日军所需要的砖瓦和木料，搬运到日军的军事据点，建造炮楼和兵房。年纪小小的我，每天都忍饥挨饿，挑着沉甸甸的砖瓦，走在农民工的劳动队伍中。有时体力支持不了沉重的担子，跌倒了又马上爬起来，总怕日军看见我年纪小，体力弱，劳动效果差，会鞭打我。每当日军鞭打我时，农民工总是在保护我。有一天，看管农民工劳动的最凶恶的日军，看见我挑的砖头少，就责骂我："你的大人为什么不来做工？你能做工吗？你从明天起不要再来了，叫你的大人来做工！否则，我将打你！体罚你！"次日，那位凶残的日军看见我又来了，就凶相毕露，果然拿起鞭子狠狠地打我，并强迫我做"四脚牛"（两只手与两只脚顶着地板，肚皮不能接触到地板），而且是要我长时间坚持做。很累呀！我受不了，于是，我的肚皮就接触了地板，日军看见了，马上就将穿军皮鞋的一只脚，狠狠地踩在我的腰背上，把我的肚子重重地压在地板上，差一点把我的肠子都压出来了，痛得我呱呱叫！在场的农民工都齐声漫骂这位毫无人性的"日本恶狗"（农民工称日本兵为"恶狗"）。天呀！凶恶的日本"狗"，就是这样凶残地毒打中国的少年的！这就是"亡国奴"所遭受的祸害！

海南人民为什么当了"亡国奴"？是因为蒋介石和国民党的腐败！国民党的军队贪生怕死。日军还未登陆海南岛，他们早已逃跑到五指山区躲起来了。为了让我妈妈在家里开荒种地，维持温饱，我一直坚持做"日本工"到1945年日军投降的前几天。有一天上午，我和一些民工在石壁镇日军的军部里劳动，忽然，有一日本兵把我抓进牢房里，说我老是代替大人来"做工"，劳动效果不好，是故意对抗日本"皇军"。他扬言要杀我，并把杀人刀从窗口里插进来威吓我。幸得到我村的日伪保长陈万信先生的营救，我当天才得以从牢房里出来。过了几天，日军就投降了。

日本投降、滚出海南岛后，国民党兵就从五指山上滚下来了。他们像一群饥饿的豺狼，走进我的家来要钱要粮。我妈妈没钱粮给他们，他们就狠狠地谩骂我妈妈。第二次，晚饭时，国民党的乡丁再次来我家催缴钱粮，我妈妈还是没钱粮给他们。他们就把我妈妈捆绑起来，押到他们的住宿地（小学里）一顿毒打，并要强押我妈妈去野外枪毙。幸得到小学教师陈万鹏先生的营救，她才幸免一死。

1948年冬天，琼崖纵队解放了我的家乡石壁镇，消灭了反动的国民党乡政府及其凶恶的乡丁。1949年10月1日，中华人民共和国成立了，琼崖纵队在老苏区阳江召开庆祝大会，我去参加大会，第一次看到挂在主席台上的毛主席和朱总司令的画像，非常高兴！1950年4月，琼崖纵队号召农民组成运粮队，支援中国人民解放军渡海解放海南岛。我妈妈积极准备了一百斤白花花的大米，要我挑去支援渡海的中国人民解放军。大清早，我就挑着100斤大米，跟着运粮队伍，向琼中县的营根走去。途经万泉河上游的崎岖山路，走了几个小时，中午才到达了营根。在那里，早已有接粮队在等我们。他们接过我们的粮食，就迅速运到澄迈县的海岸边前线，迎接英勇、顽强渡海的中国人民解放军。

1950年5月1日，海南岛解放了，我和村民就无比兴奋地高唱："解放区的天，是明朗的天，解放区的人民好喜欢！"解放后的乡村，一片欣欣向荣。青壮年农民白天生产劳动，晚上就上夜校学文化，唱革命歌曲。我是农民学文化的教员，利用夜校教农民学文化，并以我切身的体会说明，没有共产党，就没有新中国；没有共产党，就没有农民翻身做主人；抗美援朝宣传运动在农村展开之后，我又是村中的抗美援朝宣传员。

海南解放前，我受尽了日军的奴役，又遭受了国民党反动乡丁、伪保甲长的欺负和压迫。我失学，生活在极为艰难、痛苦的环境中。解放后，我自由了，如鱼得水，欢快跳跃。1952年2月春节后，我就约几位有志读书的青年，一起去海口市考中学。我们都如愿考上了初中。初二时，全校进行纪念五四运动征文比赛，我获得了第一名。后来被选为学生会副主席，并参加了共青团。在北京出版的《中学生》杂志上有"爱祖国、爱家乡"的专栏，我看了上面的文章后受到启发，从而写了《海南的橡胶树》一文，寄给《中学生》被发表了，受到全国很多中学生的欢迎，他们纷纷写信给我说，海南岛能种植橡胶树，他们感到自豪，他们很热爱海南岛。我之所以能写出这篇文章，是因为我在逃难躲避日军时，就住在山区橡胶园附近。橡胶工人对我说，海南岛过去是没有橡胶树的。爱国华侨何麟书等为了发展海南的橡胶业，在几十年前从南洋引进橡胶树种子来这里种植，结束了海南没有橡胶树的历史。这一史实，牢牢地印在我的脑海中。

1955年秋天，我从广东海南中学初中考上了广东海南华侨中学高中。高一时，我被选为学生会主席。在党的培养下，我于1956年6月参加了中国共产党。同年5月，海口市共青团委和教育局等有关领导，委派我代表海口市中学生参加广东省中学生代表大会。我被安排坐在大会主席台上。这是党对我的关怀与精心培养，终生难忘！

1958年秋天，我考上了中山大学中文系新创立的新闻专业，叫新闻班，有30多位同学，8个党员，成立了一个党支部，书记黄庆文是从工农预科考进来的，我被指定为党支部副书记。我一进入大学，就得到党组织的重视与培养，我很感恩。1963年夏天，我大学毕业，被分配到山西省教师进修学院工作。1966年初，党组织关心我，同意我调回家乡的海南师范专科学校（今为海南师范大学）。恢复高考后，学校领导指定我为教务科负责人，并担任党总支委员和支部书记。我牢记：党是培养我从事新闻、文化、教育工作的。除了搞好本职工作外，我被聘为《海南日报》通讯员。我关注新闻和家乡的地域、传统文化。有位老领导对我说，周恩来总理很重视海南岛的地域传统历史文化。他一来到海南视察，就叫人把海南的地方志拿给他看。他曾经说过，研究历史文化，首先要从本地开始。改革开放后，我就以周恩来总理为光辉榜样，率先挖掘、整理和研究海南岛的中国传统历史文化。唐宋时期，海南岛是贬官之地。我对这些贬官进行了调查研究，撰写论文，弘扬他们的优良传统。1979年，学校学报就发表了我的学术论文《南贬的五公》（唐李德裕，宋李纲、赵鼎、李光和胡铨）；1980年，海南区文化馆先后两次出版了我的《五公诗词选》（五公在海南作的诗词）一书，在全国文化馆系统发行了两万多册。冼夫人是岭南杰出的政治家，她一生坚持民族团结、国家统一，这一优秀的传统文化，具有历史与现实意义，值得弘扬。于是，我就写了《漫话冼夫人》一文，于1980年11月被广东人民出版社的《随笔》发表。这是打倒"四人帮"后，在广东的学术刊物上发表的第一篇研究冼夫人的文章。时任广东民族研究所所长的刘耀荃教授看了我这篇文章很高兴。他写信给我说，所里决定，1982年冬天，在茂名和海口召开全国冼夫人学术研究会议，并邀请我带论文参加。这次会议召开之后，研究冼夫人的春风迅速吹遍了岭南大地。研究冼夫人的著作、装修和重建冼夫人庙宇的活动，就像雨后春笋般出现。

　　1983年年底，中山大学中文系资深教授、中国古文献研究所所长王起教授提出，把我调回中大古文献研究所工作。到1985年年初，我才被调回中大。我到新单位报到之后，中大出版社总编辑刘翰飞就找我说，历史学系主任陈胜粦的《鸦片战争论稿》急着要编辑出版，送交教育部评选文科博士生导师。这本书的出版，事关为中大多争取一位文科博士生导师，很紧急、很重要。但出版社编辑人手不够，所以要我去当编辑。所长王起教授已同意他的请求。这样，我就到出版社上班了。本书及时出版，送交教育部，陈胜粦教授被评为中大文科博士生导师。人类学系主任梁钊滔教授的博士生格勒（藏族）毕业了，他是藏族第一个博士。有一天早上，中央人民广播电台在新闻联播节目中播出格勒毕业的消息和他的毕业论文简介。我听后，就向刘翰飞总编辑建议出版格勒这篇论文，刘总编同意了，我就成为这部书稿的责任编辑。这本书出版后，在国内外影响很大。格勒曾多次被邀请去欧洲等地作报告，介绍藏族的优秀历史文化。我是一位党员，能为中大人才的培养和宣传做一点工作，深感安慰！

　　虽然我已经退休了，但我不忘少年时所受的苦难，不忘人民解放军的解放，不忘入党时的誓词，保持夕阳红的精神，发挥余热，为党的文化事业，奋斗终身。我的家乡万泉河两岸，有中国共产党的红色文化、传统的优秀文化、海洋文化和外来文化，内涵丰富、深厚，需要挖掘、整理和弘扬。特别是日本侵略万泉河的罪行，是我亲眼看见的，必须揭露，以教育后代。

华侨、华人权益的守护者王海溢[①]

在海南省琼海市龙江镇博文村委会，有一位很有魄力的、政治思想观念很强的村党支部书记、村委会主任。这位中年人叫王海溢，被村民称为"华侨、华人权益的守护者"。王海溢出生于一个被称为"华侨村"的村子里。这个村子，在比较偏僻的大村沟中游东边，不是雨水季节沟水很少，村庄环境不够开阔，俗称为"封千园村"，当地解放后叫"凤栖园村"。这村子，全村人都姓王。大概是在明末清初的时候，王姓的几户人家就合资购买了这块地，把家从万泉河中游北岸的下朗村，搬迁来这里重建家园。迄今，这个村的历史大概有100多年了。他们的大宗祠堂在河对面的王姓村庄里，每年他们都有人去拜祭祖先，弘扬祖德，教育后裔，爱家爱国。

当地解放前，这个王姓村庄大概有七八户。由于他们的田地很少，生活十分穷困。因此，在这个村庄里，大概有90%的青壮年，都先后去了南洋新加坡等地打工谋生了。没去南洋的王命智等，就在万泉河上以划木船谋生，他驾驶的木船行驶于博鳌、嘉积、石壁和船埠（属琼中县）之间，做土特产生意维持家庭生活，而且，还支持他的大儿子王尊荣去嘉积镇（当时是海南第二大城镇）读广东省第十三中学，并在那里参加了中国共产党。在20世纪20年代，他因从事革命活动被国民党反动派追捕。他逃去新加坡等地，继续从事革命活动。1950年，海南解放，他回海口恢复党的组织关系，为建设新中国而努力。

我小时候，常放牛到王海溢家附近的草地上吃草。我认识王海溢的祖母，她很善良和慈祥。王海溢的父亲比我大几岁。她母子就住在村西南边的一间低矮的、面积很小的砖瓦房子里。睡觉、煮饭等活动，都在这矮小的房子里。王海溢的父母亲也在这房子里结婚。大概，王海溢书记也出生在这小房子里。解放前，王海溢的家是很穷困的。他的祖母就靠种番薯和蔬菜维持生活。海南岛解放后，王海溢的父亲王栩荣由于是贫农出身，成为党在农村进行土地改革的

[①] 2020年4月22日写于悉尼。2022年6月14日星期二修改。

骨干分子。

1952年初，我到海口市读中学，王栩荣先生已在海口市邮电局工作了。在节假日里，我便到海口市邮电局去和王先生聊天。后来，我在广州中山大学读书，王先生去广州办事，也曾到中山大学来看我。因此，我和王先生乡情很深。

王栩荣先生出生在华侨村里，他进入党政机关工作之后，很重视党的侨务政策。他知道我的父亲在南洋，经常同我谈党的侨务工作。他常以孙中山的"华侨是革命之母"理论和毛主席有关华侨工作的指示，同我谈华侨工作的重要性。他认为华侨、华人对中国革命和建设，功不可没。并且，王先生常以自己的家史、村史、华侨史教育王海溢。在博文村委会范围内，也有很多村落的村民，在解放前，由于生活贫困，被迫离乡背井去南洋谋生。迄今，博文村委会也有不少华侨、华人的后裔在海外。由于博文村委会亦可以称为华侨村，因此，王海溢书记也很重视党的华侨、侨属工作。当然，这是和他父亲对他进行党的侨务政策教育分不开的。

我大学毕业后在外地工作，春节期间才回家过年。村民告诉我，土地改革后，凤栖园村的一些村民已举家搬迁，在本生产队的范围内另找宅基，重建家园。但王海溢的家并没有搬迁，而是在原村庄的东边重建新居，守护着这个华侨村子。有一年春节期间，我在路上遇到王栩荣先生，他正骑着摩托车回家。他请我到他的新居看看，我去了。王海溢书记和他的父亲带我参观了他们的新居。他们说，村里有几户兄弟已把家搬迁到另外一个地方去重建新居了，那也是很好的。但他们家没有搬迁，而是把村西边的旧房子拆了，搬迁来这地方重建新居。这里是村的东边，视野广阔，交通方便，阳光充足，空气流通，屋前还有一口古井，泉水清洁，是块宜人居住的好地方。他们表示，要永远守护着这老家园，因为这里是他们真正的根，也是华侨、华人的根，只有根深，才能叶茂。他们说，这华侨村有很多华侨、华人。老的都不在了，但是，他们的后裔很多，他们都要回来寻根问祖的。

有一次，我在马来西亚马六甲，遇到凤栖园村老华侨王泮荣的一位后裔王先生。他说，他的祖父叫王泮荣，已去世。还问我，他老家的房屋还在吗？村庄还好吗？我说，你老家的村庄还在，祖屋还在。我们村委会的书记、主任是你们老家凤栖园村的人，他叫王海溢，他们全家人都住在村子里，守护着凤栖园村。我说，我小时候见过你的祖母。你的叔公王清荣抗日战争胜利后曾回过老家，我也见过他。他有一位女儿，比我大两岁，嫁给博文村委会的一位蔡老师，已生儿育女。王先生说，很好！他们都有回老家寻根问祖的愿望。我说，欢迎你们多回老家看看。老家变化很大了，变得很美了。小汽车可以开到你老家的门口。特别是村委会主任王海溢，是你老家村子里面的人，他很重视华侨和华人。他们一家人都爱华侨村，而且永远居住在华侨村。他们认为，凤栖园村是华侨村，是华侨、华人的根。广大华侨、华人是爱家、爱故乡和爱祖国的。华侨村，必须守护好！

对家乡的热爱，对故土的依恋，是中国人的普遍心理，是中国文化的优良传统。古往今来，多少离家背井的人，在异国他乡，都常常"举头望明月，低头思故乡"。都认为，"露从今夜白，月是故乡明"，"甜不甜，故乡水"，"亲不亲，故乡人"，"树高千丈，落叶归根"。2019年12月我去探望王栩荣老先生，刚好遇到从凤栖园村搬迁出去的王锡锐叔叔。他的父亲是我的好邻居，是村民爱戴的草药医生。他亦坚守这华侨村几十年。我说，王叔叔，你不是把家搬走了，还回来干什么？他说，鸟恋故巢，他的旧巢还在这里，要经常回来看看。我说，很好！我立即想起王锡锐的祖父，不过我记不起他的名字了。抗日战争胜利后，王锡锐的祖父就从新加坡回国。我见过他，当时，他已经是一位约70岁的老人了。他在海外打工几十年，但是很穷。他回家来不久，就在故乡逝世了。王锡锐的祖父落叶归根，说明华侨是热恋故土的。

王会海书记[①]

  王会海书记50多岁，是海南省琼海市人民代表大会代表、中共琼海市龙江镇中洞村支部书记、中洞村委会主任。2018年冬天，有一个偶然的机会，海南医学院附属第一医院党总支书记马瑞同志带我到王会海书记家。马瑞书记介绍我认识了王会海书记。从我和王会海书记面对面的交谈、从王会海书记房子内外的摆设，以及从马瑞书记不断地向我介绍王会海书记的工作成绩与作风等等，我对王会海书记有了深切的认识。从此以后，我的脑海里就一直牢记、浮现着王会海书记这位农村干部的光辉形象——他是农村中一位优秀的党的干部、农村中一位有文化修养的优秀人才。于是，我连接两年回家过年，都要到王会海书记家拜访他，同他交谈农村的历史文化，向他学习。我认为王会海书记是一位很好的农村政治思想家，农民的企业家，美丽乡村的设计、创造家，农村历史文物的收藏家和农民的旅行家。

  我对中洞村是有乡土感情的。我的祖母是在中洞村出生长大的。她嫁给我祖父，生了一个女儿和两个男孩，可惜她30多岁就不幸去世了。我的祖父也在41岁就去世了。我父亲十几岁就跟着他的二舅王德光学做木工，后来，又跟着二舅去马来西亚马六甲打工几十年。我小的时候，我妈妈也常带我到大舅公王文光、二舅公王德光家玩。中洞村是我家乡的邻村，我对中洞村的历史文化是了解一些的。据我考证，中洞村历史悠久。海南原始居民黎族的一支，最早开发、居住中洞村，后来大陆的汉族移民来了，认为中洞这地方山清水秀，环境优美，土地肥沃，又近万泉河，交通方便，就居住在这块地方，却把原住民黎族同胞排挤到五指山区去。但历代有文明的汉人，饮水不忘挖井人，他们感谢黎族开辟村庄的辛苦，一直保留着这古老的村名"中洞"（亦作峒），迄今已有一千多年了。

[①] 本文2020年4月9日写于悉尼。后被收入海南出版社2021年出版的《万泉河边船湾村》一书。该书为马瑞主编。

自古以来，特别是明清以来，中洞村人文发达，人才辈出，是万泉河中游沿岸著名的经济、文化发达村之一，也是个著名的侨乡。历代以来，中洞村从政、从商、从教和到海外谋生的人不少，他们对家乡的贡献很大。比如改革开放后，在这个村里，就出现了一位著名的企业家叫"橡胶大王"。他对家乡的经济和文化建设，都做了很大的贡献。王会海书记就出生在这样的村庄里，受这乡村优秀传统文化的教养，而且，他父亲又是一位有名的小学教师，长期对他进行高尚的道德、文化教育，使王会海从小就懂得如何做人，特别是要做一个善人。

一个优秀的共产党员，就是要关心政治、紧跟党走，关心群众，全心全意为人民服务。王会海书记明白，他是一个共产党员、农村干部，就是要全心全意为建设美丽农村、改善农民的生活，挖掘与弘扬农村的优秀传统文化，为建设农村的小康社会而奋斗。我在村里走一走，和农民聊家常，一谈起王会海书记，他们都说，王会海书记是一位好书记，他和农民心连心，全心全意为农村脱贫、建设美丽新农村而努力。我每年春节前回家，他看见我，总是高兴地对我说，春节前，他很忙，要去慰问老革命家属、老党员、老退休干部、老农民和有病痛的农民等，向他们拜个早年。春节后，他一定邀请我到他家座谈。

王会海书记认为，共产党员就是要关心人。人是有感情的，人是要相互关心的，礼尚往来。你关心他，他也会关心你。王会海书记既十分关心农民，也关心节假日回乡乡亲，特别是关心从城市回乡的老人。有一对80岁以上的夫妇经常在节假日回家乡过节，但他们的儿女不在身边，行动不方便，王会海书记一知道这两位老人回家，他总是开车接送。如果他没空，就派他的儿子王元奕开车接送。老人说，王会海书记是群众的贴心人。王会海书记认为，节假日回乡的乡亲，他们都是先后从农村出去外地读书，然后留在城里工作的。他们对国家、对家乡都有贡献，应该重视和关心他们。他们都是我们的乡亲。对家乡的热爱，对故土的依恋，可以说是中国人的普遍心理，是中国文化的优良传统。"美不美，乡中水；亲不亲，故乡人"，"故乡土热，家乡水甜"，"树高千丈，落叶归根"。故乡是他们的根，他们无论走到多远，都不会忘记故乡的根。他们总是同故乡根连根，都有落叶归根的情结。他们也是建设家乡的一支不可忽视的重要力量。所以，王会海书记每逢节假日，都要亲自去回乡干部、知识分子和回乡老人的家，探望他们、关心他们，同他们促膝谈心，征求他们对美化家乡的宝贵意见。每年春节期间，王会海书记都会设家宴，欢迎回乡的干部、知识分子等到他家里品茶、座谈如何开展家乡的经济和文化建设。王会海书记认为，为帮助国家培养人才，鼓励、帮助本村的青少年好好读书，树立美德，将来更好地为人民服务，村委会必须设立一个奖学金基金会，对每年考上大学与中学的优秀学生，进行奖励。这个消息传到在城市里工作的干部耳中，他们认为王会海书记的倡议很好，都纷纷回家捐款。有的一次就捐一万元，有的捐五千元，有的捐三千元，等等。很快，中洞村委会的奖学基金会就筹集了很多钱。每年考上中学和大学的学生都得到奖励。获奖的学生很高兴，学习的热情高涨，做人的品德在不断地完善。他们写信给王会海书记，表示一定会学好知识和本领，将来更好地为人民服务。

　　王会海书记是一位农民企业家。他认为，要全心全意为农民服务，首先就要改善农民的生活。生活好，是人类的追求。在农村，如何提高农民生活的水平？就是要发展农村的集体经济。他认为，一方水土养一方人。农村的"土"是不会再增加了，但是人口是在不断地增加的。在农村，要发展集体经济，主要靠土地资源。有了土地资源，就可以多生产粮食、发展经济作物，扩大财源，农民的钱包就可以"鼓"起来。于是，王会海乘改革开放的东风，除了抓好本村原有的土地生产外，他带领农民上山开荒，扩大耕地面积，多产粮食，种植多种经济作物，发展农业经济，增加农民的经济收入。好多年前，中洞村委会已在牛路岭开辟了一个很大的、已有经济收益的农场。我们几位从城市回乡的乡亲，也想到山区去看看山区的好风光、中洞村委会的农场。王会海书记理解我们的心情。2018年初春，王会海书记亲自开车，带领我们去农场参观。我们的车走了五十多公里，沿途道路崎岖、高低不平，车行走起来很颠簸，但王书记的驾驶技术高，车还是顺利来回。农场在万泉河上游的牛路岭山区，面积有几百亩，种上了经济作物，其中有橡胶树、槟榔树、沉香树、山柚油树、腰果树、荔枝树、龙眼树、香蕉树、火龙果和木瓜树等。特别是沉香树，是海南的珍贵树种，经济价值很高。还有山柚油树，其果实可榨油，其油香味浓郁，最受群众欢迎，经济效益也好。王会海书记说，他们还准备开辟山地种山兰稻谷、番薯、玉米和养家禽等。我们站在农场的一个高点，是凉风的过道口，深感春风送爽，远望万泉河的山山水水，美不胜收。王会海书记说，他要请设计专家来这里设计，建设一座旅馆，修好宽大的水泥车路，设旅游点，让游客来这里度假，游山玩水，品尝山间美味。这是一个美好的远景规划。我相信，王会海书记的规划一定能实现。据说，中洞村委会开辟这个农场多年来，果实累累，经济收入可观，农民已受益，将来会更美好。

建设一个美丽乡村——中洞村，是王会海书记的奋斗目标，也是他的农村梦。中洞村有一个"双举岭村"。为什么叫这个名字呢？据传说，明清时代，这个村里出了两个举人，后来由此得名。这村的北边是万泉河，有的房子建在河岸上。过去村民都是到河里去挑水回家来使用。改革开放后，人民政府在河里修了自来水管，使村民都能饮用清洁、卫生的自来水。建在河岸上的房子，其门户都朝南。门前面是一片肥美的耕作地。其地的南面紧连着一块略高的大片陆地，居住在河岸边的人就称那块陆地为"岭"。岭上尽是农民居住的豪宅。双举岭村，园林、房屋华美，道路整洁，人杰地灵。王会海书记精心规划了这村庄的经济、文化建设。他决心把这村庄建设成美丽乡村的样板，然后在全村委会推广。他在抓样板村建设的过程中，始终贯彻执行党在农村的经济、文化政策和习近平总书记的"绿水青山就是金山银山"的思想。除此之外，他认为，自古以来，中国农村有优秀的传统美德和精神文明，必须以此来配合党在农村的教育思想，教育村民。为了更好地、更深入实际地、具体地教育村民，必须发挥村民组长和村民群众的作用。村中必须增设文化娱乐室和图书室等，让村民享受到真实的文化生活。还有，村中必须有现代化的、卫生清洁的公共厕所，坚持搞爱国卫生运动，永远保持村中的生活环境优美和清洁。为了利用农村的生活资源，村民还普遍使用了沼气炉灶，提高了生活水平。

王会海书记认为，村民的物质生活水平提高了，思想精神面貌也不断地改观。要做到村美，人的心灵也要美。在他的带动下，这个村庄的人以助人为乐，相互帮助，蔚然成风。2006年，有一对邻村的老人夫妇的住宅年久失修，破旧了，要重建。但是老人的儿女又不在身边，他们去远的地方买建筑房屋的材料有困难。双举岭村的吴士权先生是做木材小生意的。他知道这两位老人的困难后，就主动将他积存的高级木料低价卖给这两位老人。木料不够，他又主动到海边木材场帮老人购买木材，并把木材运到老人的家。房子建好之后，吴士权先生又主动制作一套简易而精美的木沙发椅子赠送给这两位老人。后来，这两位老人生活有什么困难，吴士权夫妇又主动上门帮助。

双举岭村的文明生态村建设始于2003年5月，同年被龙江镇、琼海市和海南省评为镇、市和省文明生态村。2005年被中央宣传部、中央文明办授予"全国文明生态村"称号，并且在同年7月，中央宣传部、中央文明办在该村召开了全国文明生态示范现场会，推动全国文明生态村建设。2006年和2007年，王会海书记代表海南省出席在北京召开的全国精神文明生态村和农村建设大会。会后，王会海书记回海南省积极宣传会议精神。特别是在他所在龙江镇大力宣传精神文明生态村建设。结果在2019年，龙江镇有两个村，一个是双举岭村，一个是深造村，都被授予"全国文明生态村"称号。一个镇有两个国家级的文明生态村，这是海南省独一无二的。

王会海书记是一个农村历史文物爱好收藏家。他认为，农村的优秀传统历史文化是中华民族优秀传统历史文化的重要组成部分，不可缺少。农村有很多珍贵的历史文物，必须抓紧时间收藏，否则就会遗失。文物是不能再生的。收集农村历史文物有什么意义呢？王会海书记认为，收集历史文物，既可以以实物、文字集中地反映地方的历史文化，充实地域文化，也可以丰富中华民族文化的内涵，而且，又可以以生动的实物教育农民群众，提高农民群众的文化水平，增强农民群众的爱乡和爱国主义感情。

农村有什么优秀历史文化与文物呢？根据《辞海》所说，文化，从广义来说，是指人类社会历史实践过程中所创造的物质财富和精神财富的总和；从狭义来说，指社会意识形态，以及与之相应的制度和组织机构。也有人说，文化是一种历史，是人类历史最深厚的积淀。在特定的地理、历史、经济、政治条件中，人类代代积累、沉淀的习惯和信念形成了文化，文化是一种创造、认同、物质、制度和思想等等。例如，农村村庄的开设、结构和发展；农民的革命斗争；土地改革；人口变迁与发展史；农民的创造发明；农村姓氏祠堂的建造及其文化；农民的著作、书法与艺术品；族谱与家谱；旧社会土地买卖的地契与田契；日本侵略万泉河沿岸农村的血泪史、农民抗日的英雄事迹；国民党反动派和地主恶霸对农民的残酷压迫与剥削的血泪史；中洞村，乃至万泉河沿岸中下游农村的华侨史；万泉河沿岸的教育史；万泉河沿岸的移民史；万泉河沿岸的动物、植物变迁史等。还有万泉河及其支流水底，埋藏着很多奇形怪状的石头和木头，都反映了大自然的变迁。王会海经常到少数民族地区去，同少数民族同胞交了很多朋友，他看到少数民族同胞的村庄里和家里，都有不少历史文物，都值得收集珍藏。于是，他就同少数民族同胞购买、珍藏。所以，只要到王会海书记家，就能看到他的房屋周围，里里外外全是他多年来辛辛苦苦收集、收购回来的历史文物，真是琳琅满目。有很多珍贵的文物，他是没摆出来的。但是，有很多大件的、沉重的、奇形怪状的的木头、石头以及石雕、木雕等艺术品，就在他的客厅里或在露天地方摆放着，让人观看。据他说，他收藏的历史文物有几万件。在王会海书记的带动下，中洞村的村民也十分重视历史文物的收藏。据说，村民收藏的文物也有几万件。王会海书记已向上级请示，请求上级支持中洞村委会创建一座农村历史文化博物馆，振兴农村历史文化，教育广大群众及其子孙后代。

王会海书记特别喜欢沉香文化，收藏了不少沉香文物。有人说，一块沉香值一万金，甚至一万金都难买到一块沉香。王会海书记买了很多有关沉香知识的书，自学、研究沉香文化。他还交了很多爱好沉香的朋友。他说，海南的白沙县等地是沉香的重要产地，历史悠久，沉香质量好。儋州和白沙是近邻。我看过苏东坡居儋时写的诗文说，当时儋州的沉香很贵，要一头大水牛才能交换一小块沉香。海南沉香已有几千年的种植与应用历史。自古以来，沉香不但是一种香料，而且是重要的药用植物。李时珍的《本草纲目》里就记载了沉香的药用价值。王会海书记说，自古以来，人们都认为，沉香是一种"救命药物"。他不论走到那里，身上都佩戴着沉香做的装饰品和沉香药物。是的，沉香是中国珍贵的传统中药。广东茂名市电白区也有两千多年的沉香种植历史。那里的中医专家说，沉香也是抗击冠状病毒的良药。

王会海书记既精心研究沉香的相关知识，也积极带领村民种植沉香。我去牛路岭农场参观时，王会海书记就指着路边的一棵树对我说，这就是沉香树。这树已长2米多高了。王书记说，在中洞村的农场里，已种了几十亩沉香树。沉香树是我们南方的宝树。我去年3月去广东茂名市电白区参观冼夫人纪念馆，看到路边都是沉香树，说明电白人很重视沉香。可以说，电白遍地是沉香，说电白是沉香的故乡，名副其实。但是，我在海南的大地上很少看到沉香树，说明海南省有些人还是不了解沉香，对沉香还是不重视！

年青人志在四方。王会海书记年轻时，胸怀大志，要创大业。他认为，要创大业，就要对祖国的大地、风俗、民情有所了解。于是，他自己在中国的大地上到处旅游。据他说，中国的省份和大城市，他都走遍了。有人说他是"农民旅行家"。他对祖国的美丽江山有所了解，他也深刻地体会到，习近平总书记所说的"绿水青山就是金山银山"的内涵。于是，他安心下来，回到家乡，老老实实干一番事业：带领农民在绿水青山中创造财富。党员看到他有能力、政治思想文化水平高，就选他当村支部书记，让他带领中洞村民走社会主义道路，创建美丽的新农村。

邹志立志改变三沙市七连屿面貌[①]

邹志出生于湖南省新化县槎溪镇。1991年9月，邹志考进徐州市的中国人民解放军空军后勤学院。邹志的父亲是黄埔军校第四期的毕业生，家里有优良的军人传统。邹志75岁的父亲送他入伍当兵时，写下了遗书："我病了也不会打电报给你，因为你不是医生，回来可以把我的病治好；我即使死了，也不会打电报给你，你没有起死回生的能力。人固有一死，这是自然规律。你是军人，你有你的职责，奔着你的前途和事业去努力吧！"邹志反复地认真阅读了父亲写给他的遗书后，产生了对父亲深深的眷恋。邹志认为，父亲的遗书也是对自己深深的爱；父亲坚定的爱国情怀和保家卫国、高风亮节和视死如归的精神，也深深地教育了邹志，使邹志在人生的道路上，克服困难，奋勇向前！

邹志大学毕业后就成为一名光荣的军人。他不忘父亲的初心，不辜负父亲的期望，牢记自己的光荣使命，决心把自己锻炼成为一名钢铁战士，保卫祖国，全心全意为人民服务。在部队里，他严格、认真要求自己，凡事带头干，向先进、优秀的共产党员学习，以中国共产党员的条件来要求自己。

邹志在中国人民解放军海军服役了25年。其中，他在中国的南海上服役了21年。他生活、战斗在南海之上，对蔚蓝的海水、水里的游鱼、正在沙滩上爬行的海龟、一片片沙滩、岛屿上的一草一木、海面上自由飞翔的海鸟，尤其是对生活在岛屿上的南海渔民，他都有深厚的感情。这种感情，他割不断，舍不下。他还认真地学习南海的历史文化，从而熟悉南海，了解南海的历史和现状。尤其是，邹志认识到，刚刚成立的三沙市百业待举，需要各行各业的人才去出力。他暗暗地想：南海三沙市需要他！他下定决心，退役后，要留在南海，立志为振兴南海、保卫南海，为年轻的三沙市做贡献！

邹志十分清楚，中国明净而湛蓝的海在南海；中国最美的海在南海；南海

[①] 本文根据邹志同志提供的资料，于2020年7月27日写成初稿，2020年8月8日根据邹志同志阅读拙稿后提出的修改意见修改后定稿。2022年6月25日星期六再作修改。

是东方，乃至世界文明的发源地。辽阔的南海，早在秦朝就由象郡管辖。赵佗建立南越国后，进一步扩大管辖南海的范围，南海北岸的渔民，早深入南海外海岛屿捕鱼。公元前200年的西汉时期，中国南海北岸的渔民已大举驾驶独木舟到南海各群岛打捞海产，养活自己。他们以岛屿为家，繁衍生育。尤其是汉武帝刘彻为了把南方的广阔疆土纳入自己的统治范围，创建了一支装备精良的楼船舰队。这支舰队威震南海。后来，南越国宰相吕嘉宣布南越国独立，脱离汉王朝。汉武帝获悉，立即派遣伏波将军路博德和楼船将军杨博，带领数十万军队和楼船舰队南征，追捕叛军头目吕嘉等人。大军一直打到南海的南边，也就是今天的三沙市海域，消灭了吕嘉等叛军，把岭南地区和南海纳入版图，并在南海上最大的岛——海南岛，建立了儋耳郡和朱崖郡，管辖海南岛和辽阔的"三沙"群岛。从此，汉代就"瞻顾南海，瞰制西洋"了。由此可见，汉代已进一步管辖南海，并通过南海、印度洋同西方各国友好往来，进行海上贸易。据专家考证，今天的广西合浦和海南洋浦等港口，都是汉代海上丝绸之路的起点站。后来，海南岛的崖州港、陵水港、万安港和博鳌港等成为唐宋以来海上丝绸之路的中转站。南海对中国来说，是何等重要！

邹志知道，中国的先民们在长期的岁月中开拓了南海，逐步认识了海洋，增长了智慧。于是，他们就创造发明了舟船，航行于大海之上。历史记载，古代世界上最大的船，在南海岸边制造、起航；中国的航海家郑和，经南海而扬帆远渡印度洋、阿拉伯海乃至东非，传播中华文化；中国和平的海洋文化，从南海传播到了阿拉伯海、地中海和西太平洋沿岸国家。从此，中外的海洋文化和商业文化在南海上交汇；国外的文化既在南海上碰撞，也在南海上交融。南海最早接纳了古代地中海沿岸的埃及、希腊、阿拉伯国家和印度的文明；中国古代最先进的科学技术发明创造，比如火药、指南针和印刷术等，也通过南海传播到了西方，促进了西方的科技发展，推动了西方的文明进步。南海是世界文明的交汇点，也是印度洋和太平洋的交通要道，从地中海、阿拉伯海和印度洋到太平洋的船只，必经过南海。南海的地理位置何其重要！中国人民必须建设好南海、管理好南海和捍卫好南海的海空主权，为世界的交通和物质、精神文明交往做贡献！

南海历来是兵家必争之海。1911年，孙中山先生就提醒中国人民说："今台湾既去（甲午中日战争，中国失败，日本强占了中国台湾省），海南之势甚孤,倘一旦为国外所占领,唯特该岛人民受蹂躏之祸,恐牵一发,而动全身,即神州大陆,亦必受其影响。"孙中山先生还说,南海门户若不巩固,外敌(如法国等)入侵海南岛(含南海诸岛),"则大利外溢,贻患无穷"。孙中山先生在这里主要指出,如果外敌入侵南海,则广西、广东,乃至全国都危险。果然,1933年7月,法国不但侵占了南沙群岛九个岛屿,而且侵占了西沙群岛,在永兴岛上建立了一座炮楼。帝国主义侵犯了中国南海主权,杀害中国渔民,夺走"三沙"群岛的财富,遭到我"三沙"群岛渔民,尤其是潭门渔民的严重抗议。1939年3月,日军赶走了法军,占领我国"四沙"岛屿,并在永兴岛建筑炮楼。而在1939年2月,日军已侵占了海南岛。由此可见,孙中山先生的预言是对的。孙中山先生周游了许多国家,他告诉中国人民,要重视中国南海等岛屿建设。他说,当今世界文明各国都重视岛屿建设,并以美国为例,说"美国诸岛,皆自为一州",这样,麻雀虽小,五脏俱全,发展就很快了。日本也很重视岛屿建设,他们把靠近日本领海的太平洋上一个很小的礁盘建造成一个岛屿,并在上面驻军,以巩固日本的国防。但是,无论是晚清还是民国政府都不重视岛屿建设,海防不巩固,敌人就从海上来。20世纪70年代起,南海的多个岛礁和资源被周边国家侵占。对此,中国人民无比愤怒。2012年7月24日,中国政府就宣布设立三沙市,这个中国最南方、人口最少和面积最大的地级市专门管辖"三沙"群岛。中国政府这一决定是非常英明、正确的。当时作为海军军人的邹志,获悉这一喜讯,非常高兴!他发誓:坚决保卫三沙市的安全、巩固南海海防。中国在"三沙"群岛建市后,积极开展岛礁上的基础设施建设,极大地改善了岛上的生活条件,从而更有利于维护国家主权和领土完整。经过多年的努力,"三沙"群岛的面貌已起了翻天覆地的变化,国防巩固了,渔民的生产和生活条件都改善了。中国还在南沙群岛上建设了现代化的航标灯塔,使国际航道畅通无阻,深受国际友人欢迎。

在中国为维护南海领土和主权所采取的一系列措施取得成效后,美国的政客们坐不住了,到处煽风点火,在东南亚各国进行挑拨离间,胡说"三沙"群岛不是中国的领土,企图在南海制造紧张事态,遏制中国发展。同时,美国不断地派军舰和飞机来南海周边进行军事挑衅。但每次的野蛮、无理挑衅,都遭到强大的中国人民解放军海军和空军的严正警告和驱离。

"中国的衰弱,缘自海上,中国的新崛起,从海上起步。"从鸦片战争以来，我们的敌人都是从海上来。如今，中华民族已经觉醒，认识到海洋的重要性。21世纪是海洋的世纪，海洋是中华民族的未来。中国正迈开大步走向海洋，开发、利用海洋，加快开拓、建设南海。

20多年来，波浪滔滔的南海总是烙印在邹志的脑海中。他认为，南海是祖国的南大门，只有把南大门建设好，才能巩固南海的国防。2013年4月8日，习近平总书记来到中国最大的渔港之一——潭门渔港，探望渔民，号召渔民造大渔船，走远海、深海，捕大鱼，很快地富裕起来。习近平总书记说，南海，向来是中国固有领土，潭门渔民为开发南海、建立南海家园和捍卫南海主权做了很大的贡献。《中国国家地理》2013年第1期《海南专辑（上）》的封面上就写道："潭门镇：没有它，哪有三沙！"邹志的舰艇在南海上巡逻时，他看见南海渔民，尤其是潭门渔民，长期以来，在海岛上不怕风吹浪打，太阳暴晒，建立起简陋的油毡房，定居下来，进行海上作业，发展生产，为国家做贡献，深受感动。邹志还看到，潭门渔民传承着中华传统文化，在岛屿上建立神庙，拜祖先，敬神灵，求天官赐福。渔民们为了改善生活，种植椰子树、木瓜树和玉米等粮食作物等。邹志所在的部队和岛屿上的渔民关系很好，部队休整时，还请岛屿上的渔民讲述他们在海上同敌人、海盗和恶劣天气带来的狂风巨浪做斗争的动人故事，深刻地教育和鼓舞了邹志和其他海军官兵的斗志。

2013年4月初，习近平在三亚海军基地视察了中国人民海军，号召全体官兵提高警惕，苦练杀敌本领，保卫好祖国的南方大门。邹志受了极大的鞭策与鼓舞。他表示，退役后要留在南海，继续为建设和保卫南海而奋斗终生。

2014年3月，作为副旅职干部的邹志转业离开部队了。他没有回老家，也没有去他妻子所在的省城工作，而是坚决要求去三沙市工作。当时的三沙市刚成立一年多，很需要邹志这样的退役军人。邹志在三沙市政府所在地的永兴岛工作了一段时间之后，觉得西沙群岛的七连屿岛礁众多，彼此之间隔离远，交通不便，生活环境比永兴岛更艰苦，岛礁上居民的生产和生活设施落后，必须改变七连屿的落后面貌。于是，邹志主动申请到七连屿去工作，2017年，邹志如愿以偿，被任命为三沙市七连屿党工委副书记，2017年成为七连屿总岛长。国家赋予他的光荣使命是："维权、维稳、保护和开发。"他勇于担当，肩负起光荣使命，以南沙群岛的美济礁、永暑礁、琼台礁和渚碧礁等的英雄模范人物为榜样，下定决心，在几年内彻底改变七连屿的落后面貌。邹志提出的战斗口号是"四更"：一是要使七连屿的知名度更高，证明中国政府成立三沙市是非常正确的；二是要使七连屿的实力更强，证明开发、建设南海是利国利民的；三是要使七连屿的环境更美，成为南海旅游的最好景区；四是要使七连屿渔民的生活更爽，成为南海最好的渔村，让渔民过上幸福的生活。为维护南海主权、巩固国防、改善居民的生产和生活条件，建设美好的七连屿，乃至三沙市，这就是邹志的奋斗的目标！邹志发誓，不完成此使命，决不罢休！

七连屿的重要岛屿赵述岛（古代的潭门渔民称之为"树岛"），以明朝的外交家赵述命名。赵述是明太祖派驻南洋一带某些国家的中国全权大使。他途经南海、热爱南海，视察南海诸岛，宣示明朝对南海主权。与此同时，赵述很关心南海渔民的生产和生活。南海渔民热爱他。赵述死后，南海渔民为纪念他，将"树岛"改名为赵述岛。赵述岛虽然不是七连屿面积最大的岛，但是由于地理位置好，所以，七连屿党工委和管委会就设在赵述岛上，统领北岛、中岛、南岛、北沙洲、中沙洲和南沙洲。这四个岛和三个洲合称为七连屿，就像珍珠一样连串在一起，嵌在碧绿、辽阔的西沙群岛海面上，形成一条弧形线，显得非常壮观、美丽。七连屿地理位置很重要，是三沙市的后花园，是南沙群岛、中沙群岛和东沙群岛海防的后盾。建设好七连屿，就是落实"维权、维稳、保护和开发"，就是为巩固祖国南大门做贡献。

邹志就任七连屿总岛长之后，他就抓紧在当地群众中进行爱国主义教育，在党团组织中进行增强党性教育。他认为，维权，就是要以实际行动来做到爱国、爱党、爱岛、爱海和爱护渔民，党团组织要起带头作用。国歌和国旗就是国家的象征。邹志定下制度：每周一为爱国日，所有岛民必须在这一天的早上，同天安门广场升国旗同一时间，集体唱国歌和升国旗；并把每周五定为爱岛日，在这一天，举行党团生活主题活动，党员团员开展批评与自我批评，表扬好人好事，增强爱岛、爱海洋和爱渔民意识。邹志要求党、团组织的领导干部，要关心渔民的生产、生活和思想，增强干群团结；要爱护环境卫生，关心生态环保，植树造林，绿化七连屿；要抓紧居民住宅工程、码头工程、岛屿之间的交通工程和群众的精神、文化、生活工程建设，尽快改变七连屿的落后面貌。

邹志上岛后，马不停蹄，走遍七连屿，进行调查研究。他发现，由于三沙各岛礁处在中国的最南方，一年四季都是热天，岛民都是在高温、高湿、高盐以及强紫外线照射的条件下生产和生活，故自古以来，岛民都是习惯于穿短裤、上身不着衣物，皮肤被晒得黝黑。有人说，这是一种类似原始人类的生活。邹志看到此情此景，心里很难过。他同情渔民，怜惜渔民。他下定决心，彻底改变七连屿渔民的"原始"面貌。他参与设计出一种既具有七连屿、三沙市特色，又具有爱国主义教育意义的"岛服"，赠与岛民。这种岛服的颜色是海水蓝，象征着岛民们生活在南海之上；岛服的右臂上印着五星红旗，这样岛民们穿上岛服就感到自豪，一股爱国心涌上心头，感到自己是一位光荣的中国公民："国旗就在我身上，祖国就在我的心里！凡是有国旗的地方，就是我的家。我必须忠贞、爱国；保卫南海主权、保卫国旗、保卫祖国，比保卫我的性命还更重要！"岛上还规定：岛民出门生产、工作和生活，必须穿岛服。很自然，岛服就成为岛民十分喜爱的衣物。笔者建议，请邹志岛长以"岛服"为题，谱写一首《岛服歌》，歌词是："南海三沙市七连屿，我们祖宗开发的宝地；我们战斗在七连屿，身穿岛服，心里欢喜；岛服上有国旗，祖国就在我心里；保卫国旗，保卫南海每一寸土地，我们都愿牺牲自己；维权、维稳、保护、开发，八个大字，永远牢记；建造美丽七连屿，就是爱护三沙市。"每周一唱完国歌后就唱《岛服歌》，把爱国、爱岛思想融为一体，更加振奋岛民的革命精神！邹志设计的岛服，是千百年以来的独创，很了不起！它不但实现了移风易俗，而且，对渔民进行了爱岛屿、爱南海的爱国主义教育，激发了群众的积极性，促进了海岛建设！它为保卫南海主权和巩固南海国防，起了重大作用，功在千秋！

中国南海渔民开拓南海家园，历史悠久，但是，由于帝国主义者的入侵和破坏，以及新中国成立前的历届政府不重视南海岛屿的建设，不关心渔民的生产和生活，造成三沙群岛七连屿的生活环境长期"脏、乱、差"。邹志上七连屿后，看到处处是螺壳，苍蝇满地飞。近年来，又由于太平洋沿岸国家和地区的人不重视海洋环境保护，把大批垃圾倾倒在海里，随着海风海浪漂来，造成七连屿海边的垃圾越来越多。邹志还看到，七连屿既缺淡水，也缺电。淡水是生命之源，电是机器的动力之源，国防建设和群众的生产和生活都离不开水和电。于是，邹志为解决岛上电力和淡水供应问题进行了不懈的努力。经过邹志的努力，在三沙市政府和专家的帮助下，七连屿的电力和淡水问题迎刃而解，群众皆大欢喜。自古以来，七连屿居民住的都是简陋的、低矮的、潮湿的、空气不流通的油毡布房子。人们住在里面，感觉很闷热难受，也影响身体健康。在邹志多年的努力和三沙市政府的支持下，七连屿便建起了宽敞的、阳光充足的"海景别墅"，53户共几百位渔民全部搬迁到"海景别墅"里居住了。可是，总岛长邹志还是照旧住在油毡布、铁皮建造且空气不新鲜、潮湿的旧房子里，可见，总岛长邹志，一个共产党员，来到岛上，是全心全意为保卫、建设"三沙"群岛和为岛民服务的，是为人民造福而不是来享福的，可见一个共产党员的高尚品德！

渔民生活居住的条件改善了，邹志就带领渔民美化生活环境。他们从海南岛运来大批树苗，植树造林。邹志狠抓爱国卫生教育，要求人人讲究卫生，并对垃圾进行分类处理。渔民自觉拣垃圾，并将其他岛屿的海漂垃圾拉到赵述岛来，进行集中分类处理，投放到垃圾处理桶里，进行无害处理。现在，七连屿的"脏、乱、差"现象已被消灭了，七连屿的赵述岛成为渔民美好的宜居地。在那里，有优美的自然环境，有四季开放的花朵，有鸟语花香；有电视看，有网络上网，手机可沟通全世界；有图书馆、博物馆、健身房、球类场、广场舞场等。在休息时间、节假日里，渔民嫂们还在广场上翩翩起舞。渔民的生活充满着歌声，这美好、幸福、安乐、和谐的生活，令人向往！

现在的七连屿，不但是人类的宜居地，而且是鸟类的天堂和海龟的繁殖基地。七连屿人爱海龟，保护海龟。生态环境好，海龟就爱来七连屿产卵，繁殖幼龟。过去只有52窝海龟，现在已增加到172窝海龟了。科技人员已在七连屿建立起海龟养殖基地和海洋研究中心，努力发展海洋生物研究事业。

七连屿居民在三沙市委、市政府的正确领导下，在"舍小家，为国家"的邹志总岛长的积极带领下，只用了六年多的时间，就建成了很多重要的工程、生活设施：有现代化的码头、现代化的直升机平台、公共厕所、发电房、污水处理厂和海水淡化设备等。总之，生活基础设施一应俱全。据报道，三沙市将来准备从永兴岛修建一条铁桥通往赵述岛，使七连屿更加繁荣昌盛。由于七连屿有了直升机平台，各岛礁有什么紧急事，直升机马上就可用来支援。有一次，有一位渔民妇女不小心一屁股坐进了一锅滚烫的开水里，被深度烫伤。邹志立即就打电话叫来直升机把受伤的妇女紧急送去海南岛海口市解放军一八七医院进行治疗。这位渔家妇女很快就出院了。

事在人为。邹志以七连屿为家，舍小家，为国家。他一年有200天在七连屿上度过，深入七连屿各岛礁，关心群众的生产和生活。他的手机从来不关机，群众有问题，他随时能听到，及时做到处理。长期以来，他带领七连屿全体干部群众，把原本落后的七连屿改造成美丽的七连屿，为党、为人民、为国家做出了巨大的贡献，七连屿党工委和管委会先后获得"全国文明单位""海南省五星级美丽乡村""第九届全国'人民满意公务员'集体"等荣誉。邹志本人被先后评为全国模范退役军人、海南省最美退役军人、全国先进工作者。2019年，邹志接受了央视专门采访。2020年2月22日，央视军事频道《老兵，你好!》栏目，用40多分钟播放央视著名主持人敬一丹等对邹志的专访，节目非常精彩，深受海内外观众欢迎！邹志是有小家的。他的爱人在省城生活和工作，他的孩子在大城市里上大学。有一次，他的爱人病重留医，邹志回去看了她一下，但他仍挂念着七连屿的工作，便请来他爱人的亲人代为照顾，然后，他就回去七连屿了。在部队时，邹志曾五次立三等功，被评为海军先进个人，全军先进标兵！

　　三沙市七连屿，临近三沙市政府所在地永兴岛。地理环境好，风景最优美。岛屿上树木繁茂，鸟语花香，海龟自由横行，可供观看；生活设备齐全，是三沙市的后花园，是南海渔民重要的落脚点。七连屿海底资源丰富，渔民生活富裕，交通方便，是发展南海旅游的好地方之一。

后记

回　忆

谁都是从小到大，从大到老的。不知道为什么，人到老了，总想回忆过去。凡人在成长过程中，都有自己的经历（也可以说是个人历史），都有自己的甜酸苦辣，都值得回忆。

回忆，就是"不忘初心，牢记使命"，不忘记自己的父母亲、师长和党的教导，不忘记自己在家庭、社会上的经历和所见所闻。一封家书（信）、一个重要的生活记忆、一个生活故事、一个重要经历、一段重要的历史，个人的和大众的，都值得回忆。把它们记录、书写下来，就将成为一篇篇家国情怀的传记。这就是乡土文化、村史文化、家史文化、地域文化，这就是历史文化。有了历史文化，就可以交流与传承，就会成为一种正能量，推动社会发展，丰富社会生活内容。回忆，就是怀旧，就是乡愁。怀旧是人的本性，是人之常情，是一种情结，是一种时尚，是一种好品德，因为忘记过去就意味着背叛。一个人如果没有怀旧，不认识历史，就会眼光短浅，就不会继往开来，就不会长智慧，就不会创新，就不会打造美好的未来。

北京大学国学院袁行霈先生说："试想，如果我们的心灵中没有诗意，我们的记忆中没有历史，我们的思考中没有哲理，我们的生活将成为什么样子？"（《光明日报》2007年6月21日第9版）袁行霈先生指出：在一个人的心灵中要有"诗意"，在"记忆"中要有"历史"，在"思考"中要有"哲理"。所谓"诗意"，就是在个人的日常生活中，要富于想象，要有形象思维，要有梦想，有了梦想，要努力"追梦"，要敢想敢干。所谓在"记忆"中要有"历史"，就是要"回忆"，要"不忘初心，牢记使命"，不要忘记自己是从哪里来的，不要忘记自己个人历史、家史、村史、国史和中华民族的历史。所谓在"思考"中要有"哲理"，就是要正确处理个人与集体的关系，个人与国家的关系，要爱党、爱祖国、爱人民；分析问题要"一分为二"；要坚持"实践是检验真理的唯一标准"。这就是在"回忆"中必须注意的问题。

首都师范大学教授、中国书法文化研究所名誉所长、中央文史研究馆馆员、全国政协委员欧阳中石说："中华文化中，一代一代地传承，形成历史；人们生活在不同地方，但又在同一地球上，相互间一定有所沟通。这样文化就必须具备两个条件：一个条件是'记录'，一种力量是'交流'。因为文化是历史的，又是全人类共有的，所以，必须看到它的历史传承关系，必须看到它向四周的交流关系。如果没有历史的发展，人们不是一代一代地往下传，我们这个社会就根本谈不到进化的问题；如果没有交流，我们大家许多活动就不会共同走向美好与和谐。所以我觉得人们的共同生活，由于它的历史性和全人类性，就会有历史记录和共同交流这两种能力。这是'文化'发展的两个必要条件。总之，历史需要记录，人们之间需要交流，如果没有这两个条件，人类就不容易进步。正因为有了这两个条件，历史就得到了不断演化进步；全人类的文化有了彼此交流，所以就得到了更加丰富、辉煌的发展。"（《光明日报》2007年2月1日）欧阳中石教授在这段话中强调：文化就是历史，历史文化需要记录，需要传承，需要交流。"记录"与"交流"是根本。没有"记录"就会"忘记"。如何记录？记录，有回忆的历史记录，也有现实的记录；记录之后，就加以整理成章，这就是历史文化。有了历史文化就要交流。通过交流，能广泛流传，一代传给一代。这就是历史文化的传承与发展。只有这样，社会才能发展，生活才能丰富多彩。你要常常回忆，你是从哪里来的？你老祖宗在哪里？树有根，水有源。一个人的出生地就是根。一个人的出生与成长，是和自己的祖先、父母亲的教养密不可分的。所以，不能忘记自己的祖先、祖墓、祖屋，不能忘记自己的父母；同时，也不能忘记曾经帮助、培养过自己的恩人、师长，不能忘记自己的家乡，不能忘记家乡的亲朋好友，不能忘记自己的祖国。否则，就是忘恩负义！就是背叛！背叛者，可耻也！可悲也！

一个人在社会里，他（她）只是一位小小的成员，就像大河里一滴水。但是，通过一滴水，可以反映出太阳的光彩；通过一个人的回忆录或一段历史，可以反映出一个家庭、一个社会的某个缩影。我是社会的一位成员，通过我的回忆录，可以反映我经历过的社会变迁的某些侧面，让读者了解当时的社会生活,为读者提供一些社会的和历史的文化资料。比如,1939年初到1945年,长达六年,日军为了长期占领万泉河两岸,便在我家乡附近的万泉河两岸拆毁成千上万座民房,造成农民没家可归。日军强迫民工将拆下来的民房材料,如木料、砖瓦等搬运去修建了设在阳江、龙江、石壁、加勒洋(在今南俸农场附近)、长勒(在今南俸农场附近)、南面坡的"炮垫岭"和槟榔栽园(靠近琼中县)等地的七座日军炮楼。日军修建这些炮楼,是企图永久驻军,永远占领我们的家乡(万泉河两岸)。在修建日军炮楼的几年中,除了龙江和阳江炮楼我不曾参加修建外,其余五座炮楼我都被迫天天去修建。在修建炮楼的日子里,我参加过搬运砖瓦、砍伐林木和挖战壕等苦力劳动。在劳动中,我遭受了饥饿、鞭打,甚至坐牢。我看了一些海南的抗战文史资料,却几乎没有看到讲述万泉河两岸农村的房子被日军拆毁和日军强迫当地村民修建炮楼这段历史的文章。1945年8月15日,日军宣布投降。9月2日,侵犯我家乡(阳江、龙江和石壁)的日军,在石壁的万泉河码头放下武器,向海南人民投降了,这是我亲眼看见的史实。这史实,我相信有很多人看见,但是迄今为止,我没看见有人把这"史实"记录下来,让万泉河两岸人民永远记住:"侵犯万泉河两岸的日本帝国主义者在此投降!"这就是我一生中永远不会忘记的历史记忆!通过我的记忆,可了解日本军国主义侵略海南、杀害海南人民、破坏海南经济文化和毁坏海南农村的历史。迄今,日军已滚出海南岛70多年,日军修建的炮楼已被拆毁,人民群众已看不到它们的影子了。我只能通过回忆录的形式,以文字把它记述下来,让我们的子孙后代永远牢记日军侵略万泉河两岸的罪行,加深爱家乡、爱万泉河、爱祖国和爱共产党的感情,提高对亡我之心不死的日本帝国主义的警惕!

在《岭海集》中,有很多章节是属于我的回忆录。它们记录了20世纪30年代到现在,在我家乡万泉河一带的旧事、古迹、风俗、习惯、集市、交通、河运、庙宇、环保、种植、生态、文化、教育、人物和改革开放后的新面貌等。这些都是回忆、纪实,真人真事,没有虚构,原汁原味。这些纪实可以说明我们的社会在不断地进步,我们人民的生活水平在不断地提高。同时,万泉河岸一户在解放前十分贫穷的农家,解放后,在中国共产党的领导下、在新中国不断发展的浪潮中所发生的大变化。这也是研究万泉河文化的一份小资料。凭我有生之年,写出这些回忆,也算是我对万泉河历史文化事业的一点贡献吧。

后记回忆

我在撰写回忆我的祖父母和父母亲的文章时,经常感到资料缺乏,尤其是对父亲在马来西亚几十年的生活了解得不多。我后悔父亲健在时,我没有很好地向他了解祖父母的情况,了解他的童年、少年、青年、中年和老年的生活情况。这都是我一生极大的遗憾!同时,我也体会到,撰写家史和父母亲的历史,最好在父母亲健在时撰写。这样,可以及时向老一辈了解情况。

人类社会是由人组成的,是由不同的家庭、不同的民族组成的,是由不同的肤色人种组成的。人类社会有发展史,但它的发展史,是由很多人的发展史组成的,因此,我主张撰写个人历史(含回忆录)、家史、村史、族谱、乡史、镇志,因为这些史书过去很少人写,这些史书是县志、州志、市志、省志、地域志和国史不可缺少的重要资料,也是人类社会发展史不可缺少的资料。

为响应习近平总书记的号召,弘扬中华优秀文化、中华文明,读好书、写好书,建设文化、文明强国,我在老年再编选了这本书。由于本人水平不高,纰缪之处在所难免。正像曹植所说的:"世人之著述,不能无病。"敬请专家、读者指正。